現代文學日常、
地方與年老的文化性考察

傅素春 著

臺灣學生書局印行

自　序

　　「『唯一漫長的工作，』波特萊爾寫道，『是你不敢開始的工作。』幾乎每個人都體會過對開始的恐懼」這是邁克爾・伍德導讀薩依德《開端：意圖與方法》一書的開頭。《現代文學日常、地方與年老的文化性考察》並未以此書為方法架構，借此標記書寫工作所迎來的漫長。波特萊爾如是把恐懼與漫長的感知帶入，薩依德則把開端、敘事虛構形式與欲望聯繫，論及了隱含在開端中的生殖、繁榮與死亡，似乎也成為與本書撰寫過程相隨的諭示，緊緊相隨於在世者「說話」的實踐內部。

　　而每一篇置放在開頭的序言，都是死後的言說。

　　這本書的寫作過程漫長而分散，甚至可以說渺小。家庭與工作居於兩端的現實處境，使我常常處在趕赴下半場的存在，而車行途中時常是我終於拋卻特定身分，可以享有靜謐獨處的美好之地。於是，叢生在往返與空間轉換的身體體驗與情感流動，時常「提醒」著我的閱讀。

　　教學之外，我是個妻子與母親。女性身分給予我切割生活的利刃，當歲月轉入下半場，身體以熟成的聲音看待生命與周遭，於是乎，我掛念起文學中那些女性在追尋主體之外，他們如何以語言渡河，為她們所迎／贏來的年老之境，傷逝或歡呼？

　　而不管我是誰，社會的喧囂總是把時代的潛層翻攪湧動。書裡的論文在敲打，我推著坐在娃娃車的女兒參與太陽花運動，時

間一瞬來到我在讀寫西西的尾聲，香港反送中事件持續延燒。處在臺灣文學研究的大家之言，以及曾經的百合花世代或年輕世代的社會實踐之路，我都是微小邊緣的。這本論文是一個不定點游離、女性與邊緣的聲音，如果文學評論之志還有一些光彩，那是因為我散漫的受到薩依德、拉岡與傅柯的啟蒙，在百分之一的縫隙中企圖窺見自身與身處的社會，又如果已經高度專業化的評論還容許一點點個性與私我。陪著這本論文成長的還有一本詩集《我想我吃冰淇淋會好》，我把說不完與無法說的話，放在詩集裡，它像是與我的研究並／病生的幼兒，如託寄著子宮臍帶聯繫著的，美好風箏。

這本書的撰寫期間，除了暗夜與晨昏顛倒的孤獨與自我否定情境外，更重要的是熱切且友愛的圍繞。感謝靜宜大學中國文學系提供良好的研究環境，不同領域、不同世代的同仁給予我的最真摯支持，每每於思緒危微之際，把「相信」、「肯認」作為禮物，慎重包裝，在晚餐時光與夜深之際以明朗的言語或手機訊息送達。另外，也感謝觀點讀書會裡諸位摯友，從 2015 年以來的提攜陪伴，在不受拘束與不受特定觀點限制的聚會裡，得以沉浸在浮想聯翩的甜美氛圍。那些學思歷程中共體時艱的姊妹，每個刻畫家庭、工作熱線的時刻，感同身受的大笑，讓死去的細胞再度於敘事裡死去，絕對堪稱姊妹情誼。

最後，要謝謝已在天國的父母，你們賦予我寶貴的此身，並戮力一生維護了我在學思上的自由。當然，還有我親愛的兒女。感謝你們倆陪我體驗母親與成為母親的角色變換，在我需要安靜的時刻，給予的理解及成長。

如果，有所謂成長，那必然是一條很微細的，愛的道路。

現代文學日常、地方與年老的文化性考察

目　次

自　序 …………………………………………………… I

第一章　緒論：有物有質，日常、地方與年老的
　　　　問題化 …………………………………………… 1

第二章　空間與地方的感知
　　　　——日治小說空間擘劃的「抵」殖民經驗… 17

一、賴和〈鬥鬧熱〉（1926）作為細緻化空間閱讀的
　　起點 ………………………………………………… 28

二、舊城瓦解、空間剝奪地方：殖民地方感的拾回…… 40

三、新身體與公共性：
　　西方咖啡館文化與殖民地公共性的解消 ………… 62

四、結語：殖民批判與公共性褫奪的辯證關係………… 96

第三章　理性之飲？權力之飲？殖民地的餐桌
——日治文本現代／殖民飲食規訓的生成 ··105

一、視為無物，讀為有物 ······················ 105

二、拿開骯髒的手之後——兩場經典婚禮的飲宴對讀··· 116

三、日常生活研究的情感與經驗文化
　　——日治文學的餐桌日常 ·············· 127

四、料理哲學的多音軌現象 ····················· 174

五、結語：盛筵？
　　——殖民地「物」的否定性與僭越性 ············· 184

第四章　西西小說的香港異／藝名生成史及
　　　　文化抵抗史 ····················193

一、西西小說中的公與私、城市與公寓語彙的生成學··· 195

二、我城、肥土鎮、浮城之異／藝名的生成 ········· 271

三、結語：城鄉夾縫裡的「香港作家」，
　　語／文化話語裡的「華語語系」文學？ ········· 342

第五章　「遲暮之年」的文化考察
　　　　——臺灣女性書寫「年老」的文化性 ········351

一、想像老年的文化心理 ······················ 351

二、年老問題，還是問題化「年老書寫」？
　　——「肖查某」還是時代的噴泉 ············· 357

三、抒情審美與保守中產的主導文化詮釋之外
　　——遲暮、已老的幾種狀態 ··············· 370

四、青春挽／輓歌——愛情與婚姻裡的蒼涼與傷逝…… 402

五、年老的性欲書寫還是青春書寫？

　　女性年老的肉體如何身為突圍場？………………… 434

第六章　結　論 ………………………………………… 447

徵引書目 ……………………………………………… 475

第一章　緒論：有物有質，日常、地方與年老的問題化

　　出身小市民階級、沒有菁英背景的德國民俗學者鮑辛格（Hermann Bausiger）在回應為何在二十世紀的五十年代投入民俗學研究時，談到自身中學時的經驗。面對未來迷茫，曾有人建議他學一份手工專業，「做能給你自己帶來樂趣的事[1]」因為律師鄰居的一句話進入圖根賓大學，卻在之後的日子裡體驗到無法和周遭親朋談論卡夫卡或馮・斯特拉斯堡的處境，包括他的母親。因為民俗學立基日常研究的範疇，站在田野調查與事物的歷史關聯上，考察經驗文化、日常生活與迷信、童話與節日、時裝的表達、家鄉意識、移工的融入、大眾傳媒與流行歌曲等等。這些離生活很近的論題，使他有了某次和母親談論所有節日與童年經驗的機會。

　　當然，鮑辛格日常研究的開啟，還是在於他對於此學門的研究方法的不滿，「能夠反抗一個被廣為接受的學術觀點，是件非常有刺激性的事情。[2]」鮑辛格的研究對象並非針對文學，但其

---

[1]　赫爾曼・鮑辛格（Hermann Bausiger）著，吳秀杰譯：《日常生活的啟蒙者》（桂林：廣西師範大學出版社，2014年），頁31。

[2]　赫爾曼・鮑辛格（Hermann Bausiger）著，吳秀杰譯：《日常生活的啟蒙者》（桂林：廣西師範大學出版社，2014年），頁34。

從己身經驗出發到研究論題的選定，再到體系的對話，或許展現學術工作可以承載「樂趣」的曲面。類似的個人與研究領域的相關性，也出現在雷蒙・威廉斯（Raymond Willams）《馬克思主義與文學》的導言，談及他在劍橋大學主修英語文學時期，於學生討論中展開對馬克思主義的興趣，「我的工人階級家庭出身使我接受了這些學說所主張和闡述的基本政治立場。[3]」稍早之前的《鄉村與城市》一書，威廉斯在思索英國對待鄉村的態度源頭結構時，也反身提及自身經驗領域：

> 英國已經絕對城市化且又工業化，但我卻出生在一個偏遠的村子裡，位於一片很久遠之前就已經有人定居的鄉村，……在閱讀這些描述和闡述之前，我已經清晰地實地見過這些市鎮和村莊，目睹了這些市鎮和村莊運轉的情況，並一直難以忘懷。[4]

生活在其中，並對實況了然於心的經驗，使威廉斯從美好田園的鄉村論述中掙脫出來，展示鄉村的多重意義，並將鄉村的貧脊與殘酷剝削提出至社會想像結構的層次，經過工業革命、文學等不同時間不同驅動力，相應的生產出城市與鄉村的對列意義組合。無獨有偶的，出生於法國南部小鎮海基摩（Hagetmau），寫下大部頭《日常生活批判》與《空間的生產》的列斐伏爾（Henri

---

[3]　雷蒙・威廉斯（Raymond Williams）：《馬克思主義與文學》（河南：河南大學，2008 年），頁 2。

[4]　雷蒙・威廉斯（Raymond Williams）：《鄉村與城市》（北京：商務印書館，2013 年），頁 2-3。

Lefebvre），時常回到他的家鄉庇里牛斯山對農民進行社會學觀察——家鄉成為他研究的出發點，在鄉間與都市之間的流動，認為鄉村城鎮與都市擁有連動性的變化，也有現代的不平衡發展。[5]

小說作家首先受到社會意識的形塑，感知社會主導文化的能動，在抵抗支配與給定的生活世界基礎上擇定特定議題與社會進行對話，一方面可以展現社會規訓系統的作用力，另外一方面則可以看到個人在此體制間的主體調適，並在反映之外積極的對既定的意識結構展開批判。如同呂西安・高德曼（Lucien Goldmann, 1913-1970）所主張面對文學作品時，總是嘗試理解文學作品所生成的那個世界的生命與整體，討論社會群體與社會階級的行為。[6]而重要的作品都展示著集體的世界觀，同時展現為被捲入又與其保持辯證關聯的距離，因此高德曼筆下全體與整體的概念，或許可以延伸為個人經驗與文學、文學裡的日常微粒與文學內的整體結構、文學與社會集體的辯證關聯等層次。高德曼討論拉辛的悲劇與帕斯卡《思想錄》時，引用了帕斯卡的話：

> 如果人首先肯先研究自己，那麼他就會看出他是多麼地不
> 可能再向前前進。部分又怎麼能認識全體呢？可是，也
> 許他會希望至少能認識與他有著比例關係的那些部分了

---

[5]　Ben Highmore 著，周群英譯：〈列斐浮爾的日常生活辯證〉，《日常生活與文化理論》（臺北：韋伯，2005 年），頁 170。

[6]　呂西安・高德曼（Lucien Goldmann）著，蔡鴻濱譯：《隱蔽的上帝》（天津：百花文藝出版社，1998 年），頁 8。

　　吧。[7]

　　帕斯卡筆下的部分與全體、起因與被造者、支援者與受援者、原手與轉手，有一條看不見的紐帶「它把最遙遠的東西和最不相同的東西都聯繫在一起[8]」。

　　日常、空間地方與年老，源生於筆者藉由軌道運輸往來臺中新北，教學與家庭身分之轉換，帶起對空間、時間切割與邁入中年思索的生活經驗有關。於是筆者恆常化身為世紀初賴和〈赴會〉（1926）裡那位發出內心獨白「時間慢了，怕赴不著車。[9]」的搭車者，為趕赴下半場的身分該提出甚麼議題思索著，一面因所選擇的交通工具，在視線風景裡卻極少遭逢那類同小說裡背著斗簑前往北港的燒金客，那些小說裡「被風日鍛煉成的鉛褐色的皮膚」、「勞働者和種做的人」[10]依然搭乘現代化的火車，相同的是空間都對身體實踐發揮它合宜想像的馴化功能，賴和筆下現代的車站改札口培馴出守時與整齊排隊的身體，但階級依然擘劃出燒金客與受過教育的敘事者的身體分歧：

　　　　一大堆搭車的人，被一個驛夫挽來推去，在排整隊伍，等

7　呂西安・高德曼（Lucien Goldmann）著，蔡鴻濱譯：《隱蔽的上帝》（天津：百花文藝出版社，1998 年），頁 6。

8　呂西安・高德曼（Lucien Goldmann）著，蔡鴻濱譯：《隱蔽的上帝》（天津：百花文藝出版社，1998 年），頁 6。

9　賴和著，林瑞明編：〈赴會〉，《賴和全集》（臺北：前衛，2000年），頁 63。

10　賴和著，林瑞明編：〈赴會〉，《賴和全集》（臺北：前衛，2000年），頁 64。

　　待銨單，我自負是個有教育的人，不願意受這特別親切的
　　款待，只立在傍邊等待著，因為爭不到坐位，在我是不成
　　問題。我恃著這雙健足，可以站立三幾點鐘，所以很從
　　容，得有觀察這一大堆人的機會……[11]

大衛・哈維（David Harvey）提到快速週轉的時間會使得空間範
圍縮小，加上主體置身車廂與窗外景觀間的自然與人為、鄉村與
都市、明與暗、地上與地下、車內與車外，甚至零零總總高與矮
的強弱對照、新舊並陳、區域特色、空曠與擁擠的二元觀察，靜
態的車廂高速滑過外在晴雨跨區的景緻變換，主體如何經驗自
身、如何感受空間（車廂內與車廂外），並專注到慣常所處的空
間如何規馴身體，生產出適當的行為實踐外，更因為視線以高速
或者居高臨下的視野掠過／掠奪時，區域與地方深埋的文化意義
時常不具意義。顯然，高速會使被時間縮短的地方成為空白的路
徑，讓意識無法棲泊。於是，回到當代理論論辯的幾個核心課
題，主體、空間、凝視與欲望的流動，相對於資本主義發展帶動
的諸多正面、負面生活情狀，提供再思考與反思現代性的起點。
而日本殖民下的臺灣是啟動臺灣人第一次大規模生成現代初體驗
的田野，於是筆者從此出發。

　　對日常生活的發現的確是個多軌的進程。在目前提到的例
　　子中，涉及的還是角度的改變，及重新的價值評判。……

---

[11]　賴和著，林瑞明編：〈赴會〉，《賴和全集》（臺北：前衛，2000
　　年），頁63。

　　這裡涉及的是那些強有力規定著生活的物品和事件，平常
情況下它們不被注意，至少不被反思。[12]

於是本書《現代文學日常、地方與年老的文化性考察》分別以日
常、地方與年老三個議題，探討日治時期臺灣殖民文學如何透過
日常的敘述展現地方感，包含在舊地方與新空間感知經驗的細
察，另外還有在現代／野蠻的殖民論述裡延伸出的臺灣餐桌，與
空間、飲食聯繫的文化行為，如何因為新空間的產生而有了新的
自我認知與新感覺的出現；之後將本土論述的方圓劃至香港，透
過閱讀香港作家西西七〇前代中葉起「我城系列」與八〇年代
「肥土鎮系列」小說，討論西西如何在城與鎮之間，虛構其香港
故事，經由空間的重塑，依違在中國與英國的歷史、國族、經濟
與文化的間隙；再者，西西〈白髮阿娥〉寫一位在殯儀館工作的
中年未婚婦人，筆者原本以此作為討論女性年老書寫的起點，但
後來在論述結構的考量下，暫時以臺灣女性小說為範圍，針對女
性年老如何在社會的年齡階序體系基礎上，受到文化傳統與父權
凝視的影響，將「年老」問題化後劃歸議題式的討論，將女性書
寫者不斷受制又突圍的語言嘗試做初步的文化考察。

　　現代性與東亞學的議題範疇是已經成熟的臺灣殖民地文學研
究路徑，筆者選擇從小說中被視為場景的片段出發，認為那被
「寫入」的空間實際上是書寫者相應於社會的切片，它一方面切
合時代的氛圍，另一方面以小說人物對此空間的感知，透露集體

---

[12] 赫爾曼・鮑辛格（Hermann Bausiger）著，吳秀杰譯：《日常生活的啟
蒙者》（桂林：廣西師範大學出版社，2014 年），頁 34。

社會層次的危機或調適。人文地理學裡區分了空間（space）與地方（place），前者是抽象化、被視為空白、均質化的概念，相對的後者常常附加了人在此的主觀情感以及社會依附關係。在殖民統治階段的臺灣，殖民者毋寧帶來了許多現代空間及其相應的現代生活規訓原則，而這些都必須與原有的地方產生剝奪、競爭或調適重組關係。因此，透過小說人物棲身的空間，探查日治書寫者是否藉由風俗性的書寫、空間與地方感的辯證，試圖尋索臺灣人的棲身之所、抵抗之道，是本書第一個微小之事的嘗試。

　　首先藉著重讀賴和〈鬥鬧熱〉（1926），先擱置賴和對迷信或傳統的立場，思索彰化歷經 1906 與 1920 街區改正，已經有許多官廳建築安插在舊城之隙，或直接就是毀舊布新，這些可見的空間轉換，是否也深刻的烙印在臺灣常民的感受領域，並顯現在書寫者筆下。賴和〈鬥鬧熱〉的背景建立在彰化農曆六月初一至初五的迎媽祖習俗，透過成人在客廳議事，女人在亭仔腳閒談、小孩預演著將臨的熱鬧而舞出亭仔腳進入中街仔，合法正當的賦權與被排除、擬仿的未被賦權之間，還有驟然經間接轉述而出的，代表絕對權威的官廳的聲音；賴和選擇保留相當的地方訊息、地方感以及民俗時間標記，將聚焦在儀式與喧騰文化的討論擱置，必須重新詮釋的是殖民體制與商業利益轉入的彰化市街，如何在新舊並陳之間，以民俗與地方的重錄，如何記下反抗者分裂式的語言。

　　如果賴和〈鬥鬧熱〉充滿地方訊息的描繪抽取與詮釋可以成立，接著朱點人〈島都〉與張文環〈藝旦之家〉都同樣描述了民間社會的習俗運作，只是民俗除了殖民之眼在迷信與否的睜閉之間，臺灣原有的地方社會是否就是本土、民族的生成戰場，具備

豐沛的抵抗能量？臺灣在未殖民或殖民結構下的常民固然仰賴這些習俗與標誌的時間生活，建構對地方與文化的所屬認同，如果現代的學校、醫院、官廳、車站與街道發揮殖民教化與監控的力量，那麼民俗與儀式書寫是否構成殖民地臺灣人情感停泊的精神故鄉？或者如上所言，純粹的地方已不可得？小說錄下了臺灣居室、舊城的細節，也明瞭習俗在原有社會與殖民體制之間的權力交換與交鋒。此外，新興的咖啡館空間所代表的資本、現代、平民沙龍，以及日本轉譯後的感官享樂，筆者將對楊雲萍〈加里飯〉（1927）、楊守愚〈元宵〉（1931）、楊守愚〈赴了春宴回來〉[13]（1936）、王詩琅〈沒落〉（1935）裡知識分子為何進入咖啡廳，在咖啡廳所興起的主觀感受，一面書寫了臺灣咖啡館語彙，也書寫了知識分子是否被納入的差異——是否順利的產出新身體，是否在此感到舒適或格格不入。最後，希望延伸臺灣殖民抵抗論述與空間的關係，在新舊空間或新舊交雜的殖民地，臺灣人民在哪裡談論公共議題，藉此思索殖民所帶來的新空間語彙的理性身體，在監控管制、殖民知識生產之處，茫茫然後，文學是否為此提出一個可能的臺灣論壇方案？

　　小事之二，餐桌飲食也是一維。那些我們以為瞭若指掌或不辯自明的飲食規範代表著特定文化，真的如此嗎？筆者從日治小說的餐桌開始，陳虛谷〈放炮〉（1930）裡那位熱愛臺灣家常菜

---

[13] 此篇收入《賴和全集》的作品，已證實為楊守愚所作。《楊守愚日記》：「此作，原因東亞新年號徵稿，賴和趕不來，我替他代筆的，這是稍微對於彼我之作品具有關心的人，都能看出的——因我與賴和之作風是截然不同的。」論文行文，已將此篇歸入楊守愚，但引用來源乃據《賴和全集》之版本，於此說明。

式，且跨越對內臟與潔淨餐桌規範的警察大人，如此吃得津津有味，難道沒有危險嗎？因此，論文第三章對殖民地餐桌進行考察，是否有所謂的臺灣料理？日治小說如何在殖民地醫療衛生、資本與理性諸多價值中生成，如何受到殖民影響在食材與飲食習性上產生移轉，並對用餐程序及某些特定食物執迷，經由瑞秋・勞丹（Rachel Laudan）《帝國與料理》的指引，透過比爾・布朗（Bill Brown）〈物論〉裡陳述在物質世界中被潛抑卻具備批判潛勢的物性，在談論餐廳版的菜單式「臺灣料理」外，尋譯小說式的臺灣飲食實況，基於料理哲學與民族料理的形塑，那些吃食行為是否也扮演標記主體、陳述自身，甚或透過飲食隱微的指向殖民社會的壓迫，吃下那些貧瘠的，受制於空間與階級的食物。

　　1930 年震動臺灣的霧社事件，引發事件的原因於日本官方檔案中被詳實的推究與紀載，筆者回歸檔案裡吉村、岡山巡查與警手參與的那場婚禮宴席，是因為吉村巡查毆打了莫那・魯道之子所引起的過往蕃情不穩或兇憤積累的爆發，還是那雙推開達道・莫那骯髒沾血的手，它早早就已經在農業、畜牧與飲食上衝擊原住民社會，打亂了原有習俗與飲食的文化意涵，骯髒的是感覺還是知識課題？對照龍瑛宗〈薄薄社的饗宴〉（1941），當酒的神聖意義、肉的部落共享意義被殖民者拒絕，並置換了殖民者自以為善意工資與理性飲食的規劃，歷史傾向的霧社事件討論可能納入新的局部，而身為婚宴外來者的龍瑛宗，其眼中的「諸民族融合[14]」更是耐人尋味。

---

[14]　龍瑛宗：〈薄薄社的饗宴〉，《國民文選・散文卷Ⅰ》（臺北：玉山社，2004 年），頁 278。

　　面對散落在日治文本中的飲食符號，筆者借重陳品滄、陳玉
箴與侯巧蕙的研究，透過城區內底層勞動者、鄉村農民與中產階
級的劃分，區分為低限飲食、粗茶淡飯、中階料理，分析了陳賜
文〈其山哥〉（1932）、孤峰〈流氓〉、吳希聖〈豚〉、周定山
〈乳母〉與〈旋風〉，蔡秋桐〈四兩仔土〉、〈理想鄉〉與〈保正
伯〉，翁鬧〈戇伯〉、王詩琅〈夜雨〉，以及龍瑛宗〈植有木瓜
樹的小鎮〉、《呂赫若日記》與賴和〈獄中日記〉的飲食片段，
陳虛谷〈他發財了〉與〈放炮〉，朱點人〈安息之日〉與〈長壽
會〉，居住在不同空間、不同階級者依循甚麼原則料理、餐食，
在此資本經濟與現代的營養觀念介入，使得飲食的空間從家、大
多由女性主掌料理之責，到飲食店小食攤的出現，正常飲食之外
營養品、飲品與甜食亦出現在知識分子的筆下。站在殖民地文學
來看，食物的料理原則固然事小，但在食物背後的規訓邏輯，跨
越、接納新飲食規範者與殖民論述的關聯性分析卻與受殖抵抗的
整體有關，另外為了生存而吃下不可食之物——不新鮮或殖民法
規不允許，甚或食物與女性身體在文本中的互喻。最後，筆者稍
微帶回咖啡館的新空間，將吃飯與新感覺「寂寞」連結，是來自
於現代性的新感覺，還是依然混雜了空間與身分的「他者感」。

　　小事之三，從家屋居室與部分公共空間擴大，轉而討論西西
筆下的香港書寫。在日治公共空間被褫奪的公民參與，在英國管
制下的香港，高度的經濟發展、人口不斷的移入移出、土地極大
化利用下的高樓處境、處在大國（英國與中國）歷史文化夾縫的
地方、沒有國家的認同建構工程與現實上九七將臨的焦慮等，都
可能是西西書寫的基點。論文以愛德華・薩依德對文化抵抗及知
識分子的論點出發，詮釋西西如何積極的參與到香港認同中，經

由「我城系列」與「肥土鎮系列」的討論，分別涉入《我城》、
《美麗大廈》、〈瑪麗個案〉、〈虎地〉、〈手卷〉、〈肥土鎮
灰闌記〉、〈貴子弟〉、〈雪髮〉、〈肥土鎮故事〉、〈鎮咒〉、
〈浮城誌異〉、〈蘋果〉、〈宇宙奇趣補遺〉、〈南蠻〉與長篇
小說《飛氈》。西西的香港書寫慣常與現實的香港保持相當的距
離，以隱微的筆調小心處理包夾在英國與中國話語權的爭奪戰，
在五〇、六〇年代受港府居住政策影響下興建的徙置屋、公屋與
鄉間丁屋與移民山屋，逐步發展出各自的性格與困境，以及七〇
年代香港對中國移民政策緊縮、越南難民的納入等等，居住空間
的平面與垂直分布，與是否為原／移住民、遷徙時間、可支配資
本、階級之間都有相應的關聯。當「我城」已經成為香港本土論
述認同的標的，重讀《我城》，希望從文本對家屋空間、離島、
我城之外的敘寫，討論西西對我城的創建意圖，並從小說中難以
破解抽象、不符合上下敘事的片段找出可能詮釋。此外，《美麗
大廈》來自於西西朋友來信的筆誤卻經郵差次次正確無誤投遞的
美麗，小說經由知識分子之眼、全知與小說人物的轉換敘事，首
先映入讀者腦海的是大廈內電梯、長廊的機械感與冰冷，對照於
麥嬸等其他住民的尋常談天議論，之後大廈內因電梯失靈所造成
的關係重組。論文對小說中知識分子的視角特別關注，討論了大
廈中極少參與的知識分子鄰居們與《我城》中「瑜與他」、「胡
說」片段的關聯。最後經由以〈南蠻〉為詮釋居間，將國族議題
以隱喻的筆法，呈現其不定特質的可能，國族從來都不應該是人
類群體的唯一選項。這些關乎香港城或鎮，大廈內外、公園、離
島等等的書寫，面對多重權力介入的香港故事，西西曾經探入教
育體制裡對新移民者的不友善，住民對於環境的恣意毀壞，越南

難民營內生活的扭曲與暴力，他們如何為了求取一個更好的生活，需要一片安適的土地挺身冒險出走；但是關於現實地理之所指，西西往往採取姑隱其名或衍生多名的策略，於是我們讀到肥土、浮土與我城的不同標記與不同的故事。當〈肥土鎮故事〉變為長篇小說《飛氈》，西西藉由莊周夢蝶的寓言幾乎收攏了曾經對香港代喻的想像，細寫賣荷蘭水花順記家族日常生活外，圍繞在花順記舖子周邊的親戚、員工或外來商人等等，在不斷更迭的政策與經濟發展之間，他們或安居或移出再移回，西西以一張神秘可以飛行的土耳其飛氈串起這些細碎的肥水街日常，進而對長篇結構飛行／包裹計畫，移民／殖民的香港居民日常史，現實香港的變遷史與居處中國、英國間隙的位置性三個層次進行分析。而《飛氈》獨特的是，於飛行、睡眠、保護之隱喻意涵外，它敘寫了女性於肥土鎮展開的微言之身。

剩下的一點餘力，筆者嘗試談論了西西寫我城、寫肥土鎮，在城興鎮衰的現實處境裡，作為怎樣的一個「香港作家」，除了想像地理的層次，另外還有香港獨特的港英治下的脈絡及複雜的語言現象，面對當前「華語語系」的討論，基於長篇幅對西西的論述考察後，筆者嘗試提出微小的思索。

最後一件小事，關於年老。循著 Betty Friedan《生命之泉》（*The Foutain of Age*）提出的社會對老年的恐懼心理出發，曾經被視為生命智慧圓潤的老年，卻在邁入高度老齡社會裡被視為悲哀、無助、疾病、孤寂的圖像，現代生活對於青春的執迷與資本主義社會對可勞動力的人力需求，老人是一個邊緣的存在。於是，充斥在報章雜誌、廣告傳播中對老年「問題」的凝視，Friedan 認為是種老年迷思。本書在最末一章，以 Betty Friedan

的說法作為問題意識，以女性「遲暮」為論題，將臺灣社會一方面強調性別平等，卻又以少子化與國安為考量的人口策略動員女性適齡生育，看似與女性年老無關的健康或政策宣導，卻昭示了對女性年齡的社會性劃分，過了適婚適產年齡的女性常常被視為熟女、大齡，更甚而筆者以「陳克華遭遇肖查某事件」為例，說明對超過某些年齡女性的歧視。

　　因此，論文提取了童真〈穿過荒野的女人〉，聶華苓〈李環的皮包〉、〈月光‧枯井‧三腳貓〉，於梨華〈黃昏‧廊裡的女人〉、〈也許〉，張漱菡〈斗室〉、〈虹〉，張秀亞〈靜靜的日午〉，孟瑤〈寂靜地帶〉，郭良蕙〈他‧她‧牠〉，劉枋〈我們的故事〉，以及歐陽子〈近黃昏時〉，蘇偉貞《紅顏已老》、平路的《行道天涯》、朱天心《初夏荷花時節的愛情》、平路《黑水》，以及近來李昂的《睡美男》，除了將年老問題化外，尚在回應李有亮〈老齡化趨勢下文學關懷的缺失──以女性寫作中「老年缺席」現象為例〉對老年女性書寫的高度期待，李有亮對於老年書寫缺席的觀察十分精準，但其對女性書寫現況的考察：過度誇大兩性對峙、過度迷戀身體與迷信表層經驗，也弔詭的成為女性「正欲」實踐之路。因此，臺灣女性小說中對年老的抽樣，從孟瑤、聶華苓、於梨華與張漱菡筆下的女性年齡跨度之大，展現紅顏易老的青春執迷外，也反映戰後中國抒情傳統的移植深化，只是她們筆下的女性年老真的只是抒情的一環，還是早在五〇年代的女性把臺灣當做新故鄉之外，還默默地滲入生活經驗所帶有的身體思索，一開始以臨老年齡的從寬認定，將未婚的二十八、婚後多年的三四十、邁入六十都指認為年老，反映了社會對女性身體欲望的父權投射。而掙脫男性欲望凝視的曲線並非

線性分布，八〇年代蘇偉貞《紅顏已老》依舊展現中產保守品味，反之孟瑤、聶華苓與於梨華五〇、六〇的文本中已經透露出相當的對女性年齡、身體欲望的省思。論文最末以李昂《睡美男》的出現作為一個時代標記，小說將老齡女性的欲望身體展現得大膽與游移在罪欲邊界。女性或許從一個會自然毀壞的肉身，社會企圖捕捉框限的年齡與身體，突圍，揮發成飽含欲望的主體向社會出擊。

本書所收錄的論文，都曾經在研討會發表過，但內容已與本書的篇章歷經相當程度的改寫。第二章〈空間與地方的感知——日治小說空間擘劃的「抵」殖民經驗〉原題〈從空間與地方感的感知經驗談日治三〇年代小說的抵殖民詮釋——以民俗儀式、咖啡館、藝旦間、居室、客廳為觀察起點〉，發表於「2016 儒學與語文學術研討會」；第三章〈理性之飲？權力之飲？殖民地的餐桌——日治文本現代／殖民飲食規訓的生成〉以同題，發表於「漢文化研究的新知與薪傳：第二屆漢文化學術研討會暨學生論文競賽」；第四章〈西西小說的香港異／藝名生成史及文化抵抗史〉，合併原題〈西西小說中的公與私、城市與公寓語彙的生成學〉與〈西西「肥土鎮系列」小說的想像地理與文化政治——從納入〈南蠻〉的思考為始〉兩文，分別發表於「東西多元文化與文學國際研討會」與「靜宜大學中國文學系第六十二次教師學術論文研討會」；第五章〈「遲暮之年」的文化考察——臺灣女性書寫「年老」的文化性〉，亦合併〈「遲暮之年」的文化考察——初探 50、60 年代女性小說「老年」書寫的文學及文化意涵〉，以及〈「遲暮之年」的文化考察——初探 80 年代後女性小說「老年」書寫的文化意涵〉兩篇，先後在「2018 女性文學

與文化學術研討會」「2018 儒學與語文學術研討會」中宣讀[15]。
在此一併交代說明。

---

[15]　第二章〈空間與地方的感知——日治小說空間擘劃的「抵」殖民經驗〉
　　　原題〈從空間與地方感的感知經驗談日治三〇年代小說的抵殖民詮釋
　　　——以民俗儀式、咖啡館、藝旦間、居室、客廳為觀察起點〉，發表於
　　　「2016 儒學與語文學術研討會」，臺北市立大學儒學中心，2016 年 10
　　　月 28 日；第三章〈理性之飲？權力之飲？殖民地的餐桌——日治文本
　　　現代／殖民飲食規訓的生成〉以同題，發表於「漢文化研究的新知與薪
　　　傳：第二屆漢文化學術研討會暨學生論文競賽」，靜宜大學中國文學系
　　　主辦，2017 年 6 月 2 日—3 日；第四章〈西西小說的香港異／藝名生成
　　　史及文化抵抗史〉，合併原題〈西西小說中的公與私、城市與公寓語彙
　　　的生成學〉與〈西西「肥土鎮系列」小說的想像地理與文化政治——從
　　　納入〈南蠻〉的思考為始〉兩文，分別發表於「東西多元文化與文學國
　　　際研討會」，鹿兒島國際大學，2019 年 4 月 3 日—7 日，與「靜宜大學
　　　中國文學系第六十二次教師學術論文研討會」，2019 年 6 月 13 日；第
　　　五章〈「遲暮之年」的文化考察——臺灣女性書寫「年老」的文化
　　　性〉，亦合併〈「遲暮之年」的文化考察——初探 50、60 年代女性小
　　　說「老年」書寫的文學及文化意涵〉，以及〈「遲暮之年」的文化考察
　　　——初探 80 年代後女性小說「老年」書寫的文化意涵〉兩篇，先後在
　　　「2018 女性文學與文化學術研討會」，2018 年 6 月 29 日，「2018 儒
　　　學與語文學術研討會」2018 年 11 月 30 日中宣讀。

第二章　空間與地方的感知
──日治小說空間擘劃的「抵」殖民經驗

> 有一天，我（張良澤）按址前訪，在萬華區的充滿尿氣的
> 窄巷裡，找到一家臺灣老式的小院宅。古老的圍牆內，擺
> 著幾盆花木；小客廳陳設祖牌神位。老先生在後房應聲，
> 卻久久不出來。[1]

　　此段文字的書寫背景乃張良澤參加《臺灣文藝》年會後迫不
及待的分享沉浸在編纂《鍾理和全集》、《吳濁流全集》之心
得，言談間透露對鍾理和、吳濁流在臺灣文學地位的高度重視，
卻間接聽聞王詩琅（1908-1984）對此表達異議，對王詩琅身為
臺灣戰後第一個有系統劃分臺灣文學史分期的文學史家地位之重
視，興起挖掘之心，前往拜訪久居艋舺的日治文學家、文學史家
王詩琅，並於 1979 年編纂完成出版《王詩琅全集》。此文撰就
的 1979 年前後與此章論題設定的研究範圍時間──日治 30 年代

---

[1]　張良澤：〈寫於王詩琅全集出版前夕〉，收錄於張良澤編，王詩琅：
　　《艋舺歲時記──臺灣風土（卷三）》（高雄：德馨室出版社，1979
　　年），頁7。

——相隔遙遠，卻給予筆者關注日治空間書寫的議題時，深刻的閱讀經驗。接下來筆者嘗試如同登山者若遭逢山徑崩塌時採取的高遶策略，將目的嚴肅、行文嚴謹的學術表達，稍微高遶而行，姑且允許筆者將論述繞經王詩琅晚年生活的艋舺，作為開啟問題與對話的起點。

　　王詩琅除上述史學定位外，1946 年自廣州回臺後擔任臺北市文獻會，主編《臺北文物》（1948-1955），之後擔任《臺灣風物》（1966-1973）編輯、主編後退休，同時 1949-1976 年間書寫一系列關於其出生地「艋舺」及其週邊臺北城文化性及風土性的文字，收入《王詩琅全集・卷三・艋舺歲時記》（張良澤編纂）。這些經歷讓我們看到島都黑色青年對地方風土的眷念之情，一方面從《艋舺歲時記》所收的文字，可以看到王詩琅的書寫實際上以艋舺為輻輳中心開展文學視界；另一則是學術視野中，作為觀察一個無政府主義青年抵抗日本殖民的思考脈絡下的小說文本實踐。民俗風物與抵殖民的書寫似乎有所隔閡，但是身為讀者難道不應該好奇空間與居住模式，是否影響一個作家的感覺結構與社會想像的實踐嗎？試著推前思考的關注範圍，出身艋舺、窄巷、長屋的「黑色青年」王詩琅，是在怎樣的臺灣地方傳統與殖民空間體驗下寫出〈沒落〉與〈十字路〉這些小說？進一步筆者想要詢問的是「民俗風物性」的描寫具有抵抗殖民的位置與能量嗎？

　　觀察學者對臺灣殖民文學的研究，「現代性」無疑是二十世紀末重要的論述視域，且進一步朝向東亞學的建構與彼此殖民經驗的溝通，除此之外，日治臺灣殖民地文學是否有其他論述的可能？

　　在此筆者嘗試挪移閱讀的關注視野，轉而注意張良澤對七〇年代末艋舺居室空間的描繪，一位堪稱老艋舺的文化人、文學者王詩琅住在「充滿尿氣的窄巷」、「臺灣老式小院宅」、宅院內外有「古老的圍牆」、「小客廳陳設祖牌神位」、「後房」幾個組成部分構成的家屋，看在二十一世紀的讀者眼裡或許會忽略這樣的空間陳設，但在筆者一路追索日治小說空間與地方感塑成的研究視野下，上述被抽離出來的文字無疑呈顯了第一手對空間的感覺體驗，從個體的日常感知出發，然後才是與社會整體的空間論述對話。筆者在王詩琅家居的空間多做徘徊後，對日治文學中被視為「場景」的段落重新省思──那些場景僅僅是小說敘事的一部分，為讀者提供主角存在與生命立基想像的附屬物嗎？小說中所涉及的空間描繪除了擔負物質發展史與時代意義外，空間的配置是否影響身體的行動與心理感知的欲望情感構成，進一步塑成主體的潛在影響？這樣的問項必然建立在對殖民地受殖者主體的思考上。

　　論文初始概念受到理查‧桑內特（Richard Sennett）《肉體與石頭：西方文明中的人類身體與城市》與大衛‧哈維（David Harvey）《巴黎，現代性之都》，以及重拾傅柯（Michel Foucault）《規訓與懲罰》，並循此脈絡轉入人文地理學的閱讀，進一步吸納 Lefebvre 的空間理論，是啟發本論文方法論構成的重要背景。上述出自不同體系的理論構架，大致可以勾勒出一條關於身體如何與空間互動，主體如何認識空間又如何被空間形塑，以及權力如何從消極的壓制到積極的透過空間生產知識，身體如何被塑造的同時又與權力展開修正協商。這些理論背後的共通性同時涉及資本主義的興起，導引人類時空感知的變遷，在

理論架構的論述上如何借鏡了語言結構的符號單元，類比至空間的討論。此外，也可以看到結構主義以降，脈絡化、結構化的歷史（時間）研究取向，逐漸讓位給二十世紀下半葉解構的，對建構知識或構成世界觀背景的關注——權力的關注高於描繪知識本身，對空間的關注取代對時間的關注。

　　出生、居住於日治島都艋舺，布商的兒子，並在小說中創造了黑色青年與都會青年混合體——〈沒落〉裡的耀源——的書寫者……如果我們完全以資本主義、現代性摩登的觀點來看，日治時期的王詩琅無疑是具備相當摩登條件的主體。在空間上，若我們依循《規訓與懲罰》的論述看待現代社會，當代的監獄輪番展演著工廠模式、學校模式、司法模式，監獄以單獨禁閉，透過孤獨與時刻被監視的處境，使其背離了早前的典型「監獄」語彙與懲罰手段；而廣義的監獄、現代監控體制的監管者混雜了法官、教師、工頭、非正式官員或家長等諸多角色，「他們在某種意義上是行為技師：品行工程師，個性矯正師。他們的任務是造就既馴順又能幹的肉體。[2]」除了監獄之外，學校、醫院、教養院等處都發揮著十八、十九世紀以來的「規訓」力量，這些空間並非自外於社會的隔離所，它們是另外一個社會，一個包裹於現代社會內部且運作相彷彿、相對應的機構，並位居塑成主體的關鍵位置。「對肉體的塑造產生了一種關於個人的知識。學習技術的學徒導致了各種行為模式。[3]」傅柯雖然談及空間，可是著重在於

2　米歇爾・福柯（Michel Foucault），劉北成、楊遠嬰譯：《規訓與懲罰》（北京：生活・讀書・新知三聯書店，2004 年），頁 338。

3　米歇爾・福柯（Michel Foucault），劉北成、楊遠嬰譯：《規訓與懲罰》（北京：生活・讀書・新知三聯書店，2004 年），頁 339。

此空間相關與生產性的知識體系如何塑造人的肉體，也順勢自然的將其論述總結在：

> 結束本書的這一終點應該成為一種歷史背景。有關現代社會的規範化權力以及知識的形成的各種研究都應該在這一歷史背景下進行。[4]

我們或許很容易將殖民主義對於臺灣的空間改造，尤其是將臺灣歸入現代空間的部分放大，從而殖民主義除了壓迫外也造就了一個現代性的身體，以及與之相應的身體經驗與欲望主體。日本殖民主義掌握支配教育與空間的絕對權力，那麼臺灣人除了被動的接受改造外，民族、傳統等過去的殘餘到底何處棲身呢？難道僅僅依靠著精神上的一線抵抗意志？

　　回到上述引文中所揭示的家屋描述，筆者深刻感到不安的是，我們對於空間經驗性感知的複雜及造就空間的權力語彙的重層性是否低估？於是，七〇年代充滿尿氣與古老氛圍的老宅院的確不現代得不尋常，衝擊著筆者的思考路徑。

　　首先，私我空間到底可以殘存多少無法被傅柯（Michel Foucault）論述所含括的現代主體想像？或者，如克雷兒・馬克斯（Clair Cooper Marcus），家屋就是一面內在的鏡子，也是個人價值觀的表達，那些物件與擺設都是個人內在甚或是與人關係

---

[4]　米歇爾・福柯（Michel Foucault），劉北成、楊遠嬰譯：《規訓與懲罰》（北京：生活・讀書・新知三聯書店，2004 年），頁 354。

或社會的顯影？[5]直接回應這個問題幾乎是不可能的。但列斐伏爾（Henri Lefebvre）對於資本主義社會的空間生產所展開的批判，或許可以提供回應也是省思的起點。Lefebvre 1974 年出版《空間的生產》，將空間作為理解資本主義發展邏輯的必要結構，空間生產指的是不同歷史時期、區域文化的特殊空間結構，而這些空間結構除了是社會的產物外，也包含了人們利用空間的面向。Lefebvre 於是提出空間生產的三個層次：日常生活與社會生活實踐中由感官得以感知的空間實踐；在具體空間實踐中人們為了符合某種社會秩序與權力關係，運用理性與想像構思而成的空間表述；此外，還有使用者在日常生活中利用空間的動態過程，在空間修改、協商、適應、抵抗周旋的身心體驗。置入日治時期臺灣被殖民主義改造的空間實踐，及掌握權力者構建的空間表述，當然也在新舊交雜的體系中周旋適應。採納 Lefebvre 的論點後，或許可以側面回應傅柯知識權力視野下臺灣人於殖民空間生產與再生產的無力，也或許可以找出日治的書寫者是否曾經藉由書寫複雜的空間經驗折衝在權力及抵抗間。

　　本章嘗試以空間研究與人文地理學的概念作為研究方法，將地理學領域內對空間與地方的討論納入文學文本的研究視野。首先，論文在此透過人文地理學對於空間（space）與地方（place）的區辨，希望就此區隔日本殖民空間與臺灣地方性於文本中的交錯位置。空間通常指涉的是抽象的、一般性、普遍化與均質化的概念，「被視為缺乏意義的領域……跟時間一樣，構

5　克雷兒・馬克斯（Clair Cooper Marcus）著，徐詩思：《家屋・自我的一面鏡子》（臺北：張老師文化，2000 年），頁 104-114。

成人類生活的基本座標」；地方往往則強調其具體性、物質性的事物，「地方還必須與人，以及人類製造和消費意義的能力有某些關係。阿格紐（John Agnew）所謂的『地方感』，是指人類對於地方有主觀和情感上的依附」，是人們生活的世界，人類在創造的有意義的空間是主觀的感知經驗[6]。

　　Cresswell 舉了一個相當平易的例子說明空間與地方的差異，當我們住進曾有人住過的大學宿舍時，面對匿名的歷史與他人居住過的痕跡感到不適，接著我們可能就會開始布置這個空間就此展現新主體的特點與存在，諸如貼上海報、重新安排、放上自己的書籍或屬意的個人物品，就此空間就轉化為地方[7]。這裡也彰顯了段義孚（Yi-Fu Tuan）將空間與地方視為互相定義的概念，因為空間若被視為趨向開放、自由和威脅，地方則被視為安全穩定；空間是允許移動的，地方則是指向暫停[8]。而空間被認為是伴隨理性與工業化及資本主義而來，相對的地方是被侵蝕與破壞的對立面，是懷舊的起始點也帶有對工業化社會的批判位置，現今我們面對的社會情境是資本主義高漲後全球化世界所產生均質的空間，另一方面也可能同時指向地方感的喪失[9]。

　　回歸殖民主義的脈絡，殖民者的到來，統治體制必然將臺灣

---

[6]　Tim Cresswell 著，徐苔玲、王志弘譯：《地方：記憶、想像與認同》（臺北：群學，2006 年），頁 5-21。

[7]　Tim Cresswell 著，徐苔玲、王志弘譯：《地方：記憶、想像與認同》（臺北：群學，2006 年），頁 7。

[8]　Tim Cresswell 著，徐苔玲、王志弘譯：《地方：記憶、想像與認同》（臺北：群學，2006 年），頁 16。

[9]　Tim Cresswell 著，徐苔玲、王志弘譯：《地方：記憶、想像與認同》（臺北：群學，2006 年），頁 15。

視作空白「空間」，並依據現代理性原則與現代國家治理術展開對臺統治，站在受殖者的角度，身處在逐步被殖民權力改造的空間，被殖民者是否仍具備感知主體的積極性，容許受殖者按下暫停鍵，並進一步將權力的空間再度轉變為情感所屬的地方。即便這裡所指涉的地方已經不是本質性、原本意義的。例如朱點人〈秋信〉中的斗文先生，在 1935 年始政四十周年博覽會之際，面對已經全然陌生的島都，在幾經權力者的空間表述衝擊後，轉而尋找殘餘的遺跡憑弔個人與家國自身的過去。依循段義孚所提出空間與地方的相互定義關係，而非一種取代式的二元對立結構的理論觀點來看，暫居臺灣的日本殖民者的權力視角將臺灣作為空間看待時，殖民統治就是剝奪地方感的過程，這個論述說了一部分真相；另外一部分是面對日本殖民的權力語彙所創設的全新地景與權力景觀，這些相對具體且可以透過視覺接納的空間，因主動者與直接的獲益者並非臺灣人，因此臺灣人無法將之作為情感依賴的對象且安穩棲身其中，其空間意涵的生產力將轉投他域。

　　上述是在民族與文化層面探究空間與地方的關係，一旦透過商業交換的介入與展開，臺灣地方性的強調與地方感的塑成表呈為文學書寫時，更加的複雜狀況是在日本視臺灣為空白空間而擺置街道、建築、紀念碑、推辦教育展現典範意義的敘事權威時，殖民者在臺灣雖然落下權威的地方想像的種子，但實際上臺灣人無法在此空間棲居，筆者認為受殖的主體要不就是不斷流動無法安居，要不就是選擇改寫錯置空間語彙。下面筆者就所篩選出的賴和〈鬥鬧熱〉（1926）、楊守愚〈十字街頭〉（1929）、朱點人〈島都〉（1932）與張文環〈藝旦之家〉（1941）四篇文本作

為立論對象，勘查臺灣日治時期書寫中的空間不安與地方焦慮。

　　重訪日治文學的空間再詮釋，首先要關注殖民者如何透過都市計畫、街庄改正，實際作為在拆除舊城、設立公園、種植行道樹、拓寬馬路、改變建築的式樣……；或者其他現代體制空間的設置，官廳建築、建築與街道的空間關係、建築立面表現與展示、街庄役場的內部安排；隨著資本主義新經濟模式的引入，依循資本與現代商業邏輯所新創設的醫院、工廠、咖啡館、百貨公司、銀行……；最後，日本官廳宿舍與移民所展示的日本居室空間移植，與臺灣舊有家屋對空間的文化詮釋差異，加上臺日官舍或民間住宅也同時受到西方影響的「洋風」、「現代」語彙影響，表現為日本適應臺灣氣候風土的建築適地性，另外一方面臺灣人於此接納現代衛生採光等等觀念，臺灣風土性的重新理解也應該一併納入考量。

　　從上述各種層次的列舉，實際上殖民空間考察將對殖民者如何塑成城鄉的對比結構，資本所造就的都市樣貌與生活情調，殖民體制的現代、物質與建築觀如何挪動臺灣家屋想像相關。

　　過去我們大多將此作為日本殖民權力如何瓦解舊有空間，透過彰顯效率、衛生、進步等等價值，臺灣人也一併在此系統中被改造、塑成。這些依循新觀念出現的殖民建築，過往習慣將其視為權力的本身或替代，強調其對臺灣人的恫嚇、規訓及如何受壓迫與不適應的一面；個體經驗性的感覺結構在詮釋臺灣主體如何改造、適應的論述脈絡往往被壓抑，而隨著學術研究在社會學、人類學領域對日常性、個人體驗的強調，本章企圖以此為基礎重讀日治小說文本，對文本透露的空間語彙如何轉型、如何改造主體、主體如何適應的經驗過程展開論述。

　　本章的對話脈絡除了學界對於空間的討論外，還含括了後殖民主義論述詮釋殖民創傷與殖民地適應的對話，另外則涉及的日治小說中風土性、地方性這些深刻表露殖民者與被殖民者文學觀及民族觀差異的論辯上。

　　筆者將嘗試談論張文環或日治其他小說家將地方性的感知經驗，保存在其書寫中，用以呈顯臺灣文化的民族性，作為潛在的抵抗殖民論述與殖民體制的凝視時的回應。以西川滿小說中民俗的處理及其對臺灣地方的感知結構，西川滿晚年在曾有這樣的表述：

> 但是艋舺同樣是臺北老街，卻對艋舺不感興趣。因為那純粹是中國古風的街道。而大稻埕曾是外國人居住的地方，可以看見東洋與西洋的混雜，對我而言有著致命的吸引力。[10]

西川滿背棄、反身以對之處，卻是殖民地作家王詩琅、張文環透過文本低迴沉浸之地。究其緣故，乃在殖民地作家無法如西川滿那樣輕易的區分屬於中國古風的艋舺與西洋／東洋混雜的大稻埕，並且自在的在兩者間偏愛其一。再者西川滿的偏愛實際上是偏離事實的，他簡單地把大稻埕作為傳統古風的對立面，又偷渡了東洋等列於西洋的概念，更進一步簡化大稻埕，最終將大稻埕

---

[10]　轉引自中島利郎：〈西川滿與日本殖民地時代的臺灣文學——西川滿的文學觀〉一文，吳佩珍主編：《中心到邊陲的重軌與分軌：日本帝國與臺灣文學・文化研究（上）》（臺北：臺大出版中心，2012 年），頁326。

可能藏有的多元成分剔除。而這正是在殖民地作家的書寫極力透過地方性的感知與複雜的描繪被體現的部分。殖民作家眼中西洋／東洋混雜交織之處，混雜了甚麼、有沒有混雜其實不是那麼重要，重要的是他是有能力詮釋、發聲的人，他與此空間可以自由、輕易的建立了情感依賴性，也可以輕易的拋下；反觀臺灣作家試圖在殖民居間使力後的空間棲身或嘗試把情感依賴於此，卻又時常顯得格格不入背後所源出的對空間感知所屬權力的極其敏感。臺灣作家格格不入是因為本來就在「權力之外」，在空間表述上不具備優先性，但是不代表被殖民者在空間體驗及日常身體的再生產層面完全失去發言權，因此筆者試著在文本中找出書寫者如何可能展現「寫在權力之外」的特徵，身為被殖民主體而保有其有意識的參與。

此處對地方感的論述會進一步關係到日治時期鄉土（上述的地方）是否已經如柳書琴對日治，或者邱貴芬對於戰後鄉土與現代主義小說的翻譯考察相關，都反應將臺灣的「鄉土」回歸歷史現場的論辯時，推展到當時東亞全球化或者戰後全球體系塑成的視野觀察。基於此一文學歷史發展的事實，學者亦屢屢論及鄉土在臺灣文學內部的豐厚意涵。因此，鄉土除了作為論戰發生的討論議題外，更成為臺灣文學研究或者文學史書寫者專注的焦點，論述中的鄉土、書寫中的地方應當與其他文學議題銜接對話，發揮其在臺灣文學場域中的動能。

把鄉土作為一種論戰標籤、把鄉土作為文學史某一特定時期的文學主軸、將鄉土作為貫串臺灣文學主體與精神的軸心，鄉土是一種反思重省臺灣文學論述的節點。較諸前人對於鄉土的運用，筆者無疑更關心，鄉土在文本書寫脈絡中的幾經轉變的身世

譜系——鄉土與地方的聯繫、鄉土如何作為文化現身的標記。因此透過爬梳日治以來鄉土發生當時的語境與論者研究的視域間來回對照，或許地方性的凸顯，仍是關乎鄉土研究可以發揮施展之處。

一、賴和〈鬥鬧熱〉（1926）作為細緻化空間閱讀的起點

這樣的論述切入點在小說的考察中是否有其源頭呢？以此觀點重新審視日治時期的文本，筆者認為從 1926 年的〈鬥鬧熱〉出發似乎找到可供脈絡化的起點。

1926 年《臺灣民報》刊出賴和〈鬥鬧熱〉，小說的時間提及一場即將到來的迎神慶典，以及十五年前回憶中的熱鬧場景。如果依據寫作發表的時間標記，文本中這場迎媽祖的盛典大概居於 1910 年代前後。一般論者對於此篇文本的解讀多聚焦在賴和對迷信的介入，例如陳芳明論及〈鬥鬧熱〉，除了稱許賴和此篇已展現對白話文使用的圓熟技巧外，情節的配置也超越同時代的作家，並進一步論述此篇「以兩個故事的主軸進行，一是小孩子因遊戲而吵架，一是大人則是仗財勢欺壓弱者。小說的主題，乃是以兒戲來暗示大人們的爭權奪利。[11]」，「賴和接受現代化的進步觀念，所以他能夠客觀地發掘臺灣舊社會的迂腐與落後。從〈鬥鬧熱〉開始，賴和透過文學的經營揭發封建文化的凝滯與欺

---

[11] 陳芳明：〈現代性與日據臺灣第一世代作家〉，《殖民地摩登：現代性與臺灣史觀》（臺北：麥田，2004 年），頁 43。

周。[12]」一篇約三千五百字的小說似乎承載相對有限的訊息量。在此筆者嘗試拉出文本與空間有關的關鍵詞作為重新思考的開始：「街尾」、「亭仔腳」、「城裡」、「捲下中街」、「儉腸捏肚也要壓倒四福戶」、「客廳」、「四城門」、「福戶」、「西門」、「市政廳前和郡衙前」[13]。進一步區分上述用語佔有家屋的亭仔腳與客廳，舊的城市空間紋理：城裡、西門，與新興權力空間的市政廳、郡衙，也有因為民俗活動的迎神路線而出現的五福戶[14]。筆者認為這篇短小文本的符碼意義極其複雜，賴和以彰化庶民重要的民俗活動作為展演多層知識體系與權力關係的衝突場，絕非巧合或偶然，橫跨在傳統與日本殖民現代性兩端的賴和對新舊空間感受的落差，可能更加深刻。因此在小說中藉由婦女小孩於亭仔腳熱烈聊天與舞弄著香龍模擬鬧熱時節的活動作為開場，值得注意的是這場模擬是在「街上的男人們，似皆出門去了[15]」的「缺席」下展開，接著銜接另一處客廳內男性成員對鬧熱舉辦與否的討論，文本後半部聚焦在對各方思維自由出入某處客廳並隨意納入討論的詳細書寫。

　　日本統治臺灣後在 1900 年陸續開始推動幾個較大城市都市

---

[12]　陳芳明：〈現代性與日據臺灣第一世代作家〉，《殖民地摩登：現代性與臺灣史觀》（臺北：麥田，2004 年），頁 46。

[13]　賴和：〈鬥鬧熱〉，《賴和全集（一）小說卷》（臺北：前衛，2000 年），頁 33、34、36、37、38、39。

[14]　「五福戶」舊彰化縣城北門外五個相連的次級聚落的稱呼。相當目前彰化市中正路一段兩邊巷弄。

[15]　賴和：〈鬥鬧熱〉，《賴和全集（一）小說卷》（臺北：前衛，2000 年），頁 33、34、36、37、38、33。

計畫[16]，彰化自 1811-1824 年（嘉慶十六年－道光四年）歷經十三年的建城時間，使用的築牆素材從刺竹、土城進入磚築石城的階段，清代所築的舊城歷經 1906 年與 1920 年的都市計畫與街區改正，城牆拆除，僅餘東門。突出上述的空間變革與日本殖民權力改造過程，對照賴和〈鬪鬧熱〉書寫彰化農曆六月初一到初五迎媽祖習俗，引起筆者重新思考賴和如何將習俗置放在特定空間的書寫模式——小朋友穿行在臺灣特有的家屋空間亭仔腳模擬成人鬪鬧熱的習俗，男人離家後的女性坐在亭仔腳閒談，迎媽祖的習俗則托附在清領時期規畫產生的歷史市街區塊，男人們另在客廳對鬪鬧熱持續與否進行熱議、高談闊論。

亭仔腳、客廳與被殖民者置換後僅存於情感記憶中的街區，整篇小說的視野由家屋的附屬延伸處、通往公共空間的亭仔腳延展，構成閱讀者在空間上的基礎結構，小說也據此分為兩個部分——未被賦權的女人、小孩的街談與戲耍，有權力男人的廳堂議事。

若先暫時擱置賴和對傳統習俗的立場，從顏娟英〈日治時期寺廟建築的新舊衝突——1917 年彰化南瑤宮改築事件〉一文作為理解彰化宗教活動的研究背景支援，可以破譯賴和在談論傳統習俗的同時固然有其立場，但小說意料之外／內的保留臺灣民俗的成分，而民俗活動所透露的地方文化運作模式，不管在宗教信仰、政治動員、文化型態幾種層面都非現代性論述視野所能觀照，當然更進一步要思考的是這樣的書寫是否有其抵殖民意涵。

16　臺北 1898 年設立市區計畫委員會，1901 年開始都市計畫，1904 年拆除城牆；其他城市臺中（1900）、嘉義臺南（1902）、新竹（1905）、彰化（1906）、基隆屏東（1907）、高雄（1908）。

〈鬥鬧熱〉書寫街區改正後的彰化迎媽祖習俗，參照顏娟英南瑤宮改築的研究，可以得知，彰化的媽祖聖典除了純粹的（或者根本就沒有純粹）的宗教信仰層面，寺廟活動與建築改裝也涉及了信仰圈與其他區域的競合關係。

　　顏娟英〈日治時期寺廟建築的新舊衝突——1917 年彰化南瑤宮改築事件〉一文引用了 1906 年 4 月《臺灣日日新報》的讀者投稿，來稿內容說明二十世紀初期全臺媽祖誕辰（三月廿六）往北港、新港、彰化進香活動以三年為規律，從此可以看出彰化南瑤宮媽祖位居全臺三大天后信仰的重要位置；也曾一度於 1906 年嘉義震災時因北港、新港媽祖廟損毀後，跳居全臺媽祖信仰的第二位。只是顏娟英指出日治時期彰化南瑤宮實際前往北港進香的頻率可能因為跨境活動耗時費力並不如想像的高，僅在 1910、1917、1935 年留下進香的紀錄，另外也提及廟宇建築的壯麗與否，一方面影響進香人數的多寡，也影響區域信仰圈中的重要性排序[17]。媽祖信仰除了日治臺北帝國大學助教福田增太郎所述作為臺灣農民信仰的依據，並展現家族與地域的影響性使得個人所屬宗教團體缺乏選擇自由外，此文更進一步以南瑤宮的宗教儀式與進香活動為例，論及媽祖信仰的進香繞境除了祈求平安、凝聚村落市街共同歸屬感外，宗教活動群聚效應還帶動區域信仰圈的地方繁榮與商業利益[18]。顏娟英此文聚焦彰化南瑤宮改築過程，得出南瑤宮改築的驅動力除了宗教信仰外，還包括媽祖

---

[17]　顏娟英：〈日治時期寺廟建築的新舊衝突——1917 年彰化南瑤宮改築事件〉，《美術史研究集刊》第二十二期（2007 年），頁 191-202。

[18]　顏娟英：〈日治時期寺廟建築的新舊衝突——1917 年彰化南瑤宮改築事件〉，《美術史研究集刊》第二十二期（2007 年），頁 199。

信仰的民間宗教所包裹的區域商業競逐。因此，在進入賴和〈鬪
鬧熱〉的閱讀前，或許筆者已經從宗教信仰的路徑上，迴繞繁納
出彰化信仰圈的實踐語彙可能包含：民間信仰區域性對庶民信仰
者的影響、民間信仰與地方頭人政治與商業利益的糾葛、日治民
間與官方商業利益匯聚了精神層面的信仰文化踐履、移民社會的
士紳及殖民主義的政治性運作、資本商業利益等，諸多「力」的
糾葛。

　　賴和〈鬪鬧熱〉展現臺灣民俗的地方性與凝聚力外，另外一
方面從客廳與亭仔腳的對應，可以看到賦權與未賦權的兩種空間
價值。亭仔腳在臺灣的建築中屬於室內與室外空間的中介處，位
居多雨炎熱的氣候帶所生產出符合在地化的建築式樣，而位在街
區中的亭仔腳除了上述的意義外，也是客人與商家交流接觸，或
者大稻埕茶商將亭仔腳作為女性茶工撿茶的工作（情感交流）空
間。相對臺灣的家屋建築，客廳屬於神聖空間，除了祭祀外還包
含了家人、客人接待處的行為實踐。因此在賴和此篇小說中，男
人都出門去了，可能出門去討論鬧熱的世俗宗教事務，女人與小
孩則在亭仔腳歡歡喜喜的遊戲聊天，突顯臺灣空間體驗內亭仔腳
的中介性與多元性。相對客廳在小說文本出現的時機，也展現此
一空間在臺灣社會文化運作上的獨特性，男性們對是否應該「鬪
鬧熱」的討論是在客廳展開的，相對沒有被賦權的女性與小孩，
此篇小說揭示了臺灣傳統空間結構：可以穿行遊戲、不正式的與
嚴肅的場所之對比。難道這是偶然嗎？以賴和小說〈鬪鬧熱〉為
起始點，筆者在日治文本看到一個曲線，公共事務的討論從家屋
的客廳走向市街，而在客廳討論共同事務者包含新舊知識分子，
但大抵以舊知識分子為主；相對街頭的議論，則大多偏向中下層

的人民。

　　賴和在〈鬥鬧熱〉中極力要求客觀，如果採取大量對話去鋪陳不同位置對同一課題的不同觀點一向是賴和慣用的手法，此篇文本設定六到七個不同想法、階層的人審視迎媽祖遶街這個習俗是否有助地方繁榮，筆者認為文本一開始就不是在討論習俗信仰的層面。〈鬥鬧熱〉以日本郡守作為絕對權力終止熱鬧，也終止討論，臺灣人不管什麼背景、階級，只有接受權力者的最後裁奪。在日本殖民體制下，市街的繁榮牽涉許多條件，以彰化為例，縱貫鐵路的開通增強彰化南瑤宮從區域性信仰躍昇成為全臺媽祖信仰的重鎮之一，將原本侷限於特定地區的媽祖信仰轉變為中部地區信仰圈；另外也因為鐵道部或地方鐵道經營者的商業目的，信仰活動已成為鐵道業者的促銷商品。鐵道除了代表現代交通的便利性外，因為要提高運量營收而將宗教納入旅遊及跨區商業經濟活動的運作。信仰圈影響範圍的擴充，這種狀況實際發生在彰化的媽祖祭典，也發生在大稻埕霞海城隍祭典的實踐上，信仰自然仍是焦點，但商業也因為年度的宗教盛事而產生跨區的經濟活動，例如高雄的商販利用慶典到大稻埕布商處批貨也一併觀光、參加難得的祭典，而彰化肩負中部山、海產集散地的位置，此祭典的繁盛同樣也具備活絡貨物交易的經濟效用。

　　賴和面對與媽祖祭典相關的文化習俗被置入「迷信」與「商業意識」，曾經在〈就迷信而言〉（1934）一文提出迷信自然應該破除，可是在殖民的當下「惜其破除得有些過早」，而快到使受殖者都來不及回應「經濟這一把大鐵鎚的打擊……在不景氣的強風一陣陣吹拂著的今日，敬神觀念的基礎，也自然而然地跟著一天天動搖起來了。」最後認為迷信與否在習俗已經「名存實

亡」、敬神已經「依例敷衍」的狀況，賴和引述了兒時曾經感受過普渡的誠摯，並指出三〇年代之所以迎神還能熱熱鬧鬧地辦起來，並非臺灣習俗的延續而是「神也已經是利用而變為廣招徠的一箇大招牌了。」[19]筆者認為賴和此篇雜文並非要抹除迷信，而是與小說〈鬥鬧熱〉呼應，在談論臺灣習俗信仰迷信或鋪張浪費與否，都應該與殖民者植入的現代／迷信、商業／敬神脈絡中來解讀，賴和所言之「太早」，一方面展現以上論者所言身為現代知識分子對傳統展開的批判外，同時也展現殖民地知識分子主體對常民生活熟習的習俗神聖性之削減，無法提供主體虔誠投入之惋惜，並透過展示細緻的地方性描寫，開展其抵殖民意涵。

　　徐佑驊、林雅慧、齊藤啓介在建構影像史學的企圖下考察日本殖民者的寫真帖，對於臺灣宗教祭儀如何被殖民者意識捕捉有這樣的說明：

　　　　與寺廟息息相關的各種臺灣宗教祭儀，也是殖民眼光捕捉下的「臺灣風俗」。熱鬧喧嚷的過程與特殊祭禮，之所以成為殖民者表述下被觀看的「臺灣」視覺內容之一，不難想見異文化者對於初見文化他者的新鮮與好奇。
　　　　以城隍與媽祖祭典為例，殖民者早就意識到臺灣傳統民間信仰的熱鬧，也明白臺灣人對於祭典的重視，即使是始政三十週年這種應該宣揚殖民成果的『重要時刻』，也會納入臺灣傳統祭典（媽祖）來為始政紀念日的熱鬧氣氛助

---

[19]　賴和：〈就迷信而言〉，《賴和全集雜卷》（臺北：前衛，2000年），頁100-101。

陣。

傳統信仰，除了帶來嘉年華式的歡欣，也隱含動員人力資源和凝聚群眾的力量。<u>寫真帖捕捉的祭儀寫真，是否有意再現這一層的意義呢？</u>[20]

儀式的喧騰與文化性極容易被殖民者作為標誌「異類他者」的符號，「異」儀式在視覺上的鮮明性又在寫真「篩選」中被再度傳播，將〈日照下的臺灣風情〉所提出的殖民權力審視，進一步與羅蘭・巴特論述攝影術時，將攝影與真實的關係以「此曾在」與遲滯的時間確認「此為真」的表述呼應。當觀看主體改換為後殖民主體時，在指認真實時已經預先理解攝影是一種留影真實的技藝，因此透過這些日治風俗寫真，後世讀者毫無懷疑的指認這個畫面確實存在，作為確證的真實展現在我們眼前。於此，導入後殖民的論述時，殖民者可以帶著帝國之眼選擇性的「凝視」被殖民者，但是反過來這種真實也保留了臺灣作為一個主體的文化性內涵，曾經存在。回歸書寫文本的討論，作家以殖民地知識分子的視野進行描繪，也可能與攝影同樣具備積極的保留臺灣作為一個情感依賴之地方擁有的文化性存在。

再者賴和採取小孩間的戲鬥作為小說開場，對應迎媽祖的時間已經非常迫切，小孩與殖民地成人同為被褫奪者、未被賦權者，無法決定祭典之存續；小說後半部分聚焦在男性成人間展開的爭論，對於是否應該保留此習俗，不厭其煩的臚列眾人看法，

---

[20]　徐佑驊、林雅慧、齊藤啓介：〈日照下的臺灣風情〉，《日治臺灣生活事情》，頁 72。

而最終的結果是雙方妥協講和在商業利益下。對比兩者，小孩子的擬仿實踐了迎媽祖在地方文化彼此間的競爭關係，通過遊戲與身體的戲仿，本來就未被視為反轉權力的展演，而大人部分最終則透露言語面對權力，最終只能作為無效手勢。只是，如果從另外一個角度閱讀，賴和在描述權力的宰制外也保留了大量的地方感或者地方訊息的描述，如果保留地方感與記憶、認同有關，那麼賴和保留已不復見的彰化古城空間用語來書寫習俗，可以解讀為以被抹除的民俗時間，對抗殖民者、剝奪者的線性進步時間。建立在民俗歷史細節描述的地方感，仍可能被詮釋為受殖者認同的依據，或者展示受殖者在殖民語彙的干擾下（拆除舊城的街區改正）的不純粹性、精神分裂症狀。

　　在文本敘述中讀者可以掌握彰化的區域生活，透過彼此以鬥排場求得附近街市繁榮，也順帶感知到五福戶街區的社會關係，而賴和此篇的書寫時間處在彰化街庄改正之後，臺灣人早就深刻體會儀典或者神的庇佑，對照殖民者的話語權相對微弱的事實，舊事物面對殖民話語如果不能找到依託、化妝、寄身其間的混雜位置，就會被掩蓋根除。賴和文本中顯現的那種認認真真討論的細節，一方面讓讀者看到傳統習俗如何寄身新話語的樣貌，一方面也透過這種寄生關係保留在殖民論述中無法現身的自身。筆者認為文中的地方感含納於「儉腸撿肚也要壓倒四福戶」一語。從街廓最小、相對貧窮的竹蔑街（負擔儀典鋪張的支出非常吃力）為出發視角的敘述，讀者或許可以將熱鬧解讀為浪費，不符合理性的經濟原則，同時也不符合現代社會人、我界線的規則運作。但細察熱鬧儀式中不論遠近親戚、客人都在招待之列，實際上也是一種無標記、自由犒勞陌生人的場所，這種浪費看似無意義、

鋪張與非理性，但是放在殖民語彙打造一個現代身體與公私人我意識的語境，這樣的浪費卻顯得非常可疑。此外，無標記的犒勞場所同時也可能扮演匯聚公共論述的空間，當然賴和文本並未涉入這個層面，僅依循傳統模式將公共論壇放在客廳中。筆者認為稍微翻轉一下閱讀的視野，或許就可以看到賴和在意日人統治的暴力大於關心批判迎媽祖的浪費與否。被殖民權力所覆蓋的空間語彙細節的保留，是用以創造地方認同的依據，或許分析至此可以將文本推演出的對應結構簡化為：構成國家整體 vs. 地方區域；大人談論 vs. 小孩身體實踐戲仿；重置空間權力 vs. 恢復時間的可能。於是那一場看似零亂無章的會談，老人每每啟動記憶，扮演居間協調的角色，中年人所持的正反爭論 vs. 年輕人對老人所言十分感到興趣，由此觀察可以得知賴和對宗教儀式的立場並非一味貶抑。

　　與賴和同為彰化作家的楊守愚（1905-1959），1929 年發表於《臺灣新民報》的小說〈十字街頭〉頗有賴和小說的風範，「守愚與賴和同是彰化人，一生受賴和的鼓勵及影響甚深[21]」小說一開頭：

> 在那交通繁雜的十字街頭，只見一堆堆的人兒圍繞著；每一堆裡，至少總有十來個人站在一起；有的插著手兒站著，有的在比手畫腳，有的在高談闊論；看起來，好像是很熱鬧似的，差不多像新曆元旦那天，到處都大開特開其

---

[21]　楊守愚等著：《一群失業的人》（臺北：遠景，1979 年），頁 1。

賭場那麼熱鬧。[22]

接著文本描述一群人在街上談論警察取締小販時，如何粗暴的踢倒賣蜜糖菓人的擔子，後來以「我」的眼，遠看他們的討論「就是個個人的臉龐，都像籠罩著一層悲慘的雲翳，不平的神色，像煞是剛剛鬥爭歇了的野人一樣地怒目而視著；但是依然還免不了帶有幾分畏怯的情態──幾分無異於戰敗者的膽戰。[23]」這場在十字街頭展開的討論，與賴和〈鬥鬧熱〉都使讀者意識到臺灣公共領域的論述自由受到剝奪的問題。

從小說中十字街頭的蜜糖菓擔子如何被踢倒，而叫賣人居然想至衙門去請警察大人賠錢，此事最後以進了鹿廄（監牢）作結。參與街頭討論的人群包含：長瘦面龐蓬蓬鬍鬚的中年人（氣憤憤）、鄉下人（不平）、手裡拿著海鱺的人（證明、冤枉冤枉）、城市人（倉皇驚異）、賣點心的少年（憤慨）、勞動者（無限感慨）。

> 「聽說那些講文化的人，也曾去過；但又有什麼法子呢？警部大人連開口都不准他們開口。」賣點心的少年一面忙著做買賣，一面不住地說：「我也跟著去瞧一瞧，倒也被攆了出來呢！」[24]

最終是市上又傳來警察大人捉小販的警告，「這一來，卻把他們

22　楊守愚等著：《一群失業的人》（臺北：遠景，1979 年），頁 87。

23　楊守愚等著：《一群失業的人》（臺北：遠景，1979 年），頁 87。

24　楊守愚等著：《一群失業的人》（臺北：遠景，1979 年），頁 91。

這一場熱熱鬧鬧的談話拆散。[25]」，「這時候，這麼一條繁華、熱鬧的十字街頭，變得冷清清地幾同廢墟，連往來的人們，都不由地帶著幾分恐怖，在這時，只見到一個威風凜凜、殺氣騰騰的巡查大人，搖擺著從此踱過。[26]」殖民地臺灣在公共領域被管制、被監控，不能完全作為現代國家真正的公共領域概念來看待。據 Taylor 對市民社會的描述，如果公共領域不一定侷限於實際出現，直接面對面的談論，文學書寫也可以作為介入公眾談論的一部分，那麼重新聚合日治小說長篇論述公眾事務的文本，將小說作為與報紙等同，擔負著關注公共事務的職責，況且臺灣早期小說文本就是以報紙為主要發表空間。將文學內的「聲音」看做形塑臺灣人主體與社會想像、以及公共性的一環時，就不會單純的將公共議題視為已全被剝奪的狀況，讀者可以在日治小說文本中讀到許多關注臺灣殖民地社會公共論辯的存在。

　　進一步延伸關注臺灣在日本殖民體制下，知識分子透過報紙作為言論機關——現代性的公共領域，可是臺灣傳統社會的空間語彙如何過渡到現代的公共領域或市民社會？在殖民地公共領域的公共性被剝奪的現實狀況下，臺灣人在哪裡談論公共事務？除了傳統的客廳外，筆者也發現市場與街道是臺灣人對共同關注議題展開討論的空間。

25　楊守愚等著：《一群失業的人》（臺北：遠景，1979 年），頁 91。。
26　楊守愚等著：《一群失業的人》（臺北：遠景，1979 年），頁 91-92。

二、舊城瓦解、空間剝奪地方：
殖民地方感的拾回

（一）地方社會的認可權力

　　朱點人〈島都〉小說的表層將信仰風俗作為臺灣社會內部階級矛盾的癥結，透過史明成為塗工所工人，在世界思潮於臺灣發酵的時代氛圍下，接觸社會運動與工人運動，「方始覺到工人們所以窮苦的原因，也纔了解他父親所以愈勤苦愈困窮，同時也認識了一種寄生蟲的存在[27]」，史明終於明白十五歲冬天因著 K 寺落成的建醮捐題造成家庭崩解的原因。自資本主義的剝削體制中，了解仕紳頭人與勞動者的差異，勞動者在資本家追求最大利益的價值下，只能獲得生活所需，或者僅能過著因所得被權力者支配，「需求」也被薪資定義的生活。回到小說第二段敘述十五歲的史明在冬天放學後於 K 寺所目睹的那一幕，「高官跟在和尚後面，地方的頭兄們又是保著一丈距離跟著高官背後」，和尚／高官／頭兄們，迷信儀式的行為者／殖民者／臺灣勢力者之間的對照，儀式成為殖民者與臺灣固有勢力正當合法化自身、施展權力，新舊權力交換並彼此結盟的最好時機。當時「瞑想不明的迷信獎勵[28]」，「一擺手回到自動車，警笛一鳴，一列自動車隊長驅地突破了觀眾重圍，望著 S 大酒館饗宴去了！[29]」地方頭人與建醮捐題看似是造成家庭悲劇的原因，但在文本偶然一現，乘

---

[27]　朱點人：〈島都〉，《薄命》（臺北：遠景，1979 年），頁 48。

[28]　朱點人：〈島都〉，《薄命》（臺北：遠景，1979 年），頁 48。

[29]　朱點人：〈島都〉，《薄命》（臺北：遠景，1979 年），頁 37。

著自動車的殖民地高官，與造成 M 村景貌更迭的殖民權力才是真正毀壞原有社會的癥結。這樣的同盟關係，在小說結尾有更深刻的展示，地方的頭人及傳統勢力者透過參與宗教儀式，同時操控是否可以納入鄰坊（neighborhood）的權力，「不出？好！看你這地方再住得下？[30]」、「伊是什麼樣人，和伊賭氣你準不利[31]」小說結尾值得深思。經歷 1929 年已經獲得階級啟蒙的史明來說，正月再度因為貴客的光臨，頭兄們計畫著熱鬧，史明從反對到贊成，暗中與工會青年組織唱歌隊，唱著下層階級不平的歌曲。當然活動最後被偵察得知而被迫解散，史明也在熱鬧當天剛跨出工舍旋即被相撞的漢子打了一拳且遭到辱罵，兩人格鬥後被帶入警署，待熱鬧過後才放出。史明幼年與成長後面對殖民地社會的壓迫結構，採取了不同的應對方式，但最終皆告失敗，放出的史明則行蹤未明，讓小說所陳述的臺灣社會運動蒙上悲劇性的色彩。

　　張文環〈藝旦之家〉呈現了臺北與臺南城市的對照，對於臺灣歷史古城的臺南與已被改造為現代化都會模型的臺北間之對照，不應該輕易放過的還有小說提到的五月十三大稻埕慶典。顏娟英擷引 1906 年《臺灣日日新報》〈媚神何益〉一文，論述了彰化南瑤宮在農民社群中的信仰地位，以及在全臺媽祖社群的文化活動特殊性，進一步認為臺灣的媽祖信仰代表了庶民信仰的特色外，常透過信仰傳播的區域構成信仰圈，具有農民保守的性格、以家族為單位、凝聚市街共同歸屬感、地方廟宇累積財源諸

30　朱點人：〈島都〉，《薄命》（臺北：遠景，1979 年），頁 42。
31　朱點人：〈島都〉，《薄命》（臺北：遠景，1979 年），頁 43。

多意義，日治後這種節慶與儀式祭典更有了觀光旅行或者促進商業繁盛的理由[32]。

　　以賴和生長的彰化南瑤宮為例，寺廟改築與進香活動的舉行除了保留原有庶民宗教活動的功能外，另外關加了利用現代交通設施促進觀光旅行的意涵，原本的宗教活動也因為逐步受到官方控制，增強了商業、廣告的功能，廟會就是四方商人廣告或買賣貨物的廣場，原本屬於在地居民的民俗活動，自此沾染上殖民體制的官商色彩。由此我們也不難理解何以賴和〈鬥鬧熱〉拉出庶民、官紳的對話網絡，對照張文環〈藝旦之家〉展現商人進到臺北的觀感，設定商人身分的主角並非偶然，采雲懷念臺北時的最深喚起意象以霞海城隍活動替代，也並非偶然。

　　以賴和〈鬥鬧熱〉（1926）、張文環〈藝旦之家〉（1941）中兩個段落為例，說明將空間的概念運用到文學的研究，所可能帶來的研究新視野。

> 　　一邊是抱著滿腹的氣憤，一邊是「儉腸捏肚也要壓倒四福戶」的子孫，遺傳著好勝的氣質。所以這一回，就鬧得非同小可了。但無錢本來是做不成事，就有人出來奔走勸募。[33]

---

[32] 顏娟英：〈日治時期寺廟建築的新舊衝突──1917 年彰化南瑤宮改築事件〉，《國力臺灣大學美術史研究集刊》22 期（2007 年 3 月），頁191、199、201-202。

[33] 賴和：〈鬥鬧熱〉，《賴和全集：小說卷》（臺北：前衛，2000年），頁 34。

> 臺北特有的<u>樓梯蓋子</u>還蓋著，可見這一家人還沒有起來準
> 備早餐。他猜想，也許采雲的父親是早起的，已經出到外
> 面去了，否則<u>入門</u>還不會打開才是。[34]

對照兩位作家的書寫主軸，出身彰化的日治作家賴和因為一生堅
持使用漢文寫作，並且突顯殖民地下臺灣人民的抵抗意識而被尊
稱為「臺灣文學之父」；張文環則因為小說多描述臺灣鄉土人物
或者細緻刻化封閉山村的日常生活與歲時、習俗被稱為「風俗作
家」。這兩位作家分踞日治文學的前後兩端，顯現殖民地文學抵
抗的不同階段。如許俊雅曾經說明何以決戰時期的文學作家缺乏
批判殖民書寫的原因：

> 思想箝制日益嚴厲，在作品裡，正面反抗日本殖民統治已
> 成不可能，於是，作家著力描寫臺灣人之現實生活，民族
> 固有之風俗習慣，以與皇民化運動消滅民族色彩之企圖相
> 抗衡。[35]

學者將張文環的書寫區別於賴和這樣的早期作家，突顯後期作家
文本從正面抵抗轉以將風俗與民族連結，以此論述臺灣日治文學
抵殖民的書寫脈絡。筆者認為從上述的引文為基礎，或許可以將
詮釋從對立的演進式論點中解放出來，將日治小說關於民俗及其

---

[34] 張文環：〈藝旦之家〉，《張文環集》（臺北：前衛，1991 年），頁
72。

[35] 許俊雅：《日據時期臺灣小說研究》（臺北：文史哲，1995 年），頁
120。

所依附之地方進行統整性的論述，並結合真實的地理對照作為意象與象徵符號的空間或地方，叩問一系列的地方書寫所具備的結構性意涵。

　　1926 年賴和〈鬥鬧熱〉描述了彰化農曆六月初一到初五迎媽祖以求市街繁榮的習俗，從小朋友們舉著香龍從隘巷走出繞著亭仔腳走來穿去，後被大人指示到熱鬧的大街上而轉進城裡，又捲下中街。文本中出現了中街、城裡、四福戶，若不瞭解彰化舊城配置，則會以為中街只是市街的中段，並非特指。回返舊彰化縣城空間，舊時北門外有五個相連的次級聚落被稱為五福戶，分別為北門口、竹篾街、中街仔、祖廟仔、市仔尾（今日彰化市中正路兩旁），住在市仔尾的賴和透過孩子間的紛爭，帶出彰化六月迎媽祖的習俗，並且透露了即便在殖民統治之下，臺灣移民社會承襲自清領時期的頭人運作仍然左右著地方，又地方社會的運作規則如何的與殖民權力結合，民俗傳統與殖民現代並行不悖。（彰化迎媽祖的市街繞境依序為祖廟、市仔尾、中街、北門口、竹篾街，因竹篾街區域小人少且較貧窮，所以產生這樣的俗諺。36）

　　將賴和文本中眾人聚集在客廳論及熱鬧時老人感慨道出「那

36　楊守愚：「這條街五福戶，是分做五日請媽祖，而是一天比一天熱鬧，比方頭一天，祖廟有五棚戲，第二天市仔尾至少得多加一棚，甚至多至二、三棚也是有的，第三天中街、第四天北門口，一直地加起來，到最後的竹篾街，那就非演上十多棚不行了。所以當時就有了『儉腸斂肚壓死四福戶』這一句俗話，因為輪在最後天的竹篾街，戶數既少，也最貧苦哪，現在雖說改良了一點，今天還有五棚戲呢。」，《楊守愚日記》（彰化：彰化縣立文化中心，1998 年），頁 1。

時代，地方自治的權能，不像現時剝奪得淨盡，握著有很大權威，住在福戶內的人，不問是誰，福戶內的事，誰都有義務分擔，有什麼科派捐募，是不容有異議，要是說一聲不肯，那快就不能在這福戶內，所以窮的人，典衫當被，也要來和人家爭個臉皮。[37]」這篇小說不免讓人想起出身萬華的作家朱點人 1932 年〈島都〉中史明一家的困境，只是迎神建醮地場景移置到島都臺北，主角是來自於外鄉 M 村的史蓁一家。文本同樣出現地方頭人向居民勸募的描述：

> 「什麼？我們這樣的人也要出錢？」史蓁不僅有些驚愕，而且帶點悲憤。
> 「怎樣你就不該出錢？天公是保庇大家……」
> 「天公？我們向來是受不到保庇的，就教祂不用保庇我……」
> 「這是正經事，誰有閒和你講笑，要出不？」那頭兄忽然生起氣來。
> 「就不出，要怎樣？」蓁也有點氣，竟不顧頭兄的體面。
> 「不出？好！看你這地方再住得下？」[38]

出身外鄉人與底層勞工的史蓁一家遭逢移居處的習俗，文本所描繪的習俗與儀式牽涉多種力的運作，習俗作為地方社會的納入儀式與原有的地方權力結構，同時描繪了殖民地新興經濟運作

---

[37] 賴和：〈鬥鬧熱〉，《賴和全集：小說卷》（臺北：前衛，2000年），頁 37-38。

[38] 朱點人：〈島都〉，《薄命》（臺北：遠景，1979 年），頁 42。

結合民俗儀典吸引人潮的廣告效益，一併也成為像史明這樣階級
運動分子申述底層不平的場域。

（二）居室空間的臺灣地方感

　　此外張文環〈藝旦之家〉（1941）「臺北特有的樓梯蓋子」
描述大稻埕發展史中獨特的建築形式，楊要離去時與采雲的父親
差點因為樓梯「四下有點陰暗」[39]擦身而過，經采雲母親的提醒
才慌忙展現挽留之意。若匆匆讀過上述引文，對於獨特的建築形
制所衍生的生活細節也會被輕易撇去，認為只是小說中枝微末節
的描寫，並非有效、可供研究解讀的訊息。在張璗文主持的剝皮
寮歷史街區建築調查計畫中，我們得知這種獨特的建築源出於商
業活動與居住生活的雙重需求：

> 許多店屋因一樓租予商家，二樓作為自用，為了方便進
> 出，多於騎樓面設有直通樓梯，可直接上二樓；部分室內
> 梯為了保持生活空間私密，在二樓樓梯口設置可掀起的蓋
> 板，以防干擾。[40]

前者需要可以便於拆卸的門面木板與亭仔腳，讓視線得以穿透無
礙；後者因應於出入的方便與隱私需要設置直通的樓梯與蓋板，
張文環細緻的觀照了適應大稻埕商業模式，居住空間在公眾與私

---

[39]　張文環：〈藝旦之家〉，《張文環集》（臺北：前衛，1991 年），頁
　　74。
[40]　張璗文研究主持：《剝皮寮歷史街區建築調查研究》（臺北：北市鄉土
　　教育中心，2004 年）。

隱間開展出來的獨特建築配置。若進一步細究張文環此文本對
「臺北特有的」描述與整篇小說另外涉及的民俗描寫構成的地方
認同──五月十三日霞海迎城隍，並且配合文本男女約會所行經
的臺北都會與郊區，儼然進到日本對臺北空間規劃的權力地圖與
移民社會地方的交互對照。

　　由人文地理學關注地方性的角度切入，可以對文學如何透過
諸多的細微訊息拼合成地方感，並進一步形塑讀者對於地理的認
識與過去文化的認知，甚至在殖民地社會下，這樣的書寫與抵殖
民及民族文化的關連性作出體系性的論述，以及不同地方與空間
在民族與殖民，傳統與現代，重層與均質的對照，甚或單一文本
或者跨文本間的結構關係。

> 　　在臺北，走過陰暗的巷弄，上了黑黝黝的樓梯，一進去便
> 如到了另一個世界，電燈輝煌，巨大的梳妝臺與衣櫥，加
> 上好像是埃及女王用過的眠牀和長椅，還有花瓶、插花等
> 擺設。臺南的，根本就沒有這一套窮奢極侈的設備。[41]

張文環著意將臺北與臺南描述為「新都市」與「古都」[42]，不僅
只是小說敘事中的地點與場景，而是深埋了跨區域的對照。

　　文化彰顯在地方外，人文地理學者歐吉（Augé）則提出文
化也彰顯在「非地方（non-places）」，同樣在張文環〈藝旦之

---

[41]　張文環：〈藝旦之家〉，《張文環集》（臺北：前衛，1991 年），頁
　　　78。
[42]　張文環：〈藝旦之家〉，《張文環集》（臺北：前衛，1991 年），頁
　　　102。

家〉中采雲所蟄居的二樓私密房間——「藝旦間」——「就是藝
旦所住的香閨[43]」就屬此類。在人文地理學中將這種「由『契約
性獨處』（contractual solitarness）控制的形式，個人與小群體只
有透過有限或特定的互動，才與大社會產生關係」的「非地
方」，相對於「『有機社會交往』讓人群有比較長久的關係，互
動也不只是為了滿足立即見效的功能」的「地方」[44]，歐吉提醒
了研究者在關注定居生活下對特定地方文化的討論外，在轉入
動態社會的同時，許多文化互動已經不在特定區域內，而是在
某些現代生活中衍伸的交匯點或者文化臨界（liminal border）空
間[45]。

　　從文化地理學的論點啟發，關注日治文學書寫中的地方描
寫，藉由地方書寫的文本作為研究文獻與資料來源，文學與地理
學學科有跨界的可能性，如同 Mike Crang 陳述地理學與文學的
關係時所揭示那樣：

　　　　地理學家採用了想像的技術，文學也關注物質性的社會過
　　　　程。地理學與文學都是有關地方與空間的書寫。兩者都是
　　　　表意作用（signification）過程，也就是在社會媒介中賦予

---

[43]　張文環：〈藝旦之家〉，《張文環集》（臺北：前衛，1991 年），頁
　　　78。

[44]　Mike Crang 著，王志弘、余佳玲、方淑惠譯：《文化地理學》（臺
　　　北：巨流，2003 年），頁 151。

[45]　Mike Crang 著，王志弘、余佳玲、方淑惠譯：《文化地理學》（臺
　　　北：巨流，2003 年），頁 150。

地方意義的過程。[46]

Mike Crang 認為人類的地方經驗與小說本質上是具有地理學特質的，透過文學書寫導引了人的地理想像——再現先於現實，空間被賦予不同層面的意義，文學的主觀性正好含括了地方與空間的社會意義。

　　因此，本章從三篇與祭典相關的文本出發，考察賴和〈鬥鬧熱〉（1926）、朱點人〈島都〉（1932）、張文環〈藝旦之家〉（1941）的書寫，從鄉間媽祖祭典橫渡臺北島都的城隍祭典，三位不同世代、不同語言實踐的作家放在日治時期的文學場域，比對其民間儀式的書寫向度及特質，因文學世代的差異、文學觀念的審美隔閡之外，是否有其他對應的力構成了三種類型的臺灣社會祭儀描述，探究此描述放在殖民地文學生產的不同脈絡，扮演甚麼樣的特殊意涵。

　　張文環〈藝旦之家〉作為私密生活場域的家庭，在文本中卻是充滿詭異的算計，於此，家庭成為一個不安全與衝突的原初場景。如果將張文環筆下的藝旦間視為異質空間，同樣在日治小說的考察中可以找出：療養院、沒落中的藝旦間、日治時期的公園——虛構的烏托邦，除了藝旦與儀式的書寫，張文環日治時期有關鄉土、鄉村書寫中某種封閉山村的描繪，是否也可以視為殖民體制下的異質空間？對照之後，會發現日本殖民統治下的臺灣空間討論，投射了日本殖民視野的意識形態，顯現在空間重構的諸

---

[46] Mike Crang 著，王志弘、余佳玲、方淑惠譯：《文化地理學》（臺北：巨流，2003 年），頁 59。

多工程中，例如街區的改正、新興城市的規劃、神社的設置、行政機關的建築……。而代表臺灣被殖民者聲音的小說書寫，對於空間的書寫相對的反映了日本殖民體制空間觀的滲透，另外一方面也可能呈現在空間書寫上的反制。下一步，則應該重審日治時期小說空間的課題，筆者以城市、市街、鄉村作為三重結構，在此結構中，或許城市是高度的殖民空間，而隨之遞減。但在殖民主義混雜的思維下，並無法單純的將城市、市街、鄉村單純的區分為真實空間、虛構空間、異質空間，區辨它的難度，正是殖民主義在空間意識滲透，且毀壞臺灣地方感的過程。因此，小說應該呈顯了殖民空間重構與地方感逆寫的雙重辯證。

張文環 1941 年發表〈藝旦之家〉十分難得的保留了大稻埕建築的空間特性——亭仔腳與街屋建築通往樓上空間的樓梯蓋板，特別是後者。文本圍繞著來自古城臺南的楊與來自臺北的藝旦采雲的愛情習題展開，面對橫亙在兩人愛情間家庭、現實利益的考量，楊即便到訪臺北終究無法排遣安頓自我欲求、社會輿論，以及與藝旦婚戀的衝突，甚且采雲母親將女兒作為財產看待而提出的入贅要求，更深深困擾著良好家境出身且身為長子的楊。文本這樣寫楊秋成在落雨的早晨搭人力車到采雲住處「他避著淌落的簷滴下到亭仔腳上[47]」，並在短暫的清晨拜訪後重又「沿亭仔腳回到旅館[48]」，亭仔腳固然就是臺灣建築的實存描述，但也可能同時承載了楊秋成無法被納入至臺北島都的「外

[47] 張文環：〈藝旦之家〉，《張文環集》（臺北：前衛，1991），頁72。

[48] 張文環：〈藝旦之家〉，《張文環集》（臺北：前衛，1991），頁75。

部」位置。

回歸文本地理圖景的開展，張文環讓藝旦采雲處在傳統與現代的文化交界，大稻埕成為書寫裡新舊兩種文化匯聚的地理場景。首先傳統對女性的輕視導致采雲成為養女，爾後因為與養母在港町福興茶行揀茶梗而淪為茶行老闆洩欲的對象；新式教育與新興產業的出現引導女性在傳統之外有了「其他」的視野與身分想像——店員、事務員或者縫衣機工廠的員工等。

有別於出現在日治時期興起的江山樓與蓬萊閣，采雲黑黝黝的樓梯穿入的個別招待客人處，後者多分布在大稻埕繁榮地帶的後街——今寧夏路與延平北路二段一帶[49]，藝旦間的藝旦主要在家屋二樓招待客人，偶而才在新興的娛樂場所當陪客。如掠過「藝旦」與「空間」的連繫，張文環所書寫的采雲僅是單一、偶然的女性棲居在日治的島都，但就張文環書寫的細節來重新審視，此文本無疑更可以解讀為日治 30 年代的島都巡航。

以楊秋成與采雲的戀情敘述開始，一名臺北藝旦的生成史一併帶出地方意涵。一方面將大稻埕獨特的地方性兼之島都週邊空間意涵的主觀感知及經驗歷程托出，采雲於臺北成長戀愛，間接轉述了大稻埕及其週邊空間的發展歷史與主觀經驗理解的意涵性；另外一方面涉及現代島都臺北與傳統古都臺南，在臺灣現代化過程中的雙元對照，並更進一步延伸至內地，映射出現代都會發展在殖民體制中的層級化現象。令論者感興趣的是，在張文環小說中的臺南、臺北、東京，除了以對照的空間存在外，最值得

---

[49] 陳惠雯：《大稻埕查某人地圖：大稻埕婦女的活動空間近百年來的變遷》（臺北縣：博揚文化，1999），頁 78-79。

關注的是殖民地作家如何詮釋殖民權力架構下的層級，重新復活臺灣地方的意涵並對權力的東京行使再詮釋之「權」。

（三）古都與島都的置配與詮釋

小說將臺北、臺南分置於對立的結構，殖民島都的臺北與臺灣開發史的古都臺南遙遙相對，藝旦行業一北一南的差異，點出兩個地方有各自的淵源與開發歷史，藝旦的商業行規差異，除了是兩個地方對藝旦生成過程與執業的差異，也間接突出南北城市發展的文化區隔。

從文本中不管被酒家包住或者寄住的藝旦，臺南藝旦集體住在酒家的生活，在來自島都臺北的采雲眼中成為噁心的感受，酒家更有采雲看來厭惡的「事務性的解決本能」的小房間，以及鏡臺邊擺設豬哥神的祭祀習慣，性被直接的彰顯令采雲感到深切的不適。某種程度吻合傅柯《性史》中性在傳統與現代的分野，性從自由的被實踐與談論，進入特定體制與知識的領域，這些中介扮演處理、掩蓋性的直接性，當然也處置了性在社會的顛覆性與活力，臺北藝旦間與臺南酒家裡的藝旦或許實質上相差無幾，但臺北藝旦提供一種仿真的戀愛感，與臺南男人因為豬哥神的牽引才喜歡上藝旦不同。因此，豬哥神擺放的位置成為酒家的空間重心，展露兩地文化的差異之外，也展示新舊之間，性於傳統與現代之間的演繹區隔。相對於臺北，成為臺南藝旦不需要太多資金，但臺北的藝旦棲居在藝旦間──自己的空間──擁有「窮奢極侈的設備」、「電燈輝煌，巨大的梳妝臺與衣櫥，加上好像是埃及女王用過的眠床和長椅，還有花瓶、插花等擺設。」、「裝飾這張眠床和客廳，至少也須一千圓以上。」、「花的錢越多，

藝旦的身價便越高。」資金的多寡決定了臺北藝旦的聲名及資本積累的速度，對比臺南藝旦集體居住在酒家生活樣貌的不同。更顯著的差異是采雲在臺北的藝旦生活中所感覺到的「自由」：

> 首先，沒有周圍的一群同儕在喋喋不休，就已省去了不少麻煩。大家都在各自的家裡有自己的閨房，而且臺北的藝旦很多都是有自己房屋的，因此乾姊妹一類的會也多，這方面的應酬費用也比南部高出很多。但是，只要死抱住這一行，便不必擔心沒有飯吃，還不必遭社會的白眼，精神上便不至於感覺不自由。因此，在臺北的這個圈子裡，生下了私生子也一點不碍事，到了三四十歲年紀便被尊為祖母，平時去看看附近一些「不良老年」，打打麻將，玩玩四色牌，儼然是個有閒階級了。[50]

即便這種自由是扭曲的，建構在女性身體被剝削物化的父權體系，但臺北都會的開發史深深嵌入女性藝旦的生活樣貌，臺北生活圈艋舺、大稻埕的早期商業發展型態，加上日治時期的現代都市化，進一步使臺北的藝旦選擇以私我藝旦間的經營模式，使其可依據自己的性情偏好建構藝旦姊妹間的社交圈，在仿造「家庭」的空間中，擁有資產中最可貴的大概就是自由與自己的空間，更重要的是臺北並未對藝旦有集中化、特殊化的現象。

　　必須進一步區辨的是這樣的「自由」與臺北此一地方感是相

---

[50]　張文環：〈藝旦之家〉，《張文環集》（臺北：前衛，1991 年），頁112。

關的，藝旦只是在此整體地方文化的一環。一方面有傳統的地方
習俗在此地延續，俗諺有「五月十三人看人」一語，正是記錄了
臺北霞海城隍爺誕辰的盛大祭典，因為五月十四日為大稻埕霞海
城隍爺誕辰的日子：

> 這一天是臺北一年中最大拜拜的日子，有大規模遊行。女
> 人們看過，回臺南以後便談起哪一個藝閣得了第一，如何
> 如何美麗，如何如何熱鬧，說得那麼得意洋洋。……一個
> 臺北人不能住在臺北，也不能去城隍廟裡燒燒香，這使她
> 覺得不知是為了什麼而活著。[51]

文本描述時值五月十三日在臺南的采雲分外想念故鄉臺北，傳統
習俗在特地區域的展演構成采雲對「故鄉」的感覺經驗——地方
感牽繫著的大眾（有別於現代國家的公民）的生活情感。所以，
在人類的經驗中「故鄉」與「鄉土」書寫，往往牽涉涵括非國
家、前現代的生活經驗，一種非現代、非均質的地方感。在殖民
地文學中，這樣的觀察就顯得有相當的抵抗意義，擴張與深入描
繪的地方生活，實際上是為了存續臺灣社會原有的地方感知經
驗，而共享地方生活的民族與特定歷史文化也被含納在一些關於
地方的感知結構中——儀式的書寫、地方社會組織的執行……。
城隍祭典被采雲深深眷念為生存的臺北故鄉之地方感的代表，且
文本提及的藝閣文化歷經清代發展，已經在日治結合商業行為產

51　張文環：〈藝旦之家〉，《張文環集》（臺北：前衛，1991 年），頁
　　105。

生重大演變。

　　在此筆者勻出筆墨回歸臺北開拓史與大稻埕霞海城隍祭典的脈絡，藉此突出宗教儀典作為歷史記憶與文化內容、地方性感知的聯繫結構。霞海城隍祭祀與臺北在小說中成為區隔了臺北、臺南的標記，蘇碩斌《看不見與看得見的臺北》一書梳理臺北如何進階成為固定空間指涉，成為與臺南相對的區域概念，並透過論述艋舺、大稻埕漢人移墾社會的形塑，認為臺北的城市開發史與民間商業、官方政治力量息息相關。今日位於迪化街一段六十一號的霞海城隍廟，記錄了臺北區域開發不同移民群在商業利益上的衝突，河港型城市從農產品出口走向商業（特別是茶葉）出口的競爭興替。霞海城隍廟的前身為八甲庄城隍，從泉州同安移民在艋舺八甲庄（今貴陽街二段）附近奉祀城隍開始，因為郊商掌握河港商品出口與人力資源，於咸豐三年（1853）發生「頂下郊拚」，促使以艋舺為主的河港往北拓展，移入大稻埕。頂郊是由晉江、惠安、南安（三邑人）移民群組成的郊商，相對於泉州同安移民的「下（廈）郊」。因利益衝突發生的械鬥，原鄉意識不免成為檢視械鬥的重要觀察，但蘇碩斌強調其固然表現為兩組不同原鄉來源移民群的暴力事件，商業利益的齟齬才是根本原因。械鬥的結果使同安移民敗走到今大稻埕區域，原有在八甲庄的城隍信仰則於咸豐九年（1859）一併移置於今迪化街，籌建為霞海城隍廟。張文環〈藝旦之家〉作為臺北文化或者地方標誌的迎城隍祭典並非自 1859 年就成形，宋光宇根據 1918 年 5 月 10 日（昭和三年）《臺灣日日新報》〈就城隍廟爐主言〉「自己卯年間倡首迎神遶境」溯及己卯年為清光緒五年——西元

1879 年[52]。蘇碩斌的論述著力於臺北城的空間發展史，宋光宇則專注在臺北霞海城隍的百年研究，但相同的是他們都將霞海城隍信仰、酬神與臺北郊商的商業運作聯繫起來的研究觀點，展現大稻埕十九世紀在茶葉國際貿易及日治後新興產業的連動發展，另外政治統治的方針及經濟、文教措施也影響了臺北霞海城隍信仰在特定時代的展演呈現。

張文環小說中所描繪五月十三日城隍祭典裡藝閣的表演是藝旦采雲與其姊妹們心繫之處，回到儀典的變遷史，研究者根據上述日治時期報紙上的資料，將最早發生的城隍祭典定在 1879 年，並延伸關注 1870-1895 年間大稻埕茶商商業貿易的外銷狀況，提出連續的茶葉貿易順差是使民間開始運作源自中國宗教活動——還願酬神——背後的驅動力，霞海城隍的盛大誕辰祭典於 1879 年成為地方文化傳統的代表[53]，進而成為此後居住在臺北大稻埕區域者的共同記憶。

當然宋光宇也意識到據一則新聞敘述判定 1879 年為起始

---

[52] 宋光宇：《城隍爺出巡——臺北市、大稻埕與霞海城隍廟會一百二十年的旋盪（1879-2000）（上）》（新北市：花木蘭，2013 年），頁 139。

[53] 宋光宇：「從 1868 年起，貿易逆差就不算大。1872 年首次出現順差五萬兩。接著是三年逆差。但是從 1876 年起，連續有十八年的順差。1876 年有二萬兩順差，翌年成長五點五倍，達 11 萬兩。再一年，順差達 34 萬兩。一八七九年達 54 萬兩。一連三年的順差當然使大稻埕的茶商以及其他行業的商人雀躍不已。舉行盛大的酬神儀式成為以所當然的事。」，《城隍爺出巡——臺北市、大稻埕與霞海城隍廟會一百二十年的旋盪（1879-2000）（上）》（新北市：花木蘭，2013 年），頁 175。

點，略顯薄弱[54]，但對於商業貿易如何帶動民間酬神活動的興起，並陳述文化受到諸多力量的影響，為一動態體──大稻埕霞海城隍的儀典也受到臺灣處於國際茶葉貿易的一環影響，進一步來看此一文化所帶起的記憶嵌入世界貿易模式與資本主義在臺灣的發展脈絡，並於日後展示為日治時期新興行業透過參與祭典內藝閣裝扮，以傳統歷史故事展演之名，進行商業廣告與行銷之實。因此，看似單純的廟會酬神活動與資本主義、殖民主義在臺灣推動現代化的歷程牽連，文化也隨應有了不同變貌，從傳統酬神的藝閣、蜈蚣閣、落地掃與神輿一同遶境的民俗性，轉變為1920 年代本地商人參考臺南廟會作法，用歷史故事所裝扮之藝閣進行商業宣傳與行銷，吸引民眾目光[55]。

　　依據殖民的推進，大稻埕霞海城隍祭典如何被新舊知識分子理解？如果張文環〈藝旦之家〉以懷慕的眼光將城隍祭典作為臺北故鄉的整體象徵，而出身臺北萬華的小說家朱點人（1903-1949）刊登於《臺灣新民報》的小說〈島都〉（1932），則以完全相反的態度描繪臺北的建醮祭典。在朱點人筆下的建醮祭典被頭人所操控，傳統款待遠至親友的豐盛流水宴卻逼迫史蓁出賣幼兒史蹟，後來更因為內疚自責連帶犧牲了史明的學業，最終史蓁在無力抵抗傳統地方社會與殖民體制的雙重良心譴責下犧牲了自己。這樣的悲劇性描繪，於陳芳明〈現代性與殖民性的矛盾──

54　宋光宇：《城隍爺出巡──臺北市、大稻埕與霞海城隍廟會一百二十年的旋盪（1879-2000）（上）》（新北市：花木蘭，2013 年），頁 5。

55　宋光宇：「最原始的霞海」，《城隍爺出巡──臺北市、大稻埕與霞海城隍廟會一百二十年的旋盪（1879-2000）（上）》（新北市：花木蘭，2013 年），頁 12。

論朱點人小說中的兩難困境〉一文將朱點人與賴和、楊逵比較，認為「朱點人對於現代化的發展，較諸其他作家還更抱持悲觀的態度。……朱點人顯然沒有表現出鮮明的戰鬥意志。[56]」賦予〈島都〉頹廢與悲劇的地位。回顧三〇年代朱點人登上臺灣文壇之際，曾被張深切在〈評先發部隊〉一文稱作「臺灣新文學創作界的麒麟兒」，筆下的小說〈島都〉呈現了傳統祭典於日本殖民現代化推進裡的顢頇實像，另一方面它隱微透露了清領以來發展成形的地方社會運作的壓迫性。朱點人〈島都〉透過描繪地方頭人社會的運作機制與日治警察政治結合的現實，指陳「地方」導致底層人民的壓迫與無處申冤的苦痛。

從上面的分析可以看到以臺北為中心的「地方性」書寫，在殖民體制殖民性與現代性的包攏下，一方面現代的都市新體驗重塑著地方，另外一方面現代性的價值重新評價著地方。

回頭觀察〈藝旦之家〉采雲離開臺北的原因固然複雜，包含她生家因父親患病將她賣予養母，因過往與茶商老闆的關係被陳得秀揭發導致與廖清泉的戀情受阻，養母聽採朋友的建議想要將采雲培養成出名藝旦的功利思想，采雲生家的階級與養家養母複雜的背景是使她走上藝旦之路的首部曲——去臺南累積資本。

如果從地方社會的傳統性與現代性的都市體驗過渡來重讀〈藝旦之家〉，文本中一個難解的片段就重新有了重要的標記意涵。采雲與廖清秀於大龍峒散步談情時老農人的闖入，相對於臺北車站、港町（環河北路）、北投、鐵路飯店、太平町、茶行，

56　陳芳明：《殖民地摩登：現代性與臺灣史觀》（臺北：麥田，2004年），頁96。

此處的非城市屬性。再對照張文環〈藝旦之家〉寫到采雲要到南
部進入藝旦的培育生活的火車上：

> 與母親一起坐在車廂一角，看著在窗外流逝的風景，漸漸
> 地覺得過去真地成了過去了，而對於即將在前面展現的新
> 的事態，也逐次有了心理準備，總算可以深深地鬆一口氣
> 了。那許多悲苦的往事，都被疾馳的火車推開了。采雲望
> 著遠山，想著遙遠的昔日。火車向前衝，就好像帶著她逃
> 開那些往事似的。[57]

〈藝旦之家〉發表的 1941 年是日本在臺的資本主義已達成熟階
段，可是張文環將筆下的女性搭火車離開臺北描繪成把現實苦難
與往事推開，疾馳的火車將被養母逼迫賣身的不堪昔日遠遠的拋
在後面。臺北到臺南空間移動，由火車運行與時刻表所造就的新
感官體驗之外，火車此一新興的現代化交通工具也將土地上的空
間均質劃一為時間單位，重新規劃了原有的空間意義生產。

> 鐵路的出現顯示旅行的感覺已經成為一種一致性的移動，
> 而與馬車顛簸叉路的世界有所不同。空間可以均質化而成
> 為時間單位（Schivelbusch, 1977）。[58]

---

[57]　張文環：〈藝旦之家〉，《張文環集》（臺北：前衛，1991 年），頁
　　102。

[58]　Mike Crang 著，王志弘、余佳玲、方淑惠譯：《文化地理學》（臺
　　北：巨流，2003 年），頁 140。

日治時期殖民體制透過火車所造就的空間均質性，使得不同的地理空間被鐵路串聯，它們成為火車時刻表上，不同時間起迄，出發與抵達的中性化時間單位。可以將日本殖民政府透過交通建設使臺灣由傳統封閉、自足的社會走向開放流動的社會，也可以參酌 Schivelbusch 所述將日治時期的火車著重在其壓抑層面的分析。比對古都的臺南與新興都市的臺北，前者為漢人移民造就的傳統文化圈，後者為殖民結構重新規畫的臺北島都，〈藝旦之家〉的采雲藉由一個非地方的火車車廂，同時將之個人生命、空間、文化意義皆「暫時」拋卻。對照賴和〈赴會〉與朱點人〈秋信〉，火車是帶起臺灣人準時、刻畫出現代時間理性身體的載體，是包納燒金客、文協成員、日本人與臺灣知識分子的混雜之處，是他們被聽、被看或溝通交談並展示差異的公共空間；也是震懾舊式文人、提醒其所屬文化格格不入的宣告式嘯鳴之處，與〈藝旦之家〉的采雲所體現的自由，可以見到火車車廂與火車在日治文學的殖民感覺結構中，並非一致性的意義呈現。

　　對照 Mike Crang 關於人文主義、科學與精神性的申述，在此要帶起的是西方因為機械與物質的發展，將人群與土地的關係逐漸帶離，爾後延伸為全球化帶來的高度同質與資本景觀，造成地方的蝕落。依循 Relph 對於人群與地方的說法，地方之所以重要是在於它牽涉了位置與自我的界定，人群生活在某地並且構成社群，很大的基準點來自於地方特殊性的覺察，甚至認為缺乏面貌的都市有害成長。過度依賴科技與繁盛物質供給的結果，在地景與建築上也突顯了「美學的困惑、倫理的貧乏，以及對科技專

業的嚴重依賴[59]」，並進一步對於資本主義所創造的虛假地方（pseudo-places）加以說明：

> 移動能力、自由、家園和慾望之間的變動關係，被視為極富男性氣概之空間經驗的寓言。[60]

男性不希望回歸安穩的家，朝向逃離，而家園被遺／移做女性化的場所，男性被描繪為逃離女性創造的處所，我們在此看到「性別意識形態透過文學而映繪在空間上」[61]。

　　以此為基礎思考賴和〈鬥鬧熱〉、朱點人〈島都〉筆下地方性展現負面可能時，文本中在舊城崩毀後才開始匯聚討論媽祖習俗，透過祭典捐獻感到地方頭人的壓迫性轉而接觸社會運動的男人，不固守家園，指向現代與傳統都可能是造就地方蝕落並導致出走的原因，此空間結構的安排隱喻「家」被殖民改造後，「家園」在地方社會被殖民加強權威後的內部爭執性，至而王詩琅〈決裂〉與呂赫若〈牛車〉都描繪了不同階級但問題叢生的家庭樣貌，於是日治小說彷彿很難讀到以家為避風港的敘述，筆者認為此凸顯出殖民地社會關係，尤其是臺灣身為殖民地的矛盾地位。一場證明男性能力、逃向自由的旅程，避開養育與安全的家園隱喻，他們透過空間轉換而轉譯出新的存在意涵，其意義依稀

59　Mike Crang 著，王志弘、余佳玲、方淑惠譯：《文化地理學》（臺北：巨流，2003 年），頁 137。

60　Mike Crang 著，王志弘、余佳玲、方淑惠譯：《文化地理學》（臺北：巨流，2003 年），頁 64。

61　Mike Crang 著，王志弘、余佳玲、方淑惠譯：《文化地理學》（臺北：巨流，2003 年），頁 64。

朝向主體存在的喘息與思索。轉而觀察殖民地社會,透過參與戰爭所投射出的逃亡路線,絕對非一般社會結構所展示的尋找一條開闊的道路,弔詭的是那是一條死亡之路,代表的也絕非真正自由的求取,而是一種透過避開死亡(在戰場上盡力求生)才能掙得的生存尊嚴之道。

相對於家屋的腐敗、家園不再美好之後,殖民地臺灣必然延伸出另外一種美好的空間指涉作為替補——咖啡館。

三、新身體與公共性: 西方咖啡館文化與殖民地公共性的解消

1911 年出生的記者與文化評論者劉捷,1928-1932 年間於東京打工求學,曾經描述在日本東京生活時接觸咖啡館與百貨公司的特殊經驗:

> 東京市內到處有文化人所開的「喫茶店」,十元錢一杯的咖啡,可以長坐欣賞音樂或與文人作家同坐交談。我的記憶最深的是俄羅斯文學的大家秋天雨雀,他當時已經是八十多歲的銀髮作家,但毫無「年老」的感覺,滔滔不絕,邊喝咖啡,邊與我們數位青年人談笑風生,不知時刻已晚矣!「喫茶店」是作家的休憩所,作家是喫茶店的常客,更是當地學生的集會所,我因吳坤煌等的介紹認識秋田雨雀、中野重治,也由其他朋友的介紹與當時的評論家大宅壯一、森山啟等相識,東京的各百貨店,例如三越、松坂屋、白木屋、伊勢丹等,每月為招攬顧客,都有免費舉行

> 遊藝會、展覽會等，參加此項集會時，偶爾也會遇到久時
> 不見的臺灣同鄉。[62]

劉捷〈在東京訪問與自己無關的名人〉筆下這些文人聚會的喫茶店，比較接近作為公共論壇的西方咖啡廳想像，那相對在日本殖民之下的臺灣，小說中的咖啡館有哪些變貌呢？

（一）迷醉還是清醒的分裂情境
——作為反控制的清醒

　　臺灣咖啡館做為異質空間於 1926 首度出現，到 1936 年臺北已經有 12 家咖啡館或喫茶店的規模，關於臺灣日治時期咖啡館與知識分子的關係是一個有趣的課題，沈孟穎將碩士論文改編出版的《咖啡時代：臺灣咖啡館百年風騷》將臺灣咖啡館的出現標定在 1926 年[63]，代表著日本殖民及臺人往日本、歐洲留學後受到西方文化影響下的新興生活方式。1920-40 歐洲（巴黎）的咖啡館文化已經從革命議題的討論場所，轉入豪華咖啡館，具備娛樂享受功能，而臺灣咖啡館的功能討論必須被放進西方霸權與日本殖民的語脈中，作為現代新文化的傳播所、摩登的休閒場所或

---

[62]　劉捷：〈在東京訪問與自己無關的名人〉，《我的懺悔錄》（臺北：九歌，1998 年），頁 77-78。

[63]　陳柔縉則將咖啡館在臺灣傳播的年代推前到 1913 年，指的是「カフエ・ライオン」（café Lion）位在現在的二二八公園內，日本時代美術傳播的舵手石川欽一郎曾經在此發起「番茶會」，邀集官員、建築師、醫生等有消費文藝能力的人參與。《臺灣西方文明初體驗》（臺北：麥田，2005 年），頁 23-26。

者墮落的逃避空間，同時也可能具備文藝公共領域與反殖民意識的秘密庇護基地[64]。沈孟穎考察臺灣咖啡館的同時注意到楊雲萍〈加里飯〉（1927）、楊守愚〈元宵〉（1931）、楊守愚〈赴了春宴回來〉（1936）、王詩琅〈沒落〉（1935）幾篇小說，認為臺灣知識分子將咖啡館作為「虛榮與墮落的象徵空間。……知識分子仍舊躲進咖啡館裡逃避他們在政治上失意的景況，或許這也正是咖啡館具有異質空間特徵有關──雖然抗拒卻又難以拒絕。[65]」。從這樣的論述看來，因著殖民主義所置入的咖啡館完全失去了在歐洲起源處的革命力量，在臺灣文學書寫中所反映的咖啡館乃做為這些失意的知識分子或者社會運動者的逃避空間。只是回溯一下「咖啡」的歷史，透過「咖啡」麻痺或者安慰墮落的自身，絕對是異常怪異的連結，或許不是日本接觸咖啡的歷史轉入豪華咖啡館可以解釋。

　　咖啡館已經在三〇年代探入知識分子小說書寫的經驗系統，首先在臺灣文學中被感覺到的殊異性是根植於在地化後的咖啡館，以及在地化後咖啡館的「女給」陪侍文化，使得象徵資本空間的意義被突顯。咖啡館經由殖民主義置入臺灣，雖不屬於直接彰顯殖民權的空間，而是以資本主義新興價值觀與現代的生活樣貌存在，匯合了看似一個可以自由穿行，為各種身分、各種階級、性別、種族者自由進入，談論革命、理想、文學與藝術的空間，要注意的是也與殖民所建構的貶抑與壓抑論述相關，間接展

---

[64]　沈孟穎：《咖啡時代：臺灣咖啡館百年風騷》（新北市：遠足文化，2005 年），頁 10-41。

[65]　沈孟穎：《咖啡時代：臺灣咖啡館百年風騷》（新北市：遠足文化，2005 年），頁 23。

示殖民對臺灣人的身體規訓。蔣竹山簡單描繪了廖怡錚從女給的角度觀察臺灣咖啡館文化的著作《女給時代：一九三〇年代臺灣的珈琲店文化》，認為咖啡館除了咖啡外，還加上帶來迷幻氛圍的菸與酒、陪侍飲食的女給，當然也扮演藝術展覽或仲介的空間[66]。歐洲傳統中做為結社或者訊息交換、發展公眾論述、匿名聚會所的空間功能，在殖民地臺灣迅速的被新穎、現代、文明或者資本主義的消費享樂所取代。

　　咖啡做為一種外來飲品在歐洲風行，後來並與清教徒強調的節制身體、保持清醒之價值符應，喝咖啡的特殊性區隔於其他飲品，此外咖啡與茶在西方語彙類似，都以不同的後設語言被重新納入到文化範疇，並被一般大眾接納進到生活領域，最後因為工業革命對勞動身體的節制要求，咖啡所屬放鬆、不屬正餐、餐後多餘飲品的意義，開始偏向節制、管控、強調清醒的價值意義。

　　綜上筆者認為源於西方並經日本改造後的咖啡館新義，應該包含兩種語脈。第一種如沈孟穎所考察的時間脈絡角度觀察，日本接觸咖啡的時間已至歐洲咖啡館新增豪華咖啡館的經營模式之際；第二種筆者認為較為複雜難解，應該從飲食結構觀察，從餐後飲品與正餐的關聯性出發。從用餐規則的構成與想像的歷史發展，原本餐後的附加性飲品——酒、茶、咖啡，咖啡與酒如何從同一結構面轉入對立面，使得咖啡被附加上清醒、節制的現代標籤，並將咖啡作為商品經營，誇張其以其現代象徵性進入資本消費模式的發展自然有其脈絡，但是筆者想探究的是被潛抑在用餐

---

[66] 蔣竹山：《島嶼浮世繪：日治臺灣的大眾生活》（臺北：蔚藍文化，2014 年），頁 218。

結構——正與多餘、附加，以及被現代節制身體的需求掩蓋的舒適性、口舌的欲望，真的被清醒給抵消、銷聲匿跡了嗎？

　　相關論述有垂水千惠透過 café 考察了林輝焜《命運難為》（1932）、王詩琅〈沒落〉（1935）、小林多喜二《黨生活者》（1933）、佐多稻子〈洛陽餐館〉（1932）、〈自我介紹〉（1929）等幾篇文本，希望從普羅文學的觀點來看文本中咖啡館的標記性。對照陳芳明在論述王詩琅〈沒落〉時將小說中的 café 做為表徵現代感的負面符號存在，展示殖民資本主義的高張的背景下，三〇年代左派運動遭到鎮壓，咖啡館是使左翼運動的失意者耀源及其同伴相遇，容納馬克思主義者的敗落空間[67]。而垂水千惠此篇論述並不將殖民資本主義與馬克思主義放在同一軸線上，透過對比臺灣小說林輝焜《命運難為》（1932）與王詩琅〈沒落〉（1935）時，對林輝焜《命運難為》被歸入大眾文學而王詩琅則歸入臺灣嚴肅文學的代表作之差異展開探究；首先指出〈沒落〉的主角將女給「置於自身之外」的描寫，是將現代與馬克思主義做為二元對立觀念，並將女給當作現代性的記號而排拒著，認為王詩琅這樣的描述沒有考慮到女給在社會階級中的位置性，既無法如小林多喜二《黨生活者》那樣深入馬克斯主義內部進行自我的批判，凸顯馬克思運動中女性的生活樣貌，也無法如佐多稻子〈洛陽餐館〉、〈自我介紹〉那樣展現身為女侍的生活樣貌，抵抗社會意識將女侍視為風俗業女子的憤怒[68]；接著對比

---

[67]　陳芳明：〈王詩琅與左翼政治運動〉，《左翼臺灣》（臺北：麥田，1998 年），頁 99-120。

[68]　垂水千惠說明小林多喜二《黨生活者》藉由描述一個共產黨青年時常受到打字員女友笠原的幫助，但因為警察檢舉而失去避難所與工作，兩人

《命運難為》與〈沒落〉，認為前者補足了後者，雖然《命運難
為》的殖民批判性較弱，但它描寫了資產階級出身、高學歷且有
教養的女性因為家道中落投入女侍工作，由其對婚姻與處女的想
法，批判了臺灣社會封建婚姻的荒謬。垂水千惠希望從文藝大眾
化與普羅文學的角度，將此作做涵有政治性訊息的解讀，試圖提
醒研究視野導入女性、café 與大眾議題時，在討論三○、四○年
代的文學上會有相當詮釋上的差異[69]。

　　承繼自日本現代文化的臺灣咖啡館實際上有兩種樣貌，一種
是翻譯自法文 café 的「カフユー」就是「カフエ」，一種是喫
茶店。前者在日本是指有女給服務，販售咖啡、酒、洋食的商
店，後者則比較接近現今的咖啡店。有趣的是「日本的 café 文
化，則是隨著一九○八年起步的巴西農業移民政策之產銷策略，
於一九一一年應運而生……也衍生出幾處以酒及女侍為賣點吸引
顧客的 café bar。由於低價位的售價設定，學生、文人、文藝愛

展開同居生活，由笠原接濟生活，最後因為生活的困境只能建議女友去
當 café 的女侍，身為階級運動者的我即便看到 café 的負面性，最後仍
然狠下心持續的說服笠原；至於佐多稻子的〈洛陽餐館〉、〈自我介
紹〉則提供了身為 café 女侍，從女性觀點且深入其中的生活視點，對
社會男性將 café 女侍作為風俗業女子及貧窮女子接觸馬克思時的生命
熟稔性。〈東京／臺北：透過 café 的角度看普羅文學與現代性〉，
《中心到邊陲的重軌與分軌：日本帝國與臺灣文學‧文化研究（中）》
（臺北：臺大出版中心，2012 年），頁 257-263。

[69]　垂水千惠：〈東京／臺北：透過 café 的角度看普羅文學與現代性〉，
《中心到邊陲的重軌與分軌：日本帝國與臺灣文學‧文化研究（中）》
（臺北：臺大出版中心，2012 年），頁 264。

好者、一般社會人士都喜歡[70]」，因此日本大正時期，臺灣咖啡館盛世的三〇年代就不能單純放在歐洲影響，日本在此咖啡傳播與轉譯的生產位置扮演積極、能動角色。筆者於此無意於探入日本咖啡文化的興起，只是藉此提醒咖啡轉譯的過程中，日本作為接受者又成為意義生產者的雙重角色，女侍文化的滲入一來是商業性意義的拓展，二來是「欲望」課題本來就潛藏於咖啡飲品本身，以及最後咖啡飲品的種植產銷與殖民主義的關連。日本作為西方的模仿者／臺灣作為日本的殖民地，對於咖啡文化有可能的挪用，或者透過打破系統性意義的接收，有可能在快速挪用過程中，經由錯置探觸到真實。筆者想要提出的是，是否學者在評論的時刻隱隱然將咖啡館作為中產價值代表與某種知識階層自由聚會的節點，可能忽略的平民性及對公眾論述想像的局限性。

> 咖啡館逐漸成為都市裡一個談話、情報交換、情感交流的重要社交場所。文人們在此談論著他們的藝術、文學與思想，而這當中產生的閒談甚至影響大正期的輿論界與文壇……大正期的咖啡館文化與十八世紀英國的極為相似，同樣具有強烈的社交、媒介、傳播，以及跨越階級藩籬的性格。[71]

---

[70]　垂水千惠：〈東京／臺北：透過 café 的角度看普羅文學與現代性〉，《中心到邊陲的重軌與分軌：日本帝國與臺灣文學‧文化研究（中）》（臺北：臺大出版中心，2012 年），頁 249。

[71]　垂水千惠：〈東京／臺北：透過 café 的角度看普羅文學與現代性〉，《中心到邊陲的重軌與分軌：日本帝國與臺灣文學‧文化研究（中）》（臺北：臺大出版中心，2012 年），頁 248-249。

在沈孟穎的《咖啡時代：臺灣咖啡館百年風騷》一書同樣將中產
公眾交流的咖啡館作為典型，只是其中提供了兩個線索，對筆者
上述課題的進一步思考，饒富意義。畫家楊三郎哥哥楊承基於
1930 年開設「維特咖啡館」，從店名取自歌德《少年維特的煩
惱》，原本希望作為藝文界人士交流之處，確因為生意清淡轉而
開始經營酒家，藝文討論未成，反為「美女如雲，服務親切，成
為臺灣人開設的第一家高級酒家。於是文人墨客、青年士子趨之
若驚……[72]」的景象。其宏願由維特主廚和經理轉而開設的「波
麗路」與「山水亭」實踐，成為臺灣日治時期的藝文重鎮。此兩
處偏向純咖啡館經營，業者同時也是藝術經紀人、贊助者，咖啡
館除了是這些藝文人士、畫家、文學家、新劇家與社會運動者的
論壇之處，也是藝術作品的展覽空間，日治時期這樣複合性經營
的咖啡館還有天馬茶房。

　　另外不能迴避這些在藝文上發揮重大影響的咖啡館與咖啡語
彙外，日治時期有一些咖啡館一直都與享樂相關，從陳柔縉談到
老電話簿上的咖啡館名字所充滿的欲望指涉，甚至日本咖啡店也
有取代舊有啤酒屋的狀況，在此所涉及的多重文化翻譯展現為酒
店合營、女侍端送飲料、陪客人同席的咖啡館，此種新興空間的
複雜情態在在影響殖民地臺灣對咖啡館意義的收受，甚而一般臺
灣大眾所認知的咖啡館可能是官能享樂之處[73]。這到底是臺灣發

---

[72]　陳柔縉引用《陳逸松回憶錄》的文字。〈咖啡館〉，《臺灣西方文明初
　　　體驗》（臺北：麥田，2005 年），頁 26。

[73]　「老電話簿上，這些咖啡店的名字有『胡蝶』、『處女林』、『美人
　　　座』、『紅蘭』……『吉乃』這種咖啡店名更足以叫現代的日本人發
　　　笑；……直覺就是個藝妓。咖啡店取名『日活』……『日活』從戰前以

明，日本發明，還是本來就涵括在咖啡文化中？如果咖啡館在歐洲的生成歷史是區別於貴族沙龍，雖然一便士咖啡代表著它作為自由社交場合的始源意義，但它的空間也相對排拒了無法付出一便士購買一杯咖啡，沒有那麼多閒暇時間在咖啡館久坐，以及對於公眾議題或者藝文無暇顧及或者不具備談論基礎的市民。因此我們慣常提到的法國花神咖啡館、左岸咖啡館之外，有一些是轉型酒鋪給勞動者提供便宜咖啡，有些是販售廉價咖啡給去工廠途中又亟需提神的勞動者的路邊臨時攤位，在此可供思索的是咖啡館固然提供知識分子自由批判的空間，但也顯示需要清醒以投入勞動的底層階級如何被隱蔽，為了生活不得進入自由公共的空間。那些前往工廠為資本家勞動的人是咖啡清醒、提神與控制意義的消費者，坐在咖啡廳談論文藝與公眾事務的知識分子乃是藉由提神，藉此進行清醒理性的思辨，是反控制的，咖啡與理性及抽象思考的關聯乃是由後者的實踐所派生，並確實使咖啡館想像常居於批判位置。

　　因此沈孟穎引述的幾篇小說楊雲萍〈加里飯〉（1927）、楊守愚〈元宵〉（1931）、楊守愚〈赴了春宴回來〉（1936）、王詩琅〈沒落〉（1935），彰顯其代表日治臺灣知識分子將咖啡廳

來，就是日本有名的電影公司，拍大眾娛樂片，也拍挑逗爛情的黃色電影……」、「臺南風月報紙《三六九小報》第二八二號（1933）載有『……尋芳買醉。現已捨酒樓而趨咖啡店矣。燈紅酒綠。粉膩脂香。燕瘦環肥。左宜右有。群花招展。肉屏風也。蠻腰巧折。天魔舞也。唱片妙響。流行曲也。心身陶醉。五色酒也。時代人之官能。於是乎享樂之亂舞。盛哉珈琲店。尖端時代之寵兒也。』」陳柔縉：《臺灣西方文明初體驗》（臺北：麥田，2005 年），頁 22、23。

作為虛榮、墮落、逃避政治失意的空間，對於其殖民現代性想予以抗拒卻又難以拒絕。筆者想要進一步細究臺灣知識分子如何感受、經驗源於歐洲，在諸多價值意識的語彙交織下[74]，間接由日本殖民置入的咖啡館，如何更新或移置臺灣知識分子的空間認知與身體體驗，知識分子是否覺察咖啡館所體現的階級隱蔽性？因此重返文本細察其脈絡就顯得更加重要。筆者於此稍作擱筆，對照楊雲萍 1926 年發表的〈加里飯〉與楊守愚 1931 發表的〈元宵〉，前者描述在東京求學的青年與生來窮苦的彰化鄉下青年的咖啡館體驗。文本中身處東京與彰化的臺灣青年，絕非站在中產階級咖啡文化或藝文、公共論述那一邊來感受咖啡館的，這兩個人都被塑造為咖啡館的「外人」，筆者覺得在咖啡館意義的生產鏈上，身處「殖民地」臺灣的知識分子筆下的咖啡館深具批判位置，或許不是墮落頹廢的處所意涵可以含括。筆者理解墮落頹廢的評論很大一一部分來自王詩琅〈沒落〉小說中耀源的樣貌，在咖啡館空間的關注中耀源形象被論述的放大使然，於是乎王詩琅所形塑的墮落知識分子樣貌，深植人心，相對的咖啡館所代表的現代墮落文化與享樂空間的展示，凸顯臺灣知識分子以此地作為政治理想破敗後麻痺自己之處。

74　首先是與咖啡因的提神效果如何與西方清教徒與布爾喬亞階級結合，產生現代價值要求下清醒受控的身體觀；第二則在通訊不是那麼便利的時代裡咖啡館提供市民作為聚會、組織的公共空間，並發揮對熟客的庇護功能，得以在咖啡館交換話題，作為布爾喬亞公共論壇的基地；第三也逐漸發展成布爾喬亞展現生活品味，在精神與藝術層面的浪漫依托。

（二）保藏殖民壓抑的現代、享樂
——被褫奪發言後的格格不入

　　在討論上述幾篇與咖啡館相關的文本之前，透過書寫者的出身，或許可以推估現實生活裡作家思考咖啡館的傾向差異，作為分析參考。楊雲萍（1906-2000）年出生於士林醫生家庭，祖父為傳統文人；出生彰化的楊守愚（1905-1959）因父親為前清秀才，所以有古典文學的基礎且與賴和關係密切；王詩琅（1908-1984）出生艋舺布商家庭，曾入私塾。葉石濤《臺灣文學史綱》將他們歸屬於萌芽期作家，在 1925-1937 年的創作與文學活動最為活躍，也是陳芳明研究中臺灣第一世代作家所涵括的範圍[75]。作為與賴和同被歸入第一世代的作家，楊守愚與王詩琅於 1927 年曾經與蔡孝乾籌組「臺灣黑色青年聯盟」；另外也可以從他們的生活場域，分為靠近島都的王詩琅、楊雲萍，以及以彰化為生命中心的楊守愚；從時代來看他們三人都在臺灣新舊社會並呈的脈絡中成長；從階級上看楊雲萍、王詩琅與楊守愚都非出身勞動者家庭，而他們關於咖啡館書寫的幾篇文本對照閱讀時，比較有意義的差異是接近島都的程度，使得小說家在翻譯咖啡語彙與身心感受產生區隔。

　　首先，〈加里飯〉描述於東京生活的臺灣青年去信給父親，詳盡描述在東京的種種必要開銷，提出希望父親寄出五十元生活費的請求，但在收到故鄉鄉紳階級父親的來信時，對所附四十元匯票感到失落。在此楊雲萍仔細的描述青年的情緒從懊喪進而轉

75　陳芳明：〈現代性與日據臺灣第一世代作家〉，《殖民地摩登：現代性與臺灣史觀》（臺北：麥田，2004 年），頁 27-50。

變為對父親不滿，甚而憤怒，終至轉念細察鄉紳階級的父親為生活奔忙，卻受制於資本主義的世界經濟體系的無奈，同時又受制於殖民權力的結構交織，最後代之而起的是澎湃的思鄉心情。小說描述青年為了轉換心情，抑或剛好傍晚用餐時間來臨，青年走入東京的金星咖啡店，在此文本呈現臺灣留學生於東京「籐木下宿」的生活樣貌與咖啡店的對照：

> 這四疊半的日本式的室，除排著二三十冊的書籍和舊雜誌以外，唯有他覆著的小几，在朝東的窗下的左邊。
> ……[76]

> 東京市的大廈高樓，已經這兒那兒地點上電燈了。
> Café Kin-on-hoshi
> ──金星咖啡店！
> 他已經放過好幾處的咖啡店了。因要洩出這滿身的悲憤、寂寞和不安，他想跑入咖啡店裡。可是，他逛咖啡店是很稀，而加以衛道心、自負心和羞恥心使他踟躕不決。[77]

臺灣青年的宿舍陳設簡單，除了生活必須外沒有多餘之物，而簡單實則源於生活窘迫的居無長物，因此久居在狹小卻因貧困顯得空闊的空間，不免使青年感到寂寞，對照臺灣青年駐足於現代化

---

[76] 楊雲萍：〈加里飯〉，《楊雲萍、張我軍、蔡秋桐合集》（臺北：前衛，1990 年），頁 47。

[77] 楊雲萍：〈加里飯〉，《楊雲萍、張我軍、蔡秋桐合集》（臺北：前衛，1990 年），頁 48。

城市與咖啡店前的心情也是「悲憤、寂寞和不安」，文本兩次重複書寫知識青年「感到寂寞」，筆者覺得這是十分值得注意的細節。相對於藤木下宿，小說後半出現的咖啡廳明顯是另外一種空間，雖然同樣都被感受為簡單，但現代咖啡廳被打造為秩序與穿透，展現其與現代價值的合拍，於是主角原本源自殖民地出身的悲憤不安感受，一旦進入有女侍招待的咖啡店時，身處彰顯現代與商業享樂的空間，即便在十一月下旬寒冷的天氣也開始溫和起來，覺得「店裡的面積不很大，是矩形的。可是六張方桌排成二列，卻不見什麼蹭蹐。[78]」在此藤木下宿與咖啡店之實際大小不是重點，而「被感覺」為狹小卻不擁擠狹小的空間才是焦點。咖啡館作為公共空間，人與此地並沒有依附性，所以經過有序的安排所顯現的不擁擠，乃受制於人對公私領域所領有空間的想像差異，實際上非常擁擠的店面，因為與陌生人共處一室的公共性，其擁擠感會因為陌生而被輕易解消，或者加上身處陌生人與公共空間的匿名性，所以會有兩極的可能：前者使主體的內在感官放大，投注到公眾觀察思考人我的關係，甚或涉入公共議題的論述，因匿名性使得咖啡館一方面得以保藏個體內部既私且隱的存在，或者主體透過置身公共空間，開始對自我的具體位置展開積極想像，並將其朝向公眾的弔詭情境。基於身在咖啡館主體的觀察，小說中的寂寞青年在面對咖啡店的召喚時，如何在心境上從金錢的無法滿足，對所處世界感到悲憤，轉為對咖啡店於社會上所屬空間位置的清醒覺察，彼此感知轉換的互相映照詮釋。臺灣

---

[78] 楊雲萍：〈加里飯〉，《楊雲萍、張我軍、蔡秋桐合集》（臺北：前衛，1990年），頁48。

青年於此產出「衛道心、自負心和羞恥心」，承繼他的階級又彰顯其殖民地位置，甚至是主體內部思想體系的衝突性。從文本得知另外兩個去處——同鄉老許處、T 雜誌社看報，類似於咖啡店的功能，這兩個空間提供主角緩解悲憤寂寞不安情緒之地，筆者不願意因為這位臺灣青年終究進入有女侍陪坐的咖啡店，而簡單的將此敘述導向青年往咖啡店是單純尋找慰藉，更應該被看到的是文本中臺灣青年在此的格格不入。推拒他的正是階級想像、殖民歸屬，殖民地人民身分的次等性、對現代消費文化的排斥，以及對欲望的貶抑，循此在文本中所述的衛道心、自負心和羞恥心等語才能得解。而咖啡館的通透空間並向所有人開放的公共特質，雖然一視同仁地邀請殖民地青年進入，但被殖民的主體覺察到的，除了落實到殖與被殖在經濟與階級的阻絕外，筆者認為還有如法農後殖民論述所切入與強調的——殖民地的現代性不適應症，一種殖民主義所落下的持久精神疾病的肇因。

　　進入咖啡館的殖民地青年自然很想順利被納入咖啡語境，「『咖啡』他不自然的說。」可是真如垂水千惠所說臺灣文學對於 café 的接受是沒有普羅文學特質或者沒有階級性的嗎？

> 女招待蹣跚地走去挈著咖啡杯來，伸出潤白的玉腕放下盤杯。依舊坐在他的身邊，發出惱人的薰香。但是他覺著她們的微笑、驕態是不得已的、是假裝的，是弱者求乞般的。[79]

79　楊雲萍：〈加里飯〉，《楊雲萍、張我軍、蔡秋桐合集》（臺北：前衛，1990 年），頁 50。

在此讀者看到文本中出身鄉紳家庭的臺灣留學生到了東京依然居於次等，但是在知識啟蒙與階級的對話上，文本中的他又有權對咖啡店女招待展開階級觀察。強弱的矛盾與不適應展現在殖民地青年最後還是以「不得已」、「他再也不能說別句話了。」：

> 只濛然地凝視著咖啡茶的輕搖紫色水煙。口角硬張而顫動起來。
>
> 「孥一盤 Rice curry 加里飯來。」[80]

臺灣青年義務似的開始吃起加里飯，開始沉浸在過去、現代、未來的種種事情，腦中又想起父親信中所言的米價及租稅問題，並第三次寫及悲憤、寂寞與不安，此情感在咖啡廳裡不但沒有發洩緩解，「反而愈鮮明地湧起來。」咖啡／加里飯層疊上述的論述，消閒的、多餘的咖啡同時展現階級或性別壓抑（女侍文化），與「義務似的」吃著咖哩飯，對照吃飯在用餐語彙上的必須性，在此卻肩負了殖民地青年對身為被殖民地主體的覺察，基本生存的滿足轉為益發艱難的壓迫問題。日本咖啡館的公共性與歐洲／日本、日本／臺灣的關係，如何從一個凝聚公共論述的開放節點，演變為滲入日本酒吧、酒舖文化，並將欲望納入資本主義運作，納入女招待、女侍，而楊雲萍〈加里飯〉中徹頭徹尾身為一個咖啡館外來者的臺灣青年，首先咖啡館並未拒絕他的進入，或者咖啡館本來就很適宜知識分子形象的塑造或側身其間，

---

[80] 楊雲萍：〈加里飯〉，《楊雲萍、張我軍、蔡秋桐合集》（臺北：前衛，1990 年），頁 50。

只是殖民地出身的知識分子糾結在此複雜的力場，頹廢欲望的滿足有之，但在啟蒙青年的思維與行動脈絡中，或許可以將咖啡廳做為殖民地知識分子發現、覺察自身主體位置的契機空間。於是小說結尾「還沒有外套的他顫了幾下，沒有目的地，只是向電燈較光亮的地方踱進去。[81]」出了咖啡廳的青年人不是描述他離開某個空間，而是以「進去」描述他將帶著經過洗禮的新主體涉入會被重新體驗的新空間——「電燈較光亮的地方」一語所帶有的希望感，有別稍早之前他剛步出藤下木宿所感受的「東京市的大廈高樓，已經這兒那兒地點上電燈了。」作為闖入者的不適。

稍晚楊守愚的〈元宵〉中的宗澤雖然不若王詩琅〈沒落〉裡的耀源令讀者印象深刻或耀眼，但其鄉村出發的視角正好與耀源看向不同的方向。〈元宵〉描述了宗澤在元宵時節外出，在戶外看到孩子們無憂提著新巧多樣的鼓仔燈（花燈），因為時代改換出現飛機、輪船等花燈式樣，當然也仍有風土性的荔枝，此時宗澤無意間觀察到沒有炫目花燈而面露愁容的孩子，還因此遭受頑皮小孩的小石子攻擊，面對此景的宗澤心中興起不快之感。這樣細膩的觀察乃源於宗澤是「生來窮苦的青年[82]」。文本進一步將窮苦青年的視角延伸到街路，宗澤一連見到戀愛的少男少女穿洋服長衫在路上情話綿綿，打扮化妝入時的少女的脂粉氣混合觀音亭燒香氣味令他作嘔，少爺模樣的青年在吊膀（閒逛瞟女人），

---

[81] 楊雲萍：〈加里飯〉，《楊雲萍、張我軍、蔡秋桐合集》（臺北：前衛，1990 年），頁 51。

[82] 楊守愚：〈元宵〉，《一群失業的人》（臺北：遠景，1997 年），頁 30。

文本更以「女肉的美味」、宗澤以「資本家的洩慾器」[83]描述節慶中的女性，轉而描述宗澤感到個人無侶的妒恨，並化為憤憤的怒火。心情騷動再度尋往僻靜處的宗澤，又遇著自動車裡的妓女與嫖客，而對失業者日多、農工被剝奪的生活展開一場社會觀察，從無產階級角度出發展現對自動車內富戶的批判，只是文本在此敘述筆鋒突然一轉：

> 他覺得農工兄弟，真是其愚不可及也哩。自己竭盡精力去得來的財物，自己倒不曉得享福，反要恭而敬之地呈給那些高等流氓去享受。不，還要受到他的奚落，這才叫強權世界，無產者悲哀。
> 「媽的！索性咖啡店樂一樂吧！」宗澤氣憤憤地自語著。[84]

這時的宗擇進入了「醉鄉支店カフエ」排遣他窮愁、氣憤與煩悶的心情。楊守愚趁藉傳統臺灣人節日的元宵，塑造一個在市街或民間宗教地點遊蕩的青年宗澤，如何突的轉入室內咖啡館。在文本整體空間的描繪上，宗澤一路晃蕩途經觀音亭、市場、南郭莊役場、往蔴桐腳的大路、舊西門的小路、「一堆堆的矮屋，一排排的竹圍[85]」，對列之後產出這樣的意義：「可見雖是受到都市

---

[83]　楊守愚：〈元宵〉，《一群失業的人》（臺北：遠景，1997 年），頁31。

[84]　楊守愚：〈元宵〉，《一群失業的人》（臺北：遠景，1997 年），頁34。

[85]　楊守愚：〈元宵〉，《一群失業的人》（臺北：遠景，1997 年），頁32。

的風氣的侵略，也還改不了他幽雅自然的鄉村氣息。[86]」在此敘述中都市與鄉村作為對立矛盾的兩端。如果循著 Cresswell 對地方與空間的詮釋，宗澤感情無疑依附在以彰化地景為藍本的開放市街空間，其中舊城、觀音亭與舊時出城往莿桐的路徑，其歷史性提供了依賴感，而市場或莊役場則代表新興的權力空間，它取代了舊有空間，但小說並未細寫所以讀者不得而知，但可以得知的是宗澤對此並無過多的情感投注。

　　日本推動改正臺灣節日並無法阻止臺灣人在生活上依循著兩套時間系統的運作模式，元宵節在此文本的選擇意涵必然會與其他小說中元旦、新正的時間體驗有所區隔。若與上述賴和的〈鬥鬧熱〉對話，民俗時間、宗教儀式或者傳統空間是臺灣小說家透過地方感構築臺灣主體棲身之所，筆者想要進一步思索的是地方感的描繪、追回與形塑，是否具備積極的抵殖民效用。配合上述已經提出的問題，即便在十分現代性價值體系的咖啡館，臺灣知識分子感受到的是甚麼？他們選擇描繪甚麼樣的殖民地咖啡館風情，才是筆者更想細緻編織論述的。臺灣社會的公共討論如果因為殖民主義對此權力的部分／全面褫奪與監控，而不太可能有深刻且積極的影響殖民政策的制定，臺灣在空間與地方的課題上，日本殖民者以現代為名，透過現代知識系統消滅臺灣民族性，與塗銷批判主體的時間與位置標記，同時也透過殖民權力的施暴，將臺灣視為空白的空間，隨其意樹立權力建築於臺灣的土地上，更有資本主義的滲透，與臺灣人對現代生活方式的高估、對啟蒙

---

[86]　楊守愚：〈元宵〉，《一群失業的人》（臺北：遠景，1997 年），頁32。

知識的嚮往，產出根植於空間的價值評判——臺灣落後。從李丁
讚考察臺灣的市民社會演變的軌跡，似乎得到相同的結果。李丁
讚從 1920 年代臺灣的人口調查看出中產階級的浮現，加之各種
民間社團的成立都宣告市民社會的來臨，「當然，這也是殖民統
治下的市民社會，所有組織與行動都受到殖民政府的嚴密監督。
[87]」此外，臺灣公共領域以知識分子的活動為主，涉入反殖民、
民族解放、世界性等課題，並透過報紙作為公共論壇與公共領域
之踐履，因此日治臺灣公民權的褫奪是一種徘徊於部分／全面的
監控。站在殖民者的立場自然是全面監控臺灣言論，臺灣人是沒
有影響公共政策施行方向的可能，只是，透過報紙、雜誌、文學
書寫、或其他藝術活動，甚或上面所申述的民俗祭儀，臺灣人仍
可透過自己的／舊有的方式彰顯主體。雖然殖民權威不見得被撼
動，但站在後殖民批判的角度閱讀日治文本，不輕易的脫落文本
中關於空間隱含、對照的意義，或許可以展現推遲之效，「當
然，跟市民社會的組織和動員一樣，公共領域的言論也是受到殖
民統治的嚴密管制。這也是周馥儀所謂的『受限制的公共領
域』。[88]」，接著李丁讚對日治的市民社會作出概括：「這是一
種殖民現代性，一種受限制的市民社會與公共領域。[89]」所及之
地。筆者所謂的推遲，是一種時間上的延宕，首先指向如果在日

---

[87]　李丁讚：〈市民社會與公共領域〉，《帝國邊緣：臺灣現代性的考察》
　　　（臺北：群學，2012 年），頁 321。

[88]　李丁讚：〈市民社會與公共領域〉，《帝國邊緣：臺灣現代性的考察》
　　　（臺北：群學，2012 年），頁 322。

[89]　李丁讚：〈市民社會與公共領域〉，《帝國邊緣：臺灣現代性的考察》
　　　（臺北：群學，2012 年），頁 322。

治現實下的臺灣人的確不具備公民資格，更進一步學者分析涉及咖啡館書寫的文本都強調臺灣屈服於現代性的面向外──即便展現為糾結狀態；最後的推遲是重估殖民抵抗課題時是否應該採取一致性的標準看待臺日間的文學篩選，或者應該以同樣的空間理解與想像解讀相關的咖啡描繪。

回歸楊守愚的〈元宵〉，筆者看到的是「三層洋樓。座間，設備雖不甚華美，布置卻還幽雅，四五張墨色的方桌子，頂面都是用玻璃蓋著，光華得很[90]」的確是一個現代資本與明亮秩序相應的開放空間，只是文本中的宗澤從來就身為旁觀者，或者書寫者有意使臺灣知識分子選擇在此保留旁觀、格格不入（out of place）的主體向度，企圖利用咖啡廳的開放與自由的容納性，保留些微從殖民地知識分子身分出發的批判性可能。有意思的是從上一節的討論我們可以稍微確認，臺灣人不是沒有參與公共討論，而是不應該在咖啡館中尋找，也不應該天真的期待他們在殖民地社會轉譯西方代表公共、現代的咖啡館，批判殖民。所以應該再深究重讀文本脈絡，或者轉進其他可能的空間？

在日治小說中我們看到的是臺灣人在街道、市場或者傳統的家屋客廳展開殖民地批判，這是另一種抵抗的態度，來自於對現代空間認知的錯位或者根本就是依循、轉生自傳統的空間意義？如果日本人的現代性植入帶來了公私領域的劃分，以及現代空間的認識區隔，例如日式住宅在臺灣的重新改造，這援引了日本模仿自西方的建築理性加上殖民臺灣的風土，出入調和於西方、日

90　楊守愚：〈元宵〉，《一群失業的人》（臺北：遠景，1997 年），頁34。

本與臺灣之間。如果從家屋的空間配置來看，家室空間開始有了
功能性的區隔以及隱私強調，是西方十七世紀才出現的「新觀
念」，從布爾喬亞階級掛帥的荷蘭向北歐或其他地方傳播，隱私
才成為一種被強調也需要被尊重的事，甚至是在居室上必須依規
定精心安排才得以想像、感受的概念[91]。這些日常生活的細節，
被我們籠統稱為現代生活方式的生產過程，它同時也產生一套我
們已經熟習的現代價值。如果從公私領域的觀念發展來看，十八
世紀有賴於印刷資本主義的運作才得以被擴大想像的向度，公私
分界對於十八世紀的歐洲人而言它也還是一種嶄新事物。

> 它需要滿足一些客觀的條件：內在的條件如分散的地方性
> 討論互相援引；外在的條件是必須存在著由各種獨立來源
> 所發行的出版品，藉以作為能夠被視為是共同論述的基
> 礎。[92]

Cressewll 對於公眾領域的論述提及文本間的互相援引，這裡是
筆者進一步思考文學如何詮釋為可以互相援引的結構？日治殖民
地社會的文學書寫有沒有可能構成一個自由且相對自主的援引領
域？當然，扣緊本節論題的是涉入咖啡館意義生產的文本是否足
以構成互相支援的體系，並且組成一種共同的理解。筆者在此持
肯定的態度。如果一路順著 Cresswell 的思維檢視下去，所謂的

---

[91] 黎辛斯基（Witold Rybczynski）著：《金窩、銀窩、狗窩：人類打造舒
  適家居的歷史》（臺北：貓頭鷹，2001 年），頁 37-106。

[92] 查爾斯・泰勒（Charles Taylor）著，李尚遠譯：《現代性中的社會想
  像》（臺北：商周出版，2008 年），頁 138。

共同理解與共同態度的達成：

> 不管為了甚麼目的，或許是祭儀、戲劇欣賞、交談，或者
> 是重大事件的慶典，只要人們一同參與一個共同的聚焦活
> 動（common act of focus），共同空間便出現了。……
> 「人類的意見」（opinion of mankind）其實只是一個匯聚
> 的整體，而公共意見則必須藉由一系列的共同行動來產
> 生。[93]

Cresswell 在面對共同參與、聚焦空間中的共同行動外，還提出
十八世紀的公共領域除了是「論題共同空間」（topic common
space），還必須是一個後設論題的共同空間，公共空間想像的
嶄新性必須與一種理解配合，這種理解涉入了一種社會的想像更
新，我們設想一種外在於政體的身分，且對於各種議題有評論的
正當性，也可以為捍衛權利，國家統治正是必須建立在這種正當
性的認可且受到這種論述的制約[94]。

　　讓我們再度回到宗澤的殖民地視野與感覺結構，晃蕩在彰化
市街的宗澤加入元宵的民俗節慶行動，他行進在開放性的鄉鎮市
街，自由的穿梭、行走、思維，他進入的咖啡廳閃現封閉的，使
他身處都會語彙侵入傳統性村落意識的新興空間，文本對場景的
細膩描述很快的會使讀者在空間感上，與剛剛宗澤於街上晃蕩所

---

[93]　查爾斯・泰勒（Charles Taylor）著，李尚遠譯：《現代性中的社會想
　　　像》（臺北：商周出版，2008 年），頁 139。
[94]　查爾斯・泰勒（Charles Taylor）著，李尚遠譯：《現代性中的社會想
　　　像》（臺北：商周出版，2008 年），頁 139-140。

途經觀音亭、市場、南郭莊役場、往莿桐腳的大路、舊西門的小路交疊。出身彰化的楊守愚在文本置入自己「身存」的空間，從彰化舊城與代表新權威的莊役場，也同時描繪彰化作為臺灣島鄉鎮層級的運輸中心，有別於都市型運輸中心臺中。雖然文本在城市位格差異的描述不那麼鮮明，但都市與鄉村在此的對立與矛盾卻很突出。宗澤在街道上因為現代與階級的批判使得他悶悶不樂，它在民俗節慶的面前是一個局外人，他與他所穿行的街道、人物、社會也沒有對話、沒有交流，筆者覺得〈元宵〉與〈加里飯〉值得思考的是他們身為局外人的旁觀角度，為什麼這些知識分子時常顯得格格不入，筆者認為〈加里飯〉所述的東京與臺灣架構在殖民論述的上下關係，臺灣受殖的次等性使臺灣青年無法被納入咖啡館滔滔論述的場景，反而是藉此感受到自身置於殖民、欲望的他者性；〈元宵〉牽涉殖民地臺灣的青年接受現代知識置入而疏遠傳統生活，殖民論述邊緣、貶抑了臺灣傳統要素與諸多附著在節慶、儀式、文化上的意涵，使得知識分子常常與所處的空間及文化脫落，主體與空間連結與發言權正當性的剝離，使青年知識者即便在自由聚會可供社會公眾談論的咖啡館，都有局外人之感。反觀日治小說裡的平民或者非新型的知識分子能自由的在街道、客廳議論公共事務，知識分子藉由轉聲或寄生在市井小民之間，成為另外一個階級才能暢談，例如上面已經分析過的〈鬥鬧熱〉以及〈十字街頭〉。

（三）舊城毀，街談廳議興──島都知識青年的墮落與另類混雜的不正式發言

　　真正褫奪臺灣知識分子公民意識或者公共領域理解的是殖民

情境下的現代知識輸入，這些知識獨斷且與臺灣地方、土地脫
節，新知識分子一方面無法適應在此知識體系內反複獲得一種預
先或者後設的權利賦予，反而身居不斷消解的權力體系。特別的
是楊守愚〈元宵〉與王詩琅〈沒落〉都對咖啡廳內的行動有所描
繪。雖然小說屬於虛構領域不一定貼合於現實的社會真實，可是
在大範圍的空間書寫中，楊雲萍選擇了東京、楊守愚選擇彰化、
王詩琅選擇臺北做為咖啡館坐落的位置，十足可以構成互相援引
的空間。從這三位作家的階級位置來看，王詩琅與楊雲萍的家庭
背景似乎受益於殖民地社會，或者順利將舊有的資本轉注到新興
資本的累積上，也因為改朝換代累積了財富。王詩琅與楊守愚曾
同屬於臺灣黑色青年聯盟，差異則在於楊守愚小說中還強調了彰
化舊城的記憶與文化性，並且將都市與鄉村放在對立結構上審
視；相對的王詩琅〈沒落〉裡耀源的家與張文環〈藝旦之家〉中
采雲的租賃屋類似，展現了臺灣島都建築特性外，分屬艋舺、大
稻埕的店街長屋──為了採光而有的天井、因應氣候商業模式的
亭仔腳、樓下商店倉庫廚房的配置、樓上是家居空間，不遠處還
有臺北舊城門依舊，但是王詩琅以島都青年出發的〈沒落〉幾乎
不見傳統地方性的取材。

　　如果城門代表了舊時代的象徵，已經在朱點人的〈島都〉斗
文先生如是感覺，賴和散文〈我們地方的故事〉[95]也如是表述，

95　賴和：〈我們地方的故事〉：「不過不知是因為怎樣，城雖然拆去，人
　　總猶還是講「城」的較多，可以講這城的印象，留在敝地人士的腦裡尚
　　深，就是不曾看過城是什麼款式的囝仔，也會曉講城內城外，而且阻隔
　　城內外的城裡，自早，在現在的囝仔未出世以前就拆去了。……及至現
　　代的機器文明，乘著她勝利的威勢，侵入到無抵抗力的我這精神文明的

楊守愚〈元宵〉中也要搬演一番。另筆者感到興趣的是如果城門
是臺灣特有的傳統、歷史與風俗性符號，那麼相對總督府或諸多
的官廳建築、庄役場就是代表現代、殖民權力的符號，傳統與風
俗符號只向臺灣人開啟嚮往的合法性嗎？類似的媽祖儀式，身為
日人作家的西川滿在感官上被傳統的風俗性吸引，但是編寫了與
臺灣作家完全不同的故事[96]。根據《日治臺灣生活事情》一書，
似乎可以找到一些關於城門語彙的蛛絲馬跡。以建構影像史學為
企圖，考察日本殖民者寫真帖而發的〈日照下的臺灣風情〉一
文：

> 以「傳統」、「臺灣特有」意涵的符號，對照殖民經營的
> 文明、開化、近代的符號意義，因而會有「轎與城門」同
> 時並列為「臺灣風俗」的視覺取擇。在視覺化背後的意識
> 脈絡裡，這種「臺灣風俗」不僅是對傳統風俗、異國情調
> 的捕捉和展現，更對比了殖民統治權力載負近代、文明的

中心地（這是受人稱頌過的榮譽）來，這城樓最後的運命便被決
定。……這被留做紀念最后的城樓，也被拆去，應該「城」這個名詞，
也要隨著消滅纏息。奇怪！現在的人猶還是在講「城」，這是不是深深
潛在人的腦裡的好古意識，我是不能判斷。」原載於一九三二年二月一
日《南音》一卷三號，收入《彰化縣國民中小學臺灣文學讀本》（彰
化：彰縣文化，2004 年），頁 22-23。

[96] 西川滿：「我發現一名身著長衫的妙齡女子，眼睛微微地閉著，跪坐在
正廳前。……我竟能一根根數出她那長長的睫毛，端詳她那線條修長而
美麗的臉龐。」〈天上聖母〉，《華麗島顯風錄》（臺北：致良，1999
年），頁 137。

開化程度。[97]

被殖民者自然對於舊地方舊空間念舊思懷，只是透過考察寫真帖卻發現殖民者也同時在生產自己的臺灣風俗，只是賴和筆下的舊彰化城與風景繪葉書裡的城門自然因為主體位置的差異，具備不同意涵。如果從時間的發展進程來看，殖民初期日本對臺灣的影像生產城門是多於其他時期的，漸漸的大正、昭和間的寫真帖中又被其事物取代[98]。而在大多城門已經被拆毀僅留東門的彰化，1931 年楊守愚寫作〈元宵〉時仍願意回顧，是一種補白嗎？一方面對權力被更替褫奪的補白，另外一方面是對昭和時代已經被漸漸取代的寫真帖敘事補白。

　　學界對於王詩琅〈沒落〉的論述相當多，大正、昭和城門退場的臺北，文本敘述幾乎全然改換為殖民空間的區劃，舊城僅僅以「半年來早上沒有來過的城內[99]」帶過，筆者於此想要強調文本在舊空間中的暫時與掠過，所以這些處所不能被視為個人情感所依賴、依附的地方。耀源和城內的疏離是因為晚起，更因為較常從事的賭博、喝酒、藝旦間等娛樂都在舊城外圍，王詩琅筆下的臺北全然是一個殖民權力改造過的城市，榮町、末廣町、太平町，配合小說所述的時間指向五月二十六日的海軍紀念日，同時

97　徐佑驊、林雅慧、齊藤啓介合著：〈日照下的臺灣風情〉，《日治臺灣生活事情》（臺北：瀚蘆圖書，2016 年），頁 74。

98　徐佑驊、林雅慧、齊藤啓介合著：〈被凝視的臺灣片段〉，《日治臺灣生活事情》（臺北：瀚蘆圖書，2016 年），頁 61-62。

99　王詩琅：〈沒落〉，《王詩琅、朱點人合集》（臺北：前衛，1991年），頁 52。

也是盟友接受法庭裁判的日子：

> 他無所事事，信步行到尨大的血般赤紅的總督府的時候，
> 這四圍盡是廣大的官衙洋樓的建築物中央，高聳雲霄地瞰
> 視下界屹立的尖塔上空，爆爆底響由東方飛來，腹裡有鮮
> 紅的圓白之銀色飛機三架，編了隊穿來鑽去翱翔一會，就
> 不知向哪裡消沒去。[100]

此時還有教員帶領公學生編隊合唱於街路中大步而過，此間的耀源早就從法院轉進到明治製菓喫茶店樓上，喝著曹達水想著晚上要到　A　處賭博，並在九點至十點間到咖啡店摩羅珂與艷子、正子打訕喝酒，最後選擇到東瀛樓與藝旦阿鸞處結束一天的享樂。在此王詩琅塑造晚起、夜生活、沉浸酒賭、不勞而食、心情苦悶的青年，前面四者都與資本主義邏輯背離，心情上的憂悶也非建全的精神狀況，因此耀源在沒有民族符號也沒有地方感的空間中遊蕩／流連，他大多數時候是處在迷醉狀態的，耀源無法在此空間棲身的原因，除了左翼思想被查禁破滅而噤聲外，還有殖民者透過重劃空間使得殖民身體在自己的島嶼身為外人，格格不入。對照此前的文本大多描述在現代咖啡廳格格不入的青年，王詩琅選擇描述在都市的空間中流蕩，留戀流連遲遲不回家的知識分子圖像。回顧耀源的家，筆者覺得那無疑相對顯得「太溫暖」的處所。對應於開放的公共空間，王詩琅約略以二分之一的篇幅描寫

---

[100] 王詩琅：〈沒落〉，《王詩琅、朱點人合集》（臺北：前衛，1991年），頁 52。

那個逐漸破敗的家。家是定著的地點，文本中的父親、妻子都對耀源的墮落生活極為忍讓克制，相較於耀源不克制且充盈惰氣的身體，泉裕商行裡的每一個人都忙碌不堪各有其位，而出身良好家庭、受過新式教育，參與過社會運動的青年，卻無法安住在家，也無法安棲在社會。

　　很類似的敘述是楊守愚〈赴了春宴回來〉中的我，也是一名熟稔在咖啡館的享樂者，只是「咖啡館確是個好去處，只要有錢——[101]」仍然凸顯出咖啡館與階級的衝突，甚至與家庭（妻子、現代一夫一妻婚姻）的衝突，與傳統母訓（社會道德）的衝突；相較之下耀源面對一個完全沒有衝突的語境，一切都那麼自然，可是就如上一個段落分析的耀源形象，他除了是個左翼失敗者，更深刻的還是在於他不現代的身體，不受控制、不節制、漫無目的晃蕩甚至寄情享樂的身體，於是小說末了面對無處棲身之感時，寫道：

> 日間那麼喧囂的這大通，這時候已靜謐得死的一樣寂無蟲聲。獨茉莉花般排著的兩旁的路燈，輝煌地照得亞士華爾卓發黑油油的光亮。咖啡店的紅綠藍的「良・薩茵」在涼冰的夜氣中露出寂寥的微笑顫抖著。[102]

耀源最後想要踢開酒杯與頹廢，配合結尾「彎到黑暗的末廣町的

---

101 楊守愚：〈赴了春宴回來〉，《賴和全集》（臺北：前衛，2000年），頁238

102 王詩琅：〈沒落〉，《王詩琅、朱點人合集》（臺北：前衛，1991年），頁52。

時候，不知道是那裡的雄雞，朗朗亮亮底抑揚的啼叫聲、鮮明地透進車窗來。[103]」耀源要對付的是不夠現代的身體？這裡顯露出一個問題，殖民體制的深刻性就在於它藉由改變空間、創設空間、生產空間的過程，剝除了地方性與地方感的可能依附物，最終也銷毀了受殖者站在共同的地方想像中抵抗的可能。因此，關於這個看似懷抱希望朝向未來的結尾，筆者覺得它無疑是非常「現代」的───一種標誌起始卻無終點的時間觀，實際上也是一種流動的時間觀，那將是地方感連暫時都無法駐足的狀態，均質的樣態下，差異已然被抵銷。

除了批判文學是一種可塑、可著力的公共空間外，在書寫現代景貌的脈絡中較難編織出其抵抗脈絡，那麼筆者將論述轉而關注在書寫傳統脈絡中的舊知識分子、街談巷議、底層階級荒謬學舌，關注公共事物的片段，凸顯抵抗的另外一種類型。

筆者以賴和〈棋盤邊〉作為上述論點的支撐作結。賴和1930 年寫了一群庄民在舊文人的客廳下棋消遣，老文人把自家的客廳貢獻出來，作為大家消遣的空間。文本中可以看到老許與後來出現的甲、乙、保正、忽的進來的人、阿憨舍與主人家，一邊下棋、一邊喝茶，庄民一邊自由的進到這間客廳展開論壇，其間談論到總督府於 1929 年發布的「改正臺灣鴉片令施行規則」，宛如臺灣殖民地版的另類咖啡廳：

「為什麼不是民意？你曉得出願者有多少了？免著驚！三

---

[103] 王詩琅：〈沒落〉，《王詩琅、朱點人合集》（臺北：前衛，1991年），頁 58。

萬幾千人。那文化會的人年年所做的把戲，什麼請願運
動，蓋印署的也不過是千餘人，就講是民意，難道三萬多
人的願望，就不成民意嗎？」

「是老許講去真著，這是現代最聞名的政治，你看澳
門、爪哇那些泰西先進諸文明國，不僅××特許，就是賭
場也是公開，政府還多一種稅收，可惜這一層還不見計
及。」[104]

此篇文本提及日本在臺灣施行的鴉片政策，鴉片的特許制度為臺
灣總督府賺入大筆的專賣稅收，也使收購生鴉片的財團三井物產
獲得龐大利益，當然關乎獲得特許的臺灣人。面對鴉片在日治時
期政策與殖民統治利益、資本財團的資本積累、臺灣人以鴉片特
許作為致富的捷徑、知識分子如何援引現代思維透過結社與雜誌
形塑抵抗鴉片的論述[105]，賴和面對此結構型議題於此有相當的

---

104 林瑞明編，賴和著：〈棋盤邊〉，《賴和全集（一）小說卷》（臺北：
　　前衛，2000 年），頁 119。

105 臺灣人的抵抗從日本推行的社會衛生及資本社會需要健康的勞動力源
　　出，從國民保健的觀點傳播抵抗吸食鴉片的風氣，1921 年臺灣文化協
　　會理事長蔣渭水提出鴉片與民族，1925 年「臺灣議會請願運動」直指
　　臺灣總督府因為貪圖鴉片專賣毒害臺灣人民，1927 年成立的臺灣民眾
　　黨也將廢除鴉片吸食作為衛生政策，而真正影響臺灣鴉片政策的是一次
　　戰後國際間對於麻藥使用的規範，英國對於日本濫用鴉片的指控使得日
　　本漂白後的地位急遽轉下，又加上林獻堂、蔣渭水透過國際對總督府施
　　與壓力，1928 年「改正鴉片令」就是臺灣知識分子、國際關係與日本
　　透過公共論述協商後的結果，只是 1929 年警務局長以人權為由不處罰
　　吸食者外，更發給未申請的鴉片吸食者特許，遭到臺灣民眾黨向日內瓦
　　國際聯盟總部提出署名抗議，接著就是 1930 年國際聯盟派遣國際鴉片

揭露。文本將官廳和獲得特許者間的利益同謀關係表露無遺，可是筆者覺得文本中最突出的是上述的引文，如何將臺灣倡議鴉片特許、允許吸食作為民意的歪讀，並且將臺灣鴉片的殖民統治術與澳門、爪哇或者被影射的英國同列，鴉片與其他麻醉藥品同列，也與賭博同列，在語言結構中透過歷時性的邏輯關係，快速轉喻（metonymy），荒謬的演出看似符合邏輯的思辯論述。這樣的歪曲是否有理並非筆者要辯證之處，光就此歪讀的現象而言，實際上代表對新知識分子體現的現代公共論述的正當性（狹隘性）的諧擬？甚至以「政府已在順從民意了」、「民本政治」、「始政以來第一件的善政」[106]描述「改正臺灣鴉片令施行規則」的殖民政策。如果轉喻結構是針對表面意義的解讀，那麼文本中隱喻（metaphor）的關聯能指項在哪？

> 這是一間精緻的客廳，靠壁安放一張坑床，兩邊一副廣東製荔枝柴的交椅，廳中央放著一隻圓桌，圍著圓桌有五六隻洋式藤椅，還有一隻逍遙椅放在透內室的通路上的。中央粉壁上掛四幅在他死後纔被世人珍重的魯古先的墨竹，傍邊一對聯是老魯古寫的，書法像是學懷素，寫得真是蒼勁魯古，聯文有些奇怪。
>
> 第一等人烏龜老鴇

調查委員會五人到臺灣進行調查，當然這裡還涉入的杜聰明對鴉片成癮的研究成果及戒斷的措施。駱芬美著，蔡坤洲攝影：《被混淆的臺灣史：1861-1949之史實不等於事實》（臺北：時報，2014年）

106　林瑞明編，賴和著：〈棋盤邊〉，《賴和全集（一）小說卷》（臺北：前衛，2000年），頁119。

唯兩件事打雀燒鴉[107]

魯古先、老魯古、蒼勁魯古與改寫高懸於眾目所視地方的聯文，客廳的裝備也讓筆者憶起陳虛谷〈榮歸〉中那個充滿傳統氛圍鴉片的房間，陳虛谷筆下王秀才的房間是一間吸鴉片的薄暗小室[108]，接著是五百多字吸鴉片的細節描寫。對照之下，兩篇都寫於 1930 年，也都提及鴉片，王秀才選擇在小室內吸著鴉片，一面又在戶外的大庭辦起兒子再福的榮歸宴，一旁搭起的大綠門上掛著「衣錦榮歸」的匾額；賴和筆下的房屋主人則將客廳轉化為更公開，可以隨意進入的空間，讓匹夫庄民都可以自由進來議論一番之處。陳虛谷大力的描繪了吸鴉片的光景，賴和以阿憨舍簡單描繪鴉片特許會的場面「真是怪態百出，可惜忘記請寫真師，攝一個紀念影，真可惜！」，接著說「阿憨舍竟答不對題。」[109]面對特許會考核規範沒有正面回答，對於鴉片癮發作的怪態也付之闕如，可是明明這一項特許考核就是殖民者施展權力分配術，並藉以攏絡臺灣人的手段，文本透過對話揭露其真實，鴉片吸食會被空白、缺席，倒是發生城隍廟口賭博乞仔的牽手忴倒的插曲，文本描寫賭博乞仔的牽手最後經過醫生注射後立刻精神起

107 林瑞明編，賴和著：〈棋盤邊〉，《賴和全集（一）小說卷》（臺北：前衛，2000 年），頁 119。

108 陳虛谷：〈榮歸〉：「在一間薄暗的小室裡，橫架著一張仙床，床中鋪著一塊長方形的木盤，上方排著兩個角盒，一個水罐」，《陳虛谷、張慶堂、林越峰合集》（臺北：前衛，1990 年），頁 54。

109 林瑞明編，賴和著：〈棋盤邊〉，《賴和全集（一）小說卷》（臺北：前衛，2000 年），頁 121。

來，有人開玩笑的說「發榜時第一名一定是她了。」[110]在此賴
和倒反吸食鴉片的階級。特許會或者鴉片成癮者多為社會上「閒
的人，有錢的人，和流氓一樣的居多，手面趁食的就真少啦。」
[111]一個乞丐的老婆貪圖特許轉讓的利益，又太老實把備有解悶
的藥丸繳出去，當然這場佯裝也以荒謬作結。諧仿還沒有結束，
客人中唯一有鴉片癮的老許，「戞戞」的穿著淺拖、襤爛相、鈕
扣不扣露出胸脯、衫褲都是皺痕：

> 待茶出味了，乃倒了一甌哈著啜著，好久尚沒有人來，便
> 倒在逍遙椅上，把烟嘴擲到檳榔汁桶，兩手抱住頭殼，雙
> 腳向地一搐，身軀椅仔便一齊搖盪起來。[112]

老許喝茶抽菸貌似抽鴉片的放鬆舉動，某種程度補白文本所缺無
的吸食鴉片情狀描寫。筆者不禁要問資本主義下的臺灣，抽鴉片
就像懷著病體，除無法成為一個健全的勞動力外，也與殖民者的
資本價值相違，只是殖民地下的臺灣原本就不是在執行一個和諧
統一、價值一致的現代治理，因應殖民者的權力施展與需要，臺
灣與被植入的價值被收受者任意割裂、裁製、隨意組合，潛藏分
裂邏輯的現代性才是殖民的真貌。而烟、茶再加上咖啡，究竟表

---

[110] 林瑞明編，賴和著：〈棋盤邊〉，《賴和全集（一）小說卷》（臺北：
前衛，2000 年），頁 121。

[111] 林瑞明編，賴和著：〈棋盤邊〉，《賴和全集（一）小說卷》（臺北：
前衛，2000 年），頁 122。

[112] 林瑞明編，賴和著：〈棋盤邊〉，《賴和全集（一）小說卷》（臺北：
前衛，2000 年），頁 122。

彰其為資本主義社會的消遣品還是提神品，是在生產製造或協作合格的適宜勞動體與節制秩序無情感者，抑或是在提供勞動者疲累後或被殖民排出後麻醉、逃遁的可能？筆者認為此為賴和於〈棋盤邊〉悄悄放入的隱喻結構。此外，關於如果重新分配鴉片的特許權，是不是有人會因此失業呢？相較於 1929-1933 年日本與臺灣迎來了經濟大恐慌（Great Depression）所造成的失業問題，因為鴉片造成的失業實在是反諷又弔詭。反諷極容易理解，但是弔詭的是這種失業正揭露了殖民者是絕對權力者的真實，重新分配只是虛象。那些可能因為鴉片特許重新分配的失業者問題（實情是幾乎沒有失業者，反而可能增加如乞丐牽手那樣的冒牌貨，實際上臺灣社會也早就有透過疏通運動取得鴉片特取的人，也常是「自己不吃」的人）：

> 「那一批嗎？××會給他們補償金和安穩的衣食住。」
> 「什麼？你對那方面聽來？」
> 「難道××就會較輸善養所嗎？」[113]

這裡的善養所是清代 1832 年（道光 12 年）設立的四所慈善機構之一，賴和將收容行旅病者的收容救濟院與日本官廳相比，似乎十足諧擬清代吳德功捐助維持的善養所背後的理念「養鰥寡獨孤貧窮乃仁人事業」；相對的現代國家不是慈善事業，是身體的規訓治理術，也是一套相應的知識價值生產術，臺灣總督府的主要

---

[113] 林瑞明編，賴和著：〈棋盤邊〉，《賴和全集（一）小說卷》（臺北：前衛，2000 年），頁 123。

職務當然更不是興辦慈善事業，雖然殖民者在合理化、正當化統治權力的時候，會有某種接近慈善意圖的言說方式——拯救落後的臺灣、啟蒙巫魅的臺灣，此「善心」的陰暗面正是賴和對官廳、殖民政府與現代性再次諧擬的對象。

四、結語：殖民批判與公共性褫奪的辯證關係

　　至此筆者思考的是上述所牽涉的空間，涉及公與私的不同領域，有現代殖民體制所創設的空間，也有屬於臺灣舊社會慣習所源出的空間，相應之下是否有不同的主體觀以及文化想像及秩序存在其中，這樣的主體在回應殖民體制於權力時可能扮演甚麼樣的角色。借鏡 Charles Taylor《現代性中的社會想像》談論臺灣日治時期公共領域，在我們討論市民社會與獨立於政體的身分面向時，經濟與公共領域都扮演舉足輕重的角色：

> 公共領域是一個共同的空間（a common space），社會成員可以在這樣的空間裡透過各式各樣的媒體聚首：印刷媒體、電子媒體，同時還有面對面的實際相遇；他們可以藉此討論共同關切的事物，並從而得以對這些事物形成一種共同的態度（common mind）。[114]

Charles Taylor 描述了前現代影響道德秩序的兩種類型，習慣法

---

[114] 查爾斯・泰勒（Charles Tayor）著，李尚遠譯：《現代性中的社會想像》（臺北：商周出版，2008 年），頁 136。

類型與階序式類型，相對於現代理想化秩序有三個層面上的差異：(1)社會功能分配是為了效率與彼此補足而產生的分別，它是偶然的、變動的、暫時性的。(2)前現代社會的區分與其階序定位是密合的，現代社會則將相互服務作為職責，並有效率的執行任務，區分消匿得無影無蹤。(3)前現代的服務可以幫助人達到最高德行，但是現代生活的彼此服務僅是為了滿足尋常目標與基本生存條件：生活、自由、對自我與家庭的維繫[115]。

　　如何看待「殖民主義」是哪一種區分呢？在討論日治殖民地社會時「現代性」是一再被研究者提出的輻輳點，在 Charles Taylor 的論述路徑上，基於解決現代性在當代社會的多重樣貌，論文所分析的儀式、居室、咖啡館構成了 Taylor 所描述的一個主體關乎社會想像的輻射架構，這裡面涵括了被動的空間意義生產，也涵括主動的地方性重新啟動或者位置調配。考察日治文學地方性書寫發揚其殖民抵抗與批判的同時，筆者無法一味天真的相信這樣的抵抗具備多大的能量。基礎的現實是，殖民統治是以抽離殖民者的能動與權力而來的。

　　黃金麟以「剝奪」概括日治時期臺灣公民權，描述了日治時期經由本島人與內地人的差別對待，臺灣人一開始則意識到自己與日本人身為「現代國民」的差異，只是這樣的差異落實到教育、公共衛生、志願兵制度幾個標的實踐，公民體驗的現實差距，使臺灣人感受到現代性的植入相對的也是公民權剝奪的過程。例如殖民教育的推展增加了臺灣人受現代教育的機會，同時

---

[115] 查爾斯·泰勒（Charles Tayor）著，李尚遠譯：《現代性中的社會想像》（臺北：商周出版，2008 年），頁 27-33。

在教育資源與待遇上感受到不平等；公共衛生的推展是以臺灣人作為下等種族與標舉風土病源頭為起始，殖民者雖然受惠卻是以保護殖民者利益為出發；軍事本為臺灣人的知識禁區，卻因為戰爭的激化，臺灣人必須以生命去搏取作為皇民的可能[116]。本章的研究文本不涉入皇民化文學階段的討論，但是對於三〇年代殖民地社會公民權的褫奪，筆者嘗試不要從權力者的角度觀察，透過地方性的感受結構的鋪展強調，或許可以在臺灣人民被褫奪公民權的境況中，仍可以看到新知識分子、舊知識分子、一般平民百姓，在現代的空間、資本的空間或者在傳統的空間，在室內或室外，在封閉或流動的狀態中，嘗試調適與界定主體的行為，透過書寫者筆下歪讀權力與諧仿，繞過公民權被褫奪的次等區域，展現更糾結、更複雜的感受面貌。

在談論臺灣抵殖民的論述從哪些場所發聲，以一個成熟的市民社會要件來觀察臺灣殖民地社會，臺灣人是否獲得部分或者在文學的書寫領域，通過僭越擬似獲得自由談論的契機。從李丁讚〈市民社會與公共領域〉一文，描述現代性社會在個人、社會、國家的彼此關係時，認為市民社會標誌著從傳統進入現代的重要關鍵。與傳統的知識型及其思維的斷裂是引領人類從 18 世紀進入市民社會的關鍵。他引用了 Elias 的說法認為城市的誕生、文藝復興、宗教改革、科學革命到啟蒙運動可以視為西方文明的進程，使得人類以優雅、文明、整潔取代粗糙、野蠻、髒亂的行為。這些轉型、這一連串的文明通過儀式包含：1.資產階級的誕

---

[116] 黃金麟：〈公民權與公民身體〉，《帝國邊緣：臺灣現代性的考察》（臺北：群學，2012 年），頁 251-257。

生，知識水準提升，貴族為了區隔於新興資產階級而開發了諸多
文明禮儀與技術，但最後這些禮儀也傳到資產、中下階層，成為
一種世俗的生活方式；2.商業文化的洗禮，商業文明誕生後影響
人的行為朝向更有禮貌、溫和，人必須控制自己的情緒才能使得
社會正常運作；3.現代國家的興起，國家透過積極的行政改造、
調節與消極的合法暴力，促成或保障公民權[117]。我們在上述的
分析中看到的是臺灣資產階級的產生與殖民地社會的關聯，因為
日治現代教育的推行，代表理性與具備新知的階層一併出現，並
且在殖民語彙與現代資本邏輯的雙重加強下，發展出規馴、秩序
與適合勞動的身體，還有在情感方面保持內在平和、冷靜適合理
性思考的主體，使得殖民的掠奪可以不受抵抗的行進。另外一方
面，現代理性的強調當然也讓殖民者在治理時上遇到一定的阻
力，雖然臺灣總督府是不可能透過統治機關強調公民權，但臺灣
人對批判位置的習得與實踐，可以從民俗祭儀上展開，也可以從
不符從現代價值身體的頹唐生活突襲，也可以在應該高談闊論表
達參與自由的咖啡廳顯得侷促不安、格格不入，也可以透過隱喻
的結構傳遞對殖民暴力的歪讀。最後筆者還是要面對日治時期的
文學書寫是否可以構成一個公共領域的思索？如果從他們共同聚
焦、他們互相援引來看，筆者上面的論述即以此對所選擇的日治
三〇年代文本進行細思考察。

　　如果定義再苛刻一些，現代社會公共性的出現還要加上民間

117　李丁讚：〈市民社會與公共領域〉，《帝國邊緣：臺灣現代性的考察》
　　（臺北：群學，2012 年），頁 313-315。

社團的存在才構成市民社會[118]。日治時期市民社會雖然擁有眾多的活動空間，但是對於殖民政策卻毫無影響的可能，那筆者的樂觀就要退回一些。如果依照 Becker 描述英國經濟性的市民社會，由一群律師、牧師、一般文化人士、中產地主及後來的醫生、現實意識較強的農人，生意人等組成：

> 匯集在各種剛成立的民間社團、俱樂部或咖啡沙龍等，討論如何來增進它們相關的生活和福利。從農業、商業，到通俗文化、再到娛樂、休閒等不同議題，都可以變成聚會的討論主題。除了大量的民間社團興起之外，各大城小鎮也熱烈舉行大型的公共性聚會或活動，各種音樂會、運動會、社交舞會、休閒聚會大量出現，當然還包括各種類型的學術研討會、讀書會，以及各種有關公共政策的公聽會、座談會等。這些新式聚會的共同特點是，聚會的參與者都刻意避開以前那些有關宗教和政治的大議題，而集中在與大家有密切相關的民生議題。這種集中在經濟現象或利益的討論，正是西方市民社會最重要特徵所在，本文稱之為經濟性的市民社會，與臺灣的市民社會展現出很不同的樣態。[119]

---

[118] 這裡李丁讚是援引了 Taylor 的論述，不受國家權力管轄、相互調節構成力量、影響到國家的政策運作時才能宣稱進入市民社會。〈市民社會與公共領域〉，《帝國邊緣：臺灣現代性的考察》（臺北：群學，2012年），頁 315-316。

[119] 李丁讚：〈市民社會與公共領域〉，《帝國邊緣：臺灣現代性的考察》（臺北：群學，2012 年），頁 317。

之後李丁讚引用了 Taylor 對市民社會的討論，Taylor 市民社會的構成除了自主性民間團體外，還強調這些民間團體的相互協調，這些社團的私對話透過公共領域的運作達到共識，使得私順利的連結成為公，才是 Taylor 眼中的完整定義市民社會。而Taylor 也對公共領域作出的討論：形上空間，這些論談一個接續一個，在具體或者實質的空間中進行交流，共同指向同一個議題、聚焦在同一方向，並且平等。可是李特別說明了 Taylor 與Habermas 公共領域的公共性平等，實際上忽略了階級、族群、或性別在進入公共領域時的不平等性[120]。

　　本章處理民俗時間與儀式空間在抵殖民的位置，從幾篇日治小說的空間及殖民性體驗，希望構築關於臺灣小說所關注特定地方的圖譜研究之一環。透過述明文本中的人物在那些地方發生甚麼事？遭遇了甚麼？表達出甚麼樣的意見？傳遞怎樣的主體觀感？慢慢涉入日治時期公共空間、私人空間，流動空間與地方感間的辯證關係，主要問題糾結在殖民地社會於公眾上的不夠平等與殖民檢查下的言論消音。從本章的文本分析中透露傳統廟宇的儀式祭典時與鄉土性、民族性的親源性，整體而言論述思路在經過地方性、地方感的討論之後，聚焦在地方飽含的文化層面來看日治小說。

　　因此，論文希望達成的論述是，地方性的營造，貼覆著地方性的生活祭儀、慣習、口語表達，在日治臺灣文學的意義除了遵循寫實文學規範外，包含在寫實選擇下的是文化性的、民族性的

---

[120] 李丁讚：〈市民社會與公共領域〉，《帝國邊緣：臺灣現代性的考察》（臺北：群學，2012 年），頁 317-319。

有意識調處配方，臺灣文學唯有在保持地方的特殊性下，才能殊異於殖民者所傳遞的文化價值，才能保持主體性。因此文本中的宗教活動不是單純的迷信可以詮釋，文本中的舊空間也並非懷舊可一語概括，如果將文學中所描述的地方感及文化意義集聚起來，地方感遂成為一種可攜性的文化特徵，展現在不同的文本中。回歸文本的地理圖景的開展，張文環讓藝旦采雲處在傳統與現代的文化交界，大稻埕成為書寫新舊兩種文化匯聚的地理場景。舊傳統使采雲受制於養女與藝旦的商品處境，新價值則透過教育賦予女性平等位置，且可走出傳統性別期待與家庭框架，於新興的產業扮演勞動者。文本並將此新舊身分與臺北臺南的藝旦間對舉，大稻埕新舊娛樂空間的並陳，張文環將「藝旦」與「空間」連繫，筆下的采雲並非僅是單一、偶然的女性，恰巧棲居在日治的島都而已，重新審視文本細節，此文無疑可以解讀為日治30 年代島都空間與地方交界的巡航。筆者透過這樣的考察為起點，發掘日治時期文本的殖民者所規劃的新興空間如何影響臺灣人的思維與身體，而某些保有民族特徵的地方如何在作家的書寫裡或隱或顯的彰顯抵殖民書寫的力道，展示出殖民者對於空間的改造與意義的賦予，永遠不可能將原有意義連根刨除，因此會有某些混雜的空間體驗出現在文本的現象。

　　藝旦間是一例，屬於現代資本所置入的咖啡文化語彙也是一例。從咖啡館於西方到東方日本的傳播過程就充滿曲解，所以文本中出現在臺灣咖啡館的知識分子，居於到底要迷醉還是清醒的分裂情境，到底要沉浸在咖啡館滔滔不絕的討論，將自身投入自由的空間，還是在一邊格格不入又保持清醒，透過旁觀標誌出被殖民的主體位置。而且迷醉本來就是咖啡本身帶有的剩餘性格，

只是被工業、資本成長的價值所隱藏。從這裡我們發現一連串關於意義接收的錯位與歪曲過程，臺灣知識分子之抵抗如同行走在歪斜的道路，卻依然努力保持批判殖民的動能。此外，對照街上的庄民談論，通常針對立即且迫切的生存議題，如警察取締、鴉片合法、冰品規則等，包裹在諧擬語言下的是對於殖民體制更加尖銳的指責。那些曾經被排拒在法國咖啡館門外，身上少了一便士的勞動者，因為經濟的邊緣與時間的餘裕無法參與公眾討論，而臺灣殖民地文學的書寫者則直接把論壇搬到市街或開放的客廳，那是一個所有人都可以通過或者刻意使其敞開的領域，但不可諱言的，這樣有限的提供公眾交匯空間的缺點，侷限在言語與時間容留的短暫。

第三章　理性之飲？權力之飲？殖民地的餐桌——日治文本現代／殖民飲食規訓的生成

一、視為無物，讀為有物

「有一件東西，我看到了你卻看不到……」[1]

我們的全部努力，在於將不引人注意的事物和關聯變得可見，這就是一種陌生化。最好這種陌生化與豐富的預先知識、與關於對象的了解聯在一起。[2]

---

[1]　吳秀杰：「有一項猜物遊戲，很受德國兒童喜愛。遊戲是這樣的：一個孩子選定一件大家都能看到的物品記在心裡，之後他（她）先對大家說這樣的一句套語：「有一件東西，我看到了你卻看不到……」接下來他（她）就逐一描述這件物品的形狀、顏色、特徵等，遊戲的參加者就根據這些信息來確定所指的是哪件物品，直到有人猜中。」〈有一件東西，我看到了你卻看不到……〉，《日常生活的啟蒙者》（桂林：廣西師範大學出版社，2014 年），頁 1。

[2]　赫爾曼・鮑辛格（Hermann Bausiger）著，吳秀杰譯：〈定位〉，《日常生活的啟蒙者》（桂林：廣西師範大學出版社，2014 年），頁 204-205。

　　重新閱讀陳虛谷（1896-1965）〈放炮〉（1930）時：「這
就是<u>豬肺煮芏梨</u>（鳳梨）的，那碗是<u>豬肝炒韭菜</u>……臺灣料理實
在真好吃！[3]」突然上面標記的幾個字眼躍入，對照學者以殖民
地抵抗的閱讀視域的考察：

> 抨擊警察大人濫用特權的暴行，指控他們的斂財、淫色、
> 貪食所強壓在臺灣農民身上的凌辱與血淚。[4]

什麼是豬肺煮芏梨（鳳梨）、豬肝炒韭菜？它們吃起來是什麼口
味？為什麼這位日本人真川巡查指陳其為臺灣料理？還在髒污的
臺灣家宅中吃得如此津津有味？這與客家的四炆四炒[5]有什麼關

3　陳虛谷：〈放炮〉，《陳虛谷、張慶堂、林越峰合集》（臺北：前衛，
　　1990年），頁62。

4　張恒豪：「……特別是鄉間警察，頤指氣使，一副土皇帝的派頭，所以
　　人稱『田舍皇帝』。因此警察遂成了殖民統治者的象徵，警察問題自也
　　成了當時小說的共同主題之一。」〈澗水嗚咽暗夜流——陳虛谷先生及
　　其新文學創作〉，《陳虛谷、張慶堂、林越峰合集》（臺北：前衛，
　　1990年），頁90。

5　筆者從2001年設立的行政院客家委員會，2012年組織再造改制的客家
　　委員會網站中，找到「炆」、「炒」作為客家飲食文化的特殊烹煮方式
　　的介紹。炆，是湯汁不滾小火慢燉的料理方式，大鍋烹煮保溫，適應婦
　　女忙碌的家務與家族人口眾多的需求。炒，則敘述了年節祭祀時宰殺畜
　　養的動物，為了不浪費食材，而有了肉類外豬血、鴨血、內臟等食材加
　　上辛香食材或圍圍栽培的果蔬結合的料理出現。上述說明經過筆者編
　　寫，筆者認為網站上的資料關於浪費、營養、原汁原味或許都不是鄉土
　　食升級為宴席料理背後的支配意識形態，而是料理方式適應地域性（農
　　業生產模式與柴薪取得）的延伸性結果。

連？上述所引張恒豪的詮釋仍埋有些微小事情令筆者困惑；此外日治文本研究已經相對爛熟與終了之際，還有什麼是可以跨出一步的嘗試？

上述論點是將日治文學置放於殖民批判的位置，且以後殖民的觀點進行閱讀，這是臺灣文學研究的主流取徑之一。於此之外，筆者某次偶然的閱讀卻在豬肺煮芏梨、豬肝炒韭菜這樣的字眼中躍動著。首先，當然是對豬肺煮芏梨、豬肝炒韭菜菜色的好奇，由於飲食經驗殊異所引發的偶然注目，進一步帶入筆者希冀以經驗與物質的角度閱讀日治小說的想法，扣合文化課題的探問。首先文本中出現的飲食標記是否足以成為一個研究論題？除了日治文本是否提供足夠的飲食素材外，飲食素材的討論應該或可以遵循的理論，或可否建構出合理的論述體系？將飲食標記抽出文本脈絡時，要如何兼顧文本有機整體的解讀，避免與文本脫鉤的片斷式詮釋，以及文本詮釋與「文學性」的關係？如果真的拼湊出一方關於殖民地飲食或餐桌規訓的圖景，應該如何避免單一化的論述向度，以及如何回應已經成就的殖民地文學論述？

因此，本章嘗試以殖民地餐桌為考察重點，如果有所謂「臺灣料理」的存在，它如何交織在殖民地醫療衛生、資本、理性等諸多價值體系，如何經由與日本或其他國家更為頻繁的飲食交流，使「臺灣料理」對照於日本、西洋的飲食習性，在食材、料理方式產生文化確立或移轉的現象。再者要預先說明的是在論述的同時，筆者不希望將「臺灣料理」視為一本質化的存在，本章的目的不在區辨何者屬於臺灣料理，而是希望透過臺灣料理在文本中出現的話語結構，梳理臺灣料裡是如何被臺灣知識分子接受及再造意義；以及於物質經驗層次，飲食標記如何再現了食材、

料理方式的轉變。

　　論文開頭引述的是吳秀杰翻譯介紹赫爾曼‧鮑辛格（Hermann Bausiger）《日常生活的啟蒙者》一書時所寫的序題，描述德國兒童在玩猜物遊戲時的一個套語，每個孩子心中都已預設自身所有之物，在說了引文中那魔術般的套語後，再針對設定之物的形狀、顏色、味道⋯⋯甚至是情感性內容進行語言描述，供他人猜測，直到猜對，遊戲結束。筆者女兒在幼稚園階段也時常主動提議要玩這樣的遊戲，幼兒的躍躍欲試相對於我的興趣缺缺，面對此遊戲與母職的必要或者應該佯裝為充滿興味，但成年人相對較無法沉浸其中，甚或將之視為得到滿足的對象。這個語言體系架構之初就已經原生存在的遊戲，表徵了語言如何連接主體、客體世界，如卡西勒（Ernst Cassirer, 1874-1945）所說「語言給了我們一個通向客體的入口，它好像一句咒語打開了理解概念世界之門。[6]」語言，它如此穩固，又如此脆弱。當然，德希達（Jacques Derrida）將此詮釋推向了高點，透過「延異」（difference），二十世紀下半葉不只改寫語言學，也將人類依附語言而建構出來的認知世界顛轉，朝向懷疑與辯證的思維模式。

　　從日常生活研究對兒童語言遊戲的表呈讓渡至卡西勒〈語言與藝術〉一文，卡西勒與雅克慎（Roman Jakobson, 1896-1982）有同樣的論述取徑——觀察失語症患者。雅克慎源自失語症患者的觀察，用以架構出結構語言隱喻與換喻的對立層面，卡西勒則

---

[6]　卡西勒（Ernst Cassirer, 1874-1945）：〈語言與藝術〉，《二十世紀西方文論選（下卷）》（北京：高等教育出版社，2002 年），頁 26。

以陳述語言與情感語言描述語言與藝術的關係並非模仿自然，而
是作為第二自然而存在。在此，失語症患者不是喪失語言使用能
力的人，是指無法按照語詞通常的意義和運用其指稱與稱謂的經
驗對象，他無法陳述，但卻可以投注情感。卡西勒舉了失語症患
者站在壁爐前的例子，患者無法依據指示說出「火」的名稱，但
在遭遇危險時「火」被召喚出來。德國孩童與我的女兒在反覆練
習進入語言的規訓系統時，嘗試偷偷塞進自己的情感體驗與直覺
結構，如果上一章著重在分析殖民地的臺灣人民在被褫奪語言與
發言權時的侷限，這裡則欲考察殖民地的書寫者偷偷在情感的、
感覺的層面埋下他們看到／感覺到的「危險」，如同孩童的語言
遊戲一樣，甚且這樣的遊戲本來就原生在語言結構本身，情感並
非外溢的語言表達，而是隱藏在陳述之中，含有內爆性的記憶。

　　遊戲結束了嗎？指稱與陳述的遊戲結束了，辨識殖民權力的
客體世界的遊戲結束了，對於殖民主義論述所造成的心理與文化
傷害，或者對殖民的抵抗，經由文本中埋藏的些小訊息，一些不
重要的、日常的、物的、物質的……，無法被放進邏輯、敘事、
情節中，斷裂零散的片段，是否可以拼湊出另一場未完、尚待持
續的殖民批判場景。卡西勒以語言作為藝術的基礎，特別指出情
感語與陳述語所具備的獨立性，人類憑藉著這樣的獨立性，建立
組織了知覺世界、概念世界外，還有直覺世界[7]。

　　上述所涉有很龐大的部分也有很微小的部分。相對而言「臺
灣料理」就是很龐大的體系，而關注一個小說中的飲食符號——

---

[7]　卡西勒（Ernst Cassirer, 1874-1945）：〈語言與藝術〉，《二十世紀西
　　方文論選（下卷）》（北京：高等教育出版社，2002 年），頁 24、
　　29、33。

去關心文本中人物吃什麼——則相對是微小的閱讀。扣緊飲食作為論題，筆者的論述將架構在日常生活、物質文化、飲食符碼與文化、殖民地文學的關聯詮釋。

在真正進入日治小說關於飲食的接收與意義系統的分析前，必須就「臺灣料理」與飲食階層性的課題進行背景論述。首先，什麼是「臺灣料理」？如果「臺灣料理」的出現與日治殖民帶起的民族運動類似，是一種相應於殖民者帶來的日本飲食文化與移民社會所固有的中國飲食文化的交錯，或者根本就是一種創造與發明，那筆者好奇的不是建構一套臺灣料理百科，而是經由小說文本的梳理，嘗試看見臺灣飲食、日本飲食、中國飲食間的互動，以及背後不同料理哲學的介入與驅動力。

首先，「臺灣料理」並非作為一般性的民族料理出現。筆者在思考飲食此一課題時獲益於瑞秋・勞丹（Rachel Laudan）《帝國與料理》一書啟發。勞丹以「烹飪（煮食文化）」的關注取代對農業與食物的討論，進一步認為烹飪結構的移轉是受到新料理哲學的更動影響。勞丹於是建構了全球料理的區域散布過程，以及烹飪方式對飲食文化的貢獻，時間幅度自西元前兩萬年至當代、空間橫跨全球的大規模論述，書中勞丹將煮食一事條理為幾個飲食階段：穀物料理出現後隨著帝國為了統治廣大領土與人民，軍隊移動征伐促成了料理同質化，在西元前六世紀到西元五世紀間帝國料理依據階級原則、獻祭協議、料理宇宙觀，建構出一套足以養活一大群人、具備能效比的烹煮文化——高級料理與粗茶淡飯、城裡菜與鄉村味、文明世界與遊牧世界的菜餚；接著西元三世紀至一六五○年普世宗教取代了獻祭式宗教協議，於是生成了幾個重要的宗教料理——佛教料理、伊斯蘭料理、基督教

料理；一六五一年皮耶‧佛朗索瓦‧拉‧瓦雷恩（Pierre François La Varenne）《法蘭西廚人》出版，同時期的化學物理學家、新教徒與政治上欲撤除君權神授的階級原則者，推動進入近代料理的時代，其象徵性的標記是中階料裡隨著海外殖民傳播拓張，介於高級料理與平民料理間的中階料理，在經濟上符合週薪的中產階級或者都市工人階級，也因此料理哲學轉入營養理論，並隨著工業化與都市生活型態的轉變衍生出食品工業、路邊攤與外帶食物的文化；隨著歐洲帝國與之後蘇聯的瓦解，國家數目增多，代表特定國家的民族料理被創造出來，它扮演形塑國族認同、促進公民健康、或者增加商業收益的功能，因此料理在二十世紀走入分歧，也因為跨國食品集團的壟斷而趨於一致，高級料理與粗食從國內的層級性區隔，邁入窮國與富國的跨國差異[8]。

　　從《帝國與料理》的脈絡可以察知飲食文化可能歷經歷史（食物傳播、殖民移動）、文化（料理宇宙觀、宗教、地域特殊性、現代身體論述）、階層（社會階層與料理分層）、商業資本（跨國食材的運輸與壟斷流動）的介入，相對的在看待臺灣民族料理的誕生時，就不應視其為中國料理與臺灣地域風物的特殊性結合，還必須納入二十世紀殖民論述與全球料理語彙的建構。

　　筆者身為客家族群，對上述族群料理的烹飪語彙——四炆四炒，或是鳳梨內臟結合的料理方式，並不熟悉。這種與體系疏離的關係，必然存在著文化變遷、階級、混雜、當代性或者傳統的

8　瑞秋‧勞丹（Rachel Laudan）著，馮奕達譯：《帝國與料理》（*Cuisine and Empire: cooking in word history*）（新北市：八旗文化，遠足文化，2017 年），頁 26-28、73、104、320-321、384、388、420、438、497-500、32。

後天建構等幾個層次的問題，包含了飲食建構、飲食變遷，或者群體與個體的飲食經驗、當代飲食哲學等。在上述的變動角度外，勞丹提出幾點考察定點非常值得參考：1.農業、食物雖然影響了飲食，但將烹煮風格視為具有推動力與決定的因素。2.帝國雖然造就了烹飪的擴張收縮，但移民、商人、傳教士都使得料理不受帝國邊界限制，帝國造就了被征服者的料理吸納，也使跨出邊界的人調整接受。3.料理的傳播與接受很少造成新舊烹調的無縫融和，吸納過程中可能造成食材、烹煮工具的置換，但烹飪的結構基本不變。4.新的烹飪法是因為新的料理哲學而來，涉及了政治、經濟、宗教、人體、自然的新思想、新考量[9]。

帝國與料理的關係，說明了食材會因為跨國交流而產生轉變，但是炆與炒涉及的是一種料理烹調方式，在客家（或臺灣）料理中屬於節慶宴席的菜色，除了原本飲食架構中鄉土食[10]，對於地域性食材盡其所用的概念外[11]，蒸煮、炆、炕、炒、炸、烤

---

[9]　瑞秋・勞丹（Rachel Laudan）著，馮奕達譯：《帝國與料理》（*Cuisine and Empire: cooking in word history*）（新北市：八旗文化，遠足文化，2017 年），頁 26-28。

[10]　曾品滄將臺灣農業生產與資源利用的關係分為旱地型、水田型與山地型，在食物的栽植類型與炊爨材料上也有就地取材的情況，於此架構出農村的餐桌樣貌。但此主要的研究對象是食物，不是烹飪方式的探討。之後曾品滄提出了家常菜與鄉土食如何構成臺灣料理的成分。〈鄉土與山水亭：戰爭期間「臺灣料理」的發展（1937-1945）〉，《中國飲食文化》9 卷 1 期（2013 年 4 月），頁 113-156。

[11]　曾品滄以從田畦到餐桌描繪長程貿易出現之前農業生產到食物消費的距離，即便已經出現長程運輸卻也因為速度與成本的問題，「農家高度自己自足並提供部分食物資源供給附近城市或市場需求，仍是大多數地區最普遍的現象。也因此，食物比起人類其他生活物資，如衣料、器物

涉及了不同柴薪量的運用，以及食材處理與料理時間長短，還有是否需要付出集中的關注力。其中，炒含括了較豐富的油料使用，炊則使用可以維持小火的柴薪量與較少專注集中的料理投注。但是回到日治文本的實際飲食狀況，除了節慶的餐桌外，日常的餐桌系統仍然處在非常簡約的狀態中，多採取蒸煮方式來烹調[12]，甚至採取醃漬這種介於生熟食的邊界料理術。因此，本章將對日治文本中所出現的飲食作一系統性的分類，以利論文之後對生產狀況與文化狀態的說明。

　　作為一名從民俗學轉入到日常生活研究領域的學者，鮑辛格自述其轉折來自於一個很簡單的事實：

> 我們不僅僅從頭到腳置身其中，我們的大腦也在裡面。……我們離日常生活文化那麼近，以至於我們自以為可以準確認識它……如此深地糾纏於其中，這又導致了我們因缺少必要的時間和距離去反思它們，因而我們會對自己的日常舉止作出錯誤的解釋，或者不能對已經不再起作用的

等，更容易反映出地域的性格。而此性格的形塑，主要來自於各地農業型態的差異，作物的種類、農產的數量、收穫的季節，都將對餐桌上的菜色造成絕對的影響。」〈從田畦到餐桌——清代臺灣漢人的農業生產與食物消費〉（國立臺灣大學歷史學研究所博士論文，2006 年），頁1-2。

[12] 陳玉箴從日治時期的庶民飲食觀察，家常菜「最常見的烹飪方式為水煮與炒，因為油脂不便宜又是日常必需，烹飪用油都盡量節省，以水煮、大鍋滷、燉及少量用油煎為主要烹飪法。」〈食物消費中的國家、階級與文化展演：日治與戰後初期的「臺灣菜」〉，《臺灣史研究》第十五卷第三期（2008 年 9 月），頁 168。

習慣性行為予以糾正。[13]

本章除了以鮑辛格的經驗文化研究作為基礎外，也藉由比爾‧布朗（Bill Brown）〈物論〉界定客體發生所同時產生的物性，指的是逃逸於觀念知識投射、透過語言簡約化操控的客體世界的物，主體如何身處我們習以為常，主體面對客體意識之際深／身陷於物，比爾嘗試引導讀者思考的是一種在物質中被潛抑，卻具有批判潛勢的物性，藉由主體所面對的物與物性，重新論述主、客體的運作[14]。

　　上面的客式菜色對我而言就像是奧爾登堡波普藝術中，將種種已經成為過去的、失去潛力的日常用品轉化為藝術，它們現在的不被理解，實則戲劇化的展示了物與主體的基本性斷裂與遲滯性，比爾‧布朗（Bill Brown）以「打字機擦」來說明：

> 這個客體（打字機擦）有助於戲劇化地表現一個基本斷裂，一種人類狀況，在這種狀況中，物必然看起來太晚——事實上，太晚是因為我們想要物先於觀念，先於理論，先於語詞，但它們卻始終遲來一步——作為對觀念的替代，對理論的限制，和詞語的受害者。借用海德格爾的話說，如果思考物給人一種遲到的感覺，那麼這種感覺就

---

[13] 伯恩德‧尤爾根‧瓦內肯：〈以近求遠，探幽日常〉，《日常生活的啟蒙者》（桂林：廣西師範大學出版社，2014年），頁24。

[14] 比爾‧布朗（Bill Brown）：〈物論〉，《物質文化讀本》（北京：北京大學出版社，2008年），頁76-78。

是我們把思想和物性區別開來的想像力所激發出來的。[15]

比爾・布朗（Bill Brown）對於物的存在、命名與思想之間的論辯，是烙印於上述語言相關思考脈絡，也是烙印於整個快速變遷的物質世界語境中的。客體世界是隨著人類的命名應運而生，物也在語言定錨的軌跡中，成為被壓抑的對象。

　　再者，物性或者日常生活的文化性探究，還涉及鮑辛格回返其階級出身的思索向度，「我們應該看到底層民眾手裡的知識不是一個半空的瓶子，而是一個半滿的瓶子。[16]」瓦內肯提醒讀者的是鮑辛格如此專注底層與對民眾的友好，並非是浪漫主義式的，而是「鮑辛格來自小市民階層、沒有菁英學術的家庭背景這一事實。[17]」鮑辛格出身於底層的經驗，使他對日常產生絕大的興趣，某一刻打動了作為研究者的我的神經。

　　或許這樣公、私領域交接的開場，用以架構論述的理論層面過於唐突。本章理論架構乃鮑辛格的日常研究，其源自於民俗學的圖賓根學派轉入經驗文化領域的論述；以及後現代與後殖民影響脈絡下的文化研究轉向——物質文化層面的關注，加以臺灣飲食研究的文獻成果鋪墊而成。

　　最後，也提出兩點可能遭遇的論述危機。一方面，受限於討

---

[15]　比爾・布朗（Bill Brown）：〈物論〉，《物質文化讀本》（北京：北京大學出版社，2008 年），頁 86。

[16]　伯恩德・尤爾根・瓦內肯：〈已近求遠，探幽日常〉，《日常生活的啟蒙者》（桂林：廣西師範大學出版社，2014 年），頁 25。

[17]　伯恩德・尤爾根・瓦內肯：〈已近求遠，探幽日常〉，《日常生活的啟蒙者》（桂林：廣西師範大學出版社，2014 年），頁 25。

論範圍侷限在文學文本，關於日治飲食生活的社會性關注不足，飲食原則的說明極易落入自說自話。另外，對日本、中國飲食的描述是否足夠展現全面的照應，也是論述中實際面對的挑戰。

二、拿開骯髒的手之後
——兩場經典婚禮的飲宴對讀

1930 年 10 月 27 日被視為理番計畫的模範蕃社「霧社」，其中六社——羅多夫、荷戈、斯庫、波阿隆、塔羅灣、馬赫坡——於凌晨時分接連襲擊馬赫坡駐在所、馬赫坡後山製材地、波阿隆駐在所、櫻與荷戈駐在所，最後進入正在舉辦聯合運動會的霧社公學校，由此被稱為霧社事件的原住民抵抗，演變為襲擊殖民者的武力反抗運動，並引發日本鎮壓與原住民持續抵抗的歷程。

筆者博士階段曾對霧社事件的歷史、文學與影像進行探究，主要探討歷史事件如何「存放」於日本官方殖民者的調查報告、戰後國民政府的抗日史觀的意識形態，以及民間不同階段歷史研究與文學書寫的詮釋進程。然而文字之外，介入歷史記憶與生產的還有日治原住民及霧社事件戰爭影像。筆者針對「真實」如何透過不同史述觀點的操作展現不同樣貌，對照不同媒介及其工具規訓穿織呈現，試圖說明的是殖民主義並非穩固且邏輯貫通的整體，霧社事件的發生與史述正可窺見殖民者將野蠻投射到臺灣或原住民族，自詡進步的同時，被排除的野蠻成為內部被潛抑的存在。殖民者的野蠻被包裝進理性的殖民統治架構，成為不可視的權力，卻因為一場原住民的抵抗事件，殖民者的野蠻外化為不可

遏抑的軍事鎮壓，冰冷的文字或許可以掩藏或隔開其暴力的事實，但做為紀錄真實存在的攝影術，卻無意間透露殖民者的內在野蠻，並以視覺的形式直指真實，指陳暴力的實存，指向殖民者非理性的自身[18]。

　　在此基礎上結合本章所欲探討的飲食與權力，歷史敘事的大結構瓦解後，霧社事件是否仍有可供回視的細節？

> 前舉八人中，吉村、岡田二巡查及警手一名欲參觀酒宴，而走過他們前面時，該社警第三十六號達道·莫那（土目「莫那·魯道」長子）想對該三名招待酒，而拉住吉村巡查的手，要拉進酒宴席中。但吉村巡查嫌宴席不乾淨。想拒絕而揮動被抓住的手，不期然地用力打到「達道·莫那」的手，結果本人趁酒勢逆襲，並且仍強然要逼迫喝酒……
>
> 吉村巡查以及另外兩名，參觀酒宴場所而停留時，宴席上的蕃人全部爛醉如泥，而且加害人「達道·莫那」由於喝酒過多而在意識幾乎不明的狀態下亂跳亂舞，不管是誰，都不加區別地周旋，強迫喝酒……[19]

　　在喜宴中爛醉的達道·莫那，堅持要把吉村巡查拉進來請

18　傅素春：《霧社事件的歷史、文學、影像之辯證》（國立中興大學中國文學系博士論文，2008 年），頁 228-230、359-360。

19　生駒高常（拓務省管理局長）：《霧社蕃騷動事件調查覆命書》，參見戴國煇編，魏廷朝譯：《臺灣霧社蜂起事件研究與資料（上）》（臺北縣：國史館，2002 年），頁 404、405。

　　喝酒，可是他手上黏附著屠殺的牛血及肉片等，非常骯
髒，於是用手中的拐杖揮開。這一來，達道認為這是拂逆
別人的好意，向吉村巡查打過來，結果，父親莫那‧魯道
和弟弟巴茲紹‧莫那也加入，按倒吉村巡查，痛毆一頓。[20]

　　上述兩段資料出自臺灣總督府的管理機關拓務省管理局長生
駒高常的《霧社蕃騷動事件調查覆命書》，以及臺灣總督府警務
局在事件後編選的內部資料《霧社事件誌》。前者的調查是行政
監督權的行使（因官制上臺灣總督府接受拓務省管理局監督統
理），因此敘事重點放在殖民地理蕃政策與抵抗的關聯性上，又
因為情報資訊的提供受制於總督府，所以在呈現吉村巡查與馬赫

---

[20]　臺灣總督府警務局編：「尾上駐在所巡查吉村克己有伐木的技能，與同
　　事岡田竹松一起，為了伐出霧社小學校寄宿舍建材，在馬赫波後山西茲
　　西庫，於事件發生前二十天，也就是十月七日上午十點十五分左右，從
　　霧社回製材地的途中，走過馬赫波社頭目莫那魯道家前院時，該家正好
　　在舉行該社蕃丁奧敦‧魯比和蕃婦魯比‧巴婉的婚禮。在喜宴中爛醉的
　　達道‧莫那，堅持要把吉村巡查拉進來請喝酒，可是他手上黏附著屠殺
　　的牛血和肉片等，非常骯髒，於是用手中的拐杖揮開。這一來，達道認
　　為這是拂逆別人的好意，向吉村巡查打過來，結果，父親莫那‧魯道和
　　弟弟巴茲紹‧莫那也加入，按倒吉村巡查，痛毆一頓。這件事實，立即
　　由馬赫波駐在所向郡呈報，而郡附箋下命再作詳細的調查，還沒有獲得
　　覆命就突然發生蜂起事件。他方面，莫那‧魯道也擔心官憲必將嚴屬處
　　罰，而在毆打吉村巡查的第二天晚上，兩次暗中拜訪馬赫波駐在所的杉
　　浦巡查，依照舊習慣送謝罪禮品──粟酒三瓶，請求幫助，但兩次都被
　　拒絕而回去。」《霧社事件誌》，參見戴國煇編，魏廷朝譯：《臺灣霧
　　社蜂起事件研究與資料（上）》（臺北縣：國史館，2002 年），頁
　　507。

坡社婚宴衝突的問題時，就直接以駐在所上呈的層層報告表示。
後者包含 1930 年 10 月的「霧社騷擾事件」、1931 年「保護番
襲擊事件」兩部分。第一編緒論主要描述了日治理蕃政策與霧社
歸順過程、及與周遭原住民群落的互動關係。在調查紀錄事件原
因的推究上，臚列出蕃人的本性、馬赫坡社頭目莫那・魯道的反
抗心、巴茲紹・莫那對家庭的不滿、吉村巡察毆打事件、警察紀
律的鬆弛、警察取蕃婦的問題、事件前的各項工程、霧社小學校
寄宿舍建築工程、不良蕃丁的策劃、本島人的策動、人事行政上
的缺陷[21]。十一項原因鉅細靡遺，連無法證實本島人是否涉入的
傳聞都錄入，最後將事件的原因歸諸在霧社小學校的建築工事。
報告顯示殖民者關注事件的遠因、近因、導火線，如果轉換視
角，筆者欲將事件原因第四款「吉村巡察毆打事件」的內容抽取
出來，以霧社原住民的日常生活紀錄視之，探究微末中所涵括的
文化課題。有別於一個人糾眾抵抗的罪人或英雄敘事，也不是歷
史詮釋的翻轉與轉向那樣的宏大企圖，日常是潛藏在歷史的大敘
述之下，埋藏在殖民主義現代化監控、資本主義滲透下的文化事
件，經由日常生活瑣事的回視，「以近求遠[22]」探討其可能持存

---

[21]　臺灣總督府警務局編：《霧社事件誌》，參見戴國煇編，魏廷朝譯：
　　　《臺灣霧社蜂起事件研究與資料（上）》（臺北縣：國史館，2002
　　　年），頁 500-520。

[22]　伯恩德・尤爾根・瓦內肯以 Von der Weite des Nahhorizonts（近視域的
　　　寬度）為題，談德國圖賓根的民俗學者赫爾曼・鮑辛格。《日常生活的
　　　啟蒙者》的譯者吳秀杰將此篇譯為〈以近求遠，探幽日常〉，並且說明
　　　了瓦爾特・舒爾茨（Walter Schulz）對近視域與遠視域的區分，與鮑辛
　　　格日常生活研究的關係。「『近視域』的各種關聯取決於可見的、可把
　　　握的與他人的相遇，是一種我—你式的關聯，或者是在一個小的群體之

的文化細節與差異。

引文中吉村巡查原本的意圖是參觀酒宴，所謂的「參觀」明顯的是欲保持旁觀者的距離，尤其此筵席在吉村眼中乃被視為不潔，更細節化的描述則是吉村遭逢一場沾滿牛血、肉片骯髒的手的邀請。以達道‧莫那的原住民觀點來看，歡慶宴飲必然同飲同樂，而對吉村來說這種邀請卻破壞其所預設的旁觀位置，以及日人巡查與臺灣原住民的種族、殖民、現代與否的界線，因此，此熱情邀請潛藏的帶有骯髒對潔淨的汙染企圖，帶有對界線的僭越。

筆者進一步想要問的是，骯髒的手是感覺（視覺）課題，還是知識課題？《霧社蕃騷動事件調查覆命書》特別紀錄了事件後馬赫坡駐在所倖存的石川巡查的說法，認為「只服勤兩個月，再加上不懂蕃語……」，報告針對為什麼無法預知事件的說明，也提到「拘泥於文件處理的形式，徒然浪費時日，而駐防『馬赫波』的杉浦巡查連續服勤達三年半，卻無法達到可以領取蕃語津貼的程度。石川巡查最近才轉調過來，好像完全不懂蕃語。」因此，調查報告著意於警務系統對吉村巡查毆打事件並未做出適當

中。在『遠視域』中，這種不同關聯的種類和範圍都彼此脫節，即便他們之間有所交叉或者交匯，這些聯結也不再一目了然。……鮑辛格將自己的研究對象──日常生活──歸入『近視域』領域內。但是，鮑辛格的主導思想是從日常生活的細節入手，進而思考社會和文化上的普遍性問題，所以本文的作者將充滿張力兩個詞 Weite（寬廣、遠處）和 Nahhorizont（近視域）同時寫入標題。為便於中文讀者從標題中獲得本文的主旨，譯者暫放棄原標題的精妙之處，並根據文章內容將標題重新擬定為「以近求遠，探幽日常」。赫爾曼‧鮑辛格（Hermann Bausiger）著，吳秀杰譯：《日常生活的啟蒙者》（桂林：廣西師範大學出版社，2014 年），頁 21。

處分，而處分時間拖延造成事件關係人的心理不穩，並歸咎事件後未回應莫那・魯道平穩處理的再三請求。

在此，筆者再從調查報告挑出有關「授產」、「與鄰接蕃社的關係」的段落，這些章節分別紀錄了殖民者如何介入霧社原住民的生產模式[23]，並透過霧社產業指導所，教導原住民耕種稻米[24]。勞役、毆打事件之外，是否還有日常民生的變化潛藏其中。另外，調查報告還錄載了 1926 年 7 月 13 日「『波阿隆』駐在所警部補殘間濱吉所報有關蕃人迷信之要旨」，敘述了荷戈、馬赫坡、斯庫社原住民擅自砍倒波阿隆社森林內的木材四十棵，並打傷波阿隆社兩名原住民的事件。原因是「在小米收穫期從事習慣上嚴禁之狩獵可能引起了暴風雨，為了追究此而出於此舉[25]」紀

23　生駒高常（拓務省管理局長）：《霧社蕃騷動事件調查覆命書》「設立產業指導所及養蠶指導所，收容蕃人子第，傳授產業上的教育，指導獎勵水田耕作及其他定地耕作式農耕法，或開拓桑園，教習養蠶業等，積極開闢金錢收入的門路，正在協助生活的改善。昭和四年（1929 年）內的水田種植面積十四甲，收穫額四千二百圓，蠶種繰絲量九十張，收得額一千零五十圓，其他畜牧收入等也相當可觀，逐漸提高進化的實績。」、「試想，蕃人向來的生活以狩獵為主，農耕為從，雖然隨進來理蕃的進展而在生活各方面正在獲得改善，但是還沒有達到可以全廢狩獵的情勢。」參見戴國煇編，魏廷朝譯：《臺灣霧社蜂起事件研究與資料（上）》（臺北縣：國史館，2002 年），頁 494、495。

24　生駒高常（拓務省管理局長）：《霧社蕃騷動事件調查覆命書》，參見戴國煇編，魏廷朝譯：《臺灣霧社蜂起事件研究與資料（上）》（臺北縣：國史館，2002 年），頁 387。

25　生駒高常（拓務省管理局長）：《霧社蕃騷動事件調查覆命書》，參見戴國煇編，魏廷朝譯：《臺灣霧社蜂起事件研究與資料（上）》（臺北縣：國史館，2002 年），頁 394。

錄中雖然顯現了殖民者對於原住民傳統習慣有一定程度的理解，但對於原住民面對部落歉收與違背傳統的關連性則歸諸「迷信」，並將其言行視作「藐視官憲」、「暗抱不平」。

　　透過霧社事件報告中的日常訊息與飲食相關習俗的擷取，筆者認為農業生產方式的轉變，必定影響了霧社原住民的身體勞動慣習，加上霧社附近公共勞役的攤派，增加他們與傳統習俗間脫節的可能。再者，探討酒於原住民社會中的文化意義。在原始社會的發展史來看，酒的出現完全是偶然，但卻解決了人類難以取得乾淨飲水的困境，並且早期社會中酒以共飲的方式實踐彼此分享之意，代表了信任與友好的象徵[26]。食物之一的飲品展現社會關係與人際調配功能，原始意義的共飲共享即深刻的牽連信任關係，而從霧社事件的官方紀錄文字中，讀者閱讀到的則是權力分野骯髒與潔淨的論調。在徵調原住民勞動過後給予原住民牛肉或

---

[26]　湯姆・斯丹迪奇（Tom Standage）著，吳平、葛文聰、滿海霞、鄭堅、楊惠君譯：「早期啤酒擁有社交飲料的重要功能，根據蘇美人在西元前三〇〇〇年左右對啤酒的描述，基本上都是兩人用蘆管共飲一罈啤酒……並且此時陶器已經出現，這都意味著可以人手一杯分而飲之。眾多的記載顯示出，共飲的場景是一種自古留存下來的儀式，即便在那時吸管已完全不需要。對此，最有可能的解釋是飲料不像食物，它能夠完全被眾人分享。當幾個人同飲啤酒時，他們享用同一個容器；反之，當切一塊肉的時候，切出來的必然有好有壞，有眾人皆要的和都不想要的。所以與人分享飲料則成了好客和友好的象徵，它意味著分享的飲料無毒、適宜飲用；也證明提供飲料的人是值得信賴的。」《歷史六瓶裝：啤酒、葡萄酒、烈酒、咖啡、茶與可口可樂的文明史》（臺北：聯經，2006 年），頁 11-12。

酒的舉措[27]，則一再抵銷傳統存續的可能性，勞動也從互助分享成為勞動異化的行為，勞動及其身體已然無所逃遁的被貨幣度量錨測。於是，原住民族在殖民主義內被動的納入貨幣體系與身體規訓控管系統，作為霧社事件前奏的「吉村巡察毆打事件」裡，酒作為謝罪禮的意義被拒絕，在殖民者的眼中酒只是享樂商品，並不具備神聖的儀式食物的意義，而殖民史的一個剖面可以描述為對「酒」抱持不同物性意義的日本、臺灣原住民文化，持續以權威者與發言者的姿態，持續擾亂原住民既有社會及文化意義的生成。

　　另外值得注意的是原住民小米生產與狩獵肉品供應，被殖民者有規模的理蕃計畫破壞的事實。在上面提到的米與牛肉，應該放在日本明治維新之後模仿西方飲食的語境中來考察。其中幾個方向是值得注意的，1.日本軍方在 1920-30 年代推動部隊飲食西化，計算食物熱量，提高了蛋白質的重要性，產生出多肉與多油的西式料理；2.十九世紀間法國料理的全球化，日本居其中，民

27　生駒高常（拓務省管理局長）關於警察紀律的鬆弛，除了上述不懂原住民語言與習俗外，還提到了勞役薪資隨興發放或侵吞的狀況，以及食物分配與原住民文化邏輯脫節的狀況「尤其是霧社分室主任佐塚警部，從前次的任地馬西多包溫時代，對工資的支付似乎就很隨便，對出勞役的搬運工，只是從工資中隨時買酒、牛肉等分給他們，好像極少正確地精算過……眉溪駐在所○○巡查，在昭和四年（一九二九年）第一期作的蕃人水田收穫時，以稻穗結實不充分為理由，把收穫的穀子全部據為己有，充當雞的飼料。到了第二年的第一期作，又痛罵相關的蕃人說，沒有等他到場就分配收穫的穀子，結果引起蕃人的憤怒，把穀子丟在駐在所而撤走。」《霧社蕃騷動事件調查覆命書》，參見戴國煇編，魏廷朝譯：《臺灣霧社蜂起事件研究與資料（上）》（臺北縣：國史館，2002年），頁 508。

族認同也涵括了料理變革中對西方代表「文明與啟蒙」符號的接收，導致牛肉、羊肉的位階升級，豬肉的降級；3.日本的本土派更在民族主義論述中倡議提高稻米的營養地位，更甚牛肉[28]。臺灣作為日本殖民地當然也一定程度受到這種飲食哲學的影響，佐塚警部配給原住民的牛肉，與理蕃計畫推動的稻米種植，是日本民族主義工程的一部分，或者更精準的說，臺灣並非內地所以位於民族主義工程的殘餘、殘羹之處。

探討日本作為權力的推動者於日常飲食哲學所產生的矛盾，如何與原住民抵抗運動相關外，臺灣人與原住民的飲食互動、日常接觸，也值得探究。1941 年龍瑛宗要離開臺灣銀行花蓮分行的工作前，受阿美族友人拉賓杜尼的邀請參加其妹妹的婚禮，龍瑛宗以細筆慢描寫下〈薄薄社的饗宴〉[29]一文。文本中薄薄社被殖民者改為日名「藏前」，結婚的男女青年在請柬上分別成為松本信夫與松田節子，新郎穿著西裝、新娘著日式禮服，家屋也以現代房舍取代傳統式樣，阿美族視為神聖地點的禁忌密林早在二〇年代中葉已遭砍伐，開墾為一片水田，這些都指向、標記著阿美族文化的逝去；在四〇年代龍瑛宗筆下足以辨識的民族特色，只有籐床、愛蹲踞抽煙、穿著平常或奇妙的客人，以及現搗糯糍的身體、文化實踐中略略感覺得到原住民生活習俗及部落婚宴的

---

28 瑞秋・勞丹（Rachel Laudan）著，馮奕達譯：《帝國與料理》（*Cuisine and Empire: cooking in word history*）（新北市：八旗文化，遠足文化，2017），頁 418、438、464。

29 龍瑛宗：〈薄薄社的饗宴〉，陳萬益編選：《國民文選・散文卷 I》原載《民俗臺灣》第二卷第三期（1942 年 3 月 5 日）。（臺北：玉山社，2004 年），頁 274-278。

習氣。

　　筆者認為此篇文本最特別、最值得一提的是「料理是由社眾集合做的臺灣料理，而酒是當地的產品，酒名是『萬壽』，如果是往昔，酒該是粟酒或者是糖蜜酒，料理應該是鹿肉、鳥肉……[30]」數語，還有因為酒宴的進行，頭目醉了，開始低吟所迸出的奇妙歌聲，而其他客人包括日本巡察、福建人、客家人也都開始哼起自己的歌。其中頭目除了唱歌還「把大酒杯抵著我的嘴唇」，「酒宴中拉賓君告訴我，有幾位地方有力人士用蕃語這麼交談著：『有沒有辦法使那位年輕的先生快樂些呢？』『或許是酒太少了吧？』『請他多喝點！』『對！對！』我就這樣被強敬了好幾杯。[31]」從身為客籍漢人的龍瑛宗的書寫可以發現，其預先想像原住民的生活慣習，例如認為原住民應該吃特定的肉品或酒品。

　　在此，對於筆者來說最重要的訊息是食物的選擇成為擘開了不同族類的標籤。如果依照鮑辛格所說，日常生活的變動有變與不變，從 1930、1941 年兩個文本的對讀發現，酒依然占據歡飲與打破隔閡的意義。中國飲食語彙裡，酒與藥、養生的關聯性，相對於非漢人社會中的原住民部落的共飲信任，在龍瑛宗筆下的薄薄社婚宴，酒已經從自釀的家庭、族群風味，轉而由殖民者帶

30　龍瑛宗：〈薄薄社的饗宴〉，陳萬益編選：《國民文選‧散文卷Ⅰ》原載《民俗臺灣》第二卷第三期（1942 年 3 月 5 日）。（臺北：玉山社，2004 年），頁 276。

31　龍瑛宗：〈薄薄社的饗宴〉，陳萬益編選：《國民文選‧散文卷Ⅰ》原載《民俗臺灣》第二卷第三期（1942 年 3 月 5 日）。（臺北：玉山社，2004 年），頁 278。

來的機械化生產所提供的酒為主，酒的商品性格介入。雖然它仍表現為提供享樂的飲品，卻已全然免除酒類製程在農業、部落分工、社會人際的文化意義生產之過程，也脫除其在所屬文化的神聖性意涵。

如果西尼・W. 敏茨（Sidney W. Mintz）關於糖與權的論點或可挪用，「伴隨著其象徵領域窄化的是，它以各種形式向日常生活滲透[32]」酒在 1930 年代霧社事件賽德克原住民心中仍保有某種友好與信賴的象徵意義，只是在殖民者有計畫、有系統的將原住民貶為野蠻人的論述裡，原住民身分在本質上就不值得信賴，也因此骯髒與潔淨的現代區分成為值得被「寫入」史述的異常符碼。相對龍瑛宗筆下的薄薄社，酒貌似溝通了日本巡查、原住民、福建人、客家人，彌平了差異，但實情是酒造成原住民傳統習俗所依賴的日常陷落，另外又以「好一幅美麗的諸民族融合的畫面呀！」毫無警覺的貼在被壓迫的原住民主體之上。龍瑛宗此文非常有意思的提到對這一場歡宴的不適應，是肇因於單純喝了酒後心跳加快身體難受而禮貌性告辭，「搖搖擺擺踩著自行車，向盛宴的番社告別。[33]」還是透察了原住民生活在殖民論述之下，於飲宴場合中所奔流的權力語彙的混雜，以及其所顯現的某種內在矛盾性？

---

[32]　西尼・M. 敏茨（Sidney W. Mintz）著，孟悅、羅鋼主編：〈甜與權：糖在現代歷史中的地位〉，《物質文化讀本》（北京：北京大學出版社，2008 年），頁 283。

[33]　龍瑛宗：〈薄薄社的饗宴〉，陳萬益編選：《國民文選・散文卷 I》原載《民俗臺灣》第二卷第三期（1942 年 3 月 5 日）。（臺北：玉山社，2004 年），頁 278。

　　筆者一直反覆玩味龍瑛宗提及「諸民族融合」這樣的說法，在上下文中此句十分突兀不協，無法感受到龍瑛宗對薄薄社背離傳統顯現欣喜。文本中關於已經除卻神聖性的共飲歡宴，酒所代表享樂意涵向文化主體實踐的日常滲透時，又埋入了理性節制的現代身體觀，這裡無法清楚測度的是身為客籍漢人的龍瑛宗當下的複雜心緒，但可以詮釋的是「酒宴」扮演再確認的儀式性意義，表彰了信賴與親族人際親疏關係。另外，酒本身使人進入迷離意識邊境的非理性特徵，與日治現代新語彙理性節制的身體觀的矛盾與扞格，龍瑛宗不管站在哪一方，他所身處殖民地社會的混雜性，就注定無法給予他一個單一穩定的「看物」視角，或是一個完整的、屬於酒的，物的客體世界。

三、日常生活研究的情感與經驗文化
——日治文學的餐桌日常

　　面對散落在日治文本中的飲食符號，必須假設一套分類的架構讓這些零星的現象得以在系統中被說明。勞丹以穀物料理、大小麥祭祀料理、佛教料理、伊斯蘭料理、基督教料理、近代料理為梗概，敘述了人類烹飪基本結構自西元兩萬年橫跨至今。近代料理代表了民族料理，中階料理則溝通了高級與粗茶淡飯的生成，並擴張到全球的[34]。王學泰針對中國飲食文化的發展區分為蒙昧、萌芽、昌明與昌盛幾個歷史階段，在討論中分別關注禮俗

---

[34] 瑞秋・勞丹（Rachel Laudan）著，馮奕達譯：《帝國與料理》（*Cuisine and Empire: cooking in word history*）（新北市：八旗文化，遠足文化，2017 年）。

的出現、發酵技術的運用、炒菜的興起、調味為中心的中國烹飪
理論、菜系的發展與茶酒文化等脈絡，並且還對不同階層的飲食
生活進行說明——宮廷、貴族、文人士大夫、市井、宗教飲食文
化，以及素食從宗教到現代社會的價值關聯[35]。趙榮光在說明中
國飲食文化層的歷史概況時，將之區分為果腹層、小康層、富家
層、貴族層、宮廷層飲食文化，基本上乃依據階級劃分的飲食分
層架構[36]。另外，尤金・N. 安德森同樣歷數了食物的歷史發
展，並標誌出幾個重大事件，中世紀的中國有西方食物的引入，
宋朝代表了中國食物體系的確立期；而帝國晚期被描述為一個內
卷化時期（沒有發展的發展），透過土地集約與勞動密集，東亞
的稻米與植物種植回應了這一個體制的發展，另外一方面是農業
生產可能需要更多的田間勞動力（孩子），一旦勞動力的供給速
度快於食物供給，農民的處境更糟，唯有倚靠生物學（新農作
物、新的高產品系、新肥料、新方法）的適應才能防堵其持續惡
化。[37]

　　對臺灣飲食文化的當代研究，曾品滄與陳玉箴是值得注意的
學者。陳玉箴嘗以臺灣菜的生成為主軸，區分日治時期上層仕紳
階級社會的宴飲料理——蓬萊閣、江山樓，以及臺灣中下階層的
庶民飲食——家常菜、小吃、辦桌，認為前者營構出與西洋料
理、日本料理與中國料理區隔的民族特性，後者則在臺灣料理成

---

[35]　王學泰：《中國飲食文化》（北京：中國青年出版社，2012 年）。

[36]　趙榮光：《中國飲食文化史》（上海：上海人民出版社，2006 年）。

[37]　尤金・N. 安德森著，馬孆、劉冬譯：《中國食物》（南京：江蘇人民
　　　出版社，2002 年）。

形的過程中並未扮演形構力量[38]。曾品滄則以鄉土食與山水亭為觀察軸線，鄉土食在戰爭時期歷經了地方文化運動與食物匱乏，使它走向鄉土資料與調查的「文本化」階段，透過王井泉所開設的山水亭將其納入臺灣家庭料理位置，山水亭的飲食實踐一方面體現臺灣日常經驗與本土臺灣料理的生成，一方面使之區隔於江山樓與蓬萊閣的臺灣料理[39]。另外有與本論文在研究文本範疇上最切近的侯巧蕙的碩士論文〈臺灣日治時期漢人飲食文化之變遷：以在地書寫為探討的核心〉，以漢人飲食舊慣考察開始，對主、副食材、調料、烹調及禮俗層面介入；再論日治飲食受到肉類解禁、衛生、料理西洋化，以及教育體系中出現的飲食課文潛在的建構衛生與營養等概念，形塑接收者篩選食物的標準，也偷渡了日本殖民者的飲食慣習，相較臺灣飲食，前者為較優越的意識型態；論文並涉及日治小說中的飲食分類，以東洋、大眾與戰爭時期三類來論述[40]。

　　上述的研究學者標識日治飲食結構的成果，大致可以摹劃出從階級、國族、地域（場域）作為分析架構的論述，筆者受益良多。筆者本章將日治時期的飲食結構分為：（一）真正的窮人，都市內城區的底層勞動者——低限飲食；（二）循環經濟下的鄉

38　陳玉箴：〈食物消費中的國家、階級與文化展演：日治與戰後初期的「臺灣菜」〉，《臺灣史研究》第十五卷第三期（2008 年 9 月），頁139-186。

39　曾品滄：〈鄉土食與山水亭：戰爭期間「臺灣料理」的發展（1937-1945）〉，《中國飲食文化》9 卷 1 期（2013 年 4 月），頁 113-156。

40　侯巧蕙：〈臺灣日治時期漢人飲食文化之變遷：以在地書寫為探討的核心〉（國立臺灣師範大學臺灣與文學系，2010 年）。

村農民——粗茶淡飯[41]；（三）中產受薪階級——中階料理的混雜性。目的不在於建構龐大的日治飲食文化，而是希望可以照應階級、地域、料理特性及新舊料理哲學的互動。當然，這也是觀察日治文本關於飲食碎片後，嘗試將之歸入類屬的階段性努力，目的是便於下節討論物與人的關係，以及物與殖民地抵抗間的詮釋可能。

（一）真正的窮人，都市內城區的底層勞動者 ——低限飲食

陳賜文 1932 年發表〈其山哥〉，描述已勞動二十七年的其山哥，因加入公會組織抗議會社的罷工行動，面臨活動後有些參與同志被裁員的遭遇，其山哥選擇自行辭職，一時之間「手面趁食」的勞動者家庭陷入困頓外，後又不幸罹病無錢延醫，還擔心自己有可能領不到退職手當。小說一開始描述其山哥的兒子阿成於街路賣糖餅的情景，生意不好，糖餅也因為久販不出轉潤，甚而沾上煙塵賣相不堪，生意更無起色[42]：

> 阿成捧一盤二、三日尚賣未了的塗豆糖、麥芽酥，在貧民區的街上賣一早起，賣無四點錢，糖菓因為賣較久，風吹日曬，都已回潤，糖流出來，風飛沙一粒一粒都黏稠的，

---

[41] 在此論文以「粗茶淡飯」描述日治時期鄉村以就近土地生產的食材與柴薪足以烹煮的食物為主，也因為當時物質並未普及冰箱等儲藏食物的家電用品，相應的採取重鹹的方式製作保存或料理。與當今生活為了健康原則少油、少鹽、少糖與原形食物的清淡有所不同，特以此說明。

[42] 陳賜文：〈其山哥〉，《豚》（臺北：遠景，1997 年），頁 53-67。

> 雖有兒童要買，看見有點骯髒，大家都不要，而且在這貧
> 民區，有幾個兒童，會得買糖餅吃呢？[43]

文本描述阿成在購買力貧弱的貧民窟作買賣看似錯估，但卻又是
精於計算的。貧民窟大多為底層勞動者或無產者聚集處，其住民
結構基本上就是沒有餘裕去享受甜食的階層，因此阿成生意之差
勁自然如上引文所述。筆者認為文本並非在彰顯阿成的愚昧，而
是描述即便如阿成如此嫻熟資本邏輯、精於營生之道，貧民窟出
身的他猶然受到其有限資源的根本性侷限。阿成是這樣思索其販
售策略的，一來是轉往有錢人的住宅區兜售，則必須負擔有錢人
孩子愛挑三揀四、弄破糖餅還不買的風險，以及不應允挑選又會
受到橫逆的處境；二來因為城市貧富階級住宅的區隔，如阿成選
擇到離家太遠的富戶區做生意，將無法兼顧病重父親的照護。在
文本中讀者得知父親未生病時，阿成是兼賣油炸膾的，其不但闇
熟明瞭資本主義增加收益的辦法，甚至也明瞭資本邏輯懶惰與勤
勉的建構關係。只是，這一切的荒謬性與資本主義對勞動者的壓
迫，顯現在阿成不管如何擅於計算（選擇去或不去富戶區作買
賣），卻免不了早上無飯可吃、或者只有一碗「糜」可食的現實
處境[44]。稀粥成為都市貧民窟裡勞動者的食糧，呼應了父親做為

---

[43] 陳賜文：〈其山哥〉，《豚》（臺北：遠景，1997 年），頁 53。

[44] 陳賜文〈其山哥〉：「阿成早上本是兼賣油炸膾的，這幾日因糖餅賣不
　　去，吞下本錢、無錢可販油炸膾，剩來的糖餅又是賣不出，但是他做生
　　意已經習慣了，坐在家裡也是無賴，一清早未吃飯──其實是無飯可吃
　　──就出門。」、「伊要出去時說鼎裡有溫著一碗『糜』，你去食。」
　　《豚》（臺北：遠景，1997 年），頁 54。

一個從鄉村來到都市「手面趁食」的勞動者，在都市競爭資本上的弱勢處境。底層人飲食的限縮與否牢牢的與資本主義的勞動邏輯扣合，一旦參與罷工行動，只能成為資本的遺棄者，小說甚至將之與病體連結，凸顯窮人加病人的組合及其類似性，失業者在現代身體規訓意義下等同於無用者，貧窮被劃歸疾病類屬。資本主義的身體價值，一方面是讓阿成選擇「勤勉」起來背後的「力」，另外一方面也是構成阿成階級的根源。〈其山哥〉更進一步書寫底層者奢求活下去的醫療供給也是有限的，只能選擇不再「時氣正透」的臭腳仙──民間宗教與草藥的結合，透過與其他勞動者借貸的一塊銀，扣除香紙燭、臭腳先的紅包，只餘下三角銀買藥。其山的妻子當然知曉理性與現代營養學的知識，牛乳固然可以加速病人恢復，但對低限飲食家庭與城市邊緣的貧民窟勞動者來說，理性，簡直是奇想，甚至是謬想[45]。

　　癥結在資源貧乏者無法掌控資本主義剝削的權力，類似〈其山哥〉這樣的階級並非昧於資本主義邏輯，更精於計算反而更難能溫飽，依舊落入／持續貧窮的例子同樣出現在孤峰〈流氓〉。文本描述 K 市郊外「久著公園」聚集了一群經濟不景氣下的失工者，任職 D 印刷廠年近三十的職工阿 B 每每經過，因為階級處境的相近而興起同情，並預想不久的將來自己也會參與到公園的「流氓」群中。果不其然，二個月後，阿 B 也邁入流氓之列。孤峰的〈流氓〉細緻的鋪陳了已有階級意識覺醒的職工阿

---

[45] 其山嫂到鄰人家借錢時的對話「什麼都不想吃，而且也無什麼可給他吃。」、「病人聽說牛乳較好。」、「米湯都沒有可給他三頓喝，實在講起都見笑。」〈其山哥〉，《豚》（臺北：遠景，1997 年），頁55。

B，同樣無法抵擋失業潮，在選擇轉進其他行業時，一再受阻於
殖民地官僚體系。阿 B 曾經想做小生意賺錢，規劃賣冰也獲得
冰牌核可，卻因為無錢運動（賄賂官員）作罷，轉賣仙草卻被巡
查無故抓去罰了兩圓。因此妻子不希望阿 B 再做生意，道出
「讓他死坐在家裡還有一碗稀粥給他喰，做生理了本錢而且要受
罰。[46]」在此，理性的理解資本邏輯似乎並無法使自己安然無恙
的側身其間，難以理解的不是規則，而是掌握規則變動的能力，
顯然其山哥、阿城與阿 B 原來的階級屬性就注定其資本匱乏。
另外，回到飲食課題，稀粥似乎成為都市內城區貧民的飲食代
表，兩篇小說都寫道「粖」或稀粥。小說最後寫道並非因不勤
勉，卻已無事可做的阿 B 與一群人在久著公園談論食物的等級
制，同時也是談論受制於資本家的被剝削生活？

> 「也是好，我想真不得已，也只有到那邊去喰三頓白米
> 飯。」阿B竟想著最後的噉飯處。
> 「啊！白米飯！」周圍的人聽著阿 B 的話，不覺一同喊
> 了出來，同時每人各咽下將要流出嘴唇的涎沫，也真像喰
> 白米飯似地感到了快意、飽滿，便暫時靜默著。[47]

於此，稀粥與白米飯是都市階級的飲食對照組，深陷貧民窟與底
層的勞動者，若要跨越飲食的界線所可能的方法居然是入獄，被
殖民的貧窮者必須放棄自由，並入己於罪，貧窮在資本主義社會

46　孤峰：〈流氓〉，《一桿秤仔》（臺北：遠景，1997 年），頁 320。
47　孤峰：〈流氓〉，《一桿秤仔》（臺北：遠景，1997 年），頁 322。

是最大的罪惡。它將失業者、貧乏者指陳為懶惰、不勤勞、不健康，即便從上述的文本探究的真實來看，貧窮者只是嫻熟資本運作的受害者，而且是預先就被設定為受害角色，不得翻身。除了犯罪入獄由官廳給食外，另外的解決方案是成為資本家社會事業裡的乞食[48]，或者在出葬隊伍中扮演被饗宴的餓鬼——如果人要吃到粿粽飯則必須扭曲自我，甚至去死：

> ……撮一把送進嘴去，不打算背後站著一人，被他罵得使我擡不起頭……餓人竟不如餓鬼！我真想在那時候能突然死去就好。[49]

貧窮者經由扮演餓鬼可以食到粿粽飯，在此稀粥與粿粽飯（祭典儀式食物）是另一個貧窮食的組合，孤峰〈流氓〉層遞的談論了貧窮者如何求活，白米飯、粿粽飯所代表的正常與祭典神聖性，在此卻是要窮人透過入罪於己，人如鬼魅，方能食用，求得飽腹。吃飽在底層階級，或者在資本主義與殖民主義雙重剝削的臺灣，都是需高度扭曲自我方能索得的高額貸換物。

　　相對於鄉間勞動者，都市底層徹底失土，在生活週遭已經沒有田園可以栽種菜蔬，彌補食物缺口，所有食物仰賴他處或市場

---

[48] 孤峰：「南門七舍，聽講要省出做生日費用的一部，來施白米。」、「這全是資本家的慣技，要得一個好名，講他也在舉辦社會事業，來遮掩他平時刻薄搶人的罪跡。施米？誰會被他騙去？誰肯去領？也只有乞食罷。」〈流氓〉，《一桿秤仔》（臺北：遠景，1997 年），頁 323-324。

[49] 孤峰：〈流氓〉，《一桿秤仔》（臺北：遠景，1997 年），頁 323。

機制供應。吳希聖〈豚〉[50]裡就描述到農民阿三帶了八隻小豚到城裡賣，卻因為城裡越來越少人養豚，只賣出五隻，小說更著意透過農民之口對賣不出豚的因由揣測一番，是因為「近來城裡也困苦不堪」：

> 可是，現在城裡養豚的人已經越來越少……阿三本以為只要有貨品，立刻就可以變換成金錢。他冒著斜打的冷雨，踩著泥濘的道路，就是覺得賣不出去很奇怪。但他想不出其中奧妙，最後只好簡單地自我解釋：賣不出去就是因為沒有人買。[51]

幼豚以往很受歡迎，但現下到底是因為城裡也生活不易，還是因為養豚者變少，農民最後決定降價求售外，也只能將幼豚滯銷的原因簡單化為「賣不出去就是因為沒有人買。」對於真正導致「養豚者變少」的原由，自非一個農民所能通透。

　　殖民所帶來的都市化現象，都市內城區的勞動階級居住在條

50　吳希聖：〈豚〉，《豚》（臺北：遠景，1997 年），頁 3-25。

51　吳希聖：〈豚〉，《豚》「要賣掉這不算多的八隻小豚，著實不容易，因為近來城裡也困苦不堪。……只好將剩下的三隻寄放在朋友那裡，他告訴朋友，只要有人買，就算三隻只賣個五塊錢或六塊錢也不妨。為什麼要這樣出售呢──過去，只要把豚籠往市場旁一放，一下子，就會有人來問價錢，很快便會賣光了。可是，現在城裡養豚的人已經越來越少……阿三本以為只要有貨品，立刻就可以變換成金錢。他冒著斜打的冷雨，踩著泥濘的道路，就是覺得賣不出去很奇怪。但他想不出其中奧妙，最後只好簡單地自我解釋：賣不出去就是因為沒有人買。」（臺北：遠景，1997 年），頁 20-21。

件極差的集合式住宅，生活空間窘迫外，也沒有屬於自己的土
地，相對鄉間的農民更受制於資本體系的飲食供給。於是 1944
年呂赫若日記也提及從士林返回臺中時，要將養於士林的雞一併
帶回[52]，呂赫若的階級屬性與小說中其山哥、職工阿 B 並不相
同，戰時食物管控所造成的匱乏，可能才是呂赫若辛苦攜帶雞隻
奔波的緣故。參照吳希聖的描寫，貧富的結構並不是以都市為中
心向外發散，居住在城市中心的貧民生活處境可能比鄉村更加窘
迫。「手面趁食」一語道破城市無土的勞動者必須用金錢購買食
物，沒有薪水就等於沒有生活的能力。如果徘徊低限生活邊緣的
臺灣鄉土島民吃蕃薯簽，都市貧民窟窮人食清粥，這一細微的對
照體系，還映照著白米飯實則為更高一階的食物。

（二）循環經濟下的鄉村農民──粗茶淡飯

　　從曾品滄〈從田畦到餐桌──清代臺灣漢人的農業生產與食
物消費〉將人類從取得食物成為料理的距離描述為田畦與餐桌，
梳理了臺灣清代移墾的農業生產特徵與食物消費的關係，以旱地
型、水田型、山地型區分漢人食物消費鎖鏈的形態。將日常生活
視野的學術研究成果增益至文學的解讀，曾品滄指出臺灣農村餐
桌依賴一個高度集約的農業生產以及循環經濟原則的運作[53]。於
是我們觀察劍濤〈阿牛的苦難〉，詳細介紹了臺灣佃農如何集約

---

[52] 1944.12.16「坐下午兩點五分的火車返鄉，在士林養的雞全帶回去。」
　　呂赫若著，鍾瑞芳譯：《呂赫若日記》（臺南市：國家臺灣文學館，
　　2004 年），頁 442。

[53] 曾品滄：〈從田畦到餐桌──清代臺灣漢人的農業生產與食物消費〉
　　（國立臺灣大學歷史學研究所博士論文，2006 年）。

使用土地的方式，就有了社會的對話基礎，這不僅只是一個情感的用語、訴諸底層悲情的加強，而是透過日常訊息保留增進殖民批判力道與準確度的有意識篩選，屬於卡西勒的陳述語言：

> 阿牛雖然對隣村豬哥舍瞍了五分餘田地，但只欲看這五分餘田地的出息的剩餘來維持他家四口子的生活，實是不可能的事。所以他不得不利用農事的餘暇去做短工，賺些血汗錢來零用。他的屋後本有些空地，他也利用餘暇在那塊空地栽種些蔬菜，出息的除供自家之用外，還可餘些可以擔到市場去賣錢來添頭貼尾……[54]

集約農業耕作的方式固然可以養家活口，但，一旦遭遇干擾，其耐受度也相當低。尤金・N. 安德森描述中國歷經宋朝才確立了集約化耕作保障了人口的成長，到帝國晚期的內卷化時期持續維持類似模式，而可能的變動性來自於天災或者家戶人口與勞動力的和諧關係被打破，是導致農民生活陷入困境的原因。臺灣移墾社會也受此農業勞動力關係的支配，小說裡阿牛如何對五分土地集約使用，也對自身勞動力集約操作。而賴和〈一桿秤仔〉不是更在臺灣現代文學初始就展演了一套勞動力的經濟學，更是精準地掌握了家戶人口與勞動力的消長關係。小說描述得參如何長大成為長工，家業如何一天天好起來，也娶了一門農家出身的妻子——增添了一個勞動力，使得操煩了近二十年的母親更加放心，

54　劍濤：〈阿牛的苦難〉，《一桿秤仔》（臺北：遠景，1997 年），頁291。

之後因為妻子的接連生育將心力轉投注於亟需撫育的年幼生命，家庭經濟景況少了妻子的勞動，幼兒又尚未成年加入勞動，在已經失土的得參家的勞動經濟學計算裡，加加減減之後，耐受超過負荷，得參的勞動力也已經到達極限，過勞加上身染瘧疾，最終致下病根。在此值得注意的是殖民權力的介入，成為臺灣移墾社會學複製中國集約耕作外的新語境。劍濤筆下的阿牛因為屋後空地被徵收為道路用地，原本可額外生產菜蔬供家戶食用，或上市場零售添補家用的經濟平衡被打斷；又因為殖民者攤派勞役的舉措，使其擔任新闢產業道路的「免錢開路工」，阿牛沒有獲得報酬，原本應該從事農事與農閒當短工貼補家用的時間還遭剝奪。

　　即便如此，轉而觀察文本中的飲食現象，阿牛在招待幫忙割稻農人時，所端出的「割稻飯」與都市內城區貧民窟的低限飲食有所區別，雖然只是「淡薄」餐桌上的青菜白飯，酒還是有的，只是沒有「肥甘油膩」而已[55]。鄉土食展現為粗茶淡飯是源於肉類與油料供給上的相對困難，肉類大多是在祭祀節慶時刻才會享用的高級食物。在此值得一提的是，眾人在安慰阿牛或者實實在在應酬阿牛時，「割稻飯」是和「肥甘油膩」以及「叫料理」是產生區別的[56]。這裡的飲食語彙受制於田畦所產與禮俗文化，對

55　劍濤：「今天他割完了稻，晚上招待著那班為他幫忙的十來個農人吃飯，這飯，農人們通稱做『割稻飯』。這割稻飯，農人們看得很重要，比做年做節還要重要一等，是開工前和息工後的一頓。『今晚真對不住，滿桌上盡是青草菜，一些肥甘油膩都沒有，酒又是汽酒，是真淡薄，大家都是相知己，雖是喰不下去，望恁勿相嫌棄，大家用吧。』」〈阿牛的苦難〉，《一桿秤仔》（臺北：遠景，1997 年），頁 292。

56　劍濤：「阿牛立在沒多光輝的洋燈下，靠在桌邊，一邊舉起酒矸勸著酒，一邊對眾人道著歉。『講啥貨！這樣又炒咧，無敢著（難道要）去

照於階級與潛在飲食攤規模化的新語境。從上述的分析可以得出此料理代表了田間鄉土飲食的粗淡，有別於都市或者鄉鎮市集飲食攤所提供者，也對舉了地主階級肥甘油膩的食物分層。

　　地域決定了餐桌實踐的高低等級，階級屬性也展現飲食的差異。於是在周定山的〈乳母〉（1935）中讀者可以看到鄉村退職教員鄭正凱與高女畢業素雲所結合的家庭，相對於子庸舍一家在飲食上的區隔。鄉村中的子庸舍一家擁有妻妾與眾多僕傭，小說將富戶人家對子女的無微不至顯露無遺，二奶新生的孩子得到兩位乳母——素雲與阿治的照顧，另有阿笑姆總理生活事項，以及西醫醫生與看護婦到府的定期檢察，甚至連擦拭新生兒排泄物還要講究的使用棉仔；反觀擁有偉欽、偉雄、更生與可生四個孩子的素雲一家，卻只能吃蕃薯塊湯渡日[57]。小說細寫十一歲的偉欽要去採摘蔗葉權作柴薪卻被保正兒子阻止，轉而燃燒沒時間曬乾的青柴枝煮食晚餐，弄得滿室都是烏煙。沒有土地提供食物來源的一家，加上鄭正凱轉途失敗，必須仰賴高女畢業的素雲到子庸舍家擔當乳母，扛起家庭經濟。原本家裡只吃得上蕃薯塊湯的素雲，因為要提供良好的乳汁，間接使得素雲的飲食講究起來，例如有增加與提高乳汁質量的燉鷄炖鼈，搭配平日炕肉配精米的飲

不是？我們平素所吃的也都是些鹹酸苦澀，大家相知己，那用客套。』坐在阿牛旁邊的一個農人，也實實在在和他應酬起來。『咱作田人的肚子，只能消受這白飯粗菜，肥甘油膩，我們的脾上老實容納不來，沒有那些倒省惹出一場下痢。』」〈阿牛的苦難〉，《一桿秤仔》（臺北：遠景，1997 年），頁 292。

[57]　一吼：「鍋裡的蕃薯塊儘管滾上滾下，隨著熱浪的顯晦升沉。」〈乳母〉，《豚》（臺北：遠景，1997 年），頁 144。

食供應。對照二奶所生女兒與素雲所生兒女兩處飲食的差異，飲食是個人境遇，同時更是階級的差異。

　　進而小說寫道素雲因為可生過世後心情抑鬱，連清粥都吃不下之際，富戶以新生兒為優先考量，注意到素雲患上失眠症且精神日漸衰弱：

> 二奶也就立刻動員了阿笑姆、春綢、阿治的一隊女夥伴，每天陪她由自用車載往公園去散步，郊外遊玩，她也曾從拿過沒有褶痕的金票的微溫在手裡，接過殊惠的補藥。[58]

面對孩子死亡的素雲除了精神不似往常活潑外，工作仍都維持機敏，只是變得不愛說話、話匣深鎖與生機萎頓，而即使這樣的飲食優待也無法回復素雲子殤的心痛，與積鬱內心的苦痛。從階級上看，素雲的中產家庭相對農村的農民飲食應該更有餘裕，卻因為鄭正凱轉業為獨營肥料商，卻受經濟不景氣的影響導致全家生活陷入困境。

　　對比而言，工業化與都市化後，都市內城區的勞動階級才是薈集最底層窮人之處，但是日治時期的臺灣並未邁入高度工業化，因此城市裡手面趁食的工人，經濟與飲食狀況有時也會與鄉村類似。內城區居於城市邊緣，遠離了所屬土地；而殖民下的臺灣鄉土則有土地剝奪的問題影響了他們的耐受平衡。「失土」是它們共通的表層現象，但土地被剝奪的鄉村居民，鄉土仍在近處，鄉土仍可提供柴薪或者偶有鄰居送來的食物。

---

[58]　一吼：〈乳母〉，《豚》（臺北：遠景，1997 年），頁 154。

臭萬依然蹲在草簷下，托一碗枒枒的薯根，無精打采地挑
剔著。……知道他的兒子态宋睡醒了。就用筷子挑指著菜
脯干：「阿宋，趕緊來食！厝仔姆提菜脯干來，真香！」
隣家就三斤蕃薯二合米的援助他，黃保正也大破慳囊，特
地帶了一條鹽鱸魚。
臭萬同态宋惚惚拖著薯根的跑回家，已是黃昏的時候。灶
底的蔗葉很強烈地捲紅舌。[59]

轉換場景來看周定山〈旋風〉[60]臭萬一家的早餐，如上所說臭萬
即便貧困但還是離土地較近，被殖民者剝奪了土地還有周遭親友
的聯繫，柴薪的無償取得與饋贈的粗食仍寥可過得一餐。

　　蔡秋桐〈四兩仔土〉同樣描述在生活需求線下徘徊的農民。
已經五十二歲的土哥早上要去製糖會社的農場上工前，僅有
「簽」（蕃薯簽）湯可食：

三頓尚顧不得臭香蕃簽，至於鹽餌餌呢！只有如雞屎膏的
豆醬而外，親像一片肉，或是一尾魚，一年間是罕罕沒有
幾次！[61]

貧困至極的四兩仔土，在農場一日的工資才三角半，沒有任何農

59　一吼：〈旋風〉，《豚》（臺北：遠景，1997 年），頁 124、137、
　　135。

60　一吼：〈旋風〉，《豚》（臺北：遠景，1997 年），頁 123-142。

61　蔡秋桐：〈四仔兩土〉，《楊雲萍、張我軍、蔡秋桐集》（臺北：遠
　　景，1997 年），頁 266。

具（牛、犁耙、腳車、牛車）的土哥只能樣樣用肩挑，需要用犁時則只能請人幫忙，在作物選擇上，選擇蕃薯的原因是畦間還可插蔗，得以充分利用土地。另外，土哥處在米價較高，他人紛紛設法轉植稻米之際，仍選擇栽植甘蔗，除了省工外還考量到「蔗葉種屑」的附加利益，以及甘蔗前貸金與地租稅、獎勵金支拂期與戶稅同時，還有特別貸付等等。文本中的土哥沒有失土，但是缺乏農具幫忙，又被殖民經濟——農產價格、糖廠強徵土地、稅務[62]——逼入生活絕境。但在談論到工資與家屋漏水問題時，卻展現不抱怨不帶愁容反而面帶笑容的態度。小說最後年關將至，村莊中各家紛紛開始沉浸在炊粿、買新衣、歸鄉的情境，土哥只能在十二月廿九一早來到役場領取補助金。「現金二圓半、白米一斗、舊衣一領，但是，土哥可以過個好年了。」只是買完五角過年的門聯，剩下的兩圓很快的就又在年後納租上繳了。如此精心打算甚且對生活知足樂觀以對的土哥，又回復到「屋頂見天光，壁內透外，屋強要倒落去……[63]」、「歪歪倒倒，壁攏用肥料袋遮的，廳門柱也灰落了，任糊不粘了，連紅箋也粘不著了。[64]」的荒謬生活境況。過年都無法如其他鄉間居民一樣開始回歸臺灣民俗飲食，無法炊粿，只有錢買上白米一斗以區隔於「三頓

---

[62] 蔡秋桐在小說的中段補述導致人生困境的緣故，原來是製糖會社強徵土地，讓一個上流紳士的家庭，賣掉二三甲土地錢只能再換得五分，淪入中流了。

[63] 蔡秋桐：〈四仔兩土〉，《楊雲萍、張我軍、蔡秋桐集》（臺北：遠景，1997 年），頁 270。

[64] 蔡秋桐：〈四仔兩土〉，《楊雲萍、張我軍、蔡秋桐集》（臺北：遠景，1997 年），頁 275。

尚顧不得臭香蕃簽，至於鹽餵餵呢！只有如雞屎膏的豆醬而外」
的平日飲食，聊以當作備辦、完足了過年的儀式。這又是一場殖
民理性經濟學的荒謬版本，七折八扣、精於生活的計算之後，不
是資產的累積，而是又回到被剝削殆盡的原點。

　　在此，若以曾品滄農村循環經濟的生產觀念來檢視日治下臺
灣底層人民的生活境況，會發現土哥的行事規則並沒有改變，他
一樣勤奮努力，挑土糞、到附近園裡拾蕃薯、採山茶，看起來是
擁有土地的農民，可是蔡秋桐直指其為「苦力」，目的在凸顯四
兩土仔如何掙扎在生存線下，書寫了他依循著土地生養循環的規
則，盡力投入生產，沒有獸力農具就用人力，將資源循環再利
用，食物幾乎產自週遭的土地，只是被強徵後縮減的土地範圍與
面對現代國家各種賦稅制度的出現，其飲食生活已經非鄉土食或
粗茶淡飯可以描述。

　　鄉村農民階級如此物盡其用卻因為日本殖民，修改制度規則
後，原有的生活價值生產不再適用。〈理想鄉〉[65]中的乞丐叔因
為家中厝漏與水牛「腹肚通背脊」，兩度到甘蔗園剝蔗葉，卻遇
到檢糖員以減價威脅。另外原本趁中午要回家煮食也因為這一耽
擱，又到了村莊美化日的動員時間而泡湯。連煮食的時間都被剝
奪，飯自然也吃不上，而鄉土農民又不如城市居民可以就近從路
邊攤、外帶食物獲得快速滿足，加上經濟條件也不允許，在現金
貨幣的持有上也相對窘迫。

　　失土固然影響農村居民生活條件更形低下，但日治時期翁鬧

---

[65]　蔡秋桐：〈理想鄉〉，《楊雲萍、張我軍、蔡秋桐集》（臺北：遠景，
　　1997 年），頁 221-231。

的〈戇伯〉則注意到沒有失土，在飲食上尚可溫飽，卻不斷受到殖民與資本市場運作干擾，戇伯只是活的比較好的窮人，文本無疑較完整的架構了一個農村循環經濟的食物體系，以及干擾它的諸多因素。周定山〈乳母〉中的鄭正凱原事教職，應是日殖官僚系統中相對依賴殖民權力較深的位置，轉途使一家生活陷入愁雲慘霧，甚至最年幼的孩子可生還活活餓死；戇伯原來是一個蕉農，因為鳳梨罐頭工廠的開設而轉植鳳梨，卻受到鳳梨產品價格的崩落，生活處境急轉直下。〈戇伯〉開頭預先構築了一幅農村循環經濟的圖景：

> 「豬都吃得比我好哩！」
>
> 金媼把飯粒都撈光的米湯倒進豬食桶時，發出了這樣的怨嘆。這地方長久以來的習慣就是把米湯餵給豬吃，豬吃著米湯和甘藷，有時雜些豆粕，眼看著一天一天肥起來，人卻只能吃米粕。
>
> 「這還用說嗎？因為豬能賣錢啊！」[66]

要解決農民現金持有的窘迫，除了如劍濤〈阿牛的苦難〉的阿牛賣青菜，也可如戇伯一家打算的養豬賣豬賺錢。除了引文中透露人與豬在食物上盡其用的實踐，〈戇伯〉經由開首一派祥和的經濟運作體系，甚至再次細筆描摹了日本殖民使山上成為保安林而不能隨意砍伐，金媼利用空檔收集屋子邊的竹葉、芭蕉葉、雜草，戇伯就沿溪谷收集相思樹細枝或沖繩草，由金媼在傍晚時分

66　翁鬧：〈戇伯〉，《破曉集》（臺北：如果出版，2013 年），頁 144。

「把它們綑成一束束的圓筒好放進竈孔裡燒，捆好的草堆就擱在屋簷底下。[67]」在食物上也還有餘裕買豬肉、大蒜、豆腐或二、三錢便宜小酒當作祭品，戇伯也還可以在散戲後進到街邊亭仔腳的小吃攤，吃上「油鍋裡咕嚕咕嚕地冒泡」的肉丸，也可以和獨眼龍穿過「陰暗的廟埕……鑽進了街尾的『醉仙樓』」[68]點上一瓶白鹿和一盤鱉料理。對比文本末了，農曆年就要到時，金媼仍然慣性的洗著蒸籠與整籃芭蕉葉，「要蒸的年糕只有一點，其實只要幾片葉子就夠了[69]」，小說末尾戇伯家裡已經沒有甚麼可以吃了，賣了臺車後：

> 他們所有的食材就是米、蕃薯和蘿蔔乾，都是花不了多少錢的東西，但他們連買這些便宜東西的錢都沒有了。……金媼從門廊下的壺裡取來了蘿蔔乾，戇伯開始吃起變餿的蕃薯飯。[70]

於此，小說意味深長的對照六十六歲的戇伯與村庄中能好好過年的林保正。文本放大突顯了勤勉的戇伯如何不敵殖民經濟，也稍稍談到階級問題，側面回應了勤勉、理性計算也不是求生之道，原本還有笑容的戇伯與金媼最終迫於生活成為一個僅有扁平扭曲

67　翁鬧：〈戇伯〉，《破曉集》（臺北：如果出版，2013 年），頁 150。

68　翁鬧：〈戇伯〉，《破曉集》（臺北：如果出版，2013 年），頁 158。

69　翁鬧：〈戇伯〉，《破曉集》（臺北：如果出版，2013 年），頁 168。

70　翁鬧：〈戇伯〉，《破曉集》（臺北：如果出版，2013 年），頁 170-171。

的面孔的人[71]，纏結在與權力的親疏關係。沒有較多資源的農民，連要透過金錢或食物來攏絡日本巡查或當權者都困難重重。

　　在集約耕作與循環經濟運作體系下的臺灣農村，耐受度原本就不高，本來是可以經由精密計算結合勤勉工作的身體求得最大收益，可以經由種菜養豬賣菜賣豬取得生活平衡，一旦增加剝削壓迫的殖民體制，最後甚至可能連身體都能出賣，於是日治出現多篇「賣女」以維持一家生活的小說。〈乳母〉裡的素雲是自願到子庸舍家當乳母，代表的還是中產且受過高女教育的優越性，使其「賣身」殊異於鄉下底層階級的赤裸。周定山〈旋風〉裡的臭萬嫂在賣掉女兒阿巧後發瘋，臭萬也因提早而發的喘症臥病在床，剩下兒子恭宋陷入苦悶。

　　筆者認為日治時期最令人驚心動魄的賣女版本之一應該是吳希聖的〈豚〉，文本寫北部山地農家母豚產下八隻小豚，最後母豚死亡，小豚也僅賣出五隻；另外也寫家中長女阿秀如何被賣予城裡的保正進財伯，在慘遭蹂躪後又淪落為城裡的賣春婦，最終因染上嚴重性病不得已歸家療養。這裡筆者除了注意到他們吃食蕃薯葉、醬菜、蕃薯比米多的稀飯外，阿德阿明餓極時烤地瓜為食，另外還描述了只有用牛糞烤的蕃薯有著引人食慾的香味，而對比著家戶內的飲食、阿秀的藥及豬飼料的味道：

71　翁鬧：「白牆褪了顏色，房屋頹圮，曾經是那麼充滿活力的人們都不得不過著寒傖的日子；村裡的每一個人都作牛作馬地賣命工作，他們當中沒有一個人是懶惰的，也沒有人去思考生活以外的事，更別提策劃什麼陰謀了，然而他們的臉上卻再也沒有了燦爛的笑容。他們已經習慣了用扁平而扭曲的面孔看待事物、與人交談。」〈戇伯〉，《破曉集》（臺北：如果出版，2013年），頁166。

豚的飼料是用蕃薯葉加上蕃薯皮、魚骨頭、剩菜，幾天前
的剩飯和洗米水煮成。這些東西放在一起煮，散發出酸臭
難聞的味道。好臭——但他們的嗅覺已經完全習慣了。[72]

不油、太鹹的食物，散發異樣味道的藥，以至於發散難聞酸味的
豬食，小說說「他們的嗅覺已經完全習慣了。」回歸敘事結構，
〈豚〉關乎食物的書寫似乎有一道明顯的嗅覺曲線。小說中阿秀
的藥與貧農子弟所吃的烤蕃薯，以及散發酸臭的豚食對照，小說
巧妙的以「媽，藥煎好了。」跳接兩者，將藥與豚食串連，也將
阿秀與母豚的命運串連，同時以阿三殺死豚時散發的腥臭味道，
對照阿秀懷著報復招來進財伯時房間的惡臭[73]。小說末了，阿三
殺了已死的母豚：

> 當晚，阿三一個人慢慢喝著米酒。他想藉喝酒來麻醉自己
> 的苦惱。除了借酒澆愁，又有什麼辦法。豚死了，賣小豚
> 的錢要賠光，女兒又生病，我到底該怎麼辦才好呢？阿三
> 扔下筷子，奔入房間，騎在阿三嫂背上，大叫道：「都是
> 你不好，<u>要生就生查某。再生查甫，就宰了你。……農人</u>
> <u>的財產已經不是田園和山地。這些都是毫無益處的『裝</u>
> <u>飾』</u>，只會白白吃掉肥料。<u>重要的只有女兒和豚。女兒會</u>
> <u>『生』錢，豚會變成錢。……」</u>同一天晚上，漂亮的賣春

---

72 吳希聖，〈豚〉，《豚》（臺北：遠景，1997 年），頁 17。
73 吳希聖：「那晚，喝了一點酒，進財伯也不在乎濕濡漆黑的房間散放出
來的惡臭，住了下來。」〈豚〉，《豚》（臺北：遠景，1997 年），
頁 14。

> 婦阿秀死了。她在樑上掛了繩子，把一端套成圈圈，然後
> 把頸子伸進去。舌頭伸得好長好長。[74]

阿三的話必定隔著用紙糊的薄泥牆傳到阿秀的耳中[75]。小說裡豚與阿秀相當，都是可以生出錢的物品，豚與阿秀是一組對照於田園山地，後者可以生產糧食，前者則是消耗糧食轉為貨幣。吳希聖又用「生」與「變成」劃開豚與阿秀的同一性，可是最後他們的結局都相同──惡臭不堪的死亡。只是，筆者不願意在對比語彙中強言對立關係後的深層意義指向──阿秀與被殖民臺灣的關聯。因此，轉而思考「死豚」是不是食物？

> 阿三把被雨淋過的簑衣遞給德仔，捲起衣袖，握緊菜刀。
> 從何下手好呢？橫躺在地面的母豚看來簡直像一條大鯨
> 魚，阿三默默望著。德仔壓住後腿，明仔壓住尾巴，他們
> 眼中露出無比的興奮，彷彿在觀看屠殺活豚一般。要宰
> 了，要宰了，他們屏息等待，阿三揮刀砍下，豚首發出
> 『叭喳』的骨折聲。阿三再砍三下，接著又砍三下，四
> 下，母豚頓時身首異處，從傷口緩緩淌出烏黑的血液。孩
> 子們本以為會噴出赤紅的血花，見此不禁大失所望。阿三
> 接著把沒有頭的死豚翻過來，幾刀就把胸骨擊碎，腹部算
> 來是比較好處理的。「噁，好臭！」德仔和明仔摀著嘴，

74　吳希聖：〈豚〉，《豚》（臺北：遠景，1997 年），頁 23。

75　吳希聖：「房間用紙糊的薄泥牆隔開。這種泥牆先用竹子編成一個格
　　局，再塗上泥巴，然後貼上報紙就成了。所以什麼聲音都聽得見。」
　　〈豚〉，《豚》（臺北：遠景，1997 年），頁 7。

捏著鼻子，因為黏黏的黃色液體和帶血的腸子都露了出來。「呃，好髒！」[76]

這一幕無疑是令人非常不悅的，男人的分工合作殺豚，血惡腥臭的過程裡阿三嫂與阿秀都缺席了。殖民地下的農村經濟原本生活耐受度就低，些許變動即會產生激化的結果，阿秀、阿三嫂與豚、性的連結，女性的再生產一旦其生產力無法持續——甚或是生產出「不正確」的性別，文本以保正進財、阿三哥對女性的性剝削與歸咎洩憤，進而類比阿三哥殺死死豚時的謬惡難堪，女人與豚面臨殖民與性的雙重壓迫；從阿秀暗中聽聞阿三哥對阿三嫂的罪責之語後，赤裸且直接摧毀人性尊嚴的物化欲望是與家庭成員的生存本能聯繫一處，其尷尬處境，絕非其覺察被剝削的處境想要透過報復進財所能救贖的。對照王詩琅的〈夜雨〉（1934），秀蘭是城市裡新興勞動者也是新興的賣女版本。秀蘭將去的地方是最近剛開業的大咖啡店「娜利耶」，除了到咖啡廳當女招待外，秀蘭同時還準備學京曲當藝旦[77]，城市的賣女版本與鄉村並無不同，依然與性、物的符號轉換牢扣。

　　筆者細勘文本後發現，鄉土食與城市貧窮階級的食物可能沒有甚麼根本性的區別，城市唯一特殊的是更多提供勞動者方便外食的飲食區產生，夜市、露店、飲食攤、冰品攤、圓環，成為勞動階級下班後飽餐一頓的處所。勞丹以都市勞動者的居住空間多半狹小不便煮食，單身男性勞動者沒法在此烹煮出需要耗費長時

76　吳希聖：〈豚〉，《豚》（臺北：遠景，1997年），頁 22-23。

77　王詩琅：〈夜雨〉，《王詩琅、朱點人合集》（臺北：前衛，1991年），頁 19。

間與昂貴燃料的食物，所以也造成提供外食的路邊攤與餐館，或者簡便的罐頭應運而生[78]。臺灣的狀況並非如此單純，原本鄉村的粗茶淡飯就以少柴薪的料理方式為主，日治文本中還出現使用蔗葉當作燃料[79]，因此臺灣鄉村住民的烹煮文化本就停留在水煮與少油、重鹹、醃漬為主，底層食物的料理時間一般並不算長，鄉村的粗食料理基本上並非勞丹所謂的家庭料理。如果內城勞動者是受制於勞動工資的低限飲食，那麼鄉村少油重鹹的粗茶淡飯則受制於土地受干擾的程度，讓原有集約耕作與物盡其用差可平衡的農村循環經濟，在日治之後受到日本殖民所植入的新權力、新規則，而產生新的困厄。

（三）中產受薪階級——中階料理的混雜性

　　勞丹認為 1880-1914 年間人口往都市移動，與近代國家政治的公民權發展，導引新興階級與料理的產生。或許某一個層面上來看，更加「平等」的料理出現了。

> 中階料理——富含小麥麵包或其他受人喜愛的澱粉類主
> 食、牛肉與其他肉類，以及脂肪與糖——從布爾喬亞群體

---

[78] 瑞秋・勞丹（Rachel Laudan）著，馮奕達譯：《帝國與料理》（*Cuisine and Empire: cooking in word history*）（新北市：八旗文化，遠足文化，2017 年），頁 419-420。

[79] 〈理想鄉〉中的乞丐叔因為家中厝漏與水牛「腹肚通背脊」，兩度到甘蔗園剝蔗葉，卻遇到檢糖員威脅要減價。原本趁中午要回家煮食的，也因為這一耽擱又到了村莊美化日的動員時間而泡湯。周定山〈乳母〉十一歲的偉欽以青柴枝為柴薪，因為沒有時間曝乾，要去採摘蔗葉也被保正兒子阻止。

擴張到兩個成長迅速的新社會群體：月薪中產階級與周薪
工人階級。[80]

中階料理帶有便利的特性與符合大多數人的口味，以及初步商品
化的特徵而存在，在用餐場所與社群之間的高度集中性，劃開了
高級料理（衍生性的法式料理）與底層飲食之間的差距。而飲食
邁入十九世紀與二十世紀，與階級性的可能關連是需要高度重視
的課題。日治時期混合了原本臺灣飲食規則，應對殖民所帶來的
西洋料理、日本料理或者和洋折衷料理，產生了民族料理的需
求，在學者的研究中也產出如山水亭的臺灣料理菜式與菜單[81]。
與整個後殖民論述牽連的是，這種面對他者化所進行的自我工程
建構所帶來的影響，不只是民族特色的彰顯，還有可能是飲食階
級性的固定化，並且將不同階級的飲食統合為所有階級共享的民
族標記。

　　在此筆者想要比較龍瑛宗〈植有木瓜樹的小鎮〉與《呂赫若

---

[80] 瑞秋・勞丹（Rachel Laudan）著，馮奕達譯：《帝國與料理》（*Cuisine and Empire: cooking in word history*）（新北市：八旗文化，遠足文化，2017），頁 384。

[81] 依據陳玉箴與曾品滄的研究，代表「臺灣料理」的江山樓與山水亭合併中國飲食與臺灣鄉土飲食家常菜及戰爭料理的特性，開發出江山樓與山水亭民族與商業料理的模式。江山樓的菜單有雪白官燕、金錢火雞、水晶鴿蛋、紅燒火翅、八寶焗蟳、雪白木耳、半點炸春餅、紅燒水魚、海參竹茹、如意煲魚、火腿冬瓜、八寶飯、杏仁茶。山水亭菜單：中國特色的紅悶魚翅、掛爐泉鴨、佛跳牆、脆皮雞、鳳尾蝦或者臺灣特色的小吃刈包或雞腳凍，臺灣家常料理精緻化的三絲菜燕、羔燒羊肉、什錦魚羹、燉棗仁雞、煮滑鰊魚、清粥、甜點心（椰子餅、鐵觀音茶）等。這與本文所談的臺灣日治小說中出現的各種階層的料理並不一致。

日記》的飲食內容,試圖說明臺灣在底層飲食之間與高層飲食之間的中間料理於日治的可能端點。首先,〈植有木瓜樹的小鎮〉(1937 年)裡的陳有三來到小鎮赴任,擔任街役場會計助理的工作,他下了五分車後在南國悶熱的氣候穿過街道走進小巷,選擇暫住在洪天送鐵皮屋的租賃處,相對於街道盡頭的青青蔗園,以及蔗園後擁有高聳煙囪與潔白牆面的製糖會社,小說以一個月薪資二十四圓的青年傷感性與憂鬱,展示南國青年如何從昂揚意志走向消沉的道路。對照呂赫若《呂赫若日記》後面所附的薪資表,一個月大約在七十至一百五十圓之間的所得,暫且不論其生活開銷的差異,只是就文本所提供月薪的數字,論文最終還是回歸文本所顯現的飲食狀態之差異對比。此外,兩個文本的文類特性是否也影響了此間可供論述的空間,筆者也會小心應對。最後,前者描述的是一個小鎮空間,後者的日記書寫空間則橫跨東京、臺中與臺北,以及時間上從 1937 到 1942-1944 間的跨度殊異性。但筆者希望透過這兩個文本的對照閱讀,可以窺見日治殖民下光譜兩端的知識分子在飲食上的對照,及其背後有關飲食文化與身體感的感覺與認知差異。

〈植有木瓜樹的小鎮〉在街役場午砲響後,戴秋湖帶著新進社員陳有三走向充滿食慾風景的市場,接連看到豚肉店陳列的腑臟及滴血的頭骸,賣燻烤燒鳥、紫紅香腸的飲食店,路邊吃著半角錢蕎麥、喝著白酒、啃著豚肉片的人,戴秋湖最後進入店內點了雜菜湯、燒鴉、上等飯、啤酒與陳有三共食。這裡描摹了小鎮市街飲食攤的風貌,此處聚集了陳有三這樣的知識階層在特別室內用餐,也有蹲在路邊吃半角錢蕎麥的階層。

〈植有木瓜樹的小鎮〉內除了引人注目的知識分子精神世界

的傾墮外，食物的風景也值得探究，文本中描繪了豐富的食物與
日常訊息。例如找到房子的陳有三因為農家的米飯摻了太多地瓜
與水，菜餚早晚都有醃漬的豆腐乳和蘿蔔乾，決定過起自炊的生
活；爾後搬到包吃住的林杏南家，除了第一天林杏南殺了雞與老
紅酒款待，之後的日常餐食幾乎就是豆腐、花生、醬菜與味噌
湯，小說甚至寫到林杏南的二兒子只在飯裡澆了一點醬油就吃起
來，另外陳有三聽聞林杏南長子死亡的消息時，因為心情鬱悶，
吃了兩分錢買的花生米與五分錢的白酒。一篇文本中充滿如此豐
富的飲食風貌，在日治小說中並不常見，上述的飲食明顯區隔於
上節所論的鄉土食。〈植有木瓜樹的小鎮〉展現的飲食風貌，溫
飽不是問題，也並非強調隨時瀕臨飢餓邊緣的惡食，只是將這份
飲食名單對照呂赫若的飲食日常，卻又馬上顯得捉襟見肘，呂赫
若的日記呈現較多城市飲食與外食的訊息，與小鎮的家庭料理及
飲食攤、飲食店風景產生區隔。

　　這裡筆者想問的是〈植有木瓜樹的小鎮〉寫道：「『請坐。
戴先生，要吃些什麼？』」坐在固定的餐桌前用餐，是不是劃開
階層的那一條界線？對照「有的蹲下來買半角錢的蕎麥，伸進濃
味油膩的食慾中」[82]，是如此嗎？他們所處的空間與飲食似乎融
匯一處，但筆者仍然在閱讀裡經驗到他們並非同一個階層，身體
語彙區隔了彼此。在身體與空間的討論中，空間因應身體需要打
造出一個符合某些姿態／意識型態的場所，然後空間也發揮形塑
身體的功能，並反復加強後，身體規訓與空間、階級的分界清楚

82　龍瑛宗：〈植有木瓜樹的小鎮〉，《龍瑛宗集》（臺北：前衛，
　　1991），頁 17。

的被劃分出來。

　　呂赫若於 1942 年因為肺病返臺後頻繁來往於臺中與臺北，隨著其加入啟文社與組織新劇運動「臺灣演劇會社」，與文藝界人士交流時最常出沒在臺北山水亭，除了下班後與張星建、王井泉、張文環等人在山水亭聚會外，呂赫若在日記中還透露其出入咖啡廳、食堂聚會，例如臺灣文藝家協會的月會多在明治製菓舉行；在臺北擔任《興南新聞》[83]記者期間頻繁出入天馬茶房、波麗露、公會堂食堂部、秋月食堂、日活酒館、協和會館桔梗俱樂部、新北投沂水園等處，日記裡也曾記載與鳥居芳枝在 B.B 喝茶，在艾爾特爾喝酒，也曾去過富士咖啡屋、銀水、南、日時美、太平洋、森永等店，而在臺中也有他慣於流連的大地茶房、吞兵衛及翼等處。

　　劉捷〈大稻埕點畫──咖啡廳（上）〉有一段對咖啡廳的餐飲描述，「至於酒，雞尾酒、日本酒、五加皮應有盡有；菜餚是生魚片、米粉、牛腓等和洋漢折衷，做無限的服務。[84]」簡單的讓讀者窺見日治臺北咖啡廳的斷片，本篇論文並非要從事飲食調查與飲食史的梳理，這部分研究已有相當專業的學者著力並且得到高度的成果，比較有意思的是將劉捷與呂赫若在階級上的共通性與飲食消費行為串連，突顯在文人社群中高度銜接吸納新興混血料理模式的現象。

　　日治時期東京、臺北或臺中的咖啡館在感覺經驗上的描寫是

---

[83]　呂赫若 1942 年 6 月 28 日的日記記錄下「星建、天賞、遜章」勸呂赫若進《興南新聞》服務。

[84]　劉捷著，林曙光譯：〈大稻埕點畫──咖啡廳（上）〉，《臺灣文化展望》（高雄：春暉，1994 年），頁 268。

甚麼模樣呢？楊雲萍〈加里飯〉（1926）中懷抱悲憤、寂寞、不安情緒的年輕人在寒冷的冬天因為貧乏的咖啡廳經驗與衛道、自負、羞恥的心境，他猶豫不決錯過許多家咖啡廳，最終走入了東京市街上「Cafe kin-no-hoshi」──金星咖啡廳：

> 放膽地把嵌上紅、青、紫、綠種種色玻璃的門推開，極力裝著冷靜進去。……
> 穿著肝色地，綠色花的日本姑娘的女招待，堆著滿滿的笑容和驕態迎他。比較街上的寒冷，這咖啡店裡是很溫和。店裡的面積不大，是矩形的。可是六張方桌排成二列，卻不見什麼踢蹐。放上二盤朱紅的蘋果的賬臺的隔一重幔的後方，是烹調處，時聞肉叉 fork、刀 knife 或碟、皿的聲音。[85]

這是一個蟄居東京的年輕人打開掛號信件，來自故鄉父親的信內並未如他預期寄足可供生活的四十五元，信封裡僅有四十元匯票，以及父親對自己未能供應足額金錢，對臺灣經濟現況說明：「金融界大不佳，米價又落，租稅則一回加重一回……應酬亦甚繁雜，如粕原警部榮轉花去三元，松本校長轉任亦費去二元半等……[86]」面對父親並未寄足索求的金錢，生活費、新皮鞋與尋常開支可能無法支應之際，身在東京的青年興起不滿和憤怒，說

85　楊雲萍〈加里飯〉，楊雲萍、張我軍、蔡秋桐作：《楊雲萍、張我軍、蔡秋桐合集》（臺北：前衛，1990 年），頁 48。

86　楊雲萍〈加里飯〉，楊雲萍、張我軍、蔡秋桐作：《楊雲萍、張我軍、蔡秋桐合集》（臺北：前衛，1990 年），頁 46。

出一句非常沉重的話：「儉約？從那裡儉約起？——我浪費了什麼！既沒有……哼！……[87]」；另外又因為理解故鄉父親的處境而漸漸興起思鄉的念頭。文本描述來自殖民地的年輕人在心情膠著時進了東京的咖啡廳，不自然坐在位子上，不嫻熟的點了咖啡，即便肚腹飽足卻為了打破在咖啡廳的沉默與格格不入的陌路處境「孛一盤 Rice curry 加里飯來。[88]」在此，沉沒在東京的貧困臺灣留學生，感知夾雜著身為劣等人種的自卑感，以及與咖啡店女侍招待文化的外人處境，反觀其他客人「他們正自在地和女招待戲謔。有的握她們的粉腕，有的抱她們的細腰。[89]」，而身邊的女招待「依舊坐在他的身邊，發出惱人的薰香。但是他覺著她們的微笑、嬌態是不得已的、是假裝的，是弱者求乞般的。[90]」一粒一粒的義務的吃完咖哩飯後，殖民地年輕人原有的悲憤、寂寞、不安反而更加鮮明，咖啡廳拒絕了一個 1926 年盤算著月費，對於五十錢都必須斤斤計較的年輕人。在此，殖民地的身體不是欲望的身體，更不是自由的身體，而身在帝都更不可能是欲望的主體，小說書寫了他永遠作為殖民論述的欲望客體而存在。甚而在資本主義社會，本能欲望都已經投向有價商品，馴化足以消費的人如何在規範中滿足，作為殖民地青年的他，勉為其

---

[87] 楊雲萍：〈光臨〉，《楊雲萍、張我軍、蔡秋桐合集》（臺北：前衛，1990 年），頁 46。

[88] 楊雲萍：〈光臨〉，《楊雲萍、張我軍、蔡秋桐合集》（臺北：前衛，1990 年），頁 50。

[89] 楊雲萍：〈光臨〉，《楊雲萍、張我軍、蔡秋桐合集》（臺北：前衛，1990 年），頁 49。

[90] 楊雲萍：〈光臨〉，《楊雲萍、張我軍、蔡秋桐合集》（臺北：前衛，1990 年），頁 50。

難進入帝都後看到的是自己「身為外人」的真實。

　　蔡秋桐〈興兄〉（1935）裡的父親，因為從日本歸來的兒子久居臺南，連過年都不返家，身居臺南鄉間的農夫興兄只好親訪兒子。到訪第二天興兄不拂兒子好意的穿戴上「中折帽」、「烏布鞋」隨著兒子、日本兒媳來到古都，「如臨仙洞，什麼貨都有」的林百貨……「時也將午了，勉強行到食堂來，興兄看到無數的美女來來去去，疑做是個菜店，……興兄椅坐未定，鞋就脫下來了，看看腳骨的泡，拿鞋起來嗅嗅看了」[91]興兄的身體與林百貨的七層高樓、被整頓得亮閃閃的馬路已經充滿隔閡。即便小說裡描寫他不慣坐疊（榻榻米）的、那雙蹺翻大和媳婦的雙腳，非常享受被媳婦「幼麵麵的手」清洗，但他依舊不屬於新興的臺南。小說結尾興兄離開古都時，不只新興飲食遊樂的空間拒絕了他，他感慨的以沒有了媽祖進香的古都終究無法感到習慣，而回返鄉間。值得注意的是文本中一再表示興兄是必要被清洗、重新裝束的，興兄以暈倒與北返看似拒絕了古都與高樓，實際上興兄是通過體驗新興都市的規訓，作為不適應者被排除出去的一人——「殺人的都會」拒絕了他。

　　反觀原本就生活在艋舺的黑色青年王詩琅〈沒落〉（1935）筆下的耀源，他的社會主義主張消亡，但優渥的出身使他依然足以迎合現代資本化的新興空間，才剛剛飲過牛乳，才剛「打開洋服厨，拿出『愛克斯‧班駱』雙手拔起來。[92]」之後來到明治製

91　蔡秋桐：〈興兄〉，《楊雲萍、張我軍、蔡秋桐合集》（臺北：前衛，1990 年），頁 217-218。

92　王詩琅：〈沒落〉，《王詩琅、朱點人合集》（臺北：前衛，1991 年），頁 47。

菓喫茶店，對於喫茶店的內部小說並未細描，但是讓讀者循著耀源的目光感知到它座落的位置，「近大道的窗前占了坐位的他」看出去後，讀者飽覽了耀源剛剛一路行來的街景：

> 他穿過臺灣銀行前到了臺北銀座──榮町二丁目十字街頭時，……亞士華爾卓上穿梭般來往的銀色燦爛的市營巴士、自動車、自轉車……都格外較前輻湊的多。……就是亭仔腳來往人也較常擁擠。[93]

除了已經「置身其中」，現代都會向耀源及他所屬階級展開。雖然社會主義理想曾經隔開他。於是，我們在文本看到耀源一思及家裡土地、家宅不斷變賣、店裡金融窘迫，家境日益下滑，雖然感到一陣重壓，但卻轉而拿起健身器材拔了起來。這樣或許出於心情抒發，或出於健康的、鍛鍊的身體，似乎不適宜殖民地青年耀源持續演出；無所適事，在理想被殖民者抽空後的幻滅，只能轉為縱放頹廢的無所指，才更適合與殖民地情境所造成的精神壓迫吻合：

> 咖啡店的九點至十點是最劇忙的時間；耀源和錦東，瀛洲上這摩羅訶，正當留聲機、猜拳、醉客女招待的歌唱，呼麼喝六，店夥的叫聲混鬧成一團，奏著狂亂的交響樂。……

---

93 王詩琅：〈沒落〉，《王詩琅、朱點人合集》（臺北：前衛，1991年），頁52。

　　臺灣人經營的咖啡店中稱為第一高雅的摩羅訶，近代的之
華奢的室內。米黃色的柔軟的光線，給他們在賭場興奮的
神經漸漸鎮定了。……[94]

　　咖啡店的紅綠藍的「良・薩因」在冰涼的夜氣中露出寂寥
的微笑顫抖著。[95]

於是，原本左派的赤色社會主義青年轉入紅燈之下，日日流連於
麻雀、咖啡廳、妓樓。在明治製菓喫茶店喝起曹達水，之後與朋
友錦東、瀛洲到臺灣人經營的咖啡廳摩羅珂，享受艷子送上的啤
酒和清果，痛飲一番後轉往東瀛樓藝且阿鸞處鬧到天亮，咖啡廳
就是享樂、逃避、麻痺，自由的、現代的種種後遺症的解放處，
在殖民地臺灣容納了赤色社會主義青年耀源理想幻滅後的虛無。
　　至此或許可以說明筆者真正關心的不是咖啡廳的空間陳設與
摩登樣貌，而是一個飲食空間或飲食文化，成為接納或拒絕一個
階層，或再生產一個階層的處所。出生的生活圈、階級、族群決
定了是否被一種文化或者另一種文化吸納，或者是否具備相當資
本可以容許主體自由轉換在不同空間。如果日治時期喫茶店、咖
啡廳代表日本殖民所帶來的新興的現代社會納入機制，上述條件
構成主體與現代親近的程度，決定是否被接受，或者像〈植有木
瓜樹的小鎮〉中陳有三衡度計量的「月薪」，也是日治知識分子

94　王詩琅：〈沒落〉，《王詩琅、朱點人合集》（臺北：前衛，1991
　　年），頁54。
95　王詩琅：〈沒落〉，《王詩琅、朱點人合集》（臺北：前衛，1991
　　年），頁57。

書寫裡敏銳的表呈納入儀式的社會及心理細節，以及門檻。而月薪相當程度取決於你受權力規訓的程度，在日治時期是經由殖民官僚所連動的教育與資本主義成為教養與習性的養成所，以及受殖民者民族意識與殖民論述的交鋒板塊。這些空間都如同建築中的接榫，在隱密之處扮演了足以辨識出外來者，差之一毫釐的他者性。

黃毓婷在〈翁鬧是誰〉一文，參考 1985 年《臺灣文藝》上劉捷對翁鬧的回憶記述，是另個因階級不符導致格格不入的版本：

> 翁鬧一九三四年到東京時，寄宿在臺中師範同窗吳天賞的家，身上的錢用光了，生活都得靠同學周濟。《臺灣新民報》記者劉捷住在東京時，常與妻子購買日本人不吃的豬雞內臟燉成一個禮拜的伙食，但有一次翁鬧帶四、五個學生來了，毫不客氣地把燉菜連飯吃得乾乾淨淨。[96]

筆者認為這篇文本的空間結構可以區分為「在東京」與內城區、「內地與殖民地」，被殖民者身為真正的窮人之一，是種族移民肇生了受殖階級的雙重邊緣，構生「貧窮」———一種因種族性而生的文化性、經濟資本的低下。即便在島民間他們屬於知識分子、受薪階級，但在帝都東京他們是來自殖民地的人民，與內城區的窮人一樣生活著；或者還有像翁鬧一樣直接就是被城市排

---

[96] 黃毓婷：〈翁鬧是誰〉，《翁鬧作品全集》（臺北：如果出版，2013年），頁 48。

擠，只能來到了東京外圍貧民聚集的高圓寺——東京的郊區。在殖民、階級、空間與飲食之間，翁鬧〈東京郊外浪人街——高圓寺界隈〉裡描述了高圓寺附近食堂、酒吧出入的人：

> 如果晚餐後在長街上漫遊，與男學生女學生、領固定薪水的上班族、女侍、舞者、留法歸來的畫家、理「河童頭」的文藝青年、彩色眼珠的外國人、醉漢等等的人潮摩肩擦踵，大約天天遇得上兩名人物——他們是新居格和小松清。[97]

看起來浪人街的店家內匯聚了各方各色人物，且扮演著公眾自由聚會的場所，頗類歐洲咖啡店。只是「看起來」類似咖啡、理性、公共論述的聯繫，回到文本會發現這是充滿酒吧，還有媽媽桑和小姐勾引的消費與情欲空間[98]；或者是低價食堂，這些人聚集在這裡的理由是因為便宜好吃、大碗，小說家在這裡還可以搭伙[99]。如果這是歐洲咖啡廳在日本轉寫之一種，加上黃毓婷所言

---

[97] 翁鬧：〈東京郊外浪人街——高圓寺界隈〉，《翁鬧作品全集》（臺北：如果出版，2013 年），頁 231。

[98] 翁鬧：「普羅文壇的新秀鈴木清也住在這一帶。離車站稍遠的酒吧『銀河』是《馬》的作者阪中正夫等人常光臨的地方，據說已故的直木三十五也曾在酒吧樓上閉關寫作。我和朋友被那裡的媽媽桑和小姐勾引過一次，掀開它們口的珠簾——是珠簾吧？——探過究竟。」〈東京郊外浪人街——高圓寺界隈〉，《翁鬧作品全集》（臺北：如果出版，2013 年），頁 233。

[99] 翁鬧：「有一家叫作今金食堂的，近來開始寫小說的詩人伊藤整前陣子還在那裡搭伙。那裡的東西好吃又大碗，掌櫃的老爹今村金平這人也風

高圓寺是東京電車的最後一站，旁邊生成了被都市內城排拒而出的人所聚集的貧民窟。在此文中所述貧民窟旁的食堂與咖啡廳雖然看似浪人聚集、自由穿梭，已然是經階級與日本翻譯西方咖啡語彙衍伸出不同風貌之處：

> 在這裡，連這樣的小食堂也充溢著 cosmopolitan 的氣息：
> 中國人、朝鮮人、滿洲人、吾島島民等，臉孔和語言一樣
> 多姿多彩，暹羅人、韃靼人說不定也在裡頭。[100]

在帝都鐵道線末段的高圓寺食堂、酒吧成為翁鬧筆下 cosmopolitan——最有大都會氣息的地方，聽起來怎樣都令人覺得不適。種族移民是窮人的一個預備員，在殖民主義時期，殖民地人民在帝都不管實際上還是心理上，都是窮人，不管他住在高圓寺，還是東京內城區。種族永遠是那偏差了一毫米的遙遠，接榫距離。

　　筆者接著希望透過回顧呂赫若 1942 年 2 月 4 日到 5 月 6 日返臺前於日本的日記，對照出身底層的翁鬧與鄉紳階級的呂赫若在東京的生活。日記裡只提到一次在咖啡廳與錦糸工人町食堂用餐，並述及分別從堂哥與高川處拿了豬腳回來料理的紀錄。日記

趣愛說笑，因此店裡總坐滿了單身的辦事員、學生、賣報的、吹喇叭作宣傳……可說是全東京商運最昌隆的小食堂了。」〈東京郊外浪人街──高圓寺界隈〉，《翁鬧作品全集》（臺北：如果出版，2013年），頁 233。

[100] 翁鬧：〈東京郊外浪人街──高圓寺界隈〉，《翁鬧作品全集》（臺北：如果出版，2013 年），頁 233。

裡寫到在錦糸町工人大眾食堂用餐時，對於食堂工人參雜、面無
表情吃午餐的情景，卻以感到溫暖與人情味之語來記錄它[101]。
隔幾日後，呂赫若又在錦糸堀的路邊攤吃壽司、牛肉飯、蠑螺
飯、紅燒豬肉與炒飯等等「飯吃有五碗吧？痛感凡事都是錢。
[102]」相較呂赫若回臺後頻繁上咖啡館或食堂，已經沒有出現擔
心飲食花費的字眼。如果在帝都的臺灣人即便如呂赫若都有種貧
乏感，那麼在臺灣的日本人呢？呂赫若日記裡提到的兩條資料或
許可以對應：

> 1942.11.13 在山水亭閒待著，十一點半去建成町的蔡女士
> 家。鳥居女士也來了。<u>一起吃烤蕃薯和甘蔗。</u>
> 1942.9.14 晚上和蔡小姐一起去水道町的鳥居芳枝小姐
> 家。她用「大山」（Datsun）送我回來。

蔡香吟是呂赫若在東京就已經認識的一個聲樂家，曾和呂泉生在
東寶聲樂隊演出。呂赫若的日記記錄與蔡香吟、鳥居芳枝一起吃
烤番薯和甘蔗一事，鳥居芳枝用大山汽車送呂赫若回家來看，經
濟條件不錯的鳥居芳枝，居然吃食如此臺灣鄉土味十足的食物，
其所代表的料理與社會的關係，自然與上述在底線生活徘徊食用
鄉土食者不可類比。殖民地下的臺灣，讀者可以讀到賴和〈補大
人〉、朱點人〈脫穎〉、王昶雄〈奔流〉，或者上面蔡秋桐〈興

---

[101] 呂赫若著，鍾瑞芳譯：《呂赫若日記》（臺南市：國家臺灣文學館，
2004 年），頁 58。
[102] 呂赫若著，鍾瑞芳譯：《呂赫若日記》（臺南市：國家臺灣文學館，
2004 年），頁 60。

兄〉中臺灣知識分子對於日本人的模仿,從夢想住進日本人的家居空間,擁有日本人的姓名,懷抱日本人的文化,也有如〈興兄〉、〈奔流〉涉及了日本飲食的模擬,這似乎展現了殖民論述對於受殖者原有文化及人格的戕害與扭曲,知識體系裡上下分明的位階,擴及至「食物」、「吃食行為」的範疇,食物成為臺灣人「向上」流動的欲望物。

　　呂赫若日記裡記述了日人對臺灣人飲食的接收,在日治小說中是極少被描述的流動方向,於是和陳虛谷〈放炮〉裡那位看似毫無違和的進入臺灣人家庭,接受臺灣料理的款待的真川巡查成為極特出的例子。當然,在殖民書寫脈絡中可以將真川巡查的行徑解讀為一系列警察書寫之一,其自在自如進入臺灣人家庭吃食臺灣料理且樂在其中的行為,可以解讀為隱喻了日本殖民體制對臺灣的吞食侵略。但細究文本,對照真川巡查的好食慾,使他對於日人一向排拒的內臟類:腰子、豬肝、豬肺都可以一併接受的現象,以及真川巡查那位無拘無束天真爛漫具有大和魂的兒子,除了擁有愛吃各式臺灣料理的父親示範之外,文本亦描述了此名日本巡查之子進到臺灣人老牛家時津津有味地吃起芎蕉、龍眼,最後還把「碟子內還剩下二塊被幾隻蒼蠅依附著的甘蔗,他一伸手抓了過來,眼灼灼的看著眾人[103]」殖民與吞食之外,日治時期許多日本底層階級選擇到臺灣擔任低階官僚,日本底層人飲食的窘迫與單純需求的滿足,使之到了殖民地可以輕鬆的跨越種族飲食的藩籬。況且中產階級飲食或者鄉村飲食、臺灣料理、日本

---

[103] 陳虛谷:〈放炮〉,《陳虛谷、張慶堂、林越峯合集》(臺北:前衛,1991年),頁64。

料理都是某種化約的概念，形成概念的過程就是排拒某些實踐、
簡化其操作。但不可否認的是，這裡自然無法把真川巡查的熱愛
臺灣料理作為融入臺灣飲食文化來解讀，只是身為殖民者後，種
族的優位性提供了跨越飲食藩籬的自由；對比真川夫妻二人對臺
灣飲食的收受與拒斥態度，可能有個人口味的脈絡性差異，但殖
民地作家透過「巡查」此一身分的跨界，一方面包含著橫徵暴斂
之寓意，另一方面不可抹滅的有如艾梅・賽薩爾（Aimé Césaire）
試圖論證的殖民者的內部的野蠻性使然[104]。

　　此外，觀察呂赫若日記發現，其紀錄內容還反應出戰爭期的
代用食與食物配給的狀況，也反映聚會場所飲食特定化的現象，
以及甜食的大量出現，日治末期殖民地臺灣在節日與飲食的臺日
混合，並且顯示農村循環經濟與中階料理的交錯性。

　　如上所述薪資區隔了呂赫若在生活上與龍瑛宗筆下的陳有三
分屬不同階級。在呂赫若日記中頻繁的注射各種藥品、求助於醫
療，至少服用魚肝油與注射維生素 B，相當程度應與其肺病有
關，日記也述及為妻子、朋友注射則無法確定與疾病的關聯，但
可以確定的是對照日記中對於健康與營養、休閒活動的高度關
注，現代健康語彙深植在呂赫若一家或其周邊相似的階級群體。
接下來，筆者挑出日記中幾處有意思的片段，說明呂赫若日記對
上述層面日常性的紀錄，世代、階級、族群、種族、社群在飲食
語彙的交換上，以酒所代表的族群符號性，具備的特殊解讀空
間。那麼時常跨越臺日符號體系的呂赫若是如何實踐其飲食體系

---

[104] 艾梅・賽薩爾（Aimé Césaire）：〈關於殖民主義的話語（節選）〉，
　　《後殖民批評》（北京：北京大學出版社，2001 年），頁 138-158。

的選擇呢？

> 1943.5.24「在山水亭和石樵、天賞等<u>喝啤酒</u>。」
> 1943.6.2「晚餐在文環家吃，和林金樹、李石樵、周井田一起喝我帶的『月桂冠』。……其後去『富士』酒館喝。」
> 1943.3.31「（豐原回校粟林）送叔叔五瓶『金雞』、兩瓶『金蘭』。」
> 1943.4.21「早上提著空酒瓶去上班，退還石黑商店。近來點心舖前排隊購買和內地沒有兩樣。……午休時拎兩瓶『白鹿』酒去文環家送他。……晚上因米不夠，以麵條果腹。」[105]

呂赫若與其友朋聚會時多喝啤酒，偶爾喝白鹿、月桂冠，一次受王井泉招待在山水亭喝了葡萄酒；可是回歸臺灣人的人際互動時，呂赫若送禮給叔叔時則選擇了漢人藥酒系的酒品。日治時期強調藥性的酒品在臺灣社會的流通，還促使日本酒商在廣告時特別宣稱商品具有的藥性，用以順利打入臺灣市場。在日治小說中日本酒與符合臺灣慣習的酒品區隔是很常出現的，例如蔡秋桐筆下的興兄嗜飲玫瑰露，「雖講什麼白鹿、若翠[106]」他仍舊還是不習慣；陳虛谷〈他發財了〉中的官吏派出所巡查請太太檢視村

---

[105] 呂赫若著，鍾瑞芳譯：《呂赫若日記》（臺南市：國家臺灣文學館，2004 年），頁 348、355、317、330。

[106] 蔡秋桐：〈興兄〉，《楊雲萍、張我軍、蔡秋桐合集》（臺北：前衛，1990 年），頁 218。

民送來的禮品時「我們有的通通是白鹿，只有二矸玫瑰露，是牛車人柯猪屎送來的。[107]」為了討好巴結警吏臺灣人也知道投其所好，這裡牛車人柯猪屎是否相對貧困無法承擔較昂貴的白鹿？在〈放炮〉裡真川大人雖然口說「稱采好」但為了好好款待大人「保正會意，向老牛使個眼色道，他們通通愛吃白鹿，老牛即時差人去店仔買了兩矸，這宴席於是開始了。[108]」日本飲食文化經由殖民主義壓迫關係進入臺灣，白鹿自然代表了殖民者的種族色彩，於是酒品成為標籤，成為臺灣人努力想要滿足、或者模放的殖民者形象之一。只是，文本也可看到某種固著性，固有的臺灣飲食習慣仍然固執的在興兄這樣世代或鄉間（非權力高度集中的中心）的人身上存續。

轉而看朱點人〈長壽會〉裡的阿河哥一個月收入四五十圓，生活還算是安定，卻因為組織什音團體而借款三百圓，小說中的「我」對於這樣的金錢支配方式斥之為「不適當的浪費」，接著小說描述阿河哥吃完長壽會後生起病來，醫生判定為積食後勸他戒酒，但臺灣人阿河哥因為深闇臺灣人的探病習俗，藉著並不嚴重的疾病久留醫院，以求收取更多紅包銀票。朱點人寫阿河嫂因為先生從醫院歸來後差遣阿樂到麵店買燒鴨、炒麵，「回頭另到水生店裡，把福祿壽買一矸來。[109]」居住在城市的阿河哥和阿

---

107 陳虛谷：〈他發財了〉，《陳虛谷、張慶堂、林越峯合集》（臺北：前衛，1991 年），頁 18。

108 陳虛谷：〈放炮〉，《陳虛谷、張慶堂、林越峯合集》（臺北：前衛，1991 年），頁 62。

109 朱點人：〈長壽會〉，《王詩琅、朱點人合集》（臺北：前衛，1991 年），250。

河嫂所屬世代還是慣飲臺灣式的福祿壽酒。而〈安息之日〉裡在島都年近半百已經累積四間房產的刣豬人李仔粒,「一個晚上李仔粒花了二錢雙料酒、一錢土豆仁大充了他的晚酌[110]」讓中產甚至以上的李仔粒在飲酒上如此儉省,是因為十六歲那年深切的感受到頭家眼中生命如草芥,窮人的悲哀,使他奉行忠實於勞動的價值。以文本中李仔粒的階級,可以享有現代與日本式的生活,去咖啡廳、喝白鹿,可是原本的階級囿限了他,對資本主義身體控制的那一面毫無所悉,而對積累財產那一面也僅限皮毛,文本以「適應著時機」說明了李仔粒致富的偶然性,可以將他對酒的選擇,一方面來自階級經驗,另外一方面則顯現種族烙印在他身上的作動,以及他本非因擁有現代知識而跨入中產之林,對於殖民、種族或現代一知半解。從酒與意識形態的觀點考察,彰顯了他原生階級的影響強度。

　　蔡秋桐〈保正伯〉的李サン「他的姑母曉得他和大人有交陪染些大人氣,愛喰白鹿酒。」這個愛喝白鹿酒的臺灣人,在未當保正前「是個流氓,亭仔腳是他的宿舍,豬砧是他的眠床,賭博是他的正業,打架是他的消遣」[111]文本提出日治時期較普遍的跨越族群的方式,除了思想、衣著與節日、生活習慣之外,飲食界線的跨域也可表達「向上」、向殖民者認同的實踐——在殖民主義的話語中讓自己的吃食馴化。在此,原本不務正業的李サン刻意將自己區別於臺灣人,選擇在飲食上除去受殖者的位置,飲

---

[110] 朱點人:〈安息之日〉,《王詩琅、朱點人合集》(臺北:前衛,1991年),頁213。

[111] 蔡秋桐:〈保正伯〉,《楊雲萍、張我軍、蔡秋桐合集》(臺北:前衛,1990年),頁172。

食提供了跨越種族的想像可能，跨過標記則可以說服自己成為鏡像中的那個人，殖民話語構成了他的自我想像，統攝了他身體舉動，當然也統攝了他的精神，好使他都像「他」，最終，導致主體的陷落。

　　回到呂赫若日記，還可以觀察到呂在東京、臺灣都非常在意點心的配給與購買點心，有時也會自行採購麵粉與砂糖製作糕餅，或製作麻糬、湯圓等甜食。如果酒是一條殖民界線與標記，那麼嗜甜是另外一條。在日記中出現了年糕紅豆湯、奶油泡芙、蛋糕、羊羹、用麵粉做的糕點、包餡的日本點心、米糕、湯圓、甜年糕、麻糬和零食糖球，或者就以「點心」一語出現。

> 1942.1.22「從堂哥店裡拿回四隻豬腳，晚上料理。正是因為想吃油膩想得慌的時候，很好吃。……因為開始配給點心了，存心當個傻瓜去排隊買了一圓二十錢。」
> 1942.3.2「上午帶芳仔去平交道旁的糖果店買奶油泡芙，排隊排了半小時才買到。」
> 1942.4.21「買配給點心。」
> 1943.6.18「下午難得買到了兩條羊羹，一圓五十錢，孩子們很高興。」[112]

不管在東京還是臺灣時期都可以看到日本、西洋也有臺灣式的點心甜食在呂赫若飲食生活中扮演一定的角色，隨著戰爭愈發升高

---

[112] 呂赫若著，鍾瑞芳譯：《呂赫若日記》（臺南市：國家臺灣文學館，2004 年），頁 48、76、109、362。

或者呂赫若在臺灣文化活動參與的忙碌時期，因為在咖啡廳、喫茶店或山水亭等處已經吃過了點心，日記中記載為家人購買點心的頻率就慢慢下降，而是紀錄了妻子雪絨在臺灣民俗節慶中的糕點食物，也有臨時起意做起糕點，或者隨興買了麵粉和砂糖製作的甜食。甜食是否已經進入臺灣社會的飲食體系，並且打破節慶祭祀的規範及樣式，成為一個成套飲食的程序之一？或者受日本殖民的影響，臺灣常民飲食有了「其他」知識、文化體系的滲入，而有了內容的調動與出於理性的序列安排？

> 1941.12.31
> 午飯之時有茶來，但是茶物沒有，寫一張字條給「芳乃亭」……
> 1942.1.1
> 午飯時，茶菓皆無，不知家裡和差入屋是怎樣交涉。家裡的人大概是以為一、二禮拜就可以釋放的樣子，由我自己的直覺，似不容易。
> 1942.1.12
> 今日中飯，又添付青菓來，說是家裡的人去吩咐的……

〈獄中日記〉是賴和用鉛筆寫在粗糙塵紙（楮樹皮造的粗紙，用來當衛生紙）的紀錄，共錄有三十九日，後因病重而未續寫。在監獄剝奪自由且單調封閉的空間內，賴和為了排遣被監禁時光所寫下的日記，除了描述健康情形日漸衰落，藉由閱讀醫療書籍、經濟雜誌或心經轉移心緒外，也一併紀錄下微小關於飲食的訊息。

　　關於甜點是否納入殖民地成套的飲食體系，對照賴和於

1941 年 12 月 18 日被拘入獄五十日所書寫的日記片段[113]，首先，在三十九天的紀錄中，賴和的獄中飲食除了前三天由家裡送飯外，其他日子由日本料理店芳乃亭提供。試將賴和錄及的食物列出：蕃茄醬飯、代用食（蕃薯簽或日式麵條）、壽司、飯、ドンブリ（日式大碗蓋飯）；青菓（弓蕉、林檎、蕃茄）、蔬菓、玉菜（高麗菜）；茶與茶物、茶菓；另外還有一天兩回的牛乳。主食以米飯為主與少次數的代用食（可能是蕃薯簽、番薯粉、樹薯粉代替米飯，或者日式麵條）。這裡值得注意的是賴和獄中飲食由日式料亭芳乃亭外送，所以依循日式飲食規則，特別要求茶與菓物的搭配；另外在這份並不完整的飲食清單，可以見到身為醫生的賴和由現代醫療訓練所建構的營養理論與健康身體的要求，於是在食物上屢屢提及蔬菜水果，並在身體不適時標明需要提高牛奶的份額；此外，賴和也注意在監獄有限空間下的身體鍛鍊，於是屢屢述及日光有益健康，散步可以活絡身體，陰暗則令人身心鬱結等。引文記錄了賴和特別向芳乃亭說明餐食缺了茶物，隔天如常來了茶菓，在以為將要釋放的誤傳消息化解後，芳乃亭又繼續送來水果。從賴和的日記或許可以回應，日治時期飲食西化或和化的現象，但此章所要談論的是影響飲食實踐的成套飲食觀念的建構與互滲，在賴和日記中可以看到營養與身體健康間的關聯，這裡顯示了殖民地臺灣在現代身體規訓與殖民話語的關係，健康身體的內容與達致的方式已經逐步走出所屬族群文化，展現現代性身體、資本主義的勞動身體及當代飲食與營養學

---

[113] 賴和：〈獄中日記〉，《賴和全集（三）雜卷》（臺北：前衛，2000年），頁 6-49。

的高度關聯。

　　身陷囹圄是現代社會對人的最大懲罰，傅柯說這是因為被剝奪了自由，在幾個世紀對人的價值重構與自由論述後，被囚禁者害怕的並非過去監禁語彙中的酷刑、黑暗或環境惡劣的監牢，而是失去自由身體的那種恐慌感。賴和在獄中面對釋放之日遙遙無期，保留持續展現其抵抗意志的賴和，居然也開始反省自己如何干犯殖民者的權威，思索選擇穿著臺灣服行醫是否得當，應否改著洋服，透過否定臺灣服與臺灣精神的連繫，並自承已經作好洋服及防衛團服……。監獄成為剝奪現代人重大價值——自由——之所，並在看似一點都不展示為陰暗可怖的空間裡，開始理性的檢視、反省自己的罪惡。

> 第十八日（1941 年 12 月 25 日）
> 我穿臺灣服，得了真不少的誤解。
> 我自辭了醫院，在彰化開業近二十五年了。我穿臺灣服也是在開業後就穿起來，純然是為著省便利的起見，沒有參合什麼思想在內。……有一位點人氏的「懶雲論」（王錦江），就以為我的穿臺灣服，似有一點臺灣精神的存在。……事變後，……便直接受到柴山助役的質問與非難，我便答應他在次回當值時便要穿洋服。但是還未輪到我的當值，彼已轉任了。我的洋服也已做成，且也做了一副防衛團服。[114]

---

[114] 賴和：〈獄中日記〉，《賴和全集（三）雜卷》（臺北：前衛，2000年），頁 27。

賴和選擇在私密的獨白中表呈心跡，實則反映身為被殖民者面對
殖民權力的無的放矢，經由反複對自我思想的篩檢，企圖尋得出
路。法農認為殖民論述之特性乃在於不斷將被殖民者塑造成他
者，並使被殖民者持續生活在否定自我、生產自卑感之境，長久
之後終究會在受殖者內在植下精神失序的因子。法農的論點使得
筆者在閱讀賴和此段心跡表陳時，不免戰慄。筆者在此無意深究
論述賴和〈獄中日記〉所反映的身體疾況與精神失序間的輕重，
只是提出日記似乎很容易在論述中被忽略的關於飲食的記述詮釋
可能。

　　有趣的是，體現現代身體規訓語言的監獄，賴和在獄中被剝
奪自由後，也默默實踐營養、運動的身體控制術。現代監獄的生
成乃立基於保障犯罪者仍有可能再度回歸社會，再度依循社會常
規生活，因此監獄裡的種種設置都在矯治、創造出一個更適合資
本主義勞動力要求的人，賴和在監獄中也實踐著現代社會的身體
規訓法則，就如傅柯所推導的，現代監獄不是另一個有別於社會
的地方，它只是有限度剝奪人的自由的社會縮影，讓你重返社會
的中介點。讀起賴和在監獄中努力照射日光、走動，並紀錄自己
的飲食與健康狀況，又是另外一種閱讀戰慄，這些活動身體的規
律自然有益身心，但作為被剝奪自由者仍然如此「勵行」的身體
技術，在自我的健康追求外，無法逃遁的現代身體規訓大敘述才
是背後昭示的究竟價值。一份賴和在獄中不完整的菜單，對應其
被囚之身的「臺灣服」獨白自剖，營養、健康成為臺灣身體塑成
的新語境，在日常的吃食行為中配置了「新」理性、「新」規
則、「新」口味。

四、料理哲學的多音軌現象

（一）糖的依賴性
──殖民地的嗜甜症與營養、種族的關連

如果深刻的認為這些飲食的書寫在文本中屬於有機整體的一部分，將之放回文本符號體系，筆者想要探究的是飲食與哪些事件連繫，使之所屬之義超出了時代背景的真實紀錄，由一套飲食規則的接收，朝向一套經由飲食展開的殖民批判，突顯將飲食的部分抽離出文本談論之可能與必要。在日治時期關於飲食料理被實踐後所帶有的營養與身體健康論，上節已約略觸及，現在挑出筆者覺得仍可論述的幾點。

> 從來臺灣人的生活，<u>彷彿多吃肉類，但吃蔬菜卻被忽略了</u>。又在家庭生活上，一般地說<u>中產以上的家庭</u>，比較來自本土的人，有不少<u>流於不經濟</u>；能更節省而攝取營養品的餘地太多了。<u>食生活是決定日常生存</u>的很重要的因素，所以<u>家庭主婦</u>必須妥善處理。我以為至少食品菜餚在家庭經濟允許範圍內，應混淆臺灣、日本、西洋的三種；這既<u>富有嗜好性</u>，且比較<u>合理且不偏食</u>。[115]

這是劉捷在擔任記者時期所寫談論生活合理化的文字，提到臺灣原有飲食規則並不符合營養學與家庭經濟的理性計算概念，提出

---

[115] 劉捷著，林曙光譯：〈生活的合理化〉，《臺灣文化展望》（高雄：春暉，1994 年），頁 191、192。

肉少菜多的配置才符合現代營養學觀點，在此現代飲食的營養學
成為參照系，雖說當時臺灣中產家庭也不一定依循劉捷所期待的
規則，但明顯附帶延伸而出的還有營養分配的經濟原則，以及主
婦擔當家庭食文化重責大任的角色——女性應該理解此現代規則
並尋求更富於營養的食物；另外期望達到更節省以攝取營養品之
語意不明，可能是依循前面的邏輯談飲食的營養學分配，也可能
是談在正常飲食攝取外，應該要攝食一些營養補充品。後者的可
能或許可以從呂赫若的日記中找到相應的詮釋空間，顯現日治時
期各種營養品已經有限度的進入知識階級作為補足身體所需的日
常實踐。費爾巴哈（Ludwig Feuerbach, 1804-1872）所說人吃什
麼就是什麼？（Der Mensch ist, was er isst.）似乎在劉捷的文字
中被實踐著，緣於對食生活的論述，應該由誰來操辦家庭的飲
食，擔當全家身體健康的主持人——家庭主婦直接被推到前臺，
女性與家庭飲食及健康的聯繫要留待性別論述的出現才可能進一
步被反思。此外，應該混和西洋、日本與臺灣的飲食習慣，除了
呼應前面的營養學理論外，還有嗜好性的強調，吃飯在溫飽之
外，成為富含其他多重附加意義的場域。通過後天建構的飲食規
範，在飲食交流的交互影響下，會不會與艾梅·賽薩爾所談的殖
民者野蠻相關：

　　殖民統治是否取代了文明之間的交流？或者說，如果你可
　　以對所有建立交流的方式進行選擇，殖民統治是否是最好
　　的？

　　我的回答是：不！[116]

　　基本上賽薩爾這篇文章是非常雄辯的，談論殖民主義藉由基督教信仰或者殖民地的教育建構出受殖民者的同時，殖民話語體現的就是一種暴力形式。交流固然很好，自由的交流也沒有什麼問題，但是經由殖民主義所帶來的看似民間的非強制的交流，實際上都是和殖民主義共謀的野蠻形態，因為在殖民邏輯中強勢弱勢，早就已經被統治的一方設定。因此，賽薩爾走得更遠，他希望辨析殖民主義的面貌外，他更希望透過論述中殖民主義與歐洲內部希特勒崛起的聯繫，去談資本主義社會的運作邏輯可能是另一場大型殖民，另一場壓迫的歷史現場。與法農同樣來自法屬殖民地馬尼提克島的他，認為現在美國比歐洲早期殖民的野蠻程度更甚之，真正應該改變的是歐洲，或者仿效歐洲邏輯形式的美國。劉捷的飲食指南或建議乍看似乎沒有那麼嚴重，但交流必須在殖民結構中被反思，飲食交流也如此，殖民主義時代的提倡更是如此，當代飲食也難以豁免。從上面展開的紛雜的分析中，筆者嘗試再次這樣說，論文的目的不是在建構飲食史，也不是討論臺灣料理，而在於揭露臺灣日治時期底層、鄉土粗茶淡飯、中階料理之間並非可以依照階級、地域等條件清楚釐清的，他們從來就彼此混雜，甚至受制於種族的情形遠比其他更加鮮明，巴巴論述中的混血與雜種才是殖民地飲食的現況。

　　食物與權力的關聯，西尼・W. 敏茨（Sidney W. Mintz）論

---

[116] 艾梅・賽薩爾（Aimé Césaire）：〈關於殖民主義的話語（節選）〉，《後殖民批評》（北京：北京大學出版社，2001年），頁141。

述現代社會對糖的依賴性，衍伸為營養學對於糖的抨擊與論爭，
敏茨耙梳糖在英格蘭出現的歷史，提出原本代表貴族與富裕家庭
才能消費起的妙物——糖，隨著殖民主義的開展，糖的普及變得
可能，在現今世界的糖普及與工人階級的糖消費量，糖的歷史提
供了一種想像：

> 它由國王們的奢侈品轉變為平民們的國王級享受，這種買
> 來的享受可能脫離其位置，在使用中轉化為另一個身分。
> 於是糖搖身一變，在眾多物品中，成了泯滅身分地位差異
> 的平等主義者。當然，當這一切發生時，富人和權貴們就
> 對這種東西棄而遠之了，它的舊有象徵意義也就逐漸被掏
> 空了。[117]

臺灣就是糖業帝國，只是這個帝國並非由臺灣人來主導，因此點
心甜食在呂赫若日記中佔據飲食的重要位置，實際上並非身在臺
灣，而是透過殖民性與現代性而來的。此外，對照上面引述的呂
赫若與龍瑛宗對油膩食物的偏好，那種油膩的食物是呂偶一為之
滿足口腹的嘗試，對於龍瑛宗筆下的陳有三所身處的小鎮，則是
小食攤慣常的風景。此外，呂赫若日記還記錄了回到臺中後，戰
時配給制度下通過岳母家不斷送來的地瓜，補足了食物被管控後
的生活貧乏，連帶送來的龍眼與荔枝等水果，除了是臺灣社會透
過飲食交換的人情系統外，對照呂赫若日記中已經培養的現代嗜

---

117 西尼・W. 敏茨（Sidney W. Mintz）：〈甜與權——糖在現代歷史中的
　　 地位〉，《物質文化讀本》（北京：北京大學出版社，2008 年），頁
　　 284。

甜症，這些產自夏天的甜美水果是否滿足了一個甜味依賴症患者的需要？筆者在此停頓。如果殖民話語與飲食的關係是在餐桌上，那它的影響只深植／殖在味覺嗎？

（二）現在，一個人吃飯很寂寞
——愛情／現代／殖民語彙的新發明

　　吳天賞〈野雲雁〉（1935 年）非常特別的以一個女子的感情習題展開，面對兩個喜歡她的男子，經過內心獨白道出兩個男子都不夠符合「我」對愛情態度的期待。一個只敢透過二樓的窗口偷偷遠望，面對感情顯得怯懦，但又從朋友 K 口中聽聞男子「毫不遲疑」、「威風凜凜」[118]的一面。另一個像兄妹般相處的男子，則與其他女子 S、T、堂姊 R 亦過分親密，又會乘著「我」寂寞時突然提出婚姻請求。在此吳天賞以「愛情」、「寂寞」、「婚姻」、「毒藥」來闡述主張男女自由戀愛的新時代，充斥各種新感覺的時代，戀愛的尺度與男女的愛情交鋒所處的嘗試期階段。文本以女子的口吻將愛情比喻為酒與毒藥，另一方面則描繪女子無法穿透愛情的情感高牆時，偷偷或趁父親不在場的時刻飲用五加皮或玫瑰露，並探問自己如何無法如喝酒一般將愛情也勇敢飲下。這裡有趣的是將求婚請求對比於逼嬰兒喝下烈酒——「威士忌或伏特加」，而無能回應的「我」只能偷喝父親的「五加皮和玫瑰露」[119]這兩種酒品的凸顯似是不可解的語言任意現象，可是卻又非常排列整齊的透露了兩種酒文化——西方烈

---

[118] 吳天賞：〈野雲雁〉，《豚》（臺北：遠景，1997 年），頁 318。
[119] 吳天賞：〈野雲雁〉，《豚》（臺北：遠景，1997 年），頁 319。

酒與東方藥酒。回顧酒的歷史，阿拉伯社會很早就掌握了蒸餾的技術，把蒸餾後的酒當作煉金物質或藥品，十二世紀蒸餾術離開煉丹房傳到基督教歐洲時（義大利），蒸餾葡萄酒產生灼燒喉嚨的「燃燒的水」（白蘭地），一開始用做醫療用途甚至被稱做「生命之水」。十五世紀因為印刷術的發明，蒸餾技術拓展至歐洲其他地方，在愛爾蘭以穀物酒為基礎蒸餾成威士忌、於俄國蒸餾成伏特加，初始醫藥用途的烈酒也逐步成為酒水，它快速、輕易使人醉倒的面向被放大，這些烈酒甚至在十六世紀因為高濃度與不容易變質的特性搭上往新大陸的船艙，被當作奴隸交易的貨幣[120]。

　　1935 年臺灣的語境，威士忌與伏特加是經由日本傳入臺灣的新事物，相對於臺灣漢人移墾社會帶來的藥酒五加皮與玫瑰露剛好是對立的兩端。小說對於酒品的選擇自然可能是一種自動化與偶然的書寫，但若讀者相信語言不僅僅是訊息溝通的工具，也是飽含文化系統的認知，看似偶然選擇往往也是文化暗示的結果，透過回到文本將酒相關、聯繫的其他所指，觀察其語彙置入的象限：

蒼白怯懦（對我）	健體主動（對他人）
兄妹之情（低估）	突然求婚（高估）
戀愛	結婚
五加皮與玫瑰露	威士忌與伏特加

---

[120] 湯姆・斯丹迪奇（Tom Standge）著，吳平、葛文聰、滿海霞、鄭堅、楊惠君譯：《歷史六瓶裝：啤酒、葡萄酒、烈酒、咖啡、茶與可口可樂》（臺北：聯經，2006 年），頁 90-95。

放鬆醺然	毒藥
乳汁	烈酒
他到臺北以後，我真的很寂寞	他卻乘我寂寞，立刻要跟我結婚
藥酒	飲料

　　筆者覺得此篇文本雖然在結構上留下很多空白，但可以確定的是「寂寞」在男女兩者的體驗是完全不同的。女性的「我」因為離開如兄長的「他」而感到寂寞，是身為主體的感情體驗；男性「他」卻指認出女子的寂寞後，認為自己是可以填補女子欲望的主體，女子成為客體。兩個戀人，兩種情感模式。在上述表格中，或許切近民族特色的酒品與較為怯懦的愛人連結，而帶有西方特質的酒品則與勇敢積極的愛人相關；女子在喝下民族酒品時感到與乳汁相連的生命意象，而伏特加與威士忌則表呈為毒藥。這篇文本的故事性也許一目了然，但在語言深層的結構意義除了上述將女性視為主體與客體的描述外，尚可以進一步詮釋為酒的本地與外來，與殖民體制的迂迴回應關聯，將之與日治時期把臺灣陰性化的諸多小說對比。此外，筆者認為此篇文本更值得一提的是，寂寞置身一系列愛情思索與現代性體驗間，劃開了女性與男性分別做為主體思考與客體欲望對象的差異，如果立足於女性主體對自我的探問與愛情體驗來思考，文本中所指向的寂寞無疑是一種現代發明，是伴隨著現代符號而來的衍生物。

　　張我軍〈誘惑〉描述「他」被鋼琴聲吸引進了茶樓來今雨軒，來今雨軒被描述為男女自由交流之處外，更有琴音、時髦可愛的女人、金錢等等細節，這些一連串的空間想像籠罩了本來想以大聯珠與龍井茶即可滿足欲望的他，卻因為聽聞後面座位兩個

女性與一個男性傳來的笑聲、喝酒嚼菜聲與刀叉皿盤聲，使他衝動的點下砲臺煙與啤酒。事後「他」為自己非理性的花費感到後悔，八點又到 B 家，因為有兩名女子在座而留下來打麻將，非理性的花費又增一筆，總共開銷了八塊錢。這裡以資本誘惑下引發的過度花費，資本空間帶起的欲望增長為題談論「誘惑」，張我軍〈誘惑〉場景雖然不在臺灣，但是與日治文本並列後可以視為應對西方之文本，頗類似楊雲萍〈加里飯〉（1927）、楊守愚〈元宵〉（1931）對東京、彰化青年知識分子的欲望圖測。對照〈野雲燕〉時，文本所出現的「大聯珠與龍井茶」和「砲臺煙與啤酒」[121]組合，也同樣被放入自由戀愛、鋼琴、時髦女性、砲臺煙、啤酒表徵的現代物事中間，而更雷同的是身處此間所興起的「寂寞」之感，從文本中讀者感受到主體的寂寞，實則是在諸多現代物象中被託呈出來的一種特殊情感：

> 說也奇怪，喝了兩大杯酒之後，他的悲哀、絕望、憤怒，一切都消了……但是接著又來了一種寂寞之感，他覺得一個人吃、喝，實在太無味了。一樣的酒菜，看人家吃來是何等地甜甜蜜蜜？自己一個吃來，卻覺得和吃家常茶飯，沒有多大別。……他醉了、飽了，但是他的心的空虛，卻無法可飽。[122]

---

[121] 張我軍：〈誘惑〉，《楊雲萍、張我軍、蔡秋桐合集》（臺北：前衛，1991 年），頁 100-101。

[122] 張我軍：〈誘惑〉，《楊雲萍、張我軍、蔡秋桐合集》（臺北：前衛，1991 年），頁 102。

筆者在此要辨析：經驗到自己一個人，固然是一種普遍情感，是心理學或心理分析關注的內容，但可否將寂寞視為非歷史性的體驗，而是會隨著時代不斷翻新的感覺經驗，一種受制於社會、法律、政治、美學等結構因素中的情感感知。透過與他人聯繫（相似或相戀）可以化解「一個人的處境」，因此張我軍〈誘惑〉的我透過與他人相似暫時緩解了悲哀、絕望、憤怒，可是經由社會所塑成的寂寞感，卻是文本中無法由菸酒的麻醉找到安頓的情緒。他的心，無物可飽。這與整個現代心靈（欲望）被形塑為無法滿足的存在有關，來自於一種主體匱乏的想像。

巫永福〈山茶花〉描寫久等月霞不至的龍雄，在車站偶然重逢公學校的朋友──青梅竹馬的鄰居秀英，同樣也經由殖民地青年對充滿新鮮感的現代物事的語境構築，凸顯了一個人吃飯的孤單寂寞。龍雄兩次提及「一個人吃飯，實在寂寞」、「我總覺得一個人吃飯有點孤單[123]」在文本看來寂寞感是可以經由飲食餐桌與戀愛欲望生成，也可能由此而緩解，這樣的鏈結是一種偶然還是一種無意識但有意義的時代徵象？

文本中的秀英已經吃過，兩人於是商議到咖啡廳點個咖啡實踐高雅的享受，但最後還是來到春日町的日本料理店，點了蓋碗甜不辣飯、牛肉火鍋與酒[124]。之後龍雄與秀英分別去拜訪對方，龍雄特地整理了房間並「把水仙插進花瓶，買新鮮的柿子、

---

[123] 巫永福：〈山茶花〉，《翁鬧、巫永福、王昶雄合集》（臺北：前衛，1991 年），頁 226、227。

[124] 巫永福：〈山茶花〉，《翁鬧、巫永福、王昶雄合集》（臺北：前衛，1991 年），頁 226、230。

蘋果、和橘子擺著……[125]」談天時，龍雄很自然的剝著橘子，將蘋果分食給秀英；而秀英則從碗櫃拿出已經準備好的待客甜點與茶[126]。描述了日常飲食與人際互動後，透過家宅空間的拓展將題目「山茶花」帶出，文本設計兩人重逢相遇的季候是水仙與山茶花剛好開放的一月，饒有興味的是因為逃婚剛抵東京的秀英，仍不習慣日式坐姿，伺促之間對龍雄特意插上的水仙花並未注意，「山茶花正在開哪。雪白、重瓣的山茶花笑得幾乎連嘴巴都要裂開來。好漂亮！……也跟秀英肩並肩地眺望窗下圍牆附近盛開的山茶花。[127]」筆者無意倉促的將山茶花與殖民的臺灣做連結，只是提出巫永福〈山茶花〉對東京的飲食描寫，西洋代表了高雅，東洋也並行不悖，兩種飲食並未處在緊張與衝突的關係，似乎在帝都的場域，兩種飲食已經融為一體，沒有扞格。即便在現實的日本社會，西方飲食仍然代表了某種現代進步的特質。殖民的主體在受殖者看來，從容游刃於不同文化的間際，權力成為最好的黏著劑。

　　此外，在日式空間裡坐姿固然是正常的身體規訓版本，在高度講究準時的東京（另一種身體規訓版本），來自臺灣的龍雄與

---

[125] 巫永福：〈山茶花〉，《翁鬧、巫永福、王昶雄合集》（臺北：前衛，1991 年），頁 237。

[126] 巫永福：〈山茶花〉，《翁鬧、巫永福、王昶雄合集》（臺北：前衛，1991 年），頁 249。

[127] 巫永福：〈山茶花〉，《翁鬧、巫永福、王昶雄合集》（臺北：前衛，1991 年），頁 238。

秀英房間裡都有張唯一的椅子[128]。椅子是一個干擾，對照臺灣禁止同姓婚姻的習俗也是兩人愛情的障礙[129]。於此，東京在飲食上看起來是一個和洋並行（甚至可以透過日本的主體能動予以折衷）的空間，一旦置入「臺灣」就會有格格不入的感覺，臺灣仍然提供知識分子思考自身的參考座標，如同椅子或山茶花所代表的臺灣中間性。日治殖民主義在臺灣或許發明了一種新的情感體驗——現在，一個人吃飯很寂寞，從日治文本可以看到它是透過愛情／現代／殖民語彙來相互論證的。但也在陳述新感覺的同時，因小說場景描繪的日常性需要，而從字裡行間透露了「寂寞」被感知的同時空裡，臺灣身體（椅子）、口味（藥酒）在心靈裡潛在的原生性干擾。

五、結語：盛筵？ ——殖民地「物」的否定性與僭越性

　　楊雲萍〈到異鄉〉（1926）描述「赤帽」青年離開家鄉親人與戀人前往日本，在三等席的船內歷經四個晝夜未食後終於抵達門司，靠岸下船後又轉搭火車往博多，希冀展開求取一紙文憑的

---

[128] 巫永福：「『冷吧？阿龍哥真準時。』秀英一聽到龍雄的聲音，就笑道：『我，上回遲到三分鐘就挨了罵呢。』」〈山茶花〉，《翁鬧、巫永福、王昶雄合集》（臺北：前衛，1991 年），頁 249。

[129] 在兩人的交往過程中，龍雄設想起與秀英的婚姻可能，面對同樣姓鄧的兩人可能觸犯的同姓習俗是兩人最大障礙，並開始思考起這種習俗的愚蠢、無根據與對其的厭惡甚至憤怒。《翁鬧、巫永福、王昶雄合集》（臺北：前衛，1991 年），頁 247。

留學生涯。行旅途中一個洋裝胖紳士在 B 車站上來，問起他的
來處，「從臺灣來的。」小說描述臺灣青年雖沒氣力卻口調明瞭
的說出這句話：

> 這九州的三月中旬的大氣和景色——和臺灣完全異樣的大
> 氣和景色，實是與了他的好奇心以一部分的滿足，和給了
> 他的視覺、味覺、聽覺以一部分的別種風味了。他漸漸覺
> 回復自己的神彩。何況這時又是解放自船裡地獄的！他忽
> 然想起在門司車站買的生牛奶還殘留半瓶。乃將包裹打
> 開，滿吸了半瓶的牛奶不使留下一滴。一陣溫香東西從
> 食管輕柔地落下去，腹裡冬冬地一響，他覺著異常的快
> 感。[130]

吃甚麼就會是甚麼？這個文本有趣之處在於描寫臺灣青年抵達日
本第一站，在餓了四個晝夜後，第一次嘗到內地的味道——牛
奶。簡吉於 1929.12.20 至 1930.12.24 被監禁一年，1930.4.22 的
《獄中日記》有一段讀書筆記的資料：

> 美國水產局實驗的結果，證明人類的食糧以海洋生物為根
> 源的食物最有價值。事例之一是發現如下。即使全營養牛
> 奶，在一般情況下也缺少維生素 C、D、E，鐵、碘等含
> 量。如混合魚肉或海產物之飼料飼養的牛，其所產的牛

---

[130] 楊雲萍：〈到異鄉〉，《楊雲萍、張我軍、蔡秋桐合集》（臺北：前
衛，1990 年），頁 34。

　　奶，不僅增加維生素含量，連鐵和碘的含量也會增加。

不管赤帽青年抵達日本時所買的生乳是否由食魚肉、海產飼料的
牛所產出，至少顯示全營養牛奶在當代飲食的重要性。所以賴和
在獄中感到身體不適的時候，請求提供牛奶，更從一天一回提高
到兩回。它在社會的象徵性可以代換成臺灣人探病時的銀票封
囊，朱點人〈長壽會〉裡「我」批評了阿河哥不太理性的金錢運
用觀，及窺見阿河嫂回家仍然飲酒、吃外食料理的無理可循，臺
灣人探病時嘗以牛乳卷代替紅包。牛乳卷代替銀票，營養理論代
替臺灣日常的儀節運作[131]。陳賜文〈其山哥〉「病人聽說牛乳
較好。」可是其山哥一家根本無法負擔牛乳的費用，這樣中性的
知識一旦與客觀現實結合居然變成了荒謬的存在[132]。反觀周定
山〈乳母〉中鄉間的子庸舍也依循吃甚麼就是甚麼的論述，特別
挑選的乳母素雲具備高女的教育程度，加上工作展現為勤敏溫
柔，特別提供豐富的飲食以利於產出「營養的」乳汁，並在遭遇
素雲乳汁貧乏時馬上連結到心情鬱悶的緣由，因著乳母心情同時
也會影響乳汁的「品質」，間接使嬰兒服下不健康的人乳的想
法，基於健康（利益）考量還讓一行人陪著素雲到公園遊玩散
步。除此之外子庸舍一家定期聘請醫生、看護婦來家裡診察嬰兒
狀況，也診察素雲的乳汁分泌，子庸舍無疑是遵循醫師指示來照
護孩子的，乳母的文化並未改變，只是換更好的、更適合也是更
現代的人提供營養乳汁。在此文本啟動了現代營養學，心理影響

---

[131] 朱點人：〈長壽會〉，《王詩琅、朱點人合集》（臺北：前衛，1991
　　年），頁 245-253。

[132] 陳賜文：〈其山哥〉，《豚》（臺北：遠景，1997 年），頁 53-67。

生理等現代知識。對照盧淑櫻《母乳與牛奶：近代中國母親角色的重塑 1895-1937》對中國 1920-30 年代母乳與牛乳的選擇與近代母職形塑的競爭，以及奶品商如何以廣告圖像、標語等與中國母職、乳母、新女性對話，在中國近代強國強種論述下被標舉的母職（授乳責任）社會氛圍下，乳品商從強調牛乳的營養，以及為了開拓貨源迴避其欲取代所有母親的授乳職責，轉向對無法親自授乳的女性安慰喊話消除罪咎感，或在宣傳圖像與文字中強調牛乳可讓女性享有自由，保有身材美貌，或者不至於在熱天哺乳導致自身與嬰兒悶熱難當等，這些代乳品商藉由指向需求者，也同時暗示、生產出新的需求（自由、身材美貌），而更值得注意的是以當時中國社會對母職的觀念及足以消費代乳品的階層來看，代乳品商也順勢將矛頭指向中國社會乳母文化，因為每位雇主無法保證乳母有無疾患、也無法保證其身體健康與否，更無法控制其生活習慣的衛生與否，藉此對乳母之「身體」提出懷疑，暗示代乳品才是簡便、營養、健康安全的乳品來源[133]。代乳品與母乳的爭奪看似並未在日治周定山〈乳母〉一文中鋪展，但從小說中特別由醫生定期檢查素雲乳汁的描述，可以得見周定山書寫強調的是最古老女性為貴族階級授乳的文化，進入現代後身體處置的受控新處境。在空間上公園展示了紓散身心的積極意義，進步的現代醫療對身體的技術成為傳統階級用以更「科學／階級」監控管制身體提供知識基礎，營養學與階級之間，展現的並非解放的曲線，而是當一切都有體系可循，即便它們彼此之間充

---

[133] 盧淑櫻：〈第二章母乳哺育與良母標準〉，《母乳與牛奶：近代中國母親角色的重塑 1895-1937》（香港：中華書局，2018 年），頁 46-87。

滿邏輯上的斷裂，但因理性解釋系統在其時代的絕對性，令人無法生疑。在此我們看到母乳作為物，一方面是現代性的、一方面是種族性的、一方面是階級性的。

此外，值得延伸思索的是如果現代社會產生知識、塑造主體的同時會不會生產出現代情感。〈山茶花〉的寂寞是一種與現代之物結合在一起的新感受，〈其山哥〉則是將情感的表達所慣用的物用另一種知識架構下的物取代。日治文本出現多次的牛乳健康營養論，如何有利／力於「病人」的身體，有力於殖民地病人的種族性與階級性。

論文從一場婚禮的盛筵開始，筆者也希望以盛筵結束。在日治小說中食物可以作為攏絡日本警察的方法？送給警察大人的禮物／食物時常是符合「他者」的需要的，例如白鹿酒、罐頭（松茸、螺肉）。再一次複誦吃甚麼就會變成什麼？從范燕秋〈熱帶風土馴化、日本帝國醫學與殖民地人種論〉中我們看到〈放炮〉中的真川大人、〈光臨〉中的伊田警部、〈他發財了〉中的那位匿名巡查的危險性。即便日治文本中那樣積極進入參與臺灣餐桌的巡查為數不多，但〈放炮〉中的真川大人的親和力／橫徵暴斂令人印象深刻，「啊啊！這是什麼？真好吃！」「這很合味」「實在真好吃！」「我最愛吃臺灣料理」「通通真好吃！」「吃了了咧。[134]」范燕秋曾特別指出持地六三郎曾經在 1911 年提出：「以（內地人）強悍健實的人種南下，佔住在熱帶地，適應於氣候，幾代之後，不得不憂慮可能變質或衰落的人種。若依據

---

[134] 陳虛谷：〈放炮〉，《陳虛谷、張慶堂、林越峯合集》（臺北：前衛，1991 年），頁 62。

當時西方盛行的熱帶概念，日人一旦適應了熱帶風土，就表示體質特徵的「變化」＝「退化」……[135] 面對熱帶風土日本殖民者所論述的知識體系——醫學衛生營養——透過改變臺灣的環境來降低臺灣的熱帶性，所以開始在食物與公共衛生上接續頒布的規定，一方面也是解決在臺日人的飲食問題，附帶的現象就是罐頭食品或食品加工業進入臺灣。另外一方面，日本殖民者必須努力的透過調查去論證自己是一個優越的（對比於西方人），比較不會受汙染的種族，相對於西方對熱代風土馴化的悲觀，「日本對於『日本人種』概念，並未有固定不動的觀點，而是因應帝國發展的需要，採取日本人變動的觀點，據此強調其優於西洋人對於熱帶氣候的適應力。[136]」這套論述一方面可以產出關於他者的知識／權力，論文一開頭所論及的原住民是人類學學門的重要奠基者，另外當然也強化其自我的認同，加上日本在二十世紀超克論述的影響，展現在知識甚或最微小的飲食，日本作為殖民國家晚到的模仿版本，如何一併在這些知識建構中完整自身並緩解其焦慮。

　　於是，蔡秋桐〈保正伯〉裡自以為可以透過殷勤送禮、共飲與大人套好關係的李サン，會不會是一個值得注意的對比結構。他窺見姑母的一樁殖民罪刑——偷刣一隻死豬，這名「他的姑母

135　范燕秋：〈熱帶風土馴化、日本帝國醫學與殖民地人種論〉，《疾病、醫學與殖民現代性：日治臺灣醫學史》（臺北：稻鄉，2010 年），頁36。

136　范燕秋：〈熱帶風土馴化、日本帝國醫學與殖民地人種論〉，《疾病、醫學與殖民現代性：日治臺灣醫學史》（臺北：稻鄉，2010 年），頁61。

曉得他和大人有交陪染些大人氣，愛喰白鹿酒。[137]」的保正，
文本中賄賂的餐桌是以死豬作成「叉炒滾滾」的餐桌，如果讓我
們再忍住不適再回顧一遍類似的刽死豬場景：

> 阿三把被雨淋過的簑衣遞給德仔，捲起衣袖，握緊菜刀。
> 從何下手好呢？橫躺在地面的母豚看來簡直像一條大鯨
> 魚，阿三默默望著。德仔壓住後腿，明仔壓住尾巴，他們
> 眼中露出無比的興奮，彷彿在觀看屠殺活豚一般。要宰
> 了，要宰了，他們屏息等待，阿三揮刀砍下，豚首發出
> 『叭喳』的骨折聲。阿三再砍三下，接著又砍三下，四
> 下，母豚頓時身首異處，從傷口緩緩淌出烏黑的血液。孩
> 子們本以為會噴出赤紅的血花，見此不禁大失所望。阿三
> 接著把沒有頭的死豚翻過來，幾刀就把胸骨擊碎，腹部算
> 來是比較好處理的。「噁，好臭！」德仔和明仔摀著嘴，
> 捏著鼻子，因為黏黏的黃色液體和帶血的腸子都露了出
> 來。
> 「呃，好髒！」[138]

再將鏡頭回到蔡秋桐〈保正伯〉中將自己同化於日本人的李サ
ン，正開心的吃著死豚煮食後的料理，被蔡秋桐隱蔽掉的死豚處
理過程，轉化為一桌美食佳餚，對照兩個文本，烹煮在此非常寓
意性的涉及了階級課題，以及明顯的與日本文化親近、嫻熟程

---

137 蔡秋桐：〈保正伯〉，《楊雲萍、張我軍、蔡秋桐》（臺北：前衛，
1991 年），頁 172。

138 吳希聖：〈豚〉，《豚》（臺北：遠景，1997 年），頁 22-23。

度，熟門熟道的偷刣死豬與逼不得已、拖延多日才偷刣死豬，兩個文本剛好敘述了兩種不同的階級，「美食」與「髒臭」是一條沿著日本人為中心而展開的價值曲線，飲食只是一面，居處則是另外一面。吳希聖〈豚〉裡住在髒亂環境下的臺灣孩子與死亡多日的豬隻，同樣髒臭：

> 看來比豚舍好很多，因為床上掛著粗麻蚊帳，舖著蓆子，還有破舊污髒的薄棉被，而且高出地面兩尺五寸，不是緊貼地面。但是在擁擠得令人窒息的這一點上，則與豚床沒有兩樣。139

這裡的豚舍豚床不免讓人想到龍瑛宗〈植有木瓜樹的小鎮〉的「豚欄小屋」，不管臺灣書寫者如何感受自身的飲食與居住環境，但其規則的論述與改善的權力並非掌控在臺灣人的手裡，而是由於殖民論述必要的熱帶風土，以及解決日人在臺的飲食與疾病，共同的是這些現代知識都帶著強烈種族性。最後腹誦一次吃什麼就是什麼？那我們不免為真川先生擔心，尤其他是在「屋上滿掛著蜘蛛網」的空間頻頻說著好吃好吃，更為他在殖民地的孩子還把已經吃得淨空的餐桌上、沾滿蒼蠅的甘蔗拿走的行為擔心。鮑辛格論述日常生活與文化的研究關係這樣說：

> 對日常生活的發現的確是個多軌的進程。在目前提到的例子中，涉及的還是角度的改變，即重新的價值評判。……

---

139 吳希聖：〈豚〉，《豚》（臺北：遠景，1997 年），頁 22-23。

> 這裡涉及的是那些強有力地規定著生活的物品和事件，平
> 常情況下它們不被注意，至少不被反思。[140]

而比爾・布朗〈物論〉一開始就提出米歇爾・賽勒斯的話作為開
場白，「主體產生客體」可是布朗花費了一些精神去論證所謂的
物並非那種我們看得見的客體世界，「物性等於一種潛勢，也等
於一種過度（仍然不可物質地或形上地簡約為客體的東西。
[141]」物具有一種頓時性，在客體與物看似具備同時性的時刻，
總有一些東西溢出／逸出。因此，此章不是一篇經由飲食思索殖
民抵抗的文章，而是嘗試經由飲食去突顯殖民主義內在焦慮之存
在，也延伸與當下臺灣文化現況的對話，新殖民主義的飲食及其
種族性的危險。

---

[140] 赫爾曼・鮑辛格（Hermann Bausiger）：〈不引人注意之事〉，《日常
　　生活的啟蒙者》（桂林：廣西師範大學出版社，2014 年），頁 88-89。
[141] 比爾・布朗（Bill Brown）：〈物論〉，《物質文化讀本》（北京：北
　　京大學出版社，2008 年），頁 79。

第四章　西西小說的香港異／藝名生成史及文化抵抗史

「文化是一種抵抗滅絕和被抹拭的方法。[1]」

愛德華・薩依德（Edward W. Said）

「香港」從明代一個小村落的名稱，英水師以 Hong Kong
為記，復於 1842 年（道光二十二年）、1860 年（咸豐十年）、
1898 年（光緒二十三年）香港島、九龍、新界相繼割與英國，
爾後成為香港島、界限街以南九龍半島與新界的總稱，我們認識
的香港似乎是以成為租借殖民地，邁入現代資本與現代化的「城
市香港」，躍入「歷史」的視野。《否想香港：歷史・文化・未
來》書中，王宏志、李小良、陳清僑看到香港如何作為「中國」
的邊緣，又因受英國統治而在中國民族主義成為值得懷疑的一分
子，甚至彰顯出晚近中國知識分子對西方與現代符碼的內在焦慮
與投射，香港自傲的「現代風華」成為擁擠、墮落與失去中國靈
魂的存在。在敘述的另外一面，當中國深陷七〇年代的文化大革
命（1966-1976）之際，香港就轉而被想像、肯認為樂土；或者

---

[1] 愛德華・薩依德、巴薩米安（Edward W. Said & David Barsamian）：
〈在勝利的集合點〉，《文化與抵抗：「巴勒斯坦之音」的絕響》（臺
北：立緒，2004 年），頁 159。

在看似與國族無關的通俗電影中，香港成為「江湖」的隱喻，中國的對位[2]。依循這樣的敘事脈絡，隱然共通的特性是：中心與邊緣思維造就了香港位置性的獨特想像，歷經一個村、一個城，以及邊緣於一個國的演進脈絡，其由村入城與居大國之偏的歷史，使得「香港」無法做為中性的空間，一出場即帶有複雜的先天特殊性。這個章節筆者擬以香港作家西西的小說為探討對象，以其「我城系列」與「肥土鎮系列」為研究範疇，試圖引渡雷蒙・威廉斯（Raymond Williams）《鄉村與城市》中的概念——被置於相對概念的城鄉，所具備的特質如何以不穩定性出發[3]，探討西西如何建構其香港城鄉絮語想像，特異的劃出一方香港主體批判的位置性。

　　十三歲隨父母定居香港的作家西西，本名張彥，1937 出生於上海並完成小學學業，後進入香港協恩中學就讀，1957 年入葛量洪教育學院，畢業後任教於官立小學，1979 年申請退休專心讀書寫作[4]。

　　香港作家西西自 1966 年開啟其文學道路後，於小說中創造出一連串的文學香港符碼——我城、肥土鎮、浮城之名，依據文本發表的時間，這些符碼的生成分踞於 1975、1982-1995、1986 年之際。基於文學、想像與現實的三者關係，論者每每將西西筆

2　王宏志、李小良、陳清僑著：《否想香港：歷史・文化・未來》（臺北：麥田，1997 年），頁 62-68、99-101、285-298。

3　雷蒙・威廉斯（Raymond Williams）：《鄉村與城市》（北京：商務印書館，2013），頁 2-3。

4　〈西西傳略〉，《西西研究資料（第一冊）》（香港：中華書局（香港），2018 年），頁 vi-vii。

下的「城、鎮」落實到真實香港的境遇中，作為香港說話者的西西善於利用小說文體，創造香港的各種「可讀」版本。另外一方面其書寫顯現作為香港人[5]的西西「有權」涉入香港版本的積極參與與構成，並透過小說想像展現薩依德所言的文化抵抗策略。西西首先體驗到居於香港說話主體的位置，在思索、建構主體與空間的關係時，積極的延展其可能性、參與空間地方化的敘事工程，並且透過經營流轉變異的香港之名，展現其抵抗敘述的文化位置。

一、西西小說中的公與私、城市與公寓語彙的生成學

《我城》與《美麗大廈》的書寫更迭有幾許相似，兩者皆為連載在七〇年代香港《快報》上的千字文章，後來皆歷經改寫，有不同字數的版本出版。《我城》寫於 1974-75 年間，連載時約有十六萬字，到第一版素葉版時只剩三分之一，九〇年代的素葉與洪範版俱為目前十六萬字的版本（本論文依據洪範版進行討論）。《美麗大廈》則在 1977 年連載後，1990 年由洪範出店出版，修改成為近十萬字的小說。

細究西西的改寫變化，他曾以「時間也不同了，時間之所以不同，其實是因為空間的變化。[6]」表述書寫的流動與未完性。

5　關於西西的身分歸屬，西西曾在 2012 年接受《南方都市報》記者顏亮的訪談裡，提到自己是中國人。本論將在梳理完「我城系列」與「肥土鎮系列」小說後，將會有所說明。

6　西西：〈後記〉，《美麗大廈》（臺北：洪範，1990 年），頁 212。

筆者雖未對照最初版本與九〇年代通行版本的差異，但暫時將論文所依據的洪範版本置於七〇到九〇年代香港空間變化而來的書寫及後續的改寫重述。此兩篇小說作為西西居臨七〇年代香港，歷經七三年的全球性通貨膨脹、中東石油危機，在論者筆下香港成為一個克服狹小與缺乏資源困境，並以經濟成長展現傲人成績的地方[7]。相對的安徒認為經濟成長是一個被包裝的神話，忽視了香港自由經濟的迷思下包裹的政治自由聯想，實際上還應該包含香港對於公眾歷史的政治沉默與冷感，以及架構在此的英國殖民社會想像與回歸中國間的角力，安徒稱呼這種乃建立在遺忘某些過去、壓抑殖民統治與凝視而來的思維為「虛擬自由」[8]；此外黃國鉅注意到香港在英國與中國的話語爭奪戰中的位置，常常被剝奪屬於自己的歷史標記與歷史記憶，一方面標榜經濟、自由與公民意識，一方面刻意被抹除的過去是否可以藉由民間的懷舊（例如公屋、玩具、食物與流行曲），建構出集體回憶與身分認同的路徑？並在豐富的記憶與文化養料的重新發現中，反覆詮釋

---

[7]　何福仁：「我們試把小說放回到歷史的時空實體去。一九七三年，由於全球性通貨膨脹，中東石油外運中斷，香港的工業遭遇危機；年底香港政府頒令禁止在非規定時間內使用電光作泛光照明及廣告。……綜觀整個七十年代，香港平均仍有百分之八的經濟增長，這不能不歸功於港人的努力。……從側重製造業過渡到兼而成為金融中心，……創造了奇跡。……香港有諸多缺點，但仍是目前華人社會裡比較公平，資訊最發達，也最開放的地方。」〈《我城》的一種讀法〉，《西西研究資料（二）》（香港：中華書局，2018 年），頁 48-49。

[8]　安徒：〈虛擬自由主義的終結〉，《重寫我城的歷史》（香港：Oxford University，2010 年），頁 3-12。

並創造出主體賦權的可能[9]？

　　《美麗大廈》與《我城》兩本小說架構出西西關於「我城」的書寫，使之對應於「肥土鎮系列」的肥土與飛土想像。依據邱心〈淺談西西肥土鎮系列和卡爾維諾的關係〉與另篇〈尋找「對話」的可能——西西小說研究反思〉的界定，前者直接以「肥土鎮系列」為題，研究文本設定在〈肥土鎮的故事〉（1982）、〈鎮咒〉（1984）、〈浮城誌異〉（1986）、〈肥土鎮灰闌記〉（1986）、〈蘋果〉（1982）、〈宇宙奇趣補遺〉（1988）為討論範圍[10]。後者則關注「『文學作品』互涉的角度，略析西西以『城鎮』為題的一類小說。……自七十年代末的《我城》（1975），到九十年代的《飛氈》（1996）[11]」在述及「肥土鎮系列」時納入長篇小說《飛氈》（1996）外，基於文本互涉的概念基礎上將「肥土鎮系列」小說分為兩組：〈肥土鎮的故事〉（1982）、〈浮城誌異〉（1986）、《飛氈》（1996）——宏觀歷史角度追述城鎮的社會發展；〈蘋果〉（1982）、〈肥土鎮灰闌記〉（1986）、〈宇宙奇趣補遺〉（1988）——微觀角度表現特定處境下肥土鎮居民的生存狀況；以及居於上述兩類之間，尚有個人處境與納入埃及歷史思索一鎮興衰的〈鎮咒〉

9　黃國鉅：〈歷史記憶與香港意識〉，《重寫我城的歷史》（香港：Oxford University，2010），頁 13-23。

10　邱心：〈淺談西西肥土鎮系列和卡爾維諾的關係〉，《西西研究資料（第一冊）》（香港：中華書局，2018），頁 101-102。

11　陳潔儀（邱心）：〈尋找「對話」的可能性——西西小說研究反思〉，《西西研究資料（第一冊）》（香港：中華書局，2018），頁 136。

（1984）[12]。值得注意的是陳潔儀在討論「我城」與「肥土鎮」時並未嚴明的區隔城、鎮，一方面說「『肥土鎮系列』是西西有意識創作的城市故事」，另一方面則混同城、鎮之界域：

> 本論文特別分析其「城鎮」小說的原因……其中以「肥土鎮」為題的一系列小說，見證一個市鎮的興衰，對照香港現實景況，最具代表性。……以「肥土鎮」為名的一系列小說，在主題上可獨立於《我城》之外……「肥土鎮系列」以述說「此城的興衰與命運前景」為主題……企圖追述城鎮的社會發展概況……[13]

於是，筆者對西西我城、浮城、肥土鎮與飛土的思考路徑立基於陳潔儀（邱心）的研究，納入長篇《飛氈》（1996）論述「肥土鎮系列」外，更希望凸顯《母魚》裡〈南蠻〉（1981）一篇的居間性。理由在於：這幾篇小說有一共同的指涉，「肥土鎮」或花順記一家，是由一個地理空間的建構與家族史的延異而來，西西以阿果、阿髮與花順記這些持續生長的人物故事，搭配我城、肥土鎮、浮城之地，分別形塑了城與鄉的兩種敘事想像群，筆者於此更想探究的是這一系列小說，如何將歷來被混同的城鎮結構與等類於現實香港的論點區擘。

12　陳潔儀（邱心）：〈尋找「對話」的可能性──西西小說研究反思〉，《西西研究資料（第一冊）》（香港：中華書局，2018），頁 137。

13　陳潔儀（邱心）：〈尋找「對話」的可能性──西西小說研究反思〉，《西西研究資料（第一冊）》（香港：中華書局，2018），頁 136-137。

　　筆者傾向於將我城、浮城、肥土鎮或飛土做為不同符碼來看待，並且突出西西書寫中不管以寫實或童話[14]或後設[15]筆調想像而生的香港，以城／鎮為名應非偶然，不應只能讀作是香港或港島全體的化身而已。筆者認為西西於此畫設了城／鎮圖景，並以此為基礎開始想像香港的兩種文化生活，企圖將我城與肥土鎮小說置身於城／鄉辯證關係，理解其互相義界與如何衍伸出互不相屬的修辭鏈，西西於此結構中如何託寓了其地理想像，以及現實批判與抵抗。此處引渡雷蒙・威廉斯（Raymond Williams）《鄉村與城市》的概念，慣常被置於二元概念的城／鄉，所具備的特質如何以不穩定性出發，「人們對這些居住形式傾注了強烈的情感，並將這些情感概括化[16]」

　　　　對於鄉村，人們形成了這樣的觀念，認為那是一種自然的
　　　　生活方式：寧靜、純淨、純真的美德。對於城市，人們認
　　　　為那是代表成就的中心：智力、交流、知識。強烈的負面
　　　　聯想也產生了：說起城市，則認為那是吵鬧、俗氣而又充
　　　　滿野心家的地方；說起鄉村，就認為那是落後、愚昧且處

---

[14]　艾曉明：〈地毯如何變成飛氈——從《飛氈》看西西的童話小說〉，《西西研究資料（第二冊）》（香港：中華書局，2018 年），頁 378-391。梁敏兒：〈童話小說：《我城》的人物、魔幻與喜劇手法〉，《西西研究資料（第二冊）》（香港：中華書局，2018 年），頁 178-200。

[15]　李順興：〈歷史、幻想、後設：評《飛氈》〉，《西西研究資料（第二冊）》（香港：中華書局，2018 年），頁 388-391。

[16]　雷蒙・威廉斯（Raymond Williams）：《鄉村與城市》（北京：商務印書館，2013），頁 1。

處受到限制的地方。[17]

西西筆下的香港或許無法完全套用威廉斯筆下的英國經驗,但其所提供關於城市與鄉村辯證結構生成的思考與考察路徑,卻足以提供探討西西如何建構香港城鄉絮語的詮釋軌跡,劃出一方香港主體批判的位置性,並進而揮發薩依德所言的抵抗與抗拒抹除的文化政治意涵。

　　從香港一名的出現,其意義如何從陸地邊陲處逐漸向南部港口商業中心延伸,從意外被颱風所襲的漁民意外吹抵的暫時停棲之處,轉變為有定居者移住,或伴隨著沿海海盜文化與蛋民群落,也曾經身為清廷居民隨意移往的「中」國的可控延伸,與英國殖民的港府租界地。香港從村名轉為一個不同階段納入的租借地總稱,連帶成就其作為一個現代城市之名。上述對香港過去的陳述雖略嫌簡化,目的卻在突顯西西文學香港符碼的對話脈絡除了香港本身之外,更涉及中國與英國(西方)文化納入與排出過程。論文梳理西西城/鄉辯證的理路後,可以更進一步探討現代資本的殖民與中國故鄉想像的二元性在西西小說中的再現,文本將香港的城與鄉拋入哪一個結構中思索定位自身是筆者論文關注的第二層次的論題。

　　筆者認為西西小說中的城表面上常常包裹著美好人情,在敘事時採取知識分子的觀察角度則格外令人注目,西西筆下的港城知識分子常常從疏離旁觀到被動受納,在城市發展進程面對逐步

17　雷蒙・威廉斯(Raymond Williams):《鄉村與城市》(北京:商務印書館,2013),頁1。

拆除唐樓、興建高樓的視野變貌，不斷朝向資本積累與發展論的再現空間時，城鄉對寫展現的是城市語彙納入鄉土與在地化過程之辛苦艱辛——《美麗大廈》透露高樓住民對情感匯流的天臺之漠視，而《我城》寫住進高樓的狹窄逼仄，「肥土鎮系列」小說鋪展了鄉土與城市的各種歷史、虛幻的層次性可能。西西作為一個移民香港者——時間上的後來者、本土論述中的被納入者，成為積極建構納入與本土意識操辦的安靜書寫者，觀察其文本看出西西對納入機制是高度敏感的。因此，「城鄉之語謂」展現書寫者出入中國鄉土、香港鄉土、英國城市與香港城的思考曲線，對高度資本、自由的香港懷抱文學陌生化的距離，對本土論述也採取抗拒單元敘事的意圖，並透過空間的轉譯鬆動文化，拆解以時間思考民族認同的慣性，而這種尷尬處境常常透過文本中的知識分子演示。

（一）從《我城》到「我城」——城籍的生成與變幻

城市圖像如何成為香港的印記與標籤？在香港研究中我們時常看到「我城」或「城籍」的角度作為香港論述的標記，例如趙曉彤「西西的《我城》是香港本土文學的經典，小說以城籍體現地方主體性，自發表的七十年代以降經過各種本土論述的詮釋與借用，成為現實中香港體認文化主體性的重要資源。[18]」這樣的說法實際上與王德威（2002）、陳智德（2009）、潘國靈

---

[18]　趙曉彤：〈作為意象的地方——論西西〈港島・我愛〉對《廣島之戀》記憶策略的改寫〉，《西西研究資料（二）》（香港：中華書局，2018年），頁14。

（1999）、陳潔儀（2012）[19]的研究符應，文學表述的主體性與文化本土、意識主體性的香港牽連，將我城的想像模式與地方形塑關係拉回社會文化的集體呈現層面。王強則更是認為西西的我城與城籍生成，基本上是七〇年代本土「香港人」浮出歷史地表，與上一代過客心態已經產生差異所致[20]。因此，研究者時常援引《我城》作為城籍想像的起點，更進一步論述它所昭示的香港文化與主體意識認同的新階段。筆者在此要問的是：香港的存在，是否因此有一條明顯的路徑：成為香港、香港主體意識、打破中心意識的曲線？

　　1970 年代是香港政府收緊移民政策的關鍵年代，1972 年實施的新人口登記制度，規定住滿七年以上者才能取得永久居留權，無疑的肯定了土生土長者的公民身分，也同時區分了七〇年代末才來到香港的中國移民如何在香港意識逐漸明晰的時刻，成為城邦的陌生人，並以他者的身分參與了香港本土意識的建構階段。另外一方面七〇年代的香港工業發展迅速，但「自由」卻是在英國統治下的有限恩賜，歷經了 77 年的廉警衝突與 78 年的麥樂倫自殺，以至於 79 年革命馬克斯主義聯盟成員梁國雄多次被迫害甚至入獄，英國統治下的香港政府並未全然充分的保障公民

19　王德威：〈香港——一座城市的故事（節選）〉；陳智德：〈解體我城：由《我城》到《白髮阿娥及其他》〉，《西西研究資料（一）》（香港：中華書局，2018 年），頁 164-167、200-211。潘國靈：〈《我城》與香港的七十年代〉、陳潔儀：〈西西《我城》的科幻元素與現代性〉，《西西研究資料（二）》（香港：中華書局，2018 年），頁 55-70、71-89。

20　王強：〈分離與建構：西西《我城》與香港意識〉，《西西研究資料（二）》（香港：中華書局，2018 年），頁 111。

權與自由，政治與官僚體系的清明與否常常根植於統治者的態度。因此，徐承恩認為香港意識的建構來自於經濟發展的成就感與對於中國人的種族偏見，當然還有七〇年代透過電視、電影與粵語流行曲產製的潮流文化榮光，其帶有引領東南亞潮流文化的先鋒性，以及其間所具備的普羅特質與本土認同的儀式化想像[21]。於是，所謂的香港主體意識實際上建構在英國殖民統治所延伸的英國想像，並徘徊曾經屬於或將要回歸的中國想像之間，香港從來就不是不驗自明，可以單獨訴說自身，突然就建構生發出本土意識之處，香港意義必然扭結在英國與中國之間。

> 當時香港人多嘗試以個人手段透過家庭支持解決問題，這種現象被社會學家劉兆佳成為功利家庭主義。……各家自掃門前雪之說法。……家庭利益大於社會利益，……願意居於社會穩定而欠缺公義之地，……政府的首要責任是確保社會穩定，……希望能保持現有制度。這也許是因為香港人信任政府，並且滿意其施政，但這同時亦反映香港個人中心且政治保守。[22]（底線為筆者所加）

七〇年代的香港並未與深圳河上游的中國截然分離，畢竟南來香港的族群與中國仍有諸多的情感牽絆，另外香港公民意識也在資本主義的豢養之下，片面的在私人領域實踐自由，中國社會原有

---

[21]　徐承恩：《香港，鬱躁的家邦：本土觀點的香港源流史》（新北市：左岸文化，2017 年），頁 377-386。

[22]　徐承恩：《香港，鬱躁的家邦：本土觀點的香港源流史》（新北市：左岸文化，2017 年），頁 386。

的家長制與低度的社會參與，展現如安徒所言的順民思維，對於香港意識建構過程中反饋式的深刻梳理需要延遲到八〇年代的衝擊中尋找。

在各民族建構國族論述的同時，香港給出的經驗是「我城」與「城籍」替換「國」、「民族」的生成。參考陳國球〈香港？香港文學？——《香港文學大系 1919-1949·總序》〉中以葉靈鳳〈香港村和香港的由來〉談到香港的成形與英國殖民的關聯性，香港從原來的小漁村如何面對被命名且固定化後，作為地方的香港開始真正進入知識認知的領域，當然也作為政治意識形態「操作」的領域[23]。這裡並非抹除香港在英國殖民之前的歷史性與文化性，只是關於地方的成形，一方面要有所屬空間與文化差異，另外就是在空間與時間意義上的存在——它與其他地方及歷史的關連，以及立基於此的論述可能。

「『本地』，不免是外來；香港這個流動不絕的空間，誰是土地上的真正主人呢？[24]」陳國球於此探問了「香港文學？」之名的基礎，呼應 1980 年代以來香港文化界或者香港以外的地方對此問題的興趣，映照八〇－九〇香港政權的轉換時刻，中國視野下的香港文學，或者八〇年代因為臺灣引渡而產生的香港文學理解，在其《香港的抒情史》一書中，有精闢的論述。值得注

---

[23]　陳國球：〈香港？香港文學？——《香港文學大系 119-1949·總序》〉，《香港的抒情史》（香港：香港中文大學，2016 年），頁 18-20。

[24]　陳國球：〈香港？香港文學？——《香港文學大系 119-1949·總序》〉，《香港的抒情史》（香港：香港中文大學，2016 年），頁 20。

意的是在文學大系的編纂過程中陳國球將香港作為流動吸納文化空間：

> 歷史告訴我們，『香港』的屬性，從來就是流動不居的。
> 在《大系》中，『香港』應該是一個文學和文化空間的概
> 念：『香港文學』應該是與此一文化空間形成共構關係的
> 文學。香港作為文化空間，足以容納某些可能在別一文化
> 環境不能容許的文學內容（例如政治理念）或形式（例如
> 前衛的試驗），或者促進文學觀念與文本的流轉與傳播
> （影響內地、臺灣、南洋、其他華語系文學，甚至不同語
> 種的文學，同時又接受這些不同領域文學的影響。）[25]

　　作為香港代表性的作家，西西曾於《美麗大廈》的〈後記〉中如此描述與《我城》的對照性：「如果《我城》屬於開放式，不知《美麗大廈》又是否近乎封閉式？這是一個地方的兩種寫法，只是不同的關照吧。[26]」西西在此的疑問句，表示不願意將兩篇小說定焦在內外、開放封閉的關係中，筆者認為西西所指乃基於其目睹感知「香港」實體的種種變化後，以書寫銘誌，卻又不願意以單一、普遍共通的方式處理城市或著大廈的意圖，於是選擇細瑣的描述生活於城市與大廈中人之內在私隱的情感內涵。

　　《我城》裡西西寫阿果、阿髮與悠悠等人在一場缺席的、隱

---

[25] 陳國球：〈香港？香港文學？——《香港文學大系 119-1949・總序》〉，《香港的抒情史》（香港：香港中文大學，2016 年），頁24。

[26] 西西：〈後記〉，《美麗大廈》（臺北：洪範，1990 年），頁 212。

去的變故後，搬入多門的大宅，並面對一系列接踵而來的生存競爭，如何安身立命，相對《美麗大廈》中因電梯失靈而流轉，但不可倉促理解為寧靜美好的人際互動，以及「肥土鎮系列」以童話般的語調鋪衍香港的想像地理，《我城》在論者的筆下顯現：「明麗和純淨的追求正是對現世的批判。[27]」、「有批評說《我城》過分樂觀。[28]」、「袁良駿指出，『《我城》不寫殘酷的商戰，不寫冷酷的人情，不寫上層社會的勾心鬥角、爾虞我詐，也不寫下層社會的啼饑號寒、乞討賣淫。……從而展現自己的理想和愛心。她用的是『淨化法』、『蒸餾法』。[29]」評論指向《我城》的意義在於書寫城市平穩安樂的瑣碎小事。

　　接下來的筆者希望先按照西西如何界定自身所處空間，以及以書寫探勘的時間性開始，分別論述我城的建構、大廈的感知比較性面向切入。當然，將西西的文本編制入線性的時間流程，自然有框限思考的侷限性，因此，將嘗試對研究視野內的文本思索討論幾個問題：「我」的敘事與主體的關聯性，置身社會之外與置身事外的敘述方式，拼合父母世代、苦痛、公共性、大事件與知識分子缺席所顯現的對話意義。在前人已經多就城市／地方著力分析後，進一步將此空間想像的架構置入城／鄉、公／私的對

27　何福仁：〈《我城》的一種讀法〉引述中國作家張波所說，《西西研究資料（二）》（香港：中華書局，2018 年），頁 49。

28　潘國靈：〈《我城》與香港的七十年代〉，《西西研究資料（二）》（香港：中華書局，2018 年），頁 49。

29　王強：〈分離與建構：西西《我城》與香港意識〉一文提及袁良駿於《香港小說流派史》中的說法，《西西研究資料（二）》（香港：中華書局，2018 年），頁 116。

比結構中。

在居住空間上，《美麗大廈》書寫的範圍大多集中在描述高樓集體住宅，內部的公共議題討論與人際相處，還有少量涉及大廈與四樓公寓、山邊木屋生活樣貌的對照。而西西《我城》的敘事則從阿果父親死亡的搬家開始，自「綠林區白菜街一百九十九號胡蘿蔔大廈第十一層第十二樓 B 後座[30]」，搬至父親姊妹荷花們所贈位於「木馬道一號」——擁有十七扇門的大房子，至於「我姨悠悠」則搬往三百呎狹窄的中間房。在故事的層面《我城》以甫自學校畢業的阿果，離開快樂王子公園管理員職務的麥快樂，兩人在電話機構相遇開展主要的敘事線。另外圍繞著阿果的妹妹阿髮、我姨悠悠、母親秀秀、父親的姊妹荷花們、同住大房的看門人阿北、朋友阿游，以及麥快樂的朋友阿傻等，這些人物搬演了在香港不同的生命樣態與未來選擇，以及陳衍著香港與香港之外世界的空間對照，阿果與麥快樂在小說中的功能性則是串起這兩個主要命題的關節。在此之外，《我城》插敘了「瑜與他」、住在大廈頂樓的退休嗜讀者與胡說的對話。是否借道西西此篇小說住在大廈頂樓的人所讀之書的概括[31]，或者信任胡說言此意彼片段的發聲，是否採納小說虛構的引起動機為「看見一條

30　西西：《我城》（臺北：洪範，1999 年），頁 33。

31　西西：「住在大廈頂樓的人於是點點頭。他看的這一堆字紙，裏面有這些人：一個喜歡唱烘麵包烘麵包味道真好的阿果、一個和一隻鬧鐘生活在一起的阿髮、一個畫了一隻有四隻足趾的河馬的悠悠、一個知道甚麼地方有菠蘿的阿傻、一個滿屋子掛滿辣椒的麥快樂和一個會做很好很好的門的阿北。」《我城》（臺北：洪範，1999 年），頁 220。

牛仔褲[32]」，以「都很好」的方式作為敘述的情感、世情取向，並採用了「我作了移動式敘述」、「又作了一陣拼貼」[33]？或者加上居住在大廈頂樓嗜愛字紙人屋內，字紙與尺的衡量與論辯[34]表徵了小說或小說家所身處的文學評論環境，讀者由此就輕易掌握小說的主軸與詮釋？答案自然是否定的。

　　採取不連貫、拼貼手法寫成的《我城》，讀者勢必更積極的採取結構性的閱讀，或許才能窺見西西此作的隱微企圖。以下分就生活在我城、走出我城、離開我城、創建我城、敘事我城幾個層面來談。

1.居住在我城──家屋內的生活

　　《我城》開始於阿果與阿髮參觀荷花們所提供十七扇門的大

---

[32]　西西：「是這樣子的，在街上看見一條牛仔褲。看見穿着一條牛仔褲的人穿了一件舒服的布衫、一雙運動鞋、背了一個輕便的布包，去遠足。忽然就想起來，現在的人的生活，和以前的不一樣了啊。不再是圓桌子般寬的闊裙，不再是漿硬了領的長袖子白襯衫。這個城市，和以前的城市也不一樣了啊，不再是滿街吹吹打打的音樂，不再是滿車道的腳踏車了。是這樣開始的。」《我城》（臺北：洪範，1999 年），頁 222。

[33]　西西：《我城》（臺北：洪範，1999 年），頁 223。

[34]　西西：「這些尺從表面上看來是一模一樣的，其實，它們並不相同。當尺們量起字紙來，個性就顯現了。」、「住在大廈頂樓上的人看見尺們量了半天，量出來的竟是一大堆的主義，不禁搖搖頭。他把尺們撿收起來，扔到牆角去了。而那堆尺，繼續在牆角不停地發表它們的量度觀感。」、在尺之間，有所謂不發一語的天下第一尺，又有被壓在很多尺下面不常被拿來度量，卻不放棄發表意見的「一定要有鄉土味，要泥土的、要茅屋的、要水鴨的。又有一把尺叫道：一定要有城市味，要銅鐵的、要塑膠的、要電話的。另外一把尺則叫：要有社會性、要臉、要耳朵、要手指、要腳趾。還有一把尺說是要越洲飛彈。說要越洲飛彈的尺是一把鋼捲尺。」《我城》（臺北：洪範，1999 年），頁 218-220。

屋子，注意到這間房子凹在一個角落，相對於其他大街上的房子
它矮、胖、笨、呆，擁有灰色的外石牆、五把鎖鎮守的鐵閘，之
後是彈簧鎖大門及容得下五人的樓梯，還有拱門、長廊、連結房
子的橋道與天井，天井中還栽樹，與阿北居住的有凌亂的碎木
頭、有大書架的一樓……如此寬闊的大屋子配上一個被鄰居拋擲
垃圾的髒亂天臺，還有適合阿髮寂寂讀書、有大寫字桌的房間。
西西細寫完阿果的新家之多門且寬闊後，映照出我姨悠悠在肥沙
嘴附近的中間房如何狹窄逼仄：

> 當然，三百呎的一個大房間仍可以切割為幾個更小的小房
> 間。……他們說，原來是一個設計新穎的櫥櫃，最出眾的
> 一點是線條簡單。……有四個人在一起耍牌的這層樓的樓
> 主，並沒有把樓房間隔開來，他們只曲尺形貼牆坐鎮了三
> 張笨重也極的硬木床……其中兩張還是雙層的。另外，又
> 擠進了兩個衣櫥，一張有六位椅子朋友的飯桌，兩個樟木
> 槓以及兩個肩著一座電視的抽屜櫥，其中，有顏色的是抽
> 屜櫥。[35]

這大概集錦了香港生活空間狹窄的大致描繪，在如此小且多人共
用的房子裏生活，自然在走動、儲物、洗衣晾衣都是重重問題，
連吃飯都是簡單吃個紙包麵。從引文中有床有衣櫃有飯桌的家
屋，緊湊空間裡飯桌奢侈的容得下六張椅子，沒有隔間的形制，
相對難以尋求私密與安靜的空間，而樟木槓與抽屜相對私人的儲

---

[35] 西西：《我城》（臺北：洪範，1999 年），頁 16。

物空間就顯得少而珍貴──「有顏色的是抽屜櫥。」悠悠居住的屋子，文本雖未言明其建築形制，但從上下文脈中推敲，循悠悠洗完衣服後自廚房看出的視野──往下是鉛皮鐵蓋的屋頂，遠處有向穿梭的航機宣告自己是山，閃爍著紅色訊號燈的樓宇──或許較接近早期的唐樓。西西鋪敘了如此細膩的香港居處空間，拼貼的趣味遊戲之外，實則藉此展示生活我城的人生百態及差異。阿果在大屋沙發上，透過荷花們所贈送的喬遷禮──電視，好好欣賞了「超級超級市場」影集，阿髮則努力的依循鬧鐘的規律念書、做練習本、偶爾上天臺活動；對照三百呎房中住客不停歇的抹牌，悠悠只能在儲物櫃上畫圖。寬狹之間對比，進一步展示悠悠所處的共居空間內，不熟悉的人彼此行禮如儀、客客氣氣，難以深入的交談，私密的生活既然無法在此空間開展，就只能縮小為一方儲物箱，或者無止盡、把天光都抹盡的牌戲。而相似的是阿果一家也與一樓的阿北共同分享空間，卻因為大屋的樓上樓下、多門多窗，阿果一家與阿北幾乎毫不干擾，阿北對阿髮的闖入也是自然而然地納入，還順理成章的接納了悠悠，更可以在彼此的交談深入的窺見阿北的學藝生活，荷花們的早年生活，並將空間與藏書分享給悠悠滿足其閱讀的喜好……生活成為可以接連而續、彼此碰撞的互動關係，原屬不同生活節奏、不同位階的人在此獲得迴旋與交流。

　　西西並不止步於這樣的對比。於是，插敘了擁有一間起居室、露臺、臥室、浴室、廚房和另一間小房間的屋主「瑜與他」，從暫作工作室的小房間、書櫃以及他們對於家具、穿著的堅持，對照瑜拿著牛奶、雞蛋、牛油、麵包「不帶性別標誌的

手[36]」並在短短的插入片段中使用不同、不一樣、不喜歡、不複雜、不反對形容木椅、木梯、人造纖維、衣裙款式、粗野髒話，大致可以看到濃厚的中產知識分子品味濃厚的生活，對空間的細心經營與彼此生活的秩序感。對照阿髮看似也有的書房書架[37]，荷花們也有的書架、歷史書、鋼琴[38]，住在大廈頂樓嗜讀字紙者凌亂堆在屋內牆角的字紙，在此，西西似乎從空間與生活的測繪，延伸出一條以「書」、「桌椅」或日常物件思辨內在心靈風景所構成的階級景觀或區分。反觀一個熱衷手工慢活幫他人製作椅子的阿北，起居生活的大室沒有椅子；擁有特定工作、起居、書櫃、廚房等專屬空間與講究桌椅的「他」，會在製作藍圖後讀讀訂閱的書刊；悠悠因為生活在僅有三百呎的空間裡自然無法容納多餘的書籍、無桌無椅，只好向阿北提出到大屋閱書的要求，也發現龐大的歷史書列裡居然有他喜愛的圖畫書；阿髮有寫字桌跟書櫃卻因為課業壓力全是練習作業簿；那個與胡說對話的大廈頂樓住戶家裡沒有房與廳的區隔，也沒有書櫃，但是他嗜讀各種詩、小說、散文，都是從街上去找字紙，堆了滿地的紙張。於是阿北「它們沒有別的用處[39]」像隱語那般反覆誦念，用以回答沒有椅、沒人看的書、沒人彈的鋼琴時，不禁讓讀者思索甚麼是

36　西西：《我城》（臺北：洪範，1999 年），頁 47。

37　西西：「阿髮有一個書架。書架站在大木頭寫字桌的旁側牆邊，它和阿髮一般高，可是書架上一本圖書也沒有。那麼，書架上有些甚麼呢？有人不免要問了。有的是，全是，作業簿。」《我城》（臺北：洪範，1999 年），頁 52。

38　西西：「連蘭花她們都沒有」《我城》（臺北：洪範，1999 年），頁 87。

39　西西：《我城》（臺北：洪範，1999 年），頁 86。

「用處」？身為技藝精湛的木匠阿北選擇幫荷花父親、荷花們看門、看屋，他的用處是維護這間屋子的門堅固無損，所以適時的刨木製門，所需的椅子則用書替代。書的用處之於荷花們是與他人較量的工具，之於阿髮是考試的科目，之於悠悠是私我空間的擁有，之於瑜和他是一種階級品味的生活樣態展示，至於大廈頂樓的住戶則根本不依附書的形貌，他因為喜歡詩、散文、小說，所以不斷的收集字紙與尺。

在此西西如此細筆的描繪了香港不同時代所構築的人文居住景觀，實際上也是不同空間帶有的階級樣貌，同時也是居住空間連帶影響私我內在是否得以具足的動因。七十年代是香港公屋政策重要的標記，高樓組屋衝天而起，從阿果一家人搬到荷花們所提供十七扇門的大屋子的描述：「我對他們點我的頭……我還有甚麼話好說。這座古老而有趣的大屋子[40]」他們與大多數香港人採取相反方向的遷移，結合兩個居所的地址訊息，透露阿果搬家、移居遷往的是更古老的房子，同時也是更自然靈動、更適宜溝通交流的空間。

2.走出／離開我城

西西《我城》中荷花們、「瑜與他」、阿游都選擇離開，文本分別敘寫他們與我城居於不同的離返狀態，其中僅有身為船員的阿游預期自己有天會歸返我城，阿游一方面為船上的人帶去我城的消息，並時時在與阿果的通信中更新我城的狀況。至於阿果一家搬入祖父留下的大房子，一面源於父親的死亡，一面源於荷花們離開我城：

---

[40] 西西：《我城》（臺北：洪範，1999年），頁1。

> 她們不知道多少年後會再回來，說不定的是，不回來了。
> 對於此等有如喝著菊花時節龍井的第九級茶的巢，她們是
> 懶於，也是不屑於，回顧，云云。[41]

小說刻意模糊荷花們與「瑜與他」離開的原因，對於他們所要去
的地方也未言明，留出空白給讀者。從文本脈絡推敲得知阿果的
祖父與荷花們在戰爭時期就已經居住在我城，也因為戰爭他們一
家曾經離開：

> 打仗的時候，荷花們的父親和荷花們一起搬到別的地方去
> 了。阿北沒有走，他留在大屋裏看門，他和妻子兩個人一
> 起看門。……炮彈卻把阿北妻子的頭頂心轟了一個深洞。
> 後來，仗打完了，荷花們回到大屋子來，荷花們沒有了父
> 親，阿北沒有了妻子，門都無恙。又過了很久，荷花們又
> 搬走了。……<u>於是荷花們乘機器鳥了</u>，離開這個她們說有
> 如喝著菊花時節第九級龍井茶的巢……[42]

再度經由阿北的口，我城在荷花們口中是「菊花時節第九級龍井
茶的巢」之存在，不屑也懶於回顧，至於那個被詩意語言貶抑的
我城，到底現實上是怎麼令人失望生厭的脈絡付之闕如。人類為
躲避戰爭，遷移求安居是很自然的趨避行動，只是相對於戰爭，
日常、無大事的我城如何讓荷花們終究選擇乘機器鳥，棄城而

---

41 西西：《我城》（臺北：洪範，1999 年），頁 2。
42 西西：《我城》（臺北：洪範，1999 年），頁 81。

去，不願回返？而小說中，「瑜與他」在起居室一節完全處在安穩的生活狀態，甚至暫作工作室的小房間也可供做未來孩子的居室，只是第二次「瑜與他」出現的時候，兩人開著車循著白線的指引前往他們的目的地，小說特別寫到這個白線並非交通號誌，亦不是一般銜接地方與地方的既成路徑，甚至會突然出現分叉的箭頭，必須自主的選擇方向。與機器鳥相似的是，讀者都無法測度知曉他們各自去了那裡，甚或即便文本描述了去處，也是「來到郊外，經過一片連綿的草坡。車從草坡間穿過，抵達一間白色的平房。在房子的對面，沿途上列著一些車。有些人正在路上步行。[43]」那些人都走進了白色房子，並在穿著藍色舒爽制服的人面前填寫白色表格，關乎「姓名、性別、地址、籍貫、以及一切有關他們的過往紀錄。[44]」在現代國家的架構中，這些資料都同步紀錄在國家檔案內，成為主體在社會存在的重要標記，在此小說讓這些人填具資料後通通把它收入紙袋中，從此他們成為了身分特別的人，不再有出生、城市、國家的標記。而在現代國家的區域範圍劃分，人們不一定可以意識到國家機器的監控，但從事跨域活動時，離返之際，代表緣起的護照則作為現代社會芝麻開門的通關密語，而瑜與他一方面選擇不再擁有護照，無法到他處或自由進出其他城市，另外一方面則指出他們將要去一個不需要護照的地方。「瑜看著他。她認識他的。……即使把他藏在一個布袋裏，她也可以把他辨認出來。[45]」這群走向草坡進入白屋子填寫資料、繳交封存既有資料的人，最後接受了注射，透過延

---

[43]　西西：《我城》（臺北：洪範，1999 年），頁 196。

[44]　西西：《我城》（臺北：洪範，1999 年），頁 196。

[45]　西西：《我城》（臺北：洪範，1999 年），頁 196。

宕，讀者在最後一節透過正在郊外種植電線杆阿果的眼睛與他們
重遇。休息時間的阿果在草坡上遇見記者，記者問他雲擠滿天
空、地面擠滿人時該何去何從，阿果回答雲會變成雨，地心如果
吸不住過多的人，或許人就從地球如煙花般散落出去而已，西西
在此空乏故事性的線性情節後，同樣採取詩意的語言展現自由的
想像，經由記者採訪新聞動機，得知採訪的對象是：「一群贊成
不要活下去的人[46]」的想法。因此，相隔數節的瑜與他在注射後
昏睡在草坡上，阿果在這方看著他們被噴上泡沫，升上天空，然
後飄向大山的後面消失了。如此非現實的情節鑲嵌在《我城》之
中，讓離開我城的人不需要因為理由、動機甚或所歸屬之處受到
檢視，也不反映出他方／此間的優劣對比，筆者認為西西在此刻
意迴避掉「評價」。

相對於搭乘飛機鳥，還是在書寫者筆下以非寫實死亡的詩意
演出，《我城》居民選擇離開則不那麼激越，只是在假日的時候
在我城周邊，到處走走。

> 在這個小小的城市裏，其實有許多地方可以去走走……而
> 我們，終日行走在幾條忙碌的大街上，擠在行色匆匆的人
> 羣中，只見許多蒼白的臉。於是，有人就說了，到巴黎去
> 吧，到羅馬去吧。對於這個城市，你是否不屑一顧。[47]

相對於荷花們、瑜與他，麥快樂或者喜歡航海到船上當電工的阿

46　西西：《我城》（臺北：洪範，1999 年），頁 196。
47　西西：《我城》（臺北：洪範，1999 年），頁 139。

游，他們都未真正離開棄絕我城。阿游把所有錢存起來希望可以回我城開小小的咖啡店、書店或電影院，航行旅次之中仍然心念記掛我城。某次航行至山度士加油加水，阿游朝著逐漸浮現，點綴著無數燈盞的海上城市「是我城嗎，是我城嗎……他以為他回到自己居住的城市來了。[48]」道出阿游航行許久後以為回到所屬城市的興奮莫名。至於麥快樂更是未嘗離開我城，麥快樂所謂的走走就是到島城的許多離島去，他常在假日糾集了一夥朋友到離島去爬山捉蟹。於是讀者從我城的敘事地理踏出，發現大島之城外還有許許多多的小島，西西寫鄉如實，寫城如虛，讓城鄉對比之間，被相對寫實的鄉似乎成為映照我城的一面鏡子，也是詮釋我城的意義始源處。自此非常類似威廉斯談論城鄉之際，城鄉語境如何在工業革命、資本主義、都市化中裂解為互相辯證的想像體。於是，西西在這小節安排了國籍與城籍之辯更顯關鍵。藉由麥快樂與朋友們聯繫起來的遊艇與文化想像之龍的延異，西西將龍之可見不可見，進而寫羅馬人缺乏愛的喜歡希臘、仿造希臘，進一步指出願意在黃帝子孫與其他偉人子孫之間選擇前者，從而問出「你會沒有護照的呀[49]」論者往往於此將引用著力在「你原來是一個只有城籍的人[50]」進而論述此為帶有對香港本土化意識色彩的文本，顯然是略過上述敘述過程而選擇標舉單一的我城意識，這樣的詮解也會再次略過西西接下來要處理的，我城的混雜與矛盾。

　　在述及把遊艇聯繫成串成龍後，一群露營的年輕人緊接著從

48　西西：《我城》（臺北：洪範，1999 年），頁 188。

49　西西：《我城》（臺北：洪範，1999 年），頁 150。

50　西西：《我城》（臺北：洪範，1999 年），頁 150。

餘興節目裡，演示了我城語言的特殊性，「寫字的手、腦子和嘴巴每天吵架，已經吵了一百多年了[51]」一如公共汽車與巴士、鮮奶油蛋糕與鮮忌廉凍餅、冰淇淋與雪糕、鳳梨與菠蘿、裁判員巡邏員與球證旁證在我城的手、口、腦之間的碰撞。緊接著年輕人玩起猜謎遊戲。蝴蝶是甚麼變的呢？在莊周與毛蟲之間，這群年輕人的一員選擇後者，並且認為「大家都是些只知道蝴蝶是毛蟲變的人[52]」他們其他猜謎的指向是實在的地理空間：荷塘、肥沙嘴、全灣等。進一步，年輕人一一談起對於城市的喜歡，呼喊著喜歡城市的天空、海和路。在此，西西以一群離開我城的年輕人，於離島之地談論：文化（民族）起源、身分、語言、真實、空間地方與主體好惡，西西讓這些嚴肅的辯證流竄在年輕人遊戲、隨意的言談中，而關乎民族的文化圖騰「龍」，也可能只是遊艇偶而的某一種排列與聚合，再觀察西西於此安排的談論順序，不管是國還是我城，在語言混雜與多數人都僅生活在理性科學世界的社會，對於如何將猜謎裡的空間轉化為對個人展示特殊意義的地方，或許才是西西所欲陳述的焦點所在。

3.生活在規訓的我城

　　唐君毅曾在 1964 年寫下〈說中華民族之花果飄零〉、1972年〈海外中國知識分子對當前時代之態度〉提到香港人身分上的特殊處境，與西西同樣面對六○、七○年代英國殖民的香港，唐君毅以「花果飄零」與「靈根自植」作為現況與期許的描述。唐君毅（1909-1978）在〈說中華民族之花果飄零〉一文中談到歐

51　西西：《我城》（臺北：洪範，1999 年），頁 151。
52　西西：《我城》（臺北：洪範，1999 年），頁 151-152。

美、東南亞、香港、臺灣有一批離開中國的移民者，排除臺灣後，唐君毅稱呼這樣的移民者為「華僑社會」、「中國僑民」、「僑胞」、「我國僑胞」，包含傾慕西方文明進步而自動歸化，或如東南亞社會被迫歸化國籍的兩種選擇與處境，而他們在唐君毅的想像中則共享「<u>中國社會政治、中國文化與中國人之心</u>，已失去一凝攝自固的力量，如一園中大樹枝崩倒，而花果飄零，遂隨風吹散；只有在<u>他人</u>園林之下，托蔭避日，以求苟全[53]」的相似基礎。在實踐方面，唐君毅與新亞書院的創辦展示了中華文化在不同地理空間裡的承續性，一方面唐君毅之於香港時刻意識到自己為南來香港之人[54]，另外一方面則期許香港必須保持中國文化與中國性，前者為其身分帶來的不是與地方格格不入的焦慮，而是將地方納入中國（文化性）的指導性與起點，因此期待香港人要視歷史意義高於地理意義，也就是自覺自己是歷史意義

---

[53]　唐君毅：〈說中華民族之花果飄零〉，《說中華民族之花果飄零》（臺北：三民，2005 年），頁 2。

[54]　唐君毅：「我個人自離開中國大陸，轉瞬十二年。就聞見所及，大約最初六年，流亡在外的僑胞，都注意到如何能在回大陸，而只以僑居異地，為臨時之計。……苟安之趨向轉盛，而大家亦多轉而在當地作長期寄居之想。」〈說中華民族之花果飄零〉，《說中華民族之花果飄零》（臺北：三民，2005 年），頁 1。「我們當時未注意香港之殖民地政府問題，因為我們當時只是流亡在此，莫有甚麼罪過……如我個人未到香港以前，心目中即亦無此香港之存在。我之來到香港，亦是因先到廣州講學，而偶然來的。……諸位同學生於香港，身分證上刻了『香港的英國人』的字，或許會忽然有一先天罪業感；同時覺到自己是二等公民，而對殖民地的不平等，感受得比我們外來的人更強。」〈海外中國知識分子對當前時代之態度〉，《說中華民族之花果飄零》（臺北：三民，2005 年），頁 66、92、96。

的中國人，並以之作為生命本質，同時以貶抑種族意義的中國人
論[55]，實則排除的是以血性種族之同源信奉馬列主義解放之論
述，對此「危險」唐君毅不免語帶威脅[56]，但大多數時候是採取
知識權威的角度循循／馴馴善誘來看待香港的。對於土生土長的
香港人，或自認本土的香港人，採取稍微嚴厲的威脅，對於南來
者（自身）的流亡經驗多所寬慰，務使其時時心念中國語言與中
國文化之根[57]。

　　如果唐君毅代表南來知識分子的知識論述，那麼西西《我

---

[55] 唐君毅：〈海外中國知識分子對當前時代之態度〉，《說中華民族之花
果飄零》（臺北：三民，2005 年），頁 97。

[56] 唐君毅：「至於如果中共現在立刻要取香港，當然亦垂手可得。但在大
陸與臺灣未統一以前，它亦不好意思要收回失地。如其要立刻收回此失
地，更要在香港施行大陸式之清算鬥爭，這當然誰也逃不了。因香港人
無一人是貧下中農出身。香港至少有一二三百萬人，其中包括你們父母親
戚，皆是由大陸逃亡來。然而我們如因自覺逃亡來，便是罪孽深重，而
要戴罪立功……分享一些他們的苦難。而現在，我們亦不必事先畏
懼。……此改進的標準，亦可即在我上述所提之五個觀念。」；「這五
個觀念，綜合起來可稱為中國民族、人文、自由、民主、社會主義。但
此名太長，可約之為『人文民主社會主義』，或『人文社會』主義，或
『人文』主義。」〈海外中國知識分子對當前時代之態度〉，《說中華
民族之花果飄零》（臺北：三民，2005 年），頁 92-93、81。

[57] 唐君毅：「流亡在此，莫有什麼罪過，如馬克思曾流亡英國、列寧曾流
亡德國、朱舜水曾流亡日本、鄭所南曾流亡到南洋。天地間的地方，天
地間的人，本來都可以住。何況香港本來屬於中國。住在此地，我們還
是頂天立地的中國人。在當時（筆者註：初來港，尚未成立新亞書院之
前），我們亦與此地政府毫無關係，可以說，我們與香港政府，互為不
存在。當時我們所注意關心的，亦非香港，只是中國當時的時代情
勢。」〈海外中國知識分子對當前時代之態度〉，《說中華民族之花果
飄零》（臺北：三民，2005 年），頁 66-67。

城》則是以虛構創建／敘事了另一個香港論述。唐君毅的中國文化主義知識體系中，香港的地理性必須被掩抑掏空，港府殖民教育中所推行的香港認識，在中國人文主義知識分子眼中，其必然夾帶的英國殖民知識系統，而應付之一句／炬：

> 諸位以前只生於香港，長於香港，只關心香港，連諸位之小學地理教科書，亦主要只講香港的地理，小學教師，還要考你們前任總督的名字、女王的生日。[58]

在香港本土意識的煉成中，香港地理為中心的認同自然非常關鍵，雖然我們不能忽略這是港府教育體系的一環——或是所有殖民地教育認識自我／排除固有傳統、脫軌於原有歷史，使受殖者進一步崇尚殖民者知識的手段，但值得論者注意的是，在此句法中的中國、英國權力的角力。語言的上下文邏輯有獨特的法則，透過換喻原則縮合在一句中的意義，不免在時間先後、一致性上受到牽制。於是，香港地方性的認知、對土地的認同，可能喚起本土性之處，但無奈的是當它呈現香港現實的矛盾與歧異時，分裂的兩者之縫隙就是權力寄生、源出之處。英國管轄下的港府可以編碼生出臣服的心態，唐君毅可以將此反向作為負面例證，強調另一個中國文化主義權威的正當性。至於甚麼是香港？或者香港的美好未來？筆者認為西西抵抗編年、單一時間軸、單一敘述視角的《我城》，將時間擱置展示不同人物並列的空間性，可以

---

[58]　唐君毅：〈海外中國知識分子對當前時代之態度〉，《說中華民族之花果飄零》（臺北：三民，2005 年），頁 96-97。

說是另外一種創建香港的積極位置。

　　《我城》輕輕地敘寫了離開香港的軸線，但著重在生活在香港、棲居在香港的日常性、地方性。當大家懷抱著離開城市的夢想時，麥快樂並不做著這樣的夢，最後在自由選擇中偶然實踐了阿果小時候所寫的維持秩序的警務員一職：

> 我在學校裏讀書的時候，曾經碰見過這樣的作文題目：我的志願。我當時是這樣寫的，我說，我將來長大了做郵差，做完了郵差做清道夫，做完了清道夫做消防員，做完了消防員做農夫，做完了農夫做漁夫，做完了漁夫做警察。[59]

麥快樂從一名公園管理員成為阿果的同事，在一次維修電話被狗咬的意外中麥快樂被調整到投訴部門，接收五花八門的投訴電話，並在發生深夜被搶劫的意外後決心參加城市警務工作。小說並未提到麥快樂參與警務工作後的生活，但警務與秩序維護之關聯性，都組構成出身公園管理員的麥快樂「體驗」規則秩序的強化曲線。一開始麥快樂覺得公園應該要整潔乾淨、足球運動應該嚴守規則，當然偶然也有與小販、孩子、孩子母親等等的互動互助，但麥快樂轉入快樂王子公園後即發現公園與原本認識的不太一樣，公園門口有引導地圖、旁邊有公園守則，樹木也有樹種說明，更大的差異是它成為大家棲身但是無法自由發表言論的地方，小說安排麥快樂被控告「在公園內吹肥皂泡」、「在球場內

59　西西：《我城》（臺北：洪範，1999 年），頁 105。

扔番茄」、「讓小販在公園內做廣告」[60]。公園從一個城市裡的自由空間，成為被諸多規則綑綁，成為容許城市居民於其間流動但不具意義、不構成交流，不可廣告／訴說自身的空間。小說中站在大石頭上演講的人，被以「不准做牙膏廣告[61]」指斥，唯一的聽眾，是被規範化的公園語境置身事／室外的麥快樂。顯示公園看似滿載城民，但彼此之間相處的規矩是不應該涉及隱私、論及自身的。透過敘事的安排，讀者可以並列公園與大廈電梯的不暢通與規範性、隔絕與冷漠，以及對現代人狹隘的普世期待一同侵蝕了大廈居民的生活，以電梯作為載具的大廈規訓了不合宜的舉措，在其陌生與機械性，以及現代社會層級化後互不相屬的系統性規範，在掌握時間、講求效率，擁有個人裝扮上的自主權，有限度的禮貌與距離的掌握等等，小說昭示麥快樂如何難以掌握出入的法則，無處容身[62]，但最後終歸／必須快速的與制度言歸於好。西西依然很隱微的處置著當代社會的排除機制，試圖削減其嚴肅性：

---

[60] 西西：《我城》（臺北：洪範，1999 年），頁 76。

[61] 西西：《我城》（臺北：洪範，1999 年），頁 76。

[62] 西西：「一天，當麥快樂從外面回來，剛踏進大廈的門口，卻瞧見電梯正緩緩地合攏起來。他於是想，如果跑快一些，一定可以趕上，就一個箭步衝進了電梯。……他們一看見麥快樂如此闖入，又看他穿着牛仔褲，褪色布衫，長頭髮，即按了電梯的『停』，又按了『開門』。然後，一起離開了電梯廂，留下麥快樂一個人在裏面。……後來，麥快樂每次搭電梯總是慢慢走，又和大廈內常常碰面的人道早安午安，大家也就和他一起搭乘電梯了。」《我城》（臺北：洪範，1999 年），頁 67-68。

> 想了半天，麥快樂愈想愈不快樂，竟然說，不如不做人，
> 做空氣算了。說時，真的把頭朝牆撞去。他一撞，卻撞着
> 一串辣椒。有兩隻辣椒即時扁了，而且跑進了麥快樂的嘴
> 巴裏，辣椒好辣，辣得麥快樂眼淚都淌了下來。不過，辣
> 椒卻把麥快樂的不快樂辣走了。[63]

轉往電話機構服務的麥快樂，不是源於飽含社會暗示性的作文、
預先想像的人生規劃，而是一連串被排除的偶然——學會朝電梯
慢慢走、有限度地打招呼，不是因為自由的選擇，而是因為努力
在規範中生活，於是對照聯繫麥快樂何以如此著迷到城外到處走
走、爬山、露營，到無人島漫遊的「選擇」之意旨。

　　「麥快樂」之名，雖有曲折但看似無大災大難的城民寫照，
「快樂」指的是在規範下被允許的行為；對比阿果祖父希望孫女
發達命名為「阿發」，父親只希望他活得快樂、愛自已而改名為
「阿髮」——身體髮膚，但制度並未因為命名的期待而縱放特定
的個體，作為一個升中生的阿髮鎮日與鬧鐘為伴，時刻準時規劃
自己，書架只堆滿練習簿，並營造想望其心中的美麗新世界。那
個被老師影響下所架構的美麗世界為何，西西並未敘寫多提，但
從比對西西安排麥快樂的人生轉折的「快樂王子公園」——以王
爾德〈快樂王子〉筆下看到城市醜陋而犧牲奉獻生命的王子為名
的公園，童話故事中的王子可以在上帝與天使的幫助下以一顆破
碎的心獲得褒獎，但現代香港的麥快樂卻被逐出公園。

63　西西：《我城》（臺北：洪範，1999 年），頁 68。

4.創建／敘事我城——「本土」的歧出與納入

　　在文本敘事裡西西以一幅幅的照片處置麥快樂的公園體驗，
讓讀者感受到《我城》在敘事上的特殊性，在城民與我城的關係
上，與離開、出走、生活我城同樣值得一提的是小說展現創建我
城、敘事我城的意圖。小說共分 18 節，分別敘寫：1.阿果因父
親之死而初識大屋。2.我姨悠悠住在三百呎房的生活。3.阿果一
家搬入大屋。4.阿果應徵電話機構員工（插入瑜與他起居室一
幕）。5.阿髮的寫字桌、鬧鐘、天臺與美麗新世界的想望。6.身
為公園管理員的麥快樂出場。7.阿果一家與阿北接觸，談起自身
工匠之路與大屋的過去。8.阿果熟習電話機構員工的事務。9.悠
悠去市場買菜時懷想過往。10.「你」醒來看到被整個包裹起來
的城市。11.新聞評議員對吹起風、掉下蛾蟲、青蛙的城市發表
意見。12.阿果與麥快樂等人到離島露營。13.母親詢問出走離島
的見聞。14.阿果同學阿游擔任電工的航海生活。15.阿果從維修
外線轉為修理室內電話。16.（插入瑜和他駕車前往草坡）麥快
樂因被狗咬受傷，轉往客訴部門服務後又被搶。17.住在大廈頂
樓的讀書人跟胡說對談。18.阿果在郊外種植電線杆遇到「瑜與
他」後想及自己的美麗新世界。如果被西西刻意以拼貼處理的是
地理而非歷史，那麼臚列出這些看似不連貫的情節，或許可以在
結構意義上看到西西對香港時間性命題所採取的位置。

　　筆者認為西西努力經營創建／敘事一個多層次的香港，第九
節為整篇小說的轉折，完成阿果周邊人物的描述後，由我姨悠悠
買菜之路，進而回想起她過往的小學生活。與先前悠悠為了離開
三百呎房的逼仄而出外散步不同的是「過去」生命的複現，悠悠
一路經過當年的小學，回想當年課室的狀況，還想起鐵軌上裝載

棺木的車廂，想起船塢工作的勞動者，另外還有出殯的行列與古老郵政局，「在這個城市裏，每天總有這些那些，和我們默然道別，漸漸隱去。[64]」時間在悠悠的回顧裏是不同的生命景況，過去是沒有姓名、並不偉大的生命於生死之間的隱沒史，對照於歷史的宏偉敘述，西西在此展示的是一幅生民日常風景，非集體的個人敘寫。

　　爾後，西西轉入當下，香港七〇年代的諸多問題：汙染、缺水，文本卻以極為不同的敘事語調，魔幻的描述了香港被包裹起來，而從城市走往市郊的「你」不因為包裹而無法識得城市，另外則開始猜測起包裹的原因：展覽會、防止汙染、搬遷城市，並在空曠的泥地上遇見揮舞著劍的人給了他劍與塑膠布，於是猜測包裹的原因移轉為要繼續包裹還是割裂它，甚至連天空也割裂？最後選擇躺下熟睡的「你」與下一節被大水淹沒的新聞評議員，前者沒有做出選擇，後者則被記錄在城市編年史。關於香港的當下，或者香港的未來（美麗新世界），西西給出的都是未盡之言／延。

　　西西並未言明阿髮與阿果對城市未來共同的願望為何，但從小說中幾組人物的對照，荷花們已然離開香港、阿游當了海員正在環遊世界。兩組代表離開香港、暫離後回返與留在香港的選擇，荷花們莫知所蹤，阿游離開香港似乎並非指涉著永遠的遷離，而是一種到處看看的衝動，終歸還是要回返，並在蘇彝士運河看到遭受飛機轟炸的沈船時間，「我城怎麼了呢[65]」。在語言

64　西西：《我城》（臺北：洪範，1999 年），頁 119。
65　西西：《我城》（臺北：洪範，1999 年），頁 210。

的換喻結構中，香港與像船一樣的小島聯繫。於此，西西藏匿了戰爭記憶之於香港，縮小戰爭對於香港過去、歷史構成的成因，轉而以阿果祖父的時代戰爭經驗，阿北的戰爭經歷，南來之人的阿果母親所識得的戰爭對照。戰爭使阿果的祖父逃離大屋，將房子託付給阿北夫妻，阿北的妻子還因此被砲彈擊中喪命；戰爭卻使阿果的母親南遷到香港。藉由一批不識得戰爭容顏的年輕人參觀了涌鎮的古城，圍著大砲想會不會那天有戰爭？「你會逃走嗎。你會守著這個城嗎。[66]」母親問阿果在離島看見什麼？母親的世代經歷過戰爭，大砲熾熱如火，母親因此識得戰爭、識得飢餓、識得貧窮「如果你從南站來，你見過[67]」母親與前述小學時代的我姨悠悠，從瀕臨死亡之境逃脫，最後小說從母親見過一間特殊的廟宇與阿果在離島祈求我城平安的廟宇對接，以阿傻在廟裡跪拜求籤「天佑我城[68]」作結，兩代人不懷擁盛世期待，而是安穩現世的祈求。

上述提及西西小說也展現香港本土納入機制的敏感性，1986-87 年西西連續發表了〈瑪麗個案〉（1986）、〈虎地〉（1987）、〈手卷〉（1987）、〈肥土鎮灰闌記〉（1987）、〈貴子弟〉（1987）、〈雪髮〉（1987）幾個短篇，這系列的小說或隱或顯的提出身在香港於國籍議題的複雜性，以及作為大國權力角力、爭奪下的孩子香港，如何糾結在大人的世界，亟欲發聲。

66　西西：《我城》（臺北：洪範，1999 年），頁 163。
67　西西：《我城》（臺北：洪範，1999 年），頁 166、168。
68　西西：《我城》（臺北：洪範，1999 年），頁 170。

一九五八年是二十世紀六十年代，我們老說二十世紀是法
治的時代，是該尊重人的意願的時代，可是，我們也許就
不當小孩是有意願的人吧。萬一他們有，有怎麼辦？我的
看法是：兩個國家，一個受害人。至於能夠尊重孩童意願
的作品，請協助我找尋。[69]

在此，西西擬寫了一個「長期居住在瑞典的荷蘭籍兒童。[70]」在
母親過世後，父親在荷蘭國內提出監護權官司，獲得瑪麗的監護
權。可是瑪麗提出異議並鬧上國際法院，孩子的監護權變成兩國
之爭，西西強調血緣關係的思維傳統一方面忽視當事人的意願；
進一步訴說大人處在被監管、家長式的社會型態中，取消孩子的
發言權之外，即便在法治社會、法律之前，大人有時候還是會被
迫消音。對照〈肥土鎮灰闌記〉則虛擬了馬均卿與寶兒的兒子
「壽郎」粉墨登場，西西探問，在搬演古老戲劇的舞臺上，觀眾
想看的是甚麼？

難道說，不是我壽郎，才是最重要的角色麼？這麼多人來
看戲，到底想看什麼？看穿關、看臉譜、看走場、看布局
的結與解，看古劇、看史詩、看敘事、看辯證；還是，看
我……或者，你們來看《灰闌記》，是想看看包待制再扮
一次如何如何聰明而且公平的京官？[71]

69　西西：〈瑪麗個案〉，《手卷》（臺北：洪範，1988 年），頁 75。
70　西西：〈瑪麗個案〉，《手卷》（臺北：洪範，1988 年），頁 71。
71　西西：〈肥土鎮灰闌記〉，《手卷》（臺北：洪範，1988 年），頁 119。

對照壽郎一登場即點破「我站在舞臺上，但我可不是來演戲給你看的。喜歡表演的是包待制，你且看他。[72]」此樁案子歷經鄭州衙門到開封府包待制的審理，前者因為母親的要求讓壽郎有機會發聲，而正當孩子自認「何止省得人事[73]」時，堂上官廳關心的並非事情的原委、與好人歹人、殺父元凶「只問我誰是我的親娘。[74]」最經典的情節是包待制在公堂上畫了一個圈，上演兩位親娘爭奪親兒的場景，西西此篇改寫讓身為小孩的壽郎剖析了兩位婦人的出身：

> 「平民百姓，普通人家的女子，見公堂上烜赫森嚴，早已嚇得顫顫危危、昏昏迷迷……她一生受令，始終逆來順受……」
> 「她是工於心計的人……她常常到寺院燒香拜佛，聽過許多佛經故事，佛祖釋迦如何斷案，連我也知道，她比你還要詳細。」[75]

在此，孩子不一定無知無識、毫無思想推斷的能力，只是受馴的觀眾愛看清官斷案的劇碼，加之社會本來就不將權力賦予幼童，小孩之言本就無足可觀，看似精采絕倫卻不符理性的判案，只是一場「挪到茶棚裏說說唱唱還可以，因為根本沒有依法行

---

[72]　西西：〈肥土鎮灰闌記〉，《手卷》（臺北：洪範，1988 年），頁 82。

[73]　西西：〈肥土鎮灰闌記〉，《手卷》（臺北：洪範，1988 年），頁 110。

[74]　西西：〈肥土鎮灰闌記〉，《手卷》（臺北：洪範，1988 年），頁 110。

[75]　西西：〈肥土鎮灰闌記〉，《手卷》（臺北：洪範，1988 年），頁 118。

事。[76]」對照〈瑪麗個案〉後，壽郎不相信官衙，也不相信法律，道出：

> 其實，誰是我的親生母親，也已經不再重要，重要的還是：選擇的權利。為什麼我沒有選擇的權利，一直要由人擺布？……誰是我的親娘，我願意跟誰，我有話說。[77]

這兩篇小說很難不令讀者想到香港的命運，西西排除了血緣的同時，也排除了認同依附於種族相續的那種歷時性記憶的操作，重新提出大人世界／大國權力視野下或者看似被法治包裹下的理性自由表象，香港被抽空「選擇權」與「發言權」。這樣強悍的香港辯白，包裝在極短的寓言式小說與改寫形式中，讀者很容易忽略其尖銳的呼喊與其直指問題核心的力道。

　　依據上述徐承恩香港源流史的論述，我們就可以想像一個七〇年代正在高度工業化，看似美好的英國治下的香港，資本主義主導經濟高度發展的自由香港，實則是各安其位，缺乏公義的自私社會與充滿保守的集體性性格。港府、法治、經濟發達、自由……結合中國社會原有的家長式斷舌，於 1987 年之際，香港的聲道是否可以被聽見令西西憂心。

　　西西的書寫展現香港如同小兒壽郎在議論九七課題的不被尊重、傾聽的弱勢吶喊及焦慮，其將香港屬於誰的問題擱置，以談

---

[76]　西西：〈肥土鎮灰闌記〉，《手卷》（臺北：洪範，1988 年），頁118。

[77]　西西：〈肥土鎮灰闌記〉，《手卷》（臺北：洪範，1988 年），頁120。

城市香港切入，成為徐承恩與吳叡人論點的源頭，中國強勢論述下香港亟欲建構主體之路[78]——到底應該以民族還是城邦的概念來運作。吳叡人〈高貴的鬱躁〉提到徐承恩此書主張香港民族的起源應含納：廣府族群、嶺南賤民族群（客家人）、海洋民族（閩南人與蜑家人），共通的特色都是處在帝國東南邊緣的底層力量：

> 徐承恩在書中同時也使用了「城邦」概念來指涉香港民族的政治形式，而「鬱躁的城邦」的歷史敘事事實上也融合了「城邦」與「民族」兩種視野，因此也呈現了某種「香港民族城邦史」（history of national city-state of Hong Kong）的特質。在這個限定的、政治的意義上，這部香港民族史應該能夠在城邦論與民族論之間，架起一道對話的橋樑。[79]

如果說二十一世紀徐承恩與吳叡人在應對大國論述之際，覺得混融民族與城邦兩種意識的建構，此思考亦是受制於時間限定與抵抗政治的考量，將來或許會因為他力的介入而重組。

---

[78]　徐承恩：「沒有歷史的國族，就沒有未來。偏偏市面上的香港通史，大部分都不是由香港人書寫的。本人冒昧撰寫此書，為的是要抗衡香港人缺席之主流史觀，並確立香港國族的歷史地位。」〈導論：書寫香港人的歷史故事〉，《香港，鬱躁的家邦：本土觀點的香港源流史》（新北市：左岸文化，2017年），頁37。

[79]　吳叡人：〈高貴的鬱躁〉，《香港，鬱躁的家邦：本土觀點的香港源流史》（新北市：左岸文化，2017年），頁386。

　　城邦論點抵銷了民族論點中單一、血緣民族的本質想像，而在香港的現實中也的確收納了不同來源的「後來港人」。因此，關於西西如何處理此納入值得進一步討論。

　　香港不僅僅在五〇年代接收中國南來的一批知識分子，在持續接納中國移民，也受越戰影響，納入越南難民。〈虎地〉（1987）的寫作背景與越戰影響下香港於七〇年代開始接收難民有關，難民營從一開始可以自由進出的開放營規畫，轉為 1982 年的禁閉營。西西透過將虎地禁閉營與動物園相對照，中間雜以兩段對話——七九年開始擔任護衛員者與蓮姑、動物的飼養員與採訪者，小說敘事切割為三個部分作為介入禁閉生活質地的層次。小說一開始寫虎地禁閉營的日常生活狀況，突出禁閉營的封閉隔絕與監獄的類似性，進而展開對「內部」人事的書寫，十二歲的阿勇已經在鐵絲網內生活四年，原本生活在北越漁港的他漸漸體悟到似乎是父親刻意安排他上船當雜工，期許他到新天堂後可以擁有更好的生活，但因沒有「境外」的親戚，無法如阮絲花那樣到美國依親。此外，禁閉營裡的小茲則選擇回到越南故鄉，而阿勇前往他國依親之路遙遙無期，也因並非華裔越南人的身分處在香港曖昧不明的移民政策下，日子與一切未來的想像都懸宕未決。

　　對於禁閉營內部，西西以「他渴望自己能夠擁有一個窗子」，阿勇透過鐵絲網朝外看的眼中香港是「孤懸的小島」、「陌生的城市」[80]，禁閉營是沒有屬於自己窗子，但可以看到外界的另一種監獄。西西筆下的阿勇由窗子看到林立的高樓，年紀

---

[80]　西西：〈虎地〉，《手卷》（臺北：洪範，1988 年），頁 122。

相仿的學生，甚或透過圖畫書想像有自由女神像、大瀑布與摩天
大樓的美國，或者經由電視報導看到冒險由人蛇安排的偷渡中國
人，阿勇以「幸運」描述自己——因為他的安全抵達？可是，西
西擴張了禁閉營的生活層面，不只是被囚禁、不自由，還有儘管
可以上學，卻因非正常化的生活型態，禁閉營的封閉慢慢衍伸出
的打架、暴動、兇殺事件，以及快速攀升的小難民誕生率。小說
結尾，阿勇依然在苦地——死水停滯的監禁處。

　　西西在此將中國偷渡移民與越南難民對照，一來是七〇年代
末香港的社會現實，另外也在於書寫者的積極介入思考。當香港
因為的地緣與國際壓力不得不扮演接納的角色時，小島內部的城
族都參與此經驗。西西透過七九年曾在啟德開放營擔任護衛員，
如今又被調派到虎地，移民自中國的說話者：

> 我的女人在鄉下，不能來，我還有一個小孩，也不能來。
> 我的女人和我的小孩可都是中國人，中國人的地方不收留
> 中國的難民，反而收留越南的難民，算不算公平呢？[81]

西西在此並非在論辯中國人應該優於越南人，而是透過書寫香港
如何迫於無奈接納越南難民，聯合國僅只巡視巡視，展現了高高
在上的監督權力之外，並不負責承擔苦地的現實，西西經由將人
心中構設的鐵絲網意象化，把禁閉營、中國偷渡者、香港人、禁
閉營的監管者都視為生活在鐵絲網內「苦地」的人。如同動物園
在都市中的存在一樣，它與公園類似，如同麥快樂服務的快樂王

81　西西：〈虎地〉，《手卷》（臺北：洪範，1988 年），頁 135。

子公園，在於提供人們休憩之處，卻把動物監管在令人瘋狂的隔絕空間中。禁閉營裡阿勇的聲音與動物園美洲虎的聲音，禁閉營護衛員與動物園飼餵員的聲音，意象化的鐵絲網橫亙在人與人、人與動物之間：

> 經過一道鐵絲網，人們總能看見另一邊的景物……也許是一座集中營，總有一些人給另外一些人為了某一些理由集中在一個地方。[82]

西西〈虎地〉是一篇稍短的文本，能承載的命題似乎也無法無限開展。對於城族與其他納入群體的關懷，筆者覺得西西此一系列文本展現的共通性是人道的看到那些被納入、尚待納入的弱勢心聲。顯然〈肥土鎮灰闌記〉關於母親之爭已經不足以表述香港「身分屬性」的複雜性，甚或西西也不希望以單元中國與香港的關係談論「香港人」、「香港性」，鄰近的越南也參與進香港人形塑的歷史中，即便最後大多數越南難民都轉往他國居留，選擇在香港的大多身具華人身分，在此「華人」此一族群意義已經擴張成為可追溯的歷史性，種族血緣與時間相續的本質想像，已經讓位給實際上近代華人遷移的空間性所取代，但在災難之前，前者卻弔詭地提供合理化居留的可能。〈雪髮〉（1987）中西西摹寫了一名從江南來的花姓代課老師與一名七歲二年級男學生共通邊緣性，分別用他們各自的聲音展演各自的香港認知與處境，以兩人短暫的師生關係為始，細節的描述兩人透過獨白體展現的對

---

[82] 西西：〈虎地〉，《手卷》（臺北：洪範，1988年），頁 129。

話性，以及從邊緣的相似性延伸的同體、同感，小說以兩人相隔七千多個日子後相遇於零下三十多度的北方結束。教師們因應薪酬調整的罷課運動與來自中國江南的家庭、孩子如何插枝落戶，相對於其他教師、校長、學校、香港、總督的低下位階，他們的邊緣、外來就是一種天生的怪異，經由此篇高度詩性的小說展露西西的人道關懷。

> 只有你明白魚木，知道它們那種落花如雨的樣子。……霎時間，弓弦登登作響，我聽見箭支破空飛行的聲音。這簇簇百步穿楊的明器我躲不了。
> 我不過蕭穆無情的運動屠場。樓梯與過廊彷似長蛇，蜿蜒曲折，前面就是羽蛇祭壇。……我大聲地說：那是棵魚木，著名的火焰樹，滿樹的花朵如同蓬頭髮的活潑少年。[83]

> 每一片樹葉都喜歡喝水，它們骨碌碌地響，喝了好多水，彷彿牛飲。然後它們咀嚼陽光，吃麵條一般，把陽光一截一截咬嚙，發出磨殼一般的聲音。有些樹葉懶於咀嚼，呼嚕一聲。把陽光吸進肚子。[84]

上面寫七歲男孩眼中的魚木，以及他的世界／視界如何有異於紋眉的女人，鍵子在上面的描述中被詩化的語言形象化，而紋眉女人所帶來的抽象顫慄與緊張搜索也被意象化；接著男孩為了美術

---

[83]　西西：〈雪髮〉，《手卷》（臺北：洪範，1988 年），頁 178、179。
[84]　西西：〈雪髮〉，《手卷》（臺北：洪範，1988 年），頁 200。

課爬樹截取樹葉時，文本以高度細緻的筆調將男童感官中的大樹做立體式的勾勒。在此，應該探問的是，西西為什麼採取高度詩化的語言，寫男童被校園排擠，最終馴化的激惡現實？對照〈肥土鎮灰闌記〉、〈虎地〉，或者〈手卷〉（1987）、〈貴子弟〉（1987）來看，筆者覺得在接近的書寫時間裡，西西面對香港本土意識逐漸勃興之際，採取高度隱晦的筆調，談論七十年代南來的中國移民被歧視的處境，如此激越的議題，西西希望以其抒／書發的高度模糊性引／隱入。彷彿所有定格化的書寫，寫實的敘事都容易將議題湮入中心、固定化、意有所指的單一現實指涉中。

此篇詩性的描繪一名擁有一頭如雪之髮的老師，與如壁虎般透明的年幼孩子，二年級打江南來的學生因為英文不及格，或者他者的尷尬身分而上了中英數的輔導班，與〈肥土鎮灰闌記〉相似的是西西從「他」的聲音如何被湮滅，應該被聽見處著眼：

> 也許，不是英文不及格的緣故。是沒有老師願意見到我，沒有人希望我在他的班上。……我無法申辯，投訴無門。我能把我的意願告訴你們嗎？你們願意聆聽嗎？我們可以協商嗎？[85]

這個總是受罰的孩子（或者更多同樣受罰而邊緣的孩子），是因為不及格而受罰，還是因為出身邊緣？是因為學科不及格，還是因為身分不正確？是因為不是好孩子就無法被做為好公民預期，

85　西西：〈雪髮〉，《手卷》（臺北：洪範，1988 年），頁 185。

還是天生就無法成為好公民？1980 年港府宣布撤銷抵壘政策轉
而採取即捕即解，要求在港的中國人於三日內登記領取香港身分
證，之後的抵達者將被即刻遣返中國。上述〈雪髮〉中的孩子終
究必須把自己如壁虎透明性修正為混雜性的正確、正統：

> 異地的生活，你我終於適應。我聽見你流利地說著這裏的
> 方言，你在作文簿裏寫下飲水和行路。我告訴過你了，該
> 寫喝水，該寫走路。你對我皺皺眉。沒想到你努力學習的
> 話語，竟是你不該書寫的文字。[86]

那種快速「融入」的過程是暴力且令人無所適從的，學科上的英
文首位代表了香港於英國統治下的現實，言語上的日常生活粵語
應用表彰了相對眾多的香港性，至於家庭私我的家鄉、父族母族
記憶與文化日常則只能是怪胎異色，有待懲治與辨色搜捕的對
象，而文本無法簡易言明的是那些懲治的權力來源本身的不穩定
性。西西 1979 年即已申請退休專事寫作，但以南來者、教育者
的身分，〈雪髮〉頗有抵抗單一本土香港性的味道。「你從江南
來，這個我知道。我也從江南來，你知道麼？與你唯一的不同，
我原是荊蠻的後裔。是何世，皆歡悵。我們的遷徙，都是為了避
亂，是麼？[87]」因為生活、戰爭而帶來的遷移經驗，使得身世蒙
上血族之色外，還不免在時間歷史與空間流轉中被權力詮釋、轉
寫。

86　西西：〈雪髮〉，《手卷》（臺北：洪範，1988 年），頁 207。
87　西西：〈雪髮〉，《手卷》（臺北：洪範，1988 年），頁 207。

行筆至此，納入機制似乎還是一場正常與不正常的篩選。被視為麻煩人物、頑童、火山的「他」，母親「沒有人會明白她說的話，因為她已經不知道什麼叫老師，她甚至不再認識自己的孩子。[88]」父親是一名鑿石場工人，鎮日在酒醉之中，簽名的字體歪斜，連遇到孩子爬樹之事「他咧開嘴笑，形同石榴：體育課比賽爬樹，摩登教育挺有趣挺有趣。[89]」衣著、階級、父母的位階是〈雪髮〉中的他者無法通過的細密社會刪選機制，還有那看似公平的教育也是。即便他「穿了一件亮白的襯衫，一雙鬆得煞白煞白的運動鞋。[90]」他還是無法回到雪髮老師的班級上。一來是因為雪髮老師是代課老師，二來是因為頑劣？還是難以言明的頑劣的「成因」？相對於文本中的初九：

> 他們一家都是漁民，棲息在避風塘裏。大家都喜歡初九，說他是個好孩子。老師總要拿他跟你們比較：船上沒有電，晚上亮的是氣體燈，船上沒有寬闊的桌椅，做功課時只好坐在船板上，等等等等。[91]

西西並未給予初九更多的描述，除了「他是謙謙的君子[92]」、「初九總是知道許多東西。[93]」從初九的階級來看，他或許因為

---

88 西西：〈雪髮〉，《手卷》（臺北：洪範，1988 年），頁 192。
89 西西：〈雪髮〉，《手卷》（臺北：洪範，1988 年），頁 206。
90 西西：〈雪髮〉，《手卷》（臺北：洪範，1988 年），頁 196。
91 西西：〈雪髮〉，《手卷》（臺北：洪範，1988 年），頁 172。
92 西西：〈雪髮〉，《手卷》（臺北：洪範，1988 年），頁 172。
93 西西：〈雪髮〉，《手卷》（臺北：洪範，1988 年），頁 164。

乖馴而被納入，或者因為他知道很多，或者是因為可以自然的安
安靜靜的坐好……區分正常與不正常的機制看似對立，其內容實
則浮動複雜，甚至只是偶然的「大家喜歡都初九[94]」。初九與他
在文本中都沒有提供時間化、脈絡化的身分，他、初九、花姓代
課老師等人物都被詩性語言拆解，西西或許更想要拆解的是那些
標準。〈雪髮〉裏的他除了上述的「缺失」外，他是牆上「徹底
反對歧視[95]」標語的目擊與見證者，沒有正常母親之外，也沒有
正常的父親。上述的外來、階級都是原因，不免令筆者想及西西
〈虎地〉中「是先有一羣可以展覽的動物才建起動物園來，還是
先有了動物園的意念才把動物園的計畫付諸行動？[96]」把動物一
語換成越南難民，或換成學生，似乎都可為現代監控的恐怖繪上
一筆。在〈雪髮〉裏讀者在詩性隱晦之中勘破「心中也有一道一
道的鐵絲網[97]」之所指，那種圈養馴化的機制，總是變幻莫測
的，例如他與初九無法被讀者完整對照的身世，有時決定納入與
否，取決於是否存在另一個更邊緣的版本。選擇詩的語言，似乎
是西西「寧遠」以隱諱的意象編組現實的不堪，另外一方面也是
借助了詩語言擱置現實、懸擱所指的特性，摒除讀者在寫實的筆
觸下容易產出的價值判斷。

　　西西面對納入機制的敏感，在〈手卷〉（1987）裏切實的紀
錄了 1980 年即捕即解的集錦，經由大廈、日曆、年輕的母親、
船、離島、游泳的男孩、四十四家爺的空桶、圍牆、照相機、時

---

[94]　西西：〈雪髮〉，《手卷》（臺北：洪範，1988 年），頁 172。
[95]　西西：〈雪髮〉，《手卷》（臺北：洪範，1988 年），頁 189。
[96]　西西：〈虎地〉，《手卷》（臺北：洪範，1988 年），頁 128。
[97]　西西：〈虎地〉，《手卷》（臺北：洪範，1988 年），頁 137。

鐘、小販、緩緩下降的閘門、警車等，從入境事務處的人龍，到
1982 年香港警察部設立了良民證辦事處，以片段拼貼的手法昭
示了八〇年代許多人努力的爭取被香港納入，一轉眼也有很多人
朝向「心目中美麗的、勇敢的、痛苦的、燦爛的、悲壯的、》》
的、》》的新世界。[98]」這裡寫下為了成為香港人的各種故事、
各種艱辛，也有放棄香港人身分的其他更好的處所嚮往。入境事
務處所處的後街，日善街之名的寓意豐富，對照「警察又不是日
行一善的童子軍，即使是，也只是》行一善而已。[99]」對於無牌
小販與偷渡到港終於獲得綠卡（永久居留證）的小販，他有了身
分卻因是非法攤販，生活依舊困難，「新移民在這塊土地上，並
不容易謀生，港島的生活節奏，也不易適應。[100]」如同〈雪
髮〉中隱約患有風濕與瘋狂的母親，在採石場工作處於社會底層
的父親，甚或是那個打江南來的花姓教師，抵達實難、合法更
難，被香港的日常生活納入愈是難以言清的艱澀。在此過程中小
說寫政策以必須在三日內登記在案，前提是海、陸偷渡的一路順
利，「小小孩子，離鄉背井，在異地生活。……為了甚麼呢，孩
子？他在記者的鏡頭前想了好一會兒，卻答不出來。[101]」所謂
更美好的生活、更好的世界，對照〈手卷〉中扼要的提及諸多顯
在的描述，是否「值得？」更好的生活的確值得追求，但西西此
文臚列的那些離鄉的困難，對照〈雪髮〉中的頑童，被強調的香
港美麗新世界，被追尋嚮往的同時，也衍伸了許許多多離鄉入城

---

[98]　西西：〈手卷〉，《手卷》（臺北：洪範，1988 年），頁 151。
[99]　西西：〈手卷〉，《手卷》（臺北：洪範，1988 年），頁 147。
[100]　西西：〈手卷〉，《手卷》（臺北：洪範，1988 年），頁 147。
[101]　西西：〈手卷〉，《手卷》（臺北：洪範，1988 年），頁 146。

後隱晦不宣的殘酷現實。值得一提的是，西西於此以「》」或
「》》[102]」省略的字詞。省略的字詞空格自然有諸多填空的可
能性，但是以語法及句式來猜測，西西將其未定性指向應該如何
形容、定位這個政策，與登記者的艱難處境，掌握權力者的態度
應該被認知為寬容與不寬容彷彿不那麼重要，重要的是他們是掌
握權力的人，可以讓閘門多開啟一分鐘，或者多登記一個兒童，
最後在此一政策的畫幅裏，呈現的是黑色的點、是陰影，以及混
雜在美麗、燦爛的新世界想像中的勇敢、痛苦、悲壯，以及難以
言喻的、被隱沒不宣的那些幽微。

　　對照〈雪髮〉中那雙底層的移民父母，母親的適應不良反應
為無法正常言說、辨識自己孩子，更無法像一般孩子的母親那樣

---

[102] 西西：「港島人民入境事務處突然宣布了這麼》》的一件事」、「報紙
都用大字標題報導『特赦』的》》」、「年輕的母親勇往直前，不
畏》》」、「蔓草的峽谷，也許躲藏著》》。」、「會游泳的孩子，也
得有幸運》》照顧才行。」、「三個月來捕獲的十二名非法入境兒童，
關押在培賢兒童院內，不》》與父母見面。」、「這個孩子自稱十四
歲，看起來遠不止這》數了。」、「他說，從深圳沙頭角，跟兩位同鄉
一起，攀山徒步走來，》》一星期。」、「他不知道，到這裡來生活不
是一件值得》》的事」、「警察又不是日行一善的童子軍，即使是，也
只是》行一善而已。」、「這》》的第六分鐘。還有人繼續從電梯口出
來，終於望門深歎。」、「抱著孩子的父母只好走了。再不走，懷中非
法入境的孩子要》逮捕扣留了。」、「孩子從未離家出外，對城市的一
切陌生，突然》》，吉凶難卜。」、「敘說者的畫幅緩緩展開，已描繪
的許多畫面上呈現一處處黑色的》》。」、「有了良民證，就有資格申
請做移民，移居到他們心目中美麗的、勇敢的、痛苦的、燦爛的、悲壯
的、》》的、》》的新世界。」〈手卷〉，《手卷》（臺北：洪範，
1988 年），頁 140、141、142、144、145、146、147、148、149、
150、151。

展現「母職」（即便那種母愛的展演是偏狹的中產母職想像）[103]，移民母親無法與新的社會連結，也無法打進既有的生活網絡；更有甚者是父親居然在所有老師聯合以罷課為手段，反對學校歧視特殊孩子時，「堅持」要讓自己的孩子到校，都是無法進入語境的行為。這雙父母看似服膺了香港資本主義的運作，安靜無聲、遵守規矩，但殘酷的現實是他們原本就是在文化邏輯運作之外的他者，缺乏了「應變」深層規範的能力，只能表現為對表層的臣服。

　　論述至此就不能略過〈貴子弟〉（1987）這篇小說，寫學童父親陳大文先生因為空閒看了自己六年甲班孩子陳淑玲〈怎樣乘搭地鐵〉的作文而慎重其事地拜訪校長，校長不得不與中文科主任、六甲班主任、教師甲乙丙丁開了會議，討論應該如何作文。首先，家長陳先生認為作文應該有頭有尾、起承轉合、有思想情感，不應該如〈怎樣乘搭地鐵〉那樣臚列生活技能的步驟，應該寫「怎樣做一個好孩子、孝順父母之道、可憐的乞丐、勤有功，戲無益、美麗的維多利亞港[104]」；對照學校中文科老師所訂下的進度表「開學的一天」、「我的志願」、「一件難忘的事」、

---

[103] 西西：「別的孩子的母親常常來，上學的路上，沿途都是她們的閒話家常。這一個說：這一陣可不能帶他們上沙灘去。是的是的，紅眼症流行，不能去；那個說：如果豪雨不止，水漫成河，就不該帶小孩子上學了，還聽甚麼電臺廣播呀，自己做主就可以了。母親給孩子們挽著書包，帶他們上學，到了學校門口，還捨不得離去。悄悄地跟著孩子進校園，躲在一隻石柱的背後，不讓值日老師發現；結果還是發現了，訕訕地只好回去，一面走一面還得囑咐：不要買汽水喝呀。」〈雪髮〉，《手卷》（臺北：洪範，1988 年），頁 191-192。

[104] 西西：〈貴子弟〉，《手卷》（臺北：洪範，1988 年），頁 165。

「約友郊遊」、「秋夜」、「給祖父的信——報告學校近況」[105]間雜著空閒時的謄文；而始終缺席隱匿的老師，透過其他老師的轉述，讓讀者得知他心中的作文不必硬性規定題目、也不應該制定相同進度，在記敘文與描寫文之外也應該強調說明文，「她說，朝陽呀、晚霞呀、可憐呀、痛苦呀，又不是培養所有的學生去做作家；好的作家也不是這個樣子的。[106]」這些顯得為文生情，認為作文首要訓練學生仔細觀察、準確表達，因此尋貓啟事、徵求足球守門員、求職信、芝麻街介紹、太空館最新消息報導、天氣報告都可以是作文。另外一方面透過等待老師來上課的班上學生自述，非常喜歡這樣由學生作主的作文課，可以有兩分鐘的時間面對大家說話，同學們談了煮紅豆沙、養金魚、艇上生活等等。相應〈雪髮〉中不夠乖巧溫馴的孩子，不夠整潔、身分不夠正確的孩子所受到的歧視，文本中的老師因為代理教師的邊緣性，即便做出對制式教育與群體偏見的反制，仍然無力。〈貴子弟〉進一步將現代公民與教育展開連結，語文教育、作文不應該傳遞單一文化，複製僵化思維，或者展現規訓接收者思維的霸權，使學生無法發揮主體思維，成為被動式填滿文化規約的客體。

於是，回過頭來看西西於〈雪髮〉中初九與頑童的一段對話：

　　　　它們稍後都消失了。我已經說了，我不明白緣故。初九

---

[105] 西西：〈貴子弟〉，《手卷》（臺北：洪範，1988 年），頁 157-158。

[106] 西西：〈貴子弟〉，《手卷》（臺北：洪範，1988 年），頁 157。

> 說，把什麼也看不見的相片紙浸在顯影液裏，畫面就會漸
> 漸顯出來。我只知道，把所有的東西放在歲月裏，不久就
> 都隱去了。[107]

花朵最終都會消失，令年幼的他感到困惑。而初九想及可以運用
攝影術將曾經存在的物事透過顯影液保留畫面；頑童則強調了時
間性抹滅記憶的部分。因應〈雪髮〉高度詩性的書寫筆調，這個
段落似乎順利成章，可是筆者認為這段書寫可以看作這個系列的
隱喻性標記。關於過去與記憶，看似在香港社會都相對邊緣的初
九與頑童採取截然不同的處置方式，個體的記憶也好、移民群體
的邊緣生存記憶也好，前者企圖參與與納入工程，後者只能無奈
的接受被抹去的命運。差異在於所能掌握與動用的資源多寡，甚
或是被動地在社會結構中被如何安排、排序、敘述。

如果說西西《我城》建構了城籍認同，如上述學者所衍伸而
論的香港本土意識，但此一系列的文本展現西西對於城之美好
的、完整敘事與單一時代命題想像的抵抗策略。

於是西西《美麗大廈》與《我城》一方面可以解讀為內外兩
面的懷舊生活風格，筆者更希望將它詮釋為對形塑香港意識背後
權力組成的規則的質疑，以及小說透過虛構的想像，轉換了地
理、歷史，以及哪些新舊概念的複層與遞嬗。

---

[107] 西西：〈雪髮〉，《手卷》（臺北：洪範，1988 年），頁 165。

（二）誤會與失靈是「大廈」從公／私分界、沉默導向重劃的關鍵

> 我居住的地方，有一陣一位臺灣的詩人朋友來信，總把大
> 廈的名字寫錯，寫成了『美麗大廈』。信卻又一直都能夠
> 收到（感謝香港的郵差），<u>不是所有的錯誤都是美麗的，
> 我也就不再改正</u>。[108]（底線為筆者所加）

　　《美麗大廈》後記與小說第一節都提到來信上被誤植的地址，西西將此現實經歷轉寫為《美麗大廈》的開頭，一個被誤寫的美麗大廈在小說裡是香港一棟十二層的集合住宅——梅麗大廈，小說時間從臨近年末開始，以隔年颱風的季節做結，展示不同來處的移居者之庶民日常。筆者在此使用「移居者」這個詞語，乃聚焦於在現代化社會中的人口集中現象，都市一方面固然有所謂的原生居民與新興居民的區分，但若以集合式住宅的角度仔細思索城市的生活樣態，發現城市化的過程吸納了新興居民的投入，一方面重新編排原生居民的階級位置、居住區位與家屋生活樣貌，甚至形塑出有別於原鄉村、原居所之社會脈絡的居民認同，另外一方面集合眾多住戶的大廈本身即是一個新的移居所，同時又是都市的縮小、隱喻。

　　有興致的讀者或許會從「梅麗大廈」的身世之謎開始，對照作者的現實生活展開查考，而西西所居住的土瓜灣區的確有一幢「美利大廈」。西西刻意地將預期讀者與普通讀者牽扯進敘事

---

[108] 西西：〈後記〉，《美麗大廈》（臺北：洪範，1990 年），頁 211。

中，混淆其分際，書名的「美麗大廈」與文本中的人物所居住的「梅麗大廈」，現實生活中西西所居「美利大廈」，作者有意識的模糊這些固定的所指。如上面引文所述，西西看待一封寫錯大廈名稱的信件態度是「能夠收到（感謝香港的郵差），<u>不是所有的錯誤都是美麗的，我也就不再改正</u>。」於是引導出幾個課題，文本敘事刻意迴避單一命名，模糊化本質定名的傾向，面對失誤的態度等等是筆者想要深入解析文本之處。

因此，西西以香港為現實場景，將觀察縮小到文本中「梅麗大廈」的細節性鋪陳。讀者可以發現在十節的小說篇幅中，與《我城》敘事結構類似的是西西將轉折安排在中間，以電梯失靈做為兩種大廈重構的契機。首先，第一節西西以「我」開頭，描述打開「黝黑而沉重的鐵閘」如同「揚灑著煤煙的古老火車[109]」的我，反覆睇視鐵閘、長廊，「水渠形態的長廊」「沒有陽光直接照進來」[110]，大廈被描述為封閉悠長，陽光無法常臨的幽暗之處，接著西西對於電梯有一段高度陌生化的描寫：

> 掛滿長短寬窄的衣服，必須許多興致高的晚上才可以把如此紛雜的衣物分門別類整理出一個頭緒。……頭頂上還有一個圓角的四方頂蓋和一把湯碗口徑大小的風扇，風自鐵翼上打下來，祇是連誰的頭髮也沒有翻亂過。[111]

在此梅麗大廈內的空間被描述為冷涼如水、黑暗堅硬，尤以電梯

---

[109] 西西：《美麗大廈》（臺北：洪範，1990 年），頁 1。

[110] 西西：《美麗大廈》（臺北：洪範，1990 年），頁 2、6。

[111] 西西：《美麗大廈》（臺北：洪範，1990 年），頁 8。

為甚，那是一個連身體都要縮小，散發蒸籠蒸了太久的酸味，把自己壓輾擠扁就為了與他人隔開之處[112]。「祇有一種呼叫數目組合的集體遊戲才會把一堆個別的人意外地環抱在一起，……眾人才盡量把自己所佔的空間縮小[113]」第一節中讀者藉由西西刻意拉長的細筆描摹，從「我」上樓、下樓繳交互助會收據，漫長緩慢地拉長搭電梯的過程，窺見西西在整體空間安排上以電梯為中心，區隔樓上與樓下的兩個世界，並將樓上樓下的垂直結構區分為天臺、中間住戶樓層與一樓管理室。樓上黑暗的長廊、緊閉的窗門；樓下管理室的明亮，以及板壁上透露的大廈訊息與遊覽活動，甚至住戶自在地坐在郵箱前觀看被棄置又修好的電視。另外，西西也簡單對照了大廈內外，經由沒有上過天臺的「我」———一個視大廈互助會開會如疫症的知識分子之眼，無法調和融入寂寂長廊與舉辦大廈活動的喧嚷沸騰[114]。

於此讀者透過知識分子「我」之眼接收到大廈冷涼疏離的心象與我之外現實嘈雜混亂的無法調和———「我」與住民並無互動。經由小說的前後對照，可以得知「我」、羅氏夫妻、鬈髮鄰居的階級與管理員榮伯、林叔、麥嬸、興記雜貨鋪等居民的區隔，此差異表現在是否積極參與公共事務，也表現在職業，以及

---

112 西西：「於是頭端直地昂起，手如細綁的螃蟹貼在身邊，雙足也踏合在一塊，甚至希望被一架壓熨機輾扁了，提起摺合後掛在乾衣店的衣架上，罩在寫著這並不是一件玩具的膠套內和另外一件衣服隔開。沒有塑膠袋套在頭上我是可以呼吸的，我可觸及洗熨間水蒸氣漫熱的感覺，屬於粗藍布在潮濕的天氣中疲乏的樣子以及糕餅在蒸籠中蒸了許久的酸味。」《美麗大廈》（臺北：洪範，1990），頁9。

113 西西：《美麗大廈》（臺北：洪範，1990年），頁9。

114 西西：《美麗大廈》（臺北：洪範，1990年），頁5、13。

是否能自在的與大廈鄰人交談。大廈於此成為一個摹寫城市人際
互動的空間，也是社會的隱喻。在此筆者注意到大廈居民在職業
之外，還有不同世代的兩代住民，小說於第五節因為失靈的電
梯，挪動了大廈穩固不相屬的兩層人際網絡，並在第七節「我」
終於走上天臺，從封閉、流動到開放，視野與平日窗子下望有所
不同，旁近的茶樓、樓宇之外，還可以遠望近海與對岸，敘述的
場景從室內長廊電梯轉往大廈門口周邊，在第八節「季節已經變
更，你也不再緊閉所有窗戶[115]」以接近小說結束的第九節颱風
降臨，表面上大廈居民又從開放轉到緊閉的門戶，但大廈內裡此
際正接納了山邊木屋的友人。那幢坐落在都市的大廈，在掛起八
號風球的暴風雨天氣裡，麥大嬸與麥大牛把家裡所有桌椅堆起折
疊，只為容納過往山屋區的鄰人，而受限於三百呎的空間，大牛
則轉往借住樓上阿廣家，此際大廈緊閉的門戶內：

> 樓上一間室內，阿廣睡在塌陷的鐵床上，在他的頭部附
> 近，是麥大牛光禿的足板。[116]

緊密的窗門、狹窄的三百呎房，容納七八個來自山屋的人展伸腿
足，深夜襲來的颱風雨勢如鋼絲，烈風把城市吹得如風車，新聞
報導著明天將暫停的諸多活動[117]，十二層樓的梅麗大廈站在風
雨之中「烈風中有整個城市低低的穩定的呼吸[118]」，「我可以

---

[115] 西西：《美麗大廈》（臺北：洪範，1990 年），頁 162。

[116] 西西：《美麗大廈》（臺北：洪範，1990 年），頁 203。

[117] 西西：《美麗大廈》（臺北：洪範，1990 年），頁 198-199。

[118] 西西：《美麗大廈》（臺北：洪範，1990 年），頁 208。

感知體內的暖度，血脈的運行及一呼一吸的起伏。[119]」一夜風
雨之後，烈風雖然重臨但已轉了方向，年邁的管理員來到大樓的
頂層順手拔除一片已經移入天臺內側的植物枯萎的葉子，逗留一
會兒之後：

> 他自磨砂玻璃外看見相對一邊的廚間和浴室沒有燈光，於
> 是轉身回行。經過電梯的時候，他聽見一群蜜蜂的飛翔，
> 電梯的門緩緩奇異地敞開了。[120]

《美麗大廈》藉由電梯失靈與神奇的恢復運作，大廈外的城市經
由颱風一夜的毀壞後，大廈內部卻神奇的修復了自身。如同論者
對於《我城》的解讀，西西筆下梅麗大廈失靈的電梯突然恢復運
作略顯樂觀，但筆者認為西西在《美麗大廈》並非樂觀的看待市
井人情世故之流轉，更精準一點來說，文本是在投入電梯失靈作
為試劑後，表層意義上展現大廈足以抵擋風雨，同時顯現出自然
與神祕之述指向無限生機與活力的可能外，筆者認為若從文本中
知識分子觀察切入，深層之處乃西西仍舊對知識分子的「參與」
懷有疑問。

　　香港城住宅互助會的成形脈絡，被包裝為英國殖民統治之
下，港人樂於參與公共事務的昭示。可是，如果納入知識分子在
現代社會所佔據的「邊緣性參與」──透過抽象思考、知識、精
神、指導做為自我標榜的群體，相較於市井日常的「身體」參

---

[119] 西西：《美麗大廈》（臺北：洪範，1990年），頁198。
[120] 西西：《美麗大廈》（臺北：洪範，1990年），頁209。

與，西西小說《美麗大廈》對佔有主導文化的中產知識階層在群體事務的參與，並不樂觀，認為中產階級總是慣於扮演見證、自我邊緣的位置。

　　從小說開首「我」以黝黑、鬱重、涼凍、憂傷、整齊的毫不出錯、乾剝的牆粉……敘寫大廈[121]，並以連成一堵牆的肩背，擠得可以咬下旁人的耳朵，將自己縮小如被綑綁的螃蟹或掛起的衣服形容電梯裡的情狀[122]，知識分子一眼以一連串的負面性用詞，使得大廈、電梯都被視為令人不安、不適的空間；對照小說第七節天臺一處朗亮情暖的陽光、「豔陽異常明麗，使建築物輪廓格外黑白分明。[123]」在清除垃圾、拆除木屋後，天臺成為接收大家棄置植物而成的美麗花園[124]，當「我」的敘事讓位給全知敘事，空間轉入天臺，大廈轉而開闊溫暖，可以看見海，甚而在之後歷經颱風之際可以成為溫暖棲身之處。刻意挑出這些詞彙的目的是為了對比文本在電梯失靈後，西西於空間、住民、敘事結構與知識分子視角轉換間，所安排的結構性意義。

　　西西在後記中提及香港有操用廣州、上海、國語等不同語言的居住者，卻無礙彼此溝通。從這樣的說明切入，讀者就可以理解西西何以安排了知識分子「我」以冷涼之眼，緊接著第二節非常謹慎的錯置了大廈居民南腔北調，凸顯牽線的靈魂人物──麥嬸以聲音性涉入「私隱」之域。於此，上節的「我」上下電梯的過程，被麥嬸與鄰人互相問候的話音再次重述，「我」成為置身

[121] 西西：《美麗大廈》（臺北：洪範，1990 年），頁 1、2、4。
[122] 西西：《美麗大廈》（臺北：洪範，1990 年），頁 8、9。
[123] 西西：《美麗大廈》（臺北：洪範，1990 年），頁 128。
[124] 西西：《美麗大廈》（臺北：洪範，1990 年），頁 134-135。

其中無聲的一員，「你最近才剛搬來的，所以我就不知道你做甚麼的了[125]」只能迎接著隨即開展出大廈眾生／眾聲場景。透過上海話的儂（你）、姆媽（母親）、格（這），與廣州話早晨（早安）、買餸（買菜）、咁遲先至（這麼晚才……），連同煲南北杏與油豆腐線粉的飲食文化也相繼展露著大廈居民的來源複雜[126]。

　　文本並未清晰地交代這些住戶來自何處，但從麥嬸一家在颱風天裡接納木屋鄰人「以前，我不是也住在木屋區，和你們還是鄰舍[127]」得知麥嬸來自山邊木屋區；而在文本中的一封來信得知知識分子「我」接收了家人的房子，搬至三百呎房的梅麗大廈，而家人則搬遷至有松杉、下雪的國度，住在敞廣胖闊的三層樓房子裡。沒有言明的其他梅麗大廈住戶，包括教師羅氏夫妻，以及雅好書籍、繪畫的鬈髮鄰居，以至於「我」是常常因為工作晚歸，在房子過於昂貴的當下尚足以支付四百多元的付款的階層；相對於管理員榮伯、林叔、海員、做泥水的阿廣、收垃圾一家、麵攤一家、興記雜貨鋪、接牛仔褲手工的散髮病態婦人一家及做公仔手工的婦人，前者無疑深具知識分子與中產色彩。對照門口裝飾得美輪美奐並適時地貼著「大家恭喜」，喜歡乾淨、喜

---

[125] 西西：《美麗大廈》（臺北：洪範，1990 年），頁 22。

[126] 西西：「早晨」、「今日咁遲先至去買餸嘅……你嘅咳嗽好返的未丫……天時唔正，煲的南北杏蜜棗食下，幾好。」、「阿媛，儂今朝阿要吃油豆腐線粉？姆媽，儂快點看醫生去吧」，甚至說起電梯「個電梯做乜？」、「格電梯做啥？」、「你看這是怎麼一回事兒？」《美麗大廈》（臺北：洪範，1990 年），頁 20、27、43、29-30。

[127] 西西：《美麗大廈》（臺北：洪範，1990 年），頁 197。

歡旅行，很少出現在大廈的羅氏教師夫妻，在電梯失靈的時候可以有額外的開支棲身酒店，以及沒有更多線索的鬈髮鄰居，從職業與生活情調，可以透視他們與上述的勞動者屬不同階級。在有故事的勞動者與不明其所源的中產階級，總體拼組成一幅知識分子與勞動者的對照圖。

　　第三節經由寫正在開會的梅麗大廈，「他」如何置身事外，敘事同時並置一樓互助會的熱切，與他選擇被罰款而孤獨回到巢穴的舉措，卻意外進到鬈髮鄰居家，參與了他們沙龍式的多音會談後，又再度回抵巢穴沉入床枕上的書本。在這裡對知識分子生活情境與勞動階級（包括小孩）都必須忙碌於生活，甚且麵攤一家是因為營業時間太晚，無法次次得以參與互助會討論，強調了兩種階級的日常生活內容與可支配時間的區隔，也顯現小說裡大廈的勞動者相對熱衷公共事務。《美麗大廈》開首三節經由轉換敘事觀點，在「我」、麥嬸與全知敘事者分據敘事視角、聲音的兩端，還透過電梯到管理室到家之間的空間轉換，演示了接續後面十個章節敘事視角轉換與移動的書寫方式。前三節以我、你、他以及全知觀點，構成了一幅多聲交響的敘事樂章，沒有主述之際，也脫離單一視角的整體性。另外一方面也鋪陳知識分子在此篇小說如何從置身事外，短暫在第三節因為意外的防盜演習被牽連進大廈的集體互助、情感網絡，同時也埋設了文本後段如何挪移原有階級位置的可能。

　　筆者認為此篇小說有意思之處是知識階層的位置性，西西除了在大廈安頓了市井小民的眾生相外，也編組了他們在文本的聲音；另外隔閡於市井的「我」以及羅氏夫婦、鬈髮鄰居，透過不開會、不開門，以及習慣談論的話題與其他大廈居民做出區隔。

也在空間轉換上依序以在電梯、大廈門口與周遭、樓梯、天臺展演，時間則從年末到炎夏之季。作為西西的一個忠實讀者，關於敘事視角的轉換，何福仁以中國繪畫美學的角度切入，描述西西《我城》如《清明上河圖》般預設了空間與時間的雙重性，以長卷般的美學觀照形式，以「一切皆流，一切皆變」來掌握西西小說中採取的移動視角，以情感結構的連貫（如同繪畫的情思）展現出其形式上的意味[128]。顯然，敘事視角的轉換對於西西而言並非是偶一為之的技巧，至少在《美麗大廈》、《我城》兩作中皆展示了其不斷調動插敘的多重敘事，以及透過不同階層的說話聲音豐富我城圖像的嘗試。但是否如何福仁所言「然而細味他們的口吻心神，跟阿果同形對應，彼此支援，與其說是『他們』，何妨看成『我們』？這些『我』，各有職分，卻都以阿果作為原型。[129]」筆者要進一步追問的是在此兩篇寫香港市井內與外的作品中，西西一方面透過視角的轉換與多重音部的架構，抵達的是否是以阿果為原型的「我們」想像。

　　《美麗大廈》以電梯始、電梯終，以大廈內部為主要場景，相對封閉的描繪南腔北調的交會，最終以大廈為「我」的敘事聲音轉換。謝曉虹〈通道的美學──讀西西《美麗大廈》〉已經敏感的述及小說的移動敘事，認為《美麗大廈》並非如西西所言是封閉式的小說，但是否如謝所言西西筆下的香港透過「通道」的描寫，「突出了都市空間的開放性、流動性與活力，也賦予了一

---

[128] 何福仁：〈《我城》的一種讀法〉，《我城》（臺北：洪範，1999年），頁 237-244。

[129] 何福仁：〈《我城》的一種讀法〉，《我城》（臺北：洪範，1999年），頁 245。

種理解個體與城市、個體與他人的新視野。[130]」筆者認為《美麗大廈》更趨向於標記社會從自然主義走向現代主義階段，都市城民習得內／外之分的複雜演進，烙印並突顯出藝術家／個人式與勞動階層的疏離。在此西西身為知識分子一員，坦露其所屬階層的限制性，毋寧具備相當自省與自我批判意識，也因此筆者並不驟然將小說結尾的電梯復駛，以樂觀之意解讀之。

最後，筆者必須要討論到西西《美麗大廈》如何展現語言的階級性。小說中的知識分子階層（「我」、「羅姓夫婦」、「鬈髮鄰居」及其兩個熱愛畫冊的朋友，他們多數時候自我封閉在私有領域的家室之內，僅有限的接納相同階層者，他們慣於談論抽象話題，根本無法與其他住民產生共鳴，這種「自外」，實際上也是一種拒斥的姿態。另外一個更嚴肅的問題是，此篇文本知識分子的位置，是否如論者所言，因為通道詮釋觀點的切入，鬈髮鄰居的藝術沙龍得以被視為屬於大廈裡的公共空間，並得以發揮模糊菁英與普羅文化界線的功能，甚而將小說中的「我」做為普通小市民，進入鬈髮鄰居的沙龍之際[131]，從而指向香港作為一座國際城市對世界文化潮流的關注，並且企圖轉化這些外來知識，以改進身處城市的努力[132]。重新審視鬈髮鄰居的沙龍，在

---

130 謝曉虹：〈通道的美學──讀西西《美麗大廈》〉，《西西研究資料（第二冊）》（香港：中華書局（香港），2018 年），頁 319-320、321。

131 謝曉虹：〈通道的美學──讀西西《美麗大廈》〉，《西西研究資料（第二冊）》（香港：中華書局（香港），2018 年），頁 336。

132 謝曉虹：〈通道的美學──讀西西《美麗大廈》〉，《西西研究資料（第二冊）》（香港：中華書局（香港），2018 年），頁 337。

電梯失靈的關鍵時間，「你感覺電梯不過是一個幻象，樓梯則具
體得多，……這是一件磊落的物體，光明而不虛飾，在樓梯上步
行，你有一種腳踏實地的感覺。[133]」在大樓互助會開會那天見
過面後，「我」再度受到鬈髮鄰居的邀請入內看畫。同樣對於大
廈公共事務不感興趣了兩人，再度聚首，延續了上次的天使的話
題。兩位知識分子共聚一室，相對於住戶們自發的看護生病的麥
嬸，癒後的麥嬸恢復往日熱情活力，分送紅豆沙給鄰居及
「我」，還有麥大牛幫忙「我」維修天線，麥大牛在颱風天借住
阿廣家。《美麗大廈》裡陳述了現代生活裡「家屋」作為難以跨
越的私領域，他者的納入展現同階層的許可外，另外也書寫了尚
未公／私分界的前現代生活於大廈住民交際間的殘留。

> 這鬈髮之鄰居並沒有把樓層分割切隔，也不裝置任何簾串
> 壁架，整個大室從牆到牆，異常地寬容。[134]

上述家屋是否如謝曉虹所述展現公共的寬容，那些在書本與花瓶
間對談的女子、下棋的兩人、喝酒的人、衣著講究時尚談論名牌
的女子們，我與鬈髮鄰居也熱烈的談著的天使，在聚會結束後我
依然回歸書本，以及在梅麗大廈稍後的防盜演習時，「所有的門
都打開了，祇有兩扇門仍閉著[135]」——鬈髮鄰居和羅氏夫婦。
後者儘管愛好整潔，也隨節慶時節更換大門的風景，但此刻卻渾
然與整個大廈無關，前者熱情的接待同階級者，卻對大廈裡其他

---

[133] 西西：《美麗大廈》（臺北：洪範，1990 年），頁 93-94。

[134] 西西：《美麗大廈》（臺北：洪範，1990 年），頁 58。

[135] 西西：《美麗大廈》（臺北：洪範，1990 年），頁 68。

住民難以開放理解。顯然，知識分子的納入非常有限。當鬈髮鄰居非常振奮的向我介紹中世紀義大利賽雪蒂的畫作，也指出畫作角落浮在空氣中的大鳥——鬈髮鄰居口中的六翼天使，在尚未同化於其他勞動的大廈居民但相對有較多接觸的「我」眼中，「這六翼的天使，好像一隻昆蟲。[136]」在此，筆者必須要提出的是西西沒有過分樂觀與天真地相信知識階級與勞動者可以沒有前提的混融，僅節制地描述了彼此有限的理解與互助。現代人必須意識到公／私領域的嚴格劃分，也凸顯了小說中兩代人的差異。老一代住戶閒談之間透露已理解大廈維護自治與彼此互不相擾的精神，熟習可以將走廊整潔、燒香燭、澆花議題提到會議討論的程序，自然的在天臺互助會討論五花八門的課題：養寵物、不可扔垃圾吐痰、裝設電燈、增加清運垃圾的費用、讓麵婦小販的推車擱在電梯門口直到修好……[137]，論及電梯問題時，則有推論偷工減料、電力不足造成電梯失靈的，也有「上次修電梯的時候，有沒有給茶錢那些夥計？如果沒有，也許要修到一九九七年囉。[138]」的說法，應該理性運作的大廈管理，感性徇私的人情仍在此複現。對照雖然到了天臺「你們選擇貼近天臺的矮牆站立，遠離圍聚的人群[139]」知識分子慣於旁觀見證、疏離人群的特性。西西於此細微的對照了年老管理員與鬈髮鄰居，他們在天臺水箱的背後相遇：

---

[136] 西西：《美麗大廈》（臺北：洪範，1990 年），頁 102。

[137] 西西：《美麗大廈》（臺北：洪範，1990 年），頁 152-153。

[138] 西西：《美麗大廈》（臺北：洪範，1990 年），頁 149。

[139] 西西：《美麗大廈》（臺北：洪範，1990 年），頁 151。

> 年邁的管理員仍然提着膠桶和掏水的杯隻，他有一張皺紋
> 的臉，像一顆生長了許多年的落葉喬木的樹皮……彷彿那
> 些風化的齧蝕，已把一塊岩石磨穿……但你看見他站在陽
> 光之中微笑……變得若你鬈髮鄰居一般年輕。……你鬈髮
> 鄰居衣著一領潔白棉布襯衫及麻質寬闊挺直的麥穗色長西
> 褲，……煙絲熄了，沒有熊熊的灰爐。……在他的面前，
> 於陽光中，地面上展鋪了一疊舊的不屬於此地語文的報
> 紙，上面攤着一雙白帆布球鞋，……露出一雙雙眼珠子似
> 的孔洞呆瞪着金黃的光線。[140]

那個會把大廈廢棄的電視維修回收放在過道供人觀賞，會把被棄
置的植物置於天臺悉心照顧的年邁管理員，那個跨越私有制、現
代物權概念的老人，西西意象化的把陽光送給他，而將陽光自潔
白筆直代表理性的鬈髮知識分子身上抽走。兩代人體驗現代理性
與公／私分界的差異，還體現在麥嬸與麥大牛身上，麥大牛挨家
挨戶收管理費的時，「你邀請他進室內書寫收據，對方則微笑答
曰不打擾了。你可以看見麥嬸朝你的方向走來，手中端着一碗冒
霧的食物。……不好意思。什麼不好意思，我替你端進去。
[141]」對公／私的認識擘劃了兩代人，即便少時不愛讀書來自鄉
下山邊木屋的麥大牛也深深熟習於現代空間的區分語彙，西西並
未描寫空間如何發揮規馴麥大牛之力，但可以肯定的是都市、
大廈的秩序已深植在麥大牛之身。即便小說以另一個失靈的電

---

[140]　西西：《美麗大廈》（臺北：洪範，1990 年），頁 136-137。
[141]　西西：《美麗大廈》（臺北：洪範，1990 年），頁 167-168。

器——電視，微微的複寫失靈的電梯重劃公／私疆界的可能，麥大牛終究因為修理電視進入私人家屋，不是出於交易，而是互助。

在資本主義的運作下，都市空間本身就是一個資本支配的領域，草根或者階級的分化，對照於資本主義社會地理與階級發展的不均衡，草根性往往是一種衍生現象，並非絕對的另類。筆者論述完西西《美麗大廈》中知識分子缺席公共事務，僅扮演旁觀見證此項特徵後，上面引述《美麗大廈》時，在空間上充滿植物的天臺似居於理性街道與私我家屋的中間，使得第一次至天臺的我感受到滿溢的陽光，「想起沙灘上一列白色的泳屋，炎夏即在你的眼前延展了。[142]」如筆者一開始論述所引述的，聯繫着電梯延展的封閉堅硬冷涼無情的語彙，在小說的後半納入被住民遺忘的樓梯、天臺，屬於自然的語彙也一一復生。無獨有偶的是《我城》裡搬入大屋的阿果一家，也歷經了清理髒亂天臺並在天臺種花的過程，天臺成為阿髮、悠悠舒放休閒之地。在此筆者不欲精密的統計這些詞彙的數量，也不欲混同兩個文本相同能指的偶然連結，而是從空間上論述大廈因為樓梯帶起的流動，人們往天臺移動、往上生長如植物接納陽光，不復關在三百呎的室內，而在季節逐漸轉暖後開門，現代主體在大廈內部自主的垂直活動，也連帶讓視野往遠處延伸，不再受到窗子的局限與隔壁高樓的遮蔽。更甚而在高掛八號風球的颱風天裡，以大廈語調自述在暴風烈雨之際，毗連了螢火蟲、白蓮、泥土的色彩、獸穴與蜂

---

[142] 西西：《美麗大廈》（臺北：洪範，1990 年），頁 128。

巢、一簇簇螢火飛蟲、插秧[143]等語。山邊木屋正遭受颱風摧毀、山洪爆發之際,自然在安穩矗立的城市大廈萌芽。

　　遠處鄉下的山邊木屋,待拆的唐樓,對面正在興建擋住陽光的樓宇,貼近渡輪碼頭新填土地上正展開的鋼骨水泥建築,西西紀錄了一個朝向資本分配的空間階級政治,同時也鋪排了城市於平面、垂直的生長,天臺因而成為都市少有的陽光普照之處,他方不一定就是鄉村。此間仍值得再論的是那間在信中被提及的他國樓房,在冬天下雪的國度,有花園、天寬地闊的房子「究竟是森冷空洞[144]」因為寫信人在大廈互助會成立之初即已入住,認得大廈樓上的鄉人、隔壁的海員,熟識麥嬸、麥大牛,甚至鬈髮鄰居:

　　　　我不時憶念梅麗那三百多呎小地方,雖然沒有浴缸,但花
　　　　灑的水沛盈如邊境上的瀑布。……在這裡,我亦沒有鄰

---

[143] 西西:「我看見各車頂端的燈盞幻影式旋轉照亮了方圓一呎內的範圍,彷彿螢火蟲,光環內的兩一條條躍動著,是陰暗的大室內有一圈圈陽光自天花板上的圓窗投入。」「一座三人的立像在茫茫的水中如同一朵白蓮,雕像的腳面,有兩條銀灰的魚穿梭游過。」「室外的一組沙發上面蓋著灰濛濛的布幅,使這一切物體捉迷藏似地躲隱在暗處;一個白色的柱體陶器花瓶,在黑暗中登時恢復了泥土的色彩。」「就像長久的冬季,你我仍在休眠的狀態,所有的生命藏匿在獸穴與蜂巢。這些窗戶依然像一簇簇螢火飛蟲,在林立的混凝土叢林中發射出光芒特有的稜角,那是我體內無數的眼睛。」「近門的地上,雨水插秧似栽在塊嵌石上,然後沿著石階流出戶外,鋪在門際的麻布袋吸滿了水,他踏步上去即可以壓出四散的黑水。」《美麗大廈》(臺北:洪範,1990 年),頁200、202、203、206、207。

[144] 西西:《美麗大廈》(臺北:洪範,1990 年),頁 43-44。

> 屋，相隔數里才見人煙，有時晨早起床，還以為打開門就
> 可以呼喚一個鄉土味的名字，看見一個黑髮黑眼珠的小孩
> 自廊上奔跑遠去。[145]

住在他國鄉間大房子裡的信中人，依然懷念梅麗大廈，在「此地」他是有記憶的人，在他方，即便在鄉間也無法生出自然而然的土地認同，只能透過重演家鄉過年的對聯、盆花，清明插上菖蒲貼上紙虎，中秋綴上彩旗，聊以寄託故土之思。美好相聞的鄉人之情消解了城市裏大廈的秩序與冰冷，這也就是何以信中提及羅氏夫婦時，陳述他們「彷彿是旅人，屋子是他們的客舍。[146]」知識、世代、搬入的先後影響着大廈服膺人情抑或公／私分明的運作，西西對大廈仍然運作的人情只有部分樂觀，空間與知識體系對人情的重劃與分配，依然勢不可擋，時不可違。

　　威廉斯突出了文學看待城市的書寫再現，認為其城鄉意義運作背後涉及複雜的情感結構，並非只是單純的個人描述而已，這樣的書寫往往透露「有意識地觀看和展示的方法。城市被同時展示為一種社會現實和一種人文景觀。[147]」在著力於討論狄更斯筆下的城市如何被突出為一種新感官，以及與自然背離的工業秩序而存在時，經由混淆城市與工業的義界，城市所建構的新秩序通過法律、權力與經濟肯定其差異性，被工業黑雲籠罩的城市，「陰暗的建築物和熱鬧的街道之間的對比非常清晰地表現了出

---

[145] 西西：《美麗大廈》（臺北：洪範，1990 年），頁 44。

[146] 西西：《美麗大廈》（臺北：洪範，1990 年），頁 44。

[147] 雷蒙・威廉斯（Raymond Williams）：《鄉村與城市》（北京：商務印書館，2013 年），頁 223。

來。房屋的特點和人的特點再一次被有意識地進行了互換[148]」進而對應出狄更斯對人與道德的觀察：那是由冷漠、不自然的社會所產生的人性及道德後果。

　　威廉斯展示了狄更斯小說敘事將城市建築物與人性意義的互換，城市於是在現代小說中被標記為「喧囂和日常事務；不僅僅是駁雜性——『監獄、教堂』；但貫穿所有這些之中的，是一種並非有意為之的普遍意義上的冷漠。[149]」筆者就《我城》在空間、住民、敘事及城鄉結構進行論述，對照我城與梅麗大廈的描述，西西從城市的角度演示了地理香港、香港人的現代轉身。因為討厭工業冰冷的阿果選擇當一名電話機構員工，不明所以的實踐著他微小的新世界工程，只是小說中容易透過線路的溝通常常斷線、受到干擾，意象式紀錄了城市的答非所問，缺少實際情感交流。至於鄉村呢？是否就是天堂或者舒放身心的救贖之地？在此威廉斯與西西都持否定態度。《我城》的鄉間也種起了一根根的電話線，甚至弔詭地成為知識分子透過死亡取得救贖之處，《美麗大廈》則規避了城鄉二元的思維模式，城市的擴張可能重構田野，颱風也可能毀壞山村，難以抵擋的資本主義城市語彙只能在文學書寫操用彰顯自然的意象式語言中轉生。《美麗大廈》最末書寫毀壞的同時卻並置屬於「神秘」、「自然」的語彙，以蜜蜂的出現，自然／工業文明、鄉村／城市僅能在辯證之中毗連而生。

---

[148] 雷蒙・威廉斯（Raymond Williams）：《鄉村與城市》（北京：商務印書館，2013 年），頁 225。

[149] 雷蒙・威廉斯（Raymond Williams）：《鄉村與城市》（北京：商務印書館，2013 年），頁 227。

（三）閱讀《美麗大廈》與《我城》裡的知識分子

　　西西《我城》的敘事結構在小說中段從機械文明的島城轉入自然離島的出場，在我城汙染困境解決之道不明下，由麥快樂喜愛島城，也喜歡出走離島帶出轉折。這個名為「快樂」的城市居民經歷轉業、狗咬、被襲後，意外選擇阿果曾經隨意寫下的志願——警察。於是筆者覺得必須特意的關注這些想像性實踐的關聯。阿果在社會課本的職業欄上馳騁他的未來想像，彼此之間看似毫無關聯，可是他隨意選擇的夢想間，不免使筆者刻意區分農、漁夫與其他職業的差異[150]，那是一條從城市到鄉村再回返城市的未來道路鋪排，這使得筆者朝向聯繫詮釋在木馬道一號天臺「種花」的解讀意涵——西西藉由阿髮原本的夢想加上受老師影響的夢想根本就是一體的兩面。文本中阿髮深受老師影響升起了兩個願望：到世界各地去旅行、長大後要創造美麗新世界，並說其中有一個願望和阿果相同，讀者雖然無法明確的得知阿果確切的願望是離開還是留下，但反而從人物各自發展出與我城的不同關係，豐富的理解（而不是道德批判的理解）各種出去走走的可能。

　　情感與知識，城市與鄉村，離開其實就是讓我城更美好的可能途徑。就像阿果、麥快樂、阿傻一群同去郊遊的人，最後齊聚到廟裡求籤，祈求的是「天佑我城」，那是西西穿插在不同小節

---

[150] 西西：「我當時是這麼寫的，我說，我將來長大了要做郵差，做完了郵差做清道夫，做完了清道夫做消防員，做完了消防員做農夫，做完了農夫做漁夫，做完了漁夫做警察。」《我城》（臺北：洪範，1999年），頁105。

暗藏的隱語與密碼。

　　如果進一步將阿果與麥快樂的夢想與實踐對照，還沒有處理的是阿果給予自己進入電話公司這樣的理由：「每天自家請自家吃飯，還可以請我妹阿髮（又名阿發）吃飯。我決定要做的是有趣點的事情，不要工業文明冰凍感。[151]」生存經過工業文明的冰冷一語的對照，在郵差、清道夫、消防員以及電話所具有的溝通性之間，一方面文本將電話機構員工單純歸入都市符碼之一員：

> 信封上的字，並不是任何人用手寫的，而是一隻機器的字跡。這種機器的註冊名號叫打字機。……研究人類環境問題的專家，曾針對該種信封上由打字機書寫出來的字發表過意見，認為它們帶來一種工業文明的冰凍感。……我決定要做的是有趣點的事情，不要工業文明冰凍感的。[152]

但是，小說也將電話相對於打字，聲音做為更有情感的互動模式，可能也是撤除工業冰冷的有效途徑。有意思的是，透過電話傳遞的聲音往往失真、有可能因為損壞、或摻雜答非所問。小說第十五節寫阿果與麥快樂轉往維修家用電話部門，遭遇電話錯線產生的雜訊與答非所問，筆者認為西西展示另一種獨特的「溝通」寓意。打字機的文字與電話裡的聲音在此成為可以對照的溝通載體。對照有一張寫字桌、有一本大字典與一個掛在身上的鬧

---

[151] 西西：《我城》（臺北：洪範，1999 年），頁 34。
[152] 西西：《我城》（臺北：洪範，1999 年），頁 34-35。

鐘，時不時提醒做下一件事情的升中生的阿髮，她面對天臺被鄰人丟擲垃圾的髒亂時，選擇寫信給鄰人而非進行直接的溝通；第四節阿果在郊外樹立電線杆之際，阿游的來信描述自身經過了紅海，阿游極力分享航程中的所見所聞。阿髮與阿游文字信件的差異在於後者有接收者，我們從阿果的閱讀中間接得知阿游的航行見聞；而阿髮看似站在鄰人立場的自我開解以及敬告語氣，與阿游時不時關注當下所處與原居處我城的互動，兩者文字並不一定同溫，也不一定都以冰冷拒斥聽者。西西在此對比了文字與聲音，但關鍵點似乎在期待回應的溝通起點，與封閉訴說己身的差異。第五回阿果在訓練課程中拆卸電話時想起：「**人也是一座奇怪有趣的說話的機器**」從文字、聲音、溝通方式、溝通的人，似乎可以逐漸明瞭西西也將溝通的人是否持有積極對話的態度，溝通媒介如何影響情感「溫度」納入思考，而此溫度則是有意的將溝通置放在城籍身分與認同的換喻結構裡──阿游信裡彷若看到我城，阿果與麥快樂離島述遊也正是興起城籍之辨之際。

轉而觀察《我城》敘事雜入「胡說」一段，居住在大樓頂頭的人在閱讀的過程中開始和字紙說話，寫上阿果、阿髮、悠悠、阿傻、麥快樂與阿北故事的字紙，自稱為「胡說」，夾雜房間裏眾多的尺對字紙的議論。「胡說」陳述字紙所載是關於「都很好」的故事，胡說與那些牆邊的尺都在各自陳述閱讀所得，同時也都在度量，最後頂樓的人對胡說說道：

> 你根本不是一個會說道理的人。說著，他遞給胡說一面鏡子。……接著，他對胡說說，這些圖畫不對文字，是因為你的數學不好，計算不精準。這些字都寫別了，是因為你

　　　　的語文不行，分辨不仔細。他隨手在身邊撿起一頁紙，上
　　　　面寫着：黃帝者，少典之子，姓公孫，名曰軒轅。生而神
　　　　靈，弱而能言，幼而徇齊，長而敦敏，成而聰明。他對胡
　　　　說說，好好讀這些字紙吧。[153]

這裡可以視為西西對影胡說，透過胡說談論自己書寫的初衷。文
本一經出版往往會經由普通讀者與專業讀者的重新詮釋，諸多的
主義加諸其上，還有暢銷的蘋果小說的競爭，西西以「你寫現代
詩／你是怪獸[154]」再度影對了《我城》全篇操縱的高度詩意化
語言，又插入語意飽含指導意味的黃帝數語。西西面對城籍身分
與認同，多處與文本中談論文字、聲音之處居於換喻關係，不僅
只是透過《我城》裡阿果在面試的時候道出自己出生於我城的言
說，更深的涉及數學計算不精準、語文不通的別字、不若蘋果牌
小說的暢銷，對照學者對香港源流史的梳理，西西此篇小說與七
〇年代的城籍認同的對話，筆者認為在塑史之外，更在意人與人
彼此的無法交流與無法溝通的僵局，而可能的癥結在於對知識階
級冷溝通的質疑：

　　　　現在可是引力能的時代了，一切都改變了許多，那麼觸目
　　　　即是的人，那麼繁瑣的工作，想彼此多瞭解一點，實在很
　　　　困難了。[155]

---

[153]　西西：《我城》（臺北：洪範，1999 年），頁 224。

[154]　西西：《我城》（臺北：洪範，1999 年），頁 16。

[155]　西西：《我城》（臺北：洪範，1999 年），頁 43。

筆者如此看似跳躍的連結，乃是因為關注西西敘事結構上的塑城意圖，除了上述小節的轉折，使小說層疊了我城住民之多源、多時的來處外，也以魔幻之筆處置了香港當下的難題。再者小說中出現兩個無法故事化的獨立片段：一個是住在大廈頂上蒐集字紙的人與胡說，瑜和他的出現與消失，於是西西小說中所專注的知識分子幽靈，可能是指向自身省思的再度甦活。

> 他也沒有床鋪，疲倦了，就睡在紙堆上。……睡在紙上的這個人，每天就看詩看散文看小說。
> 這一層樓裏除了滿地是紙外，到處都放著一把把的尺，這些尺，表面上看來一模一樣，不過，如果拿來量東西，就發現它們是非常不同的了。……他總是說，我要找一把準確的尺。[156]

在此，西西後設的談論了《我城》，也抵抗了其他關乎《我城》的談論。細心的對照小說兩處瑜與他出現的片段，一段描寫生活在大樓起居室的兩人，一段描寫兩人開車同遊：

> 他今天穿的是一件麵粉色水結布的襯衫，瑜知道他喜歡這布上木刻紋印效果，而且，布質的柔純，穿在身上亦寫意。……他開了門，他們在門邊同時佇立一陣。對著他們的，是聳一聲不響看來十分熱鬧的椅子，從眾椅的位置看

---

[156] 西西：《我城》（臺北：洪範，1999 年），頁 216-217。

來，聚坐得那麼緊密，彷彿正傾談得十分融洽投契著。[157]

有一羣年輕人正在唱民歌，聲音異常地柔和，卻帶著蒼涼
的味道。這是一片非常美麗的草地，如一幅織繡優美的地
氈。因此，走了沒有多久，他們即在草地上坐下來。[158]

這一段插入的敘述因為運用全知觀點，使描述不帶有情感，更為
特意的是西西刻意製造疏離的兩人，完全沒有交談，只有冷溝通
的自行標定對方當下的心情。

　　最後，筆者要詢問的是，《我城》如何看待「溝通」？小說
進入尾聲，知識分子在旁觀的阿果眼中變為肥皂泡消失在山坡的
那邊，此景對於到鄉下不斷「種植」電線杆、安裝電話線的阿果
而言，雖然受到「目睹」瑜與他選擇的干擾，但立刻在醒來後預
想，將以「你好嗎？」開頭，作為安裝完成後第一個測試電話的
詢問，接著阿果在話筒裏聽見陌生且模糊的聲音：「我聽見了聲
音，有人和我說話了。聽筒那邊有聲音過來，我因此很高
興。……但那聲音使我高興。[159]」聽見「聲音」而「高興」，
即便是陌生的來電，即便是一通確認電話線成功接通與否，即使
是沒頭沒尾、瞬間將要無疾而終的聲音。西西在此將聲訊現場發
話人的當下存在、在場，對照了文字說話者的延遲消隱、不在，
筆者認為後者與知識分子在社會位置的思考結為一個症結——知
識分子慣用文字，慣用思辨姿態而在公共領域的缺席。

---

[157] 西西：《我城》（臺北：洪範，1999 年），頁 47、50。
[158] 西西：《我城》（臺北：洪範，1999 年），頁 198。
[159] 西西：《我城》（臺北：洪範，1999 年），頁 234-235。

　　小說中的阿果一直是電話公司的員工，專門負責安裝電話、到郊區接通線路，文本將看似冰冷工業一環的裝設電話線與種植、鄉下、郊區數語連接，預想由前者展開的有聲通訊，後者雖屬自然卻可能被作為殉死的空間，冷與快樂、都市與鄉下兩者間意義的猶疑與不定指構成了西西《我城》的詮釋圖景。另外文本書寫假日時悠悠與阿髮在肥沙嘴的街道上閒逛，有限性的出走使城市變成了一種景觀，與稍早之前悠悠為了脫離三百呎房而習慣到肥沙嘴散步，並偶然在海港大廈遭遇美術展覽，展現城市與主體之間的疏離關係。《我城》之可親、可離、可樂、可棄（移民與殉死），都和居民主體與我城互動的態度／溫度息息相關，西西並未設定一種我城與居民標準，以此審視其他關係的互動關係，而是在城與人之間採取多重向度的互動經營。

　　上文提及論者評西西小說之「樂觀」，但經深層的解讀後筆者認為西西仍舊對知識分子的「參與」懷有疑問，並非全然樂觀，當然西西也從未認為參與才是唯一生活在我城的正當、道德途徑。論述至此，結合上節《美麗大廈》中始終不願意參加大廈互助會的「我」、「鬈髮鄰居」，以及始終不曾出現的羅氏夫妻，對應《我城》的「瑜與他」、「胡說」片段，筆者想要錨定的是西西在敘寫大廈公共事務運作或者城市日常書寫的同時，不斷折射對自我、知識分子身分的深刻「抵抗」，同時也是對「單一」的抵抗——單一小說意義的生成、單一城市參與的期待、單一城鄉想像的對舉、單一情感運作模式在城市中的合法性……對照《我城》與《美麗大廈》對待城市中知識分子存在的描述，再一次的凸顯知識分子善用文字、冷漠與自成世界，同時在握有主導文化發言權的同時卻慣於生活在與外界無涉的封閉性。

　　薩依德認為當代知識分子應當擁有多重視角的覺知，西西小說中一直保留、營造那種透過小說進行論述的居間性：雙重視野、多重視野、居間狀態，那種在現代敘事中流亡者的隱喻。流亡者對於權威的恐懼，是包裹在實際經驗以及實踐中的，自然不可能回歸單一秩序，認可單一權威。《知識分子》一書在談論當代知識分子的時候，特別論述了法國 1960 年代沙特、波娃等法國式的知識分子，並以「精神家族」（the spiritual family）名之，進一步論及當代美國社會妨礙知識分子形成的原因是專業態度，但不應該把目前的狀況歸咎於美國大學制度，或將知識分子特別於其他專業人士，甚至美國社會使知識分子變質等等問題。薩依德援引了沙特的說法，將知識分子的想像、期待與界定從一種崇高的隔絕或者全然空白於社會脈絡的代表性解脫出來，如沙特所說知識分子（沙特的用語是作家）必須「悄然進入其中[160]」：

　　　　知識分子不但一直受制於社會的要求，而且做為特定團體的成員，……他（沙特）的確說過知識分子在被社會包圍、勸誘、圍困、威嚇，要求成為這樣或那樣時，更成其為知識分子，因為唯有在那時和那個基礎上，才能建構出知識分子的工作。[161]

在西西梅麗大廈中疏離的知識分子與大廈居民之間，在西西的國

---

[160] 薩依德：《知識分子論》（臺北：麥田，1997 年），頁 114。

[161] 薩依德：《知識分子論》（臺北：麥田，1997 年），頁 114-115。

族立場與香港文學建構的需要之間，西西的三種香港想像：我
城、肥土鎮、浮城，配合《手卷》裡幾篇短篇小說對入籍移民者
的描述合併觀察，筆者極願意從薩依德一路鋪陳的多重視角知識
分子的角度詮釋西西書寫在香港的位置。「今天的知識分子應該
是個業餘者，認為身為社會中思想和關切的一員，有權對於甚至
最具技術性、專業化行動的核心提出道德的議題，因為這個行動
涉及他的國家、國家的權利與其公民和其他社會互動的模式。
[162]」如果經由上述西西對溝通的切入，鋪陳知識分子與非知識
分子的視界對照，再回到西西文本與香港本土意識生產的關聯，
香港作為一個空間，先暫且擱置其國家、民族的所屬定位議題，
香港狹窄的三百呎房塑造了城市居民的生活模式，唐樓不太整齊
的景觀被不斷興建中的大廈更新面貌，梅麗大廈的互助會就是城
市居民所有公眾參與的集合，書信的溝通被更為便利的電話取
代，居民的情感流動受制於階級、世代、職業……城市的變遷悄
然發生，水平的溝通與交流顯得不易，新城的關係垂直肅立。被
置於新城市的居民各有其位，他們雖然在私我的人情網路中被期
待，但也在國家社會範疇的層級制度中被塑形，在當代社會中作
為「人」時常已經是社會脈絡的，所言所行都在預期、規範與體
系中運作，合宜的行為與合宜的言論，從來都是社會的，之後才
有可能是個人的。於是，梅麗大廈中看似非常活絡的人際交流，
也應該再置放於互助會的脈絡中──是現代社會期待居民自治、
做好自我管理，以便更好的融入國家治理的一環。於是《我城》
的小說敘事唯一一次站在梅麗大廈之外凝視（gaze），就是大廈

---

[162] 薩依德：《知識分子論》（臺北：麥田，1997 年），頁 121。

互助會歡迎評鑑人員來訪之際。總體而言，大廈中的凝視與溝通以內部視野為主，在小說敘事語法調劑下慣常習於以內部視野看小說中麥嬸、興記雜貨舖、林叔等交際情況的讀者，一方面感受到他們保有所屬階級或原有世代的溝通語彙，另外一方面也讀出他們的固有舉措剛好沒有違背新興的大廈管理或城市運作規則，所以人情結構被承認與保留了下來，並非他們的所言所行是全然新興誕生於大廈此空間。文本大廈居民看似平等無礙的溝通，實際上是放在社會、大廈自治管理、大廈居民的垂直層級制中，他們所保有的「自由」是因為它剛好此舊無礙於新。

　　轉而談論《我城》開頭的「父親之死」，文本將它擺放在開首的關鍵、獨特位置及描述的隱微性，十分值得探究。父親之死在小說中並未具備一定的情節推動性，一方面雖然可以詮釋為使阿果一家搬入大屋之因，但小說於此並未言明，反而凸顯了一場不定指的死亡儀式之細節，其中不同人所扮演的角色、情狀，甚至將悲傷不帶感情地客觀化，筆者嘗試將此延異為另外一種詮釋——我城作為「無父城邦」的隱喻源頭。西西潛寫了我城之史，在特意思索知識分子於我城香港積極構建時的位置，顯然對知識分子虛構的道德性實踐[163]懷有質疑，讀者在《我城》與《美麗大廈》都看到那種封閉知識分子對公共的有限參與。薩依德筆下那種現代知識分子專業化後所具有的專制化，還能保有業餘者視角，並對社會權力運作提供另一個版本的重要性，在西西小說中似乎無法在身為人物的知識分子身上讀到，而是在敘事的選擇上看到西西對所屬階級的自我批判與抵抗單一意義生產的書寫實踐。

---

[163] 薩依德：《知識分子論》（臺北：麥田，1997 年），頁 95。

二、我城、肥土鎮、浮城之異／藝名的生成

（一）多重權力介入的香港敘事——納入〈南蠻〉的思考轉折

「『香港』有很多個，每一個人都可以認領一個——阿果／西西大概會如是說。[164]」香港固然有一個地理實體的指涉，但香港現實經由其他媒介及多重位置的想像後，每個說話者懷裏都可能揣有一個註記式的說法——一個屬於自身個體脈絡的香港。

此篇論文書寫的時刻跨過六四天安門三十周年紀念，甚至橫渡香港六月九日「反送中遊行」之始。二〇一九年重讀評論界已經深入論辯的香港作家西西，似乎遲到也多餘。筆者一路從西西《美麗大廈》開始，緩慢梳理作家筆下我城、肥土鎮、浮城之名的生成與香港的關聯性做出詮釋外；也對近來「華語系」議題的興起，希望從西西小說中找到回應的基點；最後是希望透過重新思索西西地方想像的特殊性，「艱難的理解[165]」當下中國處境

---

164 王宏志、李小良、陳清僑著：《否想香港：歷史・文化・未來》（臺北：麥田，1997 年），181。

165 「艱難的理解」在此指涉的是文學評論有一個向度應該是就文本及所生成的時空背景談論所設定的議題，尤其是專業論文的寫作。筆者原本在撰寫此篇論文焦點在關注西西想像地理的異／藝名，相應評論者與援引者將西西城籍的開創視為與香港本土論述興起的現實背景習習相關，並希望藉此將西西來自上海移民香港，有意識的雜揉華語書寫多重視角的香港再度與近年新興的華語系概念對話。上述是所謂專業知識分子所持有的專業化論述取徑，但此篇論文在筆者相關西西討論的研討會論文之外，值當香港反送中運動自六月九日開始，持續歷經港人四個半月的抵抗實踐，香港特別行政區行政長官林鄭月娥一方面不批准遊行，一方面

下的香港。薩依德主張「文化」必須展示為一種抵抗滅絕與抹除的方式——不管在個人或集體的領域中，香港的書寫與詮釋或許應納入地方抵抗國家，或抵抗任何可能權力的書寫都必須呈顯為一種陳述自身之外，持續閱讀的抵抗脈絡來考察。

> 但文化論述還有另一個面向：它具有分析的力量，可以超越陳腔濫調，可以戳破官方赤裸裸的謊言，可以質疑權威，可以尋找替代方案。這些全都是文化抵抗軍火庫的一部分。[166]

關於西西「我城」書寫已於上述討論分析《美麗大廈》與《我城》兩本小說，及關乎移民與納入的數個短篇：〈瑪麗個案〉（1986）、〈虎地〉（1987）、〈手卷〉（1987）、〈肥土鎮灰闌記〉（1987）、〈貴子弟〉（1987）、〈雪髮〉（1987）的討論；至於西西「肥土鎮系列」小說，筆者將研究文本設定在〈肥土鎮的故事〉（1982）、〈鎮咒〉（1984）、〈浮城誌異〉

強硬斥責非法集會行為者為暴民。9月4日看似回應港民訴求撤回《逃犯條例》修訂草案，並於9月26日展開首場社區對話，但對話與撤回送中條例，皆僅片面回應抵抗事件，漠視香港人民五大訴求其他四項：撤回示威「暴動」定性、撤銷被捕示威者控罪、成立獨立調查委員會、實現真雙普選。直至論文投稿截止日，港府仍持續鎮壓、污名簡化抗議行動，更引用《緊急法》制定《禁蒙面法》。筆者於是從西西文本中試圖理解香港社會多重視角

[166] 愛德華・薩依德、巴薩米安（Edward W. Said & David Barsamian）：〈在勝利的集合點〉，《文化與抵抗：「巴勒斯坦之音」的絕響》（臺北：立緒，2004年），頁159。

（1986）、〈肥土鎮灰闌記〉（1986）、〈蘋果〉（1982）、〈宇宙奇趣補遺〉（1988）為討論範圍[167]，納入長篇小說《飛氈》（1996）。此節論述將「肥土鎮」系列納入長篇《飛氈》（1996）外，更希望凸顯《母魚》裡〈南蠻〉（1981）的居間性。理由在於：這幾篇小說有一共同的指涉：「肥土鎮」或花順記一家，是由一個地理空間的建構與家族史的延異而來，同時筆者更想要探究的是這一系列小說中西西以阿果、阿髮與花順記這些持續生長的人物故事，搭配我城、肥土鎮、浮城之地，分別構成的城與鄉兩種敘事群。

　　〈南蠻〉（1981）描寫居住在香港九龍半島新界沙田區排頭村的一位教師胡不夷，她退休後接受朋友的建議養了南美洲動物駝羊（而非寵物）陪伴其生活，並將駝羊取名為「南蠻」。她的日行範圍以一哩為單位，她在此範圍內買菜、買報紙、寄信……；也因為要與駝羊「南蠻」溝通，胡不夷開始學習西班牙文，並重新思索自己曾經從事的教育工作——到底要把學生教會抑或把進度教完的問題，胡不夷以自身學習法文與西班牙文的經驗，轉換教師與學生的思考，積極地尋求解答而購買大量相關教育書籍，並因此乘火車、地鐵跨區到九龍、尖沙嘴等處，也在每年收到繳稅通知書的時候，起念動筆向政府提出「改良小學教育意見書」。

　　在地理空間的經營，〈南蠻〉首先探問香港是英國、中國，或不是中國、不是英國，香港的位置與香港的從屬在肯定與否定

---

[167] 邱心：〈淺談西西肥土鎮系列和卡爾維諾的關係〉，《西西研究資料（第一冊）》（香港：中華書局，2018 年），頁 101-102。

交織的語氣後，推進為客觀與主觀兩種表達的並列：

> 香港是在地圖上，北緯二十二點一一度，東經一百一十四
> 點一四度，占地約四百多平方哩。
> 胡不夷攤開地圖，她攤開的是一幅她自己手繪的簡略的地
> 圖，上面註繪著排頭村的山川形勢……[168]

胡不夷的家是尚未有門牌的三層樓西式村屋，遠處有望夫石、馬
鞍山、八仙嶺，沿著大門步下石樓梯轉入柏油大道會抵達一群公
眾屋邨及其廣場，大小巴士總站，更遠處有獅子山隧道[169]……
香港的地理空間以人物胡不夷的視野，及沙田區排頭村為中心向
外擴展，從鄉村蜿蜒小徑、泥路到達遠處的柏油大道，從現在的
泥巴爛地、三層樓房到將來數十層的大樓，「沙田到處沙塵滾
滾，片片泥地，屋宇林立，一點田園的景色也沒有，他們心目中
的落霞孤鶩，秋水長天等面貌一點都沒有了[170]」西西以沙田區
排頭村為中心，半哩、一哩之內為度，八〇年代的香港田園將
蕪，將要改換為都會樓宇林立的新面貌。施淑在論及西西《我
城》時特別強調其在香港認知的文字意義：

> 正是在這「我城」的歸屬感下，她和她的小說人物，在不
> 排除中國，也不排除世界的情況下，擺脫了外加於香港人
> 身上的有關殖民地的道德裁斷，有關曾經是，不久又將是

---

[168] 西西：〈南蠻〉，《母魚》（臺北：洪範，2008 年），頁 64。
[169] 西西：〈南蠻〉，《母魚》（臺北：洪範，2008 年），頁 64-65。
[170] 西西：〈南蠻〉，《母魚》（臺北：洪範，2008 年），頁 78。

中國的一部分的意識糾纏，**使香港以它自己的地理人文面貌，香港人以現代都市居民的歷史條件，活躍在她的文字世界。**[171]

所有涉及地理維度的想像，不免涉入了自我認同、文化屬性與國族標記，西西在其城籍刻化的文本展現現代都市居民的生活樣態，那麼在漁村過渡到殖民地都會、鄉村過渡到城市，歷史線性與共時性，居民／住民的來與去、住與移、留與離，私我的心理情感到群體意識的想像建構，筆者認為西西「肥土鎮系列」扮演著與城籍對位的書寫位置。

　　回到〈南蠻〉文本，小說寫五歲之前的胡不夷並不住在沙田或九龍，面對他人「你是純粹中國人嗎？[172]」的疑問，胡不夷回返父母、祖父母、外祖父母都是中國人的身世作為回應。文本刻意抹除「遷徙」的連結，僅從身形樣貌與童年經歷來回應關乎過去身分的考辨，因此寫五歲前的胡不夷是「一個瘦弱的小女孩」等一連串瑣碎無關宏旨的童年往事，取代他人對來源與來處的歸類／檔企圖，西西在此迴避了溯源的國族論述，取而代之的是細瑣片段的個體記憶。關於「中國人」之問？源於胡不夷「長得黑，黑得像煤炭，而且瘦[173]」的外貌，因此她時常被誤認為印度人，甚或自己都懷疑是否為非洲人。膚色、外貌固然是區分種族的方式，但不是產出族群認同的唯一依據。種族（race）與族群（ethnicity）是不同的概念，胡不夷面對的是來自透過種族

---

[171] 施淑：《兩岸文學論集》（臺北：新地，1997 年），頁 352。
[172] 西西：〈南蠻〉，《母魚》（臺北：洪範，2008 年），頁 70。
[173] 西西：〈南蠻〉，《母魚》（臺北：洪範，2008 年），頁 70。

外貌來劃分人我自然標籤的凝視，而胡不夷在小說結尾採取社會建構、文化傳統與族群團體所建構的自我認同出發，談到人「有權選擇作為哪一種人」，大於歷史與文學遺產層面規範下的族群認同選項。於是我們看到西西透過命名「胡不夷」、「南蠻」，拆解線性，可以連貫敘事（歷史）的時間，轉而以「六百零五支香菸的時間[174]」為標記，又兼而論及教育學院訓練的老師從事教職的初衷與實況，匯流指向為西西一貫的批判性知識分子自覺，將歷史拆解後，依傍時間而生的「族群認同」與「知識」也被置入括號，歸入值得懷疑商榷的位置。

　　如果外貌、膚色是框架種族的一種方式，那胡不夷在面對純粹中國人的探問過程中，她勇敢地以「南蠻」作為認同歸屬。

> 原來自己是南蠻。胡不夷後來繼續發現世界各地有許多南蠻，不但在中國，甚至隔了大海的另一些地方，譬如復活島，譬如新幾內亞，譬如祕魯。[175]

筆者認為在此西西並不意味著將南蠻等同於南島民族，而是透露在大國、大族之外，在種族論述、種族主義、國族認同之外，以「南蠻」為族，選擇扮演尚被遺忘或者扮演被那些欲望「多餘」出來的部分。此外，西西以兩位外國人對胡不夷說了「阿里口架多」而瞬間以搶答的方式道出「我是中國人，我是中國人。」[176]，

---

[174] 西西：〈南蠻〉，《母魚》（臺北：洪範，2008 年），頁 70。

[175] 西西：〈南蠻〉，《母魚》（臺北：洪範，2008 年），頁 72。

[176] 西西：〈南蠻〉，《母魚》（臺北：洪範，2008 年），頁 72。

此語並不類同「真實層[177]」的描述──例如開車之際突然遭逢
危險狀況而不經思索的猛然剎車，不類同於被壓抑的本能在驚險
的瞬間閃入意識。從「瞬間以搶答的方式」一語來看，似乎會錯
把它當作不自覺的，無意識地閃現，並將之視為一種本能真實之
境。但通過拉康對於精神分析工作裡，醫師與精神病患對談時，
這種關係依賴著病人的言語，不管病患是否回應，在工作狀態中
即便是沉默都會被視為「回答」，因此，拉康以「虛語」與「實
語」區隔，並陳述了精神分析師在面對言語虛無的時刻，他總是
基於對真理的要求，試圖誘惑對方，拉康稱此為「*主體的曲意迎
合和主體自戀的創造*[178]」把〈南蠻〉中胡不夷遭遇外國人的
「辨識」之際，口中所搶答出的「中國人」，看似與拉康論述精
神分析師的工作狀態不同，但在國族曾經牢固的作為區分他／我
意識存在的當下，在生活情境中的國族或族群問答題，常常一方
面在訴說主體，另外一方面否定被他人標記的主體。而真實的主
體，一方面在此特殊的欲望情境，一方面受制於語言，它必然雙
重的陷落。筆者認為一旦進入象徵語言的領域，「中國人」已經
嵌合了象徵秩序、大他者的言說在內。因此，西西的文字經營從
搶答轉進到下一個階段的敘述時，含有權力的思考早已介入，抵
抗大他者的意圖僅能透過稍嫌無力的文字展現其協商空間。西西
在選擇做中國人的過程中經過一番歷程，以「成為一個中國人，

---

[177] 狄倫・伊凡斯（Dylan Evans）著，劉紀蕙等譯：《拉岡精神分析詞
彙》（臺北：巨流，2009 年），頁 267-269。

[178] 拉康（Jacques Lacan）：〈精神分析學中的言語和語言的作用和領
域〉，《拉康選集》（上海：上海三聯書店，2001 年），頁 257。

即使是一個南蠻[179]」作為表述句式，族群是「成為」與「包含」兩種概念的彙整。

> 是中國人是很重要的。不管是漢人、滿人、蒙古人、匈奴
> 人、鮮卑人、突厥人、南蠻人、傣人、苗人，總之是中國
> 人就是了。胡不夷曾經想過，在這麼多的人之中，如何可
> 以任由自己選擇，如果一個人的生命可以操縱在自己的手
> 裏，那麼，她會選擇做哪一個地方的人，哪一個國家的
> 人？……她選擇中國……她選擇做中國人。[180]

〈南蠻〉將國族納入選擇的一環，是否基於威廉斯「這裡還存在一種選擇：對新的社會和物質環境的人類形態的選擇。[181]」說明城市人在現代工業物質世界及資本制度的中心位置，物質生活在在影響人類，進而使人具備相當信心，展示於小說內部面對選擇的新態度——充分自信。如果西西小說中的城籍書寫包含對於冷漠、工業、陌生等等關鍵字，那他的可能鄉村是否就指涉著非城的，非城的最巨大的代表雖然未嘗清晰的出現在〈南蠻〉所述，鄉村所示的空間與文化意義，是否就是時時被感知的中國？西西在肥土鎮系列明顯展示做為哪國人的選擇信心，是我城系列的城籍思維所帶有的現代特色使然。上述被感知的中國，固然非城，但卻也無法將之歸諸單一、固定、本質的意義，「中國人」

---

[179] 西西：〈南蠻〉，《母魚》（臺北：洪範，1992 年），頁 102。

[180] 西西：〈南蠻〉，《母魚》（臺北：洪範，1992 年），頁 102。

[181] 雷蒙‧威廉斯（Raymond Williams）：《鄉村與城市》（北京：商務印書館，2013 年），頁 228。

被突發、流動的脈絡取代。選擇當一個中國人是因為它含納了異質，而且五千年的歷史、有美麗的漢唐、豐富的文學遺產，西西毋寧選擇了雜揉異質的文化中國為其族群認同的對象。

接者西西更進一步以 O 型血人為例，狂想式的談論 O 型血人的特殊性。它可以捐輸給任何血型，卻無法接受其他血型的輸血，它被更多的使用卻不致減少其數量，西西所言之族群，不管如何的廣泛跨界輸血都不會使它如渡渡鳥一般滅絕，其認同以保存殊異性、南蠻性作結——「學習做一個謙卑快樂的南蠻人。[182]」純粹的中國人被不純粹的中國人代換，就如同小說中被命名為「南蠻」的駝羊，不是羊。對照「胡不夷姓胡，名不夷，駝羊不知姓甚名誰，不如就叫做南蠻吧。[183]」「胡」與「夷」作為中國文化上的對立面而存在，「胡不夷」之命名本身就極富歧異性與含混性，在一般性認知上「胡就是夷」，胡是漢的對應，但不夷未必是漢……。如若以漢為標準，那麼胡就是一種否定的標籤，胡不是作為夷被認知，那胡與相應的南蠻都被視為衍生性的概念而存在，不夷標示了一種否定語法陳述而出的包含方式。在聲音的層面上，不夷與「不宜」、「不疑」、「不移」、「不遺」……的相關性，也使得標示姓氏（種族）身分的「胡」的意義不斷被修辭與聲音延宕，無所定指。

種族是自然與遺傳為主的界定，對應族群或族裔作為社會與文化層面的認同，後者往往與教育、知識建制有關，透過國家體制化的教育形塑出共同體想像，是一種後天被浸潤與拋入的環

---

[182] 西西：〈南蠻〉，《母魚》（臺北：洪範，1992 年），頁 107。
[183] 西西：〈南蠻〉，《母魚》（臺北：洪範，1992 年），頁 72。

境。身為退休教師的胡不夷每當在繳稅的時候就「覺察」到自己對於教育政策有建言的位置合法權，卻忽視權力生產的位階，而展開僭越式的建言，不禁令筆者想及張大春〈四喜憂國〉中朱四喜轉寫總統文告一事。在此西西通過曾擔任教師的胡不夷之口，以自身經驗出發，陳述知識衡度標準單一所導致的對人的偏頗觀察，教與學的鴻溝也根植於講求速效的進度排程，雖然文本以語言與學科學習為敘述的例子，但若以此篇題目所暗示的國族認同議題放入詮釋，文本所述的教育體制目標就是產出共同體想像的馴化機制，但實際的運作卻無法生長出單一、純粹的唯一認同，總有人脫隊在認同的路上，暗自想像其所身處的位置。在此西西搬演了與《我城》相當類似的知識懷疑，也對知識分子、認同的塑造一併置入問號。

（二）異／藝名生成背景的問題性——多維、複雜的權力角力

如果將西西〈南蠻〉納入「肥土鎮系列」解讀的開端，接續的〈肥土鎮的故事〉（1982）、〈蘋果〉（1982）、〈鎮咒〉（1984）、〈浮城誌異〉（1986）、〈肥土鎮灰闌記〉（1986）、〈宇宙奇趣補遺〉（1988）、《飛氈》（1996）似乎可以定位在非本質化、破除標準定義的肥土鎮書寫之延續，以文字實踐豐富多元的地理與感知想像為軸線來詮解。

〈蘋果〉（1982）以肥土鎮近來的特殊現象開始，分為三個小節。首先，人民入境事務處出現大量申請旅遊簽證者，獨自旅行取代團體旅遊，中年旅遊人口取代了年輕人，旅遊國家多選擇冬季國家等等；另外一個獨特現象則是家具店的生意突然變得很

好，許多人來訂購「最舒適的睡褥和睡床[184]」。接著轉入小說
第二、三節，讀者得知夏天的肥土鎮年年都要舉辦文化節，活動
從原本的「肥土鎮小姐競選大會」到「肥土鎮足球先生」、「肥
土鎮模範青年」改為「蘋果競選」，此次的蘋果競選分別由「肥
土鎮婦女會」、「警務處、民安隊、三軍軍部及國術界」、「學
術界」、「宗教界」、「教育界」[185]負責提名代表性的蘋果故
事，因為文化節的競賽活動，全鎮開始販售各種與蘋果相關的商
品而顯得熱鬧騰騰，各單位提出的蘋果故事也有多方意見，喧騰
一時，文化活動帶有的公民與認同特質，連帶引發商品化的現
象。例如：白雪公主的蘋果的提出，原本是要在競賽中選擇、塑
造眾人單一的認同，卻衍伸為資本主義商品化運作邏輯襲奪原有
意義的生產，一方面造成相關童話故事書大賣、蘋果種子、蘋果
食譜也很盛行。筆者將小說分為三段敘述以「離開」、「蘋果競
賽」、「睡眠」標記，會發現西西構設了充滿離開欲望的肥土鎮
人民，而離開的原因看似是要尋得快快樂樂的生活：

> 人們對於白雪公主童話裏的蘋果一致給予好評。大家都
> 說：真是一個奇異的蘋果，吃了，就可以避過一切的災難
> 了，一覺醒來，遇見了英俊的王子，從此過著快快樂樂的
> 日子。快快樂樂的日子，那是肥土鎮的每一個人都嚮往的

---

[184] 西西：〈蘋果〉，《像我這樣一個女子》（臺北：洪範，1984 年），
頁 198。

[185] 西西：〈蘋果〉，《像我這樣一個女子》（臺北：洪範，1984 年），
頁 199-200。

生活。[186]

只是，關於肥土鎮現在、當下的生活是否不快樂，或者甚麼樣的
原因導致肥土鎮的人民紛紛想要離去卻未著墨。小說透過對白雪
公主童話書的嚮往，透露對故事中長眠蘋果的想望，使長眠成為
跨國界旅行之外，離開肥土鎮的另類可能；此外，白雪公主蘋果
故事的提出，連帶衍伸出書店裡關於女巫書本也銷售一空的現
象。對照文本中被提名的其他蘋果故事：希臘神話的金蘋果導致
十年的特洛伊戰爭；威廉泰爾的蘋果雖然推翻暴君、成就了英雄
卻太使母親驚心；牛頓的蘋果即便證明了地心引力但好像不如電
飯鍋、電燈實用與具備日常性；至於伊甸園的蘋果則在一開始提
名之際就值得懷疑，因為標示為禁果的它是否確實就是蘋果，實
在可疑。筆者認為，上述的蘋果故事相對於白雪公主的故事書熱
銷也帶動巫婆書的連帶售罄，彼此看似毫不相關，卻在戰爭、實
用與禁果之間，編排了意義置換的結構——肥土鎮人避免戰爭，
但似乎仍然有不安定的威脅，使他們焦慮地徘徊在不安的邊境：

> 只有一個人，坐在蘋果樹下一動也不動，他要等終於看見
> 一個蘋果飛向天空，好證實地球已經失去吸引的能力。[187]

讓我們吃一口蘋果然後立刻睡眠，他們說。讓一切不如意

---

186 西西：〈蘋果〉，《像我這樣一個女子》（臺北：洪範，1984 年），
頁 201。
187 西西：〈蘋果〉，《像我這樣一個女子》（臺北：洪範，1984 年），
頁 201。

的事、可怕的命運都在睡眠中渡過，他們說。讓我們醒來
的時候，看見一個美麗的國家，人民可以安居樂業，無憂
無慮，他們說。[188]

雖然 1984 年中英政府才聯合發布香港回歸的聲明，但是西西此
篇小說是否透露了八〇年代香港人自我認同與未來命運的焦慮感
——對於美麗國度與快樂國度的祈求與焦慮。白雪公主故事書暢
銷帶動女巫相關書籍的售罄，似乎是一種商品銷售的連帶關係，
可是回到故事脈絡，蘋果是睡眠之果，而女巫則是操縱睡眠之術
的人——後母皇后。筆者於此不願意過度詮釋不快樂的原因與九
七大限之間的必然關聯，也不願意過度詮釋後母與中國之間的可
能聯繫。而回到小說的另外一個不尋常現象，透過離開（獨自旅
行）來應對文本中未嘗言明的引起不安的緣由，同樣耐人尋味。

　　那個未嘗言明的焦慮之所指不明，但意欲保護香港的能指卻
清晰可辨。「人們可以用這樣的方法來護衛一座島嶼嗎？鎮守一
座島嶼，真是一個夢想。[189]」描述從事遺體化妝工作的怡芬姑
母來訪，向擁有獨特家傳咒語能力的母親要一些符咒，也順道一
嚐母親道地的家鄉菜。這種主要目的與順帶功能兼具，也發生在
小說敘事層面，表層敘述的姑母來訪，也攜來、衍伸出另一則故
事——死亡之藝。文本敘述姑母的工作場合有位身具趕屍技藝的
同事，以及姑母在幫一位外國（埃及）「朋友」化妝時，旁觀見
識了埃及人製作木乃伊的完整過程，小說因此轉而延宕至描述埃

---

[188] 西西：〈蘋果〉，《像我這樣一個女子》（臺北：洪範，1984 年），
頁 203-204。

[189] 西西：〈鎮咒〉，《鬍子有臉》（臺北：洪範，1986 年），頁 135。

及人八位一體的概念。作為「肥土鎮系列」文本的一員,這個需要被咒語保護的地方:

> 羣鴨亂飛,風暴突然而來,小鎮就在旋風過後完全消失。那是一個既真實又虛幻的小鎮。<u>我不知道我記憶的是小鎮的軀體還是它的靈體</u>。……但我記憶中的小鎮有另一個名字,名字還是不要讓別人知道,免得被人作賤。[190]

> <u>(城市)</u>它自火裏來。我記憶中的小鎮從風裏去。[191]
> (括號與底線為筆者所加)

文本岔出的趕屍與製作木乃伊的死亡之藝,不管是在驅動靈體回鄉還是保護軀體免於腐壞,並靜待未來之時的重生之機,如果此篇小說反映了香港何去何從的焦慮,那麼死亡之藝的歧出彷如以屍體兌換香港,隱喻香港於前途未卜之際,那種操之在人的僵斃及可能的逃遁。此外,小說將鎮與城作為對應結構且作為具備上下意義的稱呼,筆者對照文本中西西插入的埃及故事,傳遞出八位一體的人、鎮、城的寫照意義;以及小說中「我」正在閱讀的厚重畫冊,陳述一位藝術家在其展演裡包裹了「酒瓶、鐵筒、扶手椅、鋼琴、車輛和樹木,也有樓梯、地板、店鋪、美術館和郵政大廈,並為一個峽谷懸掛一幅幃帳。[192]」,此畫冊中的藝術家還計畫實踐包裹蜿蜒海岸線,在在顯示屬於小鎮的咒語、延異

---

[190] 西西:〈鎮咒〉,《鬍子有臉》(臺北:洪範,1986年),頁141。

[191] 西西:〈鎮咒〉,《鬍子有臉》(臺北:洪範,1986年),頁142。

[192] 西西:〈鎮咒〉,《鬍子有臉》(臺北:洪範,1986年),頁135。

的埃及故事、城市的裝置藝術展演，其意義都共同指向「保護」。更進一步對照在小說末尾處，製造木乃伊者贈送給怡芬姑母一幅繪有蓮花、蘆葦草、金龜子、鳥羽、水紋、月亮、生命鑰的薄質葦葉紙[193]，將這些凌亂看似不連續的符碼對照埃及的神祇與圖騰之後，發現蓮花與蘆葦草為上、下埃及的代表，同時也具備復活、書寫與保護的意涵：

> 「都溶入肥土鎮地圖裏面的山脈、河流、鐵路、車站各處去了。我看見飛鳥在山巔、蓮花在水道，羽毛沿著鐵路飄灑，月亮自海面升起。」[194]

文末因為姑母把獲贈的葦葉紙夾藏於書冊內，使得蘆葦草的圖案轉印到書內繪有肥土鎮地圖的書頁上，於是在埃及具有復活等圖騰意義，且具宇宙規則意涵的圖像，在藝術家尚未付諸其包裹海岸的行動藝術之前，透過紙本的轉印之術「包裹」了肥土鎮。西西於此篇小說中，巧妙的將埃及、島嶼、木乃伊轉譯，在母親的符咒、藝術工作者的幃帳、包裹木乃伊的亞麻布、葦葉紙上的圖案，轉動了上下埃及、肥土鎮與城市之間置入對位關係，筆者認為西西將不同脈絡、不同樣貌的它們視為一體，這固然與喜愛旅行的西西的見聞有關，但形諸書寫、將其與香港書寫聯繫則出於有意識的選擇。而文本最終意欲涉及的還是：該如何「保護」島嶼的疑問與焦慮——是小說中「我」的母親畫在黃竹紙上的生電

---

[193] 西西：〈鎮咒〉，《鬍子有臉》（臺北：洪範，1986 年），頁 142-143。

[194] 西西：〈鎮咒〉，《鬍子有臉》（臺北：洪範，1986 年），頁 148。

符與生雨符，還是借重埃及葦葉紙的復活圖騰，或是一個藝術家的包裹計畫，抑或源於黃竹紙與葦葉紙作為書寫的源頭，其古老歷史質地所延伸而成的「書寫」之祕密力量，哪一個方得以使島嶼可以持存、保全，呼應著文本中述及的杜唐卡門陵寢「起來，抗擊你的敵人」密咒的想望。對照「我不會念咒，我不會裹紮軀體，我不知道如何守護一個物體使它不朽。……我只在想每一個小鎮都有一個名字，有的且有一個影子，有的還有一個綜合的靈魂。」[195]西西書寫肥土鎮的故事，或者說西西在想像肥土鎮的地理與其書寫板塊中——它以文字包裹、保護、實踐、綜合了一個最後被稱作「肥土鎮」的空間。而肥土鎮如何避免被得知名稱後而趨於固著化，筆者認為其抵抗策略是透過強調暫時性、多變、不定指的名稱轉換不斷替代真實的香港，這是西西香港書寫的祕密之藝，亦是西西身為作家所堅信的「書寫」的祕密力量：

> 「最初的時候，肥土鎮的名字，並不叫做肥土。有的人說，肥土鎮本來的名字，叫做飛土；有的人卻說，不是飛土，是浮土。」[196]

西西「肥土鎮」不定名的書寫計畫未完，在〈肥土鎮的故事〉裡祖父與祖母分別對夏花艷顏（大花兒）、花可久（小花兒）傳述不同版本的肥土故事，甚或可以看到西西引渡不同文本間的肥土

---

[195] 西西：〈鎮咒〉，《鬍子有臉》（臺北：洪範，1986 年），頁 142。

[196] 西西：〈肥土鎮的故事〉，《鬍子有臉》（臺北：洪範，1986 年），頁 39。

敘事，使香港的隱喻故事豐土肥邨[197]。

> 肥土鎮本來是沒有的，許多許多年以前，這地方，還是一
> 片汪洋大海。有一天，附近的漁民一早起來出海打魚，忽
> 然看見天塌了一角，掉下諾大一塊泥土在海上，成為一片
> 陸地，於是哩，我們這個地方就叫做飛土鎮了。飛土鎮，
> 當然是因為整個市鎮的土地都是從空中突然飛來的。
> 肥土鎮嘛，其實是叫做浮土鎮。故事是在從前的一個早
> 上，出海打魚的漁民，忽然看見近岸的地方，從海上冒出
> 了一片青綠的土地。其實，從海上冒出來的土地，哪裏是
> 土地，不過是一隻巨大海龜的背脊罷了。……現在海龜仍
> 在睡覺，……只要海龜一旦醒來，浮在海面的土地自然又
> 會沉到水底下去了。肥土鎮，說得準確一點，應該是浮土
> 鎮。[198]

祖父母對夏花艷顏述說的肥土鎮故事，充滿了神話與傳說色彩。
《三皇本紀》記載四維之天遭遇水神共工與火神祝融的交戰，不
周山被共工撞擊崩塌，造成水患，女媧於是煉五色石補天，所煉
的三萬六千五百零一塊石頭，剩下一塊成為《紅樓夢》開首化身
為寶玉的通靈寶玉；但西西在此的天崩與飛土沒有那麼尊貴，就

---

197 香港地名有許多以邨名之，於此改寫莫言豐乳肥臀大地之母的象徵，作
　　為西西豐富香港不定名想像的豐碩成果，也是在迸及香港人的安身立命
　　之所的后土思維，以緩解對香港未來的焦慮。

198 西西：〈肥土鎮故事〉，《鬍子有臉》（臺北：洪範，1986 年），頁
　　39-40、40。

只是天外飛來的一塊「泥土」。聯繫著中國文化對宇宙的共通想像，天有崩落的危險，衍伸出女媧補天的故事，西西將此改寫，默然的與神話、文化、其他文本對應，但刻意抹除其顯明的路徑，筆者認為西西刻意迴避製造不定源頭的可能。西西小說與其他文本的關聯，〈肥土鎮的故事〉與馬奎斯、卡爾維諾的關係已有學者邱心闡明，西西化用了馬奎斯的《葉風暴》與卡爾維諾的《看不見的城市》，另外一篇〈宇宙奇趣補遺〉則化入卡爾維諾《宇宙奇趣》[199]。

　　仔細梳理〈肥土鎮的故事〉的空間概念，會發現其與〈浮城誌異〉的敘述相似，漂浮的氫氣球與飛來的土地；祖母對花可久述說的龜背之浮則近似於〈宇宙奇趣補遺〉，西西本身所創生的文本間也不斷延異，每一篇肥土鎮故事都是上一篇的說明、延續或補遺，成為一塊沒有完整圖貌的拼圖一角。於此，肥土鎮可能會有浮與飛的版本區別，但是漁民、鎮則是這些敘事共通的面向。對比〈鎮咒〉裏「怡芬姑母說：『叫所有盜印的人，肆意掠取別人成果的人，漠視版權的人，都受到咒語的懲罰。』[200]」乍看怡芬姑母的話，似不可理解，怎麼突然插入一段看似談論盜版之語，如果將此間被盜版的主體視為「肥土鎮」或「香港」，與上述以咒語護衛的舉措之間，似乎更顯得有一個未經言明的焦慮脅迫，推促著西西的書寫。上述對「肥土」的詮釋，論者邱心述及西西曾關注香港廢物處理部門的研究，對如何分解眾多的廢物將之轉化為肥沃土壤有高度興趣，筆者在此認同學者指出肥土

---

[199] 邱心：〈淺談西西肥土鎮系列和卡爾維諾的關係〉，《西西研究資料（一）》（香港：中華書局，2018），頁 103-104。

[200] 西西：〈鎮咒〉，《鬍子有臉》（臺北：洪範，1986 年），頁 147。

與廢物處理的現實議題相關外，也嘗試提供現實生成的「肥土」詮釋外，討論此語在西西筆下可能的隱喻詮釋路徑。西西顛倒穿插肥土鎮的故事，透過名字、人物、敘述等等的互相沿用，規避了本質名稱與意涵的固定性：

> 「但我記憶中的小鎮有另一個名字，名字還是不要讓別人知道，免得被人作賤。」[201]

似乎更強烈的將某種未到來的焦慮，轉印在文字語言的向度。名字的浮動可以讓他者無法掌握確切的資訊，隱乎於神話、傳說中名字的神祕功能關聯，進一步埋藏了語言系統「命名」乃將能指與所指定位包裹在結構主義的思維內，唯有透過延宕保持其變動性，才能脫除被權力捕捉的危險。筆者於此認為西西的「肥土鎮系列」書寫，高度呼應了薩依德文化抵抗的實踐。

在所有肥土鎮系列裡，〈肥土鎮灰闌記〉是一篇相當特異無法與其他篇產生直接聯繫的小說。開頭虛擬了肥土鎮藝術中心劇院正在上演《灰闌記》，扣除文本中對古典劇本《灰闌記》的改寫敘述外，「肥土鎮並不在上演戲劇，因為肥土鎮本身就是舞臺。一切都是真事，何須搬演。這也不是古代，而是現在。[202]」西西讓戲劇裡五歲的壽郎扮演龍套，但在古典劇本之外讓壽郎成為擁有內心獨白的敘事者，壽郎化身為清楚知道「藥夫奪子案」原委的全知者，還是一個有批判性視野的經典故事重述

---

[201] 西西：〈鎮咒〉，《鬍子有臉》（臺北：洪範，1986 年），頁 141。

[202] 西西：〈肥土鎮灰闌記〉，《手卷》（臺北：洪範，1988 年），頁 78。

者，他眼看自己的外祖母、舅舅、判官包待制出演的戲劇，這樣
說道：

> 「喜歡表演的是包待制，你且看他。」[203]

> 「我這個父親，為人風流瀟灑，最喜歡到煙花巷裏徘徊，
> 留下父母之命、媒妁之言的大娘不顧……世間家庭，自由
> 結合的尚且要彼此努力才能維繫，何況是家長的安
> 排。……我父親以為可以享受齊人之福，那知反而招來殺
> 身之禍。」[204]

五歲的壽郎面對一樁陰謀，「藥夫奪子」十足的具有隱喻的力
量，對照〈南蠻〉裏五歲的胡不夷，兒童視野未被社會化馴化的
敘事意義，以及他們居於社會位置的邊緣性，香港與壽郎、胡不
夷的隱喻關聯，呼之欲出。筆者所謂的隱喻關聯，在香港、《灰
闌記》與〈肥土鎮灰闌記〉並無法完整的將父親、大娘、二娘應
對為中國、香港、英國，筆者認為西西也無意於此，而是在此透
過肥土鎮戲劇廳重演《灰闌記》出發，強調香港本身就是舞臺，
現實中就在上演一場爭奪的劇碼，文本突出了原來古典戲劇中被
剝奪發言權的壽郎的視角，也對古典劇本褒揚的包待制保持距
離，西西明顯關注了被壓抑的聲音與重寫了被英雄化的敘事，僅

---

[203] 西西：〈肥土鎮灰闌記〉，《手卷》（臺北：洪範，1988 年），頁
82。

[204] 西西：〈肥土鎮灰闌記〉，《手卷》（臺北：洪範，1988 年），頁
84。

將香港處境以家長安排的婚姻比附，他選擇談論香港的「關係」而非「本質」，在此是否就迴避了香港國族、文化認同的課題，筆者持保留態度，但至少西西的肥土鎮書寫表現一種對未來的焦慮症狀，並為當下提供一種非定指的想像，企圖抵抗單一框架生產的著力。在迴避之外，西西並非虛無主義者，天真的相信權力的空白或歷史的開放，他轉而投入過去香港曾為漁村、非城小鎮之外，小島與海洋的發揮：

> 肥土鎮有許多特產，最著名的是肥沃的泥土和補釘的風帆。小小城鎮，是地圖上幾乎找不到的地方。有位作者慨歎他的南方故鄉小得像一張郵票，比較起來，肥土鎮在地圖上只能算是蝴蝶灑下的一滴眼淚。[205]

落入語言的香港，是無法自外於既成結構的權力想像的，只能透過書寫裡抑揚的實踐，有限度的與結構、權力保持距離。〈宇宙奇趣補遺〉書寫了香港小島、海洋的特性，豐厚了「肥土鎮系列」搬演的香港來源史（相對於大陸史觀的敘述），相對於「我城系列」搬演的香港當代史（線性史觀的敘述），兩者皆同的則是書寫裡有意識無意識的潛藏放大對「未來」的不確定感與焦慮不安，還有香港總是面對被權力、大敘述夾攻捕捉的處境。

---

[205] 西西：〈宇宙奇趣補遺〉，《母魚》（臺北：洪範，2008 年），頁153。

（三）「浮／飛／肥土」到「氈」的想像地理與抗拒定名的寫實延異

《飛氈》可以視為「肥土鎮系列」的續完之作，它奠基於〈肥土鎮故事〉之上，書寫荷蘭水鋪花順記一家三代的故事，西西選擇淡化英國殖民下香港生活的現實變故，以花順記家族為中心架構其敘事時空。西西曾在訪談中道明故事源自父族、母族在上海短暫棲留的記憶，帶有家族的真實遭遇色彩[206]。筆者認為小說源自的事件真實已被西西虛化，她要處理的是關乎她想像中香港的百年史。〈說氈—序〉說肥土鎮是位於巨龍國南方邊陲比芝麻還小的地方，像是巨龍國的蹭鞋氈，也是諸多商旅行客進入巨龍國的要途，它微小、容易被看輕，但也有它的光輝歲月，「蹭鞋氈會變成飛氈，豈知飛氈不會變回蹭鞋氈？[207]」。在此西西避開現實香港與中國的符碼，透過巨龍與蹭鞋氈在地圖上的方位關係，間接道出香港在英國殖民下偶然的光輝歲月，只是一

---

[206] 廖偉棠：「西西是生於上海的廣東人，《飛氈》的前半部其實寫的就是上海的童年，不過很多人以為寫的是香港，那不是虛構而是她的真實故事。『媽媽家裏開汽水鋪，爸爸真的是消防員——不是專業的而是義工，廣東人都住在虹口，火災的話很難期待政府的消防，廣東人就組織自救，火災的時候就敲起鑼和鐘，大家去救火。他們被稱為斧頭黨，用斧頭劈開門窗救人，人人一把斧頭，就擺在家。』……西西全家遷港，原來並非因為戰爭。她的爸爸在太古工作，負責在碼頭管理搬運工人的賬務，……像我爸爸這種中低階層管理人員卻首當其衝被工人追打，……只好離開上海投靠嫁來香港的兩個姑姑。」〈發明另一個地球——訪西西〉，《西西研究資料（四）》（香港：中華書局，2018年），頁 142。

[207] 西西：《飛氈》（臺北：洪範，1996 年），頁⑤。

九九五年寫就的《飛氈》在變成與變回之間，隱含了九七將臨之際，將要迎來的納入中國的未定感。

1.「莊周夢蝶」潛藏的寓意──架構於夢與睡眠的不實土地

　　小說卷一以「睡眠與飛行」、「生物鐘」、「疑妻」、「原理」、「異類飛行」開頭，筆者以為在敘述販售荷蘭水的花順記家族故事之前，西西構築此一寓言結構用以包裹肥土鎮敘述，這六節類同《紅樓夢》前五回的敘事結構功能，曉示著小說人物情節之外最底層的思想意涵。西西以莊周夢蝶的故事開始，申述睡眠是人類與土地最親近的休息外，躺臥時的仰望則與渴望飛行的意識有關。因此，失眠的領事夫人在觀賞番語肥土劇《莊周蝴蝶夢》後，在深夜無眠的露臺上看到飛毯；另外一名喝咖啡抵抗睡眠，並正在撰寫有關各種飛行原理文章的人也看到飛毯；相對全鎮唯一擁有高倍數天文望遠鏡且整夜觀星的專業天文臺長，卻獨漏飛毯。

> 人在睡眠的時候才做夢；蝴蝶是一種會飛的昆蟲。
> 人類需要睡眠。[208]

> 人類不會飛。
> 人類的睡眠，並非如一般人所想像的「安息」，而是一種「活動」，而且是頻繁地「活動」。夢就是在「活動」的睡眠中出現。[209]

---

[208] 西西：《飛氈》（臺北：洪範，1996 年），頁 3。
[209] 西西：《飛氈》（臺北：洪範，1996 年），頁 4。

　　「活動」睡眠，其實是人類抗拒睡眠的反映。

　　人類最接近、最全面貼近大地的時候，就是睡眠的時候。

　　莊周夢蝶，這寓言，寄託了人類抗拒睡眠的無意識。[210]

在此莊周、做夢、蝴蝶、睡眠、大地與飛行，使敘事抽離現實，成為無法以小說情節來理解的關鍵字，並與接續的「地衣」一節轉入以花順記一家輻射出的說故事筆調產生區隔。筆者認為西西在此挪引莊周夢蝶的故事作為隱喻層，仿造了《紅樓夢》前五回神話結構在小說敘事的功能，將寓示意義集中表現之處，以寓言作動整篇小說。於是讓我們細究「人在睡眠的時候才做夢；蝴蝶是一種會飛的昆蟲。」一語，筆者認為此分號相隔的句式饒富意義。首先，「人在睡眠的時候才做夢」以雅克布慎的換喻邏輯[211]來看，下一句應該是「夢是一種會飛的睡眠」才符合語意的承繼，但西西以「蝴蝶」換「夢」、「昆蟲」換「睡眠」，與小說裡花艷顏患上夢遊症，並搭上花里巴巴的飛毯飛行於飛土鎮上空連結。接著合併「人類需要睡眠。」「人類不會飛。」兩句，實際上寄寓了西西肥土鎮需要睡眠、需要做夢，而所沉入睡眠將

---

[210] 西西：《飛氈》（臺北：洪範，1996年），頁5。

[211] 語言學家雅克布慎（Roman Jakobson, 1896-1982）嘗以失語症患者為對象，討論人類發生語言缺失時的兩種狀況：一種是元語言能力的損傷，無法自由的選擇、替換語言；一種是維持語言單位等級體系能力的退化，造成組合結構上下文能力的退化。前者是同時性，後者是歷時性的功能損壞。因此，雅克布慎將維繫語言兩軸稱為隱喻（metaphor）與轉喻（metonymy）。張祖建譯，朱立元、李鈞主編：〈隱喻與換喻的兩極〉，《二十世紀西方文論選（上）》（北京：高等教育出版社，2002年），頁192-196。

是一種飛行的流動動態，卻又如下所言是基於躺臥在土地上的姿態，土地與飛行，固定與流動不居之間，西西將此託付給莊周夢蝶此一經典的寓說，將肥土鎮托寓的香港也在變動中存在；此外也將小說中第三代女性花艷顏與胡嘉的兩種生命姿態含括進去，前者必須藉由突厥人花里巴巴所擁有的飛毯才能俯瞰大地、安全的夢遊，後者是立基於土地仰望星空的天文家，並於小說的最後於睡眠中拋卻了她科學的身分，恍惚之間飄搖在空中「優浮」。在此緊扣出此篇小說在書寫流動香港、不同身分港人與女性寓意的三個意旨層。

　　回到小說的敘事形式，文本共分三卷，三卷卷首並無標目，而卷內則一一分為數個標目小節。如以小說故事層為經，可以依據主要人物擘分為幾條敘事線。卷一鋪敘花順記所經營的荷蘭水舖之興衰與轉業；〈肥土鎮的故事〉裡精研肥土的花一花二轉生為從日耳曼國大學畢業歸來精研昆蟲與化學的二傻，之後轉以馴養溫柔的蜜蜂為志；花順水的兒子花初三與葉重生在火災中相知相惜的愛情，卻因打破火災只能救男的承諾，花初三高估葉重生對兩人契約的看重而逃亡；葉重生娘家葉榮華所開設的酸枝舖家具行及其經營銀行的妹夫胡瑞祥一家在時代中的轉型適應；荷蘭水對門陳家蓮心茶舖及寄住的突厥商人花里耶與兒子花里巴巴在商業敏感度上的差異；旁支及於胡家的乳娘鄭蘇女的海盜家史。卷二延續卷一花初三於觀音街出演影畫戲《京城大火》之際真的起了大火，出動救火所衍伸的誤會——花初三誤以為回家取鋼盔、斧頭的葉重生是要砍殺正抱著大花被女人的自己而開始逃亡，葉重生從此開始了第六種飛行——做夢；花葉重生生下花艷顏（原名花蟲生）並成為縱火的火牡丹，企圖逼出身為民間救火

隊斧頭黨的丈夫花初三；花里耶被奇裝異服者抓走失蹤後獨留兒
子花里巴巴，花里巴巴發現花艷顏患有夜遊症而暗中護衛；花順
記從冰的戰爭，轉而面臨電力、機械化後的汽水廠競爭，轉而販
售花一花二生產的蜂蜜以及蜂蠟蠟燭；銀行家胡瑞祥的女兒胡嘉
到花旗國留學成為天文學家，還發現小行星並將它命名為目連；
蓮心茶舖陳家老夫妻過世，把據說鬧鬼的房子留給花葉重生與花
里巴巴，肥水街也面臨現代發展商的介入而有了市街改造計畫，
與不斷延展的土地開發、長高的樓宇；花初三逃出肥土鎮後到日
耳曼國投靠古羅斯先生，學習考古專業，在回到肥土鎮後成為家
務卿，葉重生則到製衣工廠、塑膠工廠工作，之後花初三找到教
日耳曼文的兼職工作，同時兼管岳父家具行與家中事業；花葉重
生生下兒子花可久，畢業後的花艷顏回到飛利中學打理圖書館；
胡瑞祥的家族事業興隆銀行已由第三代兒子胡寧、姪兒輩管理，
胡寧觀察肥土鎮的發展建議銀行發展小額開戶的業務，吸引徙置
區、鄉村的市民。卷三以花里耶在飛毯島的生活開始，他藉由出
海釣魚的機會逃出並回到肥土鎮，之後選擇回突厥國；花葉重生
與花里巴巴保留了蓮心茶舖，使它居於連城酒店的高大建築間成
為獨特的小園林仙緣居，接待喜愛園林自然的顧客；就讀建築系
的花可久與花里巴巴接待來自石油國的王子，王子對於肥土鎮的
房屋建築非常感興趣，並計畫在自己的國家建造一座沙漠上的花
園；花里耶回鄉後，花里巴巴留在肥土鎮開設地毯店；因為戰
爭，花順水的妹妹花芬芳一家從巨龍國搬到肥土鎮，媳婦彩姑投
入邊境的商業活動；除此之外卷三整體加強了關於肥土鎮的地理
與居住房屋、街道快速變遷史的描寫。

　　《飛氈》卷一以莊周夢蝶開頭，展開對飛行的多種可能之探

詢，從天文臺長的朋友文章裡的氫氣球、飛機、火箭、龍捲風、
飛毯都是人類飛行的可能，接續小說卷二花葉重生的異類飛行
——做夢，及至卷三花一花二發現神奇自障葉後，將它與蜂蜜混
合製成藥糖，雖然治不好花艷顏的夢遊症，但卻讓花艷顏與周邊
人物一一消失：

> 花艷顏吃了之後，整個人就漸漸在講故事的人眼前點點滴
> 滴地隱退。……敘述者看她不見，聽她不聞……再過一些
> 日子，敘述者努力追索、重溯的人物都一個一個隱
> 沒。……他們都像斷了線的風箏，飄遠、隱退，最後消失
> 了，也自由了。……最後，整個肥土鎮，完完全全不見
> 了。[212]

看似與飛行無關的敘述，但小說人物的消失導向敘事的消亡，長
篇故事的結尾只餘空白書頁。筆者認為飛行構成此篇小說潛在的
意義結構，以「睡眠與飛行」敘寫莊周夢蝶，以《齊物論》主客
融合化一、物我互通互化開頭，最後是形諸文字的肥土鎮故事在
面臨商業快速發展後，於末了又折回小說開端莊周夢蝶，以胡嘉
之夢代之，虛化寫實處理的花順記家族故事後，藉秋雨中落下的
自障葉花粉「肥土鎮變得透明起來，隨著花順記的隱沒，肥水街
消失了。……最後，整個肥土鎮，完完全全不見了。[213]」莊周
夢蝶裡莊周「俄然覺，蘧蘧然周也。」藉夢醒所昭示的瞬間，也

---

212 西西：《飛氈》（臺北：洪範，1996 年），頁 512-513。
213 西西：《飛氈》（臺北：洪範，1996 年），頁 513。

同時迸發了意識的差異，差異是語言與人類建構世界的基礎，真假實虛拓展而出的二元區隔讓結構性的秩序得以依附。可是在此，西西於《飛氈》中並未讓胡嘉之夢醒來：

> 一面看星，一面思考，胡嘉愉快極了，她斷定自己是在做夢，為甚麼在肥土鎮會有這樣的夢呢？……肥土鎮的地域不大，四周是海，坐在飛毯上的胡嘉，只覺得緩緩飛行的，不是地毯，而是她所俯瞰的飛土鎮，只見肥土鎮在海上徐徐飄移，一切安靜、曙光初照，這座小島，傳說是飛來的土地，水中浮出來的土地，龜背上的土地。將來，會回到水中淹沒，還是默默地繼續優悠地浮游，安定而繁榮？[214]

回歸西西的香港書寫，西西於《飛氈》費盡筆力架構肥土鎮的三代敘事後，最後一種未言明的飛行指向「書寫」。書寫的確如此章開頭論述所言具有文化抵抗的力量，但筆者認為高度自我懷疑式的敘事才飽含對框架、二元與本質的抵抗力。只是在小說末了所有人物都因吃了自障葉藥糖，或如傳染症一樣，因花艷顏或花里巴巴打呵欠就傳染，人物一個一個隱沒，甚至跨越物種到動植物、街道也一一消失，連帶混入雨中的自障葉花粉使山石建築、肥土鎮沒去，僅剩空白書頁[215]。小說在此，敘事者創造故事但最後卻失去了敘事本身，西西以花艷顏雖然「不見」／隱逝在小

---

[214] 西西：《飛氈》（臺北：洪範，1996 年），頁 508。

[215] 西西：《飛氈》（臺北：洪範，1996 年），頁 512-513。

說之頁：

> 顯然只是相對寫故事的人而言，看不見她，聽不見她的，
> 只是寫故事的人。……敘述者看她不見，聽她不聞，可
> 是，<u>仍然可以感知她的存活</u>，她只不過在這時隱了形罷
> 了。……在她生活的那個世界中，她顯然仍是她。敘述者
> 欣慰的是，花艷顏雖然隱沒了，<u>透過其他的人，圍繞在她
> 身邊的，仍可感覺她的存活</u>。[216]

在此的不見，人物與故事隱沒，但肥土鎮彼此卻可以互通聲息，
敘事者可以感知其存在，肥土鎮的故事編寫說完後，西西特別強
調「攤開一幅肥土鎮的地圖，地圖變成白紙，撥放一卷錄影帶，
卻是洗刷後的灰暗和雪花。寫故事的人的桌上，只剩下空白的書
頁。[217]」地圖、影像、敘事都無法掌握肥土鎮，肥土鎮在定名
與寫實中逃逸。末了，西西挪來〈南蠻〉中退休教師胡不夷法協
裏共學法文的朋友「花阿眉」，作為「聽」故事的人。

> 你要我告訴你，關於肥土鎮的故事。我想，我已經把我所
> 知道的，你想知道的，都告訴你了，花阿眉。[218]

兩個文本中花阿眉都驚鴻一瞥，不是故事中足以序列化、情節化
的角色，特別在《飛氈》中她作為一個未來聽眾而存在，且在小

---

[216] 西西：《飛氈》（臺北：洪範，1996 年），頁 512。
[217] 西西：《飛氈》（臺北：洪範，1996 年），頁 513。
[218] 西西：《飛氈》（臺北：洪範，1996 年），頁 513。

說的最末出現，筆者認為西西書寫一向具有的理論與後現代親緣性，回返從頭——文本間與文本內，花阿眉是縮合「肥土鎮系列」的第四代、未來式、未完成式、不定式的表徵。在此書寫與聲音碰撞，不免牽連到語言學的邏各斯中心主義（logocentrism）之辨證。《飛氈》小說有實寫的花順記家族，有虛幻出沒與擁有飛行能力的突厥飛氈，最後以科學、西方，相對年輕世代的胡嘉之夢，俯瞰飛土鎮的飄移結尾。以實寫的花順記家族故事為中心，先後歷數圍繞因為商業或避禍緣故遷入肥土鎮的居民，有肥土鎮由鎮入城所表彰的現代化發展，有隨著小說時空敘述為讀者所感知的地理，最後卻以胡嘉似夢似真的另類飛行終結其空間敘事。筆者為便於論述將《飛氈》的長篇結構分為飛行／包裹計畫，移民／殖民的香港居民日常史，現實香港的變遷史與居處中國、英國間隙的位置性三個層次來觀察，西西採取「輕」、「隱」的敘事手法，以刻意模糊香港現實地理與時間標記的方式，串軸頭尾莊周夢蝶與空白書頁，顯現對邏各斯所代表的原初、不可化約、本質對象的懷疑。如上文所述，《飛氈》讓故事人物隱沒，也沒有讓作夢的胡嘉醒來，藉用莊周夢蝶為開頭，卻沒有一個醒來足以指證真假、醒夢的莊周，以彼此感知對方的存在取代了結構性的、預設的存在。另外，上述書寫與語音的碰撞，《飛氈》實寫的花順記故事與最後躍出的聽故事的花阿眉，西西並未選擇一味的信任書寫的再現功能，如德希達解構語言學的觀點打破語音中心，將意義必須通過與語音的統一表達出來的思維，以及語音因為說話者在場的優先性取消，將書寫相對於語音作為符號的符號次要性取消，取而代之的是意義於在場一缺席的痕跡間朝向所指。如果西西的《飛氈》是一部長篇香港的百年

史，那西西所選擇的書寫策略如上所述是以包裹保全為出發，以飛行為逃遁的想像，實實在在的佐以花順記家族三代的生命遷延，配搭飛氈、飛毯島、自障葉等虛幻物的輕化敘述，一方面鋪敘以花順記一家與香港移民殖民的發展史脈絡，一方面選擇輕描現實，採取迴避定名、寫實、負荷歷史脈絡的軌道，最後甚至質疑自己的書寫作結。地理、文字、影像本質化的香港，無法棲居。

　　肥土鎮書寫系列與飛土、浮土（龜背）的連結，在胡嘉彷若觀星或恍惚睡夢的俯視裡，位於海中的小島土地居於縹緲且徐徐飛行，以「安定而繁榮？」作為餘音，作為一名香港書寫者對香港的祈願，以及與香港現實隱喻關聯的最後繫結。在此筆者要凸顯小說中與飛行意符相對的「包裹」計畫。這項二十世紀的藝術計畫於《我城》[219]、〈鎮咒〉[220]都有提及，包裹我城或肥土鎮的實踐意義，一方面指向保護，一方面指向上述的安定繁榮，顯隱兩義彼此交錯。從藝術家用有形的布條包裹小島、高樓或海岸線的方案，到了《飛氈》「地衣」一節更詳盡的以「地毯」發揮包裹之義。首先小說鋪陳各方前來肥土鎮做生意的他者——摩囉、波斯、突厥，先以波斯商人販物的口吻帶出地氈是「移動的花園」，進而提及「保護自己」、「保護大地」[221]之效用：

　　　　因為地氈可以禦寒、隔潮和護膚。不，地氈製造的原意不是這樣的，而是：保護大地。地氈是大地的衣裳。試想

---

[219] 西西：《我城》（臺北：洪範，1999年），頁125。

[220] 西西：〈鎮咒〉，《鬍子有臉》（臺北：洪範，1986年），頁135。

[221] 西西：《飛氈》（臺北：洪範，1996年），頁16、16-17。

想，人類在地上行走、耕種、畜牧、生活、呼吸，大地賜
給人類茂密的樹林、青蔥的草場、肥沃的土地，人怎可以
不愛護它呢。所以，人類的腳應該走在石子路上，而不要
踐踏草地；人類的工廠應該過濾它們的煙囪，而不該由黑
煙去污染大地的林木。

人類編織地氈，然後在上面坐臥，使泥土不致流失，使身
上的汗水不致酸化泥土，使空氣中的雜塵，不要落在大地
的臉上，人類敬愛天地，所以為它編織最美麗的衣裳。[222]

地氈從波斯人眼中美的移動花園，轉為來自突厥「在世界著名的
麻辣麻辣海邊，他的家鄉叫凱拔離，那裏有一條果魯果魯村。
[223]」不需翻譯精通肥土語的花里耶道出，他的家鄉某些地氈成
為擁有飛翔能力的神物，這樣的地氈除了有自己的個性，會飛到
雲層上避雨，經過煙囪會打噴嚏，花里耶還附記一則飛氈上坐著
撲火的人解救著火清真寺的故事[224]。西西此段的地氈有實際的
功能，保護土地，保護被人類或者人類的現代化進程損傷的林
木、空氣與土壤，地氈的編織是為了使人躺臥休息外，親近自然
土地。

西西從飛來的土地、浮出的土地、漂浮於雲端的土地，延異
為在飛毯上觀察可以飛行的土地，肥土鎮系列多以寓言式敘述構
設，飛行之旨在小說中扮演與寫實敘事毗連的虛幻情節，但在
《飛氈》中成為敘事的中心，飛行成為探討追尋的中心、實踐的

222　西西：《飛氈》（臺北：洪範，1996 年），頁 17。
223　西西：《飛氈》（臺北：洪範，1996 年），頁 24。
224　西西：《飛氈》（臺北：洪範，1996 年），頁 25-26。

計畫、實際的現象、書寫的對象，飛行的虛幻色彩下降。例如卷三將此非寫實的隱喻打散為開首的「俘虜」、「飛毯島」、「文棋」、「打開意見箱」、「文化交流」、「出海釣魚」，以及結尾的「肋骨」、「自障葉」、「優浮」、「藥糖與魔法雨」，分別敘寫了花里耶失蹤後被帶到飛毯島，飛毯島是個極為隱密，建設得美輪美奐且具備尖端科技的島嶼[225]，島主將世界上所有與飛行、飛毯、天空有關的人請來，在這裡各領域的專家受到貴賓級的禮遇，還戴上可以自由溝通交流的翻譯項圈，要求這些專家們每個月必須出席飛毯研討會，島主邀集／囚禁大家的目的是希望他們造出一幅飛毯，花里耶也與肥土鎮哲學家結為好友，舒適的生活卻因每個貴賓訪客都必須隔絕對外通訊，被迫到島上執行造飛毯計畫的專家們卻在某天的大型出海釣魚活動中各自逃脫[226]。經由滲入花順記家族人物故事的花里巴巴擁有飛毯，與上述飛毯島的飛行計畫，在實寫的人與想像的飛毯之間巧妙的取得平衡，進一步在胡嘉之夢將飛行與包裹兩意通匯，飛行指向無法被記錄、也不知道未來是否又再沉入水中的小島，包裹肥土鎮的方法，是讓它如夢飛行，形式上又再扣回卷一「睡眠與飛行」。在此，西西以文學性的手法應和解構理論的實踐裡，抵抗定名的寫實香港。

2.線性時間的抵抗──移民／殖民的香港居民日常史敘事

　　論述至此，值得再回頭細究小說於時間與空間上，如何輕描的處置了肥土鎮或香港的現實。比較明確有時間標記的書寫都在

225　西西：《飛氈》（臺北：洪範，1996 年），頁 359。

226　西西：《飛氈》（臺北：洪範，1996 年），頁 357-372。

卷二，「管業期」寫肥土鎮在番人政府統治下，開始拍賣土地的
「管業期」，目的在提高增加稅收外，也提高外國及本土商人對
土地承購的興趣，期限一路從 1842 年的 75 年，到 1898 年的 99
年與 999 年，小說述及胡瑞祥的父親「正是在這時候買了許多土
地，沿海建了一列倉庫，又蓋了房子，開設銀行。[227]」；「研
究精神」寫花初三逃離肥土鎮後在日耳曼國體驗到二次大戰
[228]；「勞動大軍」寫鄰近大陸因為戰爭出逃的人移民肥土鎮成
為新興勞動者[229]；「頭上有瓦」寫花順水嫁到巨龍國的妹妹花
芬芳也因為逃避戰亂回到肥土鎮[230]。以此為基礎大概可以標記
出 1900 與 1945 年的時間分水嶺，從而推斷小說中花順水、葉榮
華、胡瑞祥是故事裡出生於 1900 年前後的第一代人，花一花二
與花初三、葉重生、胡寧、胡嘉是出生於 1920 年前後的第二代
人，花艷顏及其朋友羅微、程錦繡是出生在 1940 年前後的第三
代人，以及花初三 1945 前回到肥土鎮後與葉重生生下的花可
久；對照香港殖民史，1841 年英國海軍佔領香港島，1842 年
《南京條約》正式割讓香港島，1860 年《北京條約》再割讓界
限街以南九龍半島，1898 年中英簽訂《展拓香港界址專條》界
限街以北、深圳和以南與周邊 200 多個離島與歸屬英國 99 年，
期間還歷經 1941-1945 年的日軍佔領期，1950 年代起香港商業
經濟快速發展階段，以及港英政府因木屋區頻繁的火災開始興建
徙置區安置災民等。

---

[227] 西西：《飛氈》（臺北：洪範，1996 年），頁 194。
[228] 西西：《飛氈》（臺北：洪範，1996 年），頁 238。
[229] 西西：《飛氈》（臺北：洪範，1996 年），頁 246。
[230] 西西：《飛氈》（臺北：洪範，1996 年），頁 252。

　　西西並未標記明確的線性時間，甚或將敘事硬性的以時間先後排列，僅如上所列隱微的透露時間標記外，還以地理空間與日常事物的變遷，深描勾勒肥土鎮，輕描香港。相對於英國殖民下的香港歷史脈絡的隱藏，西西處理英國占領之前的時間則以「祖父母的職業」一節，凸顯香港小島、海洋、漁民的特殊性，藉由胡嘉、葉重生與翠竹道出彼此父親的職業，從開銀行、做桌子椅子、種田，胡嘉轉而詢問葉重生的乳娘鄭蘇女「你的爸爸是不是也種田？[231]」，於是西西以鄭蘇女之口娓娓道來自己海盜家族的身世，置入十九世紀香港海盜張保仔與鄭一嫂的傳說，只把鄭一改為鄭七。此外，更早的香港歷史則在小說卷三末了「重建消逝的生活」、「找到了」、「優浮」三節交代鄭蘇女、花初三所代表的前現代與近代香港史，開始於考古資料顯示三千五百多年前，以至於鄭蘇女海盜家族興盛的十九世紀初到十九世紀中葉，前者為研習自西方的考古科學挖掘出土，後者為小說中偶然乍現的底層女性（乳母）口中的民間鄉野傳說，對照之間顯現西西再度刻意經營的實虛對位辯證。小說以花初三時常帶領自己組建的田野考古隊赴離島考察石刻[232]，終於發現山洞中的硬陶，證實肥土鎮有先民的生活痕跡外[233]，或許也可以證明肥土鎮的先民「不是『蠻夷』，而是『百越人』。[234]」近代史則以花一花二前往離島尋找自障葉時，經常偶遇手中拿著彎彎曲曲線條的圖的年老婦人，已經垂垂老矣「頭上梳著髮髻，頭髮已經斑白。……

---

[231] 西西：《飛氈》（臺北：洪範，1996 年），頁 109。

[232] 西西：《飛氈》（臺北：洪範，1996 年），頁 451-452。

[233] 西西：《飛氈》（臺北：洪範，1996 年），頁 505。

[234] 西西：《飛氈》（臺北：洪範，1996 年），頁 506。

髮髻上永遠插著一枝碧綠的髮簪。[235]」，對照卷一「重甸甸的黃金」一節對鄭蘇女的描述「乳娘頭上的髮簪，正是翠好、水好、地好、美好的一件珍品。[236]」，花一花二因為剛好與海盜後代鄭蘇女及三個搬陶土大罎的人錯身[237]，而偶然找到山壁上的自障葉，所有人都在同一座山洞中「找到了心目中要找的東西。[238]」在此西西再度以自己隱微的書寫換算了香港的時間，西西迴避掉英國，同時也推離中國，並將香港在地性託付於並不偉大、確鑿的考古與傳說。

《飛氈》長篇時間結構內，臚列移民／殖民的香港居民日常史，他們拼貼出肥土鎮內部的遷移與外部的納入。首先，海盜家族外，還有相鄰大陸遭逢水旱災、瘟疫、犯案「不得不離開原居地，就遷來重建新的家園。[239]」到肥土鎮種田打漁的居民；隨肥土鎮成為船隻休憩與修理之處而移入的勞動力，「起初到肥土鎮上幹活的人，都是貧苦人家，災荒與飢餓催逼他們尋找新的立足點[240]」；除了貧窮者，還有富裕的一群，包含來此做大生意的番人，或者附近島嶼、大陸「因為逃避戰亂、政改，攜同他們的財富到島上來了。[241]」在此基礎上，小說故事蔓延滋生出肥土鎮本地居民如花順風花順水的商人家庭，或者出身下禾村農家

---

[235] 西西：《飛氈》（臺北：洪範，1996 年），頁 496。

[236] 西西：《飛氈》（臺北：洪範，1996 年），頁 66。

[237] 西西：《飛氈》（臺北：洪範，1996 年），頁 496。

[238] 西西：《飛氈》（臺北：洪範，1996 年），頁 497。

[239] 西西：《飛氈》（臺北：洪範，1996 年），頁 192。

[240] 西西：《飛氈》（臺北：洪範，1996 年），頁 193。

[241] 西西：《飛氈》（臺北：洪範，1996 年），頁 193。

被賣到肥水鎮山腰胡瑞祥家當妹仔的翠竹（本名王帶寶），還有不知何時搬來肥水鎮的蓮心茶舖陳家老夫妻，以及經營著酸枝舖家具行的葉榮華一家，源出海盜家族、不想與打石工丈夫生小孩而逃家的葉重生的乳娘，因為巨龍國戰亂而遷回肥土鎮的花芬芳與媳婦兒子，另外還有沒有細寫在戰後湧入肥土鎮的勞動大軍；此外，還有看到飛毯的法蘭西領事夫妻，來自日耳曼國在肥水區開設荷蘭水店舖的古羅斯先生，於領事館服務的職員羅先生及羅太太，番人政府帶來的僱員或海員摩囉人，或者來自波斯、突厥的商人，又或者傳教士或番商……經由小說情節而細緻化的不同地理地域、不同職業、不同時間的移入者。

　　在移民／殖民的香港居民日常史敘事中，小說將現實香港的變遷史居處中國、英國的間隙位置，選擇以巨龍或者相鄰的大陸代指中國[242]，以日耳曼國代指德國，以花旗國代指美國，以番人政府代指英國殖民政府，以突厥代指土耳其等，這些代碼的更換，使讀者避免落入英國、中國殖民與國族的先驗詮釋之外，《飛氈》裡關乎西方他者的選擇，也刻意避開英國殖民香港的主從關係與其連帶曉示的霸權位置，轉以語言、教育方面描述英國對於香港的影響，在「爾女子[243]」、「肥土文[244]」、「泥土的

242　西西：「在地球上面，肥土鎮和一塊很大的陸地相連，很古很古以前，每逢潮退，人們從肥土鎮的淺水地方走走，就可以走到很大的陸地上去。後來，海水漸漸漫升，不管潮漲潮退，通道給淹沒了，兩地再也不能徒步來去。那塊很大的陸地是巨龍國，有一條喜歡睡覺的龍住在裏面。」《飛氈》，頁58。

243　西西：《飛氈》（臺北：洪範，1996年），頁115-118。

244　西西：《飛氈》（臺北：洪範，1996年），頁132-134。

交誼[245]」幾節，以半山的耶穌會學校對應觀音廟街坊學校，龍文、肥土詞肥土文對應番文，以日耳曼文對照肥土鎮官方語言的另一種外語，顯示文本中淡化與迴避的殖民霸權，依然因語言與知識優位性成為操縱階級晉身的途徑。例如「爾女子」裡的胡嘉因為選擇番人耶穌會創辦的學校，造就她成為天文學家；「肥土文」裡原本只是花順記裡送冰塊的蝦仔大叔，一路從洋行信差到酒店工作，甚至與人合夥在香藥坊開了酒吧[246]；花初三即便到深具研究精神的日耳曼學習考古，也受其高度欽佩的日耳曼研究精神薰染[247]，卻不能到大學裡教考古，只能在日耳曼文化協會教日耳曼學生「學肥土語[248]」。身為移民／殖民社會的香港，晉身的考核機制來自於對番文的熟稔程度，而不是依據族群、階級出身或世代，西西從虛構肥土鎮，保持與歷史的距離，豐富在地香港的東西方勢力角力，人的遷移流動、社會變遷、家族史與大歷史的曖昧交接，以幽微的人物境遇回應體制施加於人的力場，淡色著墨英國管治下的香港圖像。

　　除了人物晉身與境遇所展示的香港現實回應，西西《飛氈》肥土鎮的空間區劃以花順記座落的肥水區肥水街為中心，另外有靠近海邊的跳魚灣區，正在興建銀行與高樓大廈的飛土區，以及仍保有農田景觀的鄉下及離島。肥水街花順記對門為陳家老夫妻的蓮心茶舖，左鄰是明輝照相館[249]，右里是賣蛇人蛇王勝的店

[245]　西西：《飛氈》（臺北：洪範，1996 年），頁 417-420。

[246]　西西：《飛氈》（臺北：洪範，1996 年），頁 429。

[247]　西西：《飛氈》（臺北：洪範，1996 年），頁 239。

[248]　西西：《飛氈》（臺北：洪範，1996 年），頁 418。

[249]　西西：《飛氈》（臺北：洪範，1996 年），頁 71-74。

舖[250]，葉榮華一家居住與肥水街相鄰染布街[251]，番商、古羅斯先生或胡瑞祥居住的半山區，花初三到跳魚灣痘症學校上學路上會經過的打石場[252]，葉重生上學的觀音街觀音廟街坊學校，有銀行、高樓與百貨公司的飛土大道[253]，花一花二居住的海邊紅磚房子，肥水區的鴨腳街與飛土區的番邦公主街[254]，在靠近船塢的彎街有花王郭廣年經營大排檔與從巨龍國遷回的花芬芳一家[255]，四周環海的肥土鎮對面大陸相鄰處有鹹淡水交界的厚海灣[256]，擁有早期肥土鎮唯一一家醫院（痘症醫院）與後來開發成海盜樂園的跳魚灣區[257]，花順記夥計或翠竹出生的鄉下，巨龍國與肥土鎮相連的心鎮[258]……，由此，讀者可以在小說中依序架構出屬於傳統街區的肥土區，受新興產業與殖民治理而興起的飛土區，靠近海灣的跳魚灣區，及住有殖民者與殖民官僚的半山地帶，以及稍遠的鄉下、與巨龍國的邊境、離島等處，小說《飛氈》沿此軸線也區劃出現代與傳統、城市與鄉村的空間景觀，同時也隨著小說時間的推移，鄉村逐步的改換面貌，在移民人口逐步提升與經濟發展之下，文本更細膩的鋪展了一幅從公共街道景觀的改替，連帶影響原有居室空間、建築形式與緊繫於空間的生

[250] 西西：《飛氈》（臺北：洪範，1996 年），頁 75-76。

[251] 西西：《飛氈》（臺北：洪範，1996 年），頁 98、122。

[252] 西西：《飛氈》（臺北：洪範，1996 年），頁 139-140。

[253] 西西：《飛氈》（臺北：洪範，1996 年），頁 70、123-124。

[254] 西西：《飛氈》（臺北：洪範，1996 年），頁 186-187。

[255] 西西：《飛氈》（臺北：洪範，1996 年），頁 222、254。

[256] 西西：《飛氈》（臺北：洪範，1996 年），頁 240-241。

[257] 西西：《飛氈》（臺北：洪範，1996 年），頁 137-138、498-500。

[258] 西西：《飛氈》（臺北：洪範，1996 年），頁 457-459。

活樣貌、文化歸屬的更迭,層樓逐漸成為拔起的衝天高樓。

最後,筆者認為西西《飛氈》繫著於空間的社會史鋪陳,一方面帶有肥土鎮由鄉鎮邁入現代城市的軌跡,並從私人居室的改換凸顯其現實批判,另外一方面則是小說潛藏的女性微言。

關於,西西《飛氈》的現實批判是如何被敘述的呢?首先,必須從肥土鎮的起源來談。鄭蘇女口中「『可惜,肥土鎮附近一帶的島嶼,沒有了俠盜,只顧賺錢不講良心的番船,因為通行無阻,官兵又比不上海盜英勇強盛,芙蓉菸就一箱一箱,一船一船運到沿海的島和陸地上了。』[259]」肥土鎮前身的周邊海洋曾經是海盜家族的世界,羅列的島嶼是海盜的巢穴與山寨[260],海域還有因著鴉片的商業利益而來的番船,以及擁有鬆散治權的巨龍國官兵,民間在地與東西方勢力在地理的肥土鎮交集,最終導致近代香港進入英國管治期的景觀變動。小說在「管業期[261]」、「撲翼的過客[262]」兩小節中兩度將肥土鎮的初始時期描摹為樂土荒島意象:

> 最初的肥土鎮,雖是個荒島,卻林木蔥蘢,花香鳥語,天氣濕暖。島上有一個奔騰懸掛的大瀑布,這瀑布,吸引了過往的船隻。[263]

---

[259] 西西:《飛氈》(臺北:洪範,1996 年),頁 112。

[260] 西西:《飛氈》(臺北:洪範,1996 年),頁 110。

[261] 西西:《飛氈》(臺北:洪範,1996 年),頁 192-194。

[262] 西西:《飛氈》(臺北:洪範,1996 年),頁 240-242。

[263] 西西:《飛氈》(臺北:洪範,1996 年),頁 192。

> 當年曾經是荒蕪小島的肥土鎮，因為懸掛的清泉瀑布，吸
> 引了過往的船隻，而在島嶼的另一端，肥土鎮同樣吸引了
> 無數的過客，牠們是候鳥。[264]

上述居民毫無選擇與意識的狀況下，「忽然有了一個管理他們的
番人政府[265]」，體制化的官僚體系與現代英國管治制度的介
入，西西一方面隱微的帶入香港發展與歷史，一方面則以肥土鎮
的鄉土在地細節的鋪陳，豐富主體可能抵抗權力的能量。

> 政府的出現，對漁民來說，顯然沒有甚麼不同，他們生活
> 在海上，依舊打魚，或者，替番船運載貨物，給番船髹
> 漆；然而，對於農民，對於那些在政府還沒有出現之前的
> 農民來說，並不知道，他們擁有的正是別人夢寐以求的土
> 地：他們居住的地方，以及大片的農田。[266]

他者夢寐以求的土地，在小說中以乍看沒有甚麼不同來描述，那
種「顯然」、「依舊」與「政府的出現」是《飛氈》中兩股拉扯
的力量，透過顯在的細節化筆觸娓娓訴說的肥土鎮，以及輕隱描
述的番人統治下的現代變革。卷一的「街道圖[267]」歷數肥水區
從農地如何點點滴滴的積累成為市鎮街區，同時也將街區的發展
特色逐一敘明，「肥水區的街道，是由於年月悠久點點滴滴地形

---

[264] 西西：《飛氈》（臺北：洪範，1996 年），頁 240。

[265] 西西：《飛氈》（臺北：洪範，1996 年），頁 193。

[266] 西西：《飛氈》（臺北：洪範，1996 年），頁 193。

[267] 西西：《飛氈》（臺北：洪範，1996 年），頁 122-126。

成不同模樣、不同時期的建築，就建在同一的空間上。[268]」首
先，農地上的十來戶簡陋磚屋平房隨意搭建，但方向大致都面海
背山，過了十幾年後，田邊也走出小路，房子也沿著小路興建起
來[269]。後來因為商人湧入，跳魚灣區的石材運往飛土區建造銀
行與高樓的時候，肥水區成為必經道路，導致小路逐漸拓寬，周
邊的菜田逐漸退後，原本稀稀落落的平房變為相連的二三層樓
宇，「彼此面對面，就像張開嘴巴時的牙齒。[270]」，視野景觀
也從可以看見海與延伸的小丘、低窪的小潭，海邊居民於空地晾
曬布匹、曬魚曬蝦，面山處可以看見農田與遠處的荒地、更遠青
蔥山嶺，「這些地景漸漸消失，除了海和山，土地都變成街道，
街道上擠滿了樓房。[271]」更進而描述因為海島的關係，街道依
據海岸成為彎彎曲曲的模樣，並且東西長南北短，一條路常常會
分為東西兩段，例如染布東街、染布西街，飛土大道東、飛土大
道西、飛土大道中，而所謂南北路除了貫通山海之間的特性外，
還因為「偏重東西，輕略南北[272]」的緣故，只是將房屋與房屋
間僅容三人左右的縫隙走成只有兩座樓房長度的小巷，「這些小
巷，大多沒有名字，彷彿是這一帶區民緊湊的生活日程短暫的餘
裕，在時間表上可沒有指明。[273]」這些東西偏長的街道以肥水
街為準，往海依序為染布街、擺蔡街、曬魚街和彎街，往山則是

268　西西：《飛氈》（臺北：洪範，1996 年），頁 122。
269　西西：《飛氈》（臺北：洪範，1996 年），頁 122。
270　西西：《飛氈》（臺北：洪範，1996 年），頁 123。
271　西西：《飛氈》（臺北：洪範，1996 年），頁 123。
272　西西：《飛氈》（臺北：洪範，1996 年），頁 123。
273　西西：《飛氈》（臺北：洪範，1996 年），頁 123。

隔田街與牛腳街兩條，大路小巷在地圖上構成了「沒有廣場，沒有中心的地方。[274]」「不過，沒有中心，沒有廣場，自有它的優勢，因為到處都成為中心。[275]」肥土鎮的肥水區沒有西方的城市規劃，只有應島順海而生的隨心所欲，撇除了井字、亞字、十字、非字或者星形的街道設計，沒有十字路口的肥土區，居民把每日採買生活用品的市場作中心，「日常的用品、五金、陶瓷、衣服等等，幾乎甚麼都有，還有東家長西家短，如果誰愛聽。[276]」西西構建了身居島嶼的肥土區地圖與初階經濟模式，在街道方向與命名上也因應地形與農漁特質，充滿地方色彩，還精湛的於此節描述了傳統市街的日常：

> 在肥水街的街道上，人如潮水，移動漲退；但在小巷裏，連狗也可隨自己的意向躺在地上睡懶覺。每條小巷都有它自己的靈魂。這條小巷有賣木屐的攤子，巷尾是理髮的地盤。那條巷子裏有人挽著一個籃賣香白蘭和茉莉花，幾個女人坐在一旁用刨花梳頭，用白線刮面。至於另外的一條小巷，有人在兩張凳子上睡覺，有人圍在一個食物攤子吃白粥油條、炸魷魚，鹵水牛肝豬腸鴨腎雞腳。[277]

在此西西在《飛氈》並未以番人政府治下的街道用以對照傳統街區，只經由百貨公司的出現側寫了英國治理下所引入的資本主

---

[274] 西西：《飛氈》（臺北：洪範，1996 年），頁 124。
[275] 西西：《飛氈》（臺北：洪範，1996 年），頁 125。
[276] 西西：《飛氈》（臺北：洪範，1996 年），頁 125。
[277] 西西：《飛氈》（臺北：洪範，1996 年），頁 125。

義，如何將星羅散落與飽含人情日常的購買行為，轉入被理性規劃分類的垂直結構。「買花露水的下午」寫街上的海報、報紙的廣告以圖畫與番文說「士商惠顧請移玉步飛土大道中門牌第一百號至一百零一號敬佇光臨是荷。[278]」，肥土鎮民與茶樓裡的客人也以土語議論紛紛，這間開在飛土大道上的奇怪店舖，把肥水街的店舖一一置入垂直分層的結構裏：

> 這店真大呀，好像把肥水街分成三段，一段疊在一段上。肥水街的店，都在樓下，買東西就在店門口的地方，可百貨公司不同，可以進去繞圈子，連二樓也是商場。這間店的特點是買東西不能討價還價，買了會有發票。[279]

原本的米店、香燭店、油店與繡莊等等，一個鋪位的存在與其販售的物品息息相關，而百貨公司不是一種店鋪，而是各種店鋪聚集的聚落，它們因為服膺或被規劃進同一種價值而展現其存在，它不再具備單一店鋪所有的獨有個性、色彩，它的色彩就是沒有色彩，它的個性就是抹除個性。這裡的垂直分層結構既是百貨公司實體，也是資本主義的文化結構。百貨公司的分層區隔了雜亂、無中心，隨生活與個人的意志衍生的傳統居民生活場域。而街道的景觀變換與連帶的住民居住型態，與因應不同階段的人口移入與資本發展下的貧富不均，正是《飛氈》真正著力描寫肥土鎮隨英國管治與資本主義植入，在政治體制與經濟發展的改頭換

---

[278] 西西：《飛氈》（臺北：洪範，1996 年），頁 67。
[279] 西西：《飛氈》（臺北：洪範，1996 年），頁 68。

面，並在此埋下其最尖銳的現實批判。

在城市的現代化與經濟發展訊息方面，西西經由「雞毛撣子[280]」寫出番人政府反覆掘路導致沙塵滿天外，還造成商鋪的不便，居民又發現掘路後並未獲得一條平坦的馬路，卻免除了水患、有了自來水、電與街燈等現代設施，方便與文明的生活使居民從抱怨轉為歡喜。另外，「大眼雞[281]」裡透過胡寧的望遠鏡，看到肥土鎮的海域有小舢舨、小蓬船、渡海輪、水警輪以及來自遠方的郵輪貨船，雖然胡寧深受葉重生海盜家族乳娘的影響，特別喜愛被稱為大眼雞的木帆船，但不可否認的是海盜時代的終結，水深港闊的肥土鎮有將「棉花、棉布、煤油、麵粉、大米、呢絨、五金鐵器、藥材、木材」帶來，從巨龍國帶走「茶葉、絲綢、瓷器」的洋船，也有「水果、蔬菜、豬和羊，缸瓦和瓷器」的小船，船的大小與它裝載貨物的品項，及其販售的市場範圍，可以窺見跨海與沿岸經濟的差異，肥土鎮因為位居洋船往來巨龍與西方的接點，「漸漸竟變成轉運的商港了。」[282]

現代化的腳步持續向前，肥土區田園與海的視線不斷後退，直至隱沒，原本兩三層樓的房子也開始成為地產開發商的遊說對象，肥土鎮周邊則成為新一代移民建造簡易山屋之處，而原居民所有的丁屋也在改建大樓後成為致富的一群，土地成為構成垂直階級結構的重要資本。「田園將蕪[283]」在卷二展示另一幅空間視野，可以與卷一「街道圖」相互對照。時移事往，王帶寶（胡

---

[280] 西西：《飛氈》（臺北：洪範，1996 年），頁 99-101。

[281] 西西：《飛氈》（臺北：洪範，1996 年），頁 172-173。

[282] 西西：《飛氈》（臺北：洪範，1996 年），頁 173。

[283] 西西：《飛氈》（臺北：洪範，1996 年），頁 278-281。

家妹仔翠竹）父母居住的下禾村彎街上已經由四五層樓房取代了
二三層樓的房子，從船塢工人操用的語言看出他們是「外鄉人
[284]」，勞動大軍與各式南北小販聚集一處；至於肥水區的變化
除了街道上矗起的高層樓房，另外就是山坡與山腳的山屋與山寨
廠。

> 悄聲無息地，忽然蘑菇似地蓋搭了無數簡陋木屋，方向各
> 異，大門小窗，既沒有電也沒有水……肥土鎮的居民，住
> 在山上的一直是富貴人家，但這同樣以山為棲息喘氣的住
> 戶，則是貧窮的一群。肥土鎮上的房子需求越烈，租值飛
> 也似的上升，避亂而來的難民，赤手空拳，也不理會甚麼
> 法律和土地權，找到了瓦片遮在頭上再說。[285]

大量難民移民移入肥土鎮，有別於有技術與資金者被吸納進政府
移山填海所規劃的工廠區[286]，資本小者則在山邊開起山寨廠
「既有原來的橡膠鞋、毛巾、肥皂、藤器、煤球、砂糖等行業，
也出現了新興的紡織廠、假髮廠、製衣廠、塑膠廠、五金廠……
[287]」一方面就近利用聚集在山邊簡陋木屋裡的勞動者，另外還
吸納了眾多投入職場的婦女。從這些山寨廠的產業別，可以看到
以內部原料與消費導向的經濟模式，轉入跨境輸入原料加工，跨
境銷售的產業轉型，這是筆者一再強調西西的顯隱之筆，《飛

---

[284] 西西：《飛氈》（臺北：洪範，1996 年），頁 278。
[285] 西西：《飛氈》（臺北：洪範，1996 年），頁 279。
[286] 西西：《飛氈》（臺北：洪範，1996 年），頁 246-247。
[287] 西西：《飛氈》（臺北：洪範，1996 年），頁 247。

氍》對於時間的處理不採取明顯的標記，而是在看似日常、次要的描繪中，滲入隱微的時代性。此外，回到下禾村的田園將蕪，「肥水區的居民越聚越多，下禾村的村民卻越來越少了。[288]」田園景觀的消逝，肥水區的發展構成城鄉之間的拉力，使得年輕一代村民不再願意種田，而城市與鄉村的差異從來就不是單一的對照，它依據資本邏輯的發展將國與全球化分成不同的層級，下禾村的青年人在嚮往肥水區之外，真正嚮往的是被資本主義理想化的生活，嚮往市鎮之外，也可能選擇往海外謀生，城、鎮、鄉的詞彙標記還是稍嫌簡易的劃分。

3.女性微言——五行生剋的順水之流和花葉重生之蟲

　　回頭聚焦肥土區的鎮貌興替，花順記被葉重生一把火燒了之後，一家人搬進紅磚房子，面對已經有官方火燭館的肥土區還是一再大火，鎮民開始討論起肥土區失火的原因，「第二把火[289]」裏提到「肥水街的房子，大多是磚頭和木頭建造[290]」房子舊與木頭材料的緣故外，近來隨意在房屋內拖拉掛設的電線更是容易著火，且無法簡單以水撲滅，必須好好研擬對策。緣於「電燈是最受歡迎的文明建設[291]」，但原有的磚屋木屋構造卻無法達到安全配電的標準，應該被調適的對象則指向建築本身，「『因為房子舊了，要拆掉重建。』[292]」加上蠢蠢欲動的地產商逐利心態，肥水區的居住景觀自然大為更迭。火牡丹燒毀花順

288　西西：《飛氈》（臺北：洪範，1996 年），頁 279。

289　西西：《飛氈》（臺北：洪範，1996 年），頁 188-190。

290　西西：《飛氈》（臺北：洪範，1996 年），頁 189。

291　西西：《飛氈》（臺北：洪範，1996 年），頁 206。

292　西西：《飛氈》（臺北：洪範，1996 年），頁 211。

記之後，戴著帽子長著招風耳的男人來到紅磚房子說服花順記一家，假借花初三痘症學校書友的名義，願意無償提供蓮心茶舖旁舖面一年的使用權，讓花順水販售蜂蜜，實際是要利用火牡丹縱火的習慣把陳家的蓮心茶舖燒掉，好進行地產開發[293]。最後因為花初三回到肥土鎮，葉重生也不再縱火，地產商轉而提議換地，看上花順記原址三間的店舖，兌換現在的蜂蜜水店舖外，還加上新建房子一個舖面和樓上一個單位[294]：

> 從外表看，房子和以前的花順記不同，最顯著的是騎樓下不再建柱腳，行人道也明亮寬闊多了。樓房的牆已經砌好，窗子也裝上了，裏面大概正在鋪設電線和水管……[295]

> 房子顯得特別白亮，相信是因為裝了光管，……最令大家喜歡的是廁所，抽水馬桶的確方便，又沒有氣味。[296]

花順風花順水當年原本在肥水街家門口賣些果子露，因為聽聞「番人招請製冰凍水的工人，決定去學學人家做飲料的先進方法[297]」，與其他前往花旗國淘金出外的工人不同，花順風花順水成為古羅斯荷蘭水工廠裏唯一留下的工人，並在古羅斯先生斷腿回國後，幫忙他打理荷蘭水工廠及店舖。擁有花順記荷蘭水舖的

---

[293] 西西：《飛氈》（臺北：洪範，1996 年），頁 212-214。

[294] 西西：《飛氈》（臺北：洪範，1996 年），頁 243-245。

[295] 西西：《飛氈》（臺北：洪範，1996 年），頁 282。

[296] 西西：《飛氈》（臺北：洪範，1996 年），頁 297。

[297] 西西：《飛氈》（臺北：洪範，1996 年），頁 145。

花家，雖然客戶僅限於肥土鎮的外國人，卻如兄弟之名一般順風順水，一家日子也過得不錯，累積些許資本，納新與趕上現代潮流是花家第一代可以進行資本積累的緣故。城市的發展往往是無情的，傳統街區土地難以取得與太多難以克服的包袱，新興街區常後來居上。花順水一家因電力操控的汽水工廠利用機器、運輸帶導引瓶子的黑顏色汽水出現而稍有挫折[298]，雖則新創的蜂蜜與蜂蜜水生意不見起色，也還不至於墮入無產者。甚至因為葉重生與花里巴巴共同擁有蓮心茶舖一半的產權，在胡瑞祥家族所擁有的興隆銀行接納了胡寧的建議，一面在徙置區、鄉村開設分行，一面開發肥水區的中心地帶——蓮心茶舖周邊。一度因為家業吃緊到工廠工作的葉重生，意外的因為出租鬧鬼的蓮心茶舖，又加上雜誌報導的推波助瀾[299]，並與胡寧簽訂開發合同[300]，而成為「只知道買房子[301]」的「花葉重生[302]」，因蓮心茶舖旁開起現代的連城酒店，保有低矮舊貌的仙緣居（留仙園）則負責吸引熱愛園林的懷舊者，葉重生因此獲得不少花紅。在此值得一提的是蓮心茶舖從一個生意慘淡的舖面，於陳家老夫妻死後居然迎來難得的盛景，小說以「花葉重生」之命名，重新聯繫花順記、葉重生、花里巴巴之名，會合本地與外來的居民背景，經由出身酸枝舖家具行之女葉重生，以及愛好植物的突厥人花里巴巴之手，留仙園宛如巨龍國的重生，或者肥水區舊樓的保存，抑或只

是葉重生與花里巴巴對陳家老夫妻的情深意重。

> 花里耶從窗的圖案縫隙中看進去，裏面種了許多樹，有道
> 曲折的游廊，欄杆上擺放了盆栽。遠一點有涼亭，似乎還
> 有水池，再遠一點，是一座古色古香的木樓房，這種亭臺
> 樓閣，花里耶並不陌生，他在巨龍國時見得多了。但是，
> 在肥土鎮上卻是罕有的。[303]

> 室內布置不用對稱的家具，而是活潑的擺設：一張羅漢
> 榻，一張書案，幾把扶手椅，幾張圓凳，足夠坐臥休憩。
> 另有條桌，平頭案，上頭擺放些淡素花瓶、盆景，以及供
> 觀賞的石頭。[304]

重生之寓意則疊加在資本主義時代的懷舊之上，十足寫實。這棟
建築被改造成亭臺樓閣與花木扶疏之秘境，不可謂其不在地，如
果在地可以撤除單一的歷史敘述，不斷接納移民為主的肥土鎮固
然無法擁有此古蹟式的建築，但把居住於此住民的歷史寫上，他
們源出的脈絡是否在文化上足以具備對話性？只是小說在此透過
資本主義扁平化的商品邏輯複現過去，這種懷舊與過去的引人入
勝，比它們是否為真，更貼近「當代」意涵的思索。所謂的古色
古香作為被商品化的過去才是事實，期待花葉所代表的自然或田
園之回歸，也是立基於田園已蕪／無方才湧現的理想。西西的書

---

[303] 西西：《飛氈》（臺北：洪範，1996 年），頁 373-374。
[304] 西西：《飛氈》（臺北：洪範，1996 年），頁 375。

寫裏一方面有香港國族或城邦真實境遇的焦慮，另外當然還有她對自然環境被破壞的焦急，後者在《我城》與〈宇宙奇趣補遺〉已經有相當的描寫。

　　相對因荷蘭水累積資本的花順水一家，嫁到巨龍國多年後又帶著兒媳回到肥土鎮的花芬芳，以及在胡瑞祥家擔任園丁與妹仔的郭廣年王帶寶夫妻，因為肥水區的高租金而轉往彎街一帶落腳。彎街因為接近船塢，居住區開發得晚又遇過火災，使得一開始發展就是以四五層樓整齊劃一的街屋樓房為主：

> 面對大排檔的樓房，四層高，樓上層層都有騎樓。……可是在肥水區，騎樓大多封閉，加上密密的窗子，窗外釘了晾衣架，掛著一條條橫竹，垂著隨風飄飄晃晃的衣衫。[305]

> 房子裏面，空蕩蕩……騎樓和樓房之間，倒有一列甚好看的落地長窗，上半截是玻璃，下半截是木板，頗有古代建築槅扇的韻味。樓的背後，是砌了水泥灶臺的廚房，再進一點，是個極窄的廁所，只容得下一個大木盆。……房間都用木板隔間，樓頂卻是打通的，使空氣流通，而且天花板上的燈光四通八達，一個房間亮燈，全樓通明。……吃飯的地方就在入門口窄窄的通道上，飯桌子可以摺合，不佔地方。另有一張小寫字木桌，根本沒空間在上寫字，擺滿熱水瓶，茶杯等物。[306]

---

[305] 西西：《飛氈》（臺北：洪範，1996 年），頁 223。
[306] 西西：《飛氈》（臺北：洪範，1996 年），頁 253-254。

小說經由花芬芳與王帶寶的家，描繪出彎街四五層樓房裡一個空間單位的內外細節，肥土鎮除了房子「貴不可攀，移民多，樓房供不應求，於是樓價飛漲。[307]」生活空間也越加窘迫，但居住者適應空間的能力也越加凸顯。引文中的居室空間雖然狹小侷促，卻是已經讓「普羅的移民羨慕不已[308]」的居所，小說也細緻的寫及住民如何轉化空間原始規劃的意涵，努力的有效運用，例如，騎樓的設置在西洋房子裡是作為通風美觀的花園，但在彎街的騎樓多數被封閉起來當作房間，窗外也伸出橫竹延伸為晾衣空間，此外小孩的書桌可能是一架縫紉機收納後的面板，或者是雙層床上釘架的木條板，書櫃可能就是疊起的水果箱[309]。侷促空間必須以最大化有效利用外，還含括了人與人緊密聯繫的人情網絡，缺乏私隱空間與娛樂後，婦女們以打牌為樂，孩子也在此尋找自己的生存之道，西西筆下「垂直的社區[310]」正以獨特的空間配置改變人的主體，同時也使人的感知被此特殊性形塑牽制。

花芬芳還是「變賣了原來的房子，帶了所有的錢財[311]」得以在肥水區彎街找到落腳處，其他毫無資產的移民有「一家七、八口，擠在一張床上」，飽受木蝨的嚙咬，還有居住在山邊木屋區的居民，面對水災與火災肆虐，生命財產都可能遭受威脅「『山坡上泥土傾瀉』」、「『全身泥漿，都僵硬了。』」、

---

[307] 西西：《飛氈》（臺北：洪範，1996 年），頁 253。

[308] 西西：《飛氈》（臺北：洪範，1996 年），頁 254。

[309] 西西：《飛氈》（臺北：洪範，1996 年），頁 259。

[310] 西西：《飛氈》（臺北：洪範，1996 年），頁 257-260。

[311] 西西：《飛氈》（臺北：洪範，1996 年），頁 253。

「『很多人，很多人都被掘出來。』」[312]，「數以千計的木屋
陷入火海……焚毀了七千多木屋，災民高達六萬多人。[313]」於
是文本也納入現實香港在山屋大火後的徙置屋脈絡：

> 跳魚灣區和肥水區接壤處，興建了幾棟高大的樓房，由地
> 面數上去，共有七層。……徙置大廈一列五座，看上去彷
> 彿一艘巨大的海船……大廈的每一戶，只有居住的一點兒
> 空間，沒有獨立的廚房和廁所。所以，家家戶戶煮飯燒水
> 的去處，就在門口貼牆小小的地方……[314]

這樣的房子在廢棄的礦石場拔地而起，層數增加，坪數大小卻更
加縮小，但對於山邊木屋居的居民來說已經是莫大的欣慰，一來
因為合法且租金便宜，二來則是有水有電，廁所雖然不是個人獨
立，但已經提供生活很多的便利性。跳魚灣的徙置大廈後，金銀
灣區的大廈也開始動工，災民輪候住進，山屋的非法與危險轉為
安身立命的狹小住室後，水火的威脅不在，但擁擠的生活環境
「這既是交際中心，可也是仇恨的溫床，有的人和平相處，有的
人大吵大鬧，操刀追殺。[315]」窘迫成為新的適應命題。在進行
社會居民抽樣調查的大學生眼中，窘迫造成身體與精神兩方面的
損傷，「肥土鎮越來越變得像一個封閉社區。……這些鐵閘把戶

---

312 西西：《飛氈》（臺北：洪範，1996 年），頁 290-291。
313 西西：《飛氈》（臺北：洪範，1996 年），頁 343-344。
314 西西：《飛氈》（臺北：洪範，1996 年），頁 344-345。
315 西西：《飛氈》（臺北：洪範，1996 年），頁 354。

內和戶外嚴格地隔絕……[316]」或者「一個奇異女子，從大街小巷撿拾許多廢物，堆滿整個住宅……彷彿面對一座垃圾山[317]」，又或者「另一家門打開了，卻是一個小孩子在門內答話。爸爸上工去了，媽媽下樓買菜，他和更小的弟弟在家，大門倒鎖著[318]」，被獨留的小孩之外「孤獨的老人家，神經兮兮地把自己關在室內。[319]」西西於此一反《美麗大廈》帶有知識分子之眼的敘事，從肥土鎮各種移民脈絡與階級日常出發，細緻刻劃了大樓居民的扭曲與寂寞。

　　現實中高度經濟發展與高密度人口似乎成為香港特色，高樓大廈、高昂房價與居室空間相對狹小，引發私人對空間獨特相應的生活型態，西西於《美麗大廈》中以我姨悠悠所居住的三百呎房書寫了生活中如何周折困頓、縮小自己，甚或發展出疊層與複合使用的空間，至長篇《飛氈》則將居住的問題稀釋進肥土鎮地貌的改變，以及花順記一家的房舍改建，也納入花家第三代花可久建造夢想城市的實踐，透過理想與現實所進行的對話面。在此香港居住問題中無法迴避的劏房與籠屋，甚或被裁員後無家可歸的無家者，《飛氈》卷三以「相對貧窮[320]」與「鐵將軍[321]」寫社會系學生進行的居民調查出發，一步步涉入香港居住現實，

---

[316] 西西：《飛氈》（臺北：洪範，1996 年），頁 413。

[317] 西西：《飛氈》（臺北：洪範，1996 年），頁 413-414。

[318] 西西：《飛氈》（臺北：洪範，1996 年），頁 414。

[319] 西西：《飛氈》（臺北：洪範，1996 年），頁 414。

[320] 西西：《飛氈》（臺北：洪範，1996 年），頁 408-410。

[321] 西西：《飛氈》（臺北：洪範，1996 年），頁 413-415。

「文次郎與小旋風[322]」則寫露宿者行動委員會的陳二文，投入幫助無家者重新投入社會的義工行列，透露無產無家者如何在資本社會的勞動底層循環。花里耶拜訪在飛毯島遇見的哲學家時，遇到社會系大學生的調查團隊，對於肥土鎮的貧窮線感到興趣，在相對貧窮與絕對貧窮（赤貧）間，可以滿足基本生活條件卻沒有自己房子，沒有汽車、電腦的哲學家，被劃歸於相對貧窮者。回頭檢視調查員的清單，除了各項家居設備的項目外，不貧窮的條件還包含家中成員是否有獨屬自己的床鋪、生病是否有私家醫生、是否出外旅遊、是否與朋友吃飯、孩子是否有自己的書桌、是否緊急時才搭的士、孩子是否在九年免費教育後升學、是否常常全家出外吃飯，當然還有全家的收入與成員數目[323]，凡此種種都透露架構在西方資本主義的衡量標準，熱衷東方哲學的哲學家，一來沒有家庭孩子，二來東方哲學的文化領域並非強調經濟掛帥，也非社會的主導知識，那麼他的貧窮恐怕並非無法滿足上述指標而已，「哲學大師只是東方研究名下的教授。……後來離開了肥土鎮大學，在一所研究所中教哲學……因為學生極少真正在求學問[324]」現實的他在文化上更居於貧窮那邊。耐人尋味的是，西西此節以「絕對富有」標目。這自然透顯了書寫者在寫實之外，於敘事中注入的自我理想與關懷，是非寫實的，但卻也是文學裡難能可貴的。

終究，讀者在文本中還是迎來極度寫實的肥土底層，「鐵將軍」一節裡住著被關在鐵閘內的老人幼兒，或者焦慮囤積症患者

---

[322] 西西：《飛氈》（臺北：洪範，1996 年），頁 420-422。

[323] 西西：《飛氈》（臺北：洪範，1996 年），頁 409。

[324] 西西：《飛氈》（臺北：洪範，1996 年），頁 412。

之外，還有住在如動物園的籠屋居民：

> 室內沒有單獨的房間，只有幾列床位，分為上層和下層，
> 床位與床位相連，彼此以鐵絲網相槅，成為一個一個四四
> 方方的籠子。每一個籠子中就住著一個人。……高度只夠
> 一個人坐在床上，而衣服、被褥、鞋子、筷子碗杯，所有
> 的用具都不得不堆在床上。[325]

這無疑是肥土鎮赤貧的一群，但弔詭的是「調查員把資料記錄下
來。可資料和檔案對籠民有幫助麼？……做過調查的學生大學畢
業了，他們調查過的籠民仍住在原來的環境中守著籠門，接受另
一批年輕人的調查。[326]」籠民的生活不會因為調查而改善，也
沒有人為他們提供安置與更好的生活環境，因為資本主義將階級
與經濟弱勢者早早劃歸為不節制、不努力與不善於規訓自己的那
一群，社會對籠民處境的同情似乎也相對貧窮，而在改善其生活
的行動實踐與發聲的權力則絕對富有[327]，我們慣於把貧窮置入
括號，使之成為問題，並在諸多的計畫與方案的符號遊戲中，處
置貧窮，而非真正面對貧窮的根源。對照《飛氈》中的無家者，
他們並非身無長物，他們也擁有不少財物，只是脫離家的形式在
家外過著餐風露宿的生活，小說並未對「家」及其模式與必要性
進行更多的思考，只是將敘事焦點放在肥水街天橋下的蓬頭髮流

---

[325] 西西：《飛氈》（臺北：洪範，1996 年），頁 414-415。

[326] 西西：《飛氈》（臺北：洪範，1996 年），頁 415。

[327] 在此借用西西《飛氈》中寫大學生做貧窮線調查與花里耶拜訪哲學家兩
節的標題「相對貧窮」、「絕對富有」，作為論述轉寫延異的基礎。

浪漢小旋風如何重回社會。僅有一張破蓆的蓬頭髮，因為打磨工廠轉移到巨龍國而再也找不到工作，五六年就住在橋底石柱旁也安生度日，卻因為「地面上翻土動工，種了一列大葉植物，然後是正中的空間，堆滿了巨大的石頭。[328]」都市的美化工程不管是否針對無家者而來，但結果就是「擁有小小簡陋家園的露宿者消失了。[329]」蓬頭髮轉而在肥水街銀行門口活動，直到陳二文取得他的信任後，讓他吃飯洗澡，「蓬頭髮正在替郵輪髹漆。[330]」重新進入社會。看起來住在四五層樓，七層徙置大廈或籠屋、露宿的居民階級各不相同，但他們無一能逃遁在現代國家的管控與敵視之下，資本主義所期待的馴化身體與控制邏輯仍於肥土鎮佔勝場，私隱與否、開不開門，是否被納入社會系學生的調查方案，是否願意信任露宿者行動委員會義工，回歸或自願被納入資本社會永遠是最高價值。

　　筆者認為小說裡最神祕又諭示著肥土鎮根源的人物——葉重生的乳娘鄭蘇女，她帶有過去肥土鎮的在地歷史，在番人管治或者肥土鎮以男性為主的社會變遷敘事裡，她扮演一名潛藏在小說中的逃家女性，最後又一閃即逝的在小說末了銜接上肥土鎮的海盜過往。在長篇敘事裡看似顯在的移民／殖民男性社會，以及隨經濟發展而改換的公共空間，私人居室的文化移轉，西西《飛氈》在以花順記男性為軸的敘事中，還隱現著以鄭蘇女領軍的女性微言。出身海盜的家族的鄭蘇女因為不願意生小孩而逃家，自己至葉榮華家擔任乳娘，相對胡瑞祥家的翠竹（王帶寶）是因為

---

[328]　西西：《飛氈》（臺北：洪範，1996年），頁420。

[329]　西西：《飛氈》（臺北：洪範，1996年），頁420。

[330]　西西：《飛氈》（臺北：洪範，1996年），頁422。

家貧被家人立書發賣為妹仔：

> 見到碎石，她就彷彿見到了丈夫。……不，家裏生活還過
> 得去，並不愁吃，不愁穿，而且，她的丈夫還當上了採石
> 場的工頭呢。……她不喜歡生孩子。……丈夫說，娶一個
> 老婆就是為了生孩子。[331]

> 「今有生女一口，名喚帶寶，因家貧年荒，恐成餓殍，願
> 將此女讓與別家」[332]

鄭蘇女有別於翠竹盡力服侍胡嘉姊弟「除了偶而帶小姐上上街，
到親戚家去，幾乎一直待在家裡[333]」她常因為家具店不准抽菸
「有時藉故揹著葉重生上街，在街上就自由自在抽起來……她整
天在街上逛[334]」許多事情不需要她插手，她卻樂得可以上街跑
腿，不像乳娘倒像管家，只是這樣獨樹一幟且愛唱兒歌的乳娘卻
因為抽菸，在葉重生五歲的時候被辭退，小說直到末了已經年老
的鄭蘇女才在山洞與考古的花初三偶遇。在鄭蘇女的描述之外，
葉重生的母親雖在小說中佔據極少篇幅，卻也曾對女兒道出心
事，「她常常對女兒說，一個女人，沒有錢是不行的，所以，一
定要有許多私己錢，這樣整個人才踏踏實實。[335]」初嫁花初三

---

[331] 西西：《飛氈》（臺北：洪範，1996 年），頁 102-103。

[332] 西西：《飛氈》（臺北：洪範，1996 年），頁 122。

[333] 西西：《飛氈》（臺北：洪範，1996 年），頁 121。

[334] 西西：《飛氈》（臺北：洪範，1996 年），頁 93-94。

[335] 西西：《飛氈》（臺北：洪範，1996 年），頁 154-155。

的葉重生沉浸在兩人世界，婚後也未能勘破母親的話，也未曾在
乳娘鄭蘇女身上透視女性獨立的啟發；相較之下表妹胡嘉或許因
為叔母在半山醫院當護士，也因為接觸耶穌會學校的女教師，或
者源於她自小看星星的興趣可以在中產父親的身上獲得解答，又
或者她自小就不喜歡繡花煮飯而拉著葉重生去百貨公司應徵女售
貨員，「去當一陣子售貨員吧，因為在那間百貨公司做事，下了
班可以學珠算、番文和龍文。[336]」最終胡嘉沒有成為教師、也
沒有成為護士，而是成為天文學家。回頭來看葉重生是因為花家
經濟面對困境才加入工廠女工的行列，因為獲得陳家老夫妻留下
的蓮心茶舖而累積資本，因為燒毀花順記的愧疚而開始不斷買
房，她的重生相對於胡嘉似乎是被動許多。而小說中影響第三代
女性性別角色扮演的關鍵與其所接觸的教育體制息息相關，當時
的肥土鎮「一類是盎格魯語中學，另一類是龍文中學[337]」因為
政府官僚與洋行眾多，西文學校畢業幾乎不愁出路，所以花艷
顏、程錦繡、羅微選擇飛利中學，李麗蓮選讀南方中學，畢業後
的花艷顏回到飛利中學的圖書館工作，程錦繡與李麗蓮考取教
師，羅微則進到警務機關的消委會。《飛氈》裡埋入了肥土鎮三
代女性在婚姻、家庭與職業間的選擇，卷三挪引了吳爾芙「自己
的房間」之語，代入學習建築的花可久得到了「明日建築獎」。

　　花可久天天走在肥水街上，看著擁擠的樓房，鑲滿了花
　　籠、簷篷，招牌，違例僭建的騎樓，他想到的只是：建造

336　西西：《飛氈》（臺北：洪範，1996 年），頁 69。
337　西西：《飛氈》（臺北：洪範，1996 年），頁 322。

適合每一個人生活的居所……[338]

究竟甚麼才是花可久得獎的原因呢？……同一個單位裏共
有兩間主人房。[339]

花可久的建築的確建立在寬闊通風與性別平等的思索上，女性得
以擁有自己的房間的確是一大變革，但弔詭的是西西在此節之後
安排了「家居文化」一節，程錦繡約舊同學羅微與花艷顏到她一
千多平方呎的公務員樓坐坐，文本寫道基於肥土鎮居民到親友家
作客的權利義務，前者是參觀每一個角落，後者是看照相簿，為
了滿足親友參觀家屋的權利「當主婦的總要整天花許多時間去打
掃家居，布置廳房，讓人家來參觀。[340]」對照花可久所獲得的
建築獎之「明日」，甚有張力，儘管小說編織進女性微言，女性
家居空間的私隱，以及財產繼承權[341]都展開重新定位，但西西
在編寫肥土鎮日常之際，無疑非常切實的將女性議題置入審慎的
括號，社會上的女性遊行與公開的解放，還是需要落實到家庭這
個括號的實踐，方才抵達某一階段性目標。

最後，「優浮」一節有別於其他小節的書寫方式，並列了花
初三發現肥土鎮青銅器時代的陶片，同時也被附近高樓的火警驚
擾；子夜時分胡嘉在家中天象館觀星時發現飛毯，並彷彿在夢中
踏上飛毯俯瞰肥土鎮；花里巴巴帶著花艷顏登上飛毯，並在飛行

---

[338] 西西：《飛氈》（臺北：洪範，1996 年），頁 465。
[339] 西西：《飛氈》（臺北：洪範，1996 年），頁 466。
[340] 西西：《飛氈》（臺北：洪範，1996 年），頁 476。
[341] 西西：《飛氈》（臺北：洪範，1996 年），頁 488。

中拔下自障葉的果實，把它的花粉吹落在空中，而多年後重遊肥土鎮的領事太太再度看到飛毯，但她招領事先生來看時，「唉，哪裏會有飛毯呢？看你，真是五十年不變，仍然相信世界上有飛毯。[342]」整個小說以莊周夢蝶開始，以空白的書頁結束；以睡眠開始，花里巴巴呵欠連連扣連動物園的老虎是因為不喜歡籠子的環境而大打呵欠為中介[343]，花艷顏吃了自障葉做的藥糖後，以呵欠把隱形的能力傳給其他人，這些人隨之消失、自由了；以海盜家族的鄭蘇女開始，代表資本主義的跳魚灣興建的海盜樂園裡有間海盜館結束。

如果說《飛氈》刻意模糊隱去的小說時間，目的並非在重建過去，也沒有極力透過考古或海盜家族張保仔的故事增添其敘事的可徵可考，小說被強調的反而是肥土鎮的空間性特質，並且說肥土鎮是個「沒有廣場，沒有中心的地方[344]」「沒有中心，沒有廣場，自有它的優勢，因為到處都成為中心。[345]」的地方。甚或在文化肌理上，仙緣居（留仙園）與海盜樂園裏的海盜館，也不過就是資本主義的懷舊場。

> 身處這樣一個全新社會裡，……「過去」之存在也無非是一堆灰暗含糊的「奇觀壯景」而已。……因為「過去」作為「所指」，先是逐步地被冠以括弧，然後整體地被文字、映象所撤銷、抹去。留下來的，除了「文本」，正是

---

[342] 西西：《飛氈》（臺北：洪範，1996 年），頁 510。

[343] 西西：《飛氈》（臺北：洪範，1996 年），頁 229。

[344] 西西：《飛氈》（臺北：洪範，1996 年），頁 124。

[345] 西西：《飛氈》（臺北：洪範，1996 年），頁 125。

一無所有了。

在這種嶄新的美感構成之下，美感風格的歷史也就輕易地取代了「真正」歷史的地位了。[346]

詹明信（Fredric Jameson）筆下的晚期資本主義社會必然產生一套支配性的文化邏輯，其中後現代文化給予人的無深度感，提不起勁，強烈與新鮮的風格才足以引動人類的感知，於是過去通過奇觀壯景的拼貼與重組，傳達的不是過去本身，也並非重建過去，而是一種過去片斷特性的掌握，美學風格成為與過去互文的架構[347]。筆者認為西西《飛氈》寫莊周夢蝶、寫東方哲學家、寫仙緣居、寫肥土文或龍文，都是與虛構的飛毯，使人隱形的自障葉同等級的語碼，並未因為其背後的歷史與文化性而指代了某種崇高或者正統的過去。

西西以「鄭蘇女可不管了，每天起床，她細細地梳理她的長髮，盤成一個髻，插上一枝與她永不分離的碧翠玉簪。[348]」小說在空白書頁之外，也結束於跳魚灣海盜樂園納入香港海盜張保仔等的事蹟，把它放進象徵西方資本的遊樂園，西西沒有天真的

---

[346] 詹明信（Fredric Jameson）著，張旭東編，陳清僑等譯：《晚期資本主義的文化邏輯：詹明信批評理論文選》（北京：生活・讀書・新知三聯書店，1997 年），頁 456、459。

[347] 詹明信（Fredric Jameson）著，張旭東編，陳清僑等譯：《晚期資本主義的文化邏輯：詹明信批評理論文選》（北京：生活・讀書・新知三聯書店，1997 年），頁 450-459。

[348] 西西：《飛氈》（臺北：洪範，1996 年），頁 500。

改寫或認認真真的寫入線性可稽的海盜歷史，以強調其敘述的正當性與本土性，連帶的《飛氈》一文的敘事以不連貫抵抗線性的歷史，以空間取代時間，其對於肥土鎮的塑型已經遠遠超越 L. V. Ranke: Simply to show how it really was. 的理解，也超越文學與歷史涇渭分明的路線。真假之外，或許西西期待讀者看到的是近在眼前的日常。

> 「我不是問你世界上有沒有飛毯，我只是問你有沒有看見飛毯。你沒有看見，算了，那是你的不幸。老實說，你一天到晚守著你的望遠鏡，看的都是非常遙遠、很遠很遠、極遠極遠的東西，近在身邊、近在眼前的東西卻看不見哩。」[349]

（四）符碼下的城鄉結構破譯：城興鎮衰與香港城／鄉敘事之間的「中國」、「英國」身影

因此，在香港本土論述建構與香港文學的雙軸線上思索，關於我城與城籍的衍義過程，就不免徘徊於本土認同的建構工程兩端。一方面論者努力架構西西小說中我城的現實基礎，從而與香港本土論述連結；另外一方面也有論者覺得我城不必然是香港。在論辯兩者之前，筆者從論者尋獲的香港現實出發，將眾多參與西西小說文本的讀者對應出的香港社會，列舉的重大事件臚列如下：

(1)七十年代港督政府的新措施與新社會的降臨：七十年代

---

[349] 西西：《飛氈》（臺北：洪範，1996 年），頁 14。

仍賴製造業為主的香港經濟結構逐步朝向金融中心的轉型趨勢，也關涉到一九七三年香港面對「全球性通貨膨脹，中東石油外運中斷，香港的工業遭遇危機³⁵⁰」仍維持經濟成長，是其可以快速轉換的基礎，並將此歸諸於香港為華人社會中公平開放、資訊發達、善於自我調適與流變的地方³⁵¹。(2)另有著力於七十年代香港人口年輕化、人口結構從不斷有外來移民的浮動性轉為定居者作為香港主導社群，進一步對應小說《我城》的描繪與現實香港在「電話業務」、「消閒娛樂」、「環境衛生」、「教育問題」、「社會不穩及罪惡」、「能源危機」的符應之處³⁵²。(3)也有發揚第二十五任港督所創造的「麥理浩時代」（1971-1982）「注重在改善香港居民的生活和工作條件³⁵³」，以及「扮演的建設性角色」與香港繁榮的關鍵位置，且特別提及政策面在社區建設上的投入，引導市民公眾生活的變貌³⁵⁴，以此為基礎將《美麗大廈》作為香港七十年代的再現縮影。(4)更有將香港置入二戰後美蘇兩國科技軍備競賽的冷戰體系，香港因為對於外國文化抱持開放態度，使得科學與科技的新體驗隨著文學與

---

350 何福仁：〈《我城》的一種讀法〉，《西西研究資料（第二冊）》（香港：中華書局，2018 年），頁 47-48。

351 何福仁：〈《我城》的一種讀法〉，《西西研究資料（第二冊）》（香港：中華書局，2018 年），頁 47-49。

352 潘國靈：〈《我城》與香港的七十年代〉，《西西研究資料（第二冊）》（香港：中華書局，2018 年），頁 59-64。

353 潘國靈：〈《我城》與香港的七十年代〉，《西西研究資料（第二冊）》（香港：中華書局，2018 年），頁 65。

354 謝曉虹：〈通道的美學——讀西西《美麗大廈》〉，《西西研究資料（第二冊）》（香港：中華書局，2018 年），頁 334-335。

報導大量輸入，特別是太空與外星人的意象在生活領域湧現而
出，非理性與帶有仇恨的入侵者形象形塑出一個惡托邦的主題想
像，藉以詮釋《我城》中不連貫的科幻元素[355]。(5)轉入八十年
代科幻色彩的褪色則源自香港即將面臨中英主權討論與過渡的焦
慮感，論者認為西西小說中「對於城鎮居民渾沌狀況，較多現實
政治的喻意[356]」，無疑的把小說與主權焦慮的心理縮合一處，
「從七十年代的《我城》至八十年代的〈浮城誌異〉，當中由樂觀
情態轉向憂患意識，何嘗不是香港的人心所向？[357]」。(6)八十年
代提上時程的「九七問題」，1984 年中西聯合聲明、1988 直選、
1989 年六四事件、移民潮等[358]，「重寫香港歷史、重構香港人
的文化身分，成為香港文化、文學上兩個重要的議題。[359]」

　　筆者不厭其煩的梳理論者對於香港現實的抽取，目的在於一
方面理解文學討論的背景、反映論者詮釋的意識形態，另外一方

---

[355] 陳潔儀：〈西西《我城》的異質與科幻〉，《西西研究資料（第二
　　冊）》（香港：中華書局，2018 年），頁 78-79。

[356] 陳潔儀：〈西西《我城》的異質與科幻〉，《西西研究資料（第二
　　冊）》（香港：中華書局，2018），頁 86。

[357] 潘國靈：〈論〈浮城誌異〉「以虛表實」的再現手法〉，《西西研究資
　　料（第二冊）》（香港：中華書局，2018 年），頁 271。

[358] 洛楓：〈歷史想像與文化身分的建構——論西西的《飛氈》與董啟章的
　　《地圖集》〉，《西西研究資料（第二冊）》（香港：中華書局，2018
　　年），頁 396。潘國靈：〈論〈浮城誌異〉「以虛表實」的再現手
　　法〉，《西西研究資料（第二冊）》（香港：中華書局，2018 年），
　　頁 271。

[359] 洛楓：〈歷史想像與文化身分的建構——論西西的《飛氈》與董啟章的
　　《地圖集》〉，《西西研究資料（第二冊）》（香港：中華書局，2018
　　年），頁 396。

面則對應上述三個香港文學符碼生成的心理基礎及其流變序列。而在論者援引香港現實作為詮釋小說，想像香港現實的同時，不免就是在回應區隔於中國、英國、西方的國族課題——我是誰？我在政治、經濟、文化諸多面向的權力消長下的日常景觀——我如何感受、如何活？

因此，面對西西自述為中國人[360]，論者認為西西有回歸中國的意識[361]，西西文學香港符碼是否反映現實？是否帶有本土認同的色彩？幾個看似分裂的問題，就是西西小說中文學香港符碼彰顯的香港症狀。

---

[360] 西西曾在 2012 年《南方都市報》記者顏亮的訪談中，提到自己是中國人。「南都：你寫的《我城》，很多人說是香港本土文學的發跡。你怎麼看香港本土的身分認同，尤其是 1997 年以後？西西：我們就是中國人。我們以前一直說自己是香港人，現在就是中國人。我去旅行的時候，有人問我『哪裏人啊』，有的人甚至直接和我們說『阿里嘎多』（日語（『謝謝』），我說我是中國人啊，我不會和他說我是香港人。南都：為甚麼不能說自己是香港人呢？西西：都不知道香港有些甚麼意思，中國人就中國人。甚麼地方的人不重要，好好做一個人才重要。我們到世界上來不是做甚麼國界的人，而是要做一個好人，來幫助別人，愛護動物。」〈西西：我就是這樣，自己做自己喜歡的東西〉，《西西研究資料（四）》（香港：中華書局，2018 年），頁 163。這一段也同時轉寫在小說〈南蠻〉裡。

[361] 鍾玲：「（西西、吳煦斌、鍾曉陽）這三位女性小說家不但是本土作家中的佼佼者，而且，她們三位的作品有一個共通點：即她們的視野極廣，不受香港一地時空的局限，伸延入古代歷史、中國大陸、異域、內心世界等領域。……西西與鍾曉陽對中國都有回歸意識，她們回歸的對象不盡是共產黨統治的中國，而是中國的大地、中國的傳統、或中國的大眾。」〈香港女性小說家筆下的時空與感性〉，《西西研究資料（第一冊）》（香港：中華書局，2018 年），頁 3-4。

　　對照西西寫於七十年代的《我城》與《美麗大廈》，筆者認為這兩部帶有濃厚「我城」色彩的文本，可以解讀為城市居民外、內兩面生活的鋪陳與情感上的懷舊風格，也可以詮釋為對正在成形的香港意識及關乎國族想像規則的回應或懷疑。從西西小說評論與詮釋軌跡中所發現的我與他者的關聯，另一方面也側面理解論者對於西西小說中上述文學符碼的創造，是西西透過隱言、論者未明言的那條建構流動「香港主體性」的道路。

　　學者多方論述的西西小說與本土論述的關聯性，筆者在此要提出的是西西知識分子位置的實踐，常常是分裂且多元的。回應上述西西說自己是中國人，筆者認為應討論西西小說中的城籍與香港本土論述的興起於背景上、時間上、思維上的關聯，以及其文本如何看待這樣的分裂。薩依德在〈為國族和傳統設限〉一文中提到了語言與國族的高度生產關聯，現代社會透過報紙傳媒很容易形塑出「我們」與「他們」的區隔、流行比喻、陳腐思考、現成事物與集體性思考，同樣依賴與擅於使用語言的知識分子應該「絕不把團結置於批評之上[362]」，辨析「國語本身不只是外在的客觀存在，擱在那裏待人使用，而且是必須被擭用（appropriated）[363]」知識分子特意唱反調之外，還包括與那些少數、弱勢、不足、忽視同路：

　　　知識分子的職責就是顯示群體不是自然或天賦的實體，而

---

[362] 艾德華・薩依德（Edward W. Said），單德興譯：《知識分子論》（臺北：麥田，1997 年），頁 70。

[363] 艾德華・薩依德（Edward W. Said），單德興譯：《知識分子論》（臺北：麥田，1997 年），頁 70。

是被建構出、製造出、甚至在某些情況中是被捏造出的客
體，這個客體的背後是一段奮鬥與征服的歷史，而時有去
代表的必要。[364]

因此西西如何思索、定位自己知識分子的位置，上面筆者梳理了
論者從現實香港到西西文學香港的想像性關聯，而關鍵的是西西
文學符碼如何轉換為香港人的自我意識與認同？《我城》的城籍
想像構成香港人的居民意識，替補了國族界定的需要；浮城的構
設也同樣出現在香港文化人葉輝的筆下，收集 1985-2001 年香港
文學評論的集子命名為《書寫浮城》，1997 年還出版了散文集
《浮城後記》[365]，唯一缺漏的是肥土鎮之名。在此，筆者感興
趣的是如果香港提供了現實的物質性，文學是作家通過想像所建
構的抗衡空間，那麼上述三個香港符碼的異／藝名，何以在社會
再取擷符碼的路徑上出現「城興鎮衰」的現象？這些異／藝名想
像的背後，一個掛勾在語言的國族幽靈——中國，時隱時現，這
是使用中文的書寫者不管你明白宣稱談論它，或者努力顯示的與
它無關，好像都無可迴避的存在。

　香港的存在，是否因此有一條路徑：成為香港、香港主體意
識、打破中心意識的曲線？

　筆者認為放在上述的脈絡來閱讀西西的《美麗大廈》與《我
城》，可以著力在文本轉換了哪些新舊概念與其建構了何種地

---

[364] 艾德華・薩依德（Edward W. Said），單德興譯：《知識分子論》（臺
　　 北：麥田，1997 年），頁 70。

[365] 陳國球：〈書寫浮城的文學史——論葉輝《書寫浮城》〉，《西西研究
　　 資料（第二冊）》（香港：中華書局，2018 年），頁 271。

理、空間想像，以及此種想像所屬空間的意象群。換句話說，筆者關心的是此兩篇小說關於城市與鄉下的意義投射為何。西西在香港、高聳大廈如此「城市」的空間裡，默默營造了一款「有情」。一方面抽換城市冷漠／鄉村純樸自然的二元結構，另外一方面細緻化的將平面的空間分布想像，於置於筆直的大廈中，卻又不囿於高、低類同於階級的等式。小說裡最終規約著「香港人」的因素，有國族、城鄉、階級、世代之外，尚有個人史與生命情性的選擇。在被塑與自主選擇之間，西西傾向於想像一個更複雜、另類的香港社會。

　　由上所述可以窺見在歷史敘事的層面，香港面對與「中國」與「中國性」的複雜糾葛──地理、國族、文化層面。從王宏志〈中國人說的香港故事〉中我們可以看到香港作為「中國」的邊緣，又於英國的統治之下成為值得懷疑的中國民族一分子，一方面彰顯了中國知識分子對西方與現代符碼的內在焦慮，香港被編碼為擁擠、墮落與失去中國靈魂的所在／存在。另外一方面，當中國深陷文化大革命的七〇年代，香港就被想像肯認為「樂土」；或者在通俗電影中與「江湖」的隱喻對位[366]。施淑〈文字城市──閱讀西西〉一文開頭也同樣涉及了一般對香港的刻板印象：

　　　　提起香港，一般的反應大概都會跟殖民地、物質文化、電
　　　　影企業、九七大限等聯想在一起。提起香港文學，除了空

---

[366] 王宏志：〈中國人說的香港故事〉，《否想香港：歷史・文化・未來》（臺北：麥田，1997 年），頁 21-95。

　　　　泛地認定它是中國文學的一個支流，再不然就是以為它不
　　　　外乎是上述香港印象的直接反應，如同香港電影所見的那
　　　　樣。[367]

在此脈絡中，香港作為一個村、一個城，邊緣於一個國的位置或
許就帶有先天的特殊性，也是特異的可轉譯性——筆者於此，在
詮釋策略上先抵抗與延宕香港被歸入後殖民「混雜性[368]」。至
於中國在西西的小說中所扮演的位置，是否就作為香港城的對立
面「鄉」？在此，《飛氈》裡述及巨龍國處，有海盜家族鄭蘇女
談及十九世紀肥土鎮海域的鴉片走私，描述當時官廳毫無積極作
為；還有花芬芳一家遭遇戰亂遷回肥土鎮時所指的大陸；另外則
是花芬芳的媳婦彩姑加入肥土鎮邊境的野味或物品走私的行列。
於是以威廉斯的說法審度《飛氈》，此篇小說筆下的城鄉並未架
構在二元對立結構，肥土以「鎮」為名，裡面有傳統街區肥水區、
有西方資本開發的新興街區飛土區，更有因為勞動階層聚集而發

---

[367] 施淑：〈文字城市——閱讀西西〉，《西西研究資料（第一冊）》（香
　　港：中華書局，2018 年），頁 75-79。

[368] 雜混原本只的是物種的交混，但在文化批評與後殖民研究中，雜混被
　　視為「去除制式的想像和疆界，在交混雜糅的曖昧地帶間，更可以提供
　　各種多元想像和抗拒力道的發聲空間」，巴巴（Homi BhaBha）借用了
　　巴赫汀（Mikhail Bakhtin）多聲道的概念，「他主張殖民與後殖民的情
　　境彼此交織難分，將會形成『第三空間』（third space），並進而發展
　　存在於語言認同與心理機制之間，既矛盾卻又模稜兩可的嶄新空間」，
　　「將原本存在於生命有機體上的混種狀態，轉換成語言和文化的『交
　　混』情境，進而主張殖民主的優越文化，可以經由『第三空間』的開
　　放，以及擬仿、學舌和雜織文化的抗拒想像，來予以顛覆和取代。」廖
　　炳惠：《關鍵詞 200》（臺北：麥田，2003 年），頁 133-134。

展的彎街地帶，相較於這些鎮街與大道，肥水區有西方人聚集的
山區，也有容納移民山屋的山坡，城鄉在《飛氈》裡可能更接近
垂直結構的生成，而非倚賴一個中心延伸出的城鄉地景。西西小
說筆下的香港所照出的城鄉，毋寧說是採取揚鎮抑城的敘事，經
由戮力經營一個由鄉轉城的肥土鎮人情細節；西西並未將巨龍國
一味的等同於中國，只是在需要的時候少量、有限度的述及其鄉
或戰爭境遇，並未將之作為預設的缺失或丟失的鄉來緬懷。

　　接續著對西西「我城系列」的閱讀，西西為香港在家國之外
創設了「城籍」認同，施淑認為西西藉由「我城」擺脫了歸屬中
國、世界與殖民地的道德裁斷，並藉用 R. Williams 的說法，認
為香港的現代都市自由開放的特徵，形塑了「**擴散性的、大都會
式的知覺結構**[369]」相應於變動快速的香港，這是唯一共同擁有
的東西。

　　論文前半筆者梳理了「我城系列」文本，西西以《我城》塑
造了香港城籍的生成，以阿果、阿髮、悠悠、阿傻、麥快樂、阿
北……為中心，圍繞他們所屬的情感與知識，遊蕩徘徊的城市與
鄉村，離開與回返，其實都是讓我城更美好的可能途徑。《美麗
大廈》裡西西以電梯、走廊、門房作為南腔北調的溝通地，卻因
為居間的電梯失靈後，大廈的居民紛紛轉入樓梯，經由不同章節
的敘事視角的轉換，展示了其不斷調動敘事觀點與插敘的多重視
界，大廈的主體逐步脫離知識分子「我」的觀察，更在情節的描
述上凸顯知識分子的格格不入，透顯西西在《美麗大廈》並非樂

---

[369] 施淑：〈文字城市──閱讀西西〉，《西西研究資料（一）》（香港：
中華書局，2018 年），頁 76-77。

觀的看待市井人情世故，更精準一點來說，在穩定的日常性投入一些變化後，仍舊對知識分子的「參與」懷有疑問與戒心。西西於此系列的美學觀照形式，以「一切皆流，一切皆變」為旨，採取移動視角，以情感結構的連貫（如同繪畫的情思，有別於情節性的連貫）展現其形式上的獨到意味，西西抗拒去書寫、說一個情節化、整體性的香港故事，在零散破碎中展現香港無法被定義的文化政治性。

三、結語：城鄉夾縫裡的「香港作家」，語／文化話語裡的「華語語系」文學？

〈「我的香港」——施叔青的香港殖民史〉裏論述居住香港十六年的臺灣作家施叔青，她以長篇《維多利亞俱樂部》和短篇小說集《愫細怨》、《香港三部曲》紀錄見證了香港，進而探問「香港作家」此一標籤[370]。居住香港十六年、以多篇小說書寫香港的施叔青是否為香港作家？西西無疑是香港作家，但有論者認為西西不本土、香港的政府刊物甚至曾經誤認其為臺灣作家？何少韻這樣一個在香港中文大學教授英國文學、以英文寫作的香港人算不算香港作家？對此有中國論者以權宜的分類，以本土作家與南遷作家、或東南亞北來的作家之說，有以香港作家＆華文創作之說，試圖說解此題，有「『香港作家』這一名號，本來就是一個混雜的身分符號。殖民地香港從來就是一個移民和旅居者的

---

[370] 王宏志、李小良、陳清僑：《否想香港：歷史‧文化‧未來》（臺北：麥田，1997 年），頁 183-189。

城市」僅有少數是在英國殖民之前世代居住在新界的華人[371]。或許西西被誤認為非香港作家純屬插曲小疵，但其文本在臺灣出版流通，與華文或者文藝在香港市場經濟運作的不利境遇，是在移民與殖民之外，衍生此誤會的社會基礎。

西西為香港作家無庸置疑。可是在二十一世紀「華語語系」之名興起，西西立基於哪一種華語語系（sinophone）論述的一員，似乎有待釐清。在這看似與上述論述無關的議題，實是將西西小說的社會性重新刻畫的契機。

王德威與高嘉謙編選《華夷風：華語語系讀本》一書，選入西西的〈浮城誌異〉並將之歸類於「地與景」一類。王德威撰寫的導言延續其〈華夷風起：馬來西亞與華語語系文學〉[372]、〈「根」的政治，「勢」的詩學：華語論述與中國文學〉[373]、〈文學地理與國族想像：臺灣的魯迅、南洋的張愛玲〉[374]幾篇論文對於華語語系的論點：

> 華語語系文學強調以中國大陸及海外華人最大公約數的語
> 言——主要為漢語，包括各種官話到南腔北調的方言鄉音
> ——的言說、書寫作為研究界面，重新看待現當代文學流

---

[371] 王宏志、李小良、陳清僑：《否想香港：歷史‧文化‧未來》（臺北：麥田，1997 年），頁 181-186。

[372] 王德威：〈華夷風起：馬來西亞與華語語系文學〉，《中山人文學報》38 期（2015/01/01），頁 1-29。

[373] 王德威：〈「根」的政治，「勢」的詩學：華語論述與中國文學〉，《中國現代文學》24 期（2013/12），頁 1-18。

[374] 王德威：〈文學地理與國族想像：臺灣的魯迅、南洋的張愛玲〉，《中國現代文學》22 期（2012/12），頁 11-37。

> 動、對話或抗爭的現象。遠離中州正韻的迷思，華語文學
> 強調眾聲喧「華」……正因關注「華」的多元性，華語語
> 系文學也必須思考作為辯證的「夷」。[375]

王德威在此指出中國中心思考所可能發生的夷除現象，轉而強調
在變遷與流動中所衍生的華語書寫的多元性，在其同時涉及續存
語言與族裔文化認同的依憑之下，華語書寫同時也納入了空間的
「夷的特性」，打破漢族中心主義思想下的地理想像。

　　對照史書美於《視覺與認同：跨太平洋華語語系表述‧呈
現》、《反離散：華語語系研究論》對華語語系的相關論述：

> 華語語系主張使用各種（與中國相關）的漢語語言，是自
> 主的選擇與其他歷史因素相關……與離散中國人的概念不
> 同的是，華語語系的概念所強調的並不是個人的民族或種
> 族，而是在興盛或衰退的語言社群中所使用的那些語言。
> 華語語系並不與國族血脈相連，其本質上是跨國的與全球
> 的，包括了所有使用中的漢語語言。[376]

排除了以中國文學為參考正統的華語語系文學思維，將收納臺
灣、新加坡、香港、馬來西亞等地的華文書寫，史書美強調除以
語言為繫之外，尚且以地方為基，展現各處多元華語書寫的特殊
性。史書美基於對離散中國人概念的抗拒，認為離散裡包藏著以

---

[375] 王德威：〈導言〉，《華夷風》（臺北：聯經，2016 年），頁 4。
[376] 史書美：〈導論〉，《視覺與認同：跨太平洋華語語系表述‧呈現》
（臺北：聯經，2013 年），頁 56。

中國為中軸的思考，於是轉而使用了「反離散」一語作為替代，將臺灣文學、香港文學、馬華文學鎔鑄一爐，並推導入多元的後現代表述法；並且在移住遷徙的空間位移命題上，史書美挪用了英語系文學、西班牙語系文學、法語系文學的概念，也挪用了殖民在此語系文學中所扮演的角色進行架構。此論點看似並無太大問題，但黃錦樹認為史書美擴大解釋了中國作為封建帝國與英、法等殖民國的相似性[377]。筆者於此認同不應該擴張使用殖民主義概念，無限擴張的危險就是削減殖民主義獨特的歷史脈絡；另外黃錦樹則針對馬來西亞華語社群如何透過維繫華語作為族裔的認同的現況，在史書美的論述中被表述為「融入在地」與「阻礙融入」兩端的選擇題，期待於離散族裔，這這樣的討論一方面固然為華語語系文學的多元舒張立論，但另一方面卻削減華語語系所得以依賴的語言基礎。

回到本章論文所探討的香港作家西西，如果過於快速的置入華語語系的討論，筆者認為西西的書寫只會成為有別於中國作家，或者被納入全球化、跨國一環的華語語系成員，與其它臺灣或馬來西亞的華語語系作家，所具有共性與特殊性都弔詭的源於語言的選擇。華語語系看似涵蓋廣泛、無所不容，可是它或許也因此無所涉入、縱放差異，即便史書美強調華語語系內部的殊異與對話性。只是，沒有地方感或者情感結構不建立在強調個別意識形態，那麼香港之於西西也只是全球化城市中的一環，會簡易的將西西所建構的「我城系列」與「肥土鎮系列」看做一條從鄉

---

[377] 黃錦樹：〈這樣的「華語語系」論可以休矣！──史書美的「反離散」到底在反甚麼？〉https://www.douban.com/note/651722776/（檢索日期：2019/8/20）。

到城，從中國性到香港性的確立道路，看似流動，實則又落入窠
臼，而且是被抵銷面目的窠臼。

　　依照史書美的論述，西西五歲之後隨父親來港，與許許多多
由上海南來的中國人一樣，定居於港，但是否可以被視為「定居
殖民者」？西西這樣一個作家使用華語之際，是否「具有反殖
民、反中國霸權」的意義並且屬於「少數表述」，並透過語言與
權力進行鬥爭[378]？相對的，臺灣文學領域使用華語的書寫現象
並無法被視為少數表述，香港文學使用華語也不一定屬於少數？
而在臺灣文學的領域裡，臺灣原住民在臺灣的歷史與社會處境裡
或許更接近少數表述之意指，卻因為在霸權體制與市場機制下被
迫使用華語，如果也將此納入華語語系，無疑是一場意外及尷
尬。面對中國文學、臺灣文學或香港文學與華語語系的辯證關
係，從地域中心、語言中心來看，臺灣與香港是根系的歧出與居
於時間「之後」的發展，即便在界定之初埋入後現代、多元等思
維，但作為臺灣文學研究者，或許更傾向於構建臺灣或香港內部
的混雜性。邱貴芬借用人類學者克里弗德（James Clifford）對根
（roots）與路徑（routes）的說法，論辯臺灣文學研究所謂的在
地研究與本土想像，實際上已經包含了「漢文移民文學、日本殖
民文學、戰後中國文學、西洋文學和當代文學文化理論[379]」的
緊密扭結與互動。放在香港文學的討論上或許亦可適用，以西西
而言，出生上海、父籍廣東，中學後到港生活進而書寫的經驗，
香港歷經五〇年代錢穆與唐君毅所代表的中國民國學風的延續

---

[378] 史書美：《反離散（電子書）》（臺北：聯經，2017 年），頁 6-13。

[379] 邱貴芬：〈「在地性」的生產：從臺灣現代派小說談「在地性」「在地
性」〉，《重寫臺灣文學史》（臺北：麥田，2007 年），頁 330。

處，西西的文學啟蒙就受到南來作家與臺灣詩人如洛夫、瘂弦的影響，在香港文學的根、路徑辯證中，陳智德也主張「失去的國土」階段，香港從過客心態的生產場，並產生諸多民間刊物與民間敘事力量，在此香港文學經驗的本土性確立實是包含南來文人的影響：

> 五〇年代的香港，特別在民間自發的層面上，⋯⋯內地來港學者文人的積極努力，在大斷裂的時代中，造就一股延續文化的力量，透過教育和文學的傳承、民辦刊物的延續和流播⋯⋯六、七〇年代，香港人逐漸拋卻視香港為「借來的地方，借來的時間」的過客心態，慢慢確立本土化文化意識，這絕非憑空而至，實建基於五〇年代已至更早的歷史。這不單是一種歷史淵源問題，更在於透過五〇年代一輩南來者對香港的否定和批評，才能認清本土性的生成以及當中的不同面向。[380]

根與路徑並不表示同源同體，從陳智德的評論與西西的實踐中，都可以看到香港書寫主體所可能收攝的多源甚至分裂的狀況，如論文引述西西認同自己身為「中國人」，但在香港書寫上則刻意避開中心與單一意識，刻意將香港營造為流動且多層，甚而操作難以以某一理論收攏的寓言虛幻、雜語的滲透性，本土性與中國人認同之間並非非此即彼的單選題。

---

[380] 陳智德：《根著我城：戰後至 2000 年代的香港文學》（臺北：聯經，2019 年），頁 37。

　　關於華語系的問題，經由陳國球〈書寫浮城的文學史〉一文中所仔細梳辯的香港語文現況，包含香港口語、香港書面語、統治者帶來的英語諸種狀況下[381]，再加上九七之後普通話因為移民與商業需求的流通，華語是否足以置放在文學之前作為前綴辭，而在地域與語言所標示的前綴辭之間，以語言取代地域是否是較佳的選項，殖民主義所帶來的英語語系文學或法語語系文學的標明，華語語系標明的是面對中國崛起所代表的抗衡，且又足以兼顧華文雜語現況及其在不同地域發展出的殊異性？筆者僅僅在討論西西的部分文本之後，或許選擇偏向黃錦樹與邱貴芬論述，最後選擇回到西西的實踐嘗試回應：

> 在這個城市裏，當你的意思是指公共汽車，你說，巴士；當你的意思指的是鮮奶油蛋糕，你說，鮮忌廉凍餅。因此，在這個城市裏，腦子、嘴巴和寫字的手常常會吵起架來了。寫字的手說，你要我寫冰淇淋，但你為甚麼老是說雪糕雪糕。腦子、嘴巴說，我的意思明明白白是告訴你這兩人是足球裁判員，你卻仍把他們寫成球證和旁證。[382]

　　或許華語（或漢語）在歷史源流上就持續的處在言文分裂的情境，「吵架」的經驗發生在日治臺灣文人的經驗，發生在香港書寫者，實際上也發生在中國過去與當代書寫者的現實裡。吵架與分裂之隱喻，具備的不抵達狀態，可能是筆者暫時的選擇。

---

[381] 陳國球：《香港的抒情史》（香港：香港中文大學，2016 年），頁110。

[382] 西西：《我城》，頁 151。

　　筆者此章論文一方面討論香港作家西西經營的「肥土鎮系列」與「我城系列」，文本所回應的香港獨特殖民情境，如何反映出歷史進程中香港從鎮到城，卻因租借與殖民的時間橫跨了「母國」不同階段的政體轉變，一方面在現實失卻國的處境後自行衍生出地方認同外，又因為移民／殖民的社會體質，處於中國、英國的大中華民族文化、西方優越意識或經濟發展主義的間隙，在地方、城、國之間的多重經驗混雜，甚或恐懼有國的焦慮感與在沒有習於單一中心的生活狀態。就如同〈南蠻〉中的胡不夷與花阿眉交談時，寫花阿眉開始學習「國語」，此國與語言所帶來的焦慮充斥在西西八○－九○年代的書寫裡。以及論文討論的我城與肥土鎮的城／鄉對衍結構中，西西並不耽戀哪一維，鄉有其漂浮、未定的尷尬處境也有其肥土家族生養、納入與互助的脈絡，城有其疏離冷漠也有其溫情和藹的真心人情。另外基於上述的文本討論可以感受到西西對「知識」與自我身處「知識階層」的警醒與反思批判，是作為一個書寫者難能可貴之處。如果現實香港一直處在高度變動不居的狀態，西西選擇以不同的角度（城與鎮）切入，並且鋪衍一個又一個的故事，使它組合成一個多聲道的多維主體，透過文本內部的延異與外部的延異（文本的沿用與對照性），文本欲望所指向的並不在定義香港，而在於質疑自身。循此邏輯，香港文學、香港作家、肥土鎮、我城應該在否定的語法中尋找（胡不夷），應該在參差的命名中尋找（肥土、飛土、浮土），或者在跨文本的家族、故事性中尋找（花順記），或者在一個預設的未來聽眾、小說人物中尋找（花阿眉），在語言的遊戲中尋找（胡不夷／宜／移／疑／遺……）。

　　而對著肥水區街道圖的建築家，立刻要驚嘆起來：這是一個沒有廣場，沒有中心的地方。[383]

---

[383] 西西：《飛氈》，頁 124。

第五章
「遲暮之年」的文化考察
──臺灣女性書寫「年老」的
文化性

惟草木之零落兮，恐美人之遲暮。

戰國楚·屈原《離騷》

一、想像老年的文化心理

　　王逸對《離騷》「美人遲暮」做出以下詮釋：「遲，晚也……而君不建立道德，舉賢用能，則年老耄晚暮，而功不成事不遂也。」將美人作為屈原的自喻，男女情愛與君臣之義相類；當然基本事例就是以美人年老為基礎展開的寓意延伸。筆者在此並非要細究《離騷》章句的詮釋史，而是藉此凸顯關於「年齡」從來就不是一個可以簡化為時間標記的論題，在特定的時代與區域中，年齡常常是群體想像生命樣貌的心理課題、文化課題，即便當代社會已進入客觀理性的時間秩序，年齡仍然刻入各種文化標記──歷時性與共時性複雜交錯的場域。因此，本章論文所欲討論的年齡，一方面是人類進入現代體系後精準刻化下客觀時間

流逝的標記，另一方面涉及特定社會的年齡階序體系（age hierarchy）及其文化想像。

回歸研究的起點，筆者之所以嘗試以「年老」書寫為題，首先是女性文學與文化批評關注於性別再製、階級、身體、空間、欲望之外，是否還有可供闡述的論題？第二，希望反思大眾傳播媒體中充斥著對於「結束[1]」母職或超過一定年齡女性的不友善措辭。第三，臺灣社會逐步邁入老年化社會，年老的身體，如何進入文學的書寫視域，透過女性書寫者的視野參與，是否重新調動社會對既成年齡體系的意識形態凝視，同時增添社會對女性不同年齡層（尤其是「老年」）審視方式的多元向度。因此於臺灣女性書寫的議題中，本章嘗試以「年老」書寫為題，重新回頭梳理我們的年齡階級體系是如何構成的，其背後的性別意識、文化心理與時代特性為何？

在老年書寫課題的研究上，已有許詠淩：《「生命的星期六」：蘇雪林老年書寫研究》[2]注意到單一作家不同年紀介入老年議題的書寫，如何觀看與體驗年老，並將之義介為「書寫老年」、「年老時期書寫」兩者。顯然年齡的書寫可以在年輕時挪用文化性的想像涉入老年議題，區別於一旦年歲已老的親身體驗，則被歸入特定階段與心境的展示。此外，林麗青在此議題上則言明論文主軸希望處理的是：

---

[1] 這裡的結束並非指女性在扮演母職上有共同或標準的終止標的，而是泛指在兒女邁入成年期後，母親從撫育、教養的角色淡出的狀態。

[2] 許詠淩：《「生命的星期六」：蘇雪林老年書寫研究》，國立成功大學中國文學系碩士論文，2015 年。

> 賦予老化更深入的意義之外，也積極詮釋人生不同階段的
> 美感，建構老年的美學價值。……提供另一種積極正向的
> 觀點，重新完整地認識老年情境與人生價值。[3]

關於生命的年老應該如何被認知，「年齡的老」從來就不是一個
單純的時間命題，而是充滿意識操作的對象。

在驟然以慣習的生命史、社會史、文化史框架進入性別的年
老課題之前，暫時容許筆者梳理一個概括式、簡略的、粗疏的關
於人類如何思索生命進程的參考架構？依據 Thomas R. Cole 與
Mary G. Winkler 編著的《生命之書：思我生命之旅》（*The Book
of Aging: Reflections on the Journey of Life*）概括的觀察了古代到
現代對於年老生命認知體系的差異：

> 古代和中世紀都視年老為世間永恆秩序的一個神祕部分，
> 但這觀念卻逐漸被一種世俗、科學和個人主義的年老觀念
> 所取代。老年不再被視為生命靈性之旅的其中一站，反而
> 是被重新界定為一個有待科學和醫學來對治的問題
> （problem）。[4]

靈性的生命觀在現代逐漸退場，讓位給世俗、科學的語彙，書中

---

[3] 林麗青：《老年書寫研究——以《走過：老年書寫華文作品選輯》為
例》，國立高雄師範大學國文學系碩士論文，2013 年。

[4] Thomas R. Cole / Mary G. Winkler 編著，梁永安譯：《生命之書：思我
生命之旅》（*The Book of Aging: Reflections on the Journey of Life*）（臺
北：立緒，2011 年），頁 8。

Thomas R. Cole 與 Mary G. Winkler 將過往人類應對、探勘老年的方式歸納為：(1)將生命置入意象化的階段與旅程思維；(2)思索生命是否是一個連續性的積累，抑或轉換不同面貌，生命可能因此交錯著積極與悲觀的調子；(3)從社會角色來看待，生命末期褪去社會面具與公眾自我後，年老的面貌往往是孤獨與寂寞的體驗，因此也有了孤立絕望與重新尋找信念力量以供前行的差異；(4)當身體衰敗，肉身與慾望到底是解體停滯還是有繁榮茁壯的可能，尤其當死亡如此迫近之際，創造與摧毀、不朽與滅寂的拉扯；(5)當身體的衰朽來臨，在身體與精神之間，選擇強調身體的靈性向度還是精神的肉身性格，在美、死亡、疾病、醫學、靈性之間的依違；(6)年老的最後一個特徵是回憶，透過回憶將個人的生命與集體扣連，並將有限的生命傳遞於未來。筆者透過歸納看似龐雜、包含中西、男女、不同領域對於年老的發聲，幾乎可以歸結在 Betty Friedan《生命之泉》（*The Foutain of Age*）關於老年恐懼心理的探問，老年在人類文化中被視為一種悲哀、無助、疾病、孤寂的連結，應該如何被打破，其關鍵應該起源於人類「對青春價值及知覺的自我陷溺[5]」，曾經「老年人被視為種族累積知識、智慧、歷史和傳統的寶庫[6]」但 Friedan 認為現在印刷、傳播、文字、電腦裡充斥著將老年作為「問題」來看待的老年迷思之中。在積極的尋求停止拒絕年老，回歸檢視自己的真實經驗，探索生命之泉的 Friedan 眼中，在擺脫慘白、退

---

[5]　Betty Friedan 著，李鍌後、陳秀娟譯：《生命之泉》（*The Fountain of Age*）（臺北：月旦，1995 年），頁 31。

[6]　Betty Friedan 著，李鍌後、陳秀娟譯：《生命之泉》（*The Fountain of Age*）（臺北：月旦，1995 年），頁 40。

化、衰弱老年形象的努力之外,事實是我們置身在廣告、工作、研究、娛樂等公共領域都在在迴避著老人樣貌的世界,另一方面更藉著美容手術、健身、保養等新興論述,再度綑綁女性身體的道德議題。

行經普遍生命的思考命題,又聚焦在 Friedan 生命之泉之寓意所欲拋卻的宰制女性的衰老文化觀後,女性的生命歷程又是怎麼被區劃的?翻開《女性主義社會學》[7]對於女性生命歷程的描述,分為童年期、青春期、成年期與老年期,或許因為筆誤或者校稿疏忽,前言則筆誤為「童年期、青春期、成人期(人們時常以婚姻與母職來定義女性的這個階段)、中年期及老年期」看似一個微小的筆誤,卻呈現了女性生命史較男性「複雜」的面貌。女性的成年期或者中年依據什麼樣的指標劃分,而所謂的邁入老年,有社會角色或年齡的客觀標的嗎?如果聚焦在臺灣女性書寫的考察,是否可以窺見不同時代「遲暮之年」所映射的文化心理?總體而言,此章節想要透過抽樣不同階段女性小說家的文本,嘗試探觸臺灣女性書寫怎麼擘劃女年齡階層體系的脈絡,以此提出初步女性想像與自我認同的脈絡圖景。

如果,二十世紀讀者批評介入文學的世界,讀者個體的生命脈絡與群體的時代共感被納入文學的解讀範疇,那麼在學術研究的領域,是否容許研究者出於有感自身年齡,由筆者步入中年與瀕臨年老感的經驗性,足以構成從閱讀轉向構思本篇論文問題意識的背景因素。當然,這樣的主觀仍在於文本的世界裡,美人遲

---

[7] Pamela Abbott、Claire Wallace、Melissa Tyler 著,鄭玉菁譯:《女性主義社會學》(*An Introduction to Sociology: feminist perspectives*)(臺北:巨流,2008 年)

暮或者紅顏已老之慨，已然存在。

　　本章從上述的思考背景出發，嘗試以 1980 年蘇偉貞獲得聯合報中篇小說獎的《紅顏已老》（1981 年）、平路的《行道天涯》（1995 年）、朱天心《初夏荷花時節的愛情》（2010 年）、平路《黑水》（2015 年），以及近來李昂《睡美男》（2017 年）為討論對象。一方面回應上述老齡化社會的老年書寫，另外一方面以性別作為課題，觀察橫跨 1980-2017 年之間的年齡結構系統被歸位與干擾的諸多文學與文化立／力場。這些小說中的女性分別居於二十八歲、五十三歲到八十八歲、五十八歲、年過五十，她們在文本裡——與已婚的男教授戀愛、身為國母在寡居後於貼身侍衛 S 的按摩裡汲取性的滿足、夫妻為乾枯的婚姻與身體擬仿為赴日偷情的戀人、因丈夫渴欲的身體，而遭殺身的衣織系教授、身為外交官夫人的殷殷與 T Charlie 的一夜性愛，與臺商二代 Toby 通姦，最終誘姦她不可遏抑愛著的年輕健身教練 Pan——都敏銳的指向一篇篇年齡未逮，不適齡的愛情與欲望演出。

　　八○年代後的臺灣文學，歷經了反共文學、現代主義與鄉土文學等主導論述的風潮，正要進入文學商品化的世代，中產階級的消費口味開始左右文學，威權體制的鬆動使得臺灣社會被壓抑課題的冒現，這樣的背景脈絡造就了上述文本寬泛的對話軸線。而本章關注的是，上述文本的紛紛「言老」，可是年齡的差距卻橫跨了二十八到八十歲，女作家筆下不同的書寫面向造就了不同的女人遲暮想像，本章將在此看似差異頗大的言老想像中，試圖探勘女性書寫者如何回應年老文化心理內部男性的凝視，並嘗試掌握發言權的過程。

　　除了上述幾個顯見的長篇文本，本章也回頭梳理幾篇筆者掌握的五〇、六〇年代短篇小說，希望帶出戰後臺灣女性書寫於「年老」議題的經營，有其可論及、可建構的曲線脈絡。論文參雜童真〈穿過荒野的女人〉，聶華苓〈李環的皮包〉、〈月光·枯井·三腳貓〉，於梨華〈黃昏·廊裡的女人〉、〈也許〉，張漱菡〈斗室〉、〈虹〉，張秀亞〈靜靜的日午〉，孟瑤〈寂靜地帶〉，郭良蕙〈他·她·牠〉，劉枋〈我們的故事〉，以及歐陽子〈近黃昏時〉作為探勘此議題於臺灣戰後初建的起點，探討女性書寫如何想像、建構年齡階級體系的依據。

　　如上所述，遲暮之為用，可能在中國文學話語層面展現了蘊藉美學的發揮，但更有意義的區辨在於筆者想要趨探的是女性老耄相對於男性的年老，如何作為「他用」的存在意義——女人的年老從來就不只是女人的年老本身，而是被凸顯為父權凝視的衰敗他者存在。本章節以性別角度出發，透過女性小說文本關於「年老」議題書寫脈絡的梳理，探究歷史進程賦予女性怎樣的年齡想像史、知識史，更進一步考察女性掌握主體發言權後，如何透過書寫在年齡的話語體系裡編織屬於自己的聲音，依違掙扎在關乎年齡文化思維體系與自我身體感知的辯證關係中，徘迴在他者與我身的語言牢籠。

二、年老問題，還是問題化「年老書寫」？ ——「肖查某」還是時代的噴泉

　　關於老人書寫課題的研究，目前學界有以作家書寫的老年形

象、臨老的體驗與老年文學選本研究為主，例如以蘇雪林[8]、冰心[9]、鍾怡雯[10]、黃春明[11]、鄭清文[12]、李潼[13]、嚴歌苓[14]的散文小

8　許詠淩：《「生命的星期六」：蘇雪林老年書寫研究》，國立成功大學中國文學系碩士論文，2015 年。此篇論文注意到單一作家不同年紀介入老年議題的書寫，如何觀看年老與體驗年老，將之義介區分為「書寫老年」、「年老時期書寫」。論者另有，許詠淩：〈在「漸老」之間：蘇雪林「想像老年」書寫研究〉，《雲漢學刊》34 期（2017 年 4 月），頁 61-87。

9　廖冰淩：〈是智叟還是糟老頭兒？——論冰心作品中的老人形象及其老年觀〉，《人文社會學報》1 卷 6 期（2003 年 6 月），頁 53-80。

10　劉德玲：〈鍾怡雯散文中的老人形象〉，《國文天地》22 卷 7 期（259 期，2004 年 12 月），頁 61-67。

11　關於黃春明老年書寫的研究聚集在《放生》的討論，目前有吳榮鐘：《黃春明小說中的老人形象之研究》，南華大學文學研究所碩士論文，2002 年。陳玉芬：《黃春明小說中的老人書寫》，國立臺灣師範大學國文學系在職進修碩士班碩士論文，2006 年。李亞南：《黃春明《放生》中之老化問題及臨終現象研究》，南華大學生死學研究所碩士論文，2002 年。吳青霞：〈老者安之？——試析黃春明《放生》中的老人〉，《臺灣文學評論》2 卷 4 期（2002 年 10 月），頁 68-84。施昭儀；羅際芳：〈黃春明小說中的老人關懷探析——兼論「售票口」的意涵及省思〉，《弘光人文社會學報》8 期（2008 年 5 月），頁 141-166。柯喬文：〈老人顯影：黃春明小說集《放生》的老人群像〉，《生死學通訊》8 期（2002 年），頁 57-60。歐宗智：〈為老人做見證——談黃春明《放生》〉，《書評》50 期（1999 年 2 月），頁 6-9。簡銘宏：〈從黃春明的小說《放生》探討鄉村老人的社會問題〉，《屏東教育大學學報・人文社會類》30 期（2008 年），頁 85-96。

12　湯宗穎：《鄭清文小說老人書寫研究》，國立高雄師範大學國文學系碩士論文，2013 年。

13　董淑玲：〈李潼現代小說中的老人群像〉，《國文天地》27 卷 5 期（317 期，2011 年 10 月），頁 116-126。

說裡老年的書寫與老人形象為題進行討論。更有四篇碩士論文以簡媜為研究對象,整合簡媜散文中女性生命與社會議題作的考察,談論老年在其書寫脈絡的意義;或以簡媜 2013 年出版《誰在銀閃閃的地方,等你》為中心,特別著重討論簡媜如何架構老年於都市、鄉村的臨老現實關懷,肉身面對疾病與侍病者在心境情感上的流動轉換[15]。或有論者將 2013 年立緒文化以老年書寫為題所編選《走過:老年書寫華文作品選輯》為範圍,討論選本中魯迅(1881-1936)以降至黃信恩(1982-)與年老相關的散文,其中不同世代、不同性別,作家分據遠眺、初識、經歷、享受年老的位置,甚或包含老年期許想望或者回憶湧動期的描述等等。選集的出現同時也顯現臺灣在高齡化社會的來臨之際,「年老」被作為問題來對待,林璟筠曾就老人形象在媒體報導中的陳述得出這樣的論述,老人通常被傳播為負面,或者擁有不理智的頭腦或不健康身體者,更進一步成為商品置入性行銷的對象[16]。

14　李仕芬:〈悲涼的觀照——嚴歌苓小說的老年男性書寫〉,《人文中國學報》18 期(2012 年 10 月),頁 277-318。

15　林佑真:《簡媜社會關懷散文暨老年書寫研究》,國立高雄師範大學國文教學碩士班碩士論文,2013 年。翁士行:《簡媜《誰在銀閃閃的地方,等你——老年書寫與凋零幻想》研究》,中國文化大學:中國文學系碩士在職專班碩士論文,2013 年。黃薇靜:《簡媜老年書寫研究》,國立嘉義大學中國文學系研究所碩士論文,2014 年。陳怡雯:《為老年發聲——以簡媜《誰在銀閃閃的地方,等你》為例》,國立彰化師範大學國文系碩士論文,2015 年。

16　「透過新聞則數計算,發現社會問題框架(相對於趨勢框架、轉契機框架)之報導占最多數,對於老人之新聞報導亦偏負面形象,例如老人為社會負擔等。在性別方面的呈現亦有差異,描寫男性重視社會地位,女性則重視外表與生育能力。……老人相關新聞中具有濃厚的商業主義影

此外，林璟筠對老人形象在傳播上的性別差異與 Betty Friedan *"The Fountain of Age"* 一書的論點相符，女人大多以外表或生育能力方面的描述出現，但從現實生活觀察，更切進的是 Betty Friedan 在進入老年議題探討之前攤開在桌上的老年剪報與研究資料，所顯示的驚人發現：

> 除人類壽命不斷延長的相關報導外，沒有人利用老年人的形象，尤其是年紀大的女人，在大眾媒體上做甚麼或推銷產品。另一方面，大眾媒體對老年問題的觀念則更加執迷，而如何防止老化的各種方法更不斷出籠。節食、運動、化學秘方、美容手術、營養霜、心理防衛，或是乾脆徹底否認。[17]

面對當代老年「問題化」的社會現象，筆者想要釐清此現象背後的曲折文化投射：一方面反映了老年在社會大眾傳播被問題化、負面的傾向，另外一方面則突顯老年人的不理智被視為商品推銷的對象之外，當年老與性別意義媾和後驚人的恐怖事實，顯示我們在公共的論述、傳播的領域裡刻意迴避長滿皺紋、身材走樣的臉與身體，尤以女性為甚。我們活在一個逐漸邁入更多人年老，卻否認年老的文化情境中，因此日常新聞媒體每每處理老人新聞

響，近兩成老人相關新聞為置入性行銷，其推銷的品項以『醫療保健品』為最多。」林璟筠：《新聞中的老人形象分析：以《蘋果日報》為例》，國立政治大學新聞學系碩士論文，2017 年。

[17] Betty Friedan 著，李錦後、陳秀娟譯：《生命之泉》（*The Fountain of Age*）（臺北：月旦，1995 年），頁 34。

時就被吸納進這樣的問題框架，老人被作為社會問題、醫療負擔、過分保守的那一面；而另外一方面則把這種否定轉向商品的推銷市場，向老人推銷一些在「我們」想像中「符合」他們需要的東西。這裡明顯標示出依據年齡所區隔出的我們與他們，而掌握論述權力的我們或者商品化社會則占據代言、建構／生產他者欲望的位置。Betty Friedan 即以〈否認與老年『問題』〉為題開展她老年研究的論題，這樣的標題深具社會意義與悲傷的事實，我們把青春當作量尺，把老年者推入社會無形的監牢，使老年被「視」而「不見」，除非，你裝作年輕。最後，筆者希望透過將小說書寫的「老年」問題化，嘗試脫離敘事學或者女性生命史的體驗複述，而是挑選出女性書寫中所觸及的年老，除其本身就是個值得進一步思索的問題，更希望展示女性書寫如何否認年老話語的抵抗性實踐。

　　在日常生活中我們常常看到新聞或國家機器在做人口調控的時候，這樣談論女性，它們大多是這樣論述的[18]：女性身體有最

18　內政部今天公布生育率相關數據，6 都婦女生育第一胎的年齡平均都超過 30 歲，其中以臺北市平均 32.44 歲最高，生育第 3 胎比例居冠的是臺東縣。

內政部上午舉行例行記者會，由次長花敬群主持。花敬群說，根據內政部統計，全國生 3 胎以上的媽媽比率由民國 64 年 38.17%，降至去年僅剩 10.67%，最低是 100 年 9.76%。

花敬群說，換言之，60 年代，3 個嬰兒有 1 個排行老三以上，80 年代 5 個出生嬰兒中還有 1 個；到了 90 年代，10 個人才 1 個老三以上，可見隨著社會變遷，新世代媽媽生第 3 胎的意願大幅下滑。

家中排行老三、育有 3 名子女的花敬群表示，「男大當婚、女大當嫁」的傳統觀念雖然已經不符合時下年輕人的觀念，但他認為，趨勢會有循環，物極必反，晚婚的現象走到極端一定會擺盪回來。

佳的生育年齡，晚婚牽動著女性生育年齡延後，甚至生育率下降，進而衍生臺灣少子化與人口老化的國安危機。如果這裡的論述是基於國家人口調控為出發點，女性的身體一開始就與生殖功能緊密連結，女性的婚姻、生育子女數已經不是個人私領域的自由選擇而已，而是國家機器管控甚至透過軟性呼籲訴求動員的對象。即便當代社會強調多元與性別平等，可是在大眾傳播媒介的敘述裡所轉述的國家與女性身體關係，女性置身於科學與醫療研究的他者，國家霸權施作的對象，以及話語內部潛在存有的異性戀主導思維之中。女性的身體不再屬於自身。

　　雖然男性與女性的身體都會隨著生命歷程的進展而產生變

　　婦女生育黃金期為 25 至 29 歲，內政部表示，生育第 1 胎的年齡與生育第 3 胎以上比率具相關性，統計發現 104 年直轄市、縣（市）婦女生育第 1 胎年齡平均低於 30 歲的縣市有宜蘭縣、苗栗縣、彰化縣、南投縣、雲林縣、嘉義縣、屏東縣、臺東縣、花蓮縣、澎湖縣及基隆市等 11 個縣市，其生育第 3 胎以上的比率亦較高。

　　內政部說，臺北市、高雄市等 6 都及新竹縣、新竹市、嘉義市、金門縣、連江縣共 11 個縣市生育第 1 胎年齡平均超過 30 歲，生育第 3 胎以上的比率亦較低，如臺北市生育第 1 胎年齡平均 32.44 歲為最高，且生育第 3 胎以上比率最低。而生育第 3 胎以上比率居冠的臺東縣，生育第 1 胎年齡平均為 28.59 歲，尚在生育黃金期內，再生育第 2 胎、第 3 胎的機率較高。

　　內政部說，臺灣育齡婦女總生育率快速下降，於 93 年平均一位婦女的生育人數已降至 1.2 人以下，成為全世界最低國家之一。因此，內政部鼓勵在適婚年齡結婚及生育，才能增加生育胎數，婦女生育年齡延後很可能錯過生育的最佳黃金期。

　　（ http://www.chinatimes.com/realtimenews/20160622003662-260407 《中國時報》資料檢索時間 2018/6/27）

化，但和男性比起來，人們更常以<u>生物學及生殖周期等特</u><u>徵來理解女性的生命</u>。人們普遍認為男性是理性的人類，可以參與勞動力市場及公領域中的活動。他們的生殖功能與身體卻鮮少被提及，也較不被當成問題。另一方面，<u>女性的身體與生殖功能卻不斷被探討，而且時常以各種方式決定了她們的生命。</u>（Ussher，1989）[19]

一方面我們會看到以生殖週期異性戀父權婚姻為主軸的思索，另外則是生物性的看待女性。在這樣的論述中，男性似乎沒有最適結婚生育年齡的問題，男人於此逃過了身體性的老，以及逃脫於隨生物性而來的對於老的貶抑。

古代社會經由通過儀式（Rites of passage）確認成年，經由隔離（ex.喪禮）、過渡（ex.成年禮）、整合（ex.婚禮）等方式，確認一個人邁入成人與社會人的階段。當代社會則有儀式里程碑（Ritual makers）——「私領域的里程碑（例如，第一次月經、第一次性交、第一次喝酒等經驗）、公領域的里程碑（例如，結婚、畢業、舉行 18 或 21 歲的生日派對），以及法定的里程碑（例如，擁有投票權）。[20]」標記成年，除了在私領域完成一些里程碑外，更重要的是足以擔當社會責任，負擔起現代國家

---

[19] Pamela Abbott、Claire Wallace、Melissa Tyler 著，鄭玉菁譯：《女性主義社會學》（*An Introduction to Sociology: feminist perspectives*）（臺北：巨流，2008 年），頁 139。

[20] Pamela Abbott、Claire Wallace、Melissa Tyler 著，鄭玉菁譯：《女性主義社會學》（*An Introduction to Sociology: feminist perspectives*）（臺北：巨流，2008 年），頁 138。

體系內公民的權利與義務。只是，當上述傳媒對於女性身體的論述不斷傳播，可以生育的身體就是健康與準備邁入母職的身體，那些龐大體系的權力互換，偶而在夾帶著威脅的語意中，失去「生」機、老化的身體躍然紙上──子宮成為女性身體的全部，婚姻、生育與母職成為女性生命選擇的重要職務。權力的話語操弄諸多體系性的轉換，使受壓迫的讀者無法釐清，對於將身體全權交付給看似理性的醫療，將身體簡化為子宮的生命週期是否合宜。

　　社會學領域關於老年期的討論有脫離理論（disengagement theory）、行動理論（activity theory）、批判老年學（critical gerontology）三種論述方式。第一種認為老人已經不具備社會功能，應該將其責任與角色轉移到年輕一代身上，老人就此被排出國家社會的視野，成為與兒童、女性、病患、性少數一樣的邊境人類；第二種面對將老人視為無能力的非正常人，剝奪其權力，而忽視其自身的需要，但現實生活中老人可能還是有負擔經濟重任或者不願意脫離社會角色的狀況，甚且老人脫離社會並無法被證明是相對有益社會的運作，這裡明顯凸顯出變老常常是社會建構出來的想像；第三則立基於馬克思主義，年齡階層的形成與不同年齡的群體競爭關乎社會與經濟資源，而穩定的年齡階級化現象有益於資本主義的維繫，這也就是為什麼幼童和老人在此結構中容易遭受剝奪與貧窮風險的緣故[21]。在這裡我們看到老人被視為機械，或者通過社會福利制度規範退休年齡的做法，老人逐漸

---

[21]　Pamela Abbott、Claire Wallace、Melissa Tyler 著，鄭玉菁譯：《女性主義社會學》（*An Introduction to Sociology: feminist perspectives*）（臺北：巨流，2008 年），頁 141-142。

被剝奪作為一個有用的人的機會，其樣貌常常與兒童想像類似，被弱智化甚至去性化。只是進一步思索在此的去性化又有了性別差異，老人被認為不適合擁有性行為，但這似乎是針對女性而說的，「性對年華老去的女性來說是累贅，而男性只要和年輕女性在一起，他們的性慾就被正當化。[22]」於此，我們已經探觸到此論題的根本，女性身體或者老年的文化想像，最終要碰觸性欲的根結問題。

2018 年「陳克華遭遇肖查某事件[23]」中，他先於個人臉書寫下「是怎樣的一個女人，可以令一個男人激動失去理智到萌生殺機？」與「現代的女生為什麼好像很嚮往當妓女了？」的字眼，將 2018 年 5 月間接連發生的情人分屍案[24]與 2017 年林奕含自殺事件，評論為是女性自找的。接著又以〈今天又遇到肖查某〉[25]

---

22 Pamela Abbott、Claire Wallace、Melissa Tyler 著，鄭玉菁譯：《女性主義社會學》（*An Introduction to Sociology: feminist perspectives*）（臺北：巨流，2008 年），頁 145。

23 2018 年 5 月 30 日北榮眼科醫生、詩人陳克華接連在個人臉書 PO 出對女性不友善的言論，於此以「陳克華遭遇肖查某事件」稱呼。在此筆者沿用其「肖查某」字眼，並非認同其對女性不平等與不友善的論點，而是希望指出父權文化一貫以來將女性視為歇斯底里存在的長久歷史。

24 2018 年 5 月 21 日板橋情殺分屍案，新北市板橋健身教練朱峻穎殺害黃姓女友並分屍，後畏罪上吊身亡案件。6 月臺北華山分屍案，已婚 37 歲射箭教練陳伯謙，殺害高姓女學員並分屍、棄屍於陽明山。

25 https://gotv.ctitv.com.tw/2018/05/905272.htm「是沒有拜拜嗎？今天門診又遇見肖查某。我的經驗值是，凡是一個半老徐娘帶著一個看起來沒有什麼教養又醜醜的女兒看門診，你就要小心了。就好像遇見中年婦女手持念珠問你信佛或耶穌嗎——這時你就要趕快跑。沒有什麼教養或看起來功課很差的女兒，除了反應媽媽的基因以及家教很差之外，也反映了

與〈分屍——我最害怕神經質女人〉[26]為題，對於「肖查某」陳克華是這樣描述的，她們已婚，有一個沒有教養、功課不好又醜醜的女兒來反映她教養也不好，她們的年齡處在徐娘半老、中年婦女，形象如同瘋婆子，當然這樣的肖查某，她們的老公也只是把她們當作洩欲（「肏」、有「洞」的身體）的對象，或者指稱這些女性根本性需求不滿足，甚而將已婚、生育後的女性視為「無腦」、非理性，更甚而指出未婚女性也無法倖免被看作智力低下、不能擔當大任（例如：總統），女性熱衷指甲眼線、矽膠隆乳、肉毒眉等等美容裝束，都不分青紅皂白的令其難耐。

陳克華此番言論掀起軒然大波，但回到其早先出版的文字，

這個女人自己的家庭地位、人際關係和處事能力的低下，造成她自己的自卑、壓力和焦慮感，很容易反向外在表現為固執、跋扈、自以為是、自以為什麼都懂、各說各話難以溝通、你說一句她說三句、只有她最對、說話只有情緒沒有邏輯、只有想在氣勢上壓過男人等等的瘋婆子。最近門診這樣的肖查某破麻仔很多，而且有越來越多的趨勢，為什麼呢？？？是因為我們有個相同性別的總統？……雞公不啼，啼到雞母？從故作可愛的清純玉女，到婚後生完小孩的鼻頭紅紅、目露凶光、化濃妝、嗓門粗嘎又高八度的肖查某，轉變為好像不用幾年功夫耶……，是生完小孩頭腦會變大便嗎？還是先生從此（從此）不再理她所導致？性需求不滿足嗎？可是看到這樣的肖查某，很難想像相初（當初）會有男人想要肏她？還是異性戀直男真的很不挑，有洞即可，眼睛糊到屎？母豬賽刁嬋（貂蟬）……我這時心裡想的是：放過這些可憐的女人吧，肖查某破麻仔這麼多都是你們造成的……男人，要身上的洞男人也有，搞不好更緊，要樹懶叫男人也會啊……」（《中天快點 TV》資料檢索時間 2018/6/27）（括號為修正陳克華臉書文字之誤，以利閱讀。）

26 https://n.yam.com/Article/20180530610876（《Yam 蕃薯藤新聞》資料檢索時間 2018/6/27）。

此仇女言論並非偶發。其早於〈中年女人的煉獄〉[27]一文，如此描述晨起運動後聚集在便利超商、麵包店、早餐咖啡裡的女性：

> 此刻男人都上班上課去，她們短暫成了某些空間的主人，可以透露出內在某些本性。
>
> 說她們是女人已有些勉強，彷彿上帝在讓她們完成繁衍的任務後，立刻收回所有吸引雄性的特質……如今她們頭髮乾燥，聲音粗嘎，皮鬆肉弛，目光混濁，難怪有「男形老婦」這樣的形容。彷彿隨著小孩長大離家，「女人」也跟著離開身體，如今她們更像中性人、變性人、陰陽人、男人。困在家庭巢穴多年，和外界接觸有限，知識和心靈上的發展停滯，使中年後她們的下腹和頭腦同時進入空巢期。……
>
> 如今用盡了卵巢裡的卵，也蛻掉了「女人」這層皮，被打回不男不女的原形，然後被整座城市遺忘。[28]

陳克華〈今天又遇到肖查某〉與〈中年女人的煉獄〉對女性或年老女性的文字描述，非常值得注意的訊息是「行為實踐」與「視覺性」。對年老女性的審視聚焦在其衰老的容顏與行為不當，衰老彷彿天生的罪惡，在公共場合高談闊論更是僭越，那些在不同家庭情境的女性通通被混至一爐，其行為被描述為乖違之外，源自於視覺觀察的偏見居然是可遺傳的基因學。這些行為背後難言

27　蘋果日報 2014/10/02。此文最後並未收入陳克華：《我的雲端情人》（臺北：二魚，2013 年）。

28　蘋果日報 2014/10/02。

之隱,不是真正的正確與否,而是在歷史的過程中這些舉措被「視為」非常、難忍,且以道德、禮貌、公眾秩序等價值衡量之,這些批判就「自然」的成為敘事的一部分,完全沒有扞格、不需要停下來檢視其跨度之大與不合邏輯。

簡單的說,女性在陳克華的論述裡僅被縮小為子宮,子宮是導致其歇斯底里的源頭,或者說女性荷爾蒙就是原罪。而「神經質女人」只是比較好聽、現代的稱呼罷了。女性從希臘時代體液說的架構裡,子宮被描述為可以於全身各處漂移的器官,一旦它飄到腦部就成為女性歇斯底里的肇因,此早期的體內想像經過漫長的時間,抵達現代醫療體系,女性的身體與生命周期轉換以賀爾蒙激素來代言,但不管如何女性依然被貶抑為問題性與麻煩的身體,也是國家透過科學監控其性欲的身體。

對比上述內政部關於生育率的公告新聞與陳克華的言論,我們很容易在後者情緒化的表述中辨識出性別壓迫的話語,反之對於看起來飽含數據、科學語彙的報導則不具戒心。實際上兩者所扮演的社會功能與意識形態有幾處類似,都是以男性或男身的凝視為出發點,以凝視女性身體為始,然後定義並評價她們的生命歷程,這再再都指向性欲身體的客體位置。這個社會對於已婚、育兒與母職的鏈結,或者固著女性身體與吸引力的關聯後,定義其吸引力將隨年齡遞減,扣合在二元僵化性別身分氣質與男性欲望凝視的惡意無處不在。

如果魯迅小說〈狂人日記〉中:「沒有吃過人的孩子,或者還有?」及至最後吶喊出「救救孩子」的籲求,是為中國現代小說反抗禮教的吶喊,並在現代文學中成為隱喻,對照陳克華〈分屍——我最害怕神經質女人〉最後一行詩「*我求你了。好不*

好？」筆者在「陳克華遭遇肖查某事件」中驚訝的發現，吃人的孩子長命百歲。潛伏在性別領域高社經地位的男身身上，潛伏在中產以上、某些菁英的思維中，依然故我的將女人身體作為商品，女人在男身／聲話語中被殺、被肢解百次都拼湊不回自己的屍身。陳克華或許不能代表所有高社經、中產菁英的整體，但以陳克華作為個案，則顯明的發現 2014 年的他筆下厭棄的「她們」如此不可愛，仍然嘗試明瞭臺灣女性在取悅男性、附屬於男性的狀態；2018 年則不做任何包裝，直接不假思索地將負面標籤貼附在女性身上，啟動所以有棄離女性的話語，並對女性諸如外貌、教育程度、性別氣質、人際交流，甚至單一個人的精神失序或社會化程度的差異，合理化其偏激言論，進行負面表述及強烈惡意的表達。如果社會體制將女性身體固化為特定生命歷程，社會日常的傳播仍盲昧的以生殖功能看待女性，女性不只是在父權中被壓迫，連在非異性戀者的世界裡，女身依然被貶抑。彷彿多元發聲與性取向的多元論述沸沸揚揚，諷刺的是女身永遠在生物鏈的最底層。詩行前後文「可以這樣殺掉我，好嗎？」、「我求你了。好不好？」女性一躍成為令人生厭的「強者」，但卻是俗不可耐、沒有理性思維……在詩行的意識形態背面，女性才是那個要大聲呼喊「我求你了。好不好？」的發聲主體，筆者覺得必須荒謬的歪讀，才能歪打男身／聲。

　　從新聞傳播特意表彰國家機器對女性生育身體的掌控與威脅，以及一場最血淋淋的女性迷思展演，當代被賀爾蒙控制的女性身體，依然歇斯底里，女性天生患有痼疾，科學、醫學接手了女性身體的合法性詮釋，但其疾病化的想像歷久不衰；另外一方面，賀爾蒙、社會與文化建構的性吸引力及女性氣質關聯時，透

過化妝美容、運動健身與整形來控制身體，服務於男人的凝視與消費目光，「遲暮」之年限如何也借此之力被推遲，甚或反映在小說書寫。值得關注的是意識到年齡結構的話語層次的女性書寫者，在有感商品化世界藉由健體或美容醫療被推遲的年老，女性書寫者展現甚麼樣的積極對話企圖。

三、抒情審美與保守中產的主導文化詮釋之外 ——遲暮、已老的幾種狀態

范銘如在〈臺灣新故鄉——五〇年代女性小說〉論述當國民政府將臺灣建構為反共復國的基地時，女性書寫者已經開始重寫家鄉的意涵，她們開始反思家的定義與父權家的囿限，並重新接軌認同當下的臺灣空間[29]。〈穿過荒野的女人〉描述薇英與剛剛拿到師範畢業證書的女兒筱薇坐在院子裡回首往事，憶起薇英年輕時服從娘家的安排去攀一門富親，因為父親與兄長貪圖夫家在上海的一片店面，薇英的婚姻一開始就是一樁交易。小說中的兩家人，一邊恪守傳統卻家道中落，一邊已接受新文明且家勢正旺，但在女性書寫者打造兩個家時：「太陰暗、太缺乏光亮了」、「陰澀、潮濕……終年是灰暗暗、悽慘慘，一副沒落的氣象[30]」過去中國被父母決定婚姻的家昏暗沒落，對照臺灣的家有陽光、有院子，有鳳凰木扶疏的枝葉，以及枝椏開展後，蔭下的

29　范銘如：〈臺灣新故鄉——五〇年代女性小說〉，《性別論述與臺灣小說》（臺北：麥田，2000 年），頁 43-47。

30　范銘如編著：〈穿過荒野的女人〉，《小說讀本 1：穿過荒野的女人》（臺北：五南，2008 年），頁 157。

涼爽[31]。

范文論及童真（1928- ）〈穿過荒野的女人〉時，著重在女性如何將臺灣作為性別上的象徵，成為女性再生或和解重塑自我的新空間，突顯中國的封建與墮落，「移民不但沒能將大陸壞制度與意識形態偷渡過來，反而在新的空間文化裏得以再建構出另一種主體性。[32]」藉此強調童真於此篇文本中形塑薇英勇敢出走臺灣，並拒絕擁抱、依循國家機器對家與鄉的單一男性論述，並與文學上的政治動員保持距離，一來因為女性並不渴望男性建構的秩序與威權（不論是否勘破男性秩序的壓抑性格），二來是在政治的流離中反而找到一方天地。

對照日後王鈺婷對童真所進行的訪談，童真現身說法自己如何透過接觸臺灣物事，以及觀察農夫、菜販、工人、雜貨店老闆等，並細心與他們交談拓展生活經驗[33]；夏祖麗則以「鄉下女作家童真」稱呼她，即便她蟄居鄉間無法與臺北文化圈的女作家時常交流互動，又因為一口寧波話隔閡於臺灣社會，但她時常經由觀察與同情心、想像力探觸周遭，廣泛的嘗試揣摩刻化人物[34]。在范文精準且紮實的研究基礎上，筆者對此篇印象深刻的閱讀經驗卻座落在：

---

[31] 范銘如編著：〈穿過荒野的女人〉，《小說讀本 1：穿過荒野的女人》（臺北：五南，2008 年），頁 154。

[32] 范銘如：〈臺灣新故鄉——五〇年代女性小說〉，《性別論述與臺灣小說》（臺北：麥田，2000 年），頁 48。

[33] 王鈺婷：〈徜徉於鳳凰樹影下的童真〉，《文訊》九月號「重陽專題」。（2014 年 09 月）

[34] 夏祖麗：〈鄉下女作家童真〉，《她們的世界》（臺北：純文學，1978 年），頁 207-208。

> 娘兒倆在外面走，只要逢到什麼高低不平、狹窄泥濘的
> 路，筱薇總會伸過一隻手來，攙住她，一邊說：「媽，當
> 心，別摔倒！」其實，即使她沒有人扶，也能穩穩過去，
> 她還不至於衰老到這樣；不過，她總是依著女兒，讓她扶
> 她，有時，還故意把整個身子靠在她的臂上。[35]

小說中的薇英四十七歲，雖不至於衰老，卻需要或享受女兒的攙扶。這是我回歸五○年代的女性書寫，關注年老課題的起點——意識到年老背後的文化性。在小說情節的鋪陳，當然有女兒感念母親獨自擔當撫育重任，以及在性別向度上兩個女性在海島相依、重獲新生並建構自己家園的意圖，但筆者認為童真〈穿過荒野的女人〉的深層符碼展現了文學書寫遲暮之年的一個義界標的——卸下母職。

馮竹悅〈留不住的黃昏〉（1963）的旭芬大約是四十歲上下的母親，大學三年級奉父母之命嫁給雲飛，隔年生下小芬，卻遭遇丈夫來信訣絕，因為尊重女兒小芬的意願，拒絕喜歡的長睫毛的人的求婚要求，擔任教職的她獨自扶養小芬成年，卻在小芬成年後感到一股空虛與黃昏的年老感[36]。面對老與死、孤寂的接連襲來，旭芬透過把箱籠裡的衣服一件一件拿出來曬太陽，讓自己忙碌排遣時間，但看在正值青春的女兒、陌生的他人、女兒的朋

---

[35] 范銘如編著：〈穿過荒野的女人〉，《小說讀本 1：穿過荒野的女人》（臺北：五南，2008 年），頁 154。

[36] 馮竹悅：〈留不住的黃昏〉，《她們的世界》（臺北：純文學，1978年），頁 21-27。

友眼中,一再的被視為老[37],除了生活和周遭的人脫了節,和女兒也成了兩代人,從女兒的需求所建構的自我價值一旦崩解,「不知怎的,她立刻想到『死』,也許這字和『老』有著密切的關係。近年來,『老』這個字腐蝕著她的心靈,比腐蝕她的身體還要厲害。『老』並不可怕,但『老』把它和『孤寂』連在一起,卻就使她難以忍受了。[38]」旭芬面對丈夫離開、拒絕情人的求婚、卸下母職、與女兒青春的對照,排遣女兒如浮雲般離開所帶來的空虛的方法是養一隻貓。姑且不論貓是否如文本所述,不會反抗,也不會離開,但至少有別於女兒成長後奔向前程,離家尋求自我實踐,完全不顧惜母親的付出。〈留不住的黃昏〉看似童貞〈穿過荒野的女人〉的另一版本,但卻隱微透露出女性以母職為所有人生價值的投注的危險性。卸下母職固然使人轉換身分而感受到蒼老,但找不到生命的熱情與標的也是引發旭芬這樣年齡的女性感知到年老的另一曲線。

張誦聖在〈臺灣女作家與當代主導文化〉中認為五○年代的政治與文學在威權體制的主導下所造就的文學場域,使女性文學展現「正面的、保守的、尊崇傳統道德的教化性『主導文化』……早期主導文化對文藝品味取向的特殊導引,奠定了某一類型女性文學蓬勃發展的基礎。[39]」因此,張文將當代主導文化

---

37 馮竹悅:〈留不住的黃昏〉,《她們的世界》(臺北:純文學,1978年),頁 22、25-26。

38 馮竹悅:〈留不住的黃昏〉,《她們的世界》(臺北:純文學,1978年),頁 22。

39 張誦聖:〈臺灣女性與當代主導文化〉,《性別論述與臺灣小說》(臺北:麥田,2000年),頁 349。

總結為「經過轉化的中國傳統審美價值」、「保守自限的世故妥協心態」、「中產品味[40]」三點。因此臺灣社會歷經了七〇、八〇年代的文學商品化，蘇偉貞 1980 年以《紅顏已老》奪得聯合報中篇小說獎就不會是偶然。暫擱其是否為「閨秀文學」的討論，《紅顏已老》寫大四生章惜與大九歲的經濟系教授余書林相知，去加拿大多倫多繞一圈回來後與余書林重逢時也才二十八歲，而在文本中的她居然充滿「已老」的感概。這裡顯然符應張誦聖所言，五〇年代從中國文學所攜來的紅顏易老傳統，兼及受限於父權社會女性在愛情、婚姻市場上的賞味年齡。除了心境上主觀已老的感受，對照於童真〈穿過荒野的女人〉中的薇英二十三歲就結婚，已經在國外讀了四年書的章惜在鄰居與社會的眼光中已經「晚了」，於是母親、隔壁的李媽媽都催促她早點結婚：

> 「妳今年不小了，媽不敢說希望妳早點嫁了，做父母的可以放下心，可是，妳成天這樣悶著，做父母的看了心裡急啊。」……她母親覺得正常的人需要正常的婚姻模式。
> 「章惜年齡不小了，樣子也不壞，還不嫁是什麼毛病？」[41]

因此，女性遲暮之年的書寫或者框限女性生命歷程的分界，從來都不是客觀的抵達哪一個時間點，女性的生命就自然轉入下一個階段，它往往伴隨著一些相關的儀式里程碑（Ritual makers）。

40　張誦聖：〈臺灣女性與當代主導文化〉，《性別論述與臺灣小說》（臺北：麥田，2000 年），頁 357-358。

41　蘇偉貞：〈紅顏已老〉，《紅顏已老》（臺北：聯經，1981 年），頁 23、24、27。

婚姻明明是成年期的標記，可是女性書寫者筆下卻凸顯社會以「老」為要脅，逼迫女性早早進入婚姻的圍城／危城，進入男性的家、成為被豢養的安全性對象與再生產工具。在此章惜在愛情不遂與父權脅迫之間，主觀的已老與社會的已老兩者，文本偏向以抒情的句式、風格迴避父權定義下所謂正常的生命選擇，甚而古典社會通過儀式（Rites of passage）用以確認成年的儀典在當代社會已然失落之際，將人排出或納入體制的操作就更加赤裸，《紅顏已老》與〈穿過荒野的女人〉逕直將女性未婚等同於不完整的重大指標，並且踏入婚姻後還應該生養小孩（由余書林之口道出），才符合社會所期待的完整家庭樣貌。蘇偉貞《紅顏已老》描繪了無法在愛情中如願的女性，透過心境上的已老越過熾熱的愛情盼望，一方面迴避婚外關係的危險，另外則避過無可遏抑欲望的突進，被規避的正是透過女性直抵老年所進行的消極抵抗，而保護了男性在愛情裡的浪漫與越界的自由。

　　孟瑤〈寂靜地帶〉一開頭就把家寫成寂靜之處——晚歸的丈夫、沉默的小孩與臺灣國民學校畢業的女傭阿珠，「我們找不到一個比不幸福的家庭更寂寞的東西。」她身處寂靜的家十年光陰，在阿珠請了婚假，五十多歲的新女傭到來，牽動了記憶：

　　　　她已經是一個鬢髮斑白的婦人了。我忽然感到我的心狠狠的痙攣了一下。我很怕見到五十以上依然流落不偶的婦人。[42]

---

[42]　孟瑤：〈寂靜地帶〉，《小說讀本 1：穿過荒野的女人》（臺北：五南，2008 年），頁 191。

這名五十多歲的女傭使她想及孩提以及在重慶讀大學時記憶深刻
的年老形象，一個是穿著破敗賣麻花的貧婆，另一個是家人被炸
埋後瀕臨精神崩潰的老婆子，文本就此下了斷言：

> 每個五十以上而且奔勞在外的人都有一個正在上演著不知
> 何時會結束的悲劇。我可以在每個<u>已入老境而還須自力謀
> 生的女人</u>身上推演出她的故事來，或者老伴已逝，或者諸
> 子不肖，最好也是為了減輕兒子的沉重家累而自覓衣
> 食……[43]

女性的悲劇指向流落不偶、臨老無依，更慘的是年老後還需要自
力更生。經由年輕的阿珠即將邁入婚姻帶起女性的年老處境，失
偶或無美好家庭屏障的年老，在女性書寫者的筆下看來特別怵目
驚心。小說看似在頌揚婚姻的保障，但對照小說開頭所指出的不
幸福，以及把丈夫的不在場卻無所不在的寂靜與過往記憶連接起
來，並述及小孩回家後她彷彿戴起面具的生活，實則也表現婚姻
不幸與無法保有自己的焦慮。而小說中的她面對丈夫的無聲，處
置多餘精力／欲望的方式，則是把它挪移到安靜的烹調上，十分
符合古訓「食不言，寢不語[44]」的要求，小說裡女性認為寂靜得
逼人發瘋的家，卻諷刺的是他人眼中的幸福，「這便是我幸福的
家，在阿珠和許多別人眼裡，都認為極幸福而準備闖進來的寂靜

43　孟瑤：〈寂靜地帶〉，《小說讀本 1：穿過荒野的女人》（臺北：五
　　南，2008 年），頁 193。
44　孟瑤：〈寂靜地帶〉，《小說讀本 1：穿過荒野的女人》（臺北：五
　　南，2008 年），頁 199-200。

地帶！[45]」作結。孟瑤在此作雖未透露主角的年紀，但間接的將女性觀看「她人之老」及於自身，老而無依固然恐怖，看似保護傘的婚姻讓女性失能與囚禁在無聲之域更是駭人，家成為女性每天安靜且毫無變換的出演場所，最後連合法據有的廚房也非安適的逃遁之地，對家庭、婚姻甚或缺場父權的批判，一切都在平穩的語調中顯得衝突荒謬。

有意思的是同時期的作家張秀亞〈靜靜的日午〉構設一則十分類似〈寂靜地帶〉安靜氛圍的小說，只是將主角換成男性。在炎熱七月天的中午，百無聊賴困在不安與惶惑難解情緒的中年男性，將家中老女傭、妻子作為凝視的對象，從小說敘述的轉移，讀者可以隨著男性的視線隨其移轉心緒：

> 園角，站著那灰頭髮的老女傭，正以她滿是肥皂泡沫的手擦拭着曬衣服的竹竿……這些迎風招展的衫子使他感到厭煩，……「像屍布一般。」……妻子端了一杯冰過的番茄汁來，向他那麼溫柔的笑著，……這個女人的側面，是有着石像一般勻整而莊嚴的美的……在十年前對他是一種魅力，一種不可抗拒的誘惑……但近些時候來，那魅力似乎完全消失了，她似乎變得如此平凡而儈俗……[46]

乍看這個文本與年老無關，男子並未言明是因為覺着妻子年老，

---

45 孟瑤：〈寂靜地帶〉，《小說讀本 1：穿過荒野的女人》（臺北：五南，2008 年），頁 200。

46 張秀亞：〈靜靜的日午〉，《他們的世界》（臺北：純文學，1973 年），頁 160-161。

才轉而有了聯繫中學愛戀過的女同學的綺想，可是細究其心情轉
折，視線從觀看灰頭髮的老女傭，緊接著看到自己仍然美麗典雅
的妻子，最後對妻子作出平凡傖俗的結論，細究其語言符碼的換
渡：灰頭髮、白色藍色的衣裳、蒼白的面孔、青色的筋絡、石
像、淡藍的筋絡、沉默的傾刻、憂鬱的光輝，從形容老傭人到衣
服（屍布）至溫柔的妻，頻繁緊密的使用冷色調的字眼，最後歸
結對於妻子已無欲望。小說裡帶著眼鏡、閱讀古籍、隨時會迸出
哈代詩句、伊比鳩魯字眼的男性，之所以感到過於安靜、沮喪、
孤獨、荒涼，是因為天氣、老傭人的激化，還是妻子外貌的變
化，抑或是內心藏有的懷想？在此，老傭人與妻子年紀上自不相
當，但曬衣、端上果汁的家務操持使她們形同一人，再透過上述
聯屬字眼所組成的氛圍，妻子不須年老，終至成為無可欲之人。
相對於小說中男子中學時期的女同學，男子一再重複「我並不曾
握過她的手。[47]」幻想自己回到中學時的秋天傍晚，召喚，自己
的青春年代，身處人生正午的男人，放棄了寫信而逕直尋到中學
時代女同學家樓下，這趟自比為越獄的行為，最後的自我檢討讀
之使人貧乏，男人轉而希望以尋求人生意義來抵禦「不然黃昏就
要來了。[48]」的威脅。對比孟瑤的〈寂靜地帶〉，兩篇同樣都從
她人的年老展開對自身定位的質疑，而在小說中看似不那麼重要
的老年女人形象，不管對於男性或女性都表徵了恐怖、死亡、悲
劇。這是在情節式的解讀中會被忽略的細節，小說中以女性視角

---

[47] 張秀亞：〈靜靜的日午〉，《他們的世界》（臺北：純文學，1973
　　年），頁 163、165。

[48] 張秀亞：〈靜靜的日午〉，《他們的世界》（臺北：純文學，1973
　　年），頁 166。

出發的觀察自然回返自身與家的辨證，女性書寫者筆下的男性則於離家後一如往常的返家，即便面對於妻子在家務及母職角色的投入，僅以「你這個孤獨的製造者」回敬，相對於自身的格格不入，但身為男性終究可以透過尋找人生意義，抵抗人生黃昏的來臨──不管是否有效。前者感受自身的不穩與騷動，後者把青春、身體再換／喚回至性靈人生，重回男性擅場、掌權與安穩無憂的框架。此外，兩篇的相同之處，則是對於年老都以覺察出深凜的季候感來託陳。

一旦婚姻扮演了現代公領域儀式里程碑（Ritual makers）的功能，接下來要探討的是婚姻將對女性身在時間中的經驗扮演甚麼樣的關鍵地位，它將如何義界、論述不同年齡的女性。張漱菡〈斗室〉頗有類同吳爾芙《自己的房間》之演繹，江毓英辭掉沙鹿學校教師工作後搬到臺北擔任省級機關的臨時雇員，而暫時住進表叔表嬸家，期許不久升任正式雇員即可搬進宿舍，卻一住四年、吃住同處，只能以自願擔任表叔孩子的家教聊表付出。但隨時間逐步過去：

> 每想起自己的年齡和終身大事，她的心便像是掉落在一個無底深潭裡一般，空蕩蕩地不是滋味！
> 一個卅四五歲的已婚女性，人家還會稱之為少婦，但一個卅四五歲的未婚小姐，就要被人目為老處女了。即使是容貌美好的老處女，也該為這個年齡而焦慮……[49]

---

[49] 張漱菡：〈斗室〉，《張漱菡自選集》（臺北：黎明文化，1980年），頁 17-18。

暫時寄人籬下的毓英因為無法擁有屬於自己合法的家，與表叔一家用餐時處處被表嬸刁難，暗示其外人身分。小說家張漱菡以毓英為示例，展示 1949 年移民臺灣的女性在舉目無親的新世界，突然有了重新擘劃「家」的意義可能。原本毓英的表嬸以「自己人說這些多見外……在臺灣，我們就是你這麼一個親戚，彼此正該親熱點才對呀！[50]」日子一久卻轉變為「一表三千里，扯不來的帳！[51]」看似是在意家裡多了一個吃食的外人，但從接續的敘述，處置毓英的方式則是給予它「合法的家」——婚姻。因此，這篇文本看似在書寫表嬸令人不耐的嘴臉，但潛在的卻是在勘察家的地形，寄住的時間久長固然是因，但毓英身為女性在父權社會中一直無法取得「合法身分」才是問題的根源。小說裡表嬸開始積極幫毓英安排相親，找了五十出頭、有錢，看似條件不錯的吳先生，實際上在毓英的眼中卻是「矮東瓜……又老又矮，奇醜不堪，而且滿面市儈氣……[52]」的男人，毓英最後並沒有接受這場父權交易，甚至又在表叔家住了兩年。雖然文本並未談論毓英是否憧憬、期待愛情或者婚姻，卻很精心的安排了現實女性在婚姻選擇上的籌謀，三十多歲的女性面對社會施加於年齡的壓力，以及她個人寄人籬下的獨特處境；在表嬸眼中，婚姻是女性生命的必經歷程，而毓英眼中的婚姻是在現實匯合下的選擇，因此與

---

50 張漱菡：〈斗室〉，《張漱菡自選集》（臺北：黎明文化，1980年），頁 14。

51 張漱菡：〈斗室〉，《張漱菡自選集》（臺北：黎明文化，1980年），頁 15。

52 張漱菡：〈斗室〉，《張漱菡自選集》（臺北：黎明文化，1980年），頁 17。

吳先生相親前令毓英「心動」的不是婚姻本身，也並非富裕的生活，而是「至少可以有一幢屬於自己的房子，過一份由自己作主的生活了。[53]」這句話對照文本末了毓英發現這場交易不成後，「俗話說，醜人多作怪！老處女的心理都不正常，真一點都不錯。[54]」藉由表嬸牌友譚太太之口展現社會對游離於合法之家外圍的女性的懲治，這般意外地聽聞也激發毓英由婚姻求得屬於自己的房子，認為那就代表一份自己作主的生活的「反應」，轉為「『走吧，這裡不能再住下去了。』[55]」看似一椿尋常家庭的情感細故，在張漱菡的鋪展中演變為一場暗潮洶湧的女性主體追尋之路，即便在五〇年代性別議題與抒情敘事美學的交鋒下，毓英的大膽追求並非抗爭與宣告式的演出，但卻實在的書寫了女性處在父權下轉而為自己的人生，幽微的籌畫出路。

在此，張漱菡所展演的女性可以離開父權所寫的合法之家版本是存在某些基礎條件的，首先毓英是受過教育的職業女性，另外她「隻身一人」在臺灣，在選擇時刻並不受家長制父權與親情結構綑綁的複雜力場左右。此外，筆者認為張漱菡於此經營女性對經濟權的掌握外，還談及必須服膺理性，積極的籌畫開支，才得以在父權合法婚姻外另謀出路。於是文本看似非常偶然提及的

[53] 張漱菡：〈斗室〉，《張漱菡自選集》（臺北：黎明文化，1980年），頁16。

[54] 張漱菡：〈斗室〉，《張漱菡自選集》（臺北：黎明文化，1980年），頁20。

[55] 張漱菡：〈斗室〉，《張漱菡自選集》（臺北：黎明文化，1980年），頁20。

「辦公處附近那擺水果攤的老太婆[56]」因為女兒出嫁後把房間出租，年老且自主掌控經濟的女性，一方面是提供小說情節轉化的關鍵，另外一方面也提示女性經濟自主與理性配置生活的重要性。於是，小說裡書寫了毓英開始計算開支——省去早餐後或許可以補足在人情應酬的雜支與零用的需要，籌算清楚後，勇敢搬家，「哪怕是住牛欄、草窩，也強似在這裡受氣。何況還有一間完全屬於自己的斗室！[57]」於是，小說裡引發毓英開始思索「家」意義的固然是表嬸的冷言冷語，但激化其勇敢選擇另外一種生活方式時所浮現的影像，卻是自立的老年女性。在此筆者不欲誇大老年女性在此的影響力，而是突顯女性在男性的審視上更易年華老去，父權話語藉由審查未婚女性，推促她們馴化進入合法的男性之家——婚姻，由此劃出的女性「適婚」年齡——也是一道區劃女性是否年老的標記，一方面恐嚇女性乖馴的進入婚姻，一方面經由女人之口將未婚的女性劃歸年老，在此張漱菡透過簡短的敘事，辯證女性在家、角色、身分間的關聯，雖未明朗的向父權社會抗議呼告，卻潛在的展示五○年代屬於臺灣的，吳爾芙自己的房間的在地版本。

最後筆者要說明的是〈寂靜地帶〉、〈斗室〉、〈靜靜的日午〉中這些老年女性身影的出現，並非偶然。她們為女性提供獨特的儀式轉化意義，也為男性貶抑妻子為無魅力、無生氣、無吸引力的客體找到標靶，合理化其精神外遇的綺想。前者具有導引

56　張漱菡：〈斗室〉，《張漱菡自選集》（臺北：黎明文化，1980年），頁20。

57　張漱菡：〈斗室〉，《張漱菡自選集》（臺北：黎明文化，1980年），頁21。

女性自我重新刻劃的提醒參照，後者則展示為男性欲望貶抑的對象，暗喻妻子也逐步邁入那令男性恐欲的一端，合理的將青春回憶或對青春的追求幻化為自身，精神的外遇如青春凝露讓男人的欲望永保青春、青春永駐，透過貶斥他者來忽視自身也逐步衰老的事實。

在《女性主義社會學》中被筆誤為「童年期、青春期、成人期（人們時常以婚姻與母職來定義女性的這個階段）、中年期及老年期」的女性生命歷程，夾附在婚姻經驗與成人期之後的女性，如何可謂中年？成人與中年的區劃為何？如何可謂老年？因為「筆誤」所以章節中無由得知其分界，但從上述張漱菡〈斗室〉毓英卅四五歲的年齡已經嫌老，可以申述女性年齡從來都是複合式論題，它除卻客觀的時間標誌外，還包裹社會主流的意識形態，女性婚嫁的年齡與女性婚姻選擇的必要性，社會如何論述女性生育與母職，當然還有男性欲望凝視下所謂吸引力、美醜等，但是如毓英這樣身為相貌平平並不漂亮的女人，且在婚姻市場失利的女性，又不同於蘇偉貞虛與尾蛇於父權的「紅顏」，筆者認為毓英以出走尋求自己的空間，以此獲得女性「成人期」的重新賦義。年老做為社會的紐結，關涉那條容易筆誤、恆常浮動的「成年」，是否必要的「中年」，未婚的女性在父權凝視下，仍舊在結構中非常可疑？但若成人是指可以行使權利義務，描述主體的完整，那以線性勾勒的女性生命階段圖景是否也應該重新思考，就像張漱菡〈斗室〉裡所描述的毓英，一旦她覺醒與重新掌握自己的人生，那就是成人的標記。它不應該有一致性、線性的刻畫，也不應該暗藏父權婚姻為必要選項的壓迫暗示。

另外，張漱菡〈虹〉則書寫了婚姻如何成為持續追蹤干擾女

性獨立自主的強勢聲音，適婚年齡的緊迫盯人，越過適婚年齡之後，它則不斷的發揮其貶抑與挫傷女性主體的力量，無非害怕女性在中年、年老之際仍保有或復燃其欲——父權深深恐懼的欲望女人。〈虹〉裡敘述五十歲的女博士周姨「是有些憔悴而蒼老了，正如一朵乾枯了的花朵，已失去原有的嬌艷。……說明了青春已捨她而去。[58]」來到臺灣二十多年默默執行着固定請客慶祝的儀式——在只對她一人有意義的「訂婚紀念日」，並長久的相信未婚夫劉允山是懂得用情、信守承諾之人。每每在這個日子裡，周姨穿著著有別於平日的素靜打扮，顯得相當艷麗，並且展現大異往常的興奮微笑。可是卻在某次與敘述者表明心跡後，吐露出「對於目前這種枯燥孤寂的獨身生活，她實在有些害怕了。[59]」是獨身的孤寂或周遭朋友的熱心使然，周姨開始接納他人安排的相親活動，卻屢遭挫敗，並從仍有盼望的寂寞獨身轉入強烈的自卑生活，且又偶然得知有位 YS 劉在美國的消息，變得愉快、精神奕奕之外，一方面積極的寫信探查未婚夫的消息，一方面忙著做結婚的準備。在小說敘述的結尾，「我」收到愉姐來自美國的信與照片，間接揭露劉允山已經在美國另組家庭的事實。筆者認為此篇文本雖然稍嫌戲劇化，但在周姨接受相親一節，可以回應上述中年與老年在性別上的獨特社會紐結：

　　那些被介紹的對象，多半都是六十歲以上的老先生……其

---

[58]　張漱菡：〈虹〉，《張漱菡自選集》（臺北：黎明文化，1980 年），頁 24。

[59]　張漱菡：〈虹〉，《張漱菡自選集》（臺北：黎明文化，1980 年），頁 29。

> 中只有一兩位比較夠資格的中年人，周姨倒是芳心可可，
> 願降格已就。然而見了一次面之後，便無下文，人家並沒
> 有甚麼表示，反令周姨大感難堪。[60]

周姨從默默執行的訂婚紀念慶祝會被誤認為五十大慶之外，也連帶地引發親朋幫她安排相親。文本描述她即便穿著得很艷，但現實是她已顯露出憔悴蒼老不再青春，對照引文中男性六十多歲被視為老，以及沒有明確提及年齡的中年人、周姨願意降格以就數語，搭配文本給予相親男性的標籤「有的思想陳舊……有的子孫成群，人品又不出眾……竟沒有一位可以配得上這位風華絕代，品學兼優的女博士。[61]」上述引文需要周姨降格以就、夠資格的中年人之所指，或許是年齡小於五十多歲的男性，或是思想、人品、相貌普通，或者曾有過婚姻……不管甚麼原因，對比之下讀者還是無法得知五十歲的女性屬於成年、中年還是老年？卻很現實的讀出，女人五十已經不再青春年輕——不是任何年齡男性可欲的對象，也不再是適婚的對象。美貌是婚姻交易的增值項目，文本中五十歲的周姨所擁有的過去風華與高學識，在青春作為男性欲望指向的絕對前提下，青春作為無法保值／鮮的項目，過期了自然無法通過篩選，而高學識一開始就不一定是婚姻交易的首要增值項目。

男性凝視欲望下的女性心理未必依循佛洛伊德架構的「陽具

---

60 張漱菡：〈虹〉，《張漱菡自選集》（臺北：黎明文化，1980 年），頁 30。
61 張漱菡：〈虹〉，《張漱菡自選集》（臺北：黎明文化，1980 年），頁 30。

欽羨」理論運作，但五〇年代臺灣社會卻實際上運作著男強女
弱，養成女性被動特質的規訓與懲罰是實際展示其權力樣貌的。
於梨華擅於書寫女性在父權中的「較勁」，長於在女性發聲與心
理學建構的陽具欽羨縫隙中看出女性扭曲與壓抑的生命樣貌。
〈也許〉（1960）裡的群英要把邱至善與陳中理介紹給大學時同
班同學涵芳，特意邀請了莫先生、莫太太來家作陪。小說中特意
對照了群英與涵芳的長相，1949 畢業的她們已經三十多歲，前
者一畢業隨即與冠雄結了婚，已有一個六、七歲的孩子小雄，善
於交際、語言也不時尖苛刻薄，對自己的美貌、生活與丈夫對自
己的感情非常自信，群英身材小巧如孩子、鼻尖也很孩子氣，但
眼神是屬於中年人的富有閱歷，嘴唇也沒有年青人的性感，整體
帶點傲慢的遲緩；後者個子也小，眼鼻都很平常，身材也不如群
英那樣玲瓏有緻，只有嘴唇是豐滿、殷紅的，笑容裡潛藏一種女
性的魅力，並著眉毛所顯示出的柔弱性格[62]。

> 群英穿了一件綠滾白邊的旗袍，短袖齊肩，腳上一双鏤空
> 白皮鞋，梳了一個法國髻，顯得神飛色舞，把穿家常襯衣
> 窄裙的涵芳比得十分蒼老。[63]

群英除一再強調涵芳若不趕快進入婚姻就會變成老處女，另外一
方面卻又不斷在聚會裡與涵芳較量男性的目光。陳中理的目光在

---

[62] 於梨華：〈也許〉，《黃昏‧廊裡的女人》（臺北：大林，1969
年），頁 169-171。

[63] 於梨華：〈也許〉，《黃昏‧廊裡的女人》（臺北：大林，1969
年），頁 175。

涵芳臉上多留戀了一下，就興起了「可笑的嫉妒心[64]」，更在注意到陳中理與涵芳談話顯現的懇求與積極時，為他抱不平之外，也為自己抱不平：

> 涵芳明明是一個老處女的樣子，陳對她何需這般低聲下氣呢？就憑陳的外表，不怕找不到對象，自己原不曉得他長得如此雄偉。……早曉得他這樣出色，原不該把他找來介紹給涵芳的，他根本一點都不注意自己，自己又明明比涵芳強幾千倍，當然自己已結了婚，他不能做非分之想，不過他至少可以看她兩眼呀！[65]

群英於明處起念爭奪陳中理的注目，為此「使出渾身解數，逗引陳中理[66]」，或者愛嬌的暗示與涵芳同歲，挑明已有年紀的涵芳不應該擺架子，企圖證明自己比涵芳優秀，但礙於婚姻，這一切都僅是群英的內心流動，或頂多偶爾出現的苛削言語。只是群英不斷較勁貶抑涵芳的舉動看似佔了勝場，最後卻因看似柔弱的涵芳早已暗中與冠雄維持每週在紐約見面一天的慣例翻轉。〈也許〉在女性競爭的幽微心思以及情節安排的戲劇化轉折都相當類似〈黃昏‧廊裡的女人〉，兩篇文本看似都貶抑張揚的女性、標

---

64 於梨華：〈也許〉，《黃昏‧廊裡的女人》（臺北：大林，1969年），頁 176。

65 於梨華：〈也許〉，《黃昏‧廊裡的女人》（臺北：大林，1969年），頁 178。

66 於梨華：〈也許〉，《黃昏‧廊裡的女人》（臺北：大林，1969年），頁 179。

舉柔弱忍讓的女性，但納入被忽略的男性角色時：

> 但她有時候實在氣勢逼人，令我不能呼吸，我只有逃避，
> 只有和妳在一起，我才覺得能像自己一點，不光是她的丈
> 夫而已。[67]

文本並非以文字評價不同氣質的女性，在此於梨華並未忽略男性如何在好強的妻子、隱忍退讓的情人之間得利。進一步在年齡方面，過了三十歲的女性身處老處女的語言威脅，擁有孩子般、青春特質的女性是男性想望可欲的對象；但逐步邁入中年的女性則因過於世故，或者在性別氣質上顯得張揚善於交際，甚或過分講究穿著而非良好範本，相對於柔弱忍讓，不以穿著彰顯主體吸引男性欲望目光的女性，才是男性可以安全操縱的「好」對象。

　　上面討論的〈寂靜地帶〉、〈也許〉、〈斗室〉中三十到四十歲的女性，在年齡階序系統來說一點都不「老」，可是卻在觀看他人之老與他人輿論之間被編入年老或逼近老境邊緣，這是筆者在討論年老議題的困難也是現況，女性書寫中時常以文學性的手法，將老作為一種生命樣態、心靈風景，或者藉此談論女性所身處的規訓機制，因此取材中的女性往往是未到五十或六十的中年或老年之齡。相對於此，於梨華〈黃昏・廊裡的女人〉（1963）寫的就是兩位半老婦人在廊下的對話，彷如〈也許〉中群英與涵芳化身的老年版本，透過母親與兒女間的情感糾葛，再

---

[67]　於梨華：〈也許〉，《黃昏・廊裡的女人》（臺北：大林，1969年），頁184。

度辯證女性性格在敦厚老實與擅於交際之間的選擇，從女性的暗中較勁，描繪女性在性別氣質與家庭、母職、性別再製議題上，如何面對加諸於女性的重壓，使女性的競爭扭曲成為男性缺席下的「常態」，側面帶出父權社會如何不費吹灰之力，合理化享有得利者的位置。

> 廊裡的兩個半老婦人，坐在茶几的兩側，對著廊外的黃昏；地上沙沙滾動的枯葉，池裡漸漸腐化的枯葉，枝上搖搖欲墜的枯葉，深秋的季節。深秋的年代。……像記憶中的碎落小事，分散在長長的卅年的生命裏，一切又歸於沉寂。……黃昏裡，似黃昏一般衰老的婦人對坐著，沒有體力逞能稱強，也沒有精力勾心鬥角，人生的戰爭已過，勝負亦已決定，勝利與失敗，在黃昏裏，也僅是模糊一片，沒有笑，淚也少。[68]

小說開始與結尾即以黃昏、秋季作為年老女性的文學性比附，一方面承襲文學傳統中對年老的意象經營；另外一方面視女性為主體詮釋時，則展現黃昏、暮色所表徵的人生了然之境。文本裡女性重新梳理、理解婚姻與自我的關係，兩位已屆六十歲的女性，歷經廿五年的分別後，她們共同回首曾經共處三十年的瑣細與不為對方所知的細故，看似兩位姊妹交換過往心跡的溫馨時刻，卻不免展現為父權凝視下的競爭曲線。

---

[68]　於梨華：〈黃昏‧廊裏的女人〉，《黃昏‧廊裡的女人》（臺北：大林，1969 年），頁 187、199。

　　小說描寫瘦的、胖的兩個闊別廿五年後的女人在廊下喝茶，瘦的嘴唇狹薄事事好強，喜歡嚼茶葉吃，畢業於運動系的她，婚後仍然「天天學騎馬、開車、溜冰、游泳[69]」，生了一個兒子承德，四個女兒承美、承賢、承麗與承秀，一生堅信先生若柏對自己的忠實；胖的白皙和善，眼角生了皺紋，兩鬢發了白髮，嘴唇渾厚，和氣而沒有主意，卻在年輕時借住瘦的家，懷了若柏的孩子憶若後快速與家興結了婚，婚後再生下兩個男孩，大兒子過世，僅留歐文一子。胖的看似溫厚、恪盡母職且對丈夫的出軌一再容忍，並在瘦的問她是否後悔選擇這段婚姻，認為她應該早早就離開這種不好的關係時，如此回應：

> 「我即使和家興分開，也不可能把『家』放開。有了孩子，就像有了繩子，把兩個人綑在一起，那怕是背對背的。孩子有時也真使人恨。」[70]

　　兩位不同身形的年老婦人分別標記了厚道與刻薄，父權的正常與不正常兩種女性版本。在她們談論起瘦的四位女兒時，胖的認為不應該像瘦的婚後還常常不在家，把孩子丟給奶娘照養，造成年輕時的承美到處廝混，甚至在婚後還主動勾引歐文。在胖的眼中因為瘦的沒有老實安分在家，也沒有恪盡母職，不是良好的母性複製版本，才導致瘦的女兒承美無法承襲好女人範本。另一方面

69　於梨華：〈黃昏‧廊裏的女人〉，《黃昏‧廊裡的女人》（臺北：大林，1969年），頁197。

70　於梨華：〈黃昏‧廊裏的女人〉，《黃昏‧廊裡的女人》（臺北：大林，1969年），頁192。

胖的為兒女無盡付出，偶爾卻也透露「孩子有時也真使人恨」、「大概那時候我自己心緒不好」[71]雖然這些敘述是在與瘦較勁下的情境所說，但也展現胖的婦人一味實踐社會所要求的母職外，還是感知到教養責任的沉重，以及長久獨自負擔教養責任的緊繃感，並關注婚姻裏性別分工的不均如何間接影響了親子關係。相較之下，瘦的一生努力自我實踐，追求自己的人生之際或許忽略了兒女的教養及相處，甚至偏愛與自己相像的女兒承美，面對承美搶奪妹妹承賢的男友、未成年懷孕墮胎等情事，瘦的認為女人「不狠一點就給人家狠去，吃虧一輩子。[72]」並在遭逢不堪的記憶時選擇遺忘，對於兒女的疏離則勇敢推開養兒防老的想法。對照兩者談話所顯露的思維，讀者很容易將胖的歸入保守價值，瘦的歸入進步價值。進一步梳理後，筆者發現於梨華並非要經營一則女性形象二元對立的故事，反而積極的複雜化保守與進步之間的模糊地帶。除了上述胖的對於自我母職的細微體察外，進一步細讀可以看到瘦的或許更堅守父權的家。

胖的婦人年輕時曾介入瘦的婚姻，懷孕後雖然立刻與家興結婚，不久後也舉家搬至內地，值得注意的是兩人在談話的時間敘述上，瘦的看似佔上風，卻在語言上一再的僅能以「那時候」開頭，她對時間與記憶的掌握停滯在上海時期，但胖的談話卻明顯涉入瘦的一家別後的諸多生活隱私，她經由知悉更多的細節而活在流動向前的時間軸裏。因此，在整篇小說的關鍵性轉折，胖的

---

71 於梨華：〈黃昏・廊裏的女人〉，《黃昏・廊裡的女人》（臺北：大林，1969 年），頁 192。

72 於梨華：〈黃昏・廊裏的女人〉，《黃昏・廊裡的女人》（臺北：大林，1969 年），頁 190。

原本只是基於母性複製層次，勸瘦的著意承美對下一代的影響，卻一再失言提到承美對母親的不在意，更進一步提到承美十四歲的墮胎事件，更透過對別後時間的掌控侵入瘦的婦人的記憶，同時也是一再侵入瘦的身為母親、甚至身為妻子的適當性。小說中雖然胖的自知失言後欲緩和氣氛，卻因原本屬於自身婚姻秘密的夫妻失和，卻被「她人」赤裸揭露，而終至反擊，保守與進步的價值也互換位移：

> 那瘦的抓到機會了說：「記得那時，妳和家興，一年三百六十五天，倒有三百六十天失和的，妳哪來甚麼美好的記憶？」[73]
> ……
> 那胖的臉上慢慢散著被激起的憤慨，一層微紅，壓蓋了那廊外一抹黃昏的餘暉。「承美也真是！一定要迫我說出難聽的話來！那時候她和無倫吵得昏天黑地，我好心好意邀她來我家住幾天，散散心，正巧歐文放假在家，承美就想盡方法勾引他。」[74]

美好無爭的婚姻是一種幸福還是假想、假象？一旦被揭露為不幸的婚姻，彷如對女性生命價值最大的摧毀。誰，有權造就、裝填婚姻的虛假意識與內容？瘦的雖然外向，但卻抱持著和樂美好的

---

[73] 於梨華：〈黃昏·廊裏的女人〉，《黃昏·廊裡的女人》（臺北：大林，1969 年），頁 194。

[74] 於梨華：〈黃昏·廊裏的女人〉，《黃昏·廊裡的女人》（臺北：大林，1969 年），頁 194-195。

虛假家庭想像，因此面對承美的未婚懷孕，選擇遺忘，並將歐文與梅小姐同居之事視為非法行為，並用歐文娶了輕易和男人同居且相貌並不出色的梅小姐來奚落胖的婦人，又在面對承美婚後勾引歐文一事極力否認，不能接受自己寵愛且貌美的承美在愛情中的主動，對照她認為歐文對承美的熱烈追求又極其自然「可是歐文第二天就到承美處去找她，還有第三天，第四天……」、「我就受不了和別人共一個丈夫的！」[75]看似進步的瘦婦人所持的婚姻想像卻是極其保守的，她的思維混融了中國近代婦女解放運動後的中產與傳統父權思維，認為女人應該可以追求自己的興趣，但在愛情中仍應扮演被動、等待的一方，「兒子是自己的好，丈夫是人家的好，對我說來，正好相反[76]」，形容若柏為忠誠於現代一夫一妻制度的聖人，並以維繫中產美好家庭想像為職志，即便面對丈夫可能不忠的危險，也以那是正常社交迴避現實揭露的來臨。所以聽聞胖的婦人說出自己寄住時曾和若柏一同看電影，陪若柏承德去龍華看桃花，參加若柏學校的化妝舞會、出外跳舞時以「是這樣嗎？就是去跳跳舞？」、「還有什麼，還有什麼我知道的？」[77]將丈夫有社交生活、有異性朋友視為個人自由安慰自己[78]，並以夫妻間沒有秘密，自以為都知曉一切來試圖扳回一

---

[75] 於梨華：〈黃昏・廊裏的女人〉，《黃昏・廊裡的女人》（臺北：大林，1969年），頁195、192。

[76] 於梨華：〈黃昏・廊裏的女人〉，《黃昏・廊裡的女人》（臺北：大林，1969年），頁196。

[77] 於梨華：〈黃昏・廊裏的女人〉，《黃昏・廊裡的女人》（臺北：大林，1969年），頁199。

[78] 於梨華：〈黃昏・廊裏的女人〉，《黃昏・廊裡的女人》（臺北：大林，1969年），頁197-199。

城。原本敘舊的談話，雖然脣槍舌戰但也不至於擦槍走火。但文本卻在胖的一再侵入時間、侵入其家庭隱私，在覺察失言想要緩和時，間接引發瘦的企圖以自身擁有美好家庭作為攻擊的砲火，終至引火自焚。

> 那胖的忙忙的接口說：「美好的事可以記得一輩子，不開心的事很願快快忘記。人到了我們這個年齡，既沒有能力精力逞強，又沒有雄心再去爭名奪利，只想安安靜靜的靠一些美好的回憶過日子。年輕時代好像一場轟轟烈烈的火，現在則是一個火尾子，一點點溫意的火。又像黃昏，一些迷迷濛濛的光亮，光亮就是閃金的，好的記憶。我的日子就是靠這些記憶打發的。」[79]

胖的言談中堅持父權家庭傳統價值的彰顯，瘦的外向自主，前者看似保守，殊不知細讀之後瘦的才是被中產父權圈養在美好溫款家庭中的女性。筆者認為〈黃昏・廊裡的女人〉還展現了女性在閱歷人生後，重新回顧自己的人生選擇，在時間的面前，以敘事手法展示女性如何掌握時間並顛轉時間。敘述中展現對過往選擇的承擔與接納，把時間裡發生的對或錯、好或壞，從激動到不加批判的涵納為自身，女性書寫者透過曲折與戲劇化的敘事轉折，在男性缺席的黃昏廊下，從較量到開誠布公，喝著茉莉花茶訴說從來就沒有百分百溫柔的好女人，自然也沒有壞女人。

---

[79] 於梨華：〈黃昏・廊裏的女人〉，《黃昏・廊裡的女人》（臺北：大林，1969 年），頁 193。

　　如果在漢語語言《論語‧為政》所代表的年齡區劃及其文化含意發揮一定的影響力，從十五歲歷經三十、四十、五十、六十與七十，申述儒家人本主義的君子生命流程與心性體驗，對照《季氏》：「君子有三戒：少之時，血氣未定，戒之在色；及其壯也，血氣方剛，戒之在鬪；及其老也，血氣既衰，戒之在得。」〈黃昏‧廊裡的女人〉刻意打破線性時間與性情的連結，將傳統黃昏意象代表人生盡頭、氣血既衰的定時體驗，轉而為流動的生命體書寫，文本中的女性必然在某事血氣方剛後方才轉入了然，女性的時間如後殖民的重層時間，在男性的殖民統治過後，必須在男性離場後，反覆周折、重新拾回聲音，一方面年老女性未必氣血既衰，一方面年老女性並非活在線性時間的年齡典型當中，而是透過看似唇槍舌戰的流動話語實踐——挪用父權的、自身的，重新賦予自我、彼此生命的義界。黃昏在文本四度出現，第一次代表季節的枯腐對照兩位年老婦人的生命階段[80]，第二次展示黃昏與旺盛精力的消退，僅存溫意的光亮或殘存的美好記憶，有別於年輕轟轟烈烈的火[81]，第三次揭開祕密後，黃昏代表人所無能掌控的消逝的時間，人在時間裏勝負成敗或笑淚都不再重要[82]，第四次暗示黃昏是黑暗的前奏，只能惜取眼前人與所剩的時間。

---

[80] 於梨華：〈黃昏‧廊裏的女人〉，《黃昏‧廊裡的女人》（臺北：大林，1969 年），頁 187。

[81] 於梨華：〈黃昏‧廊裏的女人〉，《黃昏‧廊裡的女人》（臺北：大林，1969 年），頁 193。

[82] 於梨華：〈黃昏‧廊裏的女人〉，《黃昏‧廊裡的女人》（臺北：大林，1969 年），頁 199。

> 那瘦的說：「但是妳的夢不是空夢，妳的夢是實在的，妳
> 比我好，妳比我幸福！」尖尖的聲音，穿過沉寂的黃昏，
> 流過廊外的小石路，跌落在歸來人的腳旁。兩個行人站住
> 了。
> 「幸福是無法比較的。而且，空夢實夢，也都醒了，真情
> 假情也都過了，兒子女兒，也都遠了，只賸下老伴兩個，
> 只有這是實在的。」[83]

　　於梨華於此對黃昏意象與年老的經營，如何從腐朽之意逐步透過
兩位女性看似唇舌交鋒，黃昏成為久別相逢的兩位女性回溯時
間，並重建自我，更甚而展現以新的主體重新抵禦時間的寓意。
在建構新主體的同時，是否只能依循溫馨版本的姊妹情誼，於梨
華展現了激烈交鋒的姊妹版本，另類的相知相惜。姑且不論，在
美學上此種化解人生衝突的範式是否過於典型，但無疑的於梨華
以精湛的筆觸，著力於女性歇斯底里、工於心計的刻板印象，讓
她們如此搬演熟於心計的劇碼，一方面揭露女性在父權下的扭
曲，另外一方面則透過顯隱之筆寫出二十世紀中葉中產婦女受制
於兩種父權版本的家庭監禁術──傳統與現代的、保守與進步的
合謀。女性以黃昏為寓展現積極批判的還有歐陽子〈近黃昏
時〉，但此文本更朝向積極建構黃昏作為生命蓬勃之寓／欲的面
向，所以留待下節處理。

　　如果張漱菡〈斗室〉裡的毓英因為卅四五歲未婚被視為老處

---

[83]　於梨華：〈黃昏‧廊裏的女人〉，《黃昏‧廊裡的女人》（臺北：大
　　林，1969 年），頁 200-201。

女，於梨華〈也許〉裡三十歲的涵英也瀕臨老處女的危險期，前者相貌平平，後者從她的眉毛的細黑、長、彎顯示出柔弱的性格，被描述為富有潛在的女性魅力。在男性陽剛異性戀為主軸的父權社會，所謂吸引力飽含了男性欲望凝視的美醜區隔之外，也是父權分化女性，使得女性無法分享交流個人經驗尋求政治合作的手段。比對兩個文本，如毓英這樣身為相貌平平並不漂亮且在婚姻市場失利的女性，不同於蘇偉貞虛與尾蛇於父權的「紅顏易老」，反而在女性書寫者的想像經營下，毓英得以出走尋求自己的空間，獲得女性成人期的重新賦義。

　　父權凝視下的美貌女性若無法進入合法婚姻、成為乖馴的妻子，展現較抒情版本的「紅顏易老」外，更有不貌美老處女直露的威脅恐嚇，女性小說家劉枋〈我們的故事〉就書寫了非紅顏的版本。此篇小說書寫了失去美貌的女性與女大男小的結合，「非正常」的組合如何使男性感到不安。老徐將要與表姊王小姐結婚前，與室友老郭坦白對蒼老、有疤表姐的婚事感到躊躇。經由老徐的間接敘述，表姊曾因擁有好歌喉而遭共產黨利用，也因為不惡的姿容遭覬覦，最後又獲罪入獄遭受酷刑，來臺與老徐重逢後剛要建立起一個家，卻被汽車撞倒，「出院後，她頭髮脫了，皮膚皺了，一下子像老了好幾年」、「我想起了鏡中她的樣子，白緞禮服上，托著的是張蒼黃憔悴、長著褐色斑疤的面孔，眼角額上還堆著條條皺紋」[84]老郭面對老徐的猶豫是這樣出言安慰的：

---

[84]　劉枋：〈我們的故事〉，《小說讀本 1：穿過荒野的女人》（臺北：五南，2008 年），頁125-126。

> 「你的心情我完全了解。」他說得很慢。「這怪不得你，
> 是男人都會這樣。」他又噴了兩口煙，「你是善良的。」[85]

接著老郭就以自身的經驗，訴說自己曾與白小姐如何相得，最後
因為白小姐覺得「我比你大，我是個棄婦[86]」，老郭也思忖著
「她比我大，女人是易老的，三五年後也許她變成老醜，而我才
是男人頂好的年華，我願意終生陪伴一個長姊似的太太？」、
「我怕她會先我而老，還怕家人親友那時會笑我娶此老妻。」[87]
劉枋經由男人的口吻，讓我們穿透紅顏易老往往是因為男性的欲
望凝視所致。劉枋對照兩位男性面對不典型婚配的遲疑，以老郭
曾經猶豫後勇敢走入婚姻，自認為可以無視於白絮潔的年齡與曾
經婚變的事實，可是現實中的老郭最終在兩人爭吵之際喊出：
「怎樣都不好！我真恨，恨我遇到了妳，妳這魔鬼！妳這女老
妖！[88]」昭示女性在異性戀不正常版本中的弱勢與邊緣，無法為
自己發聲，成為男性口中的老妻、老妖，甚或是魔鬼。在此老郭
明顯高估自己在父權體系中的寬大可能，而白小姐一直都低估社
會對女性年齡的衡量標準，又高估自己在老郭心中的位置，兩相
矛盾下，白絮潔與老郭的同居戀情以自殺做結。老郭與白小姐都

85　劉枋：〈我們的故事〉，《小說讀本 1：穿過荒野的女人》（臺北：五
　　南，2008 年），頁 126。

86　劉枋：〈我們的故事〉，《小說讀本 1：穿過荒野的女人》（臺北：五
　　南，2008 年），頁 134。

87　劉枋：〈我們的故事〉，《小說讀本 1：穿過荒野的女人》（臺北：五
　　南，2008 年），頁 138、139。

88　劉枋：〈我們的故事〉，《小說讀本 1：穿過荒野的女人》（臺北：五
　　南，2008 年），頁 141。

在社會囿限的年齡階級體系中，適當婚姻的選擇必須男大女小，符合男強女弱的權力位階，也須符合男性凝視女性的性欲眼光。文末，撇卻老郭自身悲劇結尾的現身說法，老徐默默的在深夜的燈下將喜帖一一填上賓客姓名，看似也同過去的老郭一樣勇敢，選擇忽視王小姐「只」大三歲的年齡，並附帶提出照片裡的王小姐看起來一點都不老，一方面老徐安慰自己或許不至於重蹈老郭覆轍，另外一方面也使讀者在結束小說閱讀後，縈繞於惘惘的不安。

筆者討論了五○－六○之間，童真〈穿過荒野的女人〉、孟瑤〈寂靜地帶〉、張秀亞〈靜靜的日午〉、張漱菡〈斗室〉與〈虹〉、於梨華〈也許〉與〈黃昏‧廊裡的女人〉、劉枋〈我們的故事〉幾篇小說，除了張秀亞〈靜靜的日午〉是以男性的眼光來看中年妻子與年老女傭之外，其他都以女性為主要視角，年齡橫跨三十多歲到六十歲之間，但共通的是她們都在自身感知、男性的目光，以及觀看較自己年長女性的視線裏感受到老之將至的恐慌，如果以客觀的社會年齡來看只有〈黃昏‧廊裡的女人〉比較接近年老的定義，這也是筆者以此為題之際所思考的焦點，如何將討論範疇與論點收束在女性客觀年齡的老與感知上的老，認為它們都共通的折射出一種年老的心境。突顯植入在年齡階序體系的價值以及男性凝視，是女性年老感的癥結。女性書寫裡不免鑲嵌了男性目光的權威性，因此，論文討論的文本使得女性從年齡、婚姻、性、視覺（外貌）感到「遲暮」，在身存與體現，感知與語言表述之間，首先如 Jean-Claude Kaufmann 分析女性乳房如何成為男性目光捕捉構成的對象物，進一步展示了社會意識形

態與女性自我建構的互動關聯外[89]，另外，筆者認為這裡應有更深刻的男性語言中心的根源。

　　經過上述的梳理，筆者注意到這幾篇短篇小說主要書寫某些關鍵時刻與位於對比中的「感知到年老」。童真〈穿過荒野的女人〉。在小說情節的鋪陳中當然有性別向度上兩個女性在海島重獲新生、建構新家園的意圖，也有女兒感念母親獨自撫育，以攙扶表達感念之意，但透過文本深層的符碼篩選，筆者認為童真〈穿過荒野的女人〉將女性之所以邁向遲暮與卸下母職相關聯。孟瑤〈寂靜地帶〉與張秀亞〈靜靜的日午〉，前者描繪先生晚歸、孩子長成，婚後十多年的家是女性每天安靜且毫無變換的出演場所，女性恆常戴上面具，或者在編派的位置上扮演妻子、母親。在他人眼中的幸福婚姻，因為下女阿珠請了婚嫁與新到的五十多歲幫傭婦女牽動了主角的思緒，在女性「她者」身上看到老的恐慌，同時將「婚姻」與「婚後的家」描繪得異常恐怖，看似幸福的婚姻也轉置為主角眼中的悲劇源頭。後者以男性的角度，刻意迴避了老傭人的樣貌，當他的目光轉向妻子的時候，卻發現妻子已經不再具備性的吸引力，轉而將對青春的臆想投注到昔日未及告白的戀人身上。婚姻在此被描述為寂靜、沒有變化，如一潭死水般的存在。劉枋〈我們的故事〉裡老郭與白絜潔圈限於社會的年齡階級體系中（或者說性別的權力想像中），適當婚姻的選擇必須男大女小，符合男強女弱的權力位階，也符合男性凝視女性的性欲眼光。老郭與白小姐分別高估與低估所身處的父權體

---

[89]　柯夫曼（Jean-Claude Kaufmann）著，謝強、馬月譯：《女人的身體‧男人的目光》（臺北：先覺，2002 年）

系與社會對女性年齡的衡量標準，白小姐又高估老郭掌握與跨越所屬父權的能力，兩相矛盾下，兩人的戀情以自殺做結，以死亡揭露了女性不管幾歲都不能老於男性的嚴苛標準。

張漱菡〈斗室〉裡江毓英投住在表叔表嬸的家裡，遭受表嬸的冷言冷語外，表嬸的不歡迎轉嫁為對一個未嫁的三十多歲女子的嫌惡，並且積極的透過作媒要將毓英排除出去。小說自然寫的是撤退之後臺灣一種複合式家庭的樣貌，當然也描繪此複合式家庭的矛盾，但凸顯此矛盾的根源並非單純的人性，反而將女性年老作為箭靶，努力的將女性編排到合法婚姻。「老處女」是張漱菡〈斗室〉、〈虹〉及於梨華的〈也許〉三篇小說中威脅女性的用語，它無情的輾壓過五十多歲仍然具備自信的周姨，也警戒著三十歲卻還不願進入婚姻的涵芳。女性不需要抵達某個客觀年齡才可成為老，而是把女性「稱為老」──只須維繫這樣的字眼如何保有其極具殺傷力的使用與話語背後的意識形態。年老成為使女性乖馴，在父權社會棲身的鞭子，一方面將未婚的女性趕入婚姻的牢籠，一方面對於猶疑在婚姻之外的女性稍示懲戒，要不乖乖的進入婚姻，否則就默然承受被指陳為威脅合法婚姻危險事物，一旦越界如〈也許〉中的涵芳，小說敘述淒美有之，實則又演示一種柔順的女人性情才得以保其生存，寄生在被貶抑的、非法之間，隱忍度日。

於梨華〈黃昏‧廊裡的女人〉是幾篇小說中女性年齡最大的一篇，描述胖的瘦的婦人經由一場已近「黃昏」的談話，於梨華精準的掌握年老女性在語言上爭強好勝的敘寫此消彼長，瘦的女性性格鮮明、擅長交際，人生選擇服膺自我意志，明裡佔了上風，但她卻無法掌握時間的流動，除了隱匿遺忘不快樂的回憶之

外，也不免被圈養進現代中產家庭的和樂想像，以及傳統意識認為女性在情愛中應該屈居於被動一方的意識；反之胖的看似柔弱老實，卻曾經侵入瘦的家庭，並一直掌握瘦的多年的家庭隱私，藉由掌握了流動的敘事時間，她得以積極的重構自我，並展示黃昏作為不計輸贏榮辱，只能在有限的時間內惜取眼前人的能動者。

　　在上述的小說中，我們看到中國古典抒情傳統敘事的老、兒女成年卸下母職的老、未嫁的老、婚後的老，與年老女性、或較年輕男性對比下的老，也有客觀年齡相對進入純熟的黃昏階段的年老。這裡我們可以看到一條非常符合張誦聖所言中國抒情傳統，美人遲暮感概的抒情式描寫，文本中即便有約略的女性自覺，也因為五〇年代女性小說的書寫者與讀者侷限在中產菁英的範圍，外在中國傳統溫柔敦厚的文化影響，在人物的命名、敘述的語調在在都展現了中產保守的正面品味。

四、青春挽／輓歌
——愛情與婚姻裡的蒼涼與傷逝

　　關於女性老年書寫的議題，李有亮〈老齡化趨勢下文學關懷的缺失——以女性寫作中「老年缺席」現象為例〉曾經指出中國女性書寫因懷有青春期情結，所以導致老年女性描寫數量少、非主位、非常態、少平民、缺當下的現象，並將缺席的原因歸諸於女性書寫者過度誇大兩性對峙、過度迷戀身體與迷信表層經驗三個向度。在青春情結的觀點上非常類似 Betty Friedan 的觀念，只是在討論缺席原因時，顯然又不免指示了女性老年書寫的方向：

> 由於對身體的過度迷戀和對慾望的過度縱容，使她們將文
> 學創造與生活經驗簡單等同起來，筆下塑造的女性主人公
> 往往缺乏足夠的理性與成熟，一位浸淫在充滿現代浮華氣
> 息與極端自我中心的個人精神世界裡，甚至為迎合市場傳
> 播的需要而不斷滑向私密的、肉慾的極端。[90]

於此，李有亮反對女性書寫偏向身體，偏向個人、私密、情慾面
貌，將之視為符合男性窺視欲的迎合，並屏蔽了深沉的生命經驗
──沉穩、坦然、眷念親情、甘於付出、重視內心生活……，一
方面指出以青春、身體、性欲為導向的書寫並未脫離男性觀看，
另外一方面認為導致文學迴避女性老年書寫，使社會高齡化的現
實無法進入文學外，身為男性評論者也展示其性別意識視閾期待
的平淡、理性、傾向精神、豐富開放的老年付之闕如，也額外的
道出男性權威的聲音。看似指出女性的老年書寫缺席現象，並且
殷殷期盼其生成，兜了一圈還是禁錮了女性對私密身體的發言
權，抹滅了身體在性壓抑的反抗性與基進性，總之不管青春還是
老年，在男性論者的眼中青春的性，寫了也無濟於事，甚且青春
的性還壓抑各種正確、正常年老書寫的出場。論點好似一場只有
女人壓迫女人的劇碼。

　　筆者在思索臺灣女性老年書寫的同時，發現與其批判或建構
「應當的」女性老年書寫樣貌，不如進入文本，且結構性的看待
女性書寫者何以甘冒危險，進入「身體」與「慾望」的領域，探

90　李有亮：〈老齡化趨勢下文學關懷的缺失──以女性寫作中「老年缺
　　席」現象為例〉，《創作研究‧當代文壇》2015 年第 1 期，頁 88。

勘擘劃遲暮之年的發聲權。

　　五〇－六〇年代的女性書寫較少對欲望的直接處理，老年加上欲望的版本更是稀有，但筆者將嘗試從郭良蕙〈他・她・牠〉、聶華苓〈李環的皮包〉、〈月光・枯井・三腳貓〉、歐陽子〈近黃昏時〉幾篇來談談沒有生育與無性所勾連的年老感。〈他・她・牠〉描述一對結婚六年的不孕夫妻，僅靠薪水過活的丈夫開始對妻子鳳君所豢養的公貓興起妒忌，而籌畫起殺貓計畫，小說最後以丈夫從樹上跌落作結。在郭良蕙的筆下，丈夫被描述為健壯的運動好手，即便婚後稍微發胖也都還渾身肌肉且性欲特強，唯獨在傳宗接代上徒勞無功。丈夫一口咬定是妻子鳳君身體的問題，鳳君也將問題歸諸於丈夫，欲望無處宣洩的丈夫曾透過和他人發生曖昧，用以宣洩與驗證自己的生殖能力，歷經徒勞後，轉而尋思向鳳君建議領養小孩，卻被否決。

　　　　「可以去領養一個，他向她提到這件計畫，她沒有採納。她根本對孩子不感興趣，她認為孩子太累贅，如果是己所出，則當聽其自然，否則何必抱人家的孩子增加麻煩？日後，她從一個姊妹淘那裡抱來了一隻貓……」[91]

　　　　「那兩個圓東西也特別大，毛是灰白色的，看起來倒像孩童帽上兩個絨球。他忽然產生一種可笑的衝動，想去撫摸

---

[91]　郭良蕙：〈他・她・牠〉，《穿過荒野的女人》（臺北：五南，2008年），頁231。

> 一下……鳳君一定撫摸過！」[92]

郭良蕙筆下的鳳君在丈夫的眼中顯得疲憊不堪，無法配合丈夫勃發的欲望，所以時時被疑心可能秘密的於它處展現情欲。

聶華苓以《桑青與桃紅》奠定其文學地位，書寫了女性、瘋狂、流離於家國的雙身隱喻，其主編《自由中國》文藝欄時所展現的文學視野，論者不免會將之與林海音的文壇位置並比。但從〈李環的皮包〉、〈月光・枯井・三腳貓〉兩作，可以看出聶華苓在抒情美學的承繼上有其獨特的視角與觀察，兩篇毫不避諱的述及女性欲望與年老的關聯性。〈李環的皮包〉裏寫李蓉在南京時剛剛大學畢業找不到工作，便頂用朋友的名字「李環」，年齡也瞬間大了八歲，來到臺灣也依舊以李環為名／齡。文本是這樣描述女性年齡的微妙處的：

> 年輕的女孩子反愛自充老大，她以前常和人開玩笑，要人稱她阿姨，稱她大姐，她還會拿出身分證來：「哪，空口無憑，以此為證。你瞧，這上面明明寫著的，民國七年九月六日生。」那也是一種炫耀：煥發的青春，要掩也掩不住。[93]

年輕的女人愛裝作年紀老大些，那是二十二歲剛從學校畢業的李

---

[92] 郭良蕙：〈他・她・牠〉，《穿過荒野的女人》（臺北：五南，2008年），頁233。

[93] 聶華苓：〈李環的皮包〉，《一朵小白花》（臺北：大林，1970年），頁154。

環，只是隨著年齡漸長，突然就了有「忌諱」，李環要瞞法定年齡，也要瞞真實的年齡，「離四十越近……尤其是認識了小趙之後[94]」。這種冒齡演出，一開始法定年齡三十歲的李環與真實年齡二十二歲的樣貌自然造成落差，所以年齡的虛報使她找到工作，也將工作標誌為揮別青澀轉入成人感，冒齡在此還有「額外的」好處，容貌相較於法定年齡更年輕所造成的反差帶來的虛榮。只是四十歲好像是女性年齡的魔咒。細究此篇文本的年齡密碼，二十二歲的李蓉頂替了三十歲的李環，還暗自開心與炫耀其青春，而過了十二年之後，三十四歲的李蓉開始考慮是否要繼續此頂替與偽造，李環迎來法定四十二歲的惶惶不安之感。李蓉／李環是甚麼時候、甚麼原因開始感覺到「老」呢？

> 然而，男人過了三十，正是黃金年代；女人一過三十，就走下坡路了。更何況是一個四十出頭的女人？雖然她的實際年齡沒有那麼大，但世間可就有一股子邪氣，一說四十二，她就覺得自己真是四十二了。[95]

文本看似視女人四十為老，但精心細究後發現更苛刻的現實是三十已不青春，「現在，她是老了，已經三十四了。[96]」李環對比

94　聶華苓：〈李環的皮包〉，《一朵小白花》（臺北：大林，1970年），頁154。

95　聶華苓：〈李環的皮包〉，《一朵小白花》（臺北：大林，1970年），頁154。

96　聶華苓：〈李環的皮包〉，《一朵小白花》（臺北：大林，1970年），頁154。

大自己兩歲的小趙，還有小趙不主動、不理不睬的態度，並在認識之初就表明喜歡她卻沒有特殊的感情，李環覺得這是侮辱，是年輕時所沒有遭受過的侮辱。小趙的認知裡，他所認識的是四十二歲的李環，一個已經不青春、不年輕，比他大六歲的李環，而不是小他兩歲的李蓉，而社會的一股邪氣所暗指的除了大多數人受制於明明白白載明的年齡外，可能還在於對三十、四十歲女人已過賞味期的忽視與排除。聶華苓此篇看似與上節所述劉枋〈我們的故事〉鋪陳女大男小所突顯的女性年老感相同，但此篇文本明明李蓉還比小趙小兩歲，何以身分證上的年齡就阻斷了女性青春，明擺著的事實呢？聶華苓在此將社會對女人四十的標籤化，以及三十歲女人就開始走向衰老、不具吸引力的意識加以突顯，在線性與以青春為尚的體制裡，書寫夾縫中的李環不管真實還是虛假的年齡都處在難以回返青春的意識牢籠。小趙與社會的一股腦邪氣驅迫著李環走入年老，更殘酷的是未嘗進入合法婚姻與無性在李環身上的交謀。

　　與〈靜靜的日午〉、〈寂靜地帶〉非常類似的是三四十歲的女人或男人眼中的「老」被當作可怖的形象。文本寫李環常常在公共汽車上看到一位五十歲的「老女人」、「老處女」，五十歲的女人喜愛穿著娃娃裝，總戴著墨鏡，身形修長穿著也有點風韻，只是裙子裡有雙乾瘦的腿、墨鏡後面有遮不住的魚尾紋，娃娃裝敞開的領口有打了皺的脖子，唯有低沉溫柔的聲音不像老人，但過量的柔情裡卻常對著人說著沒完、表示過多的關心。李環身分證上的四十二歲與實際年齡的三十四歲，離五十歲相去甚遠，卻在一場公車上小學生的惡戲中發現他人眼中的她們，其實

是一樣的[97]，兩張被繪製在書封上滿臉皺紋的畫像，「她第一次看清了自己[98]」。李環原本可以不理會這些看視的，即便她怎麼照鏡子都發現已不再年輕，減少了照鏡子的次數，卻又在女房東口裡聽她向另一個中年胖太太說：「她呀，四十多啦，老處女！」，「中年女人對別人的年齡也特別敏感，尤其是與她年歲相仿的女人。」[99]年老當然是皮脂鬆垮，但聶華苓更深刻的處置了社會將年老編派為避之唯恐不及，使得越過青春的女性來不及定義自己的「中年」，已經落入惶惶未至的老年威脅不可終日。

　　李環原本滿懷期待週末跟大自己兩歲的情人小趙約會，無奈對方意興闌珊，打了電話過去已經示弱，小趙蠻不在乎的口吻與立刻掛上的電話，連讓李環搭架子扳回一城的機會都沒有，又憶及隔鄰女人與房東的苛薄言語，李環每逢週末都興起的愛情渴望[100]，逐漸被年老感取代，文本轉而敘述李環陷入回憶，彷彿透過憶想就能贖回曾有的青春、風華做為當下的補償。回憶裡，李環想起仲軒、YK，還有十多個經歷過的男人，以及「她對他們只有感官的印象。久久的握手，輕輕的吻，強烈的體氣……[101]」

97　聶華苓：〈李環的皮包〉，《一朵小白花》（臺北：大林，1970年），頁 155-156。

98　聶華苓：〈李環的皮包〉，《一朵小白花》（臺北：大林，1970年），頁 156。

99　聶華苓：〈李環的皮包〉，《一朵小白花》（臺北：大林，1970年），頁 157。

100　聶華苓：〈李環的皮包〉，《一朵小白花》（臺北：大林，1970年），頁 153。

101　聶華苓：〈李環的皮包〉，《一朵小白花》（臺北：大林，1970年），頁 163。

不管是她真正愛過的有婦之夫仲軒，還是未曾向她表白，寄來小白花項鍊的 YK……最終都無法贖回她已逝的青春，也無法填補她現在寒冷的寂寞，最後歸結為「青春本身就是一種美，一種無需修飾的美。[102]」小說末了李環沒有搭上公車赴小趙的約，「李環逕直走向法院。[103]」此篇小說非常仔細的辯證了女性年老，一方面是無偶（不一定是婚姻），一方面是社會對過了青春年華女性的殘酷凝視，青春的豐美、青春有偶，青春裡更有合法的或可預期未來的性，足以讓女性躲過老處女的撻伐，但進入婚姻呢？時間依然流逝，女性依然對年老恐慌未決，才是父權社會下女性身為欲望客體的艱澀處境。

文本在李環走向法院作結，或許指向李環寧願接受偽造文書的懲罰，也不要過早的接觸到中年臨老的視線，在身體依然日日腐朽的不可抗進程中，李環唯一可以選擇的是依賴法律予她的青春正名，看似積極的結尾，但回顧聶華苓精心設計的父權年齡想像，對女性年齡的「視差」，三十歲、四十歲、五十歲在男性凝視與社會主導意識的差異已經不大，李環找回自己的實際年齡，延緩的只是客體時間，至於「他們豈知道，她和誰在一起只有一個感覺：寂寞。[104]」年老感所帶起的寂寞卻是深重無法填滿的溪壑──愛與性的滿足。因此，文本命名「李環的皮包」，「人

---

[102] 聶華苓：〈李環的皮包〉，《一朵小白花》（臺北：大林，1970年），頁 165。

[103] 聶華苓：〈李環的皮包〉，《一朵小白花》（臺北：大林，1970年），頁 166。

[104] 聶華苓：〈李環的皮包〉，《一朵小白花》（臺北：大林，1970年），頁 160。

生就是一個舊皮包，瑣瑣碎碎，珍貴的，低劣的，塞得滿滿的，沉甸甸的挽在手上。[105]」那個可以裝進所有東西的皮包，那個李環迫不及待買了便宜的皮包與高跟鞋的年輕歲月，聶華苓特別寫道「就和男孩子用剃鬚刀、打領帶一樣，是一件又可笑又嚴重的事。[106]」男同學笑她的皮包是借來的，她也笑男同學的領帶是借來的，皮包從容物的日常物品成為擁有自己人生的意象。但文本末了李環懷裡抱著一個舊了、塞滿東西沉甸甸的，還捨不得丟掉的皮包，毗連「房東太太抱著孩子[107]」李環的皮包裡塞滿了教員的物事，或者生活所需的香煙、藥品，的確是個體人生的自我容納與實踐，但卻不是合法婚姻再生產的「孩子」，李環與皮包高度的意象關聯，使得文本訴說女性無法透過父權的家證明女性價值，也未順利將女人轉換為母親做為身分掩護時，不管甚麼年齡都難保又舊又老。

此外，李環的皮包「關也關不住，有什麼東西梗在裡面[108]」還裝了七年前情人仲軒所送的生日禮物 Eau de Lologne 與離開前給她的日記本，日記裡寫著：

「憂愁使人往深處走。沒有憂愁的人，不會認識自己。

---

[105] 聶華苓：〈李環的皮包〉，《一朵小白花》（臺北：大林，1970年），頁157。

[106] 聶華苓：〈李環的皮包〉，《一朵小白花》（臺北：大林，1970年），頁158。

[107] 聶華苓：〈李環的皮包〉，《一朵小白花》（臺北：大林，1970年），頁157。

[108] 聶華苓：〈李環的皮包〉，《一朵小白花》（臺北：大林，1970年），頁159。

『夜是有福的，因為夜間有崖。』『憂愁的人是有福的，
因為憂愁裏面有神的安慰。』……」
她什麼時候才能得到那份「神的安慰」呢？她是如此渴望
那股香噴噴的煙兒味，渴望那惱人的撫摸，渴望那輕佻的
一吻。[109]

皮包在此是完整且擴張經營的意象，使之離開物的形象性範疇，
進入文學性的意象層次。前面皮包透過語言毗鄰的關係，筆者推
演出那代表了社會期待女性進入婚姻，成為母親扮演母職的期
待；而引文中皮包含納過往所愛之人的日記外，日記所寫的內容
引用了他者／神的話語，安慰自己可以排遣想念李環的憂愁，而
多年後在李環的閱讀中彷彿為她而寫，不同的是仲軒在神的安慰
裡昇華兩者關係，李環則循此墜入情欲的渴望。在此聶華苓巧妙
的將皮包的意象經由內容物與關聯物，操作了語言隱喻與換喻的
兩軸。如果皮包亦是指涉李環的人生，那麼李環皮包裡滿載的作
業本、藥品、香煙對比日記本，前者是父權社會下女性仿造男性
的人生，後者是欲望的人生，顯隱對照，又加添上換喻結構所指
向的母親身分與母職、合法婚姻，李環身處在自我選擇「玩火的
女人[110]」與社會主導意識的凝視之下，牽引她感知自身老去的
是僭越——婚外、未婚之性，以及不安於室的教員工作——之後
的寂寞，還有對照房東、老女人及熱戀青春男女的不得依靠。聶

---

[109] 聶華苓：〈李環的皮包〉，《一朵小白花》（臺北：大林，1970
年），頁 161。

[110] 聶華苓：〈李環的皮包〉，《一朵小白花》（臺北：大林，1970
年），頁 160。

華苓筆下的李蓉與李環都在此性匱乏與無靠的懲戒之中喃喃自剖，三十四歲也好，四十二歲也好，李蓉與李環雙身雙旦，身為歪曲不馴版本的她們，早就注定其寂寞與憂愁，無法獲得神的安慰。

　　從上節女性抒情審美與中產保守的年老書寫之外，我們也看到某些女作家大膽的在看似哀婉青春之際，抒發性的渴望。而女性生命的年老感真的進入婚姻，或者排除年老女性提醒的可怖形貌後就有解方？一直以來五○、六○年代的小說家都是以隱諱筆調處置著女性的欲望課題，因此藉由皮包、藉由文學傳統的黃昏，年老被文學化與自然化為尋常現象，其中文學傳統的黃昏意象使用最極致的是以抒情美學壓抑了女性所有壓迫的實像。聶華苓〈月光・枯井・三腳貓〉與歐陽子〈近黃昏時〉更進一步演繹看似因為婚內無性生活，或者男大女小的不協所引發的蒼老感，實則為性本身的匱乏性格，表層被說出的原因或許真實，但在敘事之下展示女性更逼近體現欲望的真實層，不透過母職、愛情、他人的凝視、文學傳統的借代或藉口，逐步的朝性探義。

　　獨創性的意象化經營是聶華苓擅長的手法，她並非選擇文學傳統中因襲有體、慣常成習的物象，像上述的皮包，純粹是在現實的物象中提煉出來，並在一篇小說中整合轉出，賦予皮包文學性、多樣性的詮釋可能。在〈月光・枯井・三腳貓〉一文，聶華苓將三種毫無相關的事物聯繫一處，尤其三腳貓在文學意象聯想上如何與月光、枯井構成意義集合，是其潛心默誌、庖煉純化的技巧展現。小說一開始即以汀櫻將赴一場偷情的約會開始，她坐著計程車來到藍貓酒吧等待樂兆青，「酒吧的霓虹燈是個藍色的

貓頭，兩隻白眼睛，一亮一滅地輪流閃爍著。[111]」汀櫻是在應徵打字員工作時認識家住臺南的樂兆青，聶華苓這樣寫三十一歲的汀櫻：

> 她的頭髮梳成兩條濃黑的粗辮子，繞到頭上，像個女傳教士。過時的打扮。過時的女人。她就是穿上最流行的衣服，仍然有點兒沉舊的味道。[112]

> 她總認為自己是老了。她才卅一歲，但是連查戶口的警察看到她的身分證也一怔：『你只有卅一歲？』她木訥訥地點頭。日子好長啊！卅一年的歲月，在她看來，可不就是四十年，五十年！難怪她臉上早就有了皺紋。[113]

汀櫻除了裝扮過時外也非常喜歡舊式東西，舊花邊、舊式傢具、舊式宅院，因先生丹一罹患睪丸炎後兩人展開長久的無性生活，從分床、分房到丹一提出離婚，但兩人始終沒有離異，「她知道他離不了她，但他不願自己綑著她，浪費了她青春。[114]」聶華苓在〈黃昏・廊裡的女人〉搬演的變態幽微心理再度上演，說出

---

[111] 聶華苓：〈月光・枯井・三腳貓〉，《一朵小白花》（臺北：大林，1970 年），頁 170。

[112] 聶華苓：〈月光・枯井・三腳貓〉，《一朵小白花》（臺北：大林，1970 年），頁 167。

[113] 聶華苓：〈月光・枯井・三腳貓〉，《一朵小白花》（臺北：大林，1970 年），頁 178。

[114] 聶華苓：〈月光・枯井・三腳貓〉，《一朵小白花》（臺北：大林，1970 年），頁 168。

的言語都是對他人欲望的扭曲壓抑，也是自我欲望的周折：

> 汀櫻由單一的口吻裏聽得出勝利者的得意——壓抑她青春
> 的勝利！他希望她變老，變醜，和他一樣枯萎下去。[115]

> 他就那麼信任她！看準了她跑不了！看準了她會和他一起
> 變老，變醜，枯萎下去！[116]

相對於汀櫻、丹一的有愛無性，汀櫻與樂兆青則是有性無愛。汀
櫻第一次進到樂兆青的經理辦公室，樂兆青談論的就是養鳥與收
集古董，果然他的屋子也是古舊沉重的色調，還養著兩籠金絲雀
的家，臥室門口還擺著一尊從泰國帶回摔破下半身，只餘上半身
的裸女滑石雕像[117]。汀櫻被禁錮的女性情欲，終於在與樂兆青
第二次見面時爆發，樂兆青把車開離藍貓又把車再度開回藍貓，
最後才朝著上山的石子路開去。聶華苓圓熟的操縱汀櫻之於舊式
家屋，之於鳥籠裡的金絲雀，之於失了下半身的半裸女人雕像，
之於瘸了一隻腳、跑不了的三腳貓，更意象化的操作了汀櫻與三
腳貓、枯井、性欲的關聯：

---

[115] 聶華苓：〈月光・枯井・三腳貓〉，《一朵小白花》（臺北：大林，
　　　1970 年），頁 178。

[116] 聶華苓：〈月光・枯井・三腳貓〉，《一朵小白花》（臺北：大林，
　　　1970 年），頁 185。

[117] 聶華苓：〈月光・枯井・三腳貓〉，《一朵小白花》（臺北：大林，
　　　1970 年），頁 172-173。

> 有一晚，她夢見三腳貓會跑了。她要把牠追回來。她在貓
> 後面忽而騰空，忽而落地地跑著。前面有一口井，貓就向
> 著那口井跑。她大叫：「你跑不了！跑不了！跑不了！」
> 她撲到井邊，貓跳下去了，她也跳下去了。是口枯井！她
> 放心了。但是，井不見底，長滿了青苔，她要抓也抓不
> 住，只有向那綠色的黑暗中沉，沉，沉……[118]

汀櫻在夢中對著忽然會跑的三腳貓大叫：跑不了！卻連人帶貓跌
進了不見底的枯井，這段描述接續著樂兆青又把車開回藍貓而汀
櫻並未逃跑，汀櫻也跑不了了，她與殘缺的三腳貓、缺了下半身
的裸女、被豢養的金絲雀一樣，將要被納入樂兆青的欲望殼中。
值得探討的是，這個被寫成貧血的城市[119]，月亮的光透過像破
海綿的雲朵滴到柏油路上[120]，月亮脫離了中國文學思鄉、家人
之情的傳統，令人不適，在上述引文的轉折後，「車子已開出了
市區，月光變得清亮了。[121]」文本交錯了汀櫻與丹一、汀櫻與樂
兆青的性，前者以直筆從合而為一享樂的性到抗拒壓抑的性[122]；

---

[118] 聶華苓：〈月光‧枯井‧三腳貓〉，《一朵小白花》（臺北：大林，
　　1970 年），頁 177。

[119] 聶華苓：〈月光‧枯井‧三腳貓〉，《一朵小白花》（臺北：大林，
　　1970 年），頁 170。

[120] 聶華苓：〈月光‧枯井‧三腳貓〉，《一朵小白花》（臺北：大林，
　　1970 年），頁 169。

[121] 聶華苓：〈月光‧枯井‧三腳貓〉，《一朵小白花》（臺北：大林，
　　1970 年），頁 177。

[122] 聶華苓：〈月光‧枯井‧三腳貓〉，《一朵小白花》（臺北：大林，
　　1970 年），頁 175、168。

後者則以曲筆回述汀櫻夢到三腳貓會跑的內心獨白[123]，鋪敘了車內汀櫻要了樂兆青菸斗的性暗示及內心對性的預先狂想[124]，接著才是兩人在乾草堆上的性愛[125]。從滴落的不明朗的月亮[126]，到清亮的月亮[127]，將要展演的性突的明朗，至於「月亮由黑色的山脊背後昇起，就像是用廉價發光紙做的一個假月亮。[128]」，月亮的心像轉變搭配汀櫻欺騙丹一外出偷情，汀櫻坐上樂兆青的車繞了一圈回到藍貓後又駛離，兩人駛向上山的小路，最後汀櫻回到家後看到丹一「他坐在月光裏，汀櫻見他的手背上暴出的青筋。[129]」一方面是時間的進程，另外也是性的進程，聶華苓以月光的變化鋪陳了性欲的溢出，滴落的詭異的月光與壓抑的性，樹枝戳破假月亮與被曲筆描繪的縱溢的性，性宣洩後月

---

[123] 聶華苓：〈月光・枯井・三腳貓〉，《一朵小白花》（臺北：大林，1970 年），頁 177。

[124] 聶華苓：〈月光・枯井・三腳貓〉，《一朵小白花》（臺北：大林，1970 年），頁 178-179。

[125] 聶華苓：〈月光・枯井・三腳貓〉，《一朵小白花》（臺北：大林，1970 年），頁 180-181。

[126] 聶華苓：〈月光・枯井・三腳貓〉，《一朵小白花》（臺北：大林，1970 年），頁 167。

[127] 聶華苓：〈月光・枯井・三腳貓〉，《一朵小白花》（臺北：大林，1970 年），頁 177。

[128] 聶華苓：〈月光・枯井・三腳貓〉，《一朵小白花》（臺北：大林，1970 年），頁 178。

[129] 聶華苓：〈月光・枯井・三腳貓〉，《一朵小白花》（臺北：大林，1970 年），頁 185。

亮仍然回復「滾圓渾黃的月亮，一點也沒有被戳破[130]」，汀櫻
回家後丹一沐浴在並未言明的月光中。

　　文本在處理無性婚姻的扭曲，男性的自卑導致女性欲望的無
法滿足，經歷偷情後汀櫻體驗到「就像月亮要發光，花要開，風
要吹一樣，暫時忘記了自己是個『人』。[131]」但視汀櫻為金絲
鳥、骨董、上鉤的魚的樂兆青，只覺得這句話是女人的浪漫，
「她從沒有想到，人和人挨得那麼近的時候，腦子卻會離得那麼
遠。[132]」汀櫻的旗袍被熨斗燒破一個洞後，希望與丹一可以聊
聊天都好，但一切都已經不同。聶華苓筆下月光、枯井、三腳
貓，月光是時間之流，也是欲望之流，在文本中既指涉時間又指
涉女性情欲，同時也是情感氛圍轉換的標記，汀櫻藉由婚外的性
體驗到虛假的欲望，以及性本身就是無法填滿的枯井，是匱乏的
本身，汀櫻與丹一的無性固然使人衰老，另外也將汀櫻牢牢的綁
縛栓老，僵死的性與虛情假意的性並無二致。

> 　　她絕望地倒在床上，將毛巾毯裹得更緊了，胸脯，朱砂
> 痣，手臂，從頸子一直到腳跟，全緊緊的裹在毛巾毯裏。
> 然而，一翻身，她看見了滿床月光。

---

[130] 聶華苓：〈月光・枯井・三腳貓〉，《一朵小白花》（臺北：大林，
　　1970 年），頁 181。

[131] 聶華苓：〈月光・枯井・三腳貓〉，《一朵小白花》（臺北：大林，
　　1970 年），頁 182。

[132] 聶華苓：〈月光・枯井・三腳貓〉，《一朵小白花》（臺北：大林，
　　1970 年），頁 182。

　　　　她整個人都在月光裏。[133]

文學傳統中思鄉或表述親情，引人幽思的月光，在此成為綑縛僵斃的性，沐浴在月光中絕美的情景，在此被代換為令人戰慄的恐怖。聶華苓此篇與〈李環的皮包〉寫得是一點都不老的女性，但年過卅的恐慌感從無偶又更進一步到無性，被月光所籠罩的汀櫻面對的是絕然排除性愛的丹一———一個自卑、中產、理性的男人，在其體諒之下，反而使汀櫻跑不了。或許最後的結尾也可以解讀為汀櫻回歸家庭，選擇可以與自己心靈溝通的丹一度過一生，但從文本一開始即鋪陳的無性致使的衰老感，以及聶華苓如何反寫文學傳統中幽思的月光，轉入恐怖虛假意涵的鋪陳，整個人沐浴在月光裡的汀櫻，可解讀為籠罩在性的原始匱乏裡，即便她體驗一遭後重新生成定義自我、也重新定義性不應該是豢養宰制的關係，但文本一開始即揭露的她的過時，顯示她終究無法擺脫婚姻，更無法因為無性而棄婚姻不顧，展示聶華苓月光意象的解讀又回歸到家的隱喻關聯中。

　　女作家在梳理女性遲暮衰老之際，隱喻是其勾連社會結構、內在心理、性的重要技巧，藉由意象性的語言，早期女性可以探觸到父權的家庭束縛之外，更可以安全地勘查內在、性欲的層面。歐陽子〈近黃昏時〉（1965）分別以麗芬、吉威、王媽的內心獨白，道出麗芬與丈夫永福相差二十歲的婚姻裡產下瑞威與吉威兩個兒子，長得像麗芬的瑞威八歲意外被卡車撞死後，麗芬深

---

[133] 聶華苓：〈月光・枯井・三腳貓〉，《一朵小白花》（臺北：大林，1970 年），頁 188。

受打擊，一面否認吉威是自己的兒子，一面開始和年輕男子廝混，最後甚至和吉威二十三歲的好友余彬好上，小說以余彬表面上要離開麗芬開始，結尾則揭露余彬是要離開與吉威的同志戀情，而點燃吉威的殺機。

小說裡的母親麗芬四十多歲，面對年輕貌美的余彬要離開時，想哭卻怕顯老、顯得難看：

> 「哪，這就是了，」我說著，用手背揩去掛在眼角的淚。
> 「這就是了，你嫌我老，嫌我臉上有皺紋。誰說不是？走在路上，人人都會以為你是我兒子呢。當年我可不是這樣兒的。要是瑞威還活著──要是他還活著，他該和你同樣，也二十三歲。」[134]

麗芬與相差二十歲的丈夫結婚，又與相差近二十歲的余彬發生性愛，文本裡的女性麗芬一再喃喃「麗芬沒有兒子／麗芬沒有丈夫／麗芬孤零零一個人[135]」對照王媽「我早就說，夫妻倆年歲差那麼多，總不會弄出好結果。[136]」面臨年齡差距太大的夫妻組合，不正常的不是男大女小，而是女性不應該展現的欲望需求或不滿。因此經由年齡稍大的王媽的言語，道出社會面對麗芬的處境與選擇，顯然是站在批判的角度，截斷脈絡化思辨異性戀社會欲望取向「常與非常」的界線課題，麗芬婚姻的非常也總歸要回

---

[134] 歐陽子：〈近黃昏時〉，《秋葉》（臺北：爾雅，2013 年），頁 134。

[135] 歐陽子：〈近黃昏時〉，《秋葉》（臺北：爾雅，2013 年），頁 135、137、139。

[136] 歐陽子：〈近黃昏時〉，《秋葉》（臺北：爾雅，2013 年），頁 148。

歸常態。細究文本中麗芬喃喃自語的發生／聲，總連鎖在述及自己的孤獨前後言出，而共同的引爆點指向余彬的離開，並連帶的使麗芬想起瑞威的死亡、怪罪丈夫失責、瑞威與自己的相像而吉威與永福相像等三個相鄰的敘述。熟闇佛洛伊德性心理學的歐陽子，在此以女性麗芬的婚姻做為顯性敘事，隱藏「鬼孩子」吉威的同志敘事，「戀母弒父」情結夾帶孤獨、離開、一段關係的失責／不滿足，以及找不到應對的欲望對象的隱喻。首先，小說中描述吉威總在麗芬的窗外窺探，他深深戀慕母親，可是麗芬卻厭惡他、離棄他，吉威與余彬這一對戀人日日沉溺在房間中雕刻著王媽眼中男不男女不女的娃娃，「我是余彬余彬是我我們是一體」，如何演變成余彬代替吉威的父親滿足麗芬匱乏的欲望，或者也詮釋為滿足吉威戀母的欲望，異性戀的戀母以歪曲替身的方式演出，在「父親缺席」的家徘徊兩種非法的邊緣。再者，一再防範並稱吉威為「鬼孩子」的麗芬，一心認為吉威是永福的兒子，視自己的兒子為父權的監督者，是父親缺席的代理人，展示女性「她」在父權社會下的焦慮與瘋狂。之後，麗芬在第三次述及自身的孤獨與危殆時，提到算命先生曾說麗芬命好，可是如今卻落得「嫁得個丈夫不是你的丈夫。剩得個不是你兒子的兒子。那些男孩們，一個個來又一個個走，總是把從你學到的，用到年輕女孩身上去了。[137]」余彬在此看似雙性，但因為他是吉威的替身演出，所以這句話呈現的異性戀機制下身為年老女性與年輕男性的性愛，僅能被作為性啟蒙的存在，而非正當情欲的對象，女性主體在男性的凝視下也扭曲自身的享樂身體成為教育的身

---

137 歐陽子：〈近黃昏時〉，《秋葉》（臺北：爾雅，2013 年），頁 139。

體，並失落於此。最終，吉威拿雕刻刀往余彬的下體刺去，在文本中是極其曖昧、歧義的段落，吉威之憤怒指向的陽具──是父權監視下的陽具，差一點點就被損傷。筆者認為歐陽子〈近黃昏時〉的議題雖未以年老女性為主，但可以折射出豐富的詮解向度，在六十年代是難得的女性書寫實踐，並將年老的議題觸角探觸到身體、情欲的更深處，並嘗試與其他議題連動的積極處置顯得十分可貴、獨樹一幟。

　　承續筆者關於五○、六○年代的討論，時序進到 1981 年蘇偉貞的《紅顏已老》與 2010 年朱天心所寫《初夏荷花盛開的時節》，似乎可以說如張誦聖所言，延續了五○年代獨特的國家文藝政策下所建構出的老年想像，帶有中產品味、保守與中國傳統審美的質地。

　　　　有兩種人才算是真正的老，一種是心境蒼涼，一種是意志
　　　　消沉，她其實說不上是那一點，但是，總有愈來愈萎縮的
　　　　感覺，她很少照鏡子，看不見自己的老像，也就很少去觸
　　　　及這些心像，如果一個女孩子連鏡子都懶得去照，真不知
　　　　道還像什麼？[138]

蘇偉貞《紅顏已老》描繪大學時期念外交的章惜，「比一般人瘦，兩根鎖骨橫在衣領口……是比一般人有些味道[139]」因為常在圖書館看書而認識了從國外回國任教，大九歲且已婚的經濟學

---

[138] 蘇偉貞：《紅顏已老》（臺北：聯經，1981 年），頁 16-17。
[139] 蘇偉貞：《紅顏已老》（臺北：聯經，1981 年），頁 3。

博士余書林。蘇偉貞於此謹慎地描繪了知識分子、溫謹、節制的
婚外愛情，即便在多倫多的寒冬裡見面也抑卻著熱情，蘇偉貞以
「不僅沒說」、「什麼話也不能說」、「自開始她就沒正視他一
眼」、「不敢像孩子一般放肆的問」[140]以一連串否定的語法處
理面對面的愛情：

> 他伸手想抓住什麼，整張臉卻埋在桌面上，喝醉了不吵也
> 不鬧，安靜的躺在章惜的床上，掙扎的睜開眼，她用熱毛
> 巾覆在她額上，遞給他一杯龍井，他不停的從心底叫：
> 「小惜。」她總是「我在。」從心裡回。[141]

文本中所展示的情感，以及對章惜與余書林的人物性格塑造都可
歸結在他們曾經身處的酒吧名稱——不染塵。在兩人出國前的谷
關之遊，明明已然興起的欲望卻中止於章惜冷靜吐出「你要我真
的成為你的情婦嗎？[142]」於是余書林帶上門，並接續著章惜對
於午妻、晚妻的評價，「破壞了人類純一感情的最惡劣行為……
那脫得了慾與利嗎？[143]」蘇偉貞演繹了一段精神出軌並且謹守
分際的婚外關係。對照小說中另外兩段男女關係，余書林的妻子
守恬與唐明之間看似曖昧，守恬也在最後關頭煞了車，並未答應
唐明一起離開臺灣的建議，理由是「我嫁給他了啊！」、「罪惡

---

[140] 蘇偉貞：《紅顏已老》（臺北：聯經，1981年），頁10-12。

[141] 蘇偉貞：《紅顏已老》（臺北：聯經，1981年），頁12。

[142] 蘇偉貞：《紅顏已老》（臺北：聯經，1981年），頁65。

[143] 蘇偉貞：《紅顏已老》（臺北：聯經，1981年），頁66。

感」、「那他一個人──」[144]；另外章惜好友范安禾調侃自己成為「標準的黃臉婆」，「全心全意我夫、我子起來」[145]。反映了整個八〇年代的女性小說風潮中，蘇偉貞《紅顏已老》所摹塑的無異是中產保守女性想像的餘緒，另外一方面又迎合文學商品化的潮流，將此種波瀾不驚，僅有稍稍越矩的危險情愛經營得合宜得體，唯一的賣點就如文中所述：

> 現代文化媒體提供了太多問題，讓人最後發現任何事到最後都沒什麼意思，八十年代的媒體所提供的最力證沒意思的事便是──婚姻。[146]

《紅顏已老》中的章惜明明才二十八歲、余書林也才三十七歲，書名與小說中的人物心境卻彷彿已經開始老去，顯得心境蒼涼、意志消沉，而讓他們感到老去或中年倦怠的緣故，說是源於乏味的婚姻，不如說是對於所遵循社會、父權價值抒情式的不適感。小說將「家」敘述為瑣碎的大結合，甚或者是經過條理設計、安排，以簡單材料編織的籃子，「東西總要用舊的，把編好的籃子再拆開，材料卻早已不復原樣了，失去的形狀又去了那裡？」婚姻裡的人、家庭、婚姻的形狀都在經過那些設計安排後不復從前。

對照小說中章惜母親認為女性適齡應該結婚，余書林認為婚姻應該生養小孩來肯定身分，在在都顯露出此篇小說暗示婚姻雖

---

144 蘇偉貞：《紅顏已老》（臺北：聯經，1981 年），頁 55。
145 蘇偉貞：《紅顏已老》（臺北：聯經，1981 年），頁 44。
146 蘇偉貞：《紅顏已老》（臺北：聯經，1981 年），頁 77。

不可取，但卻是安全的方案。婚外愛情的可能性、可行性存在於它根本沒有干擾婚姻，而是展示一種對於求不得也的蒼涼、傷逝感。於此，二十八歲或三十七歲的年老，皆指向了無能跨越禁忌，僅只是把青春寫老，年老只是一種精神上的荒蕪與失落，甚至是一個在臺灣文學書寫領域裡長期潛伏的主流心理結構，以禁忌愛的表象搬演了一套浪漫愛劇碼，干擾一番後一切歸位。更進一步對比蘇偉貞筆下的章惜與白先勇筆下的尹雪艷，前者未曾落入婚嫁，何以就老去了呢？如果上述表明結婚使得女性瀕臨老年，結婚成為一種女性年老的儀式跨越之意外，似乎更多的指向性的吸引力，以及男性目光審視的關鍵性位置。尹雪艷可取之處，正是男性可欲之處。那身為女作家的蘇偉貞，在八○年代摹塑出章惜的無欲，紅顏因為男性欲望的眼睛不得不「已老」，搬演一齣安全版本的婚外愛情體驗。於是讀者在文本最激昂的時刻，「章惜反常的緊抱著他，要塞住每一寸空白似的」，最終章惜還是得把「不要走！」說成「好累！」與「回去睡吧！」：

> 他對她的愛並非吃飯、睡覺、聊天就能解決的，他會對她一絲絲想欲之情都沒有嗎？他從來沒有分析過，也許，也許祇是氣氛，他咬下嘴唇，帶上門，章惜和衣躺在床上，瞪到天亮。[147]

那在文本中沒有說出的話，還是說出來了。只是蘇偉貞作為論者張誦聖筆下中產階級保守品味的一員，筆者嘗試大膽的這樣論

---

[147] 蘇偉貞：《紅顏已老》（臺北：聯經，1981 年），頁 66。

述，如果用精神分析的觀點來看，八〇年代的女性書寫者身處在保守父權話語之下，一旦她選用了中國抒情語彙作為書寫的語式腔調，不可免的她就必須被納入那套無欲、被欲的客體位置。如果借用拉岡〈精神分析學中的言語和語言的作用和領域〉中關於實語與虛語的討論，對於文本的討論，常常是那些沒有說出來的話──沉默、虛語才探觸到主體「我」出現的邊界。因為拉岡在討論精神分析者與被分析者間的言語交流時，看似受過專業訓練的分析者也不可免的如馬拉美比喻下的硬幣，我們在找來換去的交流中，使用著已經磨平凸刺現實的語言，我們把傳遞的訊息、情感依附在語言之下，平淡至極卻又奉為真理視之，保留著信符的價值。將拉岡探求精神分析者位置，論述實語與虛語的觀點放在小說詮釋中，是否可以由「在語言中它只是通過語調的轉變，辭語的組合，以及『言辭小疵』來表達的。[148]」首先，蘇偉貞《紅顏已老》中所充滿的否定修辭，如上所引谷關之行在逼近欲望邊緣時刻，相對余書林與守恬夫妻的對話，兩人在婚姻懸崖激辯的時候，男性口中說出的「話」，否定且具有斬釘截鐵的效用：

> 「我要離開你！」守恬氣極了，余書林站在那裏被她一轟更遲鈍起來。
> 「妳說著好玩吧！」
> ……「不要鬧！」轉身往樓上走，守恬氣不過，想脫了鞋

---

[148] 拉康（Jacques Lacan）：〈精神分析學中的言語和語言的作用和領域〉，《拉康選集》（上海：上海三聯書店，2001年），頁262。

　　砸他，想大吵一頓，可是，沒有了對手；婚姻中什麼都如
　　此。[149]

　　因此，是否可以將身為女性書寫者的蘇偉貞筆下的語詞慣性，視
為是一種風格之外，也是一種作為客體的文化慣性，一種拒絕、
無欲、不主動、隱遁的「她」之現身，身為父權所掌握的話語權
之下被期待的女子，且是放在第三者的敘述位置，她徹底的跟危
險脫鉤了。至於婚姻中的守恬或章惜的好友范安禾，做為比較有
主導欲望的守恬，或者曾經想像婚姻生活中有閒逸無事片段的安
禾，漠視與瑣碎的家庭庶務分別剝奪了她們說話的權利。對照章
惜感情失落的時候，她的妹妹章敏說「姊，妳找個人嫁了也許就
好了。」婚姻是解決情的最佳良方，「『有什麼權利去試？』她
低低的說：『拿什麼去試？』她又說。試不得的並不是婚姻，而
是她長久以來的獨自感已成習慣……」[150]把問題歸諸在女性，
而在於男性身上的父權習性展示。

　　在一個女性的文本中看到「已老」作為未婚女子想像的、心
境上的波瀾不興的狀態，十足的有諷刺的意味，又集社會性與文
化性於一爐，將此小說放在八〇年代的暢銷風行與女性讀者興
起，以及「閨秀文學」的評價[151]，論者對女性小說家將「性」

---

[149] 蘇偉貞：《紅顏已老》（臺北：聯經，1981年），頁60。

[150] 蘇偉貞：《紅顏已老》（臺北：聯經，1981年），頁22。

[151] 呂正惠：「青春期的女孩子需要愛情的滿足，如果在實際生活中找不
　　到，文學作品可以提供，這就是當代閨秀文學的社會基礎。……這些閨
　　秀文學令人吃驚的純潔性與理想性。就女性的角度而言，它所塑造的、
　　它所表達的，是一個最傳統的女性對現代形式的愛情的懷想。……然

與「不潔」作為迴避對象的書寫納入閨秀文學的傳統，筆者想要更進一步談論的是，女性主體於此是精神分裂的，透過把自我不斷的客體化為鏡中的影像，於此找到一套敘述自己情與欲的潔淨敘述，將女性自身對於性的想望拔除，這樣的書寫一方面複製了男性的目光與話語，另方面更深刻的意涵可能是女性書寫者一旦對語言沒有戒心，就如同坐在拉岡所述診療臺上的精神疾病患者，只能顛顛倒倒的說著不屬於她的話語，而女性僅能經由書寫仿如找到了自己的聲音，可是「主體只有在其言談的主體間性的連續中才得到滿足[152]」。

與蘇偉貞同在八○年代並以報紙文學獎出道，也曾被論者指為閨秀作家，同為張愛玲風格於臺灣的族裔延續者，也表徵了臺灣文學商品化潮流標記者的朱天心 2010 年寫下《初夏荷花時節的愛情》。論者以為朱天心此作「隱喻人生應有更高層次的追求，否則當『性』從『繁衍』的功能脫離之後，或當『性』的優勢／神奇之獸退去以後，人將何去何從？或許此處暗指應有一座記憶之橋，指引永恆追尋的方向，讓生命沿著光源前行，不僅能彰顯其豐盛、優雅與美麗的神聖素質，也才能得到真正的自

而，這種最純潔的性最大的特色在於：這裡只有情，而沒有性，只有精神面，而沒有肉體的問題。閨秀文學的最大禁忌就在這裡，為了保持它的純潔性，它必須絕對排除那『不潔』的一面。……閨秀文學所要『掩蓋』的，正是它已經不太能掩蓋的社會現象。閨秀文學以其『負面』的方式，暗示臺灣社會一些『正面』的問題。」，《小說與社會》（臺北：聯經，1988 年），頁 143、147、148。

[152] 拉康（Jacques Lacan）：〈精神分析學中的言語和語言的作用和領域〉，《拉康選集》（上海：上海三聯書店，2001 年），頁 268。

由。[153]」如果上述對蘇偉貞《紅顏已老》的詮釋引入拉岡的論點後，女性書寫者除了服膺男性凝視而透過易老語言包裹自身主體欲望流竄的風險，另外也顯現其對語言的信任，書寫即展示其身處社會情境下的精神分裂，賴以棲身的語言是壓抑的語言。在《初夏荷花時節的愛情》一書朱天心看似已經脫離性「潔與不潔」的困境，但被論者忽略的是朱天心在此作描述一對五十八歲的夫妻假扮偷情男女之約定，搬演一場拋家棄子、脫離固有生活圈遠赴日本，並在書寫中納入的種種欲望描述[154]。朱天心在此作中的語言風格仍然沿襲著其舊作的風格語式———一貫的中國抒情式感傷語彙，論者作出無性老年想像的結論就不難以理解了。

　　Betty Friedan《生命之泉》討論老年情欲時言及面對衰退的身體，老年想像與敘述常常會以「親密」關係取代「性」，在異性戀婚姻關係的預設下，傳統的性別角色也在年老的階段發揮其

---

[153] 劉慧珠：〈「中年之愛」的敘事演繹：朱天心《初夏荷花時期的愛情》析論〉，《修平人文社會學報》第十八期（2012 年 3 月），頁 22。

[154] 朱天心：「爛醉如泥中，他似乎把你抱上床，你也許沉睡了半夜或才一個盹，知覺他親吮著你下身，室內燈顯得奇亮以致無法睜眼，你喊他名字，想要他關小那具攻擊性的燈，他卻顛倒身體將那物垂懸於你口中，那物並未發作，柔軟可人，你像親嘗什麼美味似的單純的吸吮它不盡至睡著。」、「他把你翻轉過身問你『我還想問你呢？』你答不出，清楚感覺他下身在你體內膨脹如火棍，他撫著捏著你的臉，用看一個陌生人的眼神看你，你想躲開他的目光、他的手，左右擺頭，他卻下手愈緊，不知理智的按壓過你的咽喉、搓你的胸，用力翻攪你的內裡，你腦間冰冷下來，只感覺所有他到過之處都疼痛都驚恐，你屈起膝抵禦他，用力甩頭，他不再控制的全力壓上你身，捏定你的臉要你看他，他啞著嗓子說：『這不是你要的嗎！這不是你要的嗎！』」《初夏荷花時節的愛情》（臺北：INK，2010 年），頁 75、82。

影響力，於是在女性餘命相對男性較長的社會結構，是否可以擴大婚偶選擇範圍（第一次婚姻或喪偶後）或思索性樣貌的多重可能？

> 年老婦人，面對同齡男人的明顯短缺，可能將選擇加以擴大，包括自慰、和其他女人的關係，或者是和年輕的男性的關係……有些女人選擇同性關係，是因為認為它是較好的生活方式，並不是把它當成異性關係的替代。[155]

《初夏荷花時節的愛情》依舊是在異性戀、婚姻關係內所展現的狂想，它非常接近《紅顏已老》的中老年版本，狂放的欲望語言都與記憶、知識分子的菁英文化生活有關，以剪除充滿欲望越界的危險超溢出書寫者所馴養的文學美學，而 Friedan 關乎老年身體與情欲的思索，或許可以在平路的《行道天涯》與李昂的《睡美男》中獲得進一步的對話空間——關於女性身體與情欲在主體建構的過程中如何發揮效力的思辨施展。如果將上述的論者研究也作為一個讀者現象或者接受史的脈絡來看，不管是李有亮或者劉慧珠的論述中傾向把年老無性化，並將其生命內容提高到智慧、優雅與追求自由的層次，就可以繞過老年「性」的樣態與現實嗎？

Betty Friedan 調查老年親密關係的結果，所有接受訪問的老人，「不管在性方面或其他方面，都享受交合的某些層面。」因

---

[155] Betty Friedan 著，李錦後、陳秀娟譯：《生命之泉》（*The Fountain of Age*）（臺北：月旦，1995 年），頁 212。

此，呼籲有天社會可以接受老人也需要性生活，只是「大部分的替代選擇都不被接受……諸如老女人和年紀較輕的男人約會或是成為女同性戀之類的替代方案，之所以不被採納，是因為這些人成長的時代只允許傳統婚姻內的性生活……要接受這些想法，必須從年輕時即開始著手。」[156]最後指出社會言語的流動從來都不是真理與謊言的競技，而是老年書寫應該談論的是已經被作為假說、預設框架而存在的那些關於「變老」的情事。

　　回到臺灣女性的年老書寫，引人注目的是《初夏荷花時節的愛情》以召喚〈日記〉中的少年開始，「你一點也不習慣自己的年齡狀態，只得頻頻依賴同類來再確認。[157]」朱天心於此將引自胡蘭成《今生今世》的句子「——我們已入中年，三月桃花李花開過了，我們是像初夏的荷花——」相縮合，胡文中已入中年是三十九歲與四十歲的女子，如今朱天心敘述的故事是已入「真正中年的故事[158]」——五十八歲的夫妻。在人類年齡的階段性結構來看，朱天心調動了胡蘭成原來文本敘述中所指涉的年齡比喻，將已入中年或者已經五十八歲的夫妻仍以初夏荷花相比，文本開首似乎仍在唱一曲青春挽／輓歌，青春在小說中佔據很大的敘事／心理位置，用以作為衡量當下的標尺，使得小說中的「你」必須把少年留住，少年不可以變老，才能讓執迷於挽留青春的「你」可以有同類相發的依據。

---

[156] Betty Friedan 著，李錄後、陳秀娟譯：《生命之泉》（*The Fountain of Age*）（臺北：月旦，1995 年），頁 217。

[157] 朱天心：《初夏荷花時節的愛情》（臺北：INK，2010 年），頁 12。

[158] 朱天心：《初夏荷花時節的愛情》（臺北：INK，2010 年），頁 10。

> 少年的亡靈，曾經、剛剛，大大柔柔的羽翼擦過你們交纏
> 的身體，你靜靜淌下淚水，別走，你望空追逐他的身影，
> 心底呼喚著那少年。[159]

> 之後的一段日子，你把那日記帶進帶出，乾脆重新把每張
> 護貝（因翻動沒兩下就紛紛脫頁），那一字一字皆活的，
> 令你覺得在作標本似的，把一隻珍惜的蝴蝶、美麗的蜻蜓
> 封住，不會再腐朽。[160]

少年的日記彷若地圖，讓小說中的女性主體「你」按圖索驥，
〈日記〉一節寫那些在婚姻中不復出現、愈來愈珍貴的文字，寫
五十八歲的女性經由珍愛的閱讀日記，如何回到十八歲少年的視
角，發現那個少年是那麼為愛情所苦惱，是如此真摯的愛著，於
是在〈偷情〉展開的章節裡，已然中老年的「你」不斷揣摩認識
四十年、結婚三十年，少年在時間裡長成或老成為「他」、「老
公獅」、「丈夫」、「男人」、「老男人」，又如何相異於眼前
這個在計畫中化身另一個男人、偷情對象。

　　以偷情作為開始重新認識的計畫，由於文本以〈日記〉為
首，似乎就注定後面的情節不太可能成「真」，無法正視兩人當
下的實況，真正進入或接納全新的她與他的關係。文本中女性的
你不斷穿梭在對方的過去、已然化身為中年、老年的男人身上，
女人的時間也一步步邁入老年。相對來說，以男人角度敘寫的篇

---

[159] 朱天心：《初夏荷花時節的愛情》（臺北：INK，2010 年），頁 44。
[160] 朱天心：《初夏荷花時節的愛情》（臺北：INK，2010 年），頁 27。

章僅有〈男人與女人Ⅱ〉一節，在男人的眼裡妻子的存在與「外帶食物」、「找不到你立即要的……電池」、久別後「戰慄慄的等待屬於你的那頭母獸進門、交配」[161]相關。筆者認為朱天心在此書寫了女性關於老年的種種不確定，關於身體、更年期、衰老、子女的已然成長、自我內在的重新編碼都變得複雜起來的現實：

> 女人對生、老、病、死是複雜糾結的，不像男人好簡單，只有捕獵殺戮成功與否的歡快或沮喪和同伴死傷的失落，只有分配獵物時零和的張力。[162]

筆者認為難能可貴的是朱天心在婚姻的內裡，經由女性之眼細細的梳理男性與女性面對年老的感受差異，文本突顯女性在其中的徬徨與焦慮，位居中產階級女性的位置展現了相當細緻的女性反思，但所有的焦慮或許都不如〈不存在的篇章Ⅰ〉、〈不存在的篇章Ⅱ〉，是只寫了大綱卻未完成、尚待寫就的小說。這兩個預設的章節中兩位老人欲想成為偷窺者，各自找了少男少女，但是朱天心畢竟不是《索多瑪120天》的傳人，身為女人、身為感知已老的女人，相較於身為書寫者的身分，我想後者如何應對已邁入當代老齡化社會的焦慮，是此篇年老書寫區隔於其他文本的獨特之處。整篇小說的開頭援引胡蘭成《今生今世》，完整的將整篇小說的女性年老包裹進更大的文學傳承，以及「身為作家的年

---

161 朱天心：《初夏荷花時節的愛情》（臺北：INK，2010 年），頁 132、134。

162 朱天心：《初夏荷花時節的愛情》（臺北：INK，2010 年），頁 109。

老」的討論脈絡中,使文本保持著一種美學、時代的語言,而終究無法跨越情欲書寫縱橫的身體阡陌。而以「一對沒打算離婚,只因彼此互為習慣(癮、惡習之類)[163]」開始,最終結束在〈男人與女人Ⅲ〉「你的人生得以亮起來(女性主義那些自主論述暫時放假一天吧),若是沒有她的見證,你幾乎要懷疑,那短瞬的四十年五十年,只是一場黃昏的低醣低血壓的沉酣嗎?[164]」所有情欲的狂想在婚姻的習慣中和解/消弭,溫煦的青春執戀遠比後中年湧動的情欲更令書寫者著力。

朱天心此作幾乎飽含其文化偏好的展示,胡蘭成的因緣、小津安二郎的電影,文本中的老女人身為女性、身為書寫者,除了焦慮於文學、時代寫與評的無情外,內裡以 1953 年小津安二郎《東京物語》中老夫妻於橋上沒有說出來的喟嘆的補充,編織其故事性,從青春看老年「一定是一種東洋美學的喃喃自語例如:『さびしい寂寞呀……』」,轉入「也就你終於知道《東京物語》裡,並肩立在橋上的優雅的老先生老太太(還是類似你外公外婆同樣的黑白泛黃照片嗎?)在喟嘆什麼了,『吃不動了,走不動了,做不動了。』」[165]小說中有意思之處也是此篇處理夫妻共老的狀態,朱天心輕輕的在〈神隱Ⅱ〉一節拈起世代差異的課題[166],臺灣的老年「空巢獨處」,注意力只有轉向對方,聊

---

163 朱天心:《初夏荷花時節的愛情》(臺北:INK,2010 年),頁 22。
164 朱天心:《初夏荷花時節的愛情》(臺北:INK,2010 年),頁 141。
165 朱天心:《初夏荷花時節的愛情》(臺北:INK,2010 年),頁 87。
166 朱天心:「你現有機會看到他,他早不與你們同作息……他拖著漫長的求學生涯(延畢、研究所、博士班)以避開就業,……電腦桌前修行一般坐破過好幾把椅子,……周末晚上,你會將生活費零用錢從門底像獄

以慰藉，並細緻地感受過往解讀為寂寞的年老，如今已成為實境，基本生活能力的退化，甚至是性愛的不再激昂——欲望不見得削減，但身體已逐步投降。朱天心藉由《東京物語》的對照性，使讀者同時閱讀到另外一種中年版本的參照系，電影《東京物語》（1953）描述進入老年的親屬關係，面對被戰後進步復甦的城市東京攜離的兒女忽略，兒女們離開故鄉尾道後各個事業有成，並且在資本主義繁重勞動與中產家庭責任的外殼下，他們與父母的疏離似乎自自然然，難以苛責。因此資本主義主導了城鄉吸力與推力的人口流動曲線，小津安二郎仍溫情的在電影中安排了仍未出嫁、還在家鄉的「京子」，陪著這對六十八歲的優雅老夫妻一同生活，而時序進入二十一世紀的臺灣，年老的現實語境似乎已經轉換得太快，太陌生，資本主義所造成的都市化人口集中與鄉村人口的外流已成不可挽回且持續加劇的事實，加上男女餘命都已大大提高的社會結構，老年書寫還有哪些積極介入的可能？

五、年老的性欲書寫還是青春書寫？
女性年老的肉體如何身為突圍場？

白先勇〈永遠的尹雪艷〉創造了一個不老女神「尹雪艷總也

辛送牢飯一般送進，他唯一出門時是搭高鐵去臺中女友家幫忙修電腦……」、「你女兒，就成日攜著上好的芋葉包包，從不空手而回，她在她學校的週邊小店連鎖平價服飾店小飾品攤可買，進便利商店也同樣的興奮熱情絕不空手出來……」《初夏荷花時節的愛情》（臺北：INK，2010年），頁118-119、121。

不老。」但不老的女神確飽含死亡驅力。如果五〇、六〇一直到八〇年代的女性主流書寫中，以愛情、婚姻與男性凝視下的性吸引力作為抒情書寫的題材，那麼在主流之外，聶華苓〈李環的皮包〉、〈月光·枯井·三腳貓〉與於梨華〈黃昏·廊裡的女人〉、〈也許〉，以及歐陽子〈近黃昏時〉就是非常特異的書寫脈絡了，它在中國傳統抒情中闢出一條另類的女性年齡體系，那是與女性覺察到主體性需求為主基調的敘事。

2017 年李昂以《睡美男》寫女性五十歲後追索健身教練 Pan 的身體與性，最終以藥引誘姦的書寫再次震撼讀者。Betty Friedan: Aging is not lost youth but a new stage of opportunity and strength. 青春不再是女性書寫者參照的遲暮標尺，雖然李昂小說對性的議題拓展與情欲描寫本來就是其特殊的標記，但以文學整體脈絡的眼光來看，《睡美男》彷彿聶華苓、於梨華與歐陽子另類書寫的承繼。在討論完中國抒情美學傳統的蘇偉貞《紅顏以老》與朱天心《初夏荷花時期的愛情》之實踐後，筆者將以平路《行道天涯》、《黑水》與李昂的《睡美男》回應李有亮對於女性書寫老年缺失現象的討論。論者李有亮期待於老年課題在女性書寫的發揮，一方面要突破青春期想像的寫作陳規，敏銳的適應當代老齡化社會的議題並介入其中，另外一方面又規限女性的身體書寫應該表現為：

> 女性身體在文學建構中必須承擔相應的思想負荷與審美意義，這是文學的需要，也是女性解放自身的需要。尤其應該加以反省的是，過度迷戀身體的女性寫作，實際上是給通向廣闊的女性生命領域的文學探索人為設置了一道「窄

門」，它的「私人性」、「欲望化」特徵自動屏蔽了進入
中老年成熟階段女性更為豐贍、更為厚重、更為深沉的生
命經驗，由此必然顯現出女性主體經驗的單薄、思想的貧
乏以及生命涵蓋的有限。[167]

上述底線部分或許可以看出論者期待的女性文學必然是可以吸納
進原有的文學體系內的，所謂的思想、審美在文章中並未言明，
卻將私人、欲望的書寫排除在思想、審美之外，顯然身體欲望與
私人的情感是不夠格參與進文學傳統的「外道」。另外一方面，
在此也顯露出論者關於中老年女性的想像是無性、無欲，應該展
示的心靈與普遍的現實，僅能居於無性無欲的身體，一旦逾越了
這道「窄門」，女性的主體經驗即便再真實也顯得「單薄」、
「貧乏」、「有限」。而總體而言，上述論者所謂看似殷殷的
「期待」，實際上是將性貶斥於生命底層，並透過貶斥女性欲望
書寫的各種可能作為交換進入文學史的條件，掩蓋了男性恐懼女
性於性的開發、書寫中展現主體解放、重建的多元可能。

　　1995 年平路展開其《行道天涯》的年老敘事，以解構國母
之姿，對宋慶齡的晚年生活進行想像，將其老年經營為嗜欲按摩
撫摸的身體；以及 2015 年以「媽媽嘴咖啡命案」為藍本，以社
會事件為背景所書寫的《黑水》，平路此篇深入洪太與被新聞媒
體蛇蠍化的佳珍的內心，探索各別身為中年身體與年輕的身體的
兩位女性，居於男性的欲望指向而成為無性（厭惡性）的主體；

---

[167] 李有亮：〈老齡化趨勢下文學關懷的缺失──以女性寫作中「老年缺
席」現象為例〉，《創作研究・當代文壇》2015 年第 1 期，頁88。

一向擅長以性作為觸手，探索各種社會議題的李昂，於 2017 年
摹塑了一場健身房的美體誘惑，《睡美男》敘述年輕時候扮演愛
情諮商導師的殷殷夫人，嫁給年紀大的二婚外交官，在其步入中
年後藉美體為名誘姦年輕男子 Pan。我們應該如何看待女作家在
二十與二十一世紀交接，努力開發她們的身體可能？

　　於此，我們不免想起 Betty Friedan 1963 年以《女性迷思》
為婦女運動提供動能，1993 年將其研究視野轉向一系列的老年
研究：

> 「不要再談論『他們』，該談談『我們』了！」
> 經由自己的親身經歷，我了解到老人緊纏住生理青春的幻
> 影不放，是何等的痛苦。[168]

這一次的老年迷思包含了男性與女性，Betty Friedan 認為那些纏
繞在老年周遭的問題化思考，不分性別的把老人去性化、病體
化、無能化（心理與生理），疾病將老年問題予以屏蔽隔離，企
圖建構美好的、符合效用的養老院模式，希望以養老院的存在去
概括／解決所有社會上的老人樣貌／問題。Friedan 認為老年被
社會以青春為尚的意識形態「想像」成他者，並作為「應然」的
那個樣子，接著建立在此思維基礎上的各種老年研究、量表、新
聞傳播都一視同仁呈現出不友善、偏頗、無用論的傾向。而更進
一步從性別比對的角度來觀察，作為青春他者視野下的老年，男

---

[168] Betty Friedan 著，李錡後、陳秀娟譯：《生命之泉》（*The Fountain of Age*）（臺北：月旦，1995 年），頁 29。

性的老年依然比女性雍容一些。

　　於是我們讀到《黑水》，一個被社會歸類為中年大齡女子的衣織系教授，如何「很適當」的嫁給鰥居的富商，籌辦了一場完全符合她品味的婚禮，儀式結束，所有的婚姻內核都成為品味／自我的保衛戰。

> 「除了衝鼻的酒氣，她不能夠忍受靠過來頭顱上的油膩味道。」……[169]

> 「這些年下來，她隨時可以列一張清單，舉出自己難忍受的各種事情。包括丈夫的鼾聲、丈夫的氣味，以及丈夫嘴裡年長的女人……身體有多麼不堪的笑話。」[170]

《黑水》中平路將洪太與佳珍放在鏡子的兩端，一個是中年女體、一個是青春女體，可是辨識她們相似的基礎是透過現代商品化的標籤，而她們也賴此緩慢建構屬於她們的「品味」，這種混雜的、無法歸類的，甚至無法置入宏旨的「執著」：

> La Marzocco 品牌，產地是義大利佛羅倫斯。佳珍想，網站上慢慢找，說不定有二手可買，何必買全新的，咖啡機二手一樣好用，就是要等到暗紅色金屬光澤的這一

---

[169] 平路：《黑水》（臺北：聯經，2015 年），頁 64。
[170] 平路：《黑水》（臺北：聯經，2015 年），頁 64-65。

款。[171]

> 她想著，自己一直喜歡亮晶晶的東西，bling bling，古典
> 而奢華，帶來某種超現實的氛圍。躺在泥地上，她竟然紀
> 起結婚那晚身上穿的禮服。……打開空運來那個綁緞帶的
> 方盒子，屬於她人生的高峰經驗。……一冊冊婚紗雜誌她
> 曾仔細研究，鍾情的始終是 Vera Wang。[172]

《黑水》展示了平路將兩位平凡女性置身向來擅長經營的名女人系譜，或許她從來都不是對名女人有興趣，女人才是一直以來探勘的對象。從過往將女性放入男性史述或家國建構的敘事脈絡，如今涉入歷史的另一層面——時間的「即時」。無疑的，這是一個極大的寫作限制也是挑戰。《黑水》深入兩位女性的內心世界，讓她們在國家與道德的律法之外，分別道出自身的所思所想，甚至反覆梳理回溯與命案無關的零星記憶片段，企圖重構公眾法律之外的女性私／思隱生命史。讓脫胎於社會事件的兩位女性，與新聞報導與法律判決中的「她們」保持距離。佳珍反覆回到童年失去父親的日子，母親的暴躁，突然出現的「叔叔」如何被年幼的她視為填補失父的空缺，失去童貞的過程混雜了自卑、虛榮、冒險、無所謂……種種難以名狀的情感；洪太如何耽溺於衣著，並且一一審視婚後夫妻關係的齟齬不諧，中年婦女面對自身的衰老與情欲的僵持。

---

[171] 平路：《黑水》（臺北：聯經，2015 年），頁 53。
[172] 平路：《黑水》（臺北：聯經，2015 年），頁 83。

　　人無時無刻不在重寫記憶。《黑水》中的佳珍與洪太，前者必須在律法面前坦白作案原由，後者在生死邊緣掙扎，危殆情境裡，他們落入過去的時間。佳珍在看守所、法庭上墮入深沉的記憶重組，於是在庭訊時顯得寡言，可是在新聞媒體描述裡，沉默是她類似蛇蠍與心機計算的表現，佳珍面對重大事件之際，她的記憶向後倒轉，反覆層疊，迎接童年；洪太則躺在淡水河口的泥地上，與潮水漲退及生命搏鬥，她「含冤莫白」，她努力讓自己不要被潮水帶走，以免伸冤無望，另外則回憶倒轉，為自己的諸多人生選擇重貼標籤，甚而奢想未來——餘生後先生的保險金、葬禮儀式，由敘事者全然操控洪太身為死者的發言權。

　　回歸敘事結構，對於知曉此社會事件或者懷抱預期結果的讀者而言，一個是被預期應該以死償還的加害人，一個是已然死亡的被害人，在文本敘事編排的處置下，前者的時間總是向前娓娓道出她曾活著，後者的時間總是在向後溯及她的活著外，還掙扎著想像有向前的可能。洪太的敘事從案發後的淡水河灘開始，內心回溯的時間連貫；對照之下，佳珍的回溯僅有在看守所一節被標示出時間地點，其他則刻意模糊。筆者認為這是平路對女性深度的同情觀點使然。作為書寫者，不願意輕易簡化女性生命的千絲萬縷，給予將死或者將被終身監禁作為社會永恆他者的佳珍，得以立基的一種過去；給予永遠無法回生已然逝去的洪太，在彌留之際大膽設想如果可劫後餘生就有了脫離洪伯的機會，得以重新拾得自我的想像。而弔詭的是，佳珍過去記憶的斷斷續續托出並無法順「理」成「章」的被聽見，或者改變法律的判決，洪太看似連貫與條理分明的記憶線索卻永遠改變不了死亡斬釘截鐵的答案。

　　從書末所附聯經出版編輯部的聯合訪問整理，讀者或許可以窺見平路原初構築這兩位女性的初衷。關於佳珍，平路對於案發三年間新聞媒體總是以「蛇蠍女」形容加害人，坦言很難接受。至於洪太，平路說源於對身邊某類典型女性的觀察——面對婚姻聰敏又無奈，在操之在人、操之在我的婚姻中掙扎。

　　一宗凶殺案背後糾葛兩位不同世代、不同位階的女性，平路企圖透過躺在淡水河濕地河灘上洪太瀕死時刻與佳珍犯案後在佳處、咖啡廳、看守所、法庭等處的內心回溯，企圖探入兩位女性的內心幽微。與其說平路對年輕女子佳珍多所同情，構築了她童年喪父與被陌生人性侵的經歷，企圖平反平面化、刻板化「蛇蠍女」的標籤，與輿論的囂囂然抵抗的企圖；不如說平路更多的透過看似兩個對立立場、不同世代、位階女性的獨語，勾連一種女性私／思隱生命史——在自我、愛欲與體制間的掙扎，如何想像女性、身為女性，以及如何與他人眼中的自我協商妥協的過程。

　　在道德難題之後，平路給女性的觀照又加了一個時間難題。即時當下的觸及現實，法律還未提供判決／答案的案件，小說應該如何談論與介入？

　　幼年佳珍的遭遇塑成成年後個性與處世的習性，文本將法律、社會道德、兩性與人性諸多課題的評判，以片段穿插的方式置於主角的心理描寫之後，經由並置結構對話個人習性與社會規範，取代對社會犯罪案件主角的因果式敘事，以及此敘事的任意與隨機擷取所生產出的刻板標籤。如論者在序中所提示的，這樣當下與即時的書寫，如此迫近事件發生的時間，甚至真實事件的加害人仍在法律審訟的階段，一切都還在「進行」。於是，小說的虛構不可免的會引發如何重新塑造加害者與被害者形象，這樣

的發言要如何規避暴力；對於讀者來說平路經由納入諸多「參與」在事件中的聲音，敘事與閱讀被不斷干擾，讀者原本持有的對真實事件的判讀是否會援此干擾而重組呢？這是邱貴芬在序言中指出的：寫作倫理與閱讀倫理的挑戰。更逼近一點來看，平路經由對兩造雙方內心世界的想像，甚至不厭其煩的鋪展佳珍的童年與過往，給予平凡女性的佳珍有跡可尋的生命脈絡，目的可能不在於補足佳珍的人生以迴避讀者道德與價值的判斷，畢竟小說不在於提供法理的真相，而是挑戰法理與社會固有思考的不足。而文本又避開線性的生命史敘述，改採破碎、中斷、猶疑的營造，抵禦了將佳珍生命規劃出一致、整體的可能。

　　如傅柯所言，我們拋棄了可見與造成觀賞愉悅與恐懼效果的酷刑後，進入冰冷現代的懲罰與規訓機制中，圓形的監獄除了關押加害者，告知監獄外面的人處在安全的領地，也劃定不可踰越的罪惡界線，警示著存活於外邊的大眾，而傅柯更關注的是監獄與法治讓社會以為可以透過理性與隔離找到懲罰的對象，順利生產／排除他者，進而讓生活在現代社會的主體忽略也置身在監獄的規訓邏輯中。於是平路透過對案件諸多聲音的置入，每一個聲音都是一個位置，都預設了對話的對象，多元且異質，雖與法律所要求的理性相距甚遠，但卻勾連自身所處的現代社會網絡；對應著與法律判決及相關人員的文字與報告都被平路截斷其權威位置，與上述的聲音並置一處，它們同在一個平面騷動著讀者的自我與預設的判斷。

　　在書寫技巧上，平路每每探入兩位女性的內心世界，臚列了河邊咖啡店 logo、現場鑑識人員、渡船頭小吃店老闆、審判程序筆錄、文學院學生、算命節目來賓、西蒙・波娃、被害人家

屬、服裝設計師／女被害人研究所學姊、本案受命法官、被告辯
護律師／上訴理由狀、專欄作家……等等不同立場，隨著案情發
展衍伸的觀點，對案件判決、對案發場所的咖啡廳、對當事人發
言，甚至把新聞當成文本來看待的文學閱讀，與從新聞媒體報導
的方式介入的社會觀察，如此一長串的聲音細緻夾雜，可以明瞭
平路並非在意虛構與真實的界線，而更在意一個事件發生後，有
多少種穿透事件的觀點，它們彼此力場組合的複雜脈絡，才是小
說家念茲在茲之處。另一方面這些看似割裂代表不同立場與觀察
的聲音，又如何與文本人物的內心獨白互相對話。從寫序者提出
的寫作與閱讀的倫理課題，以至於平路在小說技巧上聲音的並
置，透過多聲部的複調，來豐富寫實小說的囿限。

　　回到老年的課題上，於此值得思索的是論述一開始透過社會
學所架構的老年課題有客觀年齡區劃的方向，在女性小說家的實
踐中，我們看到的是女人「被變老」的過程，及其如何體驗這種
陌生的老。

　　如果真的如李有亮所言，身體書寫是女性在文學實踐上的偏
差行為，那顯然平路一開始在《行道天涯》中就沒有想要矯治：

　　「喜歡嗎？」清晨按摩的時候，有一回，S 貼著她的耳朵
　　癢絲絲地問。
　　S 俯身向前，壓著她胖得不顯形狀的肩胛骨。感覺上，她
　　的腰窩也壓在 S 的手掌底下。[173]

---

[173] 平路：《行道天涯》（臺北：聯經，1995 年），頁 76。

腰窩就可以是性的器官，這樣的書寫有身體但是沒有性器的交合應該還是觸犯了男性禁忌吧！如果說她觸犯的是太私人，毋寧說是太「私我」了——那個在視野中不應該出現的「我」，有欲望的主體的我。

　　於是乎，李昂《睡美男》就更甘犯大諱，殷殷夫人主動情挑健身房教練 Pan，甚至從精通中西醫的王老師處得到助興之藥／鑰，殷殷已經在先在小鮮肉 Toby 身上演示了一番性愛觀，這是在平路的《黑水》故事結構無能道出卻隱含著的：

> 從 Toby 身上，殷殷方清楚明白地了解到，在性事上何以會需要小鮮肉，因著它們年輕的身體方能有能力無礙的勃起，沒困難地成就其事，這都不是上了年紀的男人可以輕易達成的。
>
> ……
>
> 性愛到此年紀，她不能不深自體會，年齡於她雖不是問題，身體也不構成障礙，然畢竟還是必得關係到另個人……[174]

因此在李昂鋪排的愛、別、離、苦章節中，「苦」以你來遲了、藥引、藥——引、遺忘，整個章節描述了一個中年女人如何處心積慮、毫無畏懼，也無後顧之憂的誘姦年輕男子，並細細的耽溺在男體、耽溺在可以主導的性中。在此我們看到平路、李昂的小說實踐已經擺脫了男性話語的規範，嘗試從身體的書寫，或用身

---

[174] 李昂：《睡美男》（臺北：有鹿，2017 年），頁 189。

體來書寫，李昂《睡美男》中完全顛倒了我們制式的性別年齡與性關係的連結想像，甚至她讓殷殷夫人出演了一個完整的細細探索男體的劇碼，猶如男性慣將女性描述成的新大陸那般，去開拓、去征服。

第六章　結　論

我們身體的一切無不反映出我們的思想，而思想常迫使我
們踏上無止盡需求（lesexcès）的不歸路。如此一來，現
實社會便會將我們的需求、對品味的追求轉換成瘡痍或疾
病。[1]

　　這是巴爾扎克《現代興奮劑》一書所寫前言中的一段，這本
小書實際上出版時被放在美食家里亞・薩瓦蘭（Brillat Savarin）
《味覺生理學》的書末，巴爾扎克形容這些文字像是西餐正餐完
畢後的一道甜點般。巴爾扎克當時正計畫書寫《社會生活病理
學》一書，希望對人類的社會行為，如飲食、居住、舉止、言行
進行討論，認為人類的這些日常小事都被規則所限，即便流行時
尚帶來改變，但總歸來說規範卻牢牢的牽制難廢，於是乎看似瑣
碎平凡的日常裡應該包含哲學。這篇小文裡，巴爾扎克依序談論
了蒸餾酒、糖、茶、咖啡與菸草，以個人經驗補充了暢銷書作者
薩瓦蘭的觀點。在談論上述現代社會五種快速發展的興奮物質
時，認為人活在社會中的差異只在以快或慢的方式消耗生命，以

---

[1]　巴爾扎克（Honoré de Balzac）著，甘佳平譯：〈前言〉，《現代興奮
劑（電子書）》（臺北：聯經，2010 年），頁7。（因參考版本為電子
書，所標示頁數依據電子書制定之規則為該章節的頁碼。）

此將人類的消化過程：攝取、吸收、分解、消化、歸還，視為物質重新組合以及人類參與生命與追求快感的生產途徑，透過「飲食習慣表現一個世代的特性[2]」為標題，談論民族在食物、進食與歷史的聯繫，然後筆錄了英國政府讓三名死刑犯選擇替代傳統絞刑的死法，喝下可可、咖啡與茶的飯人分別活了八個月、兩年與三年，死狀亦各不相同，彷如現代獵奇景觀。

　　循巴爾扎克的興奮軌跡似乎離開了本書的脈絡，但其意圖對生活小事提高關注，注意到日常實踐與社會規範的關聯，微小生活之事背後可能牽繫的民族、哲學層面，以及敏銳地將五種興奮物與現代生活、欲望相連。因此，回頭看臺灣殖民地的知識分子，所飲所食自然是與社會規範糾結一處，看似無所思無所想生存倚賴的飲食習慣實際上卻深深引動思想（情感）層面。於是，我們活在社會教導我們如何吃食，也讓我們成為它所期待的那個人，單純個人求活的生存行為，時常如巴爾扎克詩意的形容那樣——是滿布社會瘡痍與疾病癥結之處。日治殖民引入的咖啡飲品，巴爾扎克稱它是一種「體內加熱劑」，使人頭腦清楚。但使大腦持續興奮有之，卻無法保證將每個人都變成才華洋溢者，當精神亢奮之劑／際，所引起的激昂情緒與滔滔不絕的語言表現，或許較適合都會區的咖啡廳，假若在鄉下朋友家裡的私人聚會如此表現則會顯得格格不入。[3]於是，我們身體所實踐的規範，又與所屬空間所規範的合宜性生產相關。對照本書論文裡日治時期

2　巴爾扎克（Honoré de Balzac）著，甘佳平譯：〈問題導論〉，《現代興奮劑（電子書）》（臺北：聯經，2010年），頁10。

3　巴爾扎克（Honoré de Balzac）著，甘佳平譯：〈咖啡〉，《現代興奮劑（電子書）》（臺北：聯經，2010年），頁1-16。

臺灣或日本咖啡館內的臺灣知識分子，他們憤怒、窘迫、不安，或者不熱衷討論公共事務卻尋思下半場的享樂去處，並非沒有得到巴爾扎克的獨門的濃縮咖啡沖泡法的技術，也不是因為天生非精力旺盛、強健體質者使然，亦非他們沒有生命壓力或隔天交稿的緊張，或者遵照循序漸進飲用的祕方法則。

　　或許問題在於，他們身在被殖民的臺灣。

　　本書第二章〈空間與地方的感知──日治小說空間擘劃的「抵」殖民經驗〉，從日常經驗感知出發，抽取日治時期小說中關乎場景的描繪，將它從為讀者提供主角存在與生命立基想像的附屬物，賦予空間描繪擔負物質發展史與時代意義的詮釋，並申述空間配置下的身體行動與心理感知，以及新生情感與欲望構成，另外，也對日治民俗書寫是否具備抵抗效能進行探問。重讀賴和〈鬥鬧熱〉中對彰化舊城、老街區命名、固有的地方社會公共議事的書寫，配合賴和散文〈我們地方的故事〉、〈就迷信而言〉，賴和對於民俗與舊空間的消逝之快，懷有不安。於是，賴和在〈鬥鬧熱〉保留的地方感與民俗書寫，是面對被殖民權力與商業利益抹除的民俗時間、空間的雜語實踐，難以抹除的儀式動員、舊名的慣性使用、小孩的擬仿歡騰、大人的一聲令下與女人置身在大敘事外的瑣碎邊緣，以空間為題平等的看待它們彼此的關係（而非故事性的線性、輕重主副安排），可以看到殖民地文本的不純粹性抵抗。因此，當空間已經被殖民者隨意擺置填補意義之際，賴和刻意在每篇小說保留看似凌亂無章的會談，是風格也是抵殖民的實踐。

　　在強調地方性與地方感的書寫足以作為臺灣日治文本抵抗殖民之效時，筆者也發現，殖民地文本並未純真的將表徵地方民俗

視為絕對純粹美好。因為信仰圈與民俗儀式的推動必然根植於臺灣原有地方社會的權力運作，在人類學裡儀式本身就是社會納入的過程，只是在日治時期的臺灣，朱點人的〈島都〉寫出了金錢的捐輸替代過往純粹個人性信仰虔誠的模糊性，現代社會的集體動員技術更加深了身在邊緣、底層者無法隱身的悲哀。另外，日治時期文本對於家屋建築的描寫成為與地方（place）相對的非地方，張文環〈藝旦之家〉除了保留大稻埕建築的空間特性，藝旦間所代表的非地方實際上是壓迫女性的空間；古都與島都的對照，傳統與現代都會以采雲的故鄉認同展示其差異，采雲對那種赤裸的性心生厭惡，於是家鄉被喚起時帶有現代對性的潔癖、商業置換後強調私隱的虛假意識作祟，貶抑了古都；現代與傳統、現代的性與赤裸的性、島都與古都，並非二元對立，在空間分布的差異外，同一地方或空間還是疊層著新舊權力運作。至於小說中短暫出現的火車空間，散步的河濱或車站也只是驚鴻一瞥，現代均質的火車空間提供采雲暫時的拋下，卻也很容易被不嫻熟者隨意闖入。一方面，根基於地方的傳統社會制訂的共享生活儀式，提供臺灣受殖者對自身主體確認的標記，另外一方面也可能被資本改造滲透，被現代價值更替，而弔詭的是被重塑的空間與主體永遠都帶有一種未完成性。這種尚未填滿之處，很可能是法農所說的暴力與巴巴所談的純真棲身之所。

　　離開民俗與地方的討論之後，筆者進一步思索殖民權力對空間的抽換，咖啡廳特意的文化發展史如何在臺灣扭曲重置。臺灣新身體在楊雲萍〈加里飯〉、楊守愚〈元宵〉與〈赴了春宴回來〉、王詩琅〈沒落〉筆下的咖啡館是否體現階級的隱蔽與文藝公共事務的談論實踐？在〈加里飯〉與〈元宵〉裡，分處東京與

臺灣彰化的知識分子，似乎因為資本不足——經濟資本、文化資本，都在咖啡館裡自覺是「外人」，他們與〈沒落〉中耀源所體現的墮落頹廢大相逕庭。文本中他們身體緊繃、情緒緊張，在觀察其他人泰然自若的表現後，更顯得自己是現代咖啡館裡的「陌生人」。〈加里飯〉更寫出所居的藤木下宿與咖啡廳的對照，明明很狹小咖啡廳居然被感覺為不那麼侷促，這種感覺的放大，一方面來自咖啡廳公共性匿名所保藏的既私且隱，可使殖民地知識分子重劃自身；但另外一方面卻又因為金錢的貧脊，從外人的處境想及更廣泛的社會結構性課題，甚或產生寂寞到悲憤的情緒轉折。咖啡館雖然對所有人開放，但被提醒的外人處境卻是現代不適應症，或可能是法農所言殖民地精神疾病的溫床。

　　回到〈元宵〉與〈沒落〉，節慶歡騰之際在彰化街上晃蕩的宗澤親見孩童因貧窮被欺侮，又見富人與女子露骨的肉欲；耀源面對昔日戰友受審與海軍紀念日的荒謬同日，陷溺在自己如何疏離了舊時理想與現下過著衰頹生活的矛盾中。分處城與鄉的相類空間，感受不同的時間標記，但他們都在咖啡館脫落了公共性的批判，而日治時期的公共性於賴和〈棋盤邊〉或楊守愚〈十字街頭〉兩篇小說來看，殖民地人民在被驅逐或褫奪公共性於現代咖啡館後，傳統家屋的開放式客廳與街談巷議反而凝聚更多階級話語的流動。

　　最後，日治文本對地方性的營造固然因貼覆著地方性的生活祭儀、慣習、空間命名，在寫實之際展現的是受殖者文化性、民族性的有意識調劑。一方面筆者認為臺灣文學保持地方的特殊性足以區隔於殖民者傳遞的文化價值，保持主體性。另外，藝旦間與咖啡館受制於日本翻譯與資本主義邏輯之外，在文本中保有民

族特徵的地方或者格格不入的他者感，都或隱或顯的彰顯抵殖民詮釋的路徑，殖民者對於空間的改造與意義修建工程，重塑新身體、新感官、新思維的同時，永遠有不可能連根刨除的殘餘，混雜在文本裡知識分子的身心不適反應裡。

　　第三章〈理性之飲？權力之飲？殖民地的餐桌——日治文本現代／殖民飲食規訓的生成〉以陳虛谷〈放炮〉裡那個嗜愛臺灣料理的真川巡查開始，如果飲食代表著民族、文化與階級，「吃甚麼就會變成甚麼」將會成為一個讖語。〈放炮〉可以解讀為對日治時期警察彷彿「田舍皇帝」的惡行揭露，也可能詮釋為真川巡查受不了口腹欲望的誘惑，正逐步邁向其所代表權力鄙薄的危險的那一端而不自知；也可能從小說選擇的鄉間警察開始，真川巡查於殖民權力所賦予的高高在上或許非常脆弱，楊逵〈送報伕〉筆下的田中君對楊君產生提攜與階級啟蒙的功能，〈放炮〉裡的真川巡查與臺灣人家庭則在飲食上，因為相似的階級跨越了種族與殖民霸權的上下位階。前者飽含理想，後者飽含危險。

　　從殖民者植入臺灣的飲食規範來看，第一條守則是潔淨與骯髒。第二條是現代與傳統。霧社事件與龍瑛宗〈薄薄社的饗宴〉的對讀，吉村巡查推開達道・莫那沾滿肉屑髒污的手、也拒絕與它同飲，龍瑛宗眼中的薄薄社人多已改名、喝著從商店買來取代粟酒糖蜜酒的萬壽酒，龍瑛宗只能從他們愛蹲踞、歌唱、藤床等身體與物質的層面指認其「原」或刻板印象的身分表徵。只是龍瑛宗一句「好一幅美麗的諸民族融合的畫面呀！」與最後因為飲酒而心跳加速「搖搖擺擺踩著自行車，向盛宴的番社告別」[4]，

4　龍瑛宗：〈薄薄社的饗宴〉，陳萬益編選：《國民文選・散文卷I》原

因飲食延伸出的第三條民族標記卻使人困惑。客籍的龍瑛宗所謂的民族融合之所指，無法在文本中找到清楚的軌跡，龍瑛宗或許對原住民傳統有所認識，但「他者」身分面對已經被殖民權力更替的姓名、現代商業生產的世俗酒類取代傳統自製的神聖飲品，如何可以感受其「美麗」？最終，龍瑛宗固然因為不擅飲酒搖搖擺擺的禮貌性告辭了酒宴，因為「他者」與習於理性節制的身體無法融入酒宴的暢飲與歌唱，只能匆匆作別，但也可以在他筆下看到飲宴場合裡奔流的權力語言的矛盾性。殖民地社會的混雜使得同為受殖者的觀看者很難以單一、穩固的角度看視事物。

面對散落在文本中的飲食符號，筆者通過低限飲食、粗茶淡飯與中階料理的混雜幾個層次來談論。首先，我們看到陳賜文〈其山哥〉裡依循資本勤勉、精於計算邏輯的賣糖餅孩子阿成，在貧民窟裡掙扎求生，一碗稀粥成為內城區窮人勉強可以吃上的食物，理性成為謬想。如果現代飲食應該依據營養學的指南，那臺灣內城的窮人大抵無此幸運，在知識與資本之間，後者殘酷的執行其權威。資本匱乏對於殖民地人民來說，是更嚴峻的課題。知識與實踐上的矛盾，困擾分裂著受殖者的身心。於是，其山哥的貧窮本身就是疾病，而孤峰〈流氓〉裡在久著公園的失業勞動者，居然談論起入獄與扮演出葬隊伍餓鬼的「營生」之道。上述飲食的民族界線，更上一層樓，臺灣人墮入營養不良的病體都不足惜，還得構陷自己於罪或佯裝為鬼，以求吃一頓監獄裡的白米飯或喪禮的粿粽飯，稀薄求活的合法性諷刺至極，也凸顯臺灣底

載《民俗臺灣》第二卷第三期，1942 年 3 月 5 日。（臺北：玉山社，2004 年），頁 278。

層原本要在城市謀得美好生活，卻迎來高度扭曲與高額的精神貸換。

地域決定了餐桌實踐的高低等級，階級屬性也展現飲食哲學的差異。鄉間的循環經濟或許提供相對從容的飲食供給，從劍濤〈阿牛的苦難〉、蔡秋桐〈四兩仔土〉來觀察，卻看出殖民地底層的農民經濟體系極其脆弱，原本就難以承受天災與勞動力平衡的瓦解，一旦受殖民者面臨土地徵收、稅賦或偶然的生病，更顯不堪一擊。對比一吼〈乳母〉的子庸舍精心的為二奶的新生兒聘請了兩位乳母，定期讓醫生與看護婦來家進行診療與衛教，高女畢業的素雲雀屏中選的原因是她的身體經由現代教育加值，可以產出「營養」的乳汁。教育程度被視為「有營養」之外，對素雲飲食營養與心情的控管，則是理性作動的另類營養學運作。而筆者認為最豐富且精心的飲食與女性身體版本是由吳希聖寫下的〈豚〉。女性常常是臺灣殖民地農村脆弱經濟的犧牲者，阿秀先因家貧被出賣給保正進財，被蹂躪後又成為城裡的賣春婦，最後拖著染上性病、一身惡臭的身體回家，卻接連面臨父親阿三勤勉勞動與理性計算賣豚計畫的失利，家裡的母豚病死，小說寫阿三在雨夜裡瞞著巡查殺著死去多時已散發惡臭的母豚，生活帶來的羞憤使他懲治的騎上阿三嫂的背，瘋狂的說出「農人的財產已經不是田園和山地……重要的只有女兒與豚[5]」，當天晚上隔鄰的阿秀上吊自殺了。女兒與豚，賣女與賣豚、自殺與殺豚的荒謬結合，女性身體與食物弔詭的成為隱喻，這裡自殺的阿秀也是「他殺」，文本中缺席的殖民體制實為操控底層階級悲劇的黑手，將發病惡

5　吳希聖：〈豚〉，《豚》（臺北：遠景，1997 年），頁 23。

臭、骯髒不潔，無法生產糧食的女體阿秀，套入樑上的圈圈。

　　勞丹認為隨著人口往都市移動、近代國家政治的公民權發展，更加「平等」中階料理的出現滿足了布爾喬亞、月薪中產與周薪工人等社會新興階級，這類組合澱粉為主食，配合肉類、脂肪與糖的飲食規則，在殖民地臺灣卻是不平等的種族、階級分布。筆者經過龍瑛宗〈植有木瓜樹的小鎮〉、《呂赫若日記》的飲食片段與賴和〈獄中日記〉的梳理，發現臺灣中階飲食規範與知識特性表現為幾點：受制於營養學與現代家庭經濟的理性計算，牛乳代表的優質營養角色，甜食、蔬菜的必要性、合宜組合飲食的規則性強調，以及將身體想像為可經科學計量並適時投入營養補充品的實踐場，當然也有陳虛谷〈他發財了〉與〈放炮〉、朱點人〈安息之日〉與〈長壽會〉、蔡秋桐〈保正伯〉與〈興兄〉顯現的知識歪曲、無法被納入的支離版本。

　　〈植有木瓜樹的小鎮〉市場飲食店的內外，陳有三、戴秋湖與一班勞動者吃著相同店家提供的食物，但蹲踞在門口與坐在店內桌前正襟的身體，是一幅經濟資本在空間位置與身體姿勢的分布圖。陳有三只能屈居陋巷鐵皮屋的薪資，相對於《呂赫若日記》裡三倍至五倍的所得，前者脫離自炊後，搬至提供食宿的林杏南家的日常餐食幾乎就是豆腐、花生、醬菜與味噌湯而已，後者則在日記裡寫下與文藝界人士交流時出沒在臺北、臺中一系列飲食店、食堂與咖啡廳名單[6]，同為中產階級的他們卻因所得高

6　日記中提到的飲食處有：臺北山水亭、明治製菓、天馬茶房、波麗露、公會堂食堂部、秋月食堂、日活酒館、協和會館桔梗俱樂部、新北投沂水園、B.B、艾爾特爾、富士咖啡屋、銀水、南、日時美、太平洋、森永，臺中的大地茶房、吞兵衛及翼等。

低有了相當差異。

　　日治文本出現多次的牛乳健康營養論，如何有利／力於「病人」的身體，有力於殖民地病人的種族性與階級性。楊雲萍〈到異鄉〉裡的赤帽青年航行四晝夜後，終於嘗到日本的味道──牛奶，可是陳賜文筆下的其山哥雖明瞭牛奶對身體的好處，卻無能購買，朱點人〈長壽會〉裡牛奶卷代替了臺灣人探病的銀票封囊，王詩琅〈沒落〉裡的耀源出身布商家庭，早上也該來杯牛奶。文本中使臺灣赤帽青年感受到飲食的「快感」，代表現代、優良、營養，有利病患食物的牛奶，連身處獄中的賴和在〈獄中日記〉裡也要早晚來上一杯。飲食交流固然是一件好事，但賽薩爾認為伴隨著殖民話語交流的飲食，將體現為暴力與壓迫，抵銷了勞丹筆下中階料理的平等性。

　　衛生、現代、理性與系統的飲食規則，依循營養理論架構出的飲食哲學外，還有現代嗜好品的產生。咖啡如是，糖也如是。筆者很難以深入分析呂赫若對於糖與油膩食物的喜愛，是因為臺灣身為糖業帝國的歷史影響，還是一種現代慣習的生成。但細究糖的歷史，在歐洲曾經當作貴重物或藥品的糖，養成了現代嗜甜症患者。敏茨筆下的糖一但從貴族才能取得的妙物，糖與權的關係打破，糖的象徵意義消退，得以成為中產或勞動者藉由食品工業添加物或方便取得的甜點，而糖之所以可以平均的分布在不同階級的飲食，背後的脈絡有賴於殖民主義與資本主義的成功使然。臺灣對糖的依賴喜好，殖民與現代帶來的飲食哲學並非唯一因素，卻是促使糖製品納入系統化飲食規則的推手。

　　如果分析臺灣文學文本裡的飲食規則與餐桌食物，對賴以存活的食物有了理性與權力原則的新詮釋，那麼文本裡伴隨新飲食

或者用餐空間所顯示的「寂寞」，也可能涉及一種新感覺誕生的契機。論文裡討論了吳天賞〈野雲雁〉與張我軍〈誘惑〉，「威士忌或伏特加」與「五加皮和玫瑰露」[7]、「大聯珠與龍井茶」和「砲臺煙與啤酒」[8]，將愛情與欲望與現代興奮劑之酒、菸相連，殖民地社會（東方社會）發展出一套自我與他者的對立體系，烈酒與藥酒、茶與菸酒，配合第二章與第三章曾經論及的幾篇關於咖啡的文本，在這些飲食的空間與符號前卻都共同感受到格格不入或寂寞之感。Highmore 於《日常生活與文化理論》以柯南·道爾（Conan Doyle）筆下的福爾摩斯辦案為例，小說中那些在偵探中必要的日常細節書寫，固然是為了增加解答謎團的途徑，但日常的細描最後將因為小說程式的懸疑預設，轉化為令人興奮的神秘處，於是 Highmore 認為這種日常無聊──神秘的聯繫是建構於現代空洞化時間體制內的。小說裡的福爾摩斯是個有感於日子沉悶，只能吸食古柯鹼的人，華生每每要擔心他的健康與心智狀態，但也因為他在窮極無聊與激越之際徘迴，更能在辦案的時候宛如天賦一般回復理性的思考。於此 Highmore 以日常為出發，架構了無聊、理性、神秘的辯證關聯。[9]而日治小說中的日常性並非源於空洞化的時間與一再重複的頹廢體驗，筆者認為上述的寂寞源頭大抵是在均質化空間無處棲身使然，於是或許可以提出殖民地的空間辯證版本：寂寞、感性、抒發、排遣。

---

[7]　吳天賞：〈野雲雁〉，《豚》（臺北：遠景，1997 年），頁 319。

[8]　張我軍：〈誘惑〉，《楊雲萍、張我軍、蔡秋桐合集》（臺北：前衛，1991 年），頁 100-101。

[9]　Ben Highmore 著，周群英譯：〈列斐伏爾的日常生活辯證〉，《日常生活與文化理論》（臺北：韋伯，2005 年），頁 2-18。

這些知識分子進入咖啡廳時都希望發揮排遣、抒發原有情緒的可能，但卻在咖啡廳中成為格格不入的陌生人，而甚感寂寞。殖民地知識分子在啟蒙理性的咖啡廳，卻一逕的感性憤怒，或許是件值得進一步思索的課題？關於日治小說中新感覺的生成脈絡，筆者在此僅限於初步的提出，尚待他日更多論據的查考做出更有利的論證。

　　第四章〈西西小說的香港異／藝名生成史及文化抵抗史〉一章，延續了空間想像的課題，只是將觀察視野挪移至香港，針對西西「我城系列」與「肥土鎮系列」書寫的探討。在香港七〇年代本土化脈絡將「我城」作為藝術展演與認同依據，香港史的書寫者以城邦替代國族論述的出現，港英政府統治的終了、九七將臨的焦慮，都構成了筆者思索西西小說的對話背景。得益於雷蒙・威廉斯（Raymond Williams）《鄉村與城市》的啟發，西西香港書寫表層所呈現的城興鎮衰，是西西小說中慣常出現保護包裹我城與肥土鎮的根源嗎？

　　筆者認為西西的城鎮書寫並未建構在二元對立的兩端，文本也未將肥土鎮作為自然、美好、感懷其逝去的所在。西西在《我城》裡透過狹窄三百呎房對照於荷花們贈送的多門大屋，展示逼仄卻各自迴旋與寬闊卻不相干擾的對照，並納入「瑜與他」、「胡說」的斷片，從西西營造我城日常生活空間的多層外，並透過敘事視角的轉換與對知識分子的懷疑，讓居住與離開我城一事變得隱晦。對於離開我城的荷花們或者選擇以詭密的方式消失的「瑜與他」，西西並未驟然落入道德判斷，反而經由阿果一家也曾經遷出、遷回，阿游離開我城又篤定會在結束航行後回返我城，麥快樂一直居於我城卻時時要到離島走走，我姨悠悠也喜歡

散步在我城……對比描述麥快樂在離島與阿果在郊外的書寫，感受到西西寫鄉如實，寫城如虛的處理，寫實的鄉似乎成為映照我城的一面鏡子，也是詮釋我城的意義始源處。西西筆下的城鄉語境如何在工業革命、資本主義、都市化中裂解為互相辯證的想像體，「肥土鎮系列」似乎成為回答。西西在《我城》裡安排國籍與城籍之辯「你原來是一個只有城籍的人[10]」成為香港以城自居、以城自安的經典。西西以離島年輕人將遊艇排為龍之形，龍之真實與否、黃帝子孫與否，配合語言上香港雜語的事實，最後離島之遊終結在吶喊對島嶼的主觀好惡，被虛實處置的城鄉，在國族之辨、文化起源之辨、真假之辨、正統合法之爭，西西以阿果是因為不要工業文明的冰凍感選擇擔任電話公司的員工，麥快樂是因為不習於公園已經成為沒有面目的均質空間無處棲身而離開作為解答，可以自由發表言論、可以溝通與賦予情感色彩的我城，才是自由的我城，對照於有國籍、護照卻處在現代體制看似享有高度自由，同時也在監控中的有限自由不同。

　　《我城》裡知識分子眼中的我城或香港，經由代表中產階級「瑜與他」對我城的焦慮，最後神秘的實踐其消失之法，以及小說裡住在高樓酷嗜字紙與「胡說」片段對照，喧囂的談論我城或者建立標準，是西西敬而遠之處，詩意與隻字片語的零散方才與上述的溝通與主觀情感相合，作為抵抗單一，避開本質香港論述之道。城邦論點的確抵銷了民族論點中單一、血緣民族的本質想像，香港在現實中也的確收納了不同來源的「後來港人」。西西在通過〈瑪麗個案〉、〈虎地〉、〈手卷〉、〈肥土鎮灰闌

---

[10]　西西：《我城》（臺北：洪範，1999 年），頁 150。

記〉、〈貴子弟〉、〈雪髮〉幾個短篇，寫國族論述就是一場暴力的爭奪，它可能忽略了不同時代移居者、不同地域的遷入者、孩童的聲音與女性的聲音，在教育、移民政策、難民政策的思索裡，西西以〈貴子弟〉裡的作文題目論辯，認為國族討論不應該是應題作文、背文抄文或美文能力，忽視其形塑循規蹈矩乖馴主體的侵凌性，應該是將國族放在與生活層面接榫，由深具思考能力、應變能力的說話主體持續演練的課題。西西經由對於香港納入機制的敏銳觀察，〈虎地〉裡對監控禁閉扭曲的人性，與透過鐵絲網圈養非我族類的劃界方式；〈雪髮〉裡在校園裡適應不良的頑童及其瘋狂的母親，在〈雪髮〉裏讀者在詩性隱晦之中勘破「心中也有一道一道的鐵絲網[11]」之所指；〈手卷〉裡緩緩無情降下的鐵閘門，隱晦的將國族或城邦一旦成為單一標準，而納入圈養馴化的機制又總是變幻莫測，取決於有權者時（聯合國、港英政府或本土論者……），成功納入與否，荒謬的取決於是否存在一個更邊緣的版本。〈雪髮〉裡的頑童劫後餘生，在七千多個日子後與同樣來自江南的老師於東北相遇，文本裡「我大聲地說：那是棵魚木，著名的火焰樹，滿樹的花朵如同蓬頭髮的活潑少年。[12]」那個頑童或活潑少年幸運的劫後餘生，似乎是西西選擇以詩的語言，以隱諱的意象編組，借助了詩語言擱置現實、懸擱所指的特性，身為作者給予的一點溫款。

　　西西對於體制、本質的抵抗，也回返自身作為知識分子社會角色的反思。《美麗大廈》裡通過失靈後又神秘的恢復運作的電

---

[11]　西西：〈虎地〉，《手卷》（臺北：洪範，1988 年），頁 137。

[12]　西西：〈雪髮〉，《手卷》（臺北：洪範，1988 年），頁 179。

梯為軸，敘寫大廈各色居民的日常細節與應對生活之變的反應。
如果我城有離開、納入與不適應者，那大廈也是另一個收納城市
移住者之處。對於大廈而言，原居民與後來者只是搬入的時間
差。西西藉《美麗大廈》的麥嬸串起大廈居民的互助互動，也包
含私生活的穿透，知識分子在此扮演城市人、重視私隱、不參與
公共事務，自外於群體生活而沉浸在所屬階級、職業、興趣的世
界，知識、世代、搬入的先後影響著大廈居民服膺人情抑或公／
私分明的運作，即便《美麗大廈》最終描述了麥嬸一家在颱風夜
接納了過往山屋鄰人來避難的溫情，筆者認為總體而言西西對大
廈運作的人情只有部分樂觀，空間與知識對人情的重劃與分配，
依然勢不可擋，時不可違。

　　我城之喻外，西西以「肥土鎮系列」鋪陳了一系列不實的地
理想像。〈南蠻〉裡幼年「長得黑，黑得像煤炭，而且瘦[13]」的
胡不夷，常被誤認為印度人，自己都覺得可能是非洲人或者南
蠻。面對外國人以為他是日本人時，瞬間以搶答的方式道出「我
是中國人，我是中國人。[14]」筆者借用拉康討論精神分析師的侵
凌性，用以回應在國族仍牢固的作為區分他／我之界線時，這樣
的搶答，可能一方面在訴說主體，另外一方面也是否定被他人標
記的客體。而真實的主體，面對期待回應的特殊欲望情境以及語
言的侷限性，「它」必然雙重陷落。〈肥土鎮的故事〉、〈蘋
果〉、〈鎮咒〉、〈浮城誌異〉、〈肥土鎮灰闌記〉、〈宇宙奇
趣補遺〉分別給香港虛構了不同的異名與身世，最終匯聚為長篇

---

[13]　西西：〈南蠻〉，《母魚》（臺北：洪範，2008 年），頁 70。

[14]　西西：〈南蠻〉，《母魚》（臺北：洪範，2008 年），頁 101。

小說《飛氈》。《飛氈》分為三卷，每卷內依標目敘寫。首先，西西以「莊周夢蝶」的寓言，匿藏了整篇小說的結構，經由「人在睡眠的時候才做夢；蝴蝶是一種會飛的昆蟲。[15]」睡眠、夢、飛行，還有睡眠躺臥的土地，展示土地與飛行於固定與流動不居之際，肥土鎮也在變動中存在。小說起於肥土鎮領事夫人看到飛毯的軼聞，間及記敘花順記家族的興衰與復振，終於花順記一家的消失與載有他們故事的書頁變成空白；此外還與第三代女性花艷顏與胡嘉的生命姿態相關，前者藉由突厥人花里巴巴的飛毯俯瞰大地、安全的夢遊，後者是仰望星空信奉西方科學。西西借莊周之夢書寫流動香港、不同身分港人的共榮與女性微言三層意旨。

　　西西在《飛氈》裡規劃了肥土鎮肥土區肥水街為中心的地理，隨著授與花順記荷蘭水技術的古羅斯先生、花順記的二代花一、花二，花順記的客戶，花初三的親家葉榮華酸枝鋪，員工蝦仔大叔與突厥人花里耶，以及他們周遭的人物，空間隨染布街、飛土大道、彎街、山坡與鄉下隨之開展，更遠及於虛寫的巨龍國、日耳曼國與花旗國等。隨著花順水荷蘭水生意從盛到衰，花一花二馴養蜜蜂事業的異軍突起，花初三與葉重生因火災而生的愛情故事，肥土鎮迎來了土地的開發與城市的發展，以及新興行業的競爭。西西巧妙的安排了肥土鎮的時間，它是散落在標目裡如星群分布的片段，輕描的處置了肥土鎮或香港的現實，經過「管業期」、「研究精神」、「勞動大軍」與「頭上有瓦」，大致可以標記出港府 1898、1945 年，三代人所處的關鍵時間，比

15　西西：《飛氈》（臺北：洪範，1996 年），頁 3。

較獨特的是西西納入了香港張保仔故事作為香港的前世，由葉重生的逃家乳娘鄭蘇女擔綱演出海盜家族的後代。

值得一提的是西西在空間安排上，把肥土鎮描繪為一個沒有中心的地方，道路依據房子在田野裡一間間任意拔起而顯得彎彎曲曲，唯一的共通點是沿海岸曲折分布，形成東西長而南北短的傳統市街，以販賣著各色生活用品的街坊對照於飛土大道的銀行高樓。此外，西西在隱微的時間裡置入時代的變動，包括南來的勞動大軍對香港經濟的影響，以及他們居住環境的惡劣反而推動了香港徙置屋與公屋政策的推行，山邊的山寨廠也扮演吸納走出家庭的女性勞動者，提供實踐自我、經濟獨立的可能，新舊教育、龍文飛土文與番文在社會資本上的競爭，以及小說末了對底層籠民的書寫等，西西在抽空香港時空標記的文本裡，同樣埋設了社會變遷與現實批判的微言，西西看似慣於採用詩意語言與隱微的批判，但他對資本主義的針砭常常不容寬貸。於是，「肥土鎮系列」與其說西西談國族，不如說他又回到對「保護」、「包裹」香港的思考上。

「重建消逝的生活」、「田園將蕪」、「垂直的社區」幾節，西西並未以海盜歷史作為香港的溯源，也沒有對田園荒蕪興起單向的傷感，垂直的社區固然改造人的身體，但上述三者都包含了正負兩種可能。海盜故事固然可以作為本土認同的前世，卻是一個只有男人被流傳為英雄偉人的敘事；田園荒蕪使鄉村人口外移，但後來丁屋的改建也使得女性繼承權被重新反省；垂直的社區狹窄逼仄，但在石油國王子眼中倒是獨特風景。

因此，筆者對西西香港書寫的詮釋基本上依循著闡發其「文化抵抗」而來，藉著飛土、浮土、浮城、我城的異／藝名敘寫，

時間標記的抹除，敘視角度的變換，詩意語言的運用，文本間的互文等，鋪寫一幅移民／殖民日常的流動史。

最後，本書第五章以〈「遲暮之年」的文化考察——臺灣女性書寫「年老」的文化性〉為論題，討論了五○以來幾篇短篇或長篇的女性小說。女性年老的文學書寫與年齡階序系統、婚姻與女性自主、青春想像的執迷、男性目光的凝視、文學傳統的再生產與論述權威、女性書寫的主體重劃有關，而在諸多權力的交集裡，婚姻、身體、性仍是問題的癥結，而生命階段與家庭想像、容貌的視覺感官標記、年老的文學性隱喻、男性的目光等是衍生現象，變身為未婚女性、老處女、皺紋、乾枯、鬢髮斑白、年老無依（自力更生）、黃昏、幸福、無魅力、性吸引力等語言標記。在此顯現了客體與主體、體現[16]與文化、內在情感感知與以規馴體制為參數等結構議題，而筆者認為關乎年老以及女性書寫的能動性，還有一根本性課題，就是在表述年老時，語言詞語庫在心與身的男性中心，以及此語庫依賴於視覺感官的侷限性。

論文梳理了童真〈穿過荒野的女人〉，聶華苓〈李環的皮包〉、〈月光・枯井・三腳貓〉，於梨華〈黃昏・廊裡的女人〉、〈也許〉，張漱菡〈斗室〉、〈虹〉，張秀亞〈靜靜的日午〉，孟瑤〈寂靜地帶〉，郭良蕙〈他・她・牠〉，劉枋〈我們的故事〉，以及歐陽子〈近黃昏時〉，蘇偉貞《紅顏已老》、平路的《行道天涯》、朱天心《初夏荷花時節的愛情》、平路《黑水》，以及近來李昂《睡美男》幾篇小說後，時間並未一定標記

---

[16]　Chris Shiling 著，廖珮如、謝明珊譯：「『體現』一詞有以身體做為人類感知一切外在事物的主體」，《轉變中的身體：習慣、危機與創造性》（臺北：韋伯，2013 年），頁 1。

著小說保守或前衛，抒情審美與中產品位的主導文學場牽制著作家的書寫外，在此之間聶華苓、於梨華、歐陽子、平路與李昂絕對屬於另類的版本。

聶華苓〈李環的皮包〉裡透過李蓉與李環一人雙旦，冒名三十的李環為自己視覺上的青春開心不已，只是十二年過去，男性欲望目光的凝視殘酷的別開，實際年齡三十四歲與身分證年齡四十二歲的鴻溝，所依循的年齡密碼「女人一過三十，就走下坡路了。更何況是一個四十出頭的女人？[17]」，文本看似視四十歲女人為老，但精心細究後發現更苛刻的現實是三十已不「青春」，這是誰在說話？使女性只能以青春示人，而且永遠比男性來得易老？「青春本身就是一種美，一種無需修飾的美。[18]」年老究其根本，儼然就是青春政治學。父權社會裡男大女小的異性戀婚姻版本，使得欲望想像的指向就是青春想像，也是壓迫想像。到底是社會先將老人們排出社會、特殊化老人，更將女性的她們掩藏深埋在社會底層；還是線性時間觀被資本社會加重劑量作祟，難以回返的青春成為緊箍咒；或是未婚女性就如同弱勢階級的男性一樣，透過尖刻的審視與言語剝奪「你／妳」的權／欲力，防止其危險性，而使得年老罪大惡極？總歸來說，是性還是老在主導一切？小說中的李環最後這樣歸納年老焦慮，是小趙與社會一股腦的邪氣驅迫著她走入年老，而更殘酷的是未嘗進入婚姻殼中的她，沒有如佛洛伊德陽具欽羨理論中那樣獲得一個合法擔保人／

---

[17] 聶華苓：〈李環的皮包〉，《一朵小白花》（臺北：大林，1970年），頁 154。

[18] 聶華苓：〈李環的皮包〉，《一朵小白花》（臺北：大林，1970年），頁 165。

壓迫者，注定就應該被語言懲罰。相對來說，〈月光・枯井・三腳貓〉則高度意象式的直指女性對性的渴望，從李環手上皮包所提煉的現實物象，賦予皮包文學性、多樣性的詮釋可能，聶華苓在〈月光・枯井・三腳貓〉高度的在文學意象聯想上將月光、枯井與三腳貓構成意義集合，潛心默誌、庖煉純化，隱喻著汀櫻將赴的這一場偷情約會。聶華苓改寫了中國男性文學傳統裡月光意象於心性、親情、思鄉或陰柔女性的意義，將滿溢的月光與女性充盈的性欲連結，並毫不避諱的聯繫了枯井的形象，使無性的女體與枯井、三腳貓相連，乾枯、殘缺的身體是因為缺乏性愛。「她總認為自己是老了。她才卅一歲⋯⋯汀櫻由單一的口吻裏聽得出勝利者的得意——壓抑她青春的勝利！他希望她變老，變醜，和他一樣枯萎下去。[19]」青春、性又是一個連帶組合。於是，聶華苓尋譯出一個以性為中心的年老標籤。

　　如果說聶華苓是透過一場偷情劇碼，早早勘破了女性年老是以性為紐帶的社會事實，如果李有亮詬病的身體書寫與性欲的強調是女性在文學實踐上的偏差行為，那顯然平路在《行道天涯》中就沒有想要矯治女身，李昂《睡美男》更是罔顧此事實基礎。李昂《睡美男》筆下的外交官夫人殷殷的女性想像有性、有欲，努力的執行健美工程，也不避諱美容、保養所可能遭遇的道德攻擊，甚至把身體操作為商品亦無不可，她跨出青春、性、年老的扭結，她嫻熟的用章節「愛、別、離、苦」回覆論者所期待的

19　聶華苓：〈月光・枯井・三腳貓〉，《一朵小白花》（臺北：大林，1970 年），頁 178。

「成熟階段女性更為豐贍、更為厚重、更為深沉的生命經驗[20]」
實則以藥引張狂的誘姦小鮮肉健身房教練 Pan。一則中年女人如
何在感到年老之境，找到解決之道，不是傷逝哀婉青春已去，也
不是和合法丈夫演一場性愛初體驗的劇碼，而是處心積慮、毫無
畏懼，也無後顧之憂精心策畫對年輕男體的耽溺，打破男性主
導、男大女小、不可用物助興，而是勇敢迎向年輕男人——有待
開發的新大陸。

　　總和西西的我城跟肥土，加上日治的物質與日常考察，本書
對這個看似鬆散結構的討論，可以置入殖民所附加的跨國與重塑
的城鄉體驗，跨國城鄉的文化對比意義，以及新道德規訓的重
組，使得殖民地的寂寞成為未完的敘述，關於新感覺的塑成部分
尚待進一步深究。另一個未完，是對女性遲暮在語言系統男性與
視覺中心的結構性考察。那或許就如序言所說，是另一場漫漫之
路的開端。1967 年鮑辛格於開設「德國的日常生活」課程時說
道：

> 我要做的是把那些很少或者根本沒有被反思的文化積澱提
> 出來，展示慣常行為和儀式的力量。……[21]

本書從日常生活、地方與空間、女性年老身體等幾個層面切入，
相對女性年老因為與女性身體研究有關，且近來有老年文選與平

---

[20] 李有亮：〈老齡化趨勢下文學關懷的缺失——以女性寫作中「老年缺席」現象為例〉，《創作研究·當代文壇》2015 年第 1 期，頁 88。

[21] 赫爾曼·鮑辛格（Hermann Bausiger）著，吳秀杰譯：《日常生活的啟蒙者》（桂林：廣西師範大學出版社，2014 年），頁 100。

路、簡媜、張曼娟、李昂等相關體系性的文本出現,民俗、空間
與地方或者家屋與咖啡館、飲食在文學中都是稍嫌片段的出現,
面對論述架構在體系上的缺憾,或許再次借用鮑辛格提到日常生
活被七十年代非德國的研究者哈洛德‧葛芬克爾(Harold
Garfinkel)援引之外,也探討出於民俗學的日常研究與出身空間
的亨利‧列斐伏爾(Henri Lefebvre)的差異時,提到日常某些
課題的出現與危機的關聯:

> 因為日常生活獲得的關注是與日常生活中出現的危機連在
> 一起的。我們的視線之所以被引向了文化上理所當然的事
> 情上,是因為這些事情在很多領域裡突然變得不那麼理所
> 當然了。那些以前有固定規則的地方、人們在行為方式上
> 有安全感的地方,現在需要人們自己去面對很多可能性做
> 出選擇。[22]

本書裡提到的地方感、飲食、身體、大敘述(國族、中華文化)
釀製,或許是看似無關的篇章中共有的當代危機感。年老日常與
新感覺的聯繫,以及對女性年老更體系性的梳理,這些或許出自
於我非常個人的經驗與閱讀,但初步梳理過後,對臺灣因現代化
所帶起情感感知體驗,以及源自中國漢語語言年老的形塑機制與
意義,或許下階段跨出文學文本的嘗試,是一個可以承續且更接
近日常研究的方法實踐。

---

[22] 赫爾曼‧鮑辛格(Hermann Bausiger)著,吳秀杰譯:《日常生活的啟
蒙者》(桂林:廣西師範大學出版社,2014 年),頁 101。

最後，讓我們回到賴和〈赴會〉裡「我恃著這雙健足」此語。面對日治時期新興的空間——火車車站，那位「自負是個有教育的人」[23]的知識分子把自己區隔於改扎口前推來挽去，需要出動譯夫來排整秩序的一班民眾或燒金客，他的身體感與殖民者所推動的教育體制，以及伴隨著現代知識而來的感覺有關。

> 習癖的養成要經由身體感與日常生活實作的密切結合，以致於我們常無意識地透過實作體現它們。[24]

於是生活在日治時期的臺灣知識分子，日本殖民體制因為現代的諸多理由：速度、效率、衛生、利益最大化……把臺灣的地理空間視為空白而展開其殖民編組，在此身存的臺灣人，如何感受、如何接受規馴、如何抵抗？筆者嘗試在第二章中以風俗的書寫開始，信仰做為如臺灣人采雲家鄉想像所依賴，那麼在日治文本中的諸多可以飽含地方感的日常敘述，將成為臺灣人生產抵抗、使自己在規馴體制中微小現身的契機；進一步以咖啡館為焦距時，會發現臺灣知識分子大多在此空間都無法感到安適自在，如果西方十八世紀興起了家屋與家居生活的「舒適」（comfort）概念[25]，咖啡館雖則在他們筆下寫為乾淨明亮也寬敞，但除了王詩琅

23　賴和著，林瑞明編：〈赴會〉，《賴和全集》（臺北：前衛，2000年），頁63。

24　余舜德：〈從日常生活的身體感到人類學文化的定義〉，《身體感的轉向》（臺北：國立臺灣大學出版中心，2016年），頁111。

25　余舜德：〈從田野經驗到身體感的研究〉，《體物入微：物與身體感的研究》（新竹：清大出版社，2008年），頁5。

〈沒落〉裡的耀源以及《呂赫若日記》被納入且習於前往外，文本都展示個體不安與格格不入的感受，即便因理想被噤聲而轉入墮落度日的耀源，在此也並非「被期待」的身體——相信公共論述的社會積極介入性。抽取日常與空間地方的感知訊息，身體感的殖民權力可能在空間帶起格格不入的感受，但也可能因新空間的存在，我們對於物也有相應的需求產生。在此，值得提出的是咖啡在本書討論的文本裡並未被當作好好「品嘗」的對象物，也未被當作飽含味覺的感受對象。因此，寄身在日治小說的家屋、咖啡廳、公園、舊城等書寫，實際上是牽繫在殖民權力透過空間、物質的轉換所帶起的主體危機感，同時物質的更替也會形塑人的身體有新感覺的生成，連帶的啟動感官去尋求足以「說出感受」的語彙。

學者陳玉箴研究臺灣飲食文化時，提出日治時期上層仕紳階級的宴飲料理參考了西洋、日本、中國料理後，發展出所謂「臺灣菜」，底層的飲食則未發揮參與效用[26]。如果臺灣飲食曾經在日治時期面臨危機而展開民族建構，並在上層社會飲食中實踐，那麼勢必另有一種臺灣飲食被壓抑。本書中的低限飲食、粗茶淡飯即是日治時期臺灣內城區的貧民與鄉村農民的日常餐桌，因為不夠衛生、太油膩或太鹹與衛生觀念及現代營養學牴觸。以霧社事件裡吉村巡查擺脫原住民骯髒的手，拒絕共飲的行為來看，被殖民者感受為「骯髒」的卻是原住民的日常。相對陳虛谷〈放炮〉裡熱愛或接納臺灣食物的真川巡查父子，臺灣人的餐桌被形

---

[26] 陳玉箴：〈食物消費中的國家、階級與文化展演：日治與戰後初期的「臺灣菜」〉，《臺灣史研究》第十五卷第三期（2008 年 9 月），頁139-186。

容為「御馳走」（豐盛的餐食），一點也沒有體現出不適，但看在真川巡查妻子的眼裡，在骯髒的臺灣家屋環境享受款待實在難忍，一方面是環境不衛生，另外則是有辱大國民的身分[27]。只是有趣的是，真川巡查妻子以潔淨自詡的種族與權力區隔，卻被先生與兒子打破，再者她口中有禮的大國民，從她年幼兒子的行為實踐來看卻不太穩固：

> 他把龍眼子一粒一粒向空中亂擲，滾落到神明公媽的桌頂，跳入筵席的碟仔內，碰到保正的頭殼，在他以為是極其有趣玩意，在大人和奧サン，也以為是無知小孩尋常的遊戲，土人的跟前原不要什麼拘束。老牛勿論是笑容可掬的，保正卻是敢怒不敢言。[28]

自詡為進步與乾淨國民的真川夫婦對於兒子把吃完的龍眼殼亂丟的情況一點都不在意，這次他們立場一致，保正一方面因被龍眼子丟到頭殼而暗自生氣，另外也介意龍眼子滾落到神明公媽的桌上，顯然是基於臺灣人客廳裡神明桌的神聖意義被僭越而生，另外，文本裡還寫了老牛笑容可掬，他在這場空間與飲食的交鋒

---

[27] 陳虛谷：「奧サン見屋上滿掛著蜘蛛網時，向真川說：『土人實在真太高鬼（骯髒）呀！』」「你不知怎的？偏愛給他們請。我實在討厭，又野蠻，又腌臢，無禮無數，厝內像豬稠，身軀臭汗酸，真要格死人。給他們請，實在失我們做官人大國民的威風。」〈放炮〉，《陳虛谷、張慶堂、林越峯合集》（臺北：前衛，1991 年），頁 61、67。

[28] 陳虛谷：〈放炮〉，《陳虛谷、張慶堂、林越峯合集》（臺北：前衛，1991 年），頁 62。

裡，從頭到尾置身事外。在此種族、階級、空間與身體感以混生的方式分布，真川夫婦在飲食上的差異，在種族立場上彌合；真川對臺灣食物的喜愛使得保正這種有資本交換特定權力者，可以以食物滿足巡查的欲望，陽奉陰違；老牛與保正雖同為臺灣人，但卻因是否懂日本話，老牛除了把汽水聽成放屎之外，評價喝了汽水就不再吵鬧的巡查兒子「內地人的囝仔比臺灣人的，真乖得多喲！[29]」種族與階級把老牛排除在可以建立共感的可能項外。

　　身體感也受到物質條件的影響，西西《我城》裡阿果不喜歡有工業冰凍感的東西，《美麗大廈》裡的電梯在知識分子我眼中為「黝黑而沉重的鐵閘」，如同「揚灑著煤煙的古老火車[30]」，物質的更新往往引起接收者新的感官，但是只有少數人擁有重新配置、有權介入身體重塑的工程「而擁有這些身體感之體物的技能，更是社會中建立階序、權力與資源分布，掌握論述的方向及品味的分類的基礎」，這涉及身體感之政治經濟學的面向[31]。上述的阿牛與居住在我城裡的阿果顯然是沒有上述配置權的人，相應的知識分子在身體技能的論述上具備相當權力，只是在本書藉由對西西篇章的討論，知識分子「我」在文本裡一方面對電梯的冰冷感保持距離，一方面又對麥嬸等人在電梯內、大廈內跨越私隱界線的人情流動感到不適，後者又是非常符合電梯或大廈此空間在現代社會塑成的疏離感，於是西西筆下的知識分子被表現為

29　陳虛谷：〈放炮〉，《陳虛谷、張慶堂、林越峯合集》（臺北：前衛，1991 年），頁 64。

30　西西：《美麗大廈》（臺北：洪範，1990 年），頁 1。

31　余舜德：〈從田野經驗到身體感的研究〉，《體物入微：物與身體感的研究》（新竹：清大出版社，2008 年），頁 26。

精神分裂患者，批判現代文明又享受現代文明的疏離感所帶來的私隱與安適，對知識分子「正當性」的懷有質疑是西西難得之處，也是其寫實著力精彩之處。

最後，在本書最後一章關於女性年老的討論中，如果「老」本來就源於一種個體主觀的身體感受，那麼為何在書寫裡常常顯示為年齡課題、行為合宜與否與視覺課題，而不是單純的體感。文化在此扮演了重要的詮釋意涵，如果真川巡查的妻子是因為種族、空間、視覺的「差異」產生不適感，那麼沒有被文本寫出的不偏愛臺灣食物的原因，看似以骯髒名之，實際上是因為書寫者是臺灣人，而少了對味覺親身感受為骯髒的細節，也是對權威者文化性習癖的疏離，因此無法經由複製相同的身體感喚起、命名，以類似的、精細的對比結構細節，突出何謂殖民、權威者口舌之間的不適。回到女性的年老書寫議題，從文本分析中我們可以看到女性文本複製了男性目光欲望指向裡將青春作為唯一指標的傾向，並將青春歸諸於視覺的膚脂光華，將老以否定的語句表述，那麼對於老，我們發現在語言裡卻是難以有詞彙去清楚的描繪的體感。於是以青春為尚所衍生的否定詞彙與句式架構在二元對立的體系裡，看似女性如何在受制於以青春標記，所結構出的社會年齡階序體系，而語言體系裡「老」的直接陳述的付之闕如，源於男性中心使然。

如果本書以文字文本為研究對象討論地方與空間、日常飲食、城／鄉與城邦意識生成、女性年老的癥結在於，他們身在曾被殖民的臺灣／香港，或者，我們身在正在被語言塑造的身體。

徵引書目

中文專書

王宏志、李小良、陳清僑著：《否想香港：歷史・文化・未來》（臺北：麥田，1997 年）

王家琪、甘玉貞、何福仁、陳燕遐、趙曉彤、樊善標主編：《西西研究資料（第一～四冊）》（香港：中華書局（香港），2018 年）

王德威、高嘉謙、胡金倫主編：《華夷風》（臺北：聯經，2016 年）

王學泰：《中國飲食文化》（北京：中國青年出版社，2012 年）

史書美：《反離散》（臺北：聯經，2017 年）

史書美：《視覺與認同：跨太平洋華語語系表述・呈現》（臺北：聯經，2013 年）

平路：《行道天涯》（臺北：聯經，1995 年）

平路：《黑水》（臺北：聯經，2015 年）

朱天心：《初夏荷花時節的愛情》（臺北：INK，2010 年）

朱立元、李鈞主編：《二十世紀西方文論選（上）》（北京：高等教育出版社，2002 年）

朱立元、李鈞主編：《二十世紀西方文論選（下卷）》（北京：高等教育出版社，2002 年）

西川滿：《華麗島顯風錄》（臺北：致良，1999 年）

西西：《手卷》（臺北：洪範，1988 年）

西西：《母魚》（臺北：洪範，2008 年）

西西：《我城》（臺北：洪範，1999 年）

西西：《美麗大廈》（臺北：洪範，1990 年）

西西：《飛氈》（臺北：洪範，1996 年）

西西：《像我這樣一個女子》（臺北：洪範，1984 年）

西西：《鬍子有臉》（臺北：洪範，1986 年）

余舜德主編：《體物入微：物與身體感的研究》（新竹：清大出版社，2008 年）

余舜德等著：《身體感的轉向》（臺北：國立臺灣大學出版中心，2016 年）

吳榮鐘：《黃春明小說中的老人形象之研究》，南華大學文學研究所碩士論文，2002 年

吳叡人：《香港，鬱躁的家邦：本土觀點的香港源流史》（新北市：左岸文化，2017 年）

呂正惠：《小說與社會》（臺北：聯經，1988 年）

呂赫若著，鍾瑞芳譯：《呂赫若日記》（臺南市：國家臺灣文學館，2004 年）

呂赫若著，鍾瑞芳譯：《呂赫若日記》（臺南市：國家臺灣文學館，2004 年）

宋光宇：《城隍爺出巡——臺北市、大稻埕與霞海城隍廟會一百二十年的旋盪（1879-2000）（上）》（新北市：花木蘭，2013 年）

李丁讚：《帝國邊緣：臺灣現代性的考察》（臺北：群學，2012 年）

李昂：《睡美男》（臺北：有鹿，2017 年）

沈孟穎：《咖啡時代：臺灣咖啡館百年風騷》（新北市：遠足文化，2005 年）

於梨華：《黃昏·廊裡的女人》（臺北：大林，1969 年）

林瑞明編，賴和著：《賴和全集（一）小說卷》（臺北：前衛，2000 年）

施淑：《兩岸文學論集》（臺北：新地，1997 年）

范銘如編：《小說讀本 1：穿過荒野的女人》（臺北：五南，2008 年）

范燕秋：《疾病、醫學與殖民現代性：日治臺灣醫學史》（臺北：稻鄉，2010 年）

唐君毅：《說中華民族之花果飄零》（臺北：三民，2005 年）

夏祖麗編著：《她們的世界》（臺北：純文學，1973 年）

徐佑驊、林雅慧、齊藤啓介合著：《日治臺灣生活事情》（臺北：瀚蘆圖

書，2016 年）

徐承恩：《香港，鬱躁的家邦：本土觀點的香港源流史》（新北市：左岸
　　文化，2017 年）

翁鬧，黃毓婷譯：《破曉集：翁鬧作品全集》（臺北：如果出版，2013
　　年）

張良澤編，王詩琅著：《艋舺歲時記──臺灣風土（卷三）》（高雄：德
　　馨室出版社，1979 年）

張恆豪編：《王詩琅、朱點人合集》（臺北：前衛，1991 年）

張恆豪編：《翁鬧、巫永福、王昶雄合集》（臺北：前衛，1991 年）

張恆豪編：《張文環集》（臺北：前衛，1991 年）

張恆豪編：《陳虛谷、張慶堂、林越峯合集》（臺北：前衛，1991 年）

張恆豪編：《龍瑛宗集》（臺北：前衛，1991 年）

張恆豪編，楊雲萍、張我軍、蔡秋桐作：《楊雲萍、張我軍、蔡秋桐合
　　集》（臺北：前衛，1990 年）

張漱菡：《張漱菡自選集》（臺北：黎明文化，1980 年）

張錦忠、黃錦樹編：《重寫臺灣文學史》（臺北：麥田，2007 年）

張璨文研究主持：《剝皮寮歷史街區建築調查研究》（臺北：北市鄉土教
　　育中心，2004 年）

梅家玲：《性別論述與臺灣小說》（臺北：麥田，2000 年）

許俊雅：《日據時期臺灣小說研究》（臺北：文史哲，1995 年）

許寶強：《重寫我城的歷史》（香港：牛津大學，2010 年）

陳克華：《我的雲端情人》（臺北：二魚，2013 年）

陳芳明：《殖民地摩登：現代性與臺灣史觀》（臺北：麥田，2004 年）

陳芳明：《左翼臺灣》（臺北：麥田，1998 年）

陳柔縉：《臺灣西方文明初體驗》（臺北：麥田，2005 年）

陳柔縉：《臺灣西方文明初體驗》（臺北：麥田，2005 年）

陳國球：《香港的抒情史》（香港：香港中文大學，2016 年）

陳惠雯：《大稻埕查某人地圖：大稻埕婦女的活動空間近百年來的變遷》
　　（臺北縣：博揚文化，1999 年）

陳智德：《根著我城：戰後至 2000 年代的香港文學》（臺北：聯經，2019

年）

陳萬益編選：《國民文選・散文卷Ⅰ》（臺北：玉山社，2004 年）

黃金麟：《帝國邊緣：臺灣現代性的考察》（臺北：群學，2012 年）

楊守愚：《楊守愚日記》（彰化：彰化縣立文化中心，1998 年）

楊翠主編：《彰化縣國民中小學臺灣文學讀本》（彰化：彰縣文化，2004 年）

廖炳惠：《關鍵詞 200》（臺北：麥田，2003 年）

趙榮光：《中國飲食文化史》（上海：上海人民出版社，2006 年）

劉捷：《我的懺悔錄》（臺北：九歌，1998 年）

劉捷著，林曙光譯：《臺灣文化展望》（高雄：春暉，1994 年）

歐陽子：《秋葉》（臺北：爾雅，2013 年）

蔣竹山：《島嶼浮世繪：日治臺灣的大眾生活》（臺北：蔚藍文化，2014 年）

盧淑櫻：《母乳與牛奶：近代中國母親角色的重塑 1895-1937》，頁 46-87。（香港：中華書局，2018 年）

賴和：《賴和全集（一）小說卷》（臺北：前衛，2000 年）

賴和：《賴和全集（三）雜卷》（臺北：前衛，2000 年）

駱芬美著，蔡坤洲攝影：《被混淆的臺灣史：1861-1949 之史實不等於事實》（臺北：時報，2014 年）

戴國煇編，魏廷朝譯：《臺灣霧社蜂起事件研究與資料（上）、（下）》（臺北縣：國史館，2002 年）

鍾肇政、葉石濤主編：《一桿秤仔》（臺北：遠景，1997 年）

鍾肇政、葉石濤主編：《一群失業的人》（臺北：遠景，1997 年）

鍾肇政、葉石濤主編：《豚》（臺北：遠景，1997 年）

鍾肇政、葉石濤主編：《薄命》（臺北：遠景，1979）

聶華苓：《一朵小白花》（臺北：大林，1970 年）

蘇偉貞：《紅顏已老》（臺北：聯經，1981 年）

外文書目

Ben Highmore 著，周群英譯：《日常生活與文化理論》（臺北：韋伯，

2005 年）

Betty Friedan 著，李錄後、陳秀娟譯：《生命之泉》（*The Fountain of Age*）（臺北：月旦，1995 年）

Chris Shiling 著，廖珮如、謝明珊譯：《轉變中的身體：習慣、危機與創造性》（臺北：韋伯，2013 年）

Mike Crang 著，王志弘、余佳玲、方淑惠譯：《文化地理學》（臺北：巨流，2003 年）

Pamela Abbott、Claire Wallace、Melissa Tyler 著，鄭玉菁譯：《女性主義社會學》（*An Introduction to Sociology: feminist perspectives*）（臺北：巨流，2008 年）

Thomas R. Cole / Mary G. Winkler 編著，梁永安譯：《生命之書：思我生命之旅》（*The Book of Aging: Reflections on the Journey of Life*）（臺北：立緒，2011 年）

Tim Cresswell 著，徐苔玲、王志弘譯：《地方：記憶、想像與認同》（臺北：群學，2006 年）

下村作次郎等著，林文茹等譯：《中心到邊陲的重軌與分軌：日本帝國與臺灣文學・文化研究（中）》（臺北：臺大出版中心，2012 年）

大衛・哈維（David Harvey），王志弘、王玥名譯：《資本的空間：批判地理學芻論》（臺北：群學，2010 年）

大衛・哈維（David Harvey），黃煜文譯：《巴黎，現代性之都》（臺北：群學，2007 年）

尤金・N. 安德森著，馬孆、劉冬譯：《中國食物》（南京：江蘇人民出版社，2002 年）

巴特・穆爾－吉爾伯特等撰，楊乃喬等譯：《後殖民批評》（北京：北京大學出版社，2001 年）

巴爾扎克（Honoré de Balzac）著，甘佳平譯：《現代興奮劑（電子書）》（臺北：聯經，2010 年）

卡西勒（Ernst Cassirer），于曉譯：《語言與神話》（臺北：桂冠，2002 年）

米歇爾・傅柯（Michel Foucoult），劉北成等：《規訓與懲罰》（臺北：桂

冠，1992 年）

米歇爾・福柯（Michel Foucault），劉北成、楊遠嬰譯：《規訓與懲罰》
（北京：生活・讀書・新知三聯書店，2004）

克雷兒・馬克斯（Clair Cooper Marcus）著，徐詩思：《家屋・自我的一面
鏡子》（臺北：張老師文化，2000 年）

狄倫・伊凡斯（Dylan Evans）著，劉紀蕙等譯：《拉岡精神分析詞彙》
（臺北：巨流，2009 年）

孟悅、羅鋼主編：《物質文化讀本》（北京：北京大學出版社，2008 年）

拉康（Jacques Lacan）著，褚孝泉譯：《拉康選集》（上海：上海三聯書
店，2001 年）

查爾斯・泰勒（Charles Tayor）著，李尚遠譯：《現代性中的社會想像》
（臺北：商周出版，2008）

柯夫曼（Jean-Claude Kaufmann）著，謝強、馬月譯：《女人的身體・男人
的目光》（臺北：先覺，2002 年）

理查・桑內特（Richard Sennett），黃煜文譯：《肉體與石頭：西方文明中
的人類身體與城市》（臺北：麥田，2003 年）

湯姆・斯丹迪奇（Tom Standge）著，吳平、葛文聰、滿海霞、鄭堅、楊惠
君譯：《歷史六瓶裝：啤酒、葡萄酒、烈酒、咖啡、茶與可口可
樂》（臺北：聯經，2006 年）

愛德華・薩依德（Edward W. Said），單德興譯：《知識分子論》（臺北：
麥田，1997 年）

愛德華・薩依德、巴薩米安（Edward W. Said & David Barsamian），梁永
安譯：《文化與抵抗：「巴勒斯坦之音」的絕響》（臺北：立緒，
2004 年）

瑞秋・勞丹（Rachel Laudan）著，馮奕達譯：《帝國與料理》（*Cuisine
and Empire: cooking in word history*）（新北市：八旗文化，遠足文
化，2017 年）

詹明信（Fredric Jameson）著，張旭東編，陳清橋等譯：《晚期資本主義的
文化邏輯：詹明信批評理論文選》（北京：生活・讀書・新知三聯
書店，1997 年）

雷蒙・威廉斯（Raymond Williams）：《鄉村與城市》（北京：商務印書館，2013 年）

赫爾曼・鮑辛格（Hermann Bausiger）著，吳秀杰譯：《日常生活的啟蒙者》（桂林：廣西師範大學出版社，2014 年）

黎辛斯基（Witold Rybczynski）著，譚天譯：《金窩、銀窩、狗窩：人類打造舒適家居的歷史》（臺北：貓頭鷹，2001 年）

期刊論文

王鈺婷：〈徜徉於鳳凰樹影下的童真〉，《文訊》九月號，「重陽專題」（2014 年 09 月）

王德威：〈「根」的政治，「勢」的詩學：華語論述與中國文學〉，《中國現代文學》24 期（2013/12），頁 1-18。

王德威：〈文學地理與國族想像：臺灣的魯迅、南洋的張愛玲〉，《中國現代文學》22 期（2012/12），頁 11-37。

王德威：〈華夷風起：馬來西亞與華語語系文學〉，《中山人文學報》38 期（2015/01/01），頁 1-29。

吳青霞：〈老者安之？——試析黃春明《放生》中的老人〉，《臺灣文學評論》2 卷 4 期，2002 年 10 月，頁 68-84。

李仕芬：〈悲涼的觀照——嚴歌苓小說的老年男性書寫〉，《人文中國學報》18 期（2012 年 10 月），頁 277-318。

李有亮：〈老齡化趨勢下文學關懷的缺失——以女性寫作中「老年缺席」現象為例〉，《創作研究・當代文壇》2015 年第 1 期，頁 86-89。

柯喬文：〈老人顯影：黃春明小說集《放生》的老人群像〉，《生死學通訊》8 期，2002 年，頁 57-60。

許詠凌：〈在「漸老」之間：蘇雪林「想像老年」書寫研究〉，《雲漢學刊》34 期，2017 年 4 月，頁 61-87。

陳玉箴：〈食物消費中的國家、階級與文化展演：日治與戰後初期的「臺灣菜」〉，《臺灣史研究》第十五卷第三期（2008 年 9 月），頁 139-186。

曾品滄：〈鄉土食與山水亭：戰爭期間「臺灣料理」的發展（1937-

1945）〉，《中國飲食文化》9 卷 1 期（2013 年 4 月），頁 113-156。

董淑玲：〈李潼現代小說中的老人群像〉，《國文天地》27 卷 5 期（317 期，2011 年 10 月），頁 116-126。

廖冰凌：〈是智叟還是糟老頭兒？──論冰心作品中的老人形象及其老年觀〉，《人文社會學報》1 卷 6 期（2003 年 6 月），頁 53-80。

劉德玲：〈鍾怡雯散文中的老人形象〉，《國文天地》22 卷 7 期（259 期，2004 年 12 月），頁 61-67。

劉慧珠：〈「中年之愛」的敘事演繹：朱天心《初夏荷花時期的愛情》析論〉，《修平人文社會學報》第十八期（2012 年 3 月），頁 1-23。

歐宗智：〈為老人做見證──談黃春明《放生》〉，《書評》50 期（1999 年 2 月），頁 6-9。

簡銘宏：〈從黃春明的小說《放生》探討鄉村老人的社會問題〉，《屏東教育大學學報‧人文社會類》30 期（2008 年），頁 85-96。

顏娟英：〈日治時期寺廟建築的新舊衝突──1917 年彰化南瑤宮改築事件〉，《國立臺灣大學美術史研究集刊》22 期（2007 年 3 月），頁 191-202。

施昭儀；羅際芳：〈黃春明小說中的老人關懷探析──兼論「售票口」的意涵及省思〉，《弘光人文社會學報》8 期（2008 年 5 月），頁 141-166。

碩博士論文

李亞南：《黃春明《放生》中之老化問題及臨終現象研究》，南華大學生死學研究所碩士論文，2002 年。

林佑真：《簡媜社會關懷散文暨老年書寫研究》，國立高雄師範大學國文教學碩士班碩士論文，2013 年。

翁士行：《簡媜《誰在銀閃閃的地方，等你──老年書寫與凋零幻想》研究》，中國文化大學：中國文學系碩士在職專班碩士論文，2013 年。

黃薇靜：《簡媜老年書寫研究》，國立嘉義大學中國文學系研究所碩士論

文，2014 年。

林璟筠：《新聞中的老人形象分析：以《蘋果日報》為例》，國立政治大學新聞學系碩士論文，2017 年。

林麗青：《老年書寫研究──以《走過：老年書寫華文作品選輯》為例》，國立高雄師範大學國文學系碩士論文，2013 年。

侯巧蕙：《臺灣日治時期漢人飲食文化之變遷：以在地書寫為探討的核心》，國立臺灣師範大學臺灣與文學系碩士論文，2010 年。

許詠淩：《「生命的星期六」：蘇雪林老年書寫研究》，國立成功大學中國文學系碩士論文，2015 年。

陳玉芬：《黃春明小說中的老人書寫》，國立臺灣師範大學國文學系在職進修碩士班碩士論文，2006 年。

陳怡雯：《為老年發聲──以簡媜《誰在銀閃閃的地方，等你》為例》，國立彰化師範大學國文系碩士論文，2015 年。

傅素春：《霧社事件的歷史、文學、影像之辯證》，國立中興大學中國文學系博士論文，2008 年。

曾品滄：《從田畦到餐桌──清代臺灣漢人的農業生產與食物消費》，國立臺灣大學歷史學研究所博士論文，2006 年。

湯宗穎：《鄭清文小說老人書寫研究》，國立高雄師範大學國文學系碩士論文，2013 年。

國家圖書館出版品預行編目資料

現代文學日常、地方與年老的文化性考察

傅素春著. – 初版. – 臺北市：臺灣學生，2020.03
面；公分

ISBN 978-957-15-1826-8 (平裝)

1. 臺灣文學 2. 文化研究 3. 日據時期 4. 文集

863.07   109003460

現代文學日常、地方與年老的文化性考察

著　作　者　傅素春
出　版　者　臺灣學生書局有限公司
發　行　人　楊雲龍
發　行　所　臺灣學生書局有限公司
地　　　址　臺北市和平東路一段 75 巷 11 號
劃　撥　帳　號　00024668
電　　　話　(02)23928185
傳　　　眞　(02)23928105
E - m a i l　student.book@msa.hinet.net
網　　　址　www.studentbook.com.tw
登 記 證 字 號　行政院新聞局局版北市業字第玖捌壹號
定　　　價　新臺幣五六○元
出 版 日 期　二○二○年三月初版
I　S　B　N　978-957-15-1826-8